# 龙啸绝地

伍禄香／著

新华出版社

**图书在版编目（CIP）数据**

龙啸绝地 / 伍禄香著

北京：新华出版社，2015.10

ISBN 978-7-5166-2059-5

Ⅰ．①龙… Ⅱ．①伍… Ⅲ．①纪实文学－中国－当代

Ⅳ．①I25

中国版本图书馆CIP数据核字（2015）第229857号

**龙啸绝地**

作　　　者：伍禄香

出　版　人：张百新　　　　　　责任编辑：刘　飞

封面设计：伍民力　　　　　　责任校对：刘保利

责任印制：廖成华

出版发行：新华出版社

地　　　址：北京石景山区京原路8号　　邮　　编：100040

网　　　址：http://www.xinhuapub.com　　http://press.xinhuanet.com

经　　　销：新华书店

购书热线：010-63077122　　　　**中国新闻书店购书热线：010-63072012**

照　　　排：新华出版社照排中心

印　　　刷：河北高碑店市德裕顺印刷有限责任公司

成品尺寸：170mm×240mm

印　　　张：26.25　　　　　　字　　数：450千字

版　　　次：2015年10月第一版　　印　　次：2015年10月第一次印刷

书　　　号：ISBN 978-7-5166-2059-5

定　　　价：58.00元

图书如有印装问题，请与出版社联系调换：010-63077101

纪念中央红军长征胜利到达陕北八十周年

# 目　录

# 不能不说的历史

　　毛何止是一位游击战士！他是一位伟大的战略家。在本世纪二十年代和三十年代初期，他在一系列辉煌的游击作战中，把蒋介石及其国民政府弄得苦恼不堪。十年后，他以游击战和运动战相结合，在中国打败了日本人。四十年代后期，他在一系列得心应手的运动战中征服了中国。最后，他的部队在朝鲜阵地战中顶住了美国。哪个领袖能像他这样在这么多的不同类型的冲突中长期立于不败之地。

　　　　　　　　　　　　——美国前助理国防部长菲利普·戴维逊

　　有人说：长征就是英雄战胜困难的故事。

　　而在笔者心里：长征就是以毛泽东为代表的中国共产党人从"苦难"走向"辉煌"跋涉过的崎岖山道，也是中国共产党登上历史大舞台攀登过的陡峭崖壁。

　　长征，就像母亲分娩的巨痛，使毛泽东及其中国共产党人经过脱壳般的蜕变，生命获得新生，事业得以延续。

　　艰难困苦，玉汝于成。换而言之，辉煌的背后是艰辛。

　　自从一九三四年十月撤离江西瑞金，朱毛红军踏上漫长的寻找生存之路，为寻找中国的未来，就一直不断地修正着自己的方向，面临着艰难的抉择。一次次山重水复，一次次绝处逢生，并为之付出了沉重的代价。

　　数万英烈血染湘江的悲壮，朱毛红军放弃了与二、六军团会师于湘西的战略目标；黔山黔水的艰辛，朱毛红军放弃了建立黔北根据地的构想；雪山草地自然环境的恶劣，朱毛红军再次放弃了建立川西北新苏区的决策。

　　就在这一次次艰难的抉择中，毛泽东一步步走向了令人瞩目的顶点。

　　金沙江、大渡河、雪山、草地，尤其是草地上的兄弟阋墙，一次次濒临厄运绝境，毛泽东以大智大慧一次次挽狂澜于既倒，他不仅走出了个人命运的最低谷，而且带领中国共产党人走出了革命事业的最低谷。

　　长征，改变了毛泽东的命运，改变了中国共产党的命运，改变了中国的命运，进而改变了中华民族的命运！

　　希望越大，失望也就越大。

　　一九三五年夏秋，当朱毛红军历尽艰难冲破蒋介石数十万大军的围追堵截、九死一生的爬过雪山，满怀希望地与红四方面军会师于川西北时，等待朱毛红军

的不是患难中相见的喜悦，而是雪上加霜般的兄弟阋墙。

毛泽东不仅要正视雪山草地缺衣少食的大自然恶劣环境的生死威胁，还要正视蒋介石调集的中央军、川军和藏兵的"围剿"与袭击，更要正视张国焘依仗人多枪多趁机逼宫夺权的步步危机。

如果要用个形容词来形容这种绝境的话，完全可以说是"枪枪见血，弹弹咬肉！"

尽管金沙水拍，尽管大渡桥横，也尽管岷山雪寒，对以毛泽东为代表的中国共产党人来说，"轻舟已过万重山"！

那么，毛泽东及其中国共产党人究竟是靠什么咬紧牙关迈过这个"生死之槛"的？

毫无疑问，他们靠的是坚定的信仰和卓绝的智慧！

正是满腔国家利益和民族大义的热血，正是满怀救国家救民族的抱负，才赋予了毛泽东及其中国共产党人坚如磐石般的信仰，赋予了毛泽东及其中国共产党人战胜一切自然的、人类的障碍和困难的勇气和智慧。

时势造英雄，但英雄并不是像孙猴子般从石头缝里迸出来的，英雄也需要识时势，换言之，就是高瞻远瞩或真知灼见。

在内忧外患中煎熬的毛泽东为顾全大局，只得一忍再忍，一退再退；而权欲熏心的张国焘却得陇望蜀，得寸进尺。历尽千辛万苦才相聚在一起的红一、四方面军几乎陷入兄弟阋墙火并的厄难。

沧海横流，方显英雄本色。在张国焘以实力要挟、分裂党和红军的危机关头，逆境中的历史巨人毛泽东以超群的胆识和卓绝的智慧，毅然率孤军北进陕甘！

最后，历尽艰难困苦的以毛泽东为代表的中国共产党人把长征的终点放在陕北，把中国革命的大本营扎在了陕北！

从此，开创出属于中国共产党的独特时代，开辟出中国革命事业的崭新天地。

以毛泽东为代表的中国共产党人，为了民族独立和解放表现出的那种百折不挠、坚不可摧的信念，以及在逆境中战胜和克服各种自然的、人类的障碍和困难的坚韧不拔的意志和巨大勇气及卓绝智慧，无疑为中华民族甚至全人类留下一笔无与伦比的精神财富！

正义的事业，大路无边！

因此，笔者继《喋血湘江》、《日出遵义》之后，又撰写了长征三部曲的第三部《龙啸绝地》。

长征三部曲，真实地再现了以毛泽东为代表的中国共产党人从一九三四年十月撤离江西瑞金到一九三五年十月经过二万五千里长征抵达陕北吴起镇的艰难历程，时间跨度刚好是一年。

也许用毛泽东的话来总结长征更加客观：

十二个月光阴中间，天上每日几十架飞机侦察轰炸，地下几十万大军围追堵截，路上遇着了说不尽的艰难险阻，我们却开动了每人的两只脚，长驱二万余里，纵横十一个省。请问历史上曾有过我们这样的长征么？没有，从来没有的！

# 金沙水拍

一

　　贵阳中心开花战术花未开，蒋介石反倒被毛泽东困坐愁城；滇军"勤王救驾"，惊魂甫定的蒋介石重振领袖神采，再施聚歼朱毛红军之计。

　　一九三五年四月七日晨，贵阳威清门外。

　　晨雾像睡眼惺忪的少女，懒慵慵地弥漫在天地间，尽管万物复苏，百草吐绿，枝缀新芽，春意盎然，但湿润的空气中仍裹挟着一丝丝寒意。

　　天刚泛亮，当守城的士兵刚取下城门的大木栓，早已等候的人们便像开闸泄洪般，一下子将城门挤开了，争先恐后地往城外涌去，一时人声鼎沸，乱如一锅粥：小车、马车、板车、滑竿，在仿若蚁拥般的人流中缓缓蠕动；外国人、传教士、达官显贵、豪商巨富，携着家眷，裹着金银财宝，你推我搡地挤出城门，络绎不绝地沿着贵阳至安顺的公路上赶路，车水马龙，烟尘滚滚，人叫马嘶，一片兵荒马乱的混乱光景。

　　六广门西南侧的毛光翔公馆内外，三步一岗，五步一哨，荷枪实弹的国民党士兵肃立在屋前檐下，尤其是右侧厢楼，几乎连走廊的两端都设有双人岗，戒备甚是森严。

　　此刻，二楼挂有贵阳绥靖公署牌子房间的雕花梓木门敞开着，室内灯火通明，长方形条桌两侧端坐着七八位戎装整肃的军人，众人的目光正聚集在摊开于正上方一光头男子桌前的地图上。

　　光头男子身着白色睡袍，浮肿的眼睑堆满了笑丝，两撇胡髭微微上翘着，手中的红铅笔在地图上边指边说："刚才郭思演从茶店来电话，说朱毛残部已由乌当过洗马河，向龙里、贵定方向走了。而都匀、独山一带驻有廖磊的一个军防守，毛泽东不敢往南走的话，我料定他必然会出马场坪东下镇远，企图窜到湘西与贺龙、萧克部会合或转回江西！"

　　"委员长运筹帷幄，毛泽东无路可逃！"众人唯唯诺诺，一脸的恭顺谦逊之色。

凌晨，正惶惶而睡的蒋介石接到第九十九师师长郭思演的电话，多日来的惶恐一扫而光，一骨碌从床上爬起来，趿着拖鞋，穿着睡袍，顾不上仪容，连忙命令侍从室主任晏道刚立即召集行营随从人员，召开紧急军事会议。

不多时，澳大利亚顾问端纳、国民政府军政部政务次长顾祝同、国民政府军事委员会陆军整理处处长陈诚、总统府资政吴稚晖、侍从室第二处主任陈布雷、军事委员会委员长行营总参议吴忠信等人一个个急匆匆地从暖被中爬起，赶到蒋介石跟前。

"万事俱备，只欠东风。眼下只要孙渡的第三纵队能按时赶到的话，毛泽东就插翅难逃了！"蒋介石薄唇一抿，消瘦的脸庞布满了腾腾杀气，将红铅笔重重地甩在地图上。

"报告，第三纵队司令孙渡奉命赶到！"正与智囊团谋士们商磋"剿共"大计的蒋介石闻声扭头一望，原来是第二路"追剿"军前敌总指挥薛岳领着一位一身泥尘的军官腰板笔挺地站立在门口。

"哦，说曹操，曹操就到。志舟兄（孙渡字），你们这个部队，可以算是国家的军队了！"蒋介石喜出望外，连忙起身相迎。

蒋介石笑容可掬地拉着孙渡的手在身旁刚坐下，便急不可待地把朱毛红军的行进方向和自己的判断说了一遍，末了，布满血丝的眼珠紧盯着孙渡说："你看怎么样？"

孙渡是云南"讨逆"第十路军总指挥部参谋长，这次被蒋介石连发三道电令率着滇军三个旅，从毕节、大定等地赶到贵阳勤王救驾，三昼夜兼程走了四百余里，初次晋谒蒋介石，也不好多说，只好随口答道："卑职对整个情况尚不了解，委座的指示是不会错的。"

马屁拍得恰到好处。满心欢喜的蒋介石两撇胡髭往上一翘："志舟兄辛苦了，因前方战事紧急，你稍休息一日，明日再率部向龙里方向前进，与薛伯陵（薛岳字）从后面追击。"

蒋介石回头望着吴忠信说："官兵们都辛苦了，叫侍从室预备几万元款子，送到孙司令那里去，慰劳他们。"

"是！"吴忠信应承着，当下便拿了四万元送到驻在城外的滇军军营。

目送着部属们相继离去，蒋介石站起身来，踱到门口，望着晨曦中的贵阳城，长长地吁了口气，连日来悬在心里的那块石头总算是落地了，心身顿感格外的轻松，就连脚下的步子也仿佛是含笑蓄欢的。

说实话，这几天蒋介石是被老对手毛泽东折腾得够苦够累的了。原本想御驾亲征，一战永逸，彻底铲除让自己头痛多年的朱毛红军，没料到反被毛泽东困坐愁城，一惊一乍，度日如年。

蒋介石是三月二十四日下午偕夫人宋美龄从重庆飞到贵阳的。

自从一九三四年十二月中旬，朱毛红军西进入黔，蒋介石调集中央军、黔军、川军、滇军三十余万大军，前堵后追、两翼夹击，朱毛红军以赤水为轴线，在黔北、川南旋磨打圈了三个多月，一次次陷入国民党军精心部署的包围网中，但又一次次得以死里逃生。

忽进忽退，忽东忽西，变幻莫测，飘忽不定，对老对手毛泽东那套不按常规出牌的战术，蒋介石伤透了脑筋，费尽了心机！

朱毛红军四渡赤水，蒋介石又看到了巨大的战机：将朱毛残部聚歼于遵义以西、乌江以北、赤水以东、綦江以南的狭窄地域！

秋后的蚂蚱，看你还能蹦跶几天！

蒋介石决定御驾亲征，兴致冲冲地赶来贵阳，他要亲自指挥这最后一战。

然而，让蒋介石感到十分沮丧和懊恼的是，正当他手忙脚乱地调兵遣将想给朱毛红军最后一击时，谁知朱毛红军又出其不意地突围而去，于三月三十一日南渡乌江，将中央军、川军、黔军数十万大军甩在乌江以北的黔北地域。

更让蒋介石感到寝食难安的是，据前方报告和空军侦察发回的情报表明，进入乌江南岸息烽县境的朱毛红军在黑神庙、潮水场击溃阻击的第五十三师李清献部后，竟兵分三路，由北向南疾进。

一路留在乌江北岸地域继续游击，二路直赴贵阳，一路折向开阳，向清水江前进，把不足三万人马的朱毛红军如此分散运用，虚实难辨，毛泽东到底摆的是哪门子龙门阵？

四月二日，百思不得其解的蒋介石立即召开行营智囊团紧急会议。

乘虚袭击贵阳，作困兽之斗？

东渡清水江，与湘西贺龙、萧克的二、六军团会合？

从上午到下午，从黄昏到深夜，推理、判断，分析来分析去，蒋介石、宋美龄夫妇在厢楼二楼的行营会议室内与端纳、顾祝同、陈诚、何成睿、吴忠信、晏道刚智囊团成员及九十九师师长郭思演、贵阳警备司令兼公安局长王天锡夜以继日地闭门造车，达成的唯一共识就是：两者都直接威胁到贵阳，当务之急是如何确保贵阳的安全！

蒋介石甚至歇斯底里：贵阳的得失，关乎国际视听！

然而，让蒋介石感到揪心的是，此时的贵阳守军只有郭思演九十九师的四个团，且大部分驻防在外围担任守备，城防兵力包括宪兵在内不足两个团，原在遵义吃了败仗的唐云山九十三师、韩汉英的五十九师残部分驻息烽、清镇，一部驻防乌江南岸，但已如惊弓之鸟，毫无战斗力可言。距贵阳最近的只有驻扎在黔西的唐云山师陈金城团可调，而周浑元纵队和黔军皆在黔北地域。

远水难救近火！

面对五万分之一的贵阳态势图，蒋介石冥思苦想着。

朱毛红军在黔北川南活动达三月之久，损兵折将，辎重尽弃，已是疲惫之师，贵阳城墙坚固，地形易守难攻，若毛泽东顿兵攻坚，缺少重武器，那是在以

己之短攻我所长，且各路援军只需三日行程便可赶到贵阳增援。看来袭击贵阳是虚晃一枪，东渡清水江与二、六军团会合才是真实意图，这是毛泽东惯使的声东击西伎俩！

蒋介石通红的眼珠泛亮，仿佛又看到了巨大的战机。

将计就计！就以贵阳做诱饵，调集各路追剿大军，来个以贵阳为中心的开花战术，将朱毛红军聚歼在余庆、瓮安、平越以西，龙里、贵定以北，清镇、修文以东，乌江以南地域！

行营的头头脑脑们商榷到深夜，已成为蒋介石高级传令官的第二路追剿军前敌总指挥的薛岳奉蒋介石之令，将蒋介石绞尽脑汁精心制定出来的中心开花作战部署分电各路追剿大军：

（一）令第五纵队指挥官李云杰，指挥第二十三师（李谦）、第六十三师（陈光中）火速由镇远星夜兼程经施秉、黄平西进，限四月六日到达余庆，于清水河东岸阻击共军。

（二）令第三纵队指挥官孙渡率第二、五、七等三个旅即由毕节、大定取道黔西，昼夜兼程，经鸭池河直开清镇，限先头部队于四月四日到达，巩固贵阳外围防务。

（三）令第一纵队指挥官吴奇伟、第二纵队指挥官周浑元、第四纵队指挥官王家烈、第七纵队指挥官李韫珩所属各部，沿敌后分途猛追，不许停留。

（四）令空军在乌江南跟踪，轮番侦察轰炸，切实协同各纵队作战。

（五）分电徐源泉、刘建绪在铜仁、酉阳、秀山防止东下，布置阻击，并电李宗仁所属廖磊军进驻独山、都匀以防共军南移。

这的确是一个无懈可击的四面围堵战术，只要各路大军奉命而行，按时赶到指定的作战地域，那么毛泽东就会再次陷入四面楚歌、十面埋伏的绝境！

望着地图上从四面八方射向贵阳的拖着巨大扫帚尾巴的箭头，望着自己亲手导演出来的这一幕杰作，蒋介石踌躇满志，憔悴的脸上咧出自信的笑容。

不怕一万，就怕万一，贵阳城也不得不防。蒋介石缀满血丝的眼珠一转，又盯上贵阳的城防：

命令贵阳警备司令王天锡指挥一个宪兵营、两个消防连及警察四百余人负责城防责任，在三天内把城垣四周的碉堡修理完毕；

命令萧树经的别动队警卫行营和严查户口；

命令郭思演第九十九师负责贵阳外围防务，在市郊黔连山、图云关、大关等地加强据点工事，在龙里封镇线的守碉部队加紧备战，并派出一部进出贵定、平越作威力搜索相机阻击；

命令黔西的陈金诚团昼夜兼程赶到贵阳增防。

下达毕"圣旨"，筋疲力竭的蒋介石怀着忐忑不安的心情，才昏昏沉沉睡去。

天一亮，整个贵阳城便沸腾起来了：拆庙宇，毁祠堂，男女老少在宪兵和警

察的驱赶下，倾巢出动，搬砖抬石运木头、木板，到处是一片大战前紧张忙碌的景象。

下午，对贵阳城防仍放心不下的蒋介石携着宋美龄，在端纳、顾祝同、陈诚的陪同下，到城墙上巡视一趟。当他看到全城出动，筑碉修堡，干得热火朝天，疲乏的脸面由阴转晴，露出满意的笑容。

薛岳则秉承蒋介石的旨意，在绥靖公署内紧急召集党政军要员训话：追堵大军云集，共匪必定无为，勉以精忠报国……各党政军人员务必坚守职责，要与贵阳城共存亡，闻风即弃城者杀无赦！

正当蒋介石为贵阳城防忙得焦头烂额之际，朱毛红军却突然掉头向东而去。

四月四日，飞机侦察：红军主力先头部队已过平越西机场，清水江发现有浮桥，后续部队仍在向开阳东南前进。

四月五日上午，据飞机第四队侦察报告：牛渡北十余里清水江，搭有浮桥两座，浮桥附近高地，约有匪两千余，有东窜模样。朱毛红军集结在开阳羊场地区。

一切都在自己的掌控之中，蒋介石心里变得格外的踏实：督促梁华盛、欧震两师加紧向东追击，尽早形成包围态势。

更让蒋介石感到兴奋无比的是，第九十二师梁华盛师长发来的红军俘虏（通讯队长肖寿山）的供词：

一、伪总部代名词"天津"，第一、三、五为"上海"、"温州"、"厦门"。伪一军团为（一〇〇）又名武汉；三军团为（七〇〇）；五军团为乌江。

二、现伪一军团人约七千余，枪约半数，辖步兵六个团，伪三军团人约四千，枪约三千，辖步兵四团。伪总部直接有干部团一，有迫击炮八门，有机枪两挺，配弹药七八千发。

三、中下级干部及士兵，均蓄念遁逃，现党员监视过严，多不遂意。

人不足三万，且弹尽粮绝，军心不稳，已是强弩之末！

看来在黔北、川南三个月的追剿，已大见成效，朱毛红军元气大伤，已陷入分崩离析的绝境！

然而，好梦不长。

四月五日下午，当蒋介石正在行营兴致勃勃地褒奖修建城防工事卖力的王天锡时，顾祝同神色仓皇地闯了进来，慌张得连帽子也忘记取下便慌里慌张地行了个室内礼："报告委员长，刚才水田坝有电话来，敌人已过水田坝，快到天星寨了。"

蒋介石闻言霍地从沙发椅上一弹而起，铁青着脸望着王天锡："水田坝距离贵阳有多少路程，在哪个方向？"

王天锡慌忙走到地图前一指："在东北角，距贵阳大约三十华里。"

一丝紧张的神情在蒋介石铁青的脸上一掠而过，鹰隼样的目光仍紧盯在地图

上："距清镇机场有多远？"

"这……这……卑职得算算。"王天锡一时语塞，急得直冒冷汗，慌忙勾着手指计算起来。

"报告校长，乌当来电话，敌人已过乌当。清镇也来了电话，据报飞机场附近发现敌人便衣队，第二十五军有一部叛兵在机场附近滋扰。"陈诚又跌跌撞撞地闯进来报告。

偏在此时，空军又送来当天的侦察报告：贵阳东北几十里外的狗场、扎佐等地的一支红军部队正快速向贵阳扑来；东南面也有一支红军部队正快速赶来。

简直是祸不单行！

蒋介石看着陈诚在地图上标出的朱毛红军进军路线，脸呈猪肝色：原本以为毛泽东已转向开阳东南，必抢渡清水江，没想到又来了个向贵阳东南迂回，从东北和东南两个方向向贵阳呈夹击之势。

"我又上了毛泽东的当了！"蒋介石一时没了主意，倒背着两手，在办公室内晃过来晃过去。室内诸人低垂着头肃立一旁，连粗气也不敢喘，只有蒋介石那双锃亮的皮鞋与木地板撞击的"嚓、嚓"声回荡着。

忽然，"嚓、嚓"声在地图前戛然而止，蒋介石面向着地图："辞修（陈诚字），孙渡部现抵何处？"

陈诚急忙答道："安恩溥的第二旅今天下午已经清镇抵达贵阳近郊布防，龚顺璧的第七旅已抵鸭池河。"

"立即命令韩汉英派卡车赶到鸭池接龚顺璧旅进占清镇平远哨飞机场，巩固贵阳清镇间安全！"蒋介石边说边转过身来，抓起桌上的电话机就摇。

"给我接龚顺璧！"蒋介石气急语促。

让蒋介石感到恼火的是，电话接通后，龚顺璧因听不清蒋介石满口的浙江话，蒋说一句，龚差不多要反问三四遍，蒋介石怒不可遏，将话筒往桌上狠狠一摔。

更给蒋介石忙中添乱的是，恰在此时，夫人宋美龄闻讯慌里慌张地闯入办公室，气喘吁吁："达令，赶快坐飞机离开贵阳！"

"离什么离，要死也要死在贵阳，看他毛泽东奈我何！"正在气头上的蒋介石没好气地说。

"好，好，你不走我走！"气极了的宋美龄一把扯下墙壁上的地图，揉搓成一团，摔在地板上，解气地踩上几脚，闹嚷着冲出门外。

蒋介石见夫人动了真怒，连忙跟晏道刚丢了个眼色，示意他去劝阻宋美龄。

生气归生气，但夫人的话不得不听，也不敢不听，蒋介石见晏道刚会意追赶夫人去了，这才转过身来望着王天锡。

王天锡后来谈起当时的情形说：蒋介石默不作答，把两手背在后面，在办公室里面走来走去，沉思很久，两眼盯住我，问："不经清镇，有便路到安顺吗？"

我答:"有。从次南门出去,经花仡佬(花溪)走马场,可以直达平坝,平坝到安顺只有六十多里了。"蒋说:"你去准备一下,挑选二十名忠实可靠的向导,预备十二匹好马,两乘小轿到行营听用,越快越好。"我出了蒋的办公室后,心里在想,老蒋准备逃跑了。

毛泽东使出的这一招的确够狠够刁,直把蒋介石逼得举止无措,惊慌欲逃。

病急乱投医。忧心忡忡的蒋介石,正为孤城无援急得抓耳挠腮,团团乱转,忽然想起桂军廖磊的第七军在离贵阳不远的独山、都匀一带,连忙让薛岳急电廖磊星夜兼程赶来贵阳救驾。

没料到廖磊竟复电云:容请示白(崇禧)副总司令允许才能前去。

"这简直是外国的军队了!"恼羞成怒的蒋介石一把将电文撕得粉碎。

心绪异常烦躁的蒋介石信步走出行营,扈从人员慌忙奔波于鞍前马后,陪着蒋介石漫无目的的查看城区工事。

此时的贵阳城,早已风声鹤唳,人心惶惶,不少外国人、富豪绅士纷纷卷着财产举家外逃避难,市面上乱哄哄的。

耳闻目睹,蒋介石的情绪几乎跌落到最低点。凑巧走到郭思演师的外围工事阵地上,却见阵地上除稀稀拉拉的少数士兵在修筑防御工事外,其他的士兵打牌的打牌,猜拳的猜拳,晒太阳的晒太阳,乌烟瘴气,一片狼藉。

"火烧房子了,你还喝得三碗烫粥!郭思演,你是怎么带的兵?简直是玩忽职守!"蒋介石勃然大怒,气不打一处来。

"卑职督责下属不力,卑职失职……"闻讯匆匆赶来见驾的郭思演见龙颜震怒,早已吓得脸如白纸,没了人样。

蒋介石虎着脸,气呼呼地掉头就走,吓得扈从们手足无措,慌忙护驾返城。

夜,漆黑又漫长,行营办公室内灯光熠熠,身着国民党军官服的人忽进忽出,一片忙碌。

在长方形会议桌的尽头,沙发椅背紧靠着桌沿,坐在椅上的蒋介石布满血丝的两眼久久盯在墙壁悬挂着的地图上,宛如一尊泥塑的菩萨。

先是由北向南直指贵阳,后又折向清水江直指黔东,现又迂回贵阳东南,对老对手毛泽东虚虚实实战术战法的意图,揣度、推测、捉摸,尽管蒋介石耗尽了心血,伤透了脑筋,但始终没有得出准确的判断结果。

毛泽东到底想干什么?像一支犀利的针头深深地扎进蒋介石的大脑里,搅得他坐卧难安,心神不定,将他折腾得疼痛难忍,苦不堪言。

说实话,此时的蒋介石除了因毛泽东看似杂乱无章却屡屡取胜的战法使自己灰头土脸而对老对手感到痛恨外,内心深处也不得不由衷地承认毛泽东"是我见到过的最聪明的乡下人"。

这次自己精心制定的"贵阳中心开花"战术,花未开成犹为小可,却反倒被毛泽东神出鬼没的战术要弄得像丈二和尚——摸不着头脑。毛泽东呀毛泽东,既

生瑜，何生亮！

冈寨发现有红军便衣队活动！

脚崖发现有红军便衣队活动！

洗马河发现有红军便衣队活动！

电报、电话，像催魂一样不断报告着，搅得蒋介石的大脑宛如一团乱麻，无头无绪，一片空茫。

蒋介石再也沉不住气了！

黔灵山、东山的工事及城防守备兵力强度？

螺丝山、照壁山的工事及城防守备兵力强度？

图云关、大小关的工事及城防守备兵力强度？

清镇飞机场的安全？

东北、东面、东南，问了一遍又一遍，电话机的摇柄都摇热了，蒋介石的心里如小鹿乱撞，七窍皆疲。

临危不乱！作为国民政府军事委员会委员长、作为三军最高统帅，蒋介石又不得不在部属面前摆出一副大将风度。

蒋介石的心是够苦够累的了，但个中的滋味也许只有他自己才知晓。

侍卫队长蒋孝镇见一脸倦容的蒋介石坐在沙发椅上恹恹欲睡，好劝歹说才把主子送到隔壁的卧房就寝。没想到天还未亮，卧房里就传来蒋介石咆哮如雷的叱骂声。

"蒋孝镇，老子毙了你！"

蒋孝镇一惊，一骨碌从睡椅上爬起来，慌忙往隔壁卧房就跑。

卧房内，蒋介石脸色青白，身着睡袍，脚穿拖鞋，在房内乱转。

"为什么要安排在透风的屋子里住？"看见蒋孝镇战战栗栗地站在卧房门口，蒋介石大声责问。

原来，这一夜躺在床上的蒋介石，翻来覆去，根本没有睡。

从白天和夜间各路大军汇总的军情来看，此番走投无路的毛泽东采取鱼死网破的战术攻打贵阳城恐怕不再是传言了。若毛泽东集中朱毛红军孤注一掷，守备空虚的贵阳城必将难保。

走嘛，临阵脱逃，领袖颜面尽丢，难免遭世人之讥！

留嘛，一旦城破，自取沦为毛泽东阶下囚之辱！

进退失据，走留两难，蒋介石思前想后，权衡得失，根本无法入睡，再加上也不知晚上用餐吃了什么东西，吃坏了肚子，肠子里咕咕直响，害得他不停地往卫生间里跑。一夜下来，竟在床笫与卫生间之间来回跑了四五趟。

黎明时，早已被折腾得筋疲力尽的蒋介石刚合上眼入眠，没料到夫人宋美龄却患上伤寒发烧，咳嗽剧烈，气得蒋介石大骂，埋怨蒋孝镇没安排好住房，冷风从窗隙挤进卧室使自己和夫人着了凉。

吃无味，睡无眠，看什么都不顺眼，做什么都不称心，这几日坐镇贵阳城里的蒋介石，被毛泽东使出来的拳脚耍弄得眼花缭乱，逼得束手无策，如坐针毡，惶惶不可终日。

唯一让蒋介石感到欣慰的是，在自己软硬兼施之下，四月六日曾称雄一方的贵州王王家烈最终同意辞去了贵州省主席的职位，数载处心积虑的努力，终于在看似铁板一块的西南数省打开缺口。

一直到七日上午，"勤王"之师滇军孙渡的三个旅相继风尘仆仆地赶到贵阳救驾，蒋介石这才重振作精神，恢复起领袖的神采，调兵遣将，决计将朱毛红军聚歼于清水江以西的瓮安、开阳地域，以彻底剿除心腹之患！

"日出江花红胜火，春来江水绿如蓝。"望着院子里吐露新芽的梧桐枝梢，望着门外明媚的春光，蒋介石喃喃自语，心境豁然开朗起来。

他仿佛望见疲惫困顿的朱毛红军在他用数十万大军编织而成的天罗地网中狼奔豕突，最后奄奄一息；

他仿佛望见老对手毛泽东正仰天长叹……

然而，蒋介石眉间、眼角的笑丝转眼间便凝固僵化了。

四月八日，贵阳东南二十里外的图云关传来了隆隆的枪炮声，蒋介石彻底懵了：毛泽东到底唱的是哪一曲？

## 二

调虎离山，毛泽东明修栈道、暗度陈仓；灯下黑，朱毛红军声东击西乘虚南下龙里，兵锋直指黔西南。

一九三五年四月七日黄昏，龙里县黄土寨。

太阳腆肿着绯红的脸庞恋恋不舍地向山头坠去，但仍用依依惜别的晚霞，把天隅涂抹成五颜六色的彩画。百鸟唱着晚曲归巢，牛羊哼着欢歌回栏。晚风轻拂，嫩的草、绿的芽，吐露着春天的芬芳和气息。

村里村外，人进人出，显得格外热闹。穿着灰布色的军衣、头戴镶嵌着红五星八角帽的军人们，有的背着枪在村头站岗放哨，有的帮老百姓挑水，有的帮老百姓劈柴，还有的帮老百姓扫地，或帮老百姓盖房。尽管穿在身上的军装有些褴褛，有的甚至补丁摞补丁，已分辨不清底色，但一个个有说有笑乐呵呵的，一边干活一边与老百姓唠家常，那情形仿佛是一家人似的。

村中一座砖砌瓦盖的祠堂内，也显得格外忙碌。下堂侧房是红军总部的作战科和电讯处，不时传出"嘀嘀嗒嗒"的按键声；正堂则是红军总司令部的办公场地，几张方形饭桌拼成会议桌，周围摆放着几张长板凳。

由于天色渐暗，工作人员早将桐油灯点亮，几位四十来岁的军人正坐在长凳

上，俯身观看着铺展在桌面上的地图，靠柱子边的竹椅上躺卧着一位受伤的军人。

一位留着关公美髯的中年军人春风满面地望着身旁留着盖耳长发的中年军人笑道："四渡赤水前，主席说只要能调出滇军就是胜利，蒋委员长果然听话，乖乖地把滇军调到贵阳勤王护驾来了！"

一位年近五十的军人手拿铅笔在地图上画了条曲线，憨厚地笑笑："这就对头了嘛，滇军的三个旅都赶到贵阳救驾，龙云的老巢昆明便成了一座空城，我们再演一出威逼昆明的大戏，攻敌之所必救，把各路"追剿"军牵向昆明，然后乘虚挥师北上金沙江，抢渡大渡河，实现与四方面军会师于川西北的战略目标。"

"自从渡过乌江，我军向南疾进，摆出一副强攻贵阳之势，又派林彪东进清水江，示形于东，蒋委员长摸不清我军虚实，自然而然地任我们牵着鼻子走啰，老毛这招明修栈道、暗度陈仓的声东击西之计，够老蒋受用的了！"躺椅上的军人猛咳一阵，菜黄色的脸上呈现出淡淡的红晕。

盖耳长发的中年军人站起身，点燃一支烟，深吸了一大口，然后一手叉腰不急不慢地踱起步来。

"胳膊扭不过大腿，原来担心龙云为图自保，必勒令滇军死守滇黔边，不得擅自东进。现在孙渡一到贵阳，蒋委员长吃下定心丸，必定又做起围歼我军于清水江以西的春秋大梦，派滇军向龙里、贵定阻击。我毛泽东索性将计就计，做足文章，让林彪摆出一副全力东渡的架势，假借老蒋之手把滇军牵向龙里、贵定，然后全军主力乘虚直下龙里。"毛泽东厚唇一抿，挥手做了个干脆利索斩的样子，像一位经验老到的厨师，拿捏准火候，目光中透出坚毅与果断。

"伯承，草拟电文，给林彪、聂荣臻发报。"毛泽东将烟蒂在鞋底拧灭，扭头望着站在一旁的红军总参谋长刘伯承。

"是，主席。"刘伯承习惯地举手撑撑眼镜架，打开了手中的文件夹。

按照示形于东、意在西进的战略主导方针，四月七日，朱毛红军由羊场、高寨、与白泥等地，兵分数路从南明河下游的宋家渡、姜家渡、脚渡河、顺岩河乘船或搭浮桥进入龙里的牛场坝、洗马河、老巴江一带，林彪的红一军团则由老巴江进入贵定的半坡、新巴江等地。

傍晚，刚随军委纵队抵达黄土寨的毛泽东顾不上长途跋涉的疲劳，便抬腿跨进了尚未安顿好的野战军司令部，跟周恩来、朱德、王稼祥、刘伯承等人分析敌情，商讨对策。

据军委二局截获破译的国民党军电报，得知孙渡的滇军已于上午抵达贵阳，毛泽东长长地吁了口放心气，紧敛多日的额头终于舒展开来：滇军东调，大功告成矣！

在渡过乌江的六七天里，毛泽东的神经也几乎绷得紧紧的：两个多月斗智斗勇的殊死较量，蒋介石用三四十万大军编织成一张张天罗地网，如影随形的紧罩着全军，企图一网打尽。四渡赤水，南渡乌江，皇天不负有心人，终于冲破罗网，将蒋介石的几十万追剿军甩在黔北。但因辗转奔波，部队减员严重，现全军已不足三万人马，且早已人困马乏。

留得青山在，不怕没柴烧。不能跟蒋介石再硬碰硬了，眼下最紧要的是如何保存实力！毛泽东夹在手指间的烟卷不时闪烁着火花。

毛泽东心里十分清楚：要想北渡金沙江，实现到川西北与红四方面军会师的战略目标，只有实施调虎离山之计。也就是说把驻防黔滇边的孙渡三个旅调到贵阳，然后直入兵力空虚的云南，再挥师北上。实现这一计划的关键一环，就是调出滇军，扫除西进入滇的主要障碍。

拿捏准了老对手蒋介石脉搏跳动的规律，毛泽东睿智的大脑迸发出一连串让世人赞叹称绝的军事智慧：

三月三十一日，进入息烽流长的林彪红一军团为左路，分两路进抵息烽县城的西南、西北，佯攻息烽县城，掩护全军通过川黔公路，而后折入开阳县境的羊场地区的高寨、谷丰坝、平寨一线。红二师的红六团和工兵连分别在清水江上的水尾、中渡、小河口等地架设浮桥，虚张声势，当国民党军飞机飞临侦察时，红六团大摇大摆地渡过浮桥，佯装红军主力东进与湘西的红二、六军团会师，等飞机一调尾，又迅速撤回西岸。

进入流长的彭德怀红三军团、董振堂红五军团为右路，分别经九庄、梨安、进至距贵阳仅三十多公里的修文久场、扎佐地区，沿途大张旗鼓地张贴"拿下贵阳，活捉蒋介石"的标语，摆出全力以赴攻击贵阳的"斩首行动"阵势，虚晃一枪，然后进入乌当区的马场、百宜，与军委干部团进驻百宜坝子新场一线。

毛泽东、周恩来、朱德率军委纵队为中路，经流长、底寨、安马庄等地，与红五军团一部进驻开阳大石板、羊场、后坝一线。

笔者突发奇想：如果当时毛泽东用不足三万人马的朱毛红军强攻而不是佯攻守备空虚的贵阳城的话，那么中国革命的历史也许就要改写了。

排兵布阵，互设陷阱，企图将对手套进去。比智慧，比权谋，让蒋介石没想到的是毛泽东还是棋高一着。

就在各路"追剿"大军"奉旨"纷纷赶赴贵阳救驾之际，为进一步迷惑蒋介石，四月五日，毛泽东又命令红军主力集结在开阳东南部的清水江西岸，摆出东渡清水江、直指瓮安、黄平之势，诱使蒋介石更坚定朱毛红军必东渡清水江、到湘西与红二、六军团会合的误判，急令吴奇伟纵队的梁华盛、欧震两个师尾追至距羊场仅二三十公里的乌当羊昌、新堡，四月五日，又挺进至百宜附近，企图把朱毛红军强行逼进蒋介石设定的"在瓮安和清水江以西"的包围圈，予以聚歼。

为彻底斩断尾追之敌，消除后顾之忧，同时让蒋介石加速将滇军东调，深思熟虑的毛泽东果断决定：集中红军主力，埋伏在羊场西南平山坝、光村和枧槽坝

一带山谷地带，诱敌入围，一口吞掉梁、欧两个师。

四月六日，朱德电令各军团：

五军团隐蔽于羊场以北及其西北地区向南打；

一军团隐蔽集结于羊场东北向东及东南进击；

三军团及干部团隐蔽集结于羊场以南及西南向北打。

一口吞掉中央军两个师！这是继遵义战役后又一次大手笔布局，其决心之大，部署之缜密，对困境中的毛泽东而言，确非易事。

然而，"追剿"急先锋是一朝被蛇咬、十年怕井绳的新败于遵义战役的梁华盛九十三师，除派出搜索的小股部队外，主力则按兵不动。毛泽东精心部署的诱歼梁、欧二师计划落空。

歼敌未遂，红军总部不得不于下午三时下达"我野战军决定停止今日战斗，继续转移地区，寻求新的机动"的命令，决定挥师南进龙里、贵定。

马不停蹄，人不歇步。连日来为假借蒋介石之手把滇军孙渡的三个旅从滇黔边调至贵阳，毛泽东采取声东击西的战术，弄得蒋介石手忙脚乱。

其实，这不仅是两大垒阵营集体智慧的较量与比拼，更是对垒阵营领头雁个人智慧的较量与比拼！

四十二岁的毛泽东与四十七岁的蒋介石正值人生智慧迸发的高峰期，尤其是毛泽东的军事指挥艺术已炉火纯青。

扑朔迷离！别说当时的蒋介石绞尽脑汁也搞不清楚朱毛红军的真实行踪，即便是事隔大半个世纪后的今天，党史、军史专家们仍很难准确地画出一幅当年朱毛红军在黔东的行军线路图。

人是逼出来的，按古人的说法叫置之死地而后生。几乎陷入绝境的毛泽东被迫大摆迷魂阵，可谓用心良苦！

蒋介石终于上当了！

此刻，朱毛红军的军政首脑们，一个个犹如卸下千钧之担，眉间、眼角堆满了笑丝。连日来弥漫在红军总司令部的紧张气氛一扫而空。

"老毛，天气转热了，你怎么连脚丫子都跑出来乘凉了！"躺椅上的王稼祥忽然像发现宝藏似的，惊讶、诙谐全写在脸上。

"哦？"毛泽东忙低头一望，旋即自我解嘲地微微一笑："这就叫作'满园春色关不住'嘛！"

一旁的周恩来、朱德诸人也跟着笑了起来。

原来，由于连日来的急行军，在荆棘丛生的山道上辗转跋涉，穿在毛泽东脚上的布鞋鞋面与鞋底早已裂口分家，脚丫子都露了出来。

忽然，毛泽东笑容一敛，眉宇间掠过一丝忧虑："指战员们的处境可想而知啊！"

的确，为了实现"调出滇军就是胜利"的战略目的，毛泽东被迫采取忽东忽西的战术，兜圈打磨、长途奔袭，朱毛红军力气全都使出来了，已达生理极限。再加上被国民党军的飞机追着炸，沿途还不时遭到地方武装的袭扰，朱毛红军也付出了沉重的代价。

四月一日上午十一时许，在九庄镇及周边村寨宿营的红五军团军团长董振堂和五千多名红三、五军团指战员们遭到国民党军四架飞机的狂轰滥炸，一百多座民房顷刻浓烟滚滚、陷入一片火海。为抢救民房、保护群众，董振堂指挥部队一边冒着敌机的扫射轰炸救火，一边掩护群众转移，一百多名红军指战员们倒在血泊中。

减员、伤亡，除飞机的威胁外，地方清乡队还时刻威胁着失散、落伍红军的生命。

红三团过鹿窝时，将三名走不动的伤员托付给村里的草药医师吴培元。一名伤员因伤势过重去世，另两名一是江西人沈继良，一是福建人王朝之，伤愈后给寨上的蔡家当帮工。流长乡清乡队搜捕失散红军，蔡家闻讯连忙把两人藏到村外的破瓦窑里，并专门找了个亲戚送饭。亲戚每天佯装割马草，把盛饭的小木桶藏在背篓里送了半个多月，直到风声过了，两人才回到蔡家继续帮工，但为不暴露真实身份，只得改名换姓，王朝之叫任海山，沈继良改叫老钟，装了十四年的哑巴，九死一生或者说死里逃生，直到一九四九年解放后才开口说话，结婚安家，扎根老窝寨。

二〇〇九年十二月十二日，方国安老将军在跟笔者谈起南渡乌江的那段经历时说：一过乌江，上面告诉我们：蒋介石在贵阳，现在全军要去攻打贵阳城，活捉蒋介石。部队没日没夜往贵阳赶，天上有国民党飞机跟着炸，地下有国民党小股部队和地方常备队骚扰袭击，全顾不得了。好多战友被飞机炸伤炸死，还有体力弱的跟不上，跑散了，跑没了，根本没办法顾及。所以，那时候损失比较大。

舍得、舍得，有舍才有得！

毛泽东、周恩来、王稼祥三人军事小组及朱毛红军高层尽管对部队的减员现象忧心如焚，但为了彻底摆脱蒋介石的"追剿"不得已而为之。

如今，蒋介石果然听从毛泽东的指挥棒进退，西进入滇的大门业已洞开，但为了确保灯下黑行动的顺利实施，必须将滇军继续东调。毛泽东紧张地思虑着。

"报告，今天截获的滇军调动情报。"军委二局局长曾希圣匆匆走进司令部。

毛泽东接过一看，脸泛异彩："蒋委员长这位老朋友还算够意思，今天早上把安恩溥旅调到贵定，龚顺璧旅调到龙里，贵阳只有鲁道源一个旅。南下龙里时机已完全成熟！"

周恩来、朱德、刘伯承等忙接过电文一看，一个个笑逐颜开。

"不过，兵贵神速，命令各部在穿越湘黔公路时，一定要强调一个'快'字！"毛泽东宽额稍一敛，语气果断。

二十一时三十分，中革军委以朱德、毛泽东的名义，向全军正式下达了南进龙里的命令。

于是，一场大规模的灯下黑南进军事行动在蒋介石眼皮下悄悄展开。

龙里距贵阳共四十公里，贵阳到倪儿关二十公里，倪儿关至观音山十公里，观音山距龙里十公里，一字形摆设在湘黔公路上，是贵阳的东大门。

八日凌晨，朱毛红军兵分三路向南疾进。

左路纵队，林彪的红一军团以陈光的红二师张振山的红五团为前卫，从贵定的马场河出发，经小山、三元河边寨、平地堡、簸箕堡，直插观音山，扼守湘黔公路南端，摆出佯攻龙里之势，阻击龙里之敌。军团主力则从贵定的新巴江、乐邦刘家庄一带南下，造成南下贵定，从马场坪转东进的态势；

中路纵队，董振堂的红五军团从洗马经乐宝、哪旁、小谷定、新马场，一个团占领永乐堡与倪儿关之间的苦李井，以策应两方友军；

右路纵队，彭德怀的红三军团以谢嵩的红十二团、彭雪枫的十三团为前卫，从洗马经太子山、猫场，十三团占领永乐堡、大关，十二团进抵谷脚大坡和倪儿关。

红三、五军团扼守湘黔公路的北端，阻击贵阳之敌，使佯攻贵阳之势更加逼真。

驻防龙里湘黔公路段的是刚到贵阳救驾的滇军孙渡部的三个旅。安恩溥的第二旅已奉命赶往贵定、马场坪一线，龚顺璧的第七旅奉命驻守在龙里，鲁道源的第五旅奉命到虎场堵击。

八日下午，担任左路前卫的红五团进抵簸箕堡后，为掩护主力南进，迅即扑簸箕桥，摆出一副全力攻取龙里县城的架势，与龚顺璧旅的第十四团打起了激烈的遭遇战，迅速将滇军压退回桥南屏河坚守，龚顺璧旅主力则固守在城北的望城坡，以防红军攻城。

九日上午，红二师击退驻防观音山的龚顺璧部，掩护主力迅即越过湘黔公路，进抵王关地域。

据龙里县政府呈报称：此次共匪回窜，于本月三日由开阳属之白泥、马场，窜至县属之洗马河、大小谷龙一带。八日分两股向县城进逼，一由高堡、簸箕堡，一由谷脚、观音山。

与此同时，红三军团前卫谢嵩的红十二团也占领了倪儿关。八日下午四时，奉蒋介石之令赶往龙里督师的第三纵队司令孙渡带着一个警卫班乘坐一辆大卡车刚行至大坡，与红十二团遭遇，险些成为红军俘虏。

事隔多年后，孙渡仍心有余悸地说：我的汽车开到离贵阳约三十华里的谷脚附近，忽听汽车有被沙石打击的响声，我回头一看，发现路左侧北面山上有百数十人的队伍，一齐开枪向我的汽车射击，我当即告诉司机继续向前行驶，不能稍停。

时任滇军第二旅旅长的安恩溥也清楚此事：孙渡所乘汽车行至谷脚附近，发

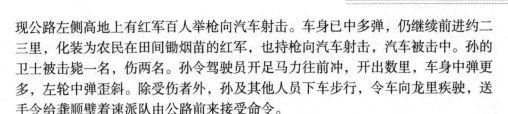

现公路左侧高地上有红军百人举枪向汽车射击。车身已中多弹，仍继续前进约二三里，化装为农民在田间锄烟苗的红军，也持枪向汽车射击，汽车被击中。孙的卫士被击毙一名，伤两名。孙令驾驶员开足马力往前冲，开出数里，车身中弹更多，左轮中弹歪斜。除受伤者外，孙及其他人员下车步行，令车向龙里疾驶，送手令给龚顺璧着速派队由公路前来接受命令。

接到孙渡手令的龚顺璧即刻派第十八团将孙渡接到龙里。

其实，孙渡当天所遭遇的先是红十二团的袭击，后又遭遇红五团前卫便衣侦察的袭击。

孙渡的警卫营闻讯赶来救驾，刚至倪儿关，便遭到红十二团的阻击。滇军且战且退，红十二团乘胜追击到黄泥哨，才退回倪儿关据守。

九日上午，鲁道源第五旅奉命取道倪儿关和岩后、元宝到虎场堵击，行至倪儿关，再次遭红十二团的阻击，一场激战，滇军不抵，溃退回图云关死守。

曾目睹过红军与滇军激战的倪儿关农民张云普说：红军个个头带竹叶帽，占领倪儿关，两面坡顶都有红军驻守。后来从贵阳下来一些驮马，是滇军护送物资的。红军在坡顶上开枪打，滇军同时还击，红军边打边冲下山，打死了两个滇军兵，滇军回头便往贵阳跑，红军追到黄泥哨才返回。

朱毛红军主力在左、右两翼截断湘黔公路两头的前卫部队的掩护下，迅速由高堡小路，走栗山、凉水井等地跨过湘黔公路，另一路从鸡场、大坡，跨过湘黔公路走谷脚，集结于王关、混子场一带。

九日下午，朱毛红军全部从倪儿关至观音山十公里的狭窄地带越过湘黔公路，把中央军、黔军、湘军、滇军、桂军数十万大军甩在黔东地域。

天上飞机狂轰滥炸，地面滇军不断阻击，且仅有倪儿关到观音山仅十公里狭窄地段，行军路线难免重叠错乱，紧迫情形可想而知。

时任红五军团参谋长的陈伯钧在当天的战地日记中写道：是日因行军路线错乱，掩护不力，以致野战军主力全部变成混乱状态，真是危险极了。

红一军团教导营教导员陈士榘率部从清晨六点钟起就开始赶路，跨过湘黔公路后，找不到宿营的地方，恰好碰上毛泽东、周恩来、朱德等人。

毛泽东指示陈士榘：为着避免部队露营疲劳，为着容易找给养，还是再前进几里路找房宿营为好。

陈士榘又带着部队往前赶，差不多过了半夜：找到一个破旧的房子，又被军委直属部队先宿了营，连外面的草坪里树下都挤满了人，有的已睡着了，有的还在开铺，或烧水洗脚。

陈士榘只好带着部队又继续往前赶了七八里路，直到凌晨一时才找到一些茅棚，将部队安顿下来。

"龙里"两个字，就像烧红了的烙铁般，在亲历者的心身上烙下了终生都难以抹掉的印记。

一九七〇年四月，李聚奎一家四人在三名专案组人员的押解下，先乘火车至贵阳，后分乘一辆吉普车和一辆大卡车出城向东，最后的一段路翻山越岭，窄到卡车只能有一个轮子在土路上走，另一个车轮则在田地里的土垄上颠着走。

颠簸到目的地，李聚奎下车环视四周良久，突发一语："这里是贵州龙里吧！"

押解人员大惊，以为有人给他通风报信，急令交代何以得知。

李聚奎淡淡一笑说："长征时我率部在此地掩护中央机关和主力部队通过。"押解人员听后哑然。

原来，时任红一军团一师师长的李聚奎率部于四月九日通过龙里时，与红三军团的先头部队走到同一条路上来了，由于大家都想迅速往前赶，因此出现了抢路和插队的现象。

李聚奎一看，立即命令红一师靠边停步，爬上山坡，沿山梁前进，给三军团让出了大路。当晚红一师就在山上露营。

第二天一早，红一师下山，在公路旁的一个村子里，李聚奎遇到了正在吃早饭的红三军团军团长彭德怀。

彭德怀虎眼一瞪，劈头就讲起红一师昨天插队的事："现在中央军委和大部队都还没有过来，敌人在贵阳有四个师，在龙里有三个师，今天可能从东西两面向我夹击，如果出了问题，你要负责呀！"

李聚奎知道彭德怀的脾气：越是熟人越严厉。于是他笑着向彭德怀说明了情况。

彭德怀旋即放下脸来："你们一师先归我指挥，占领西南山，监视龙里方面的敌人，三军团占领观音山，监视贵阳方面的敌人。哪一边的敌人出来，都要死打，以掩护中央军委和后面的部队。他们都过去了，你们听命令再撤，到时我派人通知你们。"

言毕，彭德怀朝站在一旁的警卫员努努嘴："去，再拿一副碗筷来，请李师长吃饭。"

李聚奎奉命率部扼守在西南山，中央纵队过去了，三军团过去了，后卫的五军团也过去了，一直到下午三时，道路上不再见人影，但却一直没有见到彭德怀派人来通知撤退。

李聚奎心一横，立即命令全师撤下去追赶主力。

原来，负责掩护的红五军团接替红三军团的阵地后，因弹药奇缺，与蹑尾追击的滇军稍一接触，便迅速南撤，将疾进的三军团队伍都冲乱了，两支部队混在一起，一口气跑了几十里才收住脚。

四月十日，越过湘黔公路的朱毛红军犹如猛虎出柙，兵分两路，以红一军团为左路，攻占定番县城，以红三、五军团为右路，进占青岩、广顺，以每天六十公里的强行军速度扑向黔西南，直指滇边。

# 三

防共防蒋，空头司令龙云决定将朱毛红军拒之于滇境外；一箭双雕，早已觊觎云南小政权的蒋介石趁机兵分两路大举入滇。

一九三五年四月二十三日黄昏，云南昆明海源寺旁的灵源别墅。

夕阳的余晖涂抹在朱漆大门上，镶嵌着的金色大铜钉和龙头铺首流光溢彩，耸立在门墙上的琉璃八角凉亭玲珑剔透，风姿绰约。

大门内长方形的花园百花争妍竞艳，一座围以精雕细刻石栏的石桥像彩虹般横卧在池塘上，石桥的尽头兀立着一座貌似宫殿的宽大宅院。

建于九级台阶之上的前厅，前廊高大宽敞。前厅后是一个长方形的大天井。气势非凡、名为燕喜堂的正堂，就坐落在天井西面约一米高的台基之上。

此刻，燕喜堂主人身着一件青色的长袍，伫立在堂正中的长桌前，桌面铺展着一张十万分之一的云南地图，地图的左下侧放着一纸刚收到的电文。

燕喜堂主人宽大圆形镜面后的眼光忽而在滇东平彝、宣威、咸宁之间游移，忽而直落在仍散发着淡淡墨香味的电文上，逐字逐句地推敲来推敲去，蹙眉皱额，冥思苦想。良久，方转过身来倒背着两手在青砖地板上踱来踱去，一副一筹莫展的愁容。

燕喜堂主人信步踱至台基上，目光茫然地望着远处的天隅直发愣。

西坠的夕阳虽然被峰峦高大伟岸的身躯强行遮挡住了那张光芒四射的脸庞，但仍心有不甘地在峰峦身后吐出万千条五彩缤纷的练缎，将天隅染得一片绯红。

余晖的映照下，山影如黛，旷野空茫，虫鸣鸟嘶，微风轻拂，弥漫着淡淡的花香味。

尽管眼里、鼻里看着、闻着浓浓的春天气息，然而，燕喜堂主人的心里却像冬天般枯燥乏味，怎么也鼓不高兴劲儿来。

因为，此时的燕喜堂主人正为来势汹汹的朱毛红军而发愁犯难。

燕喜堂主人乜斜一眼手里的电文，电文是国民政府军事委员会委员长蒋介石发来的：

据弟判断，匪必由平彝经宣威、咸宁再向西渡江或转赴毕节入川渡江。故决集中第二路追剿军围歼于宣威、威宁之间，令一、二、四纵队、五十三师经平彝向宣威威宁转进堵剿，三纵尾追，川军一个师集结毕节机动，派飞机参战。

朱毛若北进宣威固然是好，倘若继续西进直逼昆明呢？紧绷着脸庞的燕喜堂主人嘴里喃喃自语着，忽而转过身来，仰面怔怔地望着燕喜堂。

雕梁画栋的燕喜堂，面阔五间，单檐歇山顶，前置殿式抱厦。支撑抱厦的是六根石龙抱柱、雕饰有精美的"龙腾彩云"浮雕，似乎显示着主人叱咤风云的抱

负。鼓型柱座上则饰以螺蚌争游、鱼虾戏水，荷花牡丹等浮雕，充满生活情趣。

数载南征北战、东讨西伐，在硝烟弥漫的沙场上摸爬滚跌，无数次从死人堆里爬起来，拿鲜血和生命搏来的这份家业，难道就这样轻而易举地拱手送给他人！

燕喜堂主人咬咬下唇，通红的独眼透射出焦灼的神色。

他，就是国民革命军第十路军总指挥兼云南省主席龙云。

自从四月一日获知朱毛红军南渡乌江的消息，龙云几乎没睡过一个囫囵觉。

东进还是西走，朱毛红军下一步究竟会逃向何处？密切关注着朱毛红军动向的龙云神经绷得紧紧的，尤其是第三纵队孙渡滇军的一举一动，更让他牵肠挂肚。

朱毛红军从贵阳龙里间直插黔西南！

朱毛红军渡过北盘江从盘江八属直指滇黔边！

朱毛红军占领兴仁县城和兴义地域！

从四月九日接悉孙渡发回的朱毛红军突破湘黔公路的电讯，噩耗便像雪片似的一个紧接一个飞来，搅得他心神不定，坐卧难宁。

尤其是下午乍闻朱毛红军占领滇边平彝的消息，仿若五雷轰顶，将他轰得晕头转向。

是祸躲不脱，该来的最终还是来了，唉！龙云一脸的沮丧之色。

说实话，此时的龙云对当初作出派遣孙渡率滇军入黔追剿朱毛红军的决策有些追悔莫及，以至今日境内守备空虚，眼睁睁地看着朱毛红军长驱直入，却无一兵一卒可调。

倘若朱毛红军此番入滇意在图滇的话，或者被蒋介石逼得走投无路，不得不想方设法暂时在云南栖身，那么自己苦心经营多年的基业就会毁于一旦。

更让龙云担心的是怕蒋介石借"追剿"之名，派遣中央军大举入黔，把他含辛茹苦挣得的家业——滇军"中央军"化，云南政权中央化。

抓耳挠腮，绞尽脑汁，仍束手无策，龙云如坐在烤箱上，寝食难安。

其实，早在一九三四年冬，朱毛红军抢渡湘江时，龙云就在昆明召集云南军政要员召开过高级军事会议，商讨阻截朱毛红军的对策。

幕僚们经过反复商讨，最后形成两种截然不同的意见：

一是主张云南部队应出省外作战，也就是拒敌于省门之外。这种主张以军中实力派参谋长孙渡、第二旅旅长安恩溥等为主。他们认为：四川江面宽，红军无船则渡江难；而且交通便利，中央调兵截堵容易。朱毛红军不可能在四川渡江，来云南渡江的可能性大。

二是主张待朱毛红军进入云南后，再行参战，以保境安民。这种主张以政界实力派周钟岳、丁兆冠等省务委员为主，他们认为：朱毛红军已成为流寇，只有在天府之国的四川才可抢吃抢用，云南地瘠民贫，只有找苦吃，并且有石达开兵

败大渡河前车之鉴，朱毛红军不可能入滇。

龙云当然希望朱毛红军最好不要入滇，因为一旦朱毛红军入滇，红军直接扰乱云南的秩序犹为小可，更为可怕的是长追在后的蒋介石中央军会假途灭虢，趁机蹑踪而入，夺去云南半独立的主权。

既要防红，又要防蒋，龙云苦思着破解困局之策。

十二月，当朱毛红军进入黔东地域，龙云在蒋介石的一再催促下，当下便做了两手准备：一面任命第十路总指挥部参谋长孙渡为行营主任，率安恩溥第二旅、鲁道源第五旅、龚顺璧第七旅三个旅及三旅五团、九旅十八团准备出境堵截，一面命刘正富第一旅、龙雨苍第三旅、张冲第九旅整装待命，同时严令各县市坚壁清野，修葺城垣，加筑碉堡，先后筑碉堡四千余座，又令各县集中力量于县城，务尽守土之责。

一时，全省备战，未雨绸缪。

此时的滇军拥有六个旅十二个团两万四千余人，两个新兵团和两个独立营，各旅的编制大致相同：旅部直属一个迫击炮、重机枪连、一个特务连，下属两个步兵团，团直属一个护旗排，一个机枪连，有哈其开斯重机枪六挺，分编为三排，下属三个营，营属四个连，每连有战斗兵一百二十五名，有轻机枪三挺、步枪八十支。装备武器系新自法、捷、比三国购置，但部队大多是新近才成立的，尚无实战经验。

此外，各县各乡还有大量的民团和地主武装。

有备无患！

但，准备归准备，龙云仍持徘徊观望之态。

龙云清楚地知道，云南地处西南边陲，穷乡僻壤，纵使朱毛红军入滇，也不过是过境而已，绝不可能在此安营扎寨，倒是尾追在后的蒋介石的中央军醉翁之意不在酒，会假借追剿之名，将云南政权彻底纳于南京政府麾下。

因此，龙云的决策就是，出征的滇军只在滇黔川边境堵截，不使红军入滇，或者说只防不堵。纵使红军入滇，也只采取只追不堵的策略，以保存实力，保护云南的地方政权。

一九三五年一月十一日，龙云在实在无法顶住蒋介石接二连三的电令催促下，迫不得已命令孙渡率三旅之众出征，但一直游离在川滇、滇黔边地域，以保护滇边为主，尽量避免与朱毛红军交战。

二月二日，蒋介石委任龙云为第二路追剿军总指挥，实际指挥权却操纵在前敌总指挥薛岳手里。龙云对蒋介石的加封心知肚明：目的是要控制他的滇军，要滇军当炮灰，假朱毛红军之手削弱自己的实力。

孙渡后来谈到龙云当时的处境说：龙云虽为第二路军总司令，实际能够指挥的只有一个第三纵队（云南部队），而且由于不了解全盘情况，或者了解得不及时，就是指挥第三纵队的行动，也会发生与别的纵队行动重叠或者交叉，甚至逆

流行军等毛病。所以，他识相一点，还是连第三纵队也不要去指挥，自己干脆做一个"空头司令"好了。

但是，龙云又担心自己的滇军被蒋介石"中央军"化。

对于蒋介石的秉性和手段，龙云早有耳闻，尤其是蒋介石及其中央军进入贵州后，采取一箭双雕之计，一面借"追剿"朱毛红军之名派遣"中央军"大举入黔，操控了贵州军政大权；一面让黔军在"追剿"中与红军互相削弱实力，同时将黔军调遣得四分五裂，架空王家烈的实权。

龙云不得不佩服刘湘的精明：南攻北守，将朱毛红军、蒋介石的中央军堵截在境外；佩服李宗仁、白崇禧的狡诈：打尾不打头，让朱毛红军从桂北边境过境；鄙夷王家烈的拙笨：引狼入室。

要学刘湘的精明，把"红患"和"中央军"堵截在境外；朱毛红军若果真入滇，就学李、白的狡诈，将朱毛红军和"中央军"拦阻在滇东北边界过境，总而言之就是绝不做第二个王家烈！龙云拿定了主意。

四月一日，龙云获知朱毛红军南渡乌江，如坐针毡，生怕蒋介石将孙渡的滇军调离滇黔边，到时候自己鞭长莫及，于三日、四日连电孙渡，命令驻扎在黔西、毕节一带的滇军：若匪窜过贵阳后，我军应即暂行告一段落，停止前进，若委座有令，饬我军前进时，可将上述各种困难情形径电婉呈。倘有滞碍，可借后方推拖。

滇币在黔境内不通用，给养供应不上，水土不服，等等，龙云搜肠刮肚帮孙渡设计好了一大堆推诿的借口。

不料，夹在中间左右为难的孙渡抵不住蒋介石接二连三的急电，不得已率部赶往贵阳勤王救驾。龙云以为孙渡被蒋介石收买了，气得暴跳如雷。

四月九日中午，再也按捺不住的龙云严词致电孙渡：我各旅不能超过贵阳前进一步，又昨经呈奉委座鱼申（六日下午）电令，唯各旅在贵阳停止整顿，不再前进，而来电称俟匪情明了，再为前进，殊不相符，究系何故？现后方未得中央补助，已无力接济，我军若再超过贵阳前进，经费立将断绝，无论何人令赴黔东，均须考虑，不能轻进也。

以断钱粮相威胁，强令"不再前进"，也就是说蒋介石调遣滇军"超过贵阳前进"的做法，已经触及龙云的心理底线。

龙云更加坐不住了，不得不下达最后通牒！

尤其是得知孙渡在谷脚遭袭，龙云一口咬定是"中央军"干的，目的就是要削弱滇军。逼得薛岳只好出面解释："中央军"过去曾被红军俘去甚多，他们当然会利用被俘士兵服装来与我们作战，使我们分辨不清，发生误会。但"中央军"绝不会有穿着自己服装来自相残杀之理。

一计不成，再生一计，疑虑重重的龙云，于四月十一日又致电孙渡的参谋长缪嘉琦：

　　我军与匪激战于观音山、倪儿关，俘获甚多。各情闻之甚慰。匪自入黔后，盘旋逃窜。我军辗转驰驱，迄未一战，此次接触，实属千载良机，歼匪救国，在此一举。仰即转饬各旅，激励将士，努力杀敌，勿稍懈怠。孙司令及各旅既已追匪前进，该警卫营，何以仍留贵阳？应速向孙司令请示行动为要……

　　说到底，龙云怕孙渡抵不住诱惑，自己被蒋介石卖了还帮着数钱而不自知，仍将滇军留在贵阳。

　　一波未平，一波又起。四月十七日，已获知朱毛红军正在抢渡北盘江的蒋介石慌忙调兵遣将，电令第一纵队欧震师、梁华盛师，第二纵队谢溥福师、万耀煌师、肖致本师，第三纵队孙渡的三个旅共五师四旅人马兵分三路，由北、东、南面对朱毛红军进行截击、尾追、夹击。同时又致电龙云：

　　匪必西窜盘江八属（北盘江以西八个县），此正为我军聚歼之良机。未知兄处能否就近抽拨二、三团兵力，于五六日内进驻兴义截剿，以堵其入滇之路。至于盘县、普安皆有部署，不必顾虑。如何？盼立复。

　　螳螂扑蝉，黄雀在后！龙云一看蒋介石如此部署，气得七窍直冒烟：薛岳的中央军兵分两路，一路从朱毛红军的右侧镇宁、关岭西进，截断朱毛红军北上之路，一路从朱毛红军的后面直压尾追，而孙渡纵队则从朱毛红军的左侧南面夹击，这不明摆着要赶鸭子入笼般将朱毛红军驱向云南，重演贵州之故伎！

　　绝不能让"红患"窜入云南！

　　更不能让"追剿"的"中央军"进入云南！

　　防蒋甚于防红！

　　龙云仍幻想着效仿川军刘湘或桂军李宗仁、白崇禧的做法，想方设法将红军堵截在滇境外，倘若实在挡不住的话，就让朱毛红军从滇东北边隅过境，转向邻省，逼向西昌、会理，同时让追剿的中央军也从滇东北边隅地区过境。这样的话，既能保境安民，又能找到借口将中央军拒之于滇境外，从而保住自己的独立王国。

　　但巧妇难为无米之炊。此时的龙云几乎就是一个光杆司令：孙渡率三个旅八个团远在贵阳，滇境内四个团分驻省内各地，一时难以集结。然而，防红防蒋，不得不孤注一掷。

　　十八日，薛岳秉承蒋介石手令匆匆赶到关岭督战，立即调整部署，命令：

　　一、本夜拟派雷团袭击平街。

　　二、命孙渡纵队于二十四日占领平街，二十一日全部向巴铃、龙场之线前进。

　　三、命梁华盛师二十日至兴仁，并于垄脚、交乐、鲁础营设伏，欧震师于巴铃、波秧设伏。

　　四、周浑元纵队二十一日集结青山，并于大海子、车榔、竹山箐、箐丫口设伏。

五、万耀煌师二十日到普安，二十一日主力控制铁厂、老纸厂、马平地。

龙云如坐针毡，一面急调李菘独立团赶赴平彝堵击，又派留驻滇黔边境的刘正富第一旅到黄泥河以东的兴义东北部顶效防堵。

一面以朱毛红军必抢渡金沙江之名，恳请蒋介石严令中央军务须向会泽、巧家方向追剿，以收石达开覆灭之效。

同时，使出釜底抽薪之计，急电孙渡：

孙司令官并转安、鲁、龚三旅，罗平刘旅长钧鉴：我军此次出省剿匪以来，终日奔驰，已达数千里，费力虽多，而成功甚微。此次匪入盘江，诚为聚歼之良机。盖盘江距省较近，补充亦易，且伤亡易于处置。为减少官兵疲劳，避免再行长途追击起见，应彼此勉励将士，与我内外滇军，不顾重大牺牲，努力杀敌，以收夹击之效。不特可以扬名于中外，且藉此得以告一段落，从事休养，实为至幸。万一窜入滇境，务望设法不分星夜超越于前，阻其深入，是为至要。

龙云要孙渡“设法不分星夜超越于前”，赶回云南，以阻截朱毛红军深入滇境。

龙云的目的，仍然是千方百计要将朱毛红军及蒋介石的中央军拒之于滇境外或滇边。

没想到，朱毛红军在安龙、兴仁集结后，竟兵分两路大举入滇，左路一军团经黄泥河突入有滇黔锁钥之称的平彝境，前锋直指曲靖，右路三军团进入平彝境后，前锋直指沾溢。此外，原在黔境的九军团也由黔西水城地区向宣威疾进。三路大军直扑滇境，彻底打破了龙云“拒红军于滇境之外”的幻想。

入滇的第一仗是在白龙山打的。

四月二十三日，红一军团前锋刘瑞龙任团长、邓华任政治委员的红二团向平彝羊肠营疾进，与抢先占领白龙山制高点及两翼山梁的李菘独立团相遇。红二团几个冲锋便夺下了滇军的前沿阵地杨梅垴，然后采取正面佯攻两侧迂回的战术，一举击溃了滇军，并乘胜猛追三十五多公里，一直追至车新口，又毙敌二百多名，俘敌数百人，李菘只带着数名随从落荒而逃。

随即，朱毛红军大举进入云南的平彝境内，昆明城内早已人心惶惶，龙云更是忧心如焚。

来势汹汹的朱毛红军，在北有重兵截堵，后有重兵追击的紧迫情形下，只有继续深入滇境一途可走！

龙云更加急了，慌忙任命胡瑛为昆明城防戒严司令，又成立昆明城防司令部，任命第三旅旅长龙雨苍为城防司令，但仅有严家训第六团一个建制团，其他只有警卫营、宪警和新兵队等，势单力薄，龙云只好又急调临近十余县民团到昆明协防。

龙云十分清楚：若朱毛红军真的意图攻占昆明的话，单凭这点兵力守城，无异于螳臂挡车。但昆明不能不保，昆明一丢，也就等于丢掉了自己的根基。

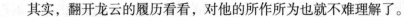

其实，翻开龙云的履历看看，对他的所作所为也就不难理解了。

凝目眺望着远处的山村、田野，伫立在台基前的龙云，焦虑、忧郁全写在那张紧绷着的梨黄色脸上。

朱毛红军若真的来攻昆明的话，只有暂时退到缅甸避难了！龙云心里嘀咕着，做了最坏的打算，大脑里像一盆无头无绪的乱麻。

倒是蒋介石刚发来的这一纸电文，像一剂镇静剂似的，给龙云带来些许安慰。

倘若朱毛红军果从平彝北上，转向宣威的话，那么"追剿"的"中央军"也只能从滇东北过境，昆明也就平安无事了，昆明保住了，自己的云南小政权也就无虞了。

然而，蒋介石像赶鸭子入笼般，明摆着往云南赶，不得不做两手准备！

龙云精打细算地拨弄着自己的算盘。

龙云当然希冀朱毛红军能跟着蒋介石的指挥棒走，那样的话自己就高枕无忧了。

但谋事在人，成事在天，用兵常出人意料的毛泽东万一深入云南腹地呢，那么蹑尾追击的"中央军"也就会冠冕堂皇地进入云南。

一想到这些，龙云不寒而栗。

于是，龙云一面让扈从们赶紧收拾软细物件，以备不测时，立马走人，退入缅甸暂避。一面祈求苍天保佑，让朱毛红军赶紧过境！

是走，是留？龙云的心里犹如十五个吊桶打水——七上八下的，忐忑难安，乱极了。

## 四

毛泽东挥戈西指，朱毛红军抢渡北盘江，红流直涌滇东；红山红水，贺子珍血洒威舍。

一九三五年四月二十三日黄昏，平彝铁锁箐。

夕阳斜照，层层叠叠的梯田上披着一层金黄色的油菜花，旱地上铺展着一片嫩嫩的麦苗绿，山岭上各色各样的杜鹃争妍斗艳，春色、春风弹奏着妖冶妩媚的旋律，浇铸出万紫千红的娇美模样。

夕阳下，如画似锦的旷野中，三匹轻骑正飞快地疾驰着。奔跑在前的是一匹小青马，马背上的毛泽东，脸庞绷得紧紧的，厚唇紧抿，浓眉几乎锁成了一字形，焦虑的神情毫无掩饰地呈现在脸上。

不等小青马在高芝冲的一座砖砌瓦房前停稳蹄，毛泽东便迅速跃身而下，迈开大步火急火燎地径往屋里直闯，嘴里连声喊着："子珍，子珍……"

堂屋正中，十来位头戴缀着红五星八角帽的红军女战士正着急地围着一副担架，担架上躺着一位浑身裹着渗满殷红鲜血白床单的女伤员。众人闻声纷纷闪开道，毛泽东三步并作两步走到担架前，急忙俯下身，伸着颤抖的右手爱悯地抚向女伤员的一头乱发："子珍，子珍，你怎么了……"两行热泪伴随着哽咽的呼唤声夺眶而出，顺着脸颊长流而下。

也许是真诚所至，金石为开。半响，伤者那张灰白如纸的脸颊渐渐有了些许红晕，一双星眸缓缓睁开，干裂的嘴唇蠕动，吐出有气无力的微弱声丝："润之，您怎么来了？"

毛泽东左手一把握住贺子珍的手，右手抚摸着贺子珍额上的乱发，哽咽道："子珍，我毛泽东愧对你呀！"

原来，躺在担架上的伤员乃是毛泽东的妻子贺子珍！

二十二日晨，军委后梯队（总卫生部、干部休养连等）随红一军团二师五团从猪场出发，刚行至威舍大寨时，与军委前梯队相遇。因道路狭窄，只能一路通行，红五团政治委员赖传珠当即命令部队原地停下，把路让出来，给军委前梯队和干部团先行通过。

突然，右后侧传来隐约疏落的枪声。赖传珠一惊：不好，是敌人奔袭！

旋即见军团通讯员气喘吁吁地跑上前来：报告，林军团长命令。

赖传珠急忙拆开三角信一看：

薛岳纵队采取长途轻装奔袭战术，企图侧翼突袭，命你团抗敌，以掩护中央纵队安全通过。　　林

赖传珠当机立断：一营抢占东北面制高点挡住敌人，二、三营在主阵地准备迎敌！

炮火轰击，集团冲锋，薛岳纵队以人海战术、车轮战法像汹涌的浪涛接二连三地撞击着红一营阵地。

战至中午，一营阵地失守，追击的周浑元纵队第九十六师趁势向红五团主阵地席卷而来。

激战中，赖传珠不幸中弹负伤："杀！"三营长手臂一挥，带着队伍挺身冲下去了。冲杀声震撼山谷，铿锵声盖住了枪声……就在这时，我猛一抬身，一颗子弹打进胸部，当即倒在地上。等我清醒过来，已被警卫员于占鳌同志背下阵地……我下阵地后，战斗更加激烈。班长牺牲了，战士代理指挥；射手负了伤，干部亲自射击。敌人反复冲锋七八次，山坡上的野草和小树都踩平了，我军阵地仍然稳如泰山……直到黄昏才主动转移阵地。

就在红五团与周浑元纵队殊死鏖战之际，随总部卫生团干部连进抵威舍的贺子珍在国民党军飞机的狂轰滥炸下身负重伤。

被炸得遍体鳞伤的贺子珍从头部、身上到四肢，十七处中了弹片，殷红的鲜血汩汩直冒，有一块弹片从她的右背部一直划到左胳膊，撕开了长长的一条大口

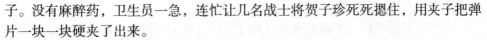

子。没有麻醉药，卫生员一急，连忙让几名战士将贺子珍死死摁住，用夹子把弹片一块一块硬夹了出来。

二十三日黄昏，刚随红军总部抵达铁锁箐的毛泽东得知贺子珍负伤的消息，连忙带着傅连暲医生和警卫员赶往军委后梯队宿营地高芝冲。

"润之，不要因为我影响大家行军前进，把我放到老百姓家里吧，等我伤养好了，会来找部队的。"贺子珍缀满泪水的目光祈求地望着毛泽东。

"不，子珍，我毛泽东绝对不会丢下你不管！"

看着不久前因分娩仍十分羸弱、此时遍体鳞伤的贺子珍，毛泽东轻咬下唇，眼眶湿润，直起腰来，朝身旁的傅连暲微点头示意他去救护，然后调转背缓缓踱出大门，伫立在屋檐下，遥望着漆黑的夜空，掏出烟支点燃，一口紧接一口地猛抽起来。

"得失、得失，有得就会有失。全军顺风顺水，没想到贺子珍却遭此劫！"心情沉重的毛泽东喃喃感慨。

的确，自从四月九日从龙里突过湘黔公路，朱毛红军一路向西猛进，在黔军守备空虚的黔南和黔西南地区犹入无人之境。

黔南和黔西南地区大多是布依族、彝族、回族等少数民族聚居区，山高岭陡，道路险阻泥泞，人烟稀少，偏僻闭塞，过去驻防的是犹国材部吴剑平师，但主力早已调至安顺一带"围剿"红军，只有少数部队和地方民团武装。加上当局诬蔑性的夸张宣传，居民们对朱毛红军不甚了解，纷纷躲避，无形中倒帮了朱毛红军。

四月十日，左路红一军团教导营教导员陈士榘奉命率全营抢占定番县城。当教导营路经赤城镇时，取下区公所门口的青天白日旗，举着旗帜一路向西，国民党军的飞机追来，以为是国民党军，既不扫射也不轰炸，盘旋一阵就飞走了。

陈士榘后来说：一路上群众叫我们"中央军"，我们向他们解释我们是中央红军，但群众毫无一点畏意。离定番不远时，竟有成千上万的人被组织起来，欢迎"国军"，等他们知道来的部队是中央红军时，为时已晚。大群的反动人物拼命乱跑，靖卫团警察狗子手忙脚乱，闭城门，登城抵抗。一个冲锋，只打了十几枪，敌人屁滚尿流。

不费吹灰之力，教导营占领了定番城。

四月十二日，右路红三军团占领了广顺城，左路红四团占领长寨。

十三日傍晚，左路前卫红二团击溃黔军一个营，占领紫云县城，并在城内一裁缝铺里，得知黔军定做的两百套军衣尚未拿走，当即买下，没想到后来成了朱毛红军的通行证，在黔境内一路畅通无阻。

边走边想，边想边决策，毛泽东睿智的大脑像车轱辘般日夜不停地旋转着，基于瞬息万变的军情，迅即调整着红军的进军路线。

当晚，随红军总部宿营在紫云县城的毛泽东做出抢渡北盘江、西进黔西南的

决定。

右路彭德怀的红三军团和董振堂的红五军团从长顺西进，在先遣队彭雪枫的十三团化装黔军夺取关岭募役的铁锁桥失利后，决定改由关岭以南贞丰附近渡江。

十五日，彭德怀电令邓国清任团长、张爱萍任政治委员的红十一团：十一团为先遣团，于明日十二时赶到北盘江，控制渡河点，并架设浮桥；同时，占领白层河渡点，掩护全野战军渡河；行程约一百八十里，沿途有彝兵与民团，无正规敌军。

十六日中午，红十一团在彝族武装头领王海平司令的帮助下，经过一整夜零半天的急行军，顺利进抵北盘江东岸的坝草。

张爱萍亲自指挥抢渡：江边有王司令守江的一个连长（全连只带三条枪），从他那里得悉：此地距白层渡口还有三十里，而且那里仅有的两只渡船已被敌人拉过西岸去了。我们见此处江宽不过两百米，水流较缓，对岸又无敌情，便决定在此泅渡，迅速迂回到敌人背后，同时命令一营沿江东岸南下，从正面强攻白层。

正在此时，侦察员请来一位叫王凤昌的彝族老人，告诉张爱萍往上游走一段路，有个浅滩可以涉渡。

张爱萍喜出望外地赶到浅滩，参谋长兰国清带着几个会泅水的侦察员连忙下水试渡，果然可以涉渡。于是团侦察排、七连、八连、九连的指战员们一手高举枪、弹和衣服，一手互相拉着，依次泅渡过江，并迅即抢占了江西岸的坡扪寨山头，击溃了刚从贞丰县城赶来守江的犹国材部的一个营，控制住渡口架设浮桥。

第二天拂晓，刚渡过北盘江的彭德怀便命令张爱萍率二营、三营立即出发，沿江西岸进占太平街，并逼近关岭、铁索桥，以牵制关岭、募役、安顺一线之敌，掩护主力西渡北盘江。

张爱萍率二、三营翻山越岭急赶了一天一夜零半天，于十八日下午抵达太平街，激战半小时，击溃了一个营的守军，扼住了企图由关岭到兴仁截击朱毛红军西进的国民党军交通要道。

兰国清率田维扬的红一营沿北盘江东岸南下，经孔明坟于黄昏后占领了白层对岸的攀枝花丫口高地。

白层渡是贞丰、兴仁的门户，守军是王海平委派的保商营，实际只有二三十人枪。营长叶清文见红军人多势众，即派副营长黄斗章过江谈判，请求红军渡江假打几枪，他们即撤走好向上级交差。

十七日拂晓，红一营乘着保商营送过来的船渡江，用机枪刚朝江面上打了两梭子，保商营便依约撤走，红一营一边赶架浮桥，一边乘胜疾进，于当天中午占领贞丰县城。

十八日，毛泽东和军委前梯队从白层渡渡过北盘江，进驻贞丰县城。

彭德怀的右路纵队势如破竹，林彪的左路纵队也所向披靡。

四月十七日中午，担任左路先遣部队的邓华任政治委员的红一军团一师二团进抵北盘江东岸的者坪，因无敌情可顾虑，红二团放心架桥，将近黄昏，一座浮桥宛如长蛇般在江中荡漾着。

十九日，林彪率红一军团主力和军委后梯队从者坪渡过北盘江。二十日晨，红二师占领安龙县城。

二〇〇六年，时任红五团侦察排长的欧阳华在跟笔者谈到在黔西南那段日子说：我们的战士大多是泥腿子出身，跋山越岭原本是拿手好戏，但穿着草鞋甚至光着脚板天天在山路上强行军赶几十里路，好多人累得死去活来，吃不消了。

就在朱毛红军主力向滇边疾进的同时，二十日，罗炳辉的红九军团也从上游渡过北盘江，逼近滇东北的宣威。

当朱毛红军主力南渡乌江时，被周恩来誉为"战略骑兵"的红九军团奉命在乌江北岸的马鬃岭一带牵制国民党军，掩护主力渡江。

四月一日，当完成牵制任务后的红九军团奉命昼夜兼程赶到乌江北岸的沙土追赶主力时，比规定的时间晚到六个小时，不仅浮桥拆了，更为严重的是南岸吴奇伟、周浑元纵队已由西南沿鸭池河北上，向渡河点逼近，尾追的黔军犹国材部也从后面压了过来。

前有乌江天险阻隔，后有黔军重兵追击，红九军团一支孤军顿时陷入了进退两难的境地。

雷公打豆腐，先拣软的打。军团长罗炳辉、政治委员何长工、参谋长郭天民站在雨中一碰头：立即转移，迎击"双枪兵"犹国材部。

四月三日下午五点多钟，未能渡过乌江的红九军团经过一天两夜的急行军，进抵打鼓新场的老木孔村，马未卸鞍，打前站的军团侦察连报告：东北面发现黔军的三个团，正向西南逼近。

想摆脱敌人是困难的，过江自然是困难，要追上主力就更困难。只有捕捉战机，打垮一路，才能获得主动权！罗炳辉一咬牙，拿定了主意。

战场选择在老木孔村南面二十多里到鸭溪路上的丘陵地带，这里山地起伏，大道两侧是茂密的竹林和一人多高的灌木丛，便于部队隐蔽。九团摆在正面，七团在右翼，八团在左翼。

具体打法：不打头，不打尾，集中力量伏击走在队伍中间的指挥机关，打乱指挥系统，然后击溃全军。

战斗发起的时机：选定在黔军鸦片烟瘾发作时的中午。

四日拂晓，红九军团悄悄地进入了阵地，隐蔽在灌木丛中。

数十年后，时任红九军团参谋长的郭天民仍记忆犹新：从拂晓一直等到上午八点多钟，才把敌人等来了。敌人沿着大道，以常备行军队列，一群群，一队

队，拥拥挤挤地向西南方向走去。看来敌人急于追击我们，行军比较匆忙。他们没有估计到我们会出现在这里，连搜索一下也没有。我们屏住气观察着、计算着，一个团过去了，又一个团过去了，眼看过去了三个多团，却仍然不见敌人的指挥机关。

红九军团指战员们静静地等到中午一点多钟，才见大路上渐渐热闹起来：骑马的、乘滑竿的，骡马驮子、担架、挑子，队伍杂乱不堪。大概是烟瘾发作了，一个个步履蹒跚，懒洋洋的。

罗炳辉一声令下，十多名司号员同时吹响了冲锋号。

何长工回忆说：当指挥员一声令下，战士们从丛林中犹如猛虎出山，枪口喷射出仇恨的火舌。这突如其来的"天兵"，只打得敌人晕头转向，顿时乱作一团，抱头鼠窜，号叫着夺路逃命，指战员们发扬了猛打、猛冲、猛追，不怕疲劳，连续作战的作风，一鼓作气追敌五六里，击溃敌人的反扑，直至黄昏时分战斗才结束。

郭天民当即清查战果：共缴获步枪1000多支，俘虏敌兵1800多人，其中还有两个团副。据俘虏供称，这次他们共约七个团，由敌旅长白辉章率领，本来是想紧紧跟踪我军，会同中央军吴、周纵队将我军围歼在乌江边上的，却想不到落入我军伏击圈内。

红九军团当下将缴获的枪支全部架起来，放火烧毁，抓获的俘虏因都是些鸦片鬼，难以补充部队，每人发给三元路费，全部遣散。

三千人击溃三个团，俘敌一千八百人，敌副师长魏金镛被击伤。老木孔一仗，打乱了国民党中央军、黔军追歼、堵截的计划，使在乌江北岸孤军奋战的红九军团转危为安。

四月五日，摆脱危境的红九军团在向黔西北疾进时，侦知长岩镇驻有一个一百余人的民团中队。碰巧，军团便衣侦察截获了中央军十三师一个团长姨太太的轿子和一个护送班，缴获了团长的名片。

罗炳辉机灵一动，当下命令军团侦察科长曹达兴率侦察连全部换上国民党军服装，拿着团长的名片，直奔长岩镇。

从未见过世面的民团听说是"中央军"的前卫，慌忙列队欢迎，侦察连一枪未放，干净利索地缴了民团的械。

事不过三。第二天，红九军团仍想依样画葫芦智取云、贵、川三省交界的黔西北重镇瓢儿井，也是当时大定县政府的一个食盐储存地，有一百五十多名盐防军守卫。不料被守敌发现，智取改为强攻，一战而下。红九军团在镇内休整了三天，扩招新兵三百余人，筹款三千余元，还做了八百多套单衣。

红九军团在黔西如蛟龙入海，一路所向披靡，迅即进入滇、黔边界的毕节。

因探知滇军鲁道源旅曾驻防海子街一带，罗炳辉决定改变由毕节经咸宁进云南的计划，折向大定经水城进入云南盘县，与主力会师。

然而，乐极生悲。

四月十三日下午，四天强行军走了二百多里的红九军团进抵大定县的猫场，一场人为的灾难正悄悄地降临这支远离红军主力的孤军。

猫场坐落在一条深深的峡谷里，背后仅有的一条通道叫梯子崖，又叫鸡飞崖，一边是陡峭山崖，一边是无法徒涉的六冲河，鸡飞崖处于两个峻崖之间，是从笔陡的石壁上硬凿出来的，有一百多级的阶梯，既狭且陡，窄处只容一人通过，有的地方手脚齐用，才能上去。

连续行军的疲劳，尤其是接二连三的胜利，红九军团的将士们以为附近只有早被红军打怕了的黔军，纵使借他们几个胆也不敢主动找红军作战。于是决定在猫场宿营，但为安全起见，又布置后卫红八团警戒来路，特地设了一个连哨，决定次晨四时半再出发。

当晚，乌云蔽天，黝黑如漆。从黔西跟踪而来的王家烈部何知重师刘鹤鸣第六团也进抵猫场北山后边的牛场宿营，当地民团队长汪筱垣告密，土匪武装陈子良亲自带路，兵分三路偷袭猫场。

连哨的战士发现时隐时现的火光，并逐渐增多，而且越来越近，便立刻报告连部，连长报告团长，并请示机宜。

谁知因行军疲劳正在鼾睡的八团团长崔国栋蒙眬中听了报告，认为红军连连获胜，敌人不敢轻易来袭，更何况今夜是阴天，敌人不敢来，贵州地气潮湿，容易出现鬼火，你们注意观察就是了。

人声嘈杂，手电筒闪闪发光，敌情愈来愈明显。

连长又报告团长，崔国栋有些不耐烦地说：可能是老百姓逃荒吧！你们注意侦察，如有变化，再来报告。

黔军似乎发现了红军宿营，便蹑手蹑脚隐蔽起来。连长、排长和哨兵们着实放心不下，向崔团长建议派人前去侦察一下。

崔国栋仍坚持己见：现时后山沉寂，再无火光，准是老百姓逃荒。再则清晨要行军，又何必徒劳兵力！

凌晨四时，准备率担任前卫的红八团出发的参谋长郭天民刚到部队：突然"砰砰"几声枪响，接着枪声一阵紧似一阵，敌人的先头部队已冲进猫场附近，封锁了街口。

不好，是黔军偷袭！郭天民立即命令侦察连长龙云贵带部队堵住街口，以掩护直属队转移。

毫无戒备的红九军团突遭黔军袭击，仓促投入战斗。

刚撤下连哨的红八团见黔军抢占了高地，企图直插宿营地的后山，迅即展开与黔军反复搏杀；

右翼的红七团遭到企图迂回包抄的黔军的侧面袭击，立即占领附近高地，与之对峙；

左翼的红九团依据山地跟迂回的黔军寸土必争地激战起来。

混战中，军团长罗炳辉、红七团团长洪玉良差点成了黔军的俘虏。

时任红九军团供给部长的赵镕目睹了这惊险一幕：军马饲养员听得枪声鼎沸，为保安全，先将罗军团长的马牵走了。罗军团长身体较胖，行走不快，还留在后面，由警卫员胡有山随行。恰值小股敌人绕道袭来，情况十分危急。幸而郭参谋长适时赶到，一面派自己的警卫员和通讯员，保护罗军团长前进，一面赶调特务连加强兵力，进行战斗。我特务连连长肖新槐率领特务连和侦察连的两个排，向敌人猛冲过去，打开了一条出路，军团长和参谋长才退出。

七团团长洪玉良带着一个排，沿着梯田行进。梯田田埂高过一人，挡住视线，敌人在死角埋伏起来。洪团长一人走在前面。当他走到拐弯处，敌人冲了出来，喊声"捉活的！"一把抓住洪团长的胸襟。洪团长措手不及，无法开枪，举起枪柄猛击敌人头部，这家伙应声倒了下去，洪团长转身向左面跑去。

郭天民后来说：从拂晓起，直到下午三点多钟，部队才交替掩护着翻越了鸡飞崖，脱离了险境。

猫场一战，红九团团长刘华香、政治委员姜启化、副团长李松负重伤，红九军团伤亡近六百人，这是离开中央红军主力后最大的一次损失。

四月十九日，红九军团接到红军总部电令：迅速越过北盘江！

红九军团连夜西进，准备在北盘江的上游盘江桥渡江，但侦知唯一的铁索桥有重兵把守，只得沿江而下另寻渡口，十九日在一位名叫王三爷的老人带路下，找到一条他做私贩鸦片生意的秘密通道。

郭天民一看：这地方没有桥，也没有船只，只是一段狭窄的江面，从江岸到江心矗立着许多大石头，形成了天然的桥墩。

傍晚时分，红九军团按照王三爷的指点，把准备好的木料架在乱石上，当夜从虎跳石渡过北盘江。但孙渡的三个旅已抵盘县，截断了红九军团南下与主力会师的通道，红九军团只得直赴滇东宣威。

尽管朱毛红军在黔西南所向披靡，但因穿行在少数民族聚居区，加上云南地方民团众多，沿途不断的骚扰，一些落伍、掉队、失散的红军遭到了惨无人道的杀害。可谓是血雨腥风；一路血迹。

一九七〇年，贞丰县和平公社社员孟国祥嫁女，用一床黄色军毯陪嫁，引起了当地公安机关的注意，从而牵扯出一桩屠杀红军的惨案。

红三军团一位指挥员在贞丰洛艾安置伤员误时掉队，黑夜摸索到长冲道洞子张明亮家投宿。张明亮怕被株连，就将他带到邻近的陈登文家。陈登文叫张明亮先稳住红军，暗中到坡陇告甲长郭连培。郭、陈二人又连夜赶到王院密报区长刘跃先。

次日拂晓，红军刚起床，便被刘跃先率二十多名民团抓住，把红军押到一个深洞旁，孟国祥用枪托猛击红军头部，打昏倒地后，剥光衣裤，捆绑住手脚，丢

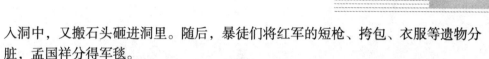

入洞中，又搬石头砸进洞里。随后，暴徒们将红军的短枪、挎包、衣服等遗物分赃，孟国祥分得军毯。

天网恢恢，疏而不漏。没想到事隔三十五年后，一床军毯泄露天机，才使当年的暴徒们一一落网，得到了应有的惩罚。

杀！杀！杀！根本利益的冲突，实际上就是你死我活的角逐！

卷土重来的地主武装在疯狂屠杀失散红军的同时，甚至对帮助过红军的群众也不心慈手软。

红二师途经册亨县境锚鼻渠大山之巅时，有十八名指战员住在熬硝为生的蒲东狗余氏夫妇花背穿洞里。蒲东狗带着红军到央亚寨子围住民众自卫队大队长易宗礼家，捉住了正想逃跑的易宗礼，并开仓分粮，没料半路上被易宗礼逃掉。

红军走后，易宗礼带着二十多名家丁和自卫队将蒲东狗夫妇抓住，关在者王联保主任杨绍周家的牛圈里，把蒲东狗吊在一棵枫香树上，用皮鞭乱打，硬逼蒲东狗招认带领红军抢劫他家。

易宗礼叫手下人把蒲东狗的两个大母指用麻绳绑在一棵已劈破的树桩上，然后用木楔从破缝中加进去，瞬间，麻绳勒进肉中，鲜血直流，蒲东狗当场昏死过去。

如此折磨两天，易宗礼仍怨气未消。第三天中午，易宗礼让自卫队将蒲东狗夫妇押解到者王场坝，先叫人假意解开蒲东狗妻子的绳索，狞笑着说："现在你可以回老家啦，蒲东狗赶后就来，你先走。"叫家丁将余氏推到场口，从背后开了一枪，余氏当场惨死。

易宗礼犹未解恨，把蒲东狗绑在一棵树上，亲自赤膊上阵，手拿屠刀，咬牙切齿地指着蒲东狗的脑门："你有眼不识泰山，竟敢在太岁头上动土！"

话未落音，一刀划破了蒲东狗的前额，把皮剥下盖住眼睛。蒲东狗顿时昏死过去，一苏醒就大骂易宗礼残暴无情。

易宗礼恼羞成怒："看你骂不骂人！"一刀又割去蒲东狗的嘴唇。

易宗礼仍不罢休："你这耳朵也不听话！"手举刀落，蒲东狗的左耳又被残忍地割下。

易宗礼兽性大作，把蒲东狗放倒在地，先割断四大筋，再从脖子到臀部剥下一块皮，缠在他的马鞭杆上，然后叫家丁把蒲东狗拖到坝边，推到路坎下活麻林中扬长而去。

黔山黔水，红山红水，无数红军英魂用殷红的鲜血把"信仰"两个字书写在天地之间，镌刻在黔南大地上，铸造成永恒的丰碑！

恶劣的环境，残酷的战争，凶恶的民团。此刻，毛泽东眼眶湿润，他清楚的知道如果把贺子珍留下的话，意味着只有两个字：死亡。

毛泽东吮吮下唇，朝身旁的警卫员稍一点头："抬走！"

# 五

蒋介石鹰隼的目光始终盯在滇东北的宣威、咸宁，但对朱毛红军究竟从哪条路渡江入川却拿捏不准；

明要向北，却先向南，毛泽东声南击北，挥戈直指昆明；

为图自保，龙云急调滇军回防昆明，金沙江向朱毛红军敞开。

一九三五年四月二十五日傍晚，云南黄泥河街。

八架涂有青天白日徽章的双翅膀飞机，像蜻蜓般来回穿梭着，俯冲，扫射；盘旋，投弹，飞机的呼啸声，炮弹的爆炸声，子弹的凄厉声，合奏着一曲惊心动魄的战争交响乐。

天崩地裂！

大地在颤抖、在抽搐、在鸣咽。"轰隆隆"的爆炸声此起彼落，爆炸声中腾起一团团、一簇簇的烟雾，遮天蔽日，弥漫着呛人的血腥味、硝烟味。

距黄泥河街不到两公里的小山丘坡上，国民党军第九十师师长欧震与滇军第二旅旅长安恩溥并肩而立，正手举望远镜一动不动地仔细观察着战况，不时传出一阵阵爽朗的笑语声。

"报告，飞机刚投下的侦察情报。"通信兵将信袋中的公文取出递至欧震手上。

欧震乜斜一眼公文，笑着递给安恩溥："安旅长，此去你们人地熟悉，请你们向前追击，我们向后沿河追击，支援你们！"

安恩溥接过公文一看：右前方羊场旁有千多红军干部正在集合讲话，盼速派队围剿歼灭，勿误！

安恩溥精神一抖擞："请欧师座放心，进入云南地盘了，滇军义不容辞打头阵！"旋即命令第四团团长万保邦率部向前冲去。

原来，自从朱毛红军突过龙里间的湘黔公路后，坐镇贵阳的蒋介石见在贵阳以东围歼朱毛红军的计划落空，立即调整部署，命令正向东追击的各路大军又掉头向西扑来。但因事出突然，各路"追剿"军距朱毛红军都有一至三天的行程。蒋介石于是一面命令各路"追剿"军日夜兼程猛追，一面命令清镇机场的飞机轮番侦察、轰炸，及时空投命令，指挥作战，企图迟滞朱毛红军的行动，以便"追剿"军及时追上。

而此时的毛泽东，判断孙渡部和吴奇伟部等有向红军追击和侧击的可能，为摆脱追敌，寻求先机，指挥红军主力大踏步地向滇中疾进，只留少数部队在后阻击尾追之敌。

紧追在左路纵队红一军团、红五军团、军委纵队之后的滇军安恩溥旅，一则

蒋介石的严令追击，二则龙云的严令保滇，迫不得已只好硬着头皮猛追。

二十六日拂晓，浓雾弥漫，三步外难辨人影，安恩溥令万保邦团为先头部队向沙寨搜索前进。

游击队长万华忠、团副范捷率一营趁着浓雾摸进村口，见着昨天被飞机轰炸伤亡人员身旁还有枪弹，正在捡拾，猛听到村内传来喝问声："什么人？"随即传来一阵枪声，滇军迅即展开。安恩溥立即命令四团、三团主力增援，一场激烈的遭遇战便稀里糊涂地打了起来。

待雾散天明，红军早已撤去。安恩溥进村一看：见各处都有大桶盛着米和豆类杂粮煮好的稀饭，桶旁丢下一碗半碗的稀饭和一些竹筷，看情况是红军正在吃饭时仓促应战的。

当晚，安恩溥接到龙云的急电：红军主力先头已到曲靖以上，该旅切勿受红军后尾少数部队牵制，应兼程经陆良至宜良乘火车来保卫昆明。

龙云的一纸电文，将安恩溥旅拖离了覆没的陷阱！

这是一段错综复杂的历史，毛泽东与蒋介石、蒋介石与龙云、朱毛红军与国民党中央军、滇军，在黔西南、滇东这块巨大的棋盘上拔剑张弩，展开了一场斗智斗勇的殊死博弈。

其实，这也是一次朱毛红军集体智慧空前大迸发、大冲撞、大结晶的时期。

善于统将的毛泽东与一线的将领们虽然因各自所处的位置不同、所负的职责

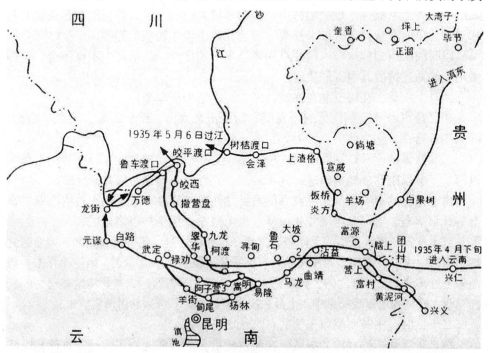

中央红军过云南示意图

不同，对时局的看法存在差异，但都能审时度势，择善而从，最终形成共识，并上下同心一以贯之，就像百舸争流，终归大海，这也是朱毛红军虽屡陷险境，仍能转危为安的根本之一。

所以，邓小平后来说：毛泽东思想是集体智慧的结晶。

双脚走完贵州万重山，再踏入四季如春的云南。

西进入滇，原本是四渡赤水时毛泽东提出并经朱毛红军高层做出的决策，但一旦付之于脚下，仍难免重重的困难。因此，在全军突破滇军龙里防线时，中革军委根据瞬息万变的军情，提出暂时在滇黔边寻求机动作战，以伺机北进。

但当朱毛红军一踏进黔西南，耳闻目睹的残酷现实与原来想象的环境相去甚远，一贯唯实的毛泽东"实事求是"的智慧再次释放出巨大的能量！

四月十三日，彭德怀、杨尚昆致电朱德并中革军委：

广顺以西地区约三十里地带，尚可作战。若后西经羊武、溪场至北盘江西岸，山石峻峭，居民多是苗族，于我不利，易成对峙局面。且半年来作战经验证明，敌军对我作战，均先围后攻。故我野战军应迅速渡过北盘江袭取平彝、盘县，求得在滇黔边与孙部作战。周、吴两敌距离越远，亦更易于战胜该敌。故我向滇改推进为疾进，使我军更有回旋机会。平彝、盘县为黔、滇咽喉，四向均可出击，使敌封锁困难。蒋介石迫我南走桂境，利用追剿机会，解决西南，我军渡过北盘江后，其企图即告失败。目前只有争取时间，才有空间，我军向西，甚至入滇，只要给滇敌一个较大的打击，我便有较大机动地区，则更能多得宝贵时间和空间，争取群众，巩固扩大红军，实现北渡金沙江的战略意图。

以时间换空间！这与一向注重一线指挥员实战经验的毛泽东不谋而合，迅即做出继续西进抢渡北盘江的决定。

四月十六日，在接近北盘江时，彭、杨再电中革军委：

一、我军由鸭场到宿营地（荒田）均是苗寨大山，粮食困难，天久旱缺水，部队连日露营，颇为疲劳，无向导，困难极多。

二、铁索桥至马口洞无渡河点……鉴于上述情况，建议我军目前改向七盘山以西、平彝以南罗坪地域前进，并于腋南、北盘江、河盘争取几天休整。

由于追击的中央军从朱毛红军的右翼北面向南压来，朱毛红军攻占平彝、盘县的计划落空。毛泽东再次择善而从，朱毛红军直插平彝以南地域。

二十三日，进入云南的毛泽东，见蒋介石如法炮制，仍使出贵州的一箭双雕之计，指挥中央军吴奇伟、周浑元纵队、滇军孙渡纵队，从北、东、南三面扑来，截断朱毛红军北上金沙江之路，企图将朱毛红军驱入滇省腹地，趁势将觊觎已久的云南军政大权纳入南京政府囊中。毛泽东决定将计就计：继续西进滇省腹地！

二十二时，中革军委以朱德的名义命令各军团：

据已告敌情，孙（渡）纵队，在我左侧后，周（浑元）军、吴（奇伟）纵队在我后，十三师在我右侧后，我军因地形不利，未曾在兴（仁）、盘（县）路上

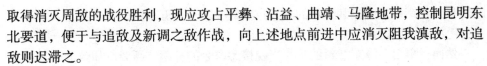

取得消灭周敌的战役胜利，现应攻占平彝、沾益、曲靖、马隆地带，控制昆明东北要道，便于与追敌及新调之敌作战，向上述地点前进中应消灭阻我滇敌，对追敌则迟滞之。

按照这个部署，右纵队彭德怀的红三军团任务为速占富源、沾益，消灭阻我之滇敌；

左纵队林彪的红一军团任务为速占曲靖，消灭阻我之滇敌；

军委及红五军团为中央纵队。

没想到半个小时后的二十二时三十分，林彪、聂荣臻致电中革军委：对目前行动，建议……须尽速脱离周、吴、孙而力求消灭万师，如条件不利时，则应力求迅速超过万师，在万师以北即盘县、平彝以北活动……须尽可能避免走弓背路，而宁可对不大的敌人（守碉的），采取以一部监视掩护主力取捷径通过的办法。

林、聂提出集中力量歼灭北路万耀煌十三师，"如条件不利时，则应力求迅速超过万师"，迅即从滇东北直插金沙江。

毛泽东想的是如何保存实力，不再跟追击的"中央军"硬拼，同时调虎离山，直逼昆明，迫使龙云将滇北所有的滇军调防昆明，也把追击的中央军拖向昆明，然后乘虚挥戈直指金沙江。因此，没有采纳林、聂的建议。

毛泽东做出继续向滇境腹地挺进的决策，既困惑了林、聂，又迷惑了蒋介石！

对老对手毛泽东虚虚实实的用兵之道，蒋介石吃不准、摸不透，大伤脑筋，明知朱毛红军入滇意在渡金沙江入川，但究竟走哪条路渡江，蒋介石虽绞尽脑汁，仍拿捏不准。

二十四日下午，蒋介石致电追剿军第二路前敌总指挥薛岳，说出自己的判断：匪入滇境后，窜扰方向有三：一由平彝、宣威插水城、咸宁，二由宣威、昭通直窜盐津、绥江，三由沾益渡得泽河至会泽、巧家再渡。

看完军委二局截获破译的蒋介石电令，毛泽东紧敛的眉头舒展开来：蒋委员长断定我毛泽东必经平彝、沾益向北与罗炳辉九军团会合，并从滇东北渡江入川，我就给他来一招避实就虚，声南击北，直捣昆明，攻敌之所必救！

明要向北，却先向南。

的确，从表面上看，朱毛红军从平彝直插滇东北入川是最近的路线，更何况有罗炳辉的红九军团在宣威一带活动，诸多便利，诱使蒋介石做出朱毛红军必从滇东北渡江入川的错判。没料到毛泽东却南辕北辙，背道而驰。

毛泽东就是毛泽东，把蒋介石肚里的那点花花肠子早看得一清二楚，偏偏使出让对手根本无法想得到的招数。

二十五日，毛泽东见尾追在后的滇军安恩溥第二旅紧咬不放，决定一举打掉追剿急先锋安恩溥旅，以挫滇军猛进，斩断尾追之敌，保证全军北渡金沙江的战

略转移，相继以党中央和朱德的名义致电红一、三、五军团。

毛泽东张网以待！

然而，事出毛泽东意料的是，当晚接悉电令的林彪、聂荣臻却致电中革军委唱起了反调：

目前战略上已起重大变化，川、滇、黔、湘各敌及中央军正分路向昆明东北前进，阻我折回黔西，企图歼灭我军于昆明东北之窄狭地域内。在目前形势下，我军已失去回黔北可能，且无法在滇东开展局面。野战军应立即变更原定战略，而应迅速脱离此不利形势，先敌占领东川，应经东川渡过金沙江，向川西北前进，准备与四方面军会合。

林、聂并没有领悟毛泽东的意图，仍坚持"经东川渡过金沙江"。

误解就误解吧！毛泽东的意念仍坚如磐石。

计划没有变化快。更让毛泽东感到意外的是，龙云见朱毛红军进抵滇中的门户曲靖、白水一线，大有进攻昆明之势，于二十六日急电安恩溥旅、刘正富旅及龚顺璧旅折向罗平，取道陆良，从宜良乘火车赶回昆明保驾，围歼安恩溥旅计划落空。

敌变我变。毛泽东迅即调整战术，采纳了林、聂二十三日"而宁可对不大的敌人（守碉的），采取以一部监视掩护主力取捷径通过的办法"，指挥全军向西疾进，直逼昆明。

二十六日，右翼彭德怀红三军团在占领白水镇后，以教导营围住沾益县城，张爱萍的红十一团沿公路前往小塘、鹰窝岩附近的马脖子、麻黄塘、扫把山等地挖掘战壕，以迟滞尾追的万耀煌第十三师，掩护主力向沾益西进。

上午九时许，数架飞机飞临白水地域进行轰炸，在国民党飞机的狂轰滥炸下，正向白水前进的红三军团直属队二十余名指战员遇难，伤亡三百余人，甚至连军团政治委员杨尚昆也身负重伤。

先是在滇黔边寻求机动落空，后是攻占平彝、盘县未遂，又是沾益、曲靖歼敌落空，歼敌不成，部队反遭国民党军飞机追着屁股狂轰滥炸，伤亡惨重，甚至连军团政委也身负重伤，彭德怀心中憋着一股窝囊气，当晚便致电中革军委：

争取滇黔边各个击破敌人可能极少，因为我军行动，错失争取平彝、盘县的良机，使战略已陷于不利地区……明日应继续向西北前进渡过东洪江，争取几天休息，解决一切刻不容缓的事件。

几次歼敌未遂，未能实现原定战略目的，妻子贺子珍身负重伤，毛泽东的心沉甸甸的。

更让毛泽东感到心情沉重的是，先是二十三日林彪抱怨走"弓背路"、二十五日又提出"应立即变更原定战略"的电文，后是二十六日彭德怀"解决一切刻不容缓的事件"的电文。

说实话，此时的毛泽东对别人所提的意见可以不闻不理，但对长期以来赖以

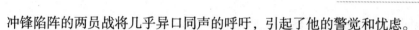

冲锋陷阵的两员战将几乎异口同声的呼吁，引起了他的警觉和忧虑。

林、彭二人所统率的一、三军团是朱毛红军的精锐，或者说是脊梁，林、彭二人也是朱毛红军最得力的战将，在井冈山、在江西苏区时就是朱毛红军赖以所向披靡的两把利剑。

西进途中，林、彭二将，逢山劈路，遇河架桥，正是二人的默契配合，朱毛红军才得以屡屡遇险化夷、保存到今天。可现在林、彭二人一唱一合，好像事先串通好了似的，对中革军委的决策意图心存疑虑，甚至直言不讳地唱起了反调。

看来很有必要召开一次会议，以统一思想！毛泽东寻找着时机。

二十七日凌晨一时，红三军团教导营开始佯攻沾益县城，先在城东虚张声势一阵，接着从西北和正西一齐登城，困守孤城的沾益县长张伟眼见城池将破，吓得瘫倒在地。

五时许，红三军团主力开始由白水向沾益转移，教导营奉命撤离战场。

六时许，天刚泛亮，万耀煌第十三师开始向后卫的红十一团阵地发起攻击。

就在同一天，左翼林彪红一军团的教导营也采取围而不打的战术，将曲靖县城团团围定，不让守敌出城，主力则浩浩荡荡地向昆明挺进。下午四时许，红二师前卫红六团占领马龙县城，进入滇中地区。

强攻，智取，红流涌过之处，尽管没有遭遇国民党正规军的阻击，但经常遭到地方民团的骚扰。为了"取捷径通过"，朱毛红军各部都成立了"设营队"，即令前卫部队一律着国民党正规军装束，智取沿途地方武装。

二十七日下午，军委纵队行至曲靖城西面甸坡脚的关下村附近时，突然从昆明方向飞来三架飞机，军委纵队一时来不及隐蔽，只得照常大摇大摆地在公路上行进，飞机误以为是赶往昆明增援的国民党军，既不俯冲、也不扫射，盘旋一阵便飞走了。

飞机刚过，走在前面的前梯队设营队队长刘金定见昆明方向的公路上飞扬起一条尘龙，一辆卡车和一辆小车疾驰而来，车上的国民党军徽标志渐渐清晰可辨。

刘金定指挥设营队命令其停车，没想到卡车并不理睬，却朝随后的警卫部队直冲而来。

魏国禄当时是周恩来的警卫员：这时部队急忙散开，准备战斗，我们几个警卫员也持枪在手，卫护在周副主席的身边。敌人的汽车大概看着形势不对，掉头就要跑。周副主席一边向前走，一边命令部队冲上去，截住敌人的卡车，不准跑掉。副主席的话刚说完，一阵枪声，敌人的汽车就像泄了气的皮球，停在那里一动也不能动了。

汽车刚停下，包围汽车的同志便命令车上的敌人下来。一个军官模样的家伙走下车来，强作镇静，大模大样地反问我们："你们是哪个部队的？我们有紧急任务，请不要开玩笑了！""谁同你开玩笑，你已经做了俘虏！"我们的同志一边

这样轻蔑地回答他，一边缴了他和车上其他敌人的枪。

被红军截获的一辆是小包车，一辆是雪佛兰牌卡车。

赵汝成当时是负责押运的汽车工人：汽车便驶入一条狭长的地段，两辆车的距离较近。突然，在驶出弯道口处，我们发现前面公路道心横挡着两棵较大的被砍倒的树木挡住去路。我们这些跑公路的汽车驾驶员看到这种情况时都知道这是不祥的征兆，赶快停下车来，不顾李副官在小车内大声嚷，开门跳了下去。一瞬间，响起了一声清脆的枪声，我们四人迅速地窜到卡车下面，依托着轮胎做掩护。这时枪声大作，小车是唯一的攻击目标，但片刻之后就停止了。渐渐地汽车两旁传来了很多的脚步声……这时我看到小车的挡风玻璃被打碎了，小车身上已是弹痕累累，李副官双手被捆着，被几位持枪的红军从公路的一端押走了。

红军总政治委员周恩来亲自审问了俘虏。

原来，被俘的是薛岳的副官，早先由薛岳派到昆明谒见龙云。二十五日，薛岳电告龙云说无云南军用地图，请龙云送去。

阴差阳错。龙云本打算派飞机去送，没想到第二天飞机师忽然生病了，只得改用汽车送去并派李副官随行。更没想到的是朱毛红军进军如此神速，车尚未到曲靖便被红军截获。

车上装有二十份十万分之一的云南军用地图，以及云南白药、宣威火腿、普洱茶等。尤其是缴获的云南地图，这对只凭着小学课本里的地图作决策的红军总部来说，无疑是雪中送炭。

陈云在一九三六年发表于巴黎《全民月刊》上的《随军西行见闻录》一文中也谈到此事：故红军兵士每谈至此，皆为捧腹。咸谓三国时刘备入川系由张松献地图，此番红军入滇，则有龙云献地图。

也就在头一天，罗炳辉、何长工率红九军团攻占了滇东北重镇宣威。

时任红九军团政治部主任的王首道说：半夜袭击宣威城，敌人逃走……没收了一家反动的大土豪，他家的火腿堆满了几房子，我们这些红军是吃不完的，就是顶有名的宣威罐头也没有拿得完，后来大批地分给群众，有许多贫民一个人分得了两三只火腿。

攻占了宣威城的红九军团又故伎重演：打出许多部队番号，分散驻地，四处宣传，频繁举行各种公开活动，闹腾得沸沸扬扬。

蒋介石迷惑了。

当天，蒋介石致电龙云：现残匪已到曲靖东方，罗匪炳辉由咸宁方向窜来与之合股。则匪必经会泽，一入会理，一由巧家入宁南，或经寻甸、禄劝而入会理，如上地不能通过，再由巧家北向永善而至雷波。

蒋介石的眼睛仍盯在滇东北，但余光却不经意地扫向了滇西北！

据此，蒋介石作出新的部署：孙渡纵队集结昆明，吴奇伟纵队尾追红军，周浑元纵队由宣威经咸宁堵截。同时命令川军、滇军"我金沙河防务至为主要"、

"凡与川境毗连各地，均应一律筑碉，以资固守。"

蒋介石惦念的是金沙江防线是否牢固，而龙云惦念的则是昆明的安危。

朱毛红军围攻沾益！

朱毛红军围攻曲靖！

朱毛红军攻占马龙！

朱毛红军前锋直指昆明！

噩耗接二连三地传入昆明，城内早乱成了一锅粥，城外的土豪劣绅纷纷往城里窜，城内的达贵官人、外国洋人惶惶不可终日。

当时云南是法国的势力范围，法国领事馆已准备了一列专车，准备把法国的侨民疏散到河内去。坐守孤城的龙云急得如烈火焚心，茫然不知所措。

一直到当天傍晚，龙云收到唐继尧从香港发来的电报，那颗如小鹿乱撞的心才稍稍安定下来：我同湘黔人士晤谈后得出印象，他们只希望红军早早离开这一地区，而红军是想借道云南进入四川，因此，最好让他们过去，不要动武。

寥寥数语，正中龙云下怀，当即挥毫在电报纸上批注：此文符合西南的利益！

先保住昆明要紧，朱毛北渡金沙江入川最好！拿定主意的龙云一面迭电向蒋介石告急求救，一面急电孙渡取捷径速返昆明，同时命令驻防金沙江沿线的各部也速返昆明保驾。

金沙江向朱毛红军敞开！

斗智谋，斗勇气，毛泽东与蒋介石，拳来腿去，一往一来，明里暗里较着真劲，演绎出一场中外战争史上令人叹为观止的现代活剧。

<h1 style="text-align:center">六</h1>

离心离德，蒋介石惦念的是如何防守金沙江，龙云惦念的是如何固守昆明；

兵不厌诈，毛泽东巧布迷魂阵，急先锋林彪再走弓背路。

一九三五年四月二十八日下午，贵阳毛光翔公馆委员长行营。

春风春雨织成一帘无头无尾的雾霭色的绸缎，飘逸在天地之间。忽而柔若蚕丝，摇来摆去；忽而犹如梭子，东窜西跑，弥漫了大街小巷。

一身戎装的蒋介石倒背着双手，腰板笔挺地伫立在硕大的云南地图前，通红的眼睛炯炯有神地盯在地图上滇境北部那条弯弯曲曲的蓝线上，嘴里喃喃念叨着："金沙江，金沙江……"

深锁的眉间虽仍凝滞着几分懊恼和沮丧，但眼角紧皱的鱼尾纹却缀着几分喜色。

　　蒋介石的目光移向滇东北：罗炳辉的红九军团在宣威、咸宁地域大摆迷魂阵，将自己所有的注意力牵扯到滇东北，诱使自己做出朱毛红军必经平彝北进会合九军团再渡金沙江，或转毕节入川南北渡长江的错误判断，从而一再命令周浑元纵队、吴奇伟纵队及李韫珩第五十三师北向宣威、咸宁推进。

　　蒋介石的目光又移向滇中、滇北：没想到毛泽东声北击南，主力继续向守备空虚的滇中挺进，逼得龙云为图自保不得不将滇境内所有的兵力都调集到昆明。

　　金沙江防守空虚！

　　从昆明西北的元谋北渡金沙江入川！

　　调虎离山！高啊，的确非常人所能及！

　　蒋介石感慨万端：一则为屡屡遭毛泽东戏弄而懊恼沮丧，不得不钦羡毛泽东用兵的神出鬼没，二则为自己终于醒悟出毛泽东的真实意图而感到庆幸。

　　亡羊补牢，犹未为晚！

　　蒋介石薄唇一抿，转身望着侍立在一旁的晏道刚吩咐说："道刚，共军向寻甸疾进，有图渡金沙江模样。命令川军刘文辉部、杨森部沿金沙江北岸布防，命令薛岳部、孙渡纵队沿元谋尾追，务必将朱毛聚歼于金沙江以南地域！"

　　蒋介石倒背着两手，边说边踱着步。

　　晏道刚记录已毕，合上电文夹正欲离去。

　　倏然，"嚓嚓"的踱步声戛然而止，蒋介石停步叫道："慢。在龙云的电文中加上：匪窜元（谋）、武（定）渡江，殊为可虑，刘文辉在金沙江北岸之部队，兵单防广，恐难独任防堵，中（正）前令川军郭勋祺开赴鲁甸、邛家，乃为就近协助文辉会理部队，以防堵金沙江北岸也。至入滇之湘军及各部队，仍请兄就近直接指挥，以免往返误时，不必客气。"

　　"委座，这……"晏道刚脸布疑惑。

　　"你懂的，照办就是了！"蒋介石狡诈一笑，有些不耐烦地甩了一下手。

　　原来，蒋介石为打消龙云对中央军、湘军入滇的疑虑，同时调动滇军围堵的积极性，曾提出要他直接指挥入滇各部队的要求，但龙云担心蒋介石耍手腕布好陷阱把自己装进去，便婉言拒绝了。

　　如今蒋介石老话重提，再次向龙云伸出橄榄枝，目的是让滇军竭力"堵剿"，为其卖命。

　　其实，这从当天蒋介石发给嫡系薛岳的电文中也可以看出：以滇中人民比为我用，不难得到匪部主力与其高级司令部之宿营所在地。

　　"以滇中人民比为我用，"一语道穿了蒋介石的良苦用心！

　　此刻，终于醒悟了的蒋介石的目光穿过重重雨幕，穿过叠峦的山岭，望向西南边陲的昆明：

　　只要龙云能督促滇军尽力，那么金沙江畔就是朱毛红军最后的葬身之地！

　　可那个狡诈如李宗仁般的龙云会依计而行吗？一个斗大的问号在蒋介石的眼

膜上渐显渐大。

四月二十八日傍晚，云南昆明海源寺旁的灵源别墅。

老天爷紧绷着阴沉的脸色俯瞰着大地万物，连绵的春雨淅淅沥沥地下个未歇，梧桐树上新发的绿叶在风雨中战栗着。

燕喜堂大厅内灯火通明，城防戒严司令胡瑛、城防司令龙雨苍、团务督办卢汉及昆明警察局长、民团总指挥等人正襟危坐在长方形会议桌两侧，龙云则端坐在正上方。

此刻，龙云的那张消瘦的脸庞几乎像是跟老天爷一个模子里倒出来似的，阴阴沉沉，绷得紧紧的。

龙云先挺挺腰板，端起桌上的茶杯润润喉，然后威严地扫视诸将一眼："诸位，眼下的时局大家都十分清楚，朱毛红军自二十三日窜入平彝县境，数日来连扰曲靖、沾益等地，昨日又陷马龙，表面上看起来似乎是直奔昆明而来，其真正的意图是从元谋抢渡金沙江！"

龙云稍停顿片刻："俗话说不怕贼偷，就怕贼惦记。朱毛红军虽来势汹汹，但毕竟是过路之客，倒是衔尾追击的中央军却怀狼虎之心，王家烈的下场就是前车之鉴。我已命令孙渡纵队昼夜兼程回防昆明，仅留下鲁道源一个旅配合中央军继续追击，因为昆明是我滇省之根本所在，保住了昆明就保住了大家的利益，管他红军还是中央军，绝不能让他们踏入昆明城半步！"

"不过，不怕一万，就怕万一。据前方禀报，朱毛红军今日继续向我昆明东北部屏障寻甸、嵩明一带挺进，因此昆明城的防守不能有丝毫的大意和松懈。龙某在这里就仰仗在座的诸位了！"龙云语气稍有些婉转。

诸将听毕，一个个笑逐颜开，交相称赞。

"报告，蒋委员长急电。"机要参谋匆匆闯入。

龙云稍偏过头乜斜一眼："念！"

机要参谋打开文件夹：

昆明龙总司令勋鉴，良密。凡金沙江上游，自巧家至元谋一段之船舶，及一切可渡河之材料，可否严令该段之各军民、长官与地方区、保长等，全部移置于绥江以下叙州附近集中管理较为稳妥。否则徒藏置在其附近，必被匪发现强取。而且匪之渡江材料，不必限于船舶，凡聊可载渡之门板与竹木，彼匪皆得利用……故渡河点附近之乡民，不唯要坚壁清野，而且竹木板片，亦应严密收集，或烧毁，勿使为匪所利用也……

"立即电令沿江两岸各部，责令他们毁船封江，以防止共军北渡！"龙云微咬咬下唇，不假思索地下达了命令。

……

虚惊一场，朱毛红军果然意在渡金沙江入川！龙云心定气平，长长地吁了口放心气。

龙云摆摆手让众人离去，起身伫立在硕大的云南态势图前陷入了沉思。

尽管自己向滇军各部下达了多追击少堵击的命令，但在中央军的大兵压境下，滇军仍难免会与朱毛红军交锋，损耗滇军实力。倒是毛泽东使出的这招声南击北的战术，正好替自己找到了将孙渡纵队调回昆明的借口。更让自己放心的是，朱毛红军攻陷马龙后继续向昆明挺进，使假戏更加逼真。

会哭的孩子有奶吃！我不如索性假戏真做，让蒋介石摸不着头脑。

一念及此，龙云有些按捺不住兴奋："来人，立即给委员长再发昆明告急电报！"

明奉暗违，对蒋介石的"封江令"照本宣科，以免日后蒋介石追究指责，但防蒋甚于防红，这招龙云运作起来丝毫也不比桂系的白崇禧逊色。

数日后的五月五日，当薛岳率主力追击抵达嵩明、富民附近时，龙云毫不犹豫地用起了蒋介石委托他"指挥入滇各部队"的特权，急电薛岳及前线各部指挥官：各军师除采买人员凭证入城外，中央军部队一律不许入城。

气得薛岳、吴奇伟急电蒋介石，告下龙云三条御状：一、朱德与龙云是云南讲武堂同班同学，过去曾有私交；二、据报龙云曾派人向罗炳辉做工作，怕有默契；三、龙对中央军太无礼貌，官兵多表不满，尤以第四军为甚。

毕竟是强龙难压地头蛇，更何况眼下正是借助滇军追剿朱毛红军的关键时刻，心知肚明的蒋介石不得不强忍住一时之气。

让薛岳没想到的是，次日，当薛岳带着"问罪"之心怒气冲冲地抵达昆明城时，龙云却特地发动两广旅滇同乡设盛宴欢迎薛岳，并在致词中拼凑了中央军不能入城的三条理由：一怕误了追击日程；二防止红军冒充"中央军"（着中央军服装符号）混入嵩明之事重演；三由于在曲靖、马龙附近被共军截去地图事，对昆明虚实有所泄露，不能不有戒备。

明争暗斗，各显神通，南京政府与云南小政权钩心斗角，早已离德离心！

四月二十八日二十时，夜幕笼罩下的寻甸鲁口哨村。

霏霏细雨像扯不完的牛毛般无休无止地飘落着，漆黑的夜幕中偶尔传出几声狗吠声。

村中一座砖砌瓦房的大堂上，几盏桐油灯散发着熠熠的亮光。灯光下，十余名头戴缀着红五星八角帽的军人们围坐在临时用两张饭桌拼凑而成的长方形会议桌周围。

张闻天、毛泽东、周恩来、王稼祥、刘伯承、博古、陈云、李富春诸人坐在一起，召开中央政治局和中革军委会议。

连日来的急行军，全军在滇境内所向披靡，军政首脑们尽管有些疲倦，但一个个仍精神抖擞，兴高采烈，笑语声充盈在屋内。

军委参谋长刘伯承首先汇报了各军团近几日的进展情况，紧接着军委二局局长曾希圣汇报了近几日截获的国民党军调动情报，总部作战科参谋吕黎平则拿着

红、蓝铅笔，在张挂在正面墙壁上的十万分之一的云南地图上——标出敌我双方的进军态势。

坐在会议桌上方的毛泽东一手撑在桌面上，一手夹着烟，侧着身子偏着头，布满血丝的大眼睛盯着地图。

听完刘、曾二人的汇报，毛泽东方转过身来，深吸了一大口烟，然后环视会场一眼，不急不忙地站起身来："同志们，自遵义会议以后，我军由于大胆穿插，机动作战，已把蒋介石的尾追部队甩在侧后，现在已经取得了西进北渡金沙江的最有利时机。"

毛泽东边说边踱至地图前，手指在地图上比画着："但是，蒋介石在贵阳已经发现我主力从贵阳西南向云南的东北方向急速前进，因而正调集近70个团的兵力向我尾追；万耀煌的第十三师为其先锋，离我后卫部队一、五军团只有两三天的行程。不过，金沙江两岸目前尚无敌人正规部队防守，比较空虚，对我有利。"

毛泽东双眉微敛，吸了口烟："从进入云南境内的地形条件，特别是从缴获的十万分之一的地图上看，昆明东北地区是一块比较大的平原，不像湖南贵州两省有良好的山区可以利用，我军现在不宜在平川地带同敌人进行大的战斗，尤其是避开省城昆明为好。"

二十七日军委纵队缴获龙云准备送给薛岳的二十份十万分之一的地图，这对只凭着小学课本上的云南全省略图指挥各军团的中革军委来说无异于如获至宝。

刚入滇境，中革军委像盲人摸象，只能靠略图给各军团指出大致的方向，各军团在行进时请的向导也只能带两三天的路，有时甚至走了许多的冤枉路。自从缴获龙云的地图，地图上连桥梁、小路、小河、山岭、渡口、村镇都标得清清楚楚。尤其是金沙江各渡口，一目了然。毛泽东在仔细地研究地图后，连夜命令送到各军团。

数十年后，时任总部作战科参谋的吕黎平对毛泽东当晚的会议发言仍句句在耳：

根据上述敌情、地形和我军今天所到的位置，对我们过去决定一方面军北上进入四川西部，同红四方面军会合，创造革命根据地的方针，已经有了实现的可能了。因此，我军应趁沿江敌军空虚，尾追敌人距我们尚有三四天的行程，迅速抢渡金沙江，以争取先机。

毛泽东稍停顿片刻，深吸了一口烟，菜黄色的脸上泛起异彩："如果大家同意这一作战方针，我提议具体的兵力部署如下：一军团为左纵队，从现驻地出发，从嵩明、武定一线西进至元谋，然后急速北进，抢占龙街渡口；三军团为右纵队，从现地出发，经寻甸然后北进，抢占洪门渡口；军委直属单位为中央军委纵队，提议由刘伯承同志率领，干部团为前锋，经团街、石板河直插皎平渡口。"

成竹在胸的毛泽东一口气和盘托出心中的运筹：以上三路，从明天拂晓起，

均应日夜兼程前进，先头部队每天必须行程五十公里以上，沿途不与敌人恋战，更不要费时强攻县城，务必在五月三日前抢占上述渡口，收集船只。北渡之后，要不惜一切牺牲巩固与坚守阵地，为后续部队渡江北进创造有利条件。我们在五月三日前若能抢占龙街、皎平、洪门三个渡口是上策，万一敌人先我烧船，能占领其中的一个到两个亦有办法。最忌的是，龙云先我通风报信，下令把各渡口船只在我军到达以前烧毁或撤到北岸。

毛泽东将夹在手指的烟蒂一掐，大手一挥，语气坚毅而果断：因此，要不怕疲劳，务必限定在四天之内赶到江边抢占渡口。这是全军胜败最关键的一步棋，一定要把这步棋走活！

毛泽东话音甫落，会场立即活跃起来。

"用兵之道讲究的是出其不意，老毛的这步棋让蒋介石防不胜防！"朱德憨厚地笑笑。

"兵贵神速。乘蒋介石、龙云注意力集中在昆明之际，我军迅即抢渡金沙江，一举甩掉尾追之敌！"周恩来捋须一笑。

"老毛的提议切实可行。不过要抢渡金沙江，能否再在巧字上下点儿功夫？"王稼祥一手捂着腹部，菜黄色的脸上渗出了细微的汗珠。

刚坐下的毛泽东宽敞的额头舒展着，一边倾听着众人七嘴八舌的议论，一边从衣兜里掏出烟点上，津津有味地吸起来。

"大家听了老毛的提议，都十分兴奋，大的方针可以定下来，接下来需要考虑的是各军团具体行动路线问题。"身为中央总书记的张闻天见大家心情兴奋，情绪激昂，连忙维持秩序。

"稼祥说得对，还得在巧字上再下点儿功夫。"刘伯承望着王稼祥微微一笑。

"蒋委员长不是一贯爱使一箭双雕之计吗？我看我们这次就将计就计，以其人之道还治其人之身，也给他来个一箭双雕！趁蒋介石仍犹豫不决之际，让林彪把动作幅度再搞大一点。"毛泽东站起身来，走到地图前。

"索性命令林彪一军团以一小部进至昆明近郊佯动，主力向武定、元谋疾进，这样以来，龙云为图自保，必强令滇军固守昆明城，蒋委员长也必判断我军主力从元谋一带渡江，强令中央军向元谋追击。同时命令罗炳辉的九军团作为钳制部队，独立行动，以分散尾追之敌，在东川、巧家之间自行选择渡江的地点，渡江以后再同主力会师。中路军委纵队、左路彭德怀三军团就能出其不意地从皎平、洪门渡过金沙江！"毛泽东的手指在地图上比画着，目光中充满了自信。

夜阑人静，虽然是凌晨了，但连绵的春雨仍不知疲倦地下着。

毛泽东的房间窗棂仍透出幽暗的灯光。

房间内，毛泽东忽而坐在桌前逐字逐句地审阅着作战科参谋根据会议草拟的《关于我军速渡金沙江在川西建立苏区的指示》电文；忽而站起身来，端着桐油灯，久久伫立在墙壁上的地图前沉思着；忽而一手叉腰，一手夹着烟支来回踱着步。宽阔的额头时敛时舒，布满血丝的眼珠炯炯发光。

会议一直开到凌晨才结束，自己的提议虽然在会上一致通过，但具体执行起来肯定会碰到许多难以预见的实际困难。佯攻昆明，已成功地将蒋介石、龙云的"追剿"军主力吸引到昆明方向，为全军抢渡金沙江创造了有利条件，但林彪的红一军团的压力却增大了。尤其是万一在预定的渡口不能渡江的话，那么全军必须向西转入到元谋西北地区设法渡江，林彪的一军团就必须准备在武定、元谋一带阻击追敌，以掩护主力渡江。

"这个林彪毕竟还是一个二十七八岁的娃娃，瘦弱的肩膀却承担着全军抢渡的千钧重担，有时难免有些沉不住气。"毛泽东喃喃自语着，凝望着漆黑如锅底的夜幕，凝望着风雨飘摇的窗外，夹在手指间的烟不时闪烁着火花。

四渡赤水，红一军团大多担任佯攻或示形于敌的任务，是走路最远的部队；南渡乌江，林彪又担任示形于东的任务；西进入滇，林彪挑起佯攻昆明的重任。一军团忽东忽西，经常走一些弯路甚至回头路在所难免，尤其是连日来的强行军，指战员们的疲劳程度可想而知。"尽走弓背路，不走弓弦路，"像吃不起亏的娃娃般，实在忍不住向大人们发点牢骚、埋怨几句、闹闹情绪，也是情有可原的。

人嘛，总是在磨炼中慢慢长大的！

毛泽东弹弹烟灰，睿智的大脑像车轱辘飞快的旋转着。

这次抢渡金沙江，自己下了一步险棋，让林彪又负责唱佯攻昆明的大戏，目的是要林彪的一军团把追敌牵引向西边的元谋方向，以掩护全军主力出其不意地从蒋介石做梦也难以想到的地势险峻、江流湍急的皎平渡渡过金沙江！

但一军团走的又是"弓背"路，说不定这个娃娃到时候不知又闹出什么事情来。但闹归闹，每次接到命令后还是无条件地服从并坚决执行的，并且常常出人意料地完成好任务，从未撂过担子。对于林彪的这一态度和指挥能力，毛泽东是深信不疑的，也是十分欣赏的。

其实，无论是在井冈山，还是在江西中央苏区，每到关键时刻，毛泽东都会将挑大梁的担子压在红一军团身上，压在自己一手提拔起来的林彪身上。

"唉，好钢还需多磨炼！"毛泽东吮吮下唇，深深地吸了口烟。

毛泽东顺手拿起毛笔，在电文稿的末尾龙飞凤舞地签上"中革军委，四月二十九日"。

"吕参谋，将电令交给刘总参谋长，立即发给各军团！"

这次又将掩护全军抢渡的赌注押在那个娃娃瘦弱的身上，那个娃娃一定会不负所望，想方设法走活这一步棋的！

望着吕黎平拿着电文快步离去，毛泽东一手推开窗扇，凝望着漆黑的雨幕，长长地吁了口气，炯炯有神的大眼睛充盈着坚毅与自信。

二十九日凌晨，距鲁口哨村西面百余里外的马龙县草鞋板桥村。

尽管屋外黑黢黢的伸手不见五指，细雨像麦芒针尖般的飘荡着，也尽管夜深人静，万物似乎皆已入眠，但屋内的几盏马灯仍散发着黄晕。

灯光下摆着一张方形饭桌，饭桌上铺着一张十万分之一的云南地图，地图旁摆着一张座椅，座椅上反坐着一位双手趴在靠背上假眠的二十七八岁的年轻军人。

年轻军人长着一张椭圆形的秀气脸庞，菜黄色的脸皮绷得紧紧的，浓眉下的一双大眼似睁似闭。

屋内静极了，静得几乎能听到屋外细雨的飘落声。突然，隔壁房间传来一阵"嘀嘀嗒嗒"的电键声。

椭圆形脸一惊，条件反射般睁开了布满血丝的大眼，迅即坐直了身子。

"报告，军委急电。"参谋长左权手执电文匆匆闯入，坐在一旁正闭目养神的政治委员聂荣臻也一惊而起。

"念！"年轻军人的双眼聚精会神地紧盯在地图上，连眼皮也没抬一下。

......

年轻军人的目光全神贯注的在地图上游移着，边听边用手中的红铅笔标出各军团的进军路线，然后在龙街渡、皎平渡、洪门渡的字眼上画上三个红圈，末了，又犹豫难决似的在昆明两个字眼上重重地画了个圈，方将红铅笔扔在地图上，趴在靠背上，双手托着下颚，两眼出神地紧盯在地图上，薄唇紧抿，默然不语，那神情像一尊塑像。

良久，年轻军人拿起左权放在桌角的电文，像圣僧诵经般一字不漏地咀嚼一遍，虔诚而专注。然后目光又移到地图上，一动不动地久久地呆望着，而后微闭上眼睑，冥思苦想起来。

忽而闭眼苦思，忽而睁眼咀嚼地图、电文，忽而站起身倒背着两手，在屋内晃来晃去。说他老成持重也罢，说他少年英雄也罢，他就是毛泽东麾下拔关夺隘、屡立奇功的战将林彪！

此刻，二十八岁的林彪的心沉甸甸的，瘦弱的肩背上宛如压着千钧之担。

自从突破湘黔公路，担任左路纵队的红一军团就像一匹挣脱缰绳的烈马，一路向滇境狂奔猛进，几乎未喘过气，指战员们的疲劳困顿可想而知，尤其是对走弯路、绕圈子的不满情绪日益蔓延。如今总算要北渡金沙江了，可红一军团仍然要走"弓背"路。

林彪瞟了一眼自己刚在地图上画下的那条穿过嵩明、禄劝、武定、元谋等地，并一直通向龙街渡的一军团北进路线，大脑里像煮沸了的开水般沸腾着。

尤其是当林彪看到电文的第六条："万一上述地段渡江不遂，则应迅速转入元谋西北地区，设法渡江。届时野战军主力应控制在武定、元谋之线准备打击滇敌"时，林彪的心情更加沉重，也就是说毛泽东把掩护全军渡江的赌注全押在他身上。

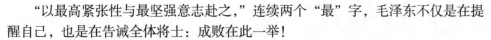

"以最高紧张性与最坚强意志赴之，"连续两个"最"字，毛泽东不仅是在提醒自己，也是在告诫全体将士：成败在此一举！

拿一军团做赌注？

毛泽东这是在兵行险着！

这意味着一军团将面临更为严峻的形势，甚至置于背水一战的绝境！

越想胸脯起伏越厉害，越想脉搏跳动越急速，越想象征人生阅历的眉宇间沟壑越深越多，林彪的心隐隐作痛。

敏锐地抓住稍纵即逝的战机，从瞬息万变的军情中变被动为主动，毛泽东敏锐的观察力和敏捷的应变力，的确非常人所及！

林彪的脑海里像汹涌的波涛一浪紧接一浪，丝毫也未间歇过。

趁各路"追剿"军纷纷兼程向西赶赴昆明救城、金沙江防空虚之际，分三路大军挥师北上抢渡金沙江，教蒋介石防不胜防，的确如仙人下棋，连旁观者也迷住了。

忍痛割爱，毛泽东这次几乎是在拿自己一手创建的一军团做赌注，这代价实在是太大了！

若非军情紧急的生死存亡关头，毛泽东是不可能出此下策的！

我不下地狱，谁下地狱！从井冈山到中央苏区，再到西进途中，每一次最关键的时刻，红一军团都独立挑起重任，尽管自己被折腾得伤痕累累甚至体无完肤，但舍小我成就了大我，"天下第一军团"原本就是无数英烈们在枪林弹雨中用鲜血和生命搏来的！

眼下自己唯一能做的，就是想方设法尽量保存红一军团的实力，想方设法尽量减少部队的减员！林彪的大脑像运转的马达，飞快地旋转着。

不过，要把这步棋走活，还得在"巧"字上下大功夫！

脚下的布鞋来回移动着，绝无半点声响；睿智的大脑紧张地思虑着，不露一点声色。

忽然，脚步在方桌前停了下来，林彪通红的眼光直落在地图上的"昆明"两个字眼上：对，就拿昆明做文章！

"左参谋长，立即给各部下达战斗命令！"深思熟虑后的林彪，浓眉一扬：

命令陈光的二师从马龙的虹桥出发经小新街进至嵩城，军团侦察科刘忠及朱水秋的红六团相机占领昆明东北重镇杨林，威逼昆明；

命令李聚奎的一师从寻甸的塘子出发，以杨得志的一团为前锋，攻占嵩明，军团直属队随一师跟进。

下达毕命令的林彪踱至门口，两眼出神地凝望着漆黑的夜幕，心底涌起一种说不出的苦涩滋味：明天，那未知的明天，一军团究竟会面临何等样的困局，谁能告诉我？

# 七

　　智取杨林，红六团威逼昆明，林彪唱十面埋伏；厉兵秣马，干部团当开路先锋，毛泽东挥师金沙江。

　　一九三五年四月二十九日上午八时许，距杨林镇十余公里的嵩明县第六区公所所在地白龙桥村外的滇黔公路上，一支扛着青天白日旗、身着整洁灰布色国民党中央军军装的队伍浩浩荡荡地行进着。

　　尽管烈日如烤，一个个汗流浃背，但整齐的队列，整齐的衣着，整肃的军纪，无一不显现出这是一支训练有素的正规军。

　　走在队伍前约三百米的是三名荷枪实弹的士兵，大摇大摆地直往街中心的区公所走去。区公所的壮丁一见是中央军，连忙跑进区里报告去了。

　　三名士兵来到区公所门口，互使个眼色，迅即抢占了门口的有利地形。

　　不一会儿，区长计天佐、保卫队长把尚明带着区丁们匆匆忙忙的从大门里鱼贯而出。"立正，向右看齐，向前看！"吆喝中，区丁们面朝西北排好了一字形的欢迎队伍。旋即见约莫一个班的"中央军"昂首挺胸、迈着整齐划一的步伐，雄赳赳气昂昂地排列在欢迎队伍的对面。

　　刚列好队的计天佐、把尚明点头哈腰地盛情邀请"中央军"军官训话。

　　"我们是红军！"突然，那位领头的腰间别着短枪的军官猛喝一声，众"中央军"猛扑而上，以迅雷不及掩耳之势迅即缴了区丁们的械，然后解下区丁们的绑腿，将区丁三五个一串地绑了起来。

　　区长计天佐、保卫队长把尚明一愣，尚未回过神来，就稀里糊涂做了红军的俘虏。

　　原来，化装成中央军不费一枪一弹智取白龙桥的正是红六团供给处主任胡弼亮带领的二十余名打前站的设营队员。

　　红六团迅即捣毁了区公所，然后押着俘虏依样画葫芦地智取了杨林。

　　位于昆明东北部七八十里的杨林镇，是滇东川通往昆明的门户，有一千多户居民，历来为兵家必争之地。为固守杨林，龙云特地在杨林设兵站、办粮台，还在区公所门口修筑了两座立射碉堡。

　　数十年后，时在红二师宣传队的吴德华对智取杨林一事仍记忆犹新：

　　我们和侦察连化装走在前面。占领杨林这天是个街子天，我们化装到达时，群众不知道我们已到，就没有跑。当地民团以为我军还离三百多里路，不会来得这么快，因而把我们当成中央军来招待。这天吃早饭的时候，我们走在前面的五六个侦察员到区公所，说我们是中央军，大队伍随后就到，要区公所集合区兵迎接，准备军粮。敌人把我们当成自己人，区长和三四个土豪劣绅和区兵集合在路

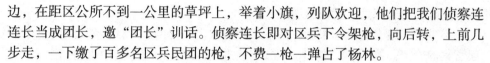

边，在距区公所不到一公里的草坪上，举着小旗，列队欢迎，他们把我们侦察连连长当成团长，邀"团长"训话。侦察连长即对区兵下令架枪，向后转，上前几步走，一下缴了百多名区兵民团的枪，不费一枪一弹占了杨林。

无巧不成书。占领了杨林的红二师侦察连和红六团正在开仓分粮时，杨桥区区长李洪珍却携着慰问品主动送货上了门。

原来，二十八日夜，嵩明县长顾震将龙云密电转给李洪珍，要他备足粮秣，供应军需。二十九日上午，李洪珍骑着骏马，带着一员随从和一千多元现钞，马不停蹄地赶到杨林慰劳滇军，没想到连人带货被红军俘获。

红军趁机勒令李洪珍向昆明城内打电话，故意声张有万余红军主力已占领马龙、易隆，正向昆明挺进，请求增援。

同时，一面造云梯、公开调查进入昆明的路线、里程及沿途情况，大造攻打昆明的声势；一面又派出五名侦察员赶至距昆明城仅十五公里的大板桥村活动，到处书写"打到昆明去，活捉龙云！"、"打倒云南军阀龙云！"的标语，搞得绘声绘色。

邓飞后来谈到占领杨林后的情况说：当日傍晚，敌机在杨林一带进行侦察空袭。原来龙云害怕我军进攻昆明，他不仅向蒋介石告急，调回滇军孙渡纵队，而且还拼凑戒严司令部、城防司令部，纠集附近民团、宪兵、警察，日夜筑堡挖壕，实施防御，可谓乱作一团。这当然由于我军虚张声势，造成佯攻昆明的意图奏效。

几乎就在红六团进占杨林的同时，红一师一团攻克了昆明外围的重要据点——嵩明县城。

事隔多年后，时任红一团团长的杨得志谈到攻克嵩明时的情况说：进入云南，红一团先到了曲靖平原的回族地区，然后来到了距昆明一百华里左右的嵩明县。嵩明守敌是地方部队，战斗力很弱，又没有料到红军会来，所以，那天担任我团前卫的第三营，在营长尹国赤同志指挥下，很顺利地全歼了守敌，缴获了一批武器弹药和崭新的军装。

二○○九年十二月十二日，笔者在湖南长沙东湖干休所采访了原红一团司号长张生荣老红军：

三营攻占嵩明县城后，我跟随杨得志团长进城刚住下不久，敌人的飞机就来了。飞机在天上转了几圈，既不轰炸也不扫射，抛下些传单就飞走了。我和通信班的宋玉林等人捡起传单一看，原来是要守敌死守待援的命令，我们进城三四个小时了，敌人还不晓得，大家几乎笑破了肚皮。

前卫红一团劈山开路，后卫红三团在清水沟巧布疑兵。

当天下午三时许，担任后卫的红三团刚登上嵩明、寻甸交界的大竹园山北坡，便远远望见滇军的先头部队追踪而至，为滞阻滇军，红三团团长黄永胜观察了一下地形，迅即摆下了迷魂阵：故意在显眼的地方拴上一匹骡子，然后让几名

战士隐蔽在密林深处，伺机引诱敌人。

不多时，追击的滇军果然进入了北面清水沟一带的红军伏击圈，山上旋即响起密集的枪声。滇军不知虚实，不敢贸然进攻，趴在山地上集中火力向山上那匹时隐时现的骡子乱打。红三团则早追赶主力去了。

山雨欲来风满楼。嵩明失守，滇中大震。昆明城里人心惶惶，宛如惊弓之鸟，如坐针毡的龙云只得下令全力死守。

林彪的左路纵队攻坚克难势如破竹，彭德怀的右路纵队也长驱直入所向披靡。

二十九日上午，担任攻占寻甸县城任务的红三军团前卫红十团侦察排化装成老百姓趁赶集混入城内。红十团主力迅即抢占了城外青龙山一线高地，将县城围了个水泄不通。

寻甸县长李金石原本想凭着城内两千多人的县保卫队和民团可以困守待援，没想到西门外青龙山上红军的火力铺天盖地而来。保卫队和民团哪里见过这等阵势，红军一猛攻，慌忙窜往东门，此时东门早已被混入城内的红军侦察员打开，城外的红军如潮水般涌入，顷刻间，东门、西门、北门相继被红军攻占。见势不妙的李金石只身逃到县刑长李虎德家的畜厩里躲藏起来，被红军生擒住。

左、右的红一、三军团攻城略地，一路凯歌；中路的军委纵队和红五军团也如入无人之境，向金沙江疾进。

时任军委警卫营机枪连副连长的叶荫庭参加军委纵队一梯队的设营队打前站：我们这个设营队有二十几个人，一律都是国民党正规军的打扮，军委四局的大个子管理员扮成副官，算是我们的头儿。

二十九日清早，设营队奉命智取前进路上的一个镇子。太阳快下山时设营队大摇大摆地闯进了镇公所。

肥头大耳的镇长诚惶诚恐地将设营队迎进了镇公所，又是敬烟，又是倒茶，又忙着张罗酒饭。

"我们的部队今晚要在这里宿营，王团长派我们来通知你赶快准备房子和粮食。"大个子"副官"趾高气扬地发布着命令。

恰在此时，从外边进来一个穿草绿色军服的人，一进堂屋，就行了军礼。这个人又高又瘦，一双失神的眼睛深深地陷在眼窝里，塌鼻梁，高颧骨，两颗黄金牙翘在嘴唇外，让人一看就晓得是个鸦片鬼。据镇长一介绍，原来正是民团团长。

大个子"副官"十分关心地问起民团的情况来，鸦片鬼团长一下子来了劲，像竹筒倒豆子般全倒了出来。据他所说，这里的民团分三个中队，共有三百多人。

二十几人要对付三百多人，看来只有智取。叶荫庭与大个子"副官"眼神一对接，心领神会。

不多时，饭菜端上来了，叶荫庭一看又是鸡又是肉的，镇长、鸦片团长陪着"副官"和设营队的战士大酒大肉地吃喝了起来。

酒过半巡，叶荫庭假作不经意地向镇长问起房子和粮食的事：他说房子有的是，打扫一下就行了，就是米不够几千人吃的，得临时碾谷子。他决定吃完饭就去派民夫，一定给赶出来。我们"副官"不同意派民夫，理由是派一二十人根本赶不出来，派多了风声太大，会暴露军事秘密。镇长正左右为难，已经有些醉意的鸦片鬼团长突然站起来插嘴道："诸位！这事情包在小弟身上了。吃过饭我就去把我的人全集合起来，一个晚上保险把什么事都做好了。"接着他还谄媚地笑了笑，望着"副官"补充了一句："不过我想请副官顺便给士兵们训训话。"

掌灯时分，酒足饭饱的鸦片团长果然兴冲冲地召集人去了，镇长也忙着找人开仓出谷，准备磨谷的推子去了。设营队趁机一碰头，决定拂晓时动手，那时候大部队也快到了，即使出现意外也不足为虑。

约莫鸡叫三遍，巡逻的战士回来报告说，谷子已碾好了，鸦片鬼团长正在集合部队准备听"副官"训话。

叶荫庭陪同"副官"走出门一看：镇公所门前的空地上，直挺挺地站着三百多个民团士兵。趁鸦片鬼团长讲话的当儿，我们的同志便按照事先的计划，不声不响地散到空地周围，只有"副官"及我和另外一个同志留在镇公所门口的台阶上。

鸦片鬼团长先讲了几句，便转过身来请"副官"训话，叶荫庭和另一个战士便不声不响地站到了镇长和鸦片鬼团长的身后。

"弟兄们，我代表我们的部队向你们表示感谢。现在，我来自我介绍一下。""副官"故意停顿一下，左手摘下头上的国民党军帽，显然示意设营队做好准备。

紧接着，"副官"放开喉咙庄严地宣布说："你们知道红军吗？我们就是北上抗日的中国工农红军！"

话未落音，散布在场子周围的设营队战士"哗啦"一声全掏出了枪，阴森森的枪口对准了正乖乖听训的民团，叶荫庭两人的枪口也立刻顶在镇长和鸦片鬼团长的脊梁上，民团士兵们像鸭子听雷一样呆住了。

就这样，设营队不仅给部队安排好了房子，准备好了大量的粮食，而且还不费一枪一弹就捉了三百多俘虏，缴获了三百多支枪。

乔装智取，这在国民党中央军从未到过的云南、特别是境内只有少数地方武装的情况下，朱毛红军屡试不爽。但因行军线路复杂，有时难免会发生误会，自己人打起自己人来。

据红一团团长杨得志回忆，部队从嵩明出发，尹国赤的三营仍担任前卫营：爬上一座山顶的时候，我和黎林同志才赶到山下。同一座山，三营往那边下，我们从这边上，大约过了半个多小时，我们刚爬到山半腰的时候，山那边突然响起了枪声，并且吹起了冲锋号，我和黎林同志以为三营和敌人遭遇了，便加紧步伐

往山顶急奔。还没到山顶，枪声却突然停止了，前后不到十几分钟，怎么打得这么快？

杨得志刚爬上山顶，只见随三营行动的团侦察参谋肖思明气喘吁吁地跑来报告说："不好了，三营把周副主席和刘总参谋长带的军委纵队给打了！"

原来，三营下山的时候，正好碰上周恩来、刘伯承带着中央机关供给部和卫生部的同志沿着山下的一条大路行进。由于三营穿的国民党中央军军装，掩护中央机关的部队误以为碰上了敌人，便开了枪。三营迅即摆开了阵势，机关枪一架，冲锋号吹响了。供给部、卫生部老的多，掩护部队人又少，只得往对面山上撤。

三营长尹国赤一看不像敌人，中央机关的从三营号声中也听出了是自己的部队，连忙发信号联络，这才避免了一场大误会。所幸尹国赤及时发现，没有下达出击的命令，才没造成人员伤亡。

事后，周恩来握着杨得志的手笑笑，风趣地说："杨得志、黎林呀，你们这个红一团可真是天下第一团了，把我们这些伙夫担子赶上了山，还差一点'吃'了我们哪！"

二十九日当天，红三军团占领了柯渡坝子。傍晚军委纵队进驻在坝子东北约二华里的丹桂村里。

春雨，淅淅沥沥地下着，没完没了；暮色，悄无声息地染着，愈染愈浓。

刚进村的毛泽东撑着雨伞，泥一脚水一脚地跨进了军委总部驻地——土豪何本思的四合院里。

正堂上，张闻天、周恩来、朱德、王稼祥、刘伯承等人正紧张忙碌着，一见毛泽东进屋，一个个笑脸相迎。毛泽东一一点头示意，在长凳上坐下，掏出烟支点燃，然后俯身聚精会神地看起铺在桌面上的云南地图来。

良久，毛泽东抬起头来，深望了众人一眼，将烟嘴塞进厚唇，一抿，深吸了一大口烟，浓眉稍一扬："当务之急是具体部署抢渡金沙江渡口。我提议在座的几位简单分一下工，恩来负责拟定分三路抢占渡口计划，林彪的一军团抢占龙街渡，彭德怀的三军团抢占洪门渡，军委干部团从团街、石板河直插皎平渡。"

毛泽东深邃的目光落在周恩来消瘦的脸上："恩来，等一下把陈赓、宋任穷叫到总部来，你和伯承一起下达抢渡任务。"

毛泽东又将目光移向朱德那张憨厚的脸上："据我沿途了解，丹桂村一带回、汉杂居，村里还有一座清真寺，朱老总喝过洋墨水，对宗教也比较了解，就请总司令亲自出马，播播革命种子。"

毛泽东站起身来，边吸烟边踱至天井前，布满血丝的大眼凝望着雨幕中的夜空，眉头微锁："这几天春雨连绵，我担心如果河水暴涨的话，就会给全军抢渡增加困难。因此，要命令各军团不但要跟蒋介石抢时间、抢速度，还要跟老天爷抢时间、抢速度！"

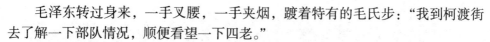

毛泽东转过身来，一手叉腰，一手夹烟，踱着特有的毛氏步："我到柯渡街去了解一下部队情况，顺便看望一下四老。"

"唉，林彪的一军团担子可不轻啰！"脚步在地图前停下，毛泽东的右手在地图上昆明城北部的富民、嵩明地域上画了个圈。

夜，淫雨霏霏。

柯渡街卫生部驻地，土坯子泥墙、青瓦盖顶的大堂上散发着几盏马灯的熠熠亮光。灯光里，刚看望完红军伤员的毛泽东跟董必武、林伯渠、谢觉哉、徐特立四老有说有笑地谈着话，不时传出阵阵爽朗的笑声。

"润之打仗无师自通，这招声南击北，把蒋介石搞蒙了！"董必武捋须而笑。

"我看润之这次用兵，关键在一个'巧'字上，应该叫巧渡金沙江！"林伯渠古铜色的脸面上一板正色。

"对对对，就叫巧渡金沙江！"谢觉哉、徐特立乐呵呵的。

"就按四老的说法，这回就叫巧渡金沙江。巧在出蒋委员长意料，巧在出龙云不备。不过，要做得更巧的话，还需要大家轻装简从，这样才能趁蒋委员长还未反应过来就渡过了金沙江。"毛泽东边说边笑边打着手势。

夜，漆黑漫长。

丹桂村红军总部热气腾腾，周恩来、刘伯承、保卫局副局长李克农、干部团团长陈赓、政治委员宋任穷、红五军团军团长董振堂、政治委员李卓然等正围坐在总部办公桌前。

周恩来一手捋须，一手叉腰，炯炯有神的大眼睛在与会诸人的脸上游移着："根据主席的提议，中央决定由干部团担任渡江先遣支队，为加强对抢渡金沙江战斗的领导，由刘伯承同志担任先遣司令，直接指挥干部团，同时派李克农带工作组一起协助完成这次抢渡任务，五军团殿后负责掩护。"

周恩来浓眉一扬："这次抢渡最有利的条件就是金沙江守备空虚。由于林彪的一军团佯攻昆明，把国民党'追剿'军和滇军的主力都吸引到嵩明、昆明一线，在军委纵队的侧后只有一个万耀煌的第十三师，但还有两三天的路程。这就为我们抢占皎平渡赢得了宝贵时间。"

周恩来浓眉一敛，语气凝重地说："当然啰，不利的因素也很多。比如大家对皎平渡的详细情况都不甚了解，加上连日的春雨，河水是否暴涨等等，大家都要早有心理准备，做好最坏的打算。"

周恩来捋捋长髯，深情地望了刘、陈、宋等人一眼，继而言道："假如在抢占渡口后，我军后续部队跟不上，渡口又被敌人占去，那么，渡过江去的先头部队就会被切断，那就要准备独立作战，打一段时间的游击，以后再设法取得联系。"

周恩来稍停顿片刻，一脸肃穆之色："夺取皎平渡事关全军的安危，一定要成功！如途中遇到民团，不必纠缠，由后面的部队去解决。"

夜，湿润暖和。

丹桂村的清真寺内摇曳着蜡烛的火光，朱德与几位回族首领正促膝交谈，憨厚的笑声回荡在春夜里。

"今天下午，我们有位战士不知回族的习俗……在此我代表全体红军将士再次表示歉意！"朱德态度诚恳、郑重其事地说。

"俗话说，不知者无罪，那位小战士也是无心之过，傍晚贵军的首长得知后已亲自到礼拜寺赔礼道歉了，总司令就不必过于自责了。"坐在一旁的回族首领连忙解释说。

"我们红军原本是工农群众的队伍，绝对保护回族工农群众利益！"朱德浓眉一展，掷地有声。

夜，更深人静。

嵩明县城红一军团军团部驻地灯火通明，林彪似老僧打禅般端坐在方桌旁的竹椅上，眼睛似闭似睁，菜黄色的椭圆形脸庞止静如水，看不出丝毫的表情。

这时的林彪正如美国作家索尔兹伯里《长征——前所未闻的故事》一书中所描述的那样：

关键任务落到林彪的肩上，他是红军中年轻的雄鹰。在一九三五年那明媚的春天里，云南的田野万紫千红，到处是雪白、桃红和淡紫的罂粟花，在阳光下迎风摇曳。在红军这道星河中，没有比林彪更为灿烂的明星了。

毛泽东交给他的任务是对他的能力的最大考验。这一任务是使龙云、薛岳、蒋介石相信红军的目标是攻克昆明。林彪必须率领部队尽量逼近昆明，仿佛真的要拿下昆明。

要实现军委巧渡金沙江的战略目的，一军团必须在昆明附近唱一曲十面埋伏，动静搞得越大越好，像牵牛鼻子般把国民党追剿军和滇军主力全部牵引到昆明方向，这样就能诱使蒋介石坚信红军主力必从元谋龙街渡江，勒令各部向禄劝、元谋急追，军委纵队及三、五军团就能乘虚从容渡江。不过，如此一来，一军团就会引火烧身，陷入险象环生的境地。要摆脱追敌，只有日夜兼程向龙街渡口疾进。

林彪忽而睁开眼，目光如炬的紧瞅着地图上穿过富民、禄劝、武定、元谋、龙街渡的那一条弓背形的曲线。

又是弓背路！

林彪的思绪像脱缰的野马狂奔着、驰骋着。

主动去捅蚂蜂窝，等蚂蜂全反扑过来时，又要不被蚂蜂咬着全身而退！

林彪将铅笔一扔，微闭上眼睑，冥思苦想着应对之策。

微风挤进大堂，挤进马灯玻璃罩的缝隙，火苗温柔地摇摆着。

大隐隐于市！深思熟虑后的林彪忽然站起身来，低垂着头，双手倒背在后，不声不响地踱起步来。

坐在一旁的参谋长左权对林彪的习惯了若指掌，知道他要下达命令了，连忙打开了文件夹。

果然，林彪不慌不忙一字一句地和盘托出脑海里深思熟虑后的作战计划：

命令陈光的二师、李聚奎的一师分别从杨林、嵩明县城出发，分三路向昆明方向推进，经昆明西郊的稗子田、肖家、鲁世达、阿基格德直入富民县境，于三十日晚抵达羊街、冷水沟、款庄。待三路大军会合后，连营三十公里，在距昆明不到四十公里的高山密林中设障碍、布疑兵，继续对昆明实行威逼封锁；

命令陈光的二师以黄开湘的四团为前卫，于五月一日务必拿下禄劝、武定、元谋三地，军团主力随后跟进；

命令李聚奎的一师准备好架桥器材。

踱着步的林彪忽而停住脚步，偏过头来紧盯着左权，几乎是一字一句地凿话："告诉黄开湘和杨成武，多在'智'字上做文章，尽量避免与地方民团纠缠，确保军团主力迅速北进！"

兵者，凶器也。未曾进军，先安排好退路，对动兵的每一个环节，每一个步骤，都考虑得周详细致，考虑得滴水不漏，这就是被黄埔军校校长蒋介石诅咒为"战争魔鬼"的黄埔生林彪。

见左权转身到隔壁的电讯室发报去了，林彪一声不响地踱至门口，微锁着眉头，遥望着南方漆黑的夜空，嘴里喃喃自语："朱水秋的红六团还得在杨林再待上一天，到时候是否能追赶上主力？"

林彪仿佛望见穷凶极恶的滇军、中央军正紧咬着红六团穷追猛打……

望见孤军深入的红六团指战员们边打边撤，疲劳困顿、溃不成军……

一阵春风拂面，原本穿着一件单衣的林彪额上竟渗出了汗珠！

# 八

乔装智取，红四团一天连夺三城；堵击、截击、兜击龙街渡，蒋介石再上当；摩掌擦拳，朱毛红军三路并驱直指金沙江。

一九三五年五月一日上午，云南禄劝县城东门外。

太阳的脸上像涂着一层污垢，神情有些迷茫；刚被雨水浇洒过的路面湿漉漉的。

两扇城门敞开着，两侧站立着荷枪实弹的团丁，筑有用麻袋垒起的临时掩体，掩体外是用铁丝网构成的拒马，一木板做的吊桥高悬着。

一支着装整齐、扛着清一色捷克枪的国民党"中央军"连队，操着整齐划一的步伐朝城门口走去。

"站住，你们是哪里的队伍？"看守城门的团丁持着枪跑上前，满脸的疑惑

之色。

"立定!"正在行进的队伍在喝令声中停了下来,一个身着上尉装的小个子一个箭步冲到团丁面前,声色俱厉地责备道:"怎么,你们的上司没有交代?你们胆大包天,竟敢在城门口拦阻我们中央军,放肆!"

那几位团丁一听是"中央军",像鬼见了神似的,慌忙双脚"啪"的一声来了个立正。

"请问长官官衔?"领头的战战兢兢地问。

小个子一听,唰的一下脸成包公色,挥手就一个巴掌掴去,叱声骂道:"你眼睛瞎了,老子是上尉连长,我们团长还等在那里呢,还不快去通报!"

"小人该死,小人无知,我马上进去通报!"挨赏了一耳光的团丁打落了门牙往肚里咽,一手捂着脸,强颜作笑。

"不用了,你就带我们进去!"上尉连长手一挥,显得有些不耐烦。

几名团丁连忙放下吊桥,打开城门,哈腰点头地引着"中央军"大摇大摆地进了城,到了县政府。

不多时,县长、警察局长、民团团长、商会会长以及县城内大小绅士商贾齐聚在县府大厅里。在上尉连长的引荐下,身着中央军军官服的团长以傲慢的姿态与众人一一握手致意。

中央军光临禄劝县,这对地处闭塞的地方官吏来说自然非同小可。县长慌忙下令悬挂青天白日旗,并筹办了丰盛的宴席款待。

觥筹交错,谈笑风生。酒过三巡,团长忽然望着陪坐在身边的胖县长问道:"龙街的情况怎样,你们知道不?"

"离这太远了,搞不清楚!"胖县长支吾了老半天才结巴着回答。

"武定县的情况知道不?"

"我更不清楚!"

团长愀然作色,打起了官腔训斥道:"老百姓交了钱粮,养了你们,你们这样玩忽职守?"

大厅里空气顿时紧张起来,绅士们一个个呆若木鸡,面面相觑。

上尉连长朝胖县长使了个眼色:"还不赶紧与武定县通个电话问问!"

"是,是!"胖县长如获大赦,一边连连点头,一边用手帕拭擦着额头的冷汗。

一会儿,电话通了,对方接话的是武定县长。胖县长不知所措的望着团长。

"都是饭桶,耽误军机,谁负责任?告诉武定县,我们的部队马上就去!"团长满脸的怒气。

胖县长如释重负,慌忙对着话筒吼道:"中央军马上就去武定,请开城门迎接!"

团长见胖县长打完电话,起身离座,地方官员豪绅慌忙列队相送。

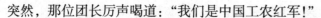

突然，那位团长厉声喝道："我们是中国工农红军！"

地方官员豪绅一个个惊愕得张口结舌，尚未回过神来，大厅周围荷枪实弹的士兵闻声蜂拥而上，黑洞洞的枪口早对准了官员豪绅们。

原来，这支所谓的中央军正是红二师红四团装扮的。

时任红四团政治委员的杨成武后来说：我们到金沙江畔，要经过禄劝、武定、元谋三个县城，那里敌人的正规部队不多，但杂牌部队、民团武装、伪警察还是不少，一旦交手，拖延时间，会影响大部队的行动。

杨成武和团长黄开湘一合计，决定采取乔装智取的战术。命令从两个营中各拿出一个连和团侦察连一起化装成国民党中央军，侦察连长王友才化装成上尉连长，杨成武化装成团长，带着一个连智取禄劝县。黄开湘带一个连智取武定县，然后合袭元谋县。

杨成武后来说：由于禄劝县长的那个电话，后来我听黄团长说，武定县欢迎中央军的场面更加隆重，任务完成得非常顺利。

像武定县一样，由于事先打了招呼，当杨成武带着部队到达元谋时，元谋大小官员和民团已经集合好，昼夜迎接。杨成武当即大声宣布："我们是中国工农红军！"在场的大小官绅都愣住了，那些团丁更是糊涂，有的还没搞清到底是怎么回事，就被缴了枪。

杨成武说：我们由于采用了化装奇袭的手段，在一天中一枪不发就拿下了三个县城，解除了民团的武装，缴获了大批武器、物资，为我们直插金沙江畔赢得了时间。

红一军团向龙街疾进，把滇军、国民党中央军主力拖向元谋方向，而待在杨林负责佯攻昆明的红六团则受到了前所未有的压力。

四月三十日夜晚，邓飞和朱水秋一直守候在电台旁，焦急地等待着上级的命令：十点过去了，十二点又过去了，直到翌日凌晨二时，终于接到中央军委紧急电令："你六团原地出发，取道得食村、龙潭营、邵甸，再经马军进抵羊街、大西村宿营，继续对昆明威逼封锁。"我们立即紧急通知一、二营和团直在镇西边集合，三营在镇南边集合……离开杨林不一会儿，后面的追敌鲁道源旅前卫部队发现我们朝西北方向前进，则紧赶死追。

五月一日傍晚，红六团接林彪急电：赶至元谋马头山下的白酒坡布防，掩护全军团抢渡龙街渡口。

毛泽东假戏真唱，大摆迷魂阵。

夜，苍穹点缀着稀稀拉拉的繁星，贵阳蒋介石行营——毛光翔公馆周围不时响起蛙叫虫鸣声。

灯光熠熠的右厢楼二楼内，一身素色长袍的蒋介石伫立在硕大的云南地形图前，鹰隼的目光直落在云南北部那条呈倒"几"字形的弯弯曲曲的蓝线上。

良久，蒋介石转过身来倒背着两手，微垂着头在室内踱起步来，布满血丝的

眼睛偶尔乜斜一眼办公桌上的一大沓电文，偶尔乜斜一眼墙壁上的地图，浓眉微敛，薄唇紧抿。

的确，这几天他被毛泽东虚虚实实的用兵战术搞得有些蒙了。原断定朱毛必从平彝北上会泽渡江，没料朱毛偏向滇中挺进，兵锋直指昆明，似乎明目张胆地要从元谋渡江！

不过，凭着这么多年跟老对手毛泽东的无数次对垒的经验告诉蒋介石：用兵不按常规出牌的毛泽东如此反常，肯定隐藏着更大的企图！

龙街渡？鲁车渡？皎平渡？洪门渡？蒋介石的目光沿着弯曲的蓝线缓缓来回游移着。

几道弯？几个渡口？蒋介石闭着眼如数家珍。

其实，为截堵朱毛红军，智囊团早将搜集到的金沙江相关资料呈放在蒋介石的案头，反复咀嚼，了如指掌。

金沙江，特指自青海玉松巴唐河口至四川宜宾长江上游一段，全长二千三百零八公里。它沿川藏边界奔腾而下，到云南石鼓急转一百一十多度北流，形成长江第一湾——虎跳峡。金沙江削出了三千多米深的大峡谷，两岸崇山峻岭，江涛汹涌，水深流急，素有天险之称。

而云南境内的龙街、皎平、洪门、树桔段，是元谋、禄劝、会泽等县与四川会理的分界线。

会泽附近只有罗炳辉一个九军团，即使从树桔渡江，也不足为虑，关键是朱毛红军主力从哪里渡江？

洪门渡，水流湍急，难以架设浮桥，不是理想的渡河点；皎平渡两岸山势险峻，滩陡浪急，若无渡船，就是插翅也难以飞过，而且即使飞过，北岸通往官道；

龙街渡口河床宽敞，水势平缓，虽可架设浮桥渡江，但易为暴露，便于飞机轰炸。

好在前几日未雨绸缪，已电令龙云将南岸一切可用于渡江之物及船只等全部烧毁。蒋介石实在想不出毛泽东还能用什么办法渡江，除非插上翅膀飞过去！

只要各路大军齐头并进，勠力堵截、追击，那么金沙江南岸就是朱毛红军的葬身之地！蒋介石仿佛手里又攥住了千载难逢的战机。

四月三十日，朱毛红军突然撤离嵩明、寻甸西去，从元谋渡江的企图已完全明朗化。

龙云急电云：匪仍在西北之间，而窜西窜北，实尚未明显。因此建议"似宜暂住原地，以观匪之行动如何，再行决定。"

"一个彻头彻尾的土财主，只晓得保他的老巢昆明！"蒋介石一眼看穿了龙云的企图。

薛岳则急电云：我军应穷追，勿使其有喘息之余地，而歼其于金沙江南岸，

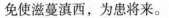

免使滋蔓滇西，为患将来。

一个主张观望，一个主张穷追，搅得蒋介石几乎一夜都未入睡。

按常理而言，朱毛红军一贯的游击习气，根本不会走大道，但不按常规出牌的毛泽东常常让人拿捏不准。

清晨，蒋介石一爬起床，就给龙云发去一手令：吴奇伟的第二纵队由寻甸附近向会泽兜剿，滇军孙渡的第三纵队分兵一部即刻向禄劝与武定分途前进，星夜兼程，必超出于匪先头部队之前迎头堵剿。

吃一堑，长一智。多次吃了毛泽东声东击西之堑的蒋介石，经过一夜的冥思苦想，断定毛泽东仍是故技重演，才做出如此决策。眼下唯一放心不下的就是云南王龙云能否遵命而行，对此蒋介石因有些拿捏不准而感到忐忑不安。

"报告委座，龙云急电！"晏道刚手拿一纸电文神色匆匆地闯了进来，打断了蒋介石的思绪。

"念！"蒋介石眼皮也未抬一下，仍继续踱着步。

贵阳蒋委员长钧座：

据报，朱毛共匪先锋林彪部今日已连陷我禄劝、武定、元谋三县。

"什么，朱毛连陷三县？！"蒋介石倏然止步，眼神像两支犀利的剑芒直射在晏道刚的脸上，直待晏道刚微点点肯定的头颅，方快步走到地图前，视线沿着禄劝、武定、元谋一直划到龙街渡口才停下来。

林彪的一军团乃是朱毛共匪的精锐，共匪总部一向随其跟进，看来朱毛主力沿川滇大道从龙街抢渡是必定无疑的了！

蒋介石长长地吁了口气，眉角露出笑丝：毛泽东啊毛泽东，跟我兜了偌大一个圈，狐狸尾巴终于还是露出来了！

龙街渡！

蒋介石兴奋地转过身来，两撇胡须往上一翘："道刚，即电龙云，朱毛残匪企图窜渡金沙江无疑。查贵境巧家至永仁一段江防至为重要，应不分省界，左岸由刘文辉军完全负责布防，右岸应有贵军对匪来方向亦一同布防，以期周密，并须切取联络。"

蒋介石稍停顿片刻，继而言道："电令伯陵吴奇伟部偕孙渡部向元谋追击，向皎平渡前进之周浑元部向龙街渡兜剿，李韫珩部继续向巧家挺进！"

下达毕命令，蒋介石顿感心身轻松起来，数日来因弄不清朱毛红军的真实意图而熬更过夜带来的疲劳一扫而光。

总算可以睡个安稳觉了！蒋介石欢脚喜步地回到隔壁卧室睡觉去了。

夜，静谧而寂寥。禄劝北部的山村——小仓街红军总部，屋子里弥漫着旱烟叶子味，腾腾的烟雾在灯光的映照下，像晨雾般笼罩着整个屋内。

毛泽东一手叉腰、一手夹着烟，一边踱着步，一边满脸含笑地讲着话。周恩来、朱德、张闻天、刘伯承诸人一个个脸缀笑意，或埋头俯看着桌上的地

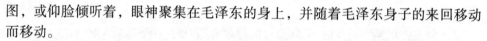

图，或仰脸倾听着，眼神聚集在毛泽东的身上，并随着毛泽东身子的来回移动而移动。

"林彪今日一连乔装智取禄劝、武定、元谋三县，全军团向龙街渡疾进，蒋介石必判断我军主力从龙街渡口渡江，必然会命令各路'追剿'大军向元谋追击、堵击、兜击，把我军聚歼于金沙江南岸。蒋委员长又上当啰！"

屋子里传出一阵爽朗的笑声。

毛泽东深吸了一大口烟，浓眉一扬："蒋介石做梦也没有想到这仍然是个声西击东之计，我军主力会选择他认为最险峻、最无可能的皎平渡口渡江！"

"兵不厌诈。我看是蒋委员长疑心太重，老毛使出一连串的声东击西之计，他更加摸不着头脑，搞不清真假啰。"朱德憨厚地笑笑。

"主席，林彪已把'中央军'、滇军主力牵向元谋，抢渡皎平渡、洪门渡时机已完全成熟！"周恩来殷切地目光始终望着毛泽东。

"战机可遇而不可求。立刻给彭德怀、董振堂等人发报，告诉他们我军的渡江部署。尤其是三军团，一定要具体、细致。"毛泽东做出了决断。

研究、讨论、决策，研究敌情，讨论对策，决定路线、时间，毛、朱、周、刘等人一直熬到凌晨才各自散去。

五月二日上午，中革军委以总司令朱德的名义向三、五军团发出了《关于我军向元谋龙街大道渡江的指示》。

箭在弦上，弦已拉满，一触即发！

五月二日上午，禄劝北部的小仓村，军委干部团团部的屋子里坐满了人。

此刻，干部团正在召开作战会议，部署抢夺皎平渡口战斗。

团长陈赓开门见山地说："军委命令我们在四号上午赶到皎平渡架桥，从这里到皎平渡一百四十余公里，由于大路有国民党军阻挡，只能走山路，也就是说必须在两天两夜内强行军赶到。"

事隔多年后，当年亲自参加会议的干部团二营五连连长萧应棠仍清楚地记得陈赓亲自下达的命令：中央决定我军北渡金沙江，并把抢夺皎平渡口的任务交给了我们团，我团决定以二营为先遣队，你们五连为前卫连，你们的任务是，不惜一切代价，尽可能迅速地抢夺渡口，掩护后续部队渡江，准备好了马上出发。

先遣营共三个连加一个工兵连，李克农带的中央工作组随前卫连行动。

宋任穷后来回忆说：我同刘伯承同志一起随先遣营行动，任务是当天急行军一百六十里，用一切办法抢占皎平渡口，消灭驻守敌人，迅速收集船只，组织架桥，以便后续部队强渡。陈赓同志率两个步兵营、一个特科营和上干队为后梯队，当天行军百里左右，即在中途宿营，保持体力，准备第二天渡江后继续前进。他们的任务是抢占渡口以北四十里的通安州，消灭四川西昌、会理方向可能来犯之敌，掩护中央直属部队和五军团渡江。

萧应棠赶回连里：部队进行了动员、轻装后，饱饱地吃了一顿饭，便沿着一条通往金沙江的小路出发了。

也就在同一天几乎同一时间，禄劝北部的腮坝村，红三军团司令部。

一位浓眉大眼的中年军人正俯身在桌面的地图上，手里拿着一支红铅笔沿着腮坝到洪门渡口画了一条弯弯曲曲的红线后，直起腰来，脸庞绷得紧紧的，一双虎眼望着身旁一位圆脸的年轻军人说："叶参谋长，立即命令彭雪枫的十三团从现驻地出发，务必于四日上午赶到洪门渡口架桥，十二团、十团、十一团兵分两路向洪门渡疾进，军团部午饭后立即出发。"

"两天两夜靠脚板要急行军二百九十里，而且都是翻山越岭的小路，指战员们恐怕会闹情绪。"坐在一旁的一位长方形脸的年轻军人一脸忧郁之色。

"唉，自从突破湘黔公路，部队一直向西疾进，不停地跑，几乎未歇过脚，我听有的就讲：青蛙跳一下还歇口气哩，何况是人！"腿上绑着纱布、躺在竹椅上的一位年轻军人神情中透出一丝忧虑。

"发牢骚有屁用，军委领导有可能对部队的具体情况不甚了解，忽东忽西，忽进忽退，部队奔波来奔波去，搞得疲惫不堪。"中年军人板着脸，一手扯下头上的八角帽，生气地摔在桌面上。

他，就是红三军团军团长彭德怀。

躺在竹椅上的是军团政治委员杨尚昆，称作"叶参谋长"的是叶剑英，长方形脸的是政治部主任刘少奇。

自从西进入滇，红三军团一直担任右路纵队，从右翼掩护军委纵队，路没少跑，苦没少吃。几次寻机歼敌未遂，跑路吃苦犹为小可，更让人感到难受的是被国民党军飞机撵着屁股炸，特别是在白水城附近，军团直属队伤亡达三百余人，甚至连军团政治委员杨尚昆也被飞机炸成重伤。此外，沿途还经常遭到靖卫团的冷枪袭击。面对被动挨打的窘境，指战员们难免有些埋怨情绪。

"宁可打仗打死，也不愿跑路累死！""整天就是跑，跑到什么时候才是尽头？"

对此，政治委员杨尚昆、政治部主任刘少奇在行军途中或休息的间歇，找基层指战员们谈话，做战士的思想工作，费了不少的口舌，也深为部队的疲劳困顿感到担忧。

彭德怀当然十分清楚眼下指战员们的状态：找个地方短暂休整一下，或寻找战机跟追敌硬干一仗，扭转整天被撵着走的局面。可眼下迫在眉睫的是如何摆脱追敌，从速渡过金沙江！

彭德怀厚唇紧抿，通红的眼珠仍死死盯在地图上自己刚画的那条弯弯曲曲的红线上：两天两夜强行军二百九十里，这对早已疲劳不堪的部队来说无疑又是一次巨大的考验。但四日上午赶到洪门渡口，这是死命令，必须不折不扣地无条件的执行！

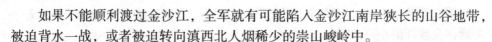

如果不能顺利渡过金沙江，全军就有可能陷入金沙江南岸狭长的山谷地带，被迫背水一战，或者被迫转向滇西北人烟稀少的崇山峻岭中。

一想到这里，彭德怀浓眉一扬，一脸的刚毅之色，斩钉截铁地说道："纵使是刀山火海，先渡过金沙江再说！"

彭德怀倒背着两手，大步踱到门口的台阶上，通红的双眼望向西南方向：负责佯攻昆明的大哥一军团，既要把追敌牵引向西，还要强行军三百余里赶到龙街抢渡，林彪肩上的担子更重！

五月二日上午，禄劝花桥村，红一军团司令部。

鸦雀无声，匆匆进出的军人们绝不发出半点响声。林彪一动不动地呆坐在地图前，布满血丝的眼睛出神地盯在地图上，

红六团佯攻昆明，红四团一连乔装智取三县城，震撼了云南全境，不但为全军团向西北疾进抢占龙街渡口扫除了障碍，也成功地把国民党各路"追剿"军牵引向元谋方向。

按理说，无论是佯攻还是牵敌，由于红一军团的出色表演，都达到甚至超出了军委原来的战略预期目的，全军团上下应该欢欣鼓舞才是，但此时的林彪几乎是愁肠满腹，怎么也鼓不起高兴劲儿来。

此刻，望着自己在地图上沿着禄劝、武定、元谋一直到龙街渡口画下的那条长长的弧形曲线，林彪默然无声地端坐着，浓眉紧锁，脑海里像煮沸了的开水，咕咕翻腾着。

三百多里，两天两夜，这对一向以长途奔袭著称的一军团来说，要是在平时，根本算不上什么。可为了佯攻昆明，连日来全军团没歇息一刻，一直处于马不停蹄的紧张的运动中，加上天气炎热，疲劳、饥饿，部队早已疲惫不堪。更何况龙街渡口敌情未明，能否顺利渡江还是个未知数，到时候恐怕还会生出许许多多事先预想不到的变数。

林彪的大脑正紧张的思虑着，不安、焦灼煎熬着心身，尽管天气闷热，但林彪的心底却突然冒出一丝寒意，直透脊梁，浑身直起鸡皮疙瘩。

但是，四日上午不惜一切代价赶到龙街渡口是死命令，否则就有被追敌咬住难以脱身的危险。强令早已疲劳不堪的队伍再强行军三百余里，林彪知道这意味着什么，意味着不得不直面掉队等严重减员的严峻形势，意味着全军团又将付出难以估量的损失。

从江西到云南，一路减员一路补充，一军团从出发时的一万九千余人已锐减至不足一万人，折损近半，看着日益减少的队伍，林彪的心在颤抖、在抽泣、在滴血。

舍不得小本，求不到大利！

能保存多少就算多少，总比全军团覆没强！

事已至此，回天乏术！

此刻的林彪，恨不能生出孙悟空上天入地的七十二般变化的本事，腾云驾雾将一军团全体将士送过金沙江去。

左思右想，竭尽心智，脑壳里像筛米的筛子，将各种方案、各种可能筛了一遍又一遍。

林彪薄唇一抿，似乎下定了忍痛割爱的决心。

"左参谋长，命令李聚奎的一师务必于三日夺取龙街渡口，陈光的二师全速向渡口挺进，军团直属队即刻集合出发！"

滇山滇水间，一路硝烟，一路血迹，红一军团将士被滇山滇水无情地吞噬着、撕裂着……

就在朱毛红军主力兵分三路向金沙江疾进猛扑之际，龙云、蒋介石却得到了一个令人吃惊的意外收获。

五月二日上午，前线'追剿'的滇军将俘获的一名受伤的红军参谋人员押解到昆明，并在其身上搜出多封已破获的国民党军密电。

难怪朱毛红军对国民党军的部署了若指掌，原来朱毛红军掌握了国民党军的密码破译技术，红军中有高人啊！

惊叹之余的龙云连忙致电蒋介石：

竭密。顷在羊街拿获共匪参谋陈仲山一名，瑞金人，现解省审讯。于其身上搜出情报一束，系我军各方往来密电，皆翻译成文。无怪其视我军行动甚为明了，如所趋避。现正研究其译电，系有我方密码本，抑以他种技术译出，并此后宜用何法通信，方免泄漏。特先报闻，详情续达。

张口结舌，呆若木鸡，无论用什么贬义的词语来形容接悉电文后蒋介石吃惊的情形都不为过。

难怪在江西数次"围剿"、西进途中数次聚歼，朱毛红军都像抹了油的鳅鱼般全身而退，剿而难灭！脸色铁青的蒋介石仿如五雷轰顶，气得浑身直哆嗦。

蒋介石立即叫来侍从室主任晏道刚商量应对之策，并急电龙云：

我军电文被匪窃译，实属严重问题，此事只有将另行编印之密码多备，每日调换。凡每一密码，在一星期中至多只用一次，按日换用。密码每部各发十种密本，每日换一种，每十日再另发十种密码。一面如气候良佳，用飞机通信以补之。请兄就近编发密本，照此为理，盼复。

自从一九三○年第一次反"围剿"俘获国民党军的电台及报务员，毛泽东和朱德就一手组建了红军通讯电台，日夜侦听破译国民党军电讯，但直到此时蒋介石才恍然大悟，毛、蒋之间的较量，仅在这一步棋上，蒋介石就输了一大筹。

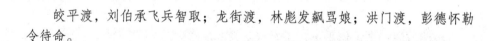

# 九

皎平渡，刘伯承飞兵智取；龙街渡，林彪发飙骂娘；洪门渡，彭德怀勒令待命。

一九三五年五月三日傍晚，禄劝县北部的皎西沙老树村。

太阳刚收藏起那刺人眼目的线芒，一支身着灰布色国民党军服的队伍便浩浩荡荡地开进了村里。

大概是长途急行军的缘故，官兵们虽然穿着薄薄的单衣，但一个个走得汗流浃背，汗渍、尘渍涂抹在额间、脸上，尽管衣着缀满了污垢，但仍一个个精神抖擞。

打尖的问明了到皎平渡还有六十余里的路程，立即报告给一位戴着圆边眼镜、拄着雨伞骨拐杖的中年军官。中年军官稍侧过头跟身旁的副官嘀咕了几句，部队便就地坐下歇息。

忽然，两名荷枪实弹的士兵带着一名肥头大耳的大胖子来到中年军官跟前。那胖子毕恭毕敬地鞠了一躬说："长官，从哪里来？我是区公所秘书。"

中年军官不屑一顾地说："红军快来了，我们要赶到江那边去！"

大胖子说："红军虽然离这里还远，为了防备红军在这一带渡江，刚接到上级命令，靖卫团的团总让我送到江边，把我区沿江所有船只全部迅速烧掉，以免被红军利用。"

"船烧掉了没有？"一旁的副官着急问道。

胖子一脸的谦卑，讨好说："没有，我正要赶到江边去办理这件事，这不命令还在我手里哩。"

突然，那中年军官厉声喝道："我们就是红军，现在就要船。要是渡口少了一只船，拿你是问！"

霎时，大胖子惊得脸如纸色，呆若死鸟，乖乖地被红军押着向渡口走去。

原来，这支队伍是军委纵队干部团化装的，中年军官是先遣部队司令、军委总参谋长刘伯承，副官是干部团政治委员宋任穷。

前卫连连长萧应棠后来说：我们以每小时十多里路的速度，走了一个通宵。天亮以后，休息了十分钟，吃了几口冷饭，喝了几口冷水，一气又赶了七八十里。

五月三日深夜，红五连赶到了距皎平渡口仅五里的洪门厂村。

地势险要的皎平渡是川滇驿道的主要渡口。金沙江像一把锋利的长剑，劈开横断山脉的重山叠岭，自西北向东蜿蜒曲折奔腾而下，江两旁的悬崖峭壁直冲云霄。

当晚，红五连打前站的一排首先找到住在洪门厂村驿道边的船工张朝寿，并在他的带领下找到其堂兄张朝连，在张朝连的帮助下，二十四名红军从江水里打捞出一只沉着的破船，又派张朝寿到客店买了三十三件土布，撕成布条，用枪刺往千疮百孔的漏洞里堵塞棉絮和布条。

手指塞，刺刀堵，七手八脚地正忙碌得不可开交，蓦地，夜色茫茫的江面上传来了哗啦哗啦的划桨声，正在补船的红军迅即蹑手蹑脚地隐伏在渡口周围，夜幕下影影绰绰看见一只二叶子船划到龙头石靠岸。红军指战员迅即扑上船，划桨的船工顿时吓得瘫痪在甲板上。

原来，住在北岸岩洞里的金利汉鸦片烟瘾发作，眼泪鼻涕一串串挂起，实在憋不住了，哪管他命令不命令的，就派长工殷孟芝划船过江来拿大烟，正好撞到红军枪口上。

萧应棠听完一排长报告，立即赶到江边了解北岸的情况：对岸镇子不大，原来驻有一个管收税的厘金局和三四十名保安队员，今天早上又来了正规军一个连，驻在镇子右边。镇子中央临江处有一个石级码头，码头上经常有一名保安队员放哨，最近因为情况紧张，又添了一名。

萧应棠和副营长霍海元蹲在沙滩上轻声嘀咕一阵：机不可失，马上过江！

萧应棠迅即带着一、二排分头静悄悄地上了两只船，在船工殷孟芝、张朝寿的帮助下，解缆离岸，向江北岸划去。

三排则沿着灰色的沙滩散开，黑黝黝的枪口直指对岸。

夜风吹拂，波浪滚滚，木船被浪头打得"嘭嘭"作响，忽上忽下地晃个不停。

船在颠簸中终于靠岸了，萧应棠命令两名战士端着枪顺着石级向上走，刚走到顶层，只听得一个云南口音的公鸭嗓子问道："喂，你们怎么搞的？才回来！"

"不准动！"两名战士以迅雷不及掩耳之势一跃而上，枪口顶住了哨兵的胸膛，哨兵只得乖乖缴了枪。

萧应棠当机立断，短枪一挥：一排顺街往右打正规军，二排往左打保安队，渡船返回接后续部队，通信员在江边点燃火堆发信号！

一排押着哨兵俘虏刚摸到正规军连部门口，微弱的灯光下站岗的哨兵喊道："谁？"俘虏按照事先的吩咐答道："自己人，保安队的！"哨兵刚要再问，走在前的战士一个箭步上前，掐住了哨兵的喉咙。

一排长低声问明了里面的情况，手一挥，全排当即冲进了院子，分头踢开几处房子的门厉声喝道："缴枪不杀！"

屋子里烟雾腾腾，有的士兵们正躺在地上对着小灯吞云吐雾，有的正在砰砰啪啪打麻将。

萧应棠后来说：听见这一声喊，这些"双枪英雄"开始是昂起脑袋直发愣，接着是慢慢地举起双手，惶惑地说："我们今天才到，莫误会了吧！"我们的战士

说："放心吧，误会不了，我们是红军，正是找你们来的！"于是这群"双枪英雄"才无可奈何地互相望望，在闪亮的刺刀前面走到院子里集合起来。只有敌人的连长和几个军官在另外一间小屋里，见事不妙，打了几枪逃走了。

二排负责突袭的厘金局是一座位于岩洞和康家马店之间的土墙房子，厘金局的头目姓林，人称林师爷。

"林师爷，开开门，我们吆猪的来上税啰！"领路的船工张朝寿按照红军的吩咐上前敲门。

"深更半夜的交什么税，明天再来！"正躺在被窝里睡觉的林师爷不耐烦地吆喝着。

"我们的猪已吆到赵家马店，要么，我们从昆明回来再补税。"张朝寿机灵一动。

"吵什么吵，赶快交税！"生怕到手的钱飞了的林师爷赶忙起床点亮了灯，咕哝着打开了门。

说时迟，那时快，一个战士立即扭住林师爷的肩膀，一个战士用枪顶住林师爷的脑袋："不许动，我们是红军！"

顷刻间，像老鹰抓小鸡仔般将后院里的保安队捉了个精光。

其实，驻防皎平渡的是地方武装江防大队长汪保卿所率的队丁们。汪保卿一见红军摸过了江，趁黑乘乱逃走了。

红五连一枪未放顺利拿下了渡口，萧应棠命令通信员在岸上点燃了第二堆火。

红五连在北岸又找到了两只船，但缺少船工。在张朝寿的帮助下，又找到了周德安、夏二糖匠等六名船工，划着四只船来回穿梭，源源不断地把南岸的红军指战员们送到北岸。

为抢夺渡口，红五连强行军一天两夜，狂奔了一百四十公里，这时渡口顺利到手了，一个个像卸却千斤重担似的，顿觉口干舌燥，腿酸肚子饿，恨不得能找个地方饱吃一顿、酣睡一觉。但大部队未过江，不敢有丝毫的松懈。

萧应棠正想安排下一步的行动，刚过江的副营长霍海元一照面，劈头就命令说："为了巩固渡口，扩大纵深，团长命令你们沿着通往会理的山道前进十五里警戒！"

一百二十来人的五连紧急集合起来，大家纷纷表示继续前进还能坚持，唯一的愿望就是弄点吃的，饿得软绵绵的没有一点劲。

萧应棠一眼望见旁边有家点心铺，推门进去一看，有三十来斤糖果饼干，当下便让司务长估价包好银元，并写了张便条，将点心"买"下，各人发了二三两，狼吞虎咽地吃完饭，顺着一条向左伸向山沟的石头小路出发了。

约莫急赶了十六七里地，萧应棠让连队停下就地宿营，除安排少数人烧水做饭外，其他人抱着枪或坐或躺呼呼地睡着了。

睡梦中，萧应棠忽然被人摇醒，睁开眼一看，原来是副营长霍海元，用手指着远处高山黑黝黝的影子说："萧连长，顺着这条路上去四十里便到山顶。如果敌人占领了这个地方，居高临下对我们威胁极大。团长命令我们在拂晓前一定要占领这个地方，以便扩大纵深，巩固住渡口！"

于是，一个个战士被从睡梦中叫起，狼吞虎咽吃了几口饭，又继续爬山。

拂晓时分，红五连拖着疲惫不堪的身体准时登上了中武峰山顶，借着晨光向远处一眺望，只见小山绵延起伏，通往会理的小路盘旋在小山群里。

红五连迅即占领了狮子山小路两边的两个小山丘。

不到三十分钟，天已大亮，果然看见约一个营的川军沿着像蛇行般的小路匆匆爬了上来，由于摸不清底细，川军也不敢贸然进攻，双方一直对峙着到下午三四点，团长陈赓带着四连和特科营的重机枪连赶上来增援。

刘伯承和宋任穷是五月四日清晨赶到皎平渡口的。

望望波涛汹涌的激流，再望望沙滩上的指战员们，站在龙头石上的刘伯承习惯地举手撑撑眼镜架，雨伞骨在石头上一顿，当机立断作出两个决定：工兵连负责架设浮桥，其他的负责继续搜寻船只！

洪门厂村船工李正芳亲眼目睹了工兵连在激流中架设浮桥的惊险一幕：

他们抬着门板、寸板，以及两三丈长的圆木，卸在皎平渡口……还有从我们洪门厂村买来的竹子，四五丈长，有三百多根，一捆一捆堆在一起。许多红军挽起袖子，熟练地在削篾，在砍木头，在扎筏……不久就扎起两座浮桥架子，每座长三丈，宽一丈五，都是又长又粗的圆木扎成的。圆木上面又铺上木板，每架浮桥上有三十名红军，其中左右各有三人划桨，浮桥架前系碗口粗的篾绳，由船工划一艘大叶子船牵引过江。

突然，两岸响起惊呼声，正在江中帮红军摆渡的李正芳连忙扭头一望：

糟糕！已拉到江心的浮桥架，抵挡不住汹涌澎湃的急流，唰唰地被推向下游，朝沙坝河口前的险滩急奔，船工和红军怎么摇橹也无济于事……眼巴巴望着渡船和浮桥架要在礁石上撞个粉碎。渡船和浮桥架距石礁林立的险滩只有十几丈路了，就在这千钧一发的时刻，五六个红军嗖地窜出船外，真像天兵天将从天而降，跳在船擦而过的礁石上，把粗缆绳飞快地围在礁石的腰身，箭也似急驰的渡船和浮桥忽地转个弯儿，停在急流中。

河谷狭窄，河床坡度太大，水流太急，架浮桥显然是不行了！

刘伯承浓眉微敛，两唇紧抿，目光严峻地凝望着汹涌奔腾的江水，焦急地思索着。

"召集船工开个会，找船！"良久，刘伯承转过身来，吩咐身旁的宋任穷。

"鲁车渡有两只船！"

"那儿有个湾滩，是有名的老虎口，一不小心就要翻船！"

船工们你一言我一语，纷纷出主意想办法。

"有困难，不怕，我们大家努力，一定能克服！"刘伯承浓眉一扬，大手一挥，一脸的刚毅。

兵贵神速，当下傣族船工李有才带着一个班的红军直扑上游的鲁车渡。

无巧不成书。当红军赶到扎细河口时，恰好碰上螳螂乡土司金洪照派往渡口毁船的武装中队长潘正安。这家伙偏偏是个大烟鬼，接到鸡毛火炭信后，磨磨蹭蹭，呼哧呼哧抽饱抽足大烟后，才揣着信提着枪动身去渡口。船未毁成，倒成了红军俘虏。

当下，红军押着潘正安直奔鲁车渡，守船的十余名土司武装一眼见红军顺着山间小道直奔来，吓得一哄而散。红军顺利夺得一艘大叶子船，并由李有才划向北岸，找到开马店的傣族船工康坤，又征得了他的一只二叶子船。

于是，康坤、李有才各驾一只船，每只船乘六名红军，放船顺流直奔皎平渡而去。

白泥洞的湾滩，江中耸立着一块光秃秃的巨大礁石，像只水老虎蹲在江心张开大口呼啸。驾船在前的康坤熟悉这里的每一个暗礁、漩涡和急流。只见他手摇一双桨，屏息凝神，东点西划，顺着急流，从岸边的峭壁和大礁石之间的狭缝里，箭也似冲过去了。而尾随在后的李有才，控制不住渡船，被急流掀到大礁石边，幸亏巨浪顶托，"哗啦"一声把船抬到礁石上搁浅了。

两名红军立即跳出船外，沉着用双手奋力推船，恰在这时，哗啦啦一个巨浪劈头盖脸扑向渡船，把船打到江里，那两名红军使劲站稳脚跟，才没被浪头卷走。

李有才、康坤为了搭救被困在大礁石上的两名红军，买来一棵二丈五长的大竹竿，把绳子的一头拴在竹竿的顶部，然后把船逆流牵引到礁石附近。岸上，红军用绳拉住渡船，船上，李有才等拼命把船划拢礁石，李有才伸着竹竿，把缠绳子的顶端递给红军，几经周折，两名红军接住竹竿，解下绳子，大家齐心协力，才把渡船缓缓拉到礁石下面，两名红军跳上船得救了。

中午，两只船顺利抵达皎平渡口。

刘伯承兴奋地命令通信员立即给军委发报：皎平渡有船六只，每日夜能渡一万人！

后来，工兵连又在下游找到一只打渔的小船，一共有了七只渡船。

刚发完报，站在龙头石上正在指挥渡江的刘伯承便见陈赓率着干部团后梯队顶着烈日，汗流浃背地赶到渡口。

刘伯承劈头就下命令：不惜一切牺牲，必须坚决把通安州拿下来，保证掩护全军安全过江！

军情如火。陈赓立即组织后梯队分批渡过金沙江，除留下三营留守渡口外，率主力向通安州疾进。

事隔多年后，宋任穷回忆说：从江边到通安州，只有一条很陡很窄的山间小路，盘旋在悬崖峭壁上，有一段路面仅能容一人通过，一面临深谷，一面靠绝壁。陈赓同志带领干部团在进占通安州的途中，遇到一些零星敌人袭扰。敌人在山头上向我部队不时打冷枪，并推下大石头往下砸。冲在前面的同志有的中弹牺牲，有的被大石头砸伤，后面的同志机警地贴着峭壁、死角躲闪跃进，终于冲了上去。

萧应棠谈到陈赓率主力赶到时说：没几分钟，团长便召集我们和四连、重机枪连的干部，布置任务。他命令我连在右边这个山头发起攻击，负责打大路右侧的敌人；四连从左侧山头发起攻击，打大路左侧的敌人；重机枪连的四挺机枪分别在两个山头掩护；打垮敌人以后，乘胜追击，没有命令，不准停止。

"嗒嗒嗒嗒！"重机枪吐着火舌，密集的弹头像暴风骤雨般向川军狂扫而去，随即左右两侧的四连、五连阵地上也响起了密集的枪声。

跟干部团抢夺通安州的是西康刘文辉部第二十九团刘北海的第二营。

猝不及防的川军突遭袭击，霎时乱成了一锅粥。干部团趁机吹响了冲锋号，萧应棠短枪一挥，率领全连往前就冲：边冲边打，敌人很快便垮下去了。那些丧魂失魄的敌兵，慌慌张张地跑得满山遍野都是。我们一气追了一二十里，敌人有的被打死，有的跑不动了就伏在地上装死，还有的跑急了从陡坡上掉下去摔死了。

干部团一鼓作气冲进了通安州。

但不过一顿饭工夫，刘元瑭亲自带领二十九团的第一、三营和迫击炮连、旅部手枪营与工兵营赶到，双方在通安州"噼里啪啦"地打了起来。

干部团毕竟是不足一个团的兵力对付川军一个多团，力量悬殊。冲进通安州的干部团旋即遭到了川军的猛烈反扑。

陈赓立即命令全团迅即撤出通安州，占领后山有利地形，与川军对峙着。

黄昏时分，宋任穷奉刘伯承之令率领守防渡口的三营赶到增援：由于敌人正面为开阔地，火力强，我们不便正面进攻。于是，我们决定二营在正面佯攻，把一、三营调到右翼包抄迂回，攻击敌人的左侧。全团上下行动迅速，坚决英勇，经过拼命争夺，我们占领了小高地，连续向敌人冲锋，终于消灭了大部分敌人，生俘敌人官兵也相当多。

双方在一把伞高地上争夺，甚至短兵相接。肉搏中，川军手枪二连连长熊联勋被刺死，排长庞云被俘。川军潮水般地溃退了。

入夜，干部团占领了通安州。

一九三五年五月四日上午，元谋县白马口龙街渡口。

炎炎的烈日烘烤着沙滩、江面，蒸发出腾腾炙人的热气。在烈日的暴晒下，沙滩上，一个个汗流浃背的红军指战员们紧绷着脸庞，或微张着嘴唇，或紧敛着眉头，正全神贯注的紧张地注视着江面上。

江面宽阔平静，水深流急，太阳灼烫的射线被滚滚的浪涛揉搓得支离破碎的，像细碎的镜片，或闪或灭，散发着耀眼的光芒，令人目炫眼花，缭乱不堪。

湍急的江水中，一头绑着铁丝的红色骡子仰着颈脖正顺着波浪的冲击缓慢向北岸浮游着。蓦然，一股巨浪铺天盖地将红骡子吞噬掉，岸上立即爆发出一片惊叫声，一个个目瞪口呆，旋即见红骡子挣扎着将颈脖顽强地伸出水面，众人刚松了口放心气，但很快又绷满了失望的神情：原来红骡子经不住浪涛的冲击，掉过头颅往南岸游了回来。

"再试！"一位脸形消瘦的红军指挥员下唇一咬，对并肩站在身边的圆脸形年轻军人心有不甘地命令说。

"是！"圆脸形军人手一挥，带着几名战士毫不犹豫地快步走向刚游回岸的红色骡子，重新捆绑好铁丝后，驱赶着下水，谁知红骡子扬颈长啸，任人手推鞭打，不进反退，死活也不肯往江中走一步。

正当大家忙得满头大汗，束手无策之际，"砰砰砰！"远处山头上骤然响起了报警的枪声。

"飞机来了，快，疏散隐蔽！"脸形消瘦的红军指挥员一边大声呼喊着，一边带头向沙滩边的乱石丛中跑去。

霎时，聚集在沙滩上的红军指战员们三五成群地迅即疏散，或藏身于树林下，或隐身于嶙峋的山石间，各自寻找遮掩物隐蔽。

旋即，远处的山尖上冒出三架国民党飞机呼啸着向沙滩上俯冲而来，"嗒嗒嗒"机枪扫射，"轰隆轰隆"投弹爆炸，沙土飞扬，砾石四溅，江面上掀起一根根水柱，渡口弥漫着呛人的硝烟味。

"娘的，真是屋漏偏逢连夜雨，飞机也赶来凑什么热闹！"望着耀武扬威一阵后掉头远去的飞机，脸形消瘦的红军指挥员从山石后探出身子一脸无奈地说。

"杨得志，还有什么法子快点使出来，活人总不能让金沙江难死！"脸形消瘦的指挥员圆睁着通红的双眼，对圆脸形军人大声吼道。

"李师长，这……"刚气喘吁吁跑到脸形消瘦指挥员身边的圆脸形军人苦绷着脸，满头大汗，一时语塞。

原来，脸形消瘦的指挥员是红一军团前卫红一师师长李聚奎，圆脸形的是一师前卫团红一团团长杨得志。

自从接到军团司令部抢占龙街渡口的命令，杨得志率红一团从元谋县城出发，于五月三日中午就赶到了白马口的龙街渡口。

寻船，一无所获。派出几路小队分头到上下游搜寻船只，附近所有的渡船都被民团奉龙云之令拉到北岸烧掉了。

架桥！望着六百余米宽波浪滚滚的江面，杨得志当机立断。

工兵连迅速将事先准备好的竹木及向老百姓借来的门板，用绳索拴起来，然后从上游一块接着一块往水里放，眼看着门板顺着水流一块接一块地向北岸斜漂过去，没料刚到江心，一股巨浪汹涌打来，竟将门板冲得支离破碎，把指战员们

的心血席卷一空。

"再架！"杨得志命令道。

"叮叮当当"一阵，工兵连又用竹木绑起了两段浮桥架，然后抬到江边，顺水流一寸一尺地往江心延伸着，进展似乎一切顺利，正在节骨眼上，突然三架国民党军飞机从山顶上俯冲而下，一顿狂轰滥炸，将浮桥架炸得无影无踪。

船只被民团全部烧毁了，如今连架浮桥的器材又被飞机炸没了，望着依旧波涛汹涌的江水，杨得志急得布满血丝的大眼睛几乎要喷出火来。

泅渡！杨得志心一横。

事隔多年后，杨得志回忆说：我们抽调了五位水性好的战士，由九连连长吴光辉同志带领泅渡，成功之后便又组织突击队，准备带钢丝过江，先固定好位置，然后在钢丝上搭浮桥，可是试了几次都失败了。

架桥，失败！泅渡，也失败！由希望到失望，杨得志和政治委员黎林苦拉着脸，望着仿佛嘲笑红军斗志的咆哮着东流的江水，无可奈何地叹了口气，愁眉苦脸地折回在沙滩边临时搭建的团部指挥所，心里没了底。

第二天一大早，心里同样没底的红一师师长李聚奎也火急火燎地赶到了渡口：我估计一时难以把桥架起来，同时也考虑到如果后面的部队都拥到渡口来，一旦有情况，就没有回旋的余地，因此我预先命令部队向后架了十五里的电话线，并派一名参谋等在那里，以便和前来的军团司令部随时取得联系。

火急火燎赶到渡口的李聚奎，问明了昨天架桥、泅渡的情况后，立即召开了"诸葛亮"会。

杨得志后来说：李聚奎师长来到了红一团，和我们共同研究渡江的办法。我想，我那匹红骡子又高又大，要是把钢丝绑在骡子身上，不是比人拉起来有劲多了吗？

李聚奎后来谈到用骡子泅渡时说：用牲口拉着铁丝泅渡过江，然后派人顺着铁丝过去，若能成功，就能架起浮桥。大家觉得可以试试看。杨得志同志把他骑的一头红骡子拉到江边，把铁丝的一头拴在骡子的身上，然后把骡子赶下水，让它朝着对岸游去。但无奈江水湍急，骡子游到江心，划了个半圆，又返回来了，试了几次都没有成功。

李聚奎、杨得志在渡口绞尽脑汁试渡失败，束手无策；距渡口十五里外的红一军团司令部里，刚抬脚跨进屋内的军团长林彪一手推开参谋递过来的茶杯，就急不可待地抓起了办公桌上的话筒。

"喂，是李聚奎师长吧，桥架好了吗？"林彪张口直奔主题。

"报告林军团长，我们先用门板……"

"你不要讲情况了，干脆回答我，队伍什么时候能过江？"林彪气急语促。

李聚奎后来谈起这次通话时的情形说：我在渡口折腾了两天没有什么结果，心里本来就很烦躁，现在一听林彪不愿意听报告情况，就急了。我回答说："要

是干脆回答的话，那桥架不起来，什么时候也过不了江。"这时站在旁边的师政治委员黄甦同志就拉我的衣角，示意我不要顶撞，但我还是把话讲出去了。这下可惹怒了林彪，他在电话中妈的娘的骂了一顿。

"妈的娘的骂了一顿"，这在一向以内敛、稳重、温文尔雅、不计鸡毛蒜皮小事著称的林彪的所有史料记载中是唯一的一次！

自从五月二日接到军委抢渡的电令，两天两夜驱军强行军三百余里，甩掉一切辎重轻装疾进，把一些伤病员强行留在了老百姓家里，生死难卜，甚至连掉队、落伍、失散，都在所不惜，日夜兼程紧赶疾赶，但预先所担心的事情终于还是发生了，林彪原本就憋着一肚子的无名之火。

红军留在禄劝县九龙的王其英、王正邦、王有龙、付光林、付正祥、朱光荣、刘金山等十二名伤员，被区长李瑞庭率民团挨家挨户搜查出来集中关进区公所的文昌宫，剥光衣服、不给吃、不给喝，还严弄拷打，用尽种种手段，旧伤未愈又添新伤的红军伤员始终坚贞不屈。李瑞庭命令团丁、壮丁将十二名伤员押到鲁快村后山的落水洞，里外围了三层，用树杈把伤员一个个推到洞里。当团丁连续推下两个红军伤员后，另十名红军伤员推开团丁的树杈，高喊着"打倒地方军阀龙云"的口号，集体纵身跳入洞中。李瑞庭犹恐红军不死，竟残忍地命令到场的二百多团丁、壮丁，每人必须丢三块大石头到洞里。

一路战火，一路血迹，红一军团将士们用生命和鲜血铺就了一条通向金沙江渡口的生命之路。

眼下前有金沙江天堑阻隔，后有滇军、中央军数万人马追击，若不迅即渡过金沙江，全军团五六千人马就有可能陷入背水一战的绝境，从而导致全军团覆没在金沙江畔！

一想到这些，林彪忧心如焚，骂娘甚至想动手打人，再强的自控力也难以遏制憋积在心中的冲天火气。

但林彪毕竟是林彪，若是一个任凭情绪发泄而不能自我控制的毛头小伙，毛泽东也就绝不可能把红军主力交给一个年仅二十五岁的林彪来指挥。

妈的娘的宣泄一阵后，像烧红的烙铁放进冷水里，林彪旋即冷却下来：当务之急是为全军团寻找生门！

李聚奎后来说：（林彪）最后还是问我："你说，为什么桥架不起来？"我一听他的口气有所缓和，我就把金沙江的河宽、流速、没有渡船、没有器材等情况向他报告了一番，并请示是否可以另选渡口，转到军委纵队过河的皎平渡去。他说："你们再想想办法，我向军委请示。"

五月五日凌晨，一封龙街渡口无法渡江的万万火急的电报，穿过层叠的山岭，穿过时空的幔帐，飞抵皎平渡。

当然，让林彪没有想到的是，就在五月四日这一天，自以为已探明了朱毛红军必从龙街抢渡的蒋介石向周浑元、吴奇伟、李韫珩各纵队下达了五条指示的死命令：不顾任何牺牲，追堵兜截，阻歼匪于金沙江以南地区，否则以纵匪论罪！

也就在这一天，龙云向滇军上至司令、下至连长下达了措辞严厉的死命令：此次入滇共匪，我军若不能予以扫荡廓清，不特军誉堕地，恐省格亦因以降落，关系之重，无过于此……需知匪之能否歼灭，乃为我军生死关头，若避重就轻，任意延宕，将匪安全放过江，以致贻害大局者，本司令不论何人，当以军法从事。其团长以下，准由旅长先行正法后报查；旅长以下，准由纵队司令先撤后报。

不然的话，林彪还要更猴急。

就在龙街渡林彪望江兴叹之时，五月四日上午，东川洪门渡口，红三军团副参谋长伍修权、红十三团团长彭雪枫也愁眉苦脸地望着波浪滚滚的金沙江一筹莫展。

事隔多年后，伍修权谈起当天的情形说：我被派到执行架桥任务的十三团，作为军团副参谋长去协助架桥工作。团长是彭雪枫，政委是甘渭汉，我们一起执行了这一重要而艰巨的任务。但是金沙江南岸是一片陡坡，江宽流急，架桥器材又很缺乏，部队把绑腿解开拧起来当绳子用，但是一架到江心器材就被冲跑，架不成桥，反复搞了多次都没有成功。

皎平渡

架桥不成，伍修权和彭雪枫、甘渭汉一商量：派出多路小队分头到上下游搜寻船只。

傍晚，各小队先后回到渡口，只找到一只仅能乘坐十五六人的小船，且因江面宽阔、水流湍急，往返一次约需两个小时，也就是说一昼夜只能渡过半个营，按此推算，若三军团四五千人马全部从此渡江的话，需十几天。

伍修权、彭雪枫只得将情况如实的电告三军团司令部。

正兼程赶往洪门渡的军团长彭德怀在大松树接悉十三团的电文，

浓眉紧锁，忧心如焚，那神情跟林彪不相上下，稍沉思片刻便当机立断的作出决定：十三团继续从洪门渡过江，正赶往渡口途中的其他各团原地待命！

五月五日凌晨，一封洪门渡口无法渡江的万万火急的电报，也穿过层叠的山岭，穿过时空的幔帐，飞抵皎平渡。

皎平渡，一时成为朱毛红军的唯一生门！

## 十

当机立断，毛泽东兵行险着；人困马乏，林彪一军团马不停蹄；日夜兼程，彭德怀三军团人未歇步；皎平渡成为朱毛红军唯一生门！

一九三五年五月五日拂晓，皎平渡口。

两岸熊熊的篝火燃起了冲天的火光，把江水照得红光闪闪。门板、床板、寸板、竹竿，原来准备架桥用的各种器材堆积在一起，"噼里啪啦"地燃烧正旺。在火光的照明下，七只渡船像鱼儿般在江面上来回穿梭着。

南岸，金利瑶马店外，临时支起的三口大铁锅蒸发着腾腾热气，两口熬着粥，一口烧着开水，铁锅旁放着一个大米箩，上面插着一块写了几个字的木牌子。刚从山上小径上下来的红军一看见木牌子，一个个解下身上背的米袋子，将米倒进箩筐里，六七个炊事员一面忙着添火熬粥，一面跟路过的战士开着玩笑。

"小鬼，吃饭没有？"

"白天走，晚上走，哪里吃饭？"小红军故意噘起嘴。

"好，给你一勺！"

一个个指战员井然有序地用口缸、洋铁筒、土大碗等，接上炊事员舀的粥，边喝边向沙滩走去。

手电、马灯，更多的是用竹筒、铁皮、木板、纱布、墨水瓶等自制的简易照明灯，星星点点像萤火虫般涌动着，源源不断的涌向渡口。

在几盏马灯的引路下，拄着竹拐杖的毛泽东迈着大步走向临江的龙头石。正站在龙头石上指挥渡江的刘伯承一眼望见，忙快步迎上前："主席，您到了。周副主席和朱总司令正在北岸的石洞里等着你哩！"

毛泽东微点点头，一手叉腰地站在龙头石上，吮吮下唇，望望江面上穿梭的船只，再望望沙滩上排列有序正等着渡江的队伍，长长地吁了口气，然后布满血丝的目光直落在刘伯承的脸上，微笑、慈祥，溢满了赞许的神情：

"前几天，我们一些同志还担心，怕我们渡不过江去，被人家挤上绝路。当时我就对恩来、朱德同志讲，没关系，四川人说刘伯承是条龙下凡，江水怎会挡得住龙呢？他会把我们带过去的！"

毛泽东掏出烟点燃，深吸了一大口，嘴里喃喃自语："诸葛亮'五月渡泸深入不毛'马岱过水之二千人，中水毒死了一千五百人，莫非真有其事？"

"马岱就是从这里渡江，也是五月初，大概是因天气酷热，将士们中暑造成的，文人们故意夸大其事，渲染渡江之难。"一旁的刘伯承顺口答道。

"管他真假，不过一定要告诉指战员们千万不要乱饮江水！"毛泽东忽然掐灭手中的烟蒂，大手一挥："走，过江去！"

一九三○年就在毛泽东身边当警卫员的陈昌奉后来说：天快拂晓，我跟主席登上船渡过了金沙江。一下船，他又和总参谋长刘伯承同志研究问题去了。我去给他找房子，安排住处。

石洞里亮着数盏马灯，一块小木板架在中间，毛泽东、周恩来、朱德、刘伯承等人或蹲或坐围在木板上的地图前。

"主席，这是林彪、彭德怀凌晨发来的急电。"周恩来将两张电文纸递到毛泽东手里。

"我们已电令彭德怀限三军团必须六号拂晓前赶到皎平渡渡江，限六号夜渡完，七、八两日为一、五军团赶来渡江时间。"朱德补充说。

毛泽东扫视电文一眼，顺手放在木板上，厚唇一抿，直起腰来点燃了烟。

烟雾在灯光的照射下缓缓弥漫着，像霞光中的晨雾层层叠叠的。烟雾中毛泽东那张特有的国字形脸庞绷得紧紧的，焦虑、忧虑全写在眉间眼角。

彭德怀的三军团最近的距皎平渡不过几十里，七号渡过江应该不成问题，难的是林彪的一军团，前有金沙江天险阻隔，后有滇军、吴奇伟纵队追击，若不能及时渡江，就有被追敌围剿在狭窄的南岸聚歼的危险。

从地图上看，元谋距皎平渡二百四十余里，只有傍江的崎岖小道可行。而从一号开始，一军团自富民赶到龙街渡已强行军三百余里，部队的疲劳程度可想而知，如果命令林彪再赶往皎平渡江，其困难不言而喻；更为担心的是中路尾追的万耀煌十三师最迟六日就会抵达团街、石板河一线，负责殿后的董振堂五军团将要承受更大的压力，付出更大的代价；但让一军团从龙街上游渡江，有无渡口情况又不明了，一旦受阻，一军团处境更加难以预料。

夹在手指间的烟不时闪着火花，蹙眉苦思的毛泽东或坐或站或踱着步。

不行，必须想方设法确保林彪一军团渡过金沙江！

深思熟虑后的毛泽东浓眉一扬，炯目如炬地望着刘伯承："伯承，立即给林彪、董振堂等发电，命令林彪一军团务于七号黄昏前赶到皎平渡！"

毛泽东稍停顿了一下，吸了口烟："恩来、朱老总，为确保渡江秩序，我提议成立渡江司令部，由陈云任政治委员，伯承任司令员，制定《渡江守则》，绝不能丢下一人一马在江南！"

"主席，现在全军都从皎平渡过江，据报，尾追的万耀煌十三师已与我担任后卫的董振堂五军团交火，我担心五军团的压力过大。"周恩来一脸忧虑地说。

毛泽东脸露笑意，边踱步边风趣地说："龙云的部队被我们'调'到贵州去

了，现在万耀煌的第十三师又要听我们'指挥'了。《三国演义》诸葛亮借东风大败曹操，我们现在就借用老蒋与万耀煌的矛盾，把全军主力调到这里来渡过金沙江，将来也让后人写段故事吧！"

毛泽东浓眉稍敛，果断地说："派政治部李富春到五军团传达中革军委指示，命令董振堂五军团再在石板河一线坚守三天！"

天刚泛亮，一封以红军总司令朱德名义签署的电令迅即发往一、五军团。

清晨，江风轻拂，走出石洞的毛泽东站在高坡上精神矍铄的俯视着脚下滔滔东流的金沙江，俯视着在江面上来回穿梭的渡船，俯视着江南岸沙滩上待渡的红军指战员们，然后抬头望望两岸陡峭如壁的山峦，逆着江水望向西面叠嶂的连绵山岭，默然不语地凝目眺望良久，吮吮下唇，方折身步入自己的石洞。

"陈昌奉！"突然，石洞里传来毛泽东的喊叫声。

正在石洞前不远处烧开水的陈昌奉闻声三步并作两步地跑进石洞，一眼见毛泽东一手叉腰地站在洞子中间沉思着："主席回来了。"

"嗯。"毛泽东通红的大眼环顾洞内一眼："办公的地方呢？"

原来，平时一到宿营地，陈昌奉就和秘书黄有风把文件、地图等办公用具都拿出来，摆在临时搭起的办公桌上。但今天一来没有办公桌，二来黄秘书还未过江，陈昌奉只好先拿出地图往墙上挂，可墙壁是沙土的根本挂不上，办公用具也无处可摆。陈昌奉瞎忙了一阵，决定先找个地方烧点开水再说。

"这地方连木板也没有，铺只好搭在地下了。黄秘书还没有到，连张小桌子也找不到，您先休息一会儿，水马上就开了。"话未落音，陈昌奉转身欲走。

毛泽东仿若未闻，紧绷着脸向前迈了一步："小鬼，现在最重要的是工作，吃饭喝水都是小事，江那边还有我们两三万同志在等着哪，这是几万同志的性命呀！"

看着陈昌奉像做错了事的小孩似的涨红着脸呆呆地站着，毛泽东又向前走了几步，用手拍拍陈昌奉的肩膀，语气温和地说："先去找块木板架起来也行！"

陈昌奉后来说：我这才恍然大悟，飞也似的跑出了洞口。好容易找到了一块堵洞口的小木板，忙搬进了主席办公的洞子。主席亲自动手和我把它架了起来，摆上了办公用具……主席的办公桌上摆满了文件、电报，电话铃也不断响起来，我看主席忙得一点空也没有。

对于陈昌奉的"失职"，毛泽东给予的处分是罚一天不睡觉，陪他一起工作。

不过，刚过了两顿饭的工夫，忙碌了一阵的毛泽东点燃烟站起身来，用手慈祥地抚摸着陈昌奉的头，语重心长地说："你跟我这么多年了，难道还不知道工作的重要？以后每到一个地方，最重要的是把办公的地方搞好。然后如果有空才是吃饭、休息。记住，无论现在和将来，对我们来说最重要的是工作。"

毛泽东露出慈父般的笑容："好了，快去睡觉吧，两个眼皮都打仗了。"然后又埋头忙碌起来。

清晨，山风轻拂着白马口十五里外小山村。

红一军团司令部里静悄悄的，林彪一言不语地端坐在竹椅上，菜黄色的椭圆形脸绷得紧紧的，眼睛似睁似闭，看不出任何表情，瘦弱的肩膀仿佛不堪重负似的斜垂着。

自从凌晨给军委发出急电后，林彪彻夜未眠地一直守候在司令部里，焦急地等待着军委的指示。

站起，拢着两手不声不响地像幽灵般的"悠然"踱步；坐下，熬红的眼珠直盯在地图上那条弯弯曲曲的蓝线上；稍仰仰身子，闭目冥思苦想着。

龙街无法渡江，像一块沉甸甸的千钧巨石压得林彪几乎喘不过气来。

据报，尾追的滇军和吴奇伟部六日便可进抵元谋马头山一带，这意味着殿后掩护主力抢渡的红六团又将面临一场恶战，而军团主力数千人马却被金沙江滞阻在白马口狭窄地域，若不迅速作出决断，随时都有可能陷入追敌重重包围之中，其后果不堪设想！

从龙街渡上游寻找渡口过江？遍问熟悉金沙江的当地村民：上游多为崇山峻岭，山势更加险峻，且人烟稀少，渡口不明，此路不通！

若驱军强行赶往皎平渡，连日来部队长途奔袭的疲劳姑且不说，但要马不停蹄地继续强行军二百四十余里，且是翻山越岭的崎岖山道，对早已疲惫不堪的指战员们来说，无疑是心理上和生理上的极限。

"我们是天下第一军团！"自从一九三二年二十五岁任红一军团军团长，只要他一声令下，水里火里、风里雨里，红一军团的指战员们生死无惧，勇往直前，在无数次炮火纷飞、枪林弹雨中打出了"天下第一军团"的名号。

但掉队、伤病减员，部队的损失，林彪心里没有底！

更让林彪感到忐忑难安的是对皎平渡的情况一无所知：纵使指战员们不计代价、不顾一切地赶到皎平渡，万一无法渡江，到时候扁担无钮两头脱，就会陷入进退两难的困境。

"报告，军委急电。"参谋长左权带着译电员急匆匆闯了进来。

"念！"正聚精会神看着地图的林彪浑身一抖，抬起通红的双眼。

"军委纵队在本日已渡江完毕，三军团七号上午可渡毕，五军团在皎西以南担任掩护，定于八号下午渡江，万敌八号晚有到皎西可能。

我一军团务必不顾疲劳于七号兼程赶到皎平渡，八号黄昏前渡毕，否则有被敌隔断危险。"

左权尚未念完，林彪霍地站起打断了话茬："左参谋长，立即命令一师、二师，除留下工兵连等少数部队在渡口继续架桥迷惑敌人、六团在白酒坡阻击追敌外，其他部队一律轻装，立即出发，沿经白马口的山谷间的沿江小道，兼程赶往皎平渡。"

下达毕命令的林彪快步走出司令部，参谋人员旋即收拾地图、文件、电文、

电台等，纷纷忙碌起来。

门外草坪上，警卫排的战士已将枣红马牵出等候着。面无表情的林彪威严地扫视一眼排列整齐的队伍，迅即翻身上马，手中的鞭子一扬，牙缝里蹦出两个字"出发！"

清晨，江风轻拂皎平渡南岸。

人欢马叫，沙滩东面的丘陵上，整齐地坐满了持枪的红军指战员，有的擦枪，有的喝水，有的讲笑话，等候着上船命令。

龙头石上，刘伯承手拄雨伞骨拐杖，不时地宣布渡江纪律，下达命令，指挥渡江。指战员们依照命令，排着长队井然有序地上船渡江。

渡船只有七只，大的可载三十人，小的可载十一人。因船只大多已破烂漏水，每次来回都安排了专人将涌入舱的水用木桶倒入江中，而且由于水流太急，每小时仅能往返三四次。

老船工张朝满亲自驾船护送红军过江：我们三十六名船工由张朝寿负责带领，红军亲热地称呼他是"船长"。每只船有六名船工，三人一班，来回划船十次，又另换一班，歇人不歇船。

红军给船工的待遇也是丰厚的。每昼夜每人工资五块大洋，且安排了六餐饭，每次都杀猪，买不到猪就买毛驴杀，确保船工们的体力。

驿道上，尘土滚滚，人喊马叫，古老而坚硬的土路上，人山人海地涌向渡口；

江面上，七只渡船像七条大鱼南北往返穿梭着，红军指战员们源源不断地从南岸渡到北岸。

一时，皎平渡军委纵队千军万马抢渡，龙街渡红一军团千军万马沿江东下急奔，洪门渡红三军团千军万马溯江西上疾进。

大军云集皎平渡，皎平渡成为朱毛红军的唯一生门！

红三军团是五月五日接到军委从皎平渡过江的命令的。由于电台奇缺，除前卫或后卫部队配备电台外，其他各团只能由军团部派通讯班将命令送达到正赶往洪门渡口途中的各团。

张爱萍任政治委员的十一团担任全军团的后卫：我们十一团为军团后卫，经过寻甸渡过普渡河正向洪门渡前进时，夜晚接军团首长急电：……军委令三军团主力改由皎平渡过江，令我们改后卫为前卫，疾速向皎平渡前进。经过半天的急行军，下午四点钟左右，我们翻上了金沙江南岸的大山，望见江水滚滚东流，两岸陡峭的石岩，把金沙江夹在脚下。

五月六日黄昏，十一团抵达皎平渡。而带着十三团在洪门渡架桥的伍修权是五月五日傍晚才接到命令的，除留下十三团在洪门渡江外，其他部队星夜赶往皎平渡：黄昏时开始急行军，由于天黑路窄，加之部队连日架桥，疲惫不堪，指战员们三三两两掉下队来，躺在路边休息，一倒下就睡着了。我带着几名通讯员沿

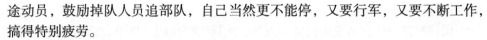

途动员，鼓励掉队人员追部队，自己当然更不能停，又要行军，又要不断工作，搞得特别疲劳。

五月七日拂晓，伍修权抵达皎平渡口。

就在彭德怀率三军团星夜兼程赶往皎平渡的同时，林彪率一军团也正星夜兼程往皎平渡疾赶。

李聚奎的红一师走在前面：沿江边没有路，只好走羊肠小道和河边的乱石滩。部队忽儿涉水，忽儿爬山涧，深一脚，浅一脚地向皎平渡前进。

皎平渡石洞里的毛泽东焦虑万分：一军团万一有甚不测，其结果无法想象！

原来，自从五月五日军委发给林彪从皎平渡过江的电令后，因一军团处在紧张的运动当中，一时与军委总部失去了无线电联络。

不行！必须派一支部队沿江北岸西上，一则与沿江南岸东下的一军团取得联系，传达火速赶到皎平渡的军委命令，二则阻击企图沿昆明通川康大道从龙街渡口过江的追敌。

这时，刚好红十一团抵达皎平渡，周恩来立即命令张爱萍率二营和团侦察排迅速渡江，并亲自交代了任务。

一九三六年，张爱萍追忆说：黄昏前，我们完成了政治动员与军事准备工作后，沿着金沙江北岸的羊肠小道，翻山爬崖，溯江而上……夜幕徐徐地笼罩了金沙江，密云遮住了星光。一堵悬崖绝壁迎面切断了去路。怎么办呢？绕路走吧，怕无法联络对岸的部队，只好搭起人梯，刺刀插进岩石缝里，踩着往上爬。先上顶的，用绑带做吊绳，把机枪、弹药箱、电台吊上去。就是骡马不能吊，也无别的办法可想，就干脆丢掉了。

丢掉骡马的红二营似乎轻装了，但天公偏不作美，仿佛有意考验红二营意志似的，竟"哗哗啦啦"地下起了瓢泼大雨，山高岭陡路滑，山路更加难走了。

走到下半夜，雨过天晴，红二营和侦察排抵达鲁车渡。忽然望见对岸出现了一长串火把，摇头摆尾，犹如一条火龙，顺江而下。张爱萍断定是红一军团，让指战员们立时拥到江边，齐声大喊。但江宽水吼，天黑如漆，对岸根本看不见、听不着。

张爱萍一急，命令几个司号员集体吹联络号。

霎时，对岸的火把熄灭了。

张爱萍命令司号员再次吹红三军团的号牌子。

一会儿，对岸也响起了红一军团一师的号声。

张爱萍说：我们遂用集体喊话的办法，把军委命令一军团火速到皎平渡渡江的命令传过去。对岸又点起了火把，火速向东而去。我们也燃起火把，两条火龙夹江两岸，来了个空前壮观的火炬大游行。

天亮以后，红二营在鲁车渡附近的石崖下找到了一只小船，划到南岸，把一军团野战医院院长戴胡子率领的一批伤病员接过江，又继续沿江向上游会理的姜

驿城前进。

团侦察排一律乔装成国民党正规军，大摇大摆地闯进城里，活捉了县长和一百多个团丁。留下一个连驻守在姜驿，余部继续向上游六十余里的龙街渡口挺进。

八日黄昏，张爱萍率红二营和侦察排占领了龙街渡北岸的河边村，迅即沿江岸构筑了野战工事，准备阻击企图沿川康大道渡江追击的国民党军。

就在毛泽东命令一、三军团昼夜兼程赶往皎平渡的两天后，龙云仍在电询会理刘元瑭"唯匪之渡河点择何处，尚不明了"，他根据飞机侦察到龙街渡的情况，一面派飞机轰炸，一面命令"追剿"军主力五月八日前赶到金沙江边歼剿。尤其是侦知一、三军团向皎平运动后，龙云以为朱毛红军已到了山穷水尽的地步，必"回窜曲靖、沾益"，连忙致电元谋的孙渡，命令：

（一）匪过大江未成，趑窜环州，必已军心慌乱，希望断绝，兵法攻心，良机难再……（三）匪方重心，全在军委，我军无论何时，发现其军委所在，务选有勇有为之团长，不惜牺牲，直前猛扑，本擒贼擒王之旨，将其重心摧毁。（四）倾奉委座电，匪首朱德、毛泽东、周恩来、博古四人，无论生擒枪毙，查实均奖国币十万元，即谕官兵知照。

擒贼先擒王！此时龙云的算盘打得的确不错，但他没想到的是，他竭尽心智想擒的"贼王"，十四年后竟成了自己的"王"，

阴差阳错，历史就是这样错综复杂地书写着。

# 十一

瞻前顾后，万耀煌徘徊石板河；灵活机动，三军巧渡金沙江；望江兴叹，国民党"追剿"军捡到"一只破草鞋"。

五月八日黄昏，皎平渡。

夕阳斜照在奔腾不息的金沙江上，流光溢彩，一片金黄。远处，群山如黛，山影瞳瞳。

南岸沙滩上，无数的红军指战员们或坐或站，或收拾着物品，正准备着渡江。

北岸，毛泽东在石洞内或坐或站或踱步，宽阔的大额紧蹙着。

"报告，林军团长和聂政委赶到！"警卫员陈昌奉快步跑进洞里。

"噢，快，快请进来！"毛泽东闻声转过身来，额头舒展，脸缀笑容，连忙掐灭烟蒂，迈着大步乐呵呵迎出石洞外。

石洞外，周恩来、朱德、刘伯承等人正陪着浑身泥渍、污渍的林彪、聂荣臻走向洞口。

毛泽东一把拉住走在前面的林彪的手，眼眶微有些湿润："你们过来了，我就放心了！"

林彪眼眶一红，蹙眉皱额地回望西边的群山一眼，忧心忡忡地咕哝了一句："我的红六团呢？"

毛泽东脸色一沉，不悦绷满了脸。一旁的周恩来见状，急忙圆场说："林军团长放心吧，你的六团绝对丢不了！"

红六团奉命在元谋马头山下的白酒坡布防，阻击尾追之敌，以掩护全军团抢渡。

五月六日中午，滇军鲁道源旅的两个团尾追而至，遭到布置在第一线阻击阵地的红三营的痛击。滇军等待后援部队赶到后，再度发起猛烈攻击。红三营拼死阻击，双方杀过来冲过去，打成胶着状态，一直对峙到天黑。

时任红六团政治委员的邓飞后来谈到当时的紧迫情形说：当晚，我与团长用电台发报向中央军委作了报告并请示下一步如何行动。次日凌晨三时，接到军委万万火急电令："我军主力已在皎平渡口渡过了金沙江。你团即刻出发，限于九日上午十二时前，务必经元谋抵皎平赶渡金沙江，否则，有留在金沙江以南打游击的危险。"情况万分紧急，据了解此地距皎平约四百华里，须两天多点儿赶到，非得强行军急赶，日夜兼程。

邓飞和团长朱水秋一看完电令，当下便确定了三件事：一是政治动员，政工干部分到各营连进行传达，确保按时渡江；二是在途中依靠群众备饭；三是组织收容队，雇请云南十几匹小牲口运送伤病员，特重伤员安置于老百姓家中。

时间就是胜利。红六团一千五百多名指战员们以惊人的毅力，硬是靠着脚板，以每天行程一百八十华里，快速急行在崎岖的山间小路上。

邓飞后来说：一路上，我们有的战士实在疲乏劳累了，边走边睡，甚至队伍有时受阻或走不动停顿下来，后头的人即传出："站着不如坐倒，坐倒不如躺倒，躺倒睡一分钟也好。"

九日上午十时许，日赶夜赶、疲惫不堪的红六团终于赶到了皎平渡口。

邓飞和朱水秋一过江，便向等候在崖石洞的刘伯承报告说："刘总参谋长，六团奉军委命令按时到达。"

"好啊，祝你们胜利到来！部队怎么样？"刘伯承一把紧握住邓飞的手，急切地问。

"减员三十余人。"邓飞刚想详细汇报，忽然南岸传来一阵气势嘹亮的歌声：

金沙江流水响叮当，英勇的红军要渡江；

不怕它水深江流急，更不怕山高路又长。

我们真顽强，战胜了困难，克服一切疲劳，

下决心我们要渡江！

"是负责掩护的五军团到了！"刘伯承笑笑，急忙向洞外走去。

红五军团是五月三日夜晚经团街抵达石板河的。

石板河，位于禄劝县掌鸠河的上游，因河床都是平展的岩石，像一块块石板铺在河水下面而得名，昆明经皎平渡通往四川的驿道穿越而过，附近有个叫石板河的小村，村里有十几户人家、两家客栈和几家铺子。房屋都是用石头垒的墙，石板盖的顶。村子北靠一座上六十里、下五十里的大山，山势蜿蜒，峰峦重叠，从石板河村下山约百里，便是皎平渡，村南是一条小河。

五月三日，毛泽东路经石板河时，见此地易守难攻，有险可据，又是追敌必经之地，当下便交代周恩来：告诉董振堂在此阻击尾追之敌，掩护中央纵队渡江！

当天傍晚，红五军团一抵石板河，军团长董振堂就带着各团指挥员们察看地形，随即下令：就地选择阵地，构筑工事，准备阻击尾追敌人，掩护中央纵队渡金沙江。

董俊彦任团长、庄田任政治委员的三十九团部署在砍邓附近，为第一梯队；

李屏仁任团长、谢良任政治委员的三十七团部署在石板河背面大山上，为第二梯队；

军团部设在石板河村内，前沿指挥所设在小庙丫口。

董振堂强调：要把兵力分散配置，占领山前高地和纵深各制高点，利用有利地形节节抗击，如有可能还可在夜间袭扰敌人！

让五军团指战员们没有想到的是，军委的命令三天三变：第一天是坚守阵地三天三夜，第二天便变成了六天六夜，到了五月五日，红军总政治部代主任李富春火急火燎地赶到五军团亲自传达军委命令：坚守阵地九天九夜！

事隔多年后，亲自参加了军团部团以上干部紧急会议的谢良仍清楚地记得：

李富春同志介绍了整个渡江的形势后，指着墙上的军用地图说：原先，全军准备从三个渡口渡过金沙江。现在，三军团虽然从洪门渡过了一个团，但因水流太急，架设的浮桥被水冲垮了，不能继续渡江。一军团在龙街渡佯作渡江准备，吸引了不少敌人，加上江面太宽，容易受到敌人飞机的袭击，也不能在那里渡江。如今只有皎平渡一个渡口能够通船。因此，中央决定全军的千军万马，都要从皎平渡一个渡口渡过江去！

直到这时，谢良等指战员们才明白中央一再加重全军团掩护任务的原因。

六日上午，石板河。

"轰隆隆"的爆炸声惊天动地。万耀煌十三师按照国民党军正规条令规定的进攻动作，首先对红军坚守的阵地进行炮击。

顷刻间，数百发炮弹拖着火焰呼啸着像蝗虫般密集地飞向五军团扼守的山头上，爆炸声此起彼落，炮弹爆炸腾起的烟雾遮天蔽日，火光闪处，尘土飞扬，砾石四溅，山岭在抽搐，大地在战抖，草木在鸣咽，河水在哭泣。

硝烟尚未散去，约莫一个团的国民党军在督战队的驱赶下，端着枪猫着腰，

一步一停像蜗牛般小心翼翼地摸上红军的前沿阵地。

"准备战斗!"炮声一停,蹲在猫耳洞的红军指战员们迅即一跃而出进入战位。

"80米……50米……30米,打!"指战员们将早已拧开了盖的手榴弹像暴雨般密密麻麻地砸向敌群。

刹那间,手榴弹的爆炸声,敌人的鬼哭狼嚎声,纠缠在一起,令人心悸魄惊。

"冲啊!""杀啊!"伴随着军号声,一排排红军指战员从硝烟弥漫的尘土中一跃而起,端着明闪闪的刺刀或挥舞着寒光凛凛的大刀,旋风般地冲进惊慌失措的敌群中,展开了殊死的白刃战。

霎时,小河边、山坡上,到处响起喊打喊杀的声音,与金属的碰撞声、枪托的相砸声、被刺伤后的凄厉哀叫声交织在一起,合奏成一曲悲壮的战争交响乐,回荡在石板河的山岭间。

混战中,一个个鲜活的人体在哀鸣中倒下,抽搐着蹬直四肢僵硬了。哀鸣中,一个个断肢残腿的躯体在山坡上滚动着。浑身血渍、泥渍、硝烟渍的红军指战员们嘶哑地怒吼着,端着枪,舞着刀,与敌人展开了殊死搏斗。

殊死鏖战不到一小时,进攻的国民党军丢下数十具尸体,潮水般的溃退下去了。

团街,国民党军第十三师师部。

长着瘦长脸形的万耀煌一身戎装,伫立在硕大的地图前,圆形镜面后的目光紧盯在地图上那条弯曲的蓝线上。

"皎平渡,皎平渡……"喃喃自语的万耀煌沉思着,一脸的焦虑。

万耀煌率十三师是五月三日抵达团街附近的。连日来,蒋介石获悉朱毛红军已分头抵达龙街渡、洪门渡、皎平渡,一面命令飞机侦察轰炸,一面命令吴奇伟、周浑元、孙渡纵队加速尾追,尤其是命令万耀煌师全力向皎平渡疾进,死死咬住朱毛,以利吴、周纵队赶至增援。

但出乎蒋介石意料的是,万耀煌这次偏偏把"将在外,君命有所不受"这句古训演绎得淋漓尽致。

万耀煌的十三师共八个团,是蒋介石嫡系部队中的非嫡系,蒋、万之间存在着太多的恩恩怨怨。基于此,万耀煌既担心孤军深入,被朱毛红军吃掉,又担心蒋介石以追击不力之罪名,将他的十三师吞掉。

君子固本!只有保住自己的人枪,才能在弱肉强食、尔虞我诈的残酷无情的政治争斗中,保全自己的一席之位!

因此,五月三日先头部队与红军后卫的三十七团稍一接触,万耀煌即令各团在团街构筑工事,不再追击。

五月四日,万耀煌接到蒋介石严令薛岳督促各纵队的电令:不顾任何牺牲,

追堵兜截，限歼匪于金沙江以南地区，否则以纵匪论罪！

上有政策，下有对策。进退两难的万耀煌经过一天的冥思苦想，终于想出了一条金蝉脱壳之计。

当晚，万耀煌致电蒋介石谎称：派侦察队严密搜索，在前进的方向上，尚未发现共军的任何行迹，故决定在原地休整一天，俟查明共军去向后，再尾击而剿之。

次日，仍按兵不动的万耀煌，到了夜晚又致电蒋介石：经一天侦察，前方仍未发现共军，六日拂晓前如无新的训示，将率部自团街以南沿原路返回，以协助友军从其他方向围剿。

先斩后奏！电键声刚停，万耀煌即下令部队拔营后撤。

贵阳行营的蒋介石大怒，当下便向万耀煌发出"限即刻到"手令：从团街向皎平渡口全力追剿，如再违令，军法从事！

一见蒋介石动了真怒，知道无法再瞒的万耀煌只得于六日上午督师向石板河攻击前进，但只派了一个团做试探性的进攻。

让蒋介石没想到的是，正是万耀煌的一退一进，从而让毛泽东从容把一、三军团调至皎平渡渡江赢得了宝贵的时间。

第一次攻击，损兵折将，万耀煌痛心疾首。但蒋介石严厉的手令像一把利剑悬在头上，随时都可能要了自己的性命。

管他追剿不追剿，先保存自己的实力要紧！万般无奈的万耀煌拿定了主意，决定第二天又派一个团做试探性攻击，好让蒋介石的飞机看到他在"全力"剿共。

石板河村小庙丫口，红五军团前沿指挥所。

打退了万耀煌师的第一次进攻，指挥所里的指挥员们涂满了硝烟渍的脸上缀满了笑容。

总结经验，总结教训，指出不足，提出建议，你一言我一语，热烈欢愉。

董振堂认真倾听了各团指挥员的汇报后，一脸严肃地说道："从今天万耀煌师进攻的情况来看，虽然地形对我军十分有利，但万敌炮火猛烈，我们既要完成阻击任务，又要尽力减少伤亡，因此必须把兵力分散配置，充分利用地形，一个排或一个连守一个山头，使敌人的火炮优势无法发挥。"

于是，各排连营团迅速调整兵力，挖掩体、筑鹿砦、修战壕，叮叮当当地忙开了。

五月七日上午天刚泛亮，敌军万炮齐鸣，拖着火焰地炮弹密集的砸在红军阵地上，石板河的山岭伴随着"轰隆隆"震耳欲聋的炮弹爆炸声，顷刻间被腾起的簇簇硝烟笼罩。

时任三十七团政治处主任的张南生亲自参加了这次战斗：敌人一打炮，我们就在背敌面休息，有的人还不慌不忙地数着敌人打来的炮弹，这些炮弹都远远地

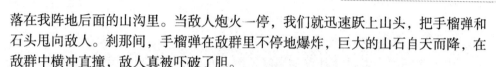

落在我阵地后面的山沟里。当敌人炮火一停，我们就迅速跃上山头，把手榴弹和石头甩向敌人。刹那间，手榴弹在敌群里不停地爆炸，巨大的山石自天而降，在敌群中横冲直撞，敌人真被吓破了胆。

三十七团按照预定的作战方案，不断给敌人以严重的杀伤，争取到一定时间后，再主动撤到后一阵地。进攻的万耀煌师见红军坚硬难"啃"，索性停止进攻，在石板河对岸构筑工事对峙着。

五月八日，龙云和薛岳命令周浑元、吴奇伟、孙渡纵队一齐"向环州石板河一带之匪，竭力压迫，乘其半渡而击之，此千载一时之机会"。

万耀煌知道只能动真格的了，不得已将两个旅共六个团全部压了上去。

这时，五军团军团部和三十九团奉命开始向渡口转移，只留下三十七团继续阻击。

炮击，步兵进攻，不利，撤下来，休整；再炮击，步兵再进攻，又不利，再撤下来，再休整。如是反反复复，万耀煌师的战术就像在操场上演练似的，一成不变。

战至傍晚，双方仍呈胶着状态。天色渐渐昏暗下来，似乎是打架打得精疲力尽的万耀煌师停止了攻势，准备扎营歇脚。

就在此时，三十七团接到立即撤到金沙江北岸布防的命令，团长李屏仁和政治委员谢良一碰头：把阵地交给军团侦察连接防，全团立即撤退！

天黑如漆，大雨滂沱，三十七团指战员们顶着狂风暴雨高一脚低一脚跌跌撞撞的行进在崎岖泥泞的山道上。黎明时分，三十七团在晨曦中渡过了金沙江。

五月九日中午，朱毛红军主力全部渡过金沙江。

渡过江的红军作出毁船的决定：土豪劣绅的，没收；老百姓的，照价赔偿。

船工张朝满目睹红军毁船的过程：红军用刺刀戳，大刀砍，十字镐撬，卸掉船楔子，砍破船甲板，把七零八碎的船板，扔向江里，顺水淌去。其中金利汉新买的船，怎么摆弄也砸不烂。红军扔石头到船舱，把船推到江里，趁它将要沉没的时候，红军往船上扔手榴弹，轰轰轰，几声巨响，船被炸得四分五裂，残骸顺水漂向下游。红军还早有布置，从渡口到蚂蟥箐几里路，都有红军战士，他们把淌下而又搁浅的残骸，重新拨到江心，让它继续往下淌，不让国民党军队捞到一块船板。

船毁了，只剩下一只能坐八九个人的小船，继续摆渡因掉队而陆陆续续赶到渡口的红军，最后船工们在龙头石上砸断桨，把小鱼船放到急流险滩，冲得粉身碎骨，不见踪影。

朱毛红军抢渡金沙江期间，指挥渡江的人员自己吃蔬菜、青豆，却杀猪杀驴款待船工，船工每人每天发给五块大洋，另给每人三十块大洋，帮助当地老百姓解决生活中的诸多实际困难，用一言一行践行了帮助穷人闹翻身、打天下的工农子弟兵的神圣诺言，从而赢得了船工们的心，日夜摆渡、砸桨毁船，心甘情愿，正验证了"得道多助"、"得民心者得天下"的古训，滔滔东流的金沙江可以作证，巍峨挺拔的乌蒙山可以作证！

朱毛红军主力渡过金沙江的当晚八时，蒋介石仍在致电龙云、薛岳，做着"半渡而歼灭之"的美梦：

务督饬各部努力奋进，猛烈攻击匪之掩护部队，如占据阵地顽抗，则我可派一部监视之，主力绕出其后方，袭击其主力，切勿为其牵制，至要至要。如匪已渡河，则吴、周、李各部皆应迅速渡河，剿匪之成功，端在此举，务饬各部努力为要。

朱毛红军渡过金沙江，喜不自禁的龙云却故意扮作一副可怜相，于五月九日深夜二十四时，给蒋介石发出一封假惺惺请求"严行议处"的电文：

今晚十一时接柏灵自富民电话称：我第三纵队本日已到达江边白马口，未与匪接触，江南岸似已无匪，万师与周纵队明晨方能到达指定之洪门、鲁车渡，有无匪踪，明显方能明了等语。据此情形，现虽未接前敌确报，而匪已过江无疑。闻讯之后，五中如焚。初意满拟匪到江边，纵不能完全解决，亦必予痛惩，使溃不成军，藉以除国家之巨害，而报钧座的殊恩于万一。讵料及此结果，愧对袍泽。不问北岸之有防堵，实职之调度无方，各部队之追剿不力，尚何能尤人。唯有请钧座将职严行议处，以谢党国。谨此掬诚上闻，伏祈鉴核。

表面上是"请钧座将职严行议处"，但一句"不问北岸之有防堵"，将"匪已过江"的责任推得干干净净。

就在朱毛红军主力从皎平渡抢渡的同时，红九军团也从东川西北的树桔渡口渡过了金沙江。

自从接到军委从树桔渡江的电令，五月四日红九军团在当地地下党的配合下，军团重机枪连和迫击炮排立即抢占位于城西的金钟山和平头山的两个制高点，将东川县城团团围定。

红九军团军团长罗炳辉是云南彝良人，东川城的老百姓一听说当了共产党的大官的罗炳辉回来了，无不奔走相告，尤其是团防主任张秀生与罗炳辉是旧相识，力主献城。但黄埔军校毕业的县长杨茂章曾在江西任县长时，屠杀过共产党人，原云南军阀唐继尧的舅父刘善初是当地的土皇帝，二人坚决主张守城，召集四乡村民数千人与民团近二百人坚守不出。

当天，罗炳辉亲自在城东门外站在一张桌子上，向城内守敌喊话。

下午三时，城内派出十一名代表出城与九军团谈判，约定五时打开城门。由于杨、刘二人千方百计地拖延阻挠，一直到夜幕降临，红九军团分数路攻城，城内群众立即打开城门，将红军迎进城，缴了民团的械，并活捉了杨、刘二人。

次日，红九军团召开万人公判大会，当堂枪决了杨、刘二人。群众欢呼雀跃，当下报名参加红军的竟达九百多人，加上各营团招募的新兵，红九军团在东川扩红达一千三百多人。筹款六万多元，收缴三百多支枪，五百多颗手榴弹，两万多发子弹，布匹、骡马等辎重物资无数。

据五月六日昭通县长卢金锡致电龙云称：共匪二千余，由者海经三道沟江日抵会泽，用炮攻击，城内抵御约一时半，人民惊惶，开城欢迎。县长及刘二爷被擒，城内死四人，匪死三人。匪将城内谷米散发贫民后向省方前进。穿灰制服，戴便帽，上有红色徽号。又闻匪四千余人，声称由者海来昭通等语。

打劣绅分浮财，开仓济贫，红九军团在东川城搞得有声有色，热火朝天。

五日傍晚，九军团获知湘军李韫珩五十三师正向东川逼近，决定迅速渡过金沙江。

红七团团长洪良玉带着一个营和侦察连携着电台穿着缴获的民团服装连夜出发，赶往九十里外的树桔侦察渡河点，并搜寻船只。

选定的渡河点处于因民与落雪两矿之间，溯江而上二十里的对岸是盐场，有场长赵子能手下五十余名武装缉私队把守，而且船只较多。

第二天一早，经过一夜急行军的先头部队抵达渡口，对岸的一队缉私兵隔江放了几枪，被侦察连一顿猛揍，四处逃散了。但江边除了奔腾咆哮东流的江水外，连只船的影子都没有。

军团侦察科长曹达兴从船工饶树清嘴里得知在南岸麻塘湾沉着一只破船，连忙命令侦察连长龙云贵带人去找。

时任红九军团供给部长的赵镕后来谈到找船的经过时说：侦察员们沿着江岸分头去找，在一处河湾里发现一根木橛漂浮在水面上，下面拴着绳子。他们近前仔细一看，原来是一艘木船沉在河底。他们潜下水去，将船里的石头搬出，船身慢慢地浮了起来，却是一艘破船。

船工饶树清被红军请到饶家沟：渡口上一大群红军正围着一只底朝天的小船，正叮叮当当地进行修补，有的把衣服撕成条条堵塞漏洞。我走近一看，正是麻塘湾里的那只破船。

夜晚，在饶树清的摆渡下，团长洪良玉亲自带领侦察连等二百余人乘船登上北岸的鱼坝滩，曹达兴率领一个排立即扑向上游二十余里的盐场，俘敌四十余人，获得沉藏于江里的盐船四十多只。

第二天上午，饶树清听到江边笑语喧哗，忙走到渡口一看：只见从上游陆陆续续划下来许多船只，到了渡口。这时我才知道，昨夜渡过江去的先头部队连夜摸到场务所，全部缴了缉私队的枪械，打开盐仓把盐巴分给群众和船工，大家感激不已，就把崩子岩下面的船打捞起来，划到了树桔。

七日，红九军团用夺来的四五十只船从树桔全部渡过金沙江后，高价将私船买下，全部毁坏沉没，然后向西昌进发。

五月十日，当尾追的国民党军赶到皎平渡时，没找到一只船和任何渡江材料，只好望江兴叹。

朱毛红军巧渡金沙江，再次甩脱了数十万国民党"追剿"军，连一向嘲笑讯

讽毛泽东战术战法为"游击主义"的李德也不得不承认：渡过金沙江以后，在战略上形成了一种新的比较有利的局面。

五月十三日，会理附近的红军总部，人山人海，锣鼓喧天，猛进剧团正在演出红军画家黄镇刚撰写的活报剧——《一只破草鞋》：朱毛红军以机动灵活的战术巧渡金沙江，蒋介石亲自指挥数十万追剿军追到金沙江边，只捡到红军扔下的一只破草鞋，你夺我争，抢着向蒋介石报功领赏！

一直被红军牵着鼻子走的蒋介石恼羞成怒："我们有这许多军队来围剿，却任他东逃西窜，好像和玩弄我们一般，这实在是我们最可耻的事情！"

胡羽高在《共匪西窜记》一书中也不得不赞叹道：盘旋于川黔边境，大有徘徊不去之势，其用意是在吸引国军及滇、川、黔军主力渡过乌江北岸，而后乘隙窜渡乌江。既渡乌江，径扑贵阳……佯为东窜之图，实作西窥之计……贵阳一役，为匪西窜最紧凑之一幕。

罗炳辉称之：红军在贵州，像是一只猴子在小巷里耍弄一头牛！

巧渡金沙江，毛泽东高超的军事指挥艺术，使蒋介石苦心经营的聚歼朱毛红军于金沙江以南的企图破产！朱毛红军从此摆脱了数十万国民党军队的围追堵截，掌握了战略转移的主动权。

而亲自导演这幕史诗般军事大戏的毛泽东似乎惜字如金，只用了简简单单的七个汉字就描绘了这一切：金沙水拍云崖暖！

大渡桥横

## 一

　　处心积虑，云南王龙云苦心侍主；北堵南追，蒋介石把大渡河当绞索，调兵遣将部署大渡河会战，欲将毛泽东变成石达开第二。

　　一九三五年五月十二日下午五时许，昆明南郊巫家坝机场。

　　一架印着国民党青天白日党徽的福特飞机刚稳稳停下，机场四周立即响起了震天盖地的锣鼓声和震耳欲聋的欢呼声。

　　"蒋委员长万岁！"、"蒋委员长万万岁！"旌旗猎猎，彩旗飘飘，人山人海，攒动如潮。

　　舱门缓缓打开，只见一身戎装的蒋介石披着黑色的披风，面缀微笑，站在舱门口，一手高举着微微摆动向欢迎队伍示意，一手挽着夫人宋美龄，缓步走下舷梯。

　　早已恭候在机场接驾的云南省主席龙云，带着地方文武官员快步迎上前去，毕恭毕敬地站成一列，一个个笑容可掬。

　　蒋、龙寒暄数语，龙云便陪同蒋介石登上小轿车向城内驶去。

　　从飞机场到云南大学十五里的大街两侧，龙云组织了数万民众及学生的欢迎队列，挥舞着五颜六色的三角彩旗，"欢迎、欢迎，热烈欢迎！"欢呼声此落彼起，响彻寰宇；沿途绿化树上挂满了彩灯彩带，大街上扎有数个柏枝牌坊，张挂着大红标语，大街小巷挤满了攒动的人群，仿佛像欢度节日般，盛况空前。

　　望望车窗外欢腾的人流，又望望端坐在前面的龙云，蒋介石两撇小胡须微微上翘着，满心的愉悦。

　　"志舟兄，果然是彩云之南，名不虚传！"蒋介石满脸赞许的笑容。

　　"蒋委员长福泽四海，云南万民景仰。得知委员长莅临春城，几乎万人空巷，争睹委员长英容！"龙云一脸的自得之色。

　　"志舟兄，礼重了，礼重了！"蒋介石满口的谦逊。

　　车队穿过如潮的人流，终于在省政府所在地的五华山前停下。龙云笑吟吟地

陪着蒋介石夫妇沿着石台阶，亦步亦趋地走进光复楼。

蒋介石夫妇住在顶楼。这里是昆明市北部最高点，打开镂花玻璃窗，市区风光一览无余。

宾、主在宽敞的客厅沙发上落座，虽然各怀心事，但勉强挤挂在脸面上的笑容，却显得和和气气。

望着眼前这位比自己大三岁的地头蛇，蒋介石爱恨交加。

一九二九年，蒋、桂战争爆发，蒋介石委任龙云为讨逆军第十路军总指挥，派兵七万直捣桂系老巢南宁，拖住了李宗仁、白崇禧的后腿，致使桂系大败。

一九三一年"九一八"事变后，全国舆论一片讨蒋之声，蒋介石身陷四面楚歌之中，龙云却发出"拥护蒋主席出兵抗日"的通电。

虽素昧平生，但每逢紧要关头，龙云都能挺身而出，遥相呼应，患难相助，让蒋介石大为感动，一时将龙云视为相依为命的兄弟。

然而，天高皇帝远，这位地头蛇自恃地处西南边陲，南京政府鞭长难及，拥兵自重，对中央阳奉阴违，貌合神离，始终保持半独立状态。

此番，蒋介石特意飞抵昆明，除了因朱毛红军渡过金沙江北窜川康，亟须调动滇军，参与大渡河会战计划外，更主要的目的是想看看这位地头蛇的能耐和伎俩，能统则统，不能统时则另图他策。

乍一见面，蒋介石便从短暂的接触中得出极不情愿的结论：龙云不是王家烈！

蒋介石十分清楚：眼下薛岳的十万大军虽已入滇，但不可能久居云南。因为朱毛已窜入川境，相对而言，久剿未灭的朱毛才是自己的心腹大患，更何况正是彻底收拾四川王刘湘的天赐良机，自己一时也腾不出手来对付龙云。

朱毛二、三月间曾两度回窜川南，自己三番五次欲遣中央军入川，都被四川王刘湘婉言相拒。如今张国焘、徐向前部在川西闹腾得正凶，朱毛又窜入川康，南北遥相呼应，弄得刘湘左支右架，应接不暇，早已筋疲力尽，憔悴不堪。

一箭双雕！蒋介石喜生望外，感谢上苍的再次垂怜。

一则凭借大渡河天险，调集滇军、川军、中央军，将朱毛红军聚歼于大渡河畔；二则可借大渡河会战之名，调遣中央军大举入川，彻底掌控四川军政大权！

心有余而力不足！唯一的遗憾就是恨无孙猴子的分身之术，趁机连龙云一并吞掉。

分身乏术，力难从心！软硬两手玩得十分娴熟的蒋介石拿定了主意：先安抚住龙云再说。

时任蒋介石侍从室主任的晏道刚后来谈到蒋介石安抚龙云的三步棋时说：

蒋介石在未到云南前，财政部长宋子文曾送来的特支费一百万元，除在贵阳开支一部分外，都交我带来昆明，凡龙云求蒋补助的各项费用，蒋都从宽批发，以示关怀信任。蒋对昆明各界人士讲话，总是当众表扬云南军队训练有素，团队

组织严密，以肯定龙云统治云南的政绩……提高龙云在滇、黔方面的权力，要龙云在滇、黔方面作为中央的支柱（蒋利用龙反桂的缘故）。蒋还在口头上答应将来成立"滇黔绥靖公署"统率两省军政，由龙云主持。

从小恩小惠施舍，到大恩大惠引诱，蒋介石为笼络住龙云那颗偏安一隅的心，可以说是用心良苦。

这一遗憾一直延续到十年后的一九四五年十月，处心积虑的蒋介石命令驻防昆明的防守司令官杜聿明，以武力改组了龙云的云南省政府，委了个军事委员会军事参议院院长的虚衔，终于结束了云南王十八年的半割据统治。

但让蒋介石没有想到的是，四年后的一九四九年，龙云最终投靠了毛泽东。

其实，龙云又何尝不是如此。为免蹈王家烈之覆辙，此番为迎接蒋介石莅临昆明，同样是煞费了苦心。

朱毛红军在滇境内长驱直入，所向披靡，最终顺利渡江入川。但如今中央军大兵压境，为保住自己的势力，龙云不得不委曲求全。

窃喜之余的龙云深恐蒋介石指责滇军防堵不力，故意纵匪北去，在蒋介石入滇前，使出丢卒保帅之招，以表自己忠心追随蒋介石追剿朱毛红军。

以封江不力之名，枪毙了派到武定封江的少将参议孟智仁；

以临阵脱逃之名，枪毙了宣威县长陈其栋；

以通共之名，枪毙了宣威团防主任张秀生。

同时，为讨得蒋介石的欢心，龙云亲自出马张罗，选定五华山光复楼作为蒋氏夫妇的下榻处，并精心装饰一新，弄得金碧辉煌，像皇宫似的。

当然，最让龙云感到忐忑不安的就是生怕蒋介石兴师问罪，追究阻止薛岳的中央军进入昆明城之事。因为此事太过明显，等于明目张胆地告诉蒋介石：龙云绝不做第二个王家烈！

对此，龙云事前就想好了应对之策，在轿车上便把上次跟薛岳讲的几条理由又头头是道地跟蒋介石解释一番。

心照不宣！明知道龙云在巧言花语诡辩，蒋介石却始终和颜悦色，未置可否。

龙云见龙颜仍旧，悬在喉节上的那颗"怦怦"乱跳的心终于放下了。

此刻，见蒋介石环顾四周一眼，露出赞许的笑容，龙云趁机讨好道："恭喜委员长，朱毛红军窜逃川康，真乃苍天有眼！"

"此话怎讲?"蒋介石偏着头，饶有兴趣地问道。

"委员长且看。"龙云狡诈一笑，变戏法的从衣兜内掏出一书呈上。

"哦，《庸庵文续编》！"蒋介石目光中掠过一丝惊愕的神情。

"此书乃清末薛福成所著，内有'书巨寇石达开就擒事'一节。如今朱毛窜逃川南，走的正是当年石达开入川的老路，且恰巧也是五月，岂不是天意助委员长灭毛！"龙云说得有板有眼，眉飞色舞。

处心积虑，工于心计！蒋介石当然清楚太平天国翼王石达开兵败大渡河的那段悲壮史实，而且在飞抵昆明前，为部署大渡河会战，特地让扈从在贵阳图书馆找来《庸庵文续编》一书，挑灯重读了数遍。此刻见龙云卖弄玄术，心底顿生鄙夷。

"志舟兄，且看这是何物?"脸面上始终挂着笑丝的蒋介石随手从身后掏出一本书来。

"哦，《庸庵文续编》!"惊愕，尴尬，龙云的脸色霎间数变，旋即变成了笑面虎："哈哈哈，真乃英雄所见略同!"

尴尬的笑声尚未落音，龙云轻言细语地殷勤相邀："委员长请借一步说话!"

蒋介石不明就里：倒要看看龙云这个地头蛇葫芦里到底装的什么药！便信步随龙云走出客厅，转进隔壁房间。

蒋介石眼睛一亮：正面墙壁上张挂着一张硕大的西康地图，房正中摆着一副巨大的沙盘。

作战室!

蒋介石疾步走近沙盘前，眼光山岭重叠、江河纵横的凸凹不平的砾石间游移着，神情专注，心无旁骛。

陪同在一侧的龙云瞧见蒋介石如此神态，嘴角露出一丝不易觉察的笑意，旋即随手拿起桌沿上的指挥棒，在沙盘上指点道：

"委员长且看：这南有金沙江，北有大渡河，西有雅砻江，这就像三条蓝色的绞索，将朱毛圈在西康狭窄的三角形地带，只要委员长把大渡河这条绞索一勒，朱毛红军定插翅难逃！更何况从会理到大渡河的大凉山多为彝族聚居区，彝汉种族隔阂，积怨颇深，纵使朱毛侥幸得过，也必损兵折将，九死一生!"

蒋介石鹰隼的目光仍全神贯注地在沙盘上游移着，一脸的肃穆之色，头也未抬地追问道："依志舟兄之见，此番大渡河会战，当如何部署，方能聚歼朱毛?"

"依卑职拙见，令川军刘文辉部、杨森部扼守大渡河北岸，薛岳部渡金沙江进剿，我部沿金沙江驻防。如此一来，朱毛困于弹丸之地，必图北窜大渡河，毛泽东岂不是成了石达开第二!"

龙云斟字酌句地说出此番话，目的是担心蒋介石调他的滇军入川"追剿"。

对龙云力图自保的小伎俩，蒋介石一眼就望了个对穿，但为了维护脸面的关系，心知肚明的蒋介石并不戳破它，却淡淡一笑道："弟还仰望志舟兄担当代骆秉章之大任哩!"

"委员长说笑了！卑职才疏学浅，岂敢当此大任。"龙云揣度不明蒋介石的用意，慌忙推辞。

龙云当然清楚骆秉章之事。骆秉章乃清朝封疆大吏，出任湖南巡抚时，曾统率清兵与太平军血战，后出任四川总督，正是他在大渡河紫打地诱杀了石达开。

蒋介石薄唇紧抿，默然不语地踱至地图前，倒背着两手沉思着，七十二年前

石达开全军覆没大渡河畔那悲壮的一幕仿佛就发生在昨天。

翼王石达开是太平天国文武双全的名将，一八五七年五月因与天王洪秀全相互疑忌带着数万精兵从南京负气出走。他先是率部挺进浙江、福建、江西，后又转入湖南、广西，奔突万里，声如霹雳，一时威震朝野。

一八六三年春，石达开从云南巧家渡过金沙江，沿会理北上德昌又入冕宁。

据《西昌县志》记载：有乡民赖由诚献计于翼王说，大路必有清军防备，可由大桥走山中小道至大渡河。

石达开采纳了这一建议：从越西抵紫打地，越过大渡河，经雅安直取成都和川西平原。

为顺利通过大凉山彝族聚居区，石达开送重礼给松林地番族土司王应元和邛部彝族土司岭承恩，借路北上，并对土司的口头承诺深信不疑。

五月十四日，石达开率部进抵大渡河南岸的紫打地（安顺场）。

四川总督骆秉章得悉石达开兵临大渡河，立即调兵遣将，围堵拦截，重赏王应元和岭承恩，许以太平军辎重财物，听其所有。

利益重于泰山。见钱眼开的王应元、岭承恩遂背弃让路诺言，决定协同清兵围剿太平军。

王应元斩断松林河铁索桥，阻截石达开渡河；岭承恩率彝兵用巨石古木堵塞山路，截断太平军的后路，太平军将士迅即陷于进退维谷的困境。

此时，太平军前锋虽已渡过一万余人，但因天黑，石达开唯恐不测：我生平行军谨慎，今师渡未及半，倘官军卒至，此危通也，不如俟明日毕渡。遂下令撤回南岸。

于是，已渡河的部队又返回南岸。

一失足成千古恨！让石达开万万没有想到的是，正是他这一犹豫，亲手将四万余太平军将士置于万劫不复的绝境。

次日，似乎连老天爷都不愿再容纳石达开，竟下起了瓢泼大雨，洪水暴涨，扎筏渡江更难。偏偏凑巧的是，石达开的妻子生下一子，石达开"传令犒赏三日"。

一误再误，坐失良机，清军唐友耕部已抵达北岸，加上河水暴涨，石达开于五月十七日和二十一日组织了两次敌前强渡失败，部队损失惨重。

石达开决定率将士们决死一战：吾起兵以来十四年矣，越险岭，济江湖，如履平地，虽遭难，亦常嘻而复奋，转退为攻，若有天佑。今不幸陷入绝境，重烦诸君血战出险，毋徒束手受缚，为天下笑，则诸君之赐厚矣！

五月二十二、二十三日，石达开转而抢渡松林河，又告失败。在以后的二十多天中，石达开连续组织了多次抢渡，均遭失败。全军陷入内无粮草、外无援军的厄境。

六月九日，清军攻破石达开紫打地大营。石达开率残部六千余人向东突围至

利济堡，又为老鸦漩河所阻。

六月十日夜，陷入绝境的石达开与部属们相对而泣，与家人悲痛诀别，写信给四川总督骆秉章，恳求开恩，幻想"舍命以全三军"。

六月十一日黎明，清军再次发起袭击，石达开率部且战且退，向东南面的凉桥突围。清军派驻防凉桥的参将杨应刚到军中诱降，赌咒发誓赦免石达开的部属。

六月十三日，石达开命令将士将他的五个妻妾和两个幼子全部扔进大渡河，并写下"大江横我前，临流曷能渡"的诗句，发出无可奈何的悲叹。

四川总督骆炳章在回忆录中写道：十三日，他手领四岁的孩子，和他的数名亲信到大帐自首。石达开和另外三人二十五日解往成都，凌迟处决。孩子要等长大到规定可以杀头的年龄再予审处。

两千多名部属放下武器后，被清军屠杀殆尽，少数侥幸逃脱的太平军将士，被彝族首领拘留，沦为奴隶。

前事不忘，后事之师。如今朱毛红军窜入川康，企图与川西的张国焘四方面军会合，必沿"石达开旧径"北渡大渡河，而天堑大渡河则正是难以逾越的天然地障。

相同的路线，相同的季节，相同的地点。

蒋介石又看到了巨大的战机，喜难自禁。

其实，在飞临昆明之前，蒋介石早已在贵阳就已与智囊团谋划了南追北堵的大渡河会战的腹稿：

令薛岳所部的周浑元、吴奇伟纵队渡金沙江尾追；

令滇军孙渡纵队赶赴盐源、盐边，沿雅砻江布防，堵死朱毛西窜之路；

令杨森第二十军进至雷波、屏山、宜宾一线，与郭勋祺、陈万仞部阻截朱毛东窜之路；

令刘文辉第二十四军沿会理、西昌、冕宁节节布防，迟滞朱毛北进；

令暂编第五师及屯垦司令部一个旅自富林至泸定桥沿大渡河左岸布防，同时令刘湘第二十一军第六旅进驻富林协防。

望着地图上北、西、南三面由大渡河、雅砻江、金沙江三条弯弯曲曲的蓝线勾勒而成的三角形地带，蒋介石两撇小髭须往上一翘：天作孽犹可违，人作孽不可活。可笑那毛泽东聪明一世，糊涂一时，如今踏上石达开覆没之路，自取灭亡，回天乏术！

然而，让蒋介石大感不解的是：朱毛红军自七日围攻会理城至今已五天了，仍滞留在会理地域，毛泽东莫非另做他谋？

蒋介石搜肠刮肚地冥思苦想良久，实在猜测不出毛泽东此举的真实意图。

管它哩，逃得过金沙江，逃不过大渡河！此番毛泽东纵有孙猴子泼天的本领也跳不出如来佛的手掌心，定教他做石达开第二！蒋介石成竹在胸，消瘦的脸上

布满了腾腾的杀气。

在蒋介石看来：朱毛红军已是囊中之物，立等可取，当务之急是如何趁热打铁把一向与中央政府貌合神离的西南各路诸侯纳入麾下，尤其是贵州王王家烈的臣服，使自己的信心倍增。

蒋介石决定亲赴昆明，会会"神交"已久的云南王龙云。

让蒋介石没想到的是，龙云为迎合自己，事事都处心积虑地精心准备一番，让自己无话可说。

五月十二日二十时，深思熟虑后的蒋介石终于正式给薛岳、刘文辉下达了《关于围歼中央红军于金沙江以北、大渡河以南、雅砻江以东地区》的电令：

兹为封锁朱、毛股匪于金沙江以北、大渡河以南、雅砻江以东地区根本歼灭计，部署如下：

一、刘自乾（文辉）部以有力部队固守会理、西昌待援，主力应在大渡河上游富林以西，沿大渡河北岸赶筑碉楼，严防匪之北窜。

二、薛（岳）路应以吴、周、李各纵队迅速渡过金沙江左岸，向围攻会理之匪夹击，以解会理之围，即进至西昌筑碉，右与昭觉郭勋祺部，左与盐边、盐源之滇军连成碉堡封锁线，严堵匪之南窜。另以孙渡纵队取捷径至盐边、盐源后，沿雅砻江西岸筑碉防守，并在水仁、元谋各县，金沙江右岸筑碉严防匪之西南窜，左与刘自乾部切取联络。

部署已毕，蒋介石仍担心负责防守大渡河的刘文辉部兵力过于单薄，更担心刘文辉不尽全力防守，又电令杨森：刻匪已由武定渡过金沙江上游直攻会理，四路军立即移赴大渡河布防。上游自大冲起，下游至龚嘴止，沿江北岸严密做持久部署，右与川康刘（文辉）军杨（学瑞）旅联络。

望着地图上从四面八方射向川康的象征各路追剿大军的拖着巨大扫帚尾巴的箭头，踌躇满志的蒋介石终于露出了得意的笑容。

智者千虑，必有一失！自从一九二七年毛泽东在井冈山树起造反的大旗，数载的"进剿"、"会剿"、"围剿"，朱毛红军屡屡陷入绝境，却又屡屡绝处逢生；湘江、乌江、赤水、金沙江，朱毛红军一次次死里逃生，转危为安，一想到老对手毛泽东那求生的空前意志和超强的本领，蒋介石心底的那份自信不觉又连打了几个问号。

脑瓜子里将自己刚下达的电令像筛子筛米般，筛了一遍又一遍，隐隐约约地预感到有一种说不出的遗憾，尚存在着让毛泽东有机可乘脱网而逃的生门。

绝不能给毛泽东留下任何侥幸可钻的网眼！

"晏道刚，立即电令薛岳转告前线各军，行动要稳扎稳打，每到一地先做工事（主要是碉堡）才能入营。同时勉励大渡河南北各军，大渡河是太平天国石达开大军覆灭之地，今共军入此汉彝杂处，一线中通，江河阻隔，地形险峻，给养困难的绝地，必步石军覆辙。希各军师长鼓励所部建立殊勋。"

望着晏道刚合上文件夹转身离去，蒋介石长长地嘘了口气，顿觉心身轻松起来，坐在沙发上，正欲假寐片刻，突然窗外传来阵阵"咚咚呛呛"的锣鼓声和喧哗声，且一阵紧似一阵，愈响愈近。

蒋介石忍不住好奇，起身推开镂花玻璃窗一望，只见夜幕笼罩的五华山下灯火亮如白昼，无数条火龙在大街上游走着，像缀满繁星的天空，大街两旁人山人海，锣鼓声、喧哗声夹杂在一起，热闹非凡。

这龙云搞的什么鬼名堂？蒋介石正犯嘀咕。忽然，身后传来爽朗的笑语声："哈哈，委员长好兴致！"

蒋介石闻声扭头一看，原来是龙云。

满面春风的龙云快步走到蒋介石身边，手往外一指："委员长请看！"

蒋介石连忙望向窗外，只见正在游走的火龙突然摆出了字阵：蒋委员长万岁！旋即见字阵一变：欢迎蒋委员长莅临昆明！

"昆明各界贤达之士，为欢迎蒋委员长莅临昆明，特组织了盛大的提灯会，参加者有学童七千余人。委员长，献丑啦！"龙云虽然嘴巴上说得十分谦逊，但骨子里却洋溢着十二分自得之意。

奉承？谀媚！

虽然蒋介石对龙云挖空心思取悦于己的行径陡生了几分憎厌，但也因由此看透了龙云那颗不敢公然对抗中央政府的懦怯之胆而兴奋。

火龙在不断地变换着花样，忽然，数百童子军手提灯笼整齐地排列在阶前，唱起了党歌。

三民主义，吾党所宗，以建民国，以建大同，咨尔多士，为民前锋，夙夜匪懈，主义是从，矢勤矢勇，必信必忠，一心一德，贯彻始终。

歌声铿锵有力，亢奋激昂，令人荡气回肠。

蒋介石的眼帘逐渐变得模糊起来，不久前困坐愁城贵阳和毛泽东巧渡金沙江对自己的要弄而带来的羞辱，仿佛已被风吹得烟消云散。

火龙在不停地游移着，渐渐地变成了一条蓝色的绞索，不停地翻腾着，不停地咆哮着，不停地……

蒋介石仿佛手里正攥着绞索的绳头，只要稍用力一拉，就能把朱毛红军死死勒捆在大渡河畔。

蒋介石仿佛看见了大渡河畔尸堆如山，血流成河，一片殷红……

仿佛闻到了那呛人的硝烟味和血腥味……

仿佛看到走投无路的毛泽东变成了石达开第二。

蒋介石消瘦的脸上露出了开心的笑容。

# 二

固守待援，防红防蒋两难的刘文辉做出"两打"决定，调兵遣将布下金沙江、大渡河两道防线；

草木皆兵，死守会理城的刘元瑭纵火焚街清除射界，彭德怀初战会理城受挫。

一九三五年五月十二日下午，川康雅安。

碧蓝的天空澄净如洗，无云，无风，一片蔚然。

"西康建省委员会"、"国民革命军第二十四军"两块牌匾悬挂在一座森严壁垒的大楼两侧，荷枪实弹的士兵纹丝未动地肃立在牌匾旁。

二楼宽敞的办公室里，一位戎装整肃的中年军人焦躁不安地在硕大的西康地图前走来走去。

不是冤家不聚头，该来的还是来了！中年军人皱眉蹙额地怔怔望着写有"大渡河"字样的那条弯曲的蓝线直发愣。

自从五月五日深夜接到川康边防副司令兼川康边防第一旅旅长刘元瑭从会理发来朱毛红军已从皎平渡偷渡的急电，噩耗接踵而至：

五月七日，彭德怀部围攻会理城；

五月九日，朱毛红军已全部渡过金沙江进入会理地域；

五月十一日，薛岳部吴奇伟纵队已追抵金沙江南岸；

……

川康地域偏僻狭窄，山岭纵横，人烟稀少，地瘠民贫，绝非朱毛久留之地。

朱毛红军必继续北上抢渡大渡河！

硬顶？捉襟见肘！自己的手里只有二十四军三个师和川康边防军两个师，共二万余人，朱毛红军虽是久疲之师，但要扫平自己手里的这点部队，却游刃有余。

固守待援？防红防蒋两难！损兵折将固然在所难免，但唯一的援兵只有蒋介石的"中央军"，恳求"中央军"增援，无异于前门赶走虎，后门引进狼！

更何况已追抵金沙江畔的薛岳部，正虎视眈眈地窥伺着江北的川康，张开了吞噬的血盆大口。

既不能硬顶，又不能躲避，如何才能保全自己的实力，保住自己的地盘？

眼见得人为刀俎，自己变成了刀俎之肉，却束手无策，焦虑、焦躁全写在脸上。

但让中年军人感到困惑的是，窜过金沙江的毛泽东为何不乘势北进，趁各路追剿大军尚未部署到位之前，迅即抢渡大渡河，却顿兵攻坚，死死地咬着一个小小的会理城硬啃不放，难道毛泽东另有所图？

中年军人缓缓转过身来，瞟了一眼摆放在桌上的一大沓电文，苦笑地摇摇头。

电文是蒋介石发来的，既有打气的勉励，也有堵截的严令：大渡河天险，共军断难飞渡，薛岳总指挥率领十万大军跟追于后，望兄督励所部，严密防守，务将共军彻底消灭于大渡河以南。如所部官兵敢有玩忽职守，致使河防失守者，定以军法从事。

愁眉苦脸的中年军人乜斜一眼正在一旁埋头整理文件的青年军人，苦笑道："唉，共产党找上我这穷光蛋来了，拼也完，不拼也完，走着瞧吧！"

青年军人抬起头笑笑道："军座，依卑职之见，不如采取'两打'之法。"

"哦，'两打'？"中年军人灼人的目光直落在部属脸上。

青年军人走到地图前，诡秘一笑："朱毛红军转战万里，兵力疲惫，前有险情，后有追兵，川康地区地形复杂，彝情特殊，走大渡河，是石达开覆军老路。只要我军固守待援，硬顶个七八天，待薛岳的追剿军渡过金沙江，不仅能解会理之围，而且石达开全军覆没的历史也很有可能会重演。"

青年军人咳嗽了一下，继而言道："再则薛岳的中央军入川已势所难免，不如顺水推舟，一打朱毛红军，协同薛岳追军消灭朱毛于大渡河以南，二打蒋介石，乘机向他要枪要弹，装备自己，增强实力！"

中年军人听毕，稍沉思片刻，眉头舒展，笑道："为今之计，也只有如此了！"

他，就是西康建省委员会委员长兼国民革命军第二十四军军长刘文辉。

而给刘文辉出谋献策的是第二十四军参谋长张伯言。

其实，早在一九三四年底朱毛红军突破湘江时，刘文辉就感到彷徨无主，忧心忡忡。

时任第二十四军直属第五旅旅长的杨学端后来谈到刘文辉当时的处境说：

大势判明，红军北上抗日，可能经过川康地区，我们便首当其冲，如不抵抗，将被蒋介石消灭，如果抵抗，则以卵击石，会被红军消灭。

一九三五年五月，盘旋在黔滇的朱毛红军突然向金沙江挺进，蒋介石迭电刘文辉布防堵截。

刘文辉召集幕僚们经过一番冥思苦想，决定构筑两道防御线：金沙江为第一道防御线，大渡河为第二道防御线，并迅即做出具体部署：

（一）以川康边防军司令刘元璋指挥刘元瑭旅（四个团）、刘元琮旅（两个团）、许剑霜旅（两个团）、邓秀廷旅（一个团）以及新由汉源调到西昌的刘元瑄旅（两个团）和一些直属部队，共有十二个团以上，并发动地方势力，扼守金沙江，确保西昌地区防务。

（二）以新编第五师师长陈光藻指挥袁国瑞旅（三个团），并发动大渡河沿河地方势力，确保大渡河河防。

（三）以驻在康定的余松琳旅进驻瓦斯沟（泸定与康定间），封锁大渡河最上游。

（四）军部率同警卫旅和一些直属部队驻雅安，统一指挥军事行动，相机策应。

调兵遣将，未雨绸缪。

尽管如此，凭多年的戎马生涯，刘文辉深感此番朱毛红军北窜川康，非寻常可比！

笔者读小学时正值上个世纪"文革"鼎盛之时，收租院刘文彩如何大斗进小斗出盘剥穷苦人的血泪史，可谓家喻户晓，妇孺皆知。

其实，在当时真正权势显赫的是刘文辉，刘文彩则是刘文辉的五哥。

刘氏一门同胞兄弟六人，刘文辉排行老六，十四岁时由大哥刘升廷带到成都入四川陆军小学，后赴陕西陆军中学、北京陆军第一中学、保定陆军军官学校第二期就读，可以说是在"陆军"中泡大的。

一九一六年，刘文辉毕业后，先后在川军中担任过上尉参谋、营长、团长、旅长、师长等职，凭着一身在"陆军"中练就的本事，左冲右拼，风里雨里，在连绵不断的四川军阀混战的夹缝中脱颖而出。

靠实力说话。一九二六年拥有数万人马、称雄一方的刘文辉被蒋介石委为国民革命军第二十四军军长，兼川康边防总指挥。一九二八年，南京国民党政府又任命刘文辉为四川省主席。

仅十年间，刘文辉在与各路军阀的争雄角逐中，不断打败对手，部队扩展到十二万之众。

饱食思淫欲，也就是说人的欲望是随着实力的增强而膨胀起来的。

一九二九年蒋、桂战争爆发，刘文辉认为是控制西南、向外扩张的天赐良机，便同唐生智等联名，明目张胆地胁迫蒋介石下台。

一九三〇年中原大战爆发，刘文辉公开通电反蒋。

识时务者为俊杰。但刘文辉两次错估时局，误判形势，公开站到与蒋介石对立的队列中，让蒋介石视若眼中钉，恨不能除之为快！

后经刘文辉多方疏通，加上蒋介石一时也腾不出手来，刘文辉才得以相安无事，但蒋、刘之间从此留下了难以弥合的裂缝。

一山难容二虎。一九三三年，权势显赫的刘文辉与拥兵自重的嫡堂侄刘湘为争夺"四川王"，爆发了"二刘之战"。

"二刘之战"的结果，以刘文辉大败而告终。

大败的刘文辉被迫偏居地瘠民贫的川康一隅，其两万余残部分驻在西昌、雅安、康定三地，苟延喘息。

然而，船破偏逢打头风。苟安川康尚未恢复元气，朱毛红军又长驱直入地闯进川康，眼见得立足之地即将被他人掠去，刘文辉急得如热锅上的蚂蚁。

"从会理北进到泸沽,再到大渡河,只有两条路可走,一是从泸沽经越西,从大树堡渡河,二是从泸沽到安顺场渡河,前者是大路,后者是山间小道,且要经过凉山彝族聚居区,据蒋委员长判断,朱毛极有可能走大树堡渡河,企图与张国焘部在雅安会合。"刘文辉忧心忡忡。

"管它三七二十一,依卑职之见,按照蒋委员长的意图,安顺场、富林都派兵防守,并重点防御富林,即使有甚闪失,委员长也怪罪不得。"张伯言言之凿凿。

"张参谋长,立即给陈光藻发报。"刘文辉摸摸头上的寸发,厚唇一抿:

命令新编第五师师长陈光藻率第四、第五两个旅开赴大渡河布防,第四旅守得妥至泸定桥一线,第五旅守富林到安顺场一线。

兵贵神速。

五月十三日,第五旅旅长杨学瑞率全旅经荥经出发到富林,沿大渡河北岸布防,第七团团长余味儒率部守大冲至安顺场之间,团部驻安靖坝,韩槐阶营守安顺场北岸;第二十八团团长唐灼元率部守富林至大冲之间;第二十一团团长肖绍成率部到石棉挖角坝守安顺场以上,与守泸定的第四旅相接。

杨学瑞后来谈到当时的部署说:肖团防守文风坪沿河地区;余团防守安靖坝至大冲沿河地区;肖、余两团之间,山地隔绝不能交通,旅部及唐团最初在富林,而后(杨天信旅到达后)移至八排附近(一度退至三梭阿附近)。

望着张伯言在地图上依次画出的各旅驻防标志,刘文辉稍稍喘了口气,但对未卜的前途,仍心底无数。

倾巢之下,安有完卵。刘文辉十分清楚:自己已毫无退路,只有守住自己最后的一亩三分地,还有一口饭吃。否则的话,连自己的立足之地也没有了。

心底无数的刘文辉觉得只有保住自己的实力,才能保住自己的地盘,抱着红军不可能在西康久留和必困死于西康的侥幸心理,做出了固守待援的决定。

负责会理、德昌、宁南、冕宁、越西、盐源、西昌等县防务的正是驻扎在西昌的刘文辉的侄子、川康边防司令刘元璋,共有十二个团,下辖许剑霜旅、刘元琮旅、刘元瑭旅、刘元瑄旅和第二十旅旅长兼彝务指挥官邓秀廷手下由汉彝混编的土著部队两个团。

川康边防司令部参谋长邹仲仪献计:金沙江岸线过长,不易防守,一旦一处被红军突破,就会全线崩溃,而朱毛乃是久疲之师,绝不可能顿兵攻坚,建议守江不如守城稳当。同时薛岳的"中央军"在后尾追,只要守城能坚守几天,追军一到,红军就会自然离去。

刘元璋采纳了邹仲仪的建议,决定把防守的重点摆成会理、德昌、西昌三线,前轻后重,意在分段迟滞红军,以保存实力,并将其在西昌、会理间的兵力部署进行了调整:

一、改任刘元瑭为川康边防副司令兼川康边防第十旅旅长,率三个团驻守会理（留张青岩团驻西昌），并指挥地方团负责金沙江的防务。

二、改任许剑霜为川康边防第十六旅旅长，率一个团又一个营驻德昌，负责在西昌、会理正道上阻截。

三、刘元璋亲率川康第十七旅、刘元瑄的第十三旅和张青岩团驻守西昌，作为机动部队。

四、为预防朱毛红军不走西昌、会理正道，或由西面的盐源或东面的宁南前来，令许剑霜旅的一个营驻盐源，令彝务指挥官邓秀廷的一个团和彝兵五千驻宁南，作为牵制部队。

担任金沙江防务的是刘元璋的胞弟刘元瑭，得令后迅即召开全旅少校以上军官紧急军事会议。

时任二十四军参谋长的张伯言后来谈到刘元瑭对红军的判断和部署说：

（一）红军主力可能由云南巧家渡江，经宁南攻西昌，遂决计把第二十八团毛国懋全团摆在会理东路，与宁南的部队配合，形成兵力重点；

（二）红军可能以一部兵力由姜驿方面直攻会理，因此把胡槐堂第三十团摆在会理西路的姜驿、黎溪一带，并发动当地沙家、自家土司力量，协同防堵；

（三）对通安方面，刘元瑭认为通安系通云南会理正道，估计红军不会从这方面来，乃将该地防务交江防大队长汪保卿弟兄负责，并派第二十九团的刘北海营前往协助，由旅部中校参谋汪保澄统一指挥；

（四）旅部驻在会理，以第二十九团（缺一个营）及特务营（四个手枪连，营长刘元军）、工兵营（两个连，营长陈炳森）为预备队。

知己知彼，百战不殆。战争的胜负，第一要素是对对手企图准确无误的判断，否则失之毫厘，差之千里！

让刘元瑭万万没有想到的是，朱毛红军偏偏从他认为最不可能且地势险要、江流湍急的皎平渡过江，并沿通安正道直扑而来！

汪保卿的江防大队不堪一击，刘北海营伤亡过半，退至通安据险而守。

刘元瑭闻讯，以为偷渡过江的仅是少数部队，只要大兵一压即可将朱毛红军逼回南岸，便急匆匆地亲率会理所有部队向通安驰援。

不料，一阵激战，又铩羽而归。

五月四日深夜，刘元瑭率残部四百余人从通安逃回会理，立即陷入进退两难的窘境：若凭手里的兵力守城，与朱毛红军相抗，无异于螳臂挡车，自不量力；若弃城而跑，又恐蒋介石追责究罪，更为难以割舍的是担心仍在一线防御的毛国懋和胡槐堂两个团被红军围歼，到那时自己就会变成一无所有的穷光蛋！

守是死，逃是死，刘元瑭就像玩命的赌徒，在反复权衡利弊得失后，最后决定死守会理待援。

会理城墙坚固，朱毛乃过路之客，不可能顿兵攻坚，更何况薛岳大军尾追在后，只有固守待援，还有一线生存的希望。

拿定主意的刘元瑭一面急令毛、胡两团回防会理，一面急电刘元璋请求火速增援。同时派人将已遣送走的太太严容华和姨太太伍碧容半途追回。

刘元瑭怕共产党"共产共妻"，因此在临走时各送给一包毒药，千叮万嘱：一旦被红军抓住就服毒自杀！生离死别，流泪眼对流泪眼，凄凄惨惨的。

置之死地而后生！抱定了必死之心的刘元瑭，决定与会理共存亡。

会理县城，位于西康西南，金沙江北岸，素有"川滇通衢"之称。始建置于西汉，明代时修筑砖墙，称内城；清代又在砖城外建土城，称外城，城套城，城中城，坚固异常。

此时，城内守军加民团尚有三千余人，机枪六挺，迫击炮三门，环城修筑碉堡二十余座。

为固守待援，刘元瑭在全城巡视一遍后，立即采取了几条战时紧急措施：

坚壁清野，派部队到城外以武力征集粮食；

全城动员，强迫民众上城墙防守；

扫清射界，防止红军接近城垣。

顷刻，会理城外变成了一片火海。

时任国民党川康边防军第一旅二十九团炮兵连连长的吴剑洲目睹了火烧东西关的惨状：

当日夜间，刘元瑭为了扫清射界，派一连人出动，用煤油泼在东、西关接近城垣的民房上，再用柴草浸煤油点燃，丢在房上。这两条街全是木结构的铺房，着火就燃。老百姓哭哭啼啼，呼天号地，扶老携幼向北关乱跑，惨不忍闻。时值半夜，浓烟弥漫，火光冲天，直到第二天下午仍在蔓延。

时任中央红军国家政治保卫局执行部部长的李一氓目睹了火灾：烟幕冲上天，和天上的云连接起来，中间闪烁着火星，四散地飞去，火焰不断地从屋顶上冒出来熊熊地燃着。不仅一处放火，无数处木材崩裂，墙土倒塌，更紧张了视觉和听觉。

据事后统计，共烧毁民房三百八十一户，致使一千五百多人无家可归，烧毁财物价值旧币五十三万七千余元，死亡十八人，伤近十人。

民国二十四年七月九日《云南日报》描述劫后惨景称：流离失所，啼饥号寒，风餐露宿，目击心伤。

红军尚未抵达，刘元瑭早已如惊弓之鸟，先自乱了方寸！

五月七日，渡过金沙江的彭德怀红三军团奉命进抵会理附近，八日占领了城外东山寺、西来寺等地制高点，九日进入外城，将会理团团围定。

彭德怀在仔细观察了川军的城防工事后，决定派工兵在东关、西关两处挖坑道准备爆破攻城。

就在此时，西北面突然响起了激烈的枪战声，正在城墙上观察红军动向的刘元瑭大喜：是增援的聂秋涵团到了！

原来，刘元璋见刘元瑭告急，连忙派刘元瑄的聂秋涵团赶往会理增援，聂秋涵团前脚拔营刚走，刘元璋又恐聂团被红军吃掉，忙致电刘元瑭相机放弃根本无望守住的会理城。然而，会理城早已被彭德怀围了个水泄不通，刘元瑭已无法脱身。

此时，刘元瑭怕聂秋涵被红军一阻击，又撤回去，即派旅部副官徐中簏持令快马赶到聂团，送去一道死命令：星夜赶来会理，如敢延误，定以军法从事。

聂秋涵唯恐刘元瑭将来问罪，只得硬着头皮死闯。

刘元瑭袖子一扎："随我杀出城，接应聂团长！"亲自带着两个连冲出城。

增援的聂秋涵团遭到红军的袭击，左冲右突进退两难，聂秋涵本人也被红军击伤大腿，正在危急关头，突然见刘元瑭亲率部队接应，士气大振，两支部队很快会合在一起，在刘元瑭的掩护下，边打边撤，仓皇跑进了会理城。

聂秋涵团进城不过半天，突然城西门外万庄庙垭口至西来寺一线又传来密集的枪战声，旋即见部下匆匆忙忙地闯入报告说：从金沙江撤回的胡槐堂团遭到红军的截击！

屋漏偏逢连夜雨！刘元瑭下唇一咬，心一横，突然站起来，把上衣一脱，光着膀子，穿着短裤，腰上捆绑一条红缎钱囊，提着马刀，紫红色的脸上绷满了腾腾杀气：命令聂秋涵的两个步兵连刺刀上枪，手枪连子弹上膛！

刘元瑭身先士卒，带头冲出北门，经过一场殊死的搏杀，才将已陷入重围的胡槐堂团大部接入城内。并下令关闭城门，让士兵搬来十几根石条压上。任凭少数来不及逃进城的士兵在城门外乱喊乱叫，刘元瑭置之不理。

守城，守城！此时的会理城早已风声鹤唳，草木皆兵。刘元瑭的神经绷得紧紧的，稍有风吹草动，便像疯了似的提着马刀满街乱走乱闯。

守城，守城！除了留下一个手枪营和聂团一个步兵营做预备队外，刘元瑭将所有部队全部赶上城墙防守，两个士兵守住一个城墙垛口，并在每个垛口准备了大量装满石灰的瓦罐子，如红军用云梯或钩索爬上城墙时，立即投掷，用石灰灼伤红军战士的眼睛，使其不能攀登攻城。

守城，守城！一到夜晚，沿城墙雉堞一路安设照明灯，守城的士兵用松枝浸上煤油点燃，然后用弓箭射出城外，照得如同白昼，以防红军趁夜偷袭。旅部则灯火通明，刘元瑭端坐在大堂上，身边放着马刀，随时准备出击。

张伯言后来谈到刘元瑭当时的紧张情形说：为了给自己壮胆，城墙上成千成百的士兵，日夜呼啸呐喊。为了防止兵变，刘元瑭扮成士兵，混迹在士兵行列中，巡视守城防务，遇有私议者，立刻引下城墙，予以杀害。

同时，在军中大造恐怖谣言，威骇军心：说红军对白军的俘虏，士兵可以留用做苦役，军官一律残杀，家眷编为"慰劳队"用以慰劳有功之人，弄得军中人心惶惶，人人自危。

然而，毕竟纸包不住火。有关朱毛红军的各种传言仍在城内窃窃传播着。

当时在川军中流传着这样一副对联：

红军中，官、兵、夫，起居饮食一样；

白军内，将、校、尉，阶级薪饷不同。

对联传到刘元瑭的耳里，刘元瑭大怒：彻查到底！

特务营二排排长庞云和十多名士兵在通安与红军作战中负伤被俘，后又被红军释放回到城里。守城的官兵问起红军的情况，庞云说：红军不但不杀人，对我们还很客气。他们官兵服装一样，都在一起吃饭，营长、连长都不拿架子。如不告诉我们，根本就分不清哪个是官。

刘元瑭闻讯，立即命令将庞云及十余名士兵五花大绑地押到旅部，不分青红皂白，扬起马刀全部砍杀了。

血腥还在继续！

为拼死守住会理城，竭斯底里的刘元瑭几乎完全疯了。

刘元瑭手中的马刀又沾上了十多个对联传播可疑者的鲜血，最后追查到一名仅十二岁的小道士身上，刘元瑭手起刀落，小道士成了刀下冤魂，犹未解恨，甚至连小道士的师父也未逃脱血光之灾。

五月九日，朱毛红军总部发出攻占会理城的作战命令：

红三军团负责攻打会理城；

红一军团集结会理以北之五里牌、大湾营、大桥、白云岩地域，向西昌来路侦察警戒；

红五军团集结会理城东北之交户保、杉松坡地域，向东、北两方侦察，并受林彪、聂荣臻指挥；

干部团集结景庄庙、沙坝一带，派队分向白沙、大栏河两方侦察；

军委纵队由朱家坝迁铁厂。

接到命令的彭德怀立即命令三军团向会理城发起佯攻，以掩护工兵坑道作业。

时任国民党川康边防军第一旅二十九团炮兵连连长的吴剑洲后来谈起当天的战况说：

五月九日，红军用步枪向西北角城墙垛口密射，似有用火力掩护部队佯攻模样。刘元瑭命令各连在城墙上挖掘五尺深的土坑，用空坛子放下去，用以查听敌人在城脚挖洞口的声音和位置。果然听到了咚咚的声音，非常急促，我遂又按声音位置挖沟灌水，整天不停。

五月十日深夜，彭德怀下达了攻城的命令：红十团围城，红十一团攻打东城门，红十二团攻打西城门！

李一氓目睹了当晚的战斗：一声迫击炮响，轰向城里，无异一个晴空霹雳。接着的便是繁密的步枪声，嘶嘶响，中间更夹着更繁密的每秒钟几十发的轻机关枪声，从四面八方射向城去，攻击开始了……我们是静悄悄地接近，静悄悄地放

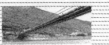

射步枪、轻机关枪、迫击炮，静悄悄地攻击。敌人是相反的，叫！吼！吵！闹！在城墙上，听说刘元瑭连小学生都动员上来了。成千的人嚷成一片，真像汪洋大海中一只沉沉的轮船，无希望地向天呼救。

"轰隆"一声，西北角城墙在爆破声中倒塌，一时尘土飞扬，砾石四溅。

国民党川康边防军第一旅二十九团炮兵连连长吴剑洲目睹了川军、红军抢夺城墙缺口中惨烈的战斗一幕：

由于这段土墙已经浸湿，到了十日半夜，忽然天崩地裂的轰隆一声巨响，西北角城垣倒塌下去成坡形，红军纷纷往上爬（这段守城部队是吴鸣恩连），震耳欲聋的枪声、手榴弹的爆炸声，响成一片。刘元瑭提着马刀，满脸是血地在阵地督战。少数红军已冲上城墙，同地主武装马云龙的便衣队及刘元瑭身边的手枪兵展开肉搏，混在一块儿。红军的后续部队，因土湿泥陷，无法跃进；城墙上吴鸣恩连又投下手榴弹和石灰罐子，致使红军士兵满头石灰，爬不上来，已上城的少数红军，全部被消灭。一场激烈的战斗，天亮时才停下来，在缺口上下，双方阵亡大约七八十人。

西北城墙失而复得，侥幸保住会理城的会理县政府为安稳人心，立即放出风语：昨夜城墙上很多人看见关公全身披挂，手握关刀，坐在城墙上，身子有一丈多高。

人们纷纷口耳相传，城内的关帝庙香火袅袅，烟雾腾腾，四面八方聚集在泥塑的关帝前焚香磕头，祈求关帝的保佑。

十一日天刚泛亮，得知会理城战况的蒋介石急命空军第三队队长张有谷率飞机三架，在会理空中盘旋，投下联络信件，又向景庄庙高地密集扫射，掩护守军抢修城墙。

在昨夜激战中负伤的刘元瑭，见飞机前来助阵，立即督饬部队拼命将炸塌下的城墙缺口重新修复好。

为了给刘元瑭打气，午后，蒋介石乘飞机亲临会理上空视察，投下亲笔信，对刘元瑭慰勉有加，奖励全旅官兵法币一万元，并通令全国晋升刘元瑭为陆军中将。

会理城攻坚遭挫受阻，彭德怀命令撤出战斗，全军团休整以备再战。

会理，这座曾被历史的尘埃淹没了一千余年的康南小城，从此衍生出许许多多的历史新传奇。

## 三

急躁情绪，林彪直言不讳提出由彭德怀担任前敌指挥；事久自明，彭德怀忍辱负重二十余载；

岁月的长河抹不平会理那淡淡的历史伤痕。

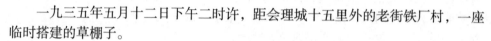

一九三五年五月十二日下午二时许，距会理城十五里外的老街铁厂村，一座临时搭建的草棚子。

几张条凳横七竖八地摆着，张闻天、毛泽东、朱德、周恩来、陈云、博古、王稼祥、杨尚昆、何克全、刘伯承、林彪、聂荣臻、彭德怀、李卓然、董振堂、邓小平、邓发等人散坐在凳子上。

尽管骄阳如火，天气闷热，草棚子里像一个大锅炉，蒸得人浑身汗淋淋的，但与会者似乎浑然不觉，一个个神情严肃，低头聚精会神地阅看着刚发下来的信件。

信件是林彪写给中央军委的。据当年亲历者彭德怀、杨尚昆、刘英等人的回忆，信的大意是：毛、朱、周随军主持大计，请彭德怀任前敌指挥，迅速北进与四方面军会合。

毛泽东眉棱紧锁，消瘦的古铜色脸面紧绷着，夹在手指间的烟支不时闪烁着火花，一支尚未吸完，又摸出一支接着烟蒂点燃。

远处不时响起会理城稀稀落落的枪炮声。突然，天空传来飞机的轰鸣声，"轰隆"一声，炮弹的爆炸声撼山动地，草棚子被炮弹爆炸掀起的气浪摇曳得左右摆动，飞扬的泥土"噼里啪啦"的砸落在草棚子上。

主持会议的中共中央总书记张闻天环视全场一眼，习惯地撑撑眼镜架："同志们，今天召集大家开个政治局扩大会议，一是为了更好地统一全党全军的思想，二是研究急需解决的军事行动问题。"

张闻天稍偏过头朝坐在身边的王稼祥努努嘴："下面先请稼祥同志讲讲。"

王稼祥稍欠欠身子："还是你先讲吧。"

张闻天微点点头，喝了口茶，清清喉咙："前段时间，我随三军团行动，听到了不少指战员们对军事指挥上的不同意见。有的讲'光是转圈，走到哪是一站？连个医院都没有，受了伤就寄掉，老子宁愿打死也不能受伤！'还有的讲'只走路不打仗，队伍不被打垮也会被拖垮。'林林总总，各种怪话都有，我想主要是由于二占遵义后，我军采取灵活机动的战略战术，大踏步地前进或者后退，部队十分疲劳，且减员严重。指战员们有些怨言，发些牢骚是可以理解的。部队还存在什么样的实际困难，今天都拿到桌面上来请大家讨论，以便统一思想。"

张闻天的话刚落音，彭德怀就接过话茬说："现在部队的普遍情绪，是不怕打仗阵亡，就怕负伤；不怕急行军、夜行军，就怕害病掉队，这是没有根据地作战的反映。"

紧接着，彭德怀就四渡赤水、西进入滇以来部队的疲劳、疾病、饥寒等存在的一系列问题畅所欲言。

跷着二郎腿坐在一旁的毛泽东双眉紧锁，大口大口地吸着烟。

一九二八年十二月初，彭德怀率领平江起义的队伍在何长工、毕占云的带路下到达井冈山。

在宁冈县茨坪一家中农的住房，彭德怀走进屋里，看到一个身材颀长的人向他伸出手，用和彭德怀一模一样的湘潭口音热情地说："你也走到我们这条路上来了！今后我们要在一起战斗了。中国革命条件是成熟的，社会主义革命不胜利，民主革命也要胜利！"

两双结实有力的大手紧紧握在了一起，从此翻开了长达三十余年的并肩作战历史。

但事出偶然的是，在十二月十一日举行的庆祝会师的联欢会却出现了不祥的征兆，当毛泽东、朱德、彭德怀等人刚走上临时用木板搭建而成的主席台时，台子"轰隆"一声塌了。

红四军军长朱德机智轻松一笑：垮了台，搭起来再干嘛！

一九三二年，上海临时中央命令苏区中央局攻打有"铁赣州"之称的江西重镇赣州。

这时，已被撤去苏区中央局代理书记之职的毛泽东在费尽口舌陈述一千条、一万种不能打的理由后仍反对无效的情况下，迫不得已把最后一线希望寄托在时任红三军团军团长的彭德怀的身上：建议苏区中央局，听取前线指挥员的意见。

出乎毛泽东意料的是，彭德怀一到会场就表示：赣州可下！

毛泽东顿时哑口无言。

中央局随即决定，以彭德怀为前敌总指挥攻打赣州。

会后，时任彭德怀的第三军团参谋长邓萍劝他：毛总政委反对攻打赣州，你却要唱对台戏。

没想到彭德怀却回答说：你是最了解毛泽东这个人的，他是最有度量的。周恩来这次来到苏区与前几次来的特派员是不同的，我观察了他们，不管要绕多大的圈子，最终他们会走到一起的。

磕磕绊绊，往事如烟。毛泽东由缱绻信马驰骋的思维迅即拉回了现实。

林彪的发言更加有板有眼：四渡赤水、佯攻昆明、抢渡金沙江，一军团的指战员凭着一双脚板，走遍了云、贵、川，迂回、穿插、诱敌，走的尽是弓背路，部队减员十分严重，指战员们骂娘骂得厉害，怪话连篇。

其实，对因大规模的灵活机动作战而给部队带来的疲劳、疾病、饥寒现象，大家心里像明镜似的，都十分清楚。

一九三六年九月二十六日，斯诺在保安问到长征途中红军的损失这个敏感话题时，周恩来回答说：红军大部分伤亡是在四川、贵州和西康造成的。真正同国民党作战的伤亡并不多，主要是由于疲劳、疾病、饥寒和部落牧民的袭击。

时任红三军团政治委员的杨尚昆后来谈起辗转云贵川那段特殊的经历时说：那时候迂回曲折走得很苦，两条腿都走痛了，有的人连爬都爬不动了。这段时间，红军的情绪是不高的。四渡赤水，今天过去，明天过来，部队骂娘骂得厉害。

不仅白天走，晚上也走，天又接连下雨，部队非常疲劳，又不了解领导意图，怕部队给拖垮，怪话很多。战士们说：不要走了，打仗吧。林彪那封信反映了这种厌烦情绪。

李德在《中国纪事》中写道：疲劳现象在队伍中急剧增加……如果我们白天在一个村子或场院里睡觉，附近落下炸弹，我也根本不会醒来，即使炮弹在旁边爆炸，我也只是翻身再睡。有一天夜里，当我们穿过一片平原时，我走着走着真的睡着了，路已经转弯，我却一直走到旁边的小溪里去了，当冰冷的水拍打着我，我才醒了过来。由此可以想象，部队的情况如何了。病号和累垮的人多于死伤的，损失与日俱增。

忽东忽西，忽进而退，为摆脱国民党军的"追剿"，毛泽东针对瞬息万变的军情，迅即调整着原定的军事决策，及时改变着部队的行进路线。

杨尚昆说：那时军事紧急，下个命令要走就得走，下大雨也要走。同样，下个命令要后退就得后退，没有人说要问问为什么。当时行动的目的不仅是师一级的干部不知道，我那时是军团政治委员也完全不知道。反正天天听命令，让走就走，大体上只知道是要甩掉敌人。

按毛泽东的话讲：没什么可说的，走就是了，哪里要说清楚才走呀。

走，白天走晚上走，晴天走雨天走，不停地走，不仅下层指战员们牢骚满腹，怨气重重，就是连中央红军高层也存在不同的意见和看法。

时任中央秘书长的刘英后来坦率地说：尽管四渡赤水是毛主席的得意之笔，但在当时，毛主席既没有后来那样的绝对权威，大家对毛主席的战略思想也还没有完全领会，所以上上下下虽然服从命令听指挥，但对四渡赤水这一段也有不同意见，主要是围绕走路还是打仗。在三人小组里，稼祥对毛主席的办法就有意见。他向闻天反映，说老打圈圈不打仗，可不是办法。稼祥要求开会讨论这个问题。军队里意见也不少，说只走路不打仗，部队没有打垮倒要拖垮了。闻天到三军团去，德怀同志把部队的情绪向闻天说了，闻天说，有意见拿到会上讨论。一军团林彪还给三人小组写信，请彭德怀任前敌总指挥。到了会理，闻天和毛主席商议后就召集会议。

军委纵队是十一日晚上由朱家坝出发，于十二日中午抵达铁厂的。

四渡赤水、南渡乌江，佯攻贵阳、昆明，连续四个月的机动作战，迂回、奔袭、佯动，毛泽东亲自指挥中央红军与蒋介石亲自指挥的国民党军像捉迷藏般，在川、黔、滇这块巨大的棋盘上角逐着，阴谋阳谋，斗智斗勇，拳打脚踢，双方都使出了最大的力气，竭尽了心智。

尽管顺利中饱含着挫折，成功中饱含着失败，但功夫不负有心人，如今全军巧渡金沙江，终于把蒋介石数十万"追剿"军甩在金沙江南岸，毛泽东数月来那

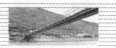

紧绷着的神经也轻松下来，终于可以喘口放心气了。

然而，由于采取了灵活机动的战略战术，改变了博古、李德机械呆板的"地图作业"，不仅近两年新入伍的指战员们无法适应，甚至连红了多年的老指战员们也一时适应不过来。尤其是在红军高层将领中，对军事指挥也发出了不同的声音，存在不少的异议。

先是土城战斗失利后，博古"看来狭隘经验论者指挥也不成"的嘲讽，红三军团政治委员杨尚昆和政治部主任刘少奇联名发来"下面讲怪话"的电报，在土城战斗中担任主攻的三军团第四师政委黄克诚"这一仗打得不合算，既没有达到目的，又造成很大伤亡"的来信。

后是苟坝会议，张闻天决定由彭德怀取代毛泽东任前敌指挥。

更让毛泽东感到恼火的是，红军过北盘江前，中央讨论派人去上海恢复白区工作，并设法与共产国际联系时，身为中央总书记的张闻天竟然自告奋勇地表示愿意前去，似乎有意无意地在撂挑子。

杨尚昆后来说：把这几件事联系起来，可以看到，遵义会议后，毛主席刚出来担负重任不久，中央领导层和主要将领中，就有人嘲讽，有人想离开红军，有人发展到正式上书要求改换军事领导人，这确实是相当严重的事情，所以毛主席恼火是可以理解的。

也就是说，毛泽东自遵义会议复出以来，虽然成了中国共产党实际上的掌门人，但地位并未稳固，仍然受到来自党内军内各种各样的挑战与压力。

尤其是西进入滇，发牢骚、闹情绪、渲泄不满，林林总总，不一而足，一线将领与红军总部就军事行动路线和战略战术问题的争论或者不满甚至怀疑，几乎到了白热化的程度。

先是四月十三日彭德怀、杨尚昆"在滇黔边与敌作战"的建议电，后是四月二十三日林彪、聂荣臻"须尽可能避免走弓背路"的埋怨电，意见屡屡与高层的决策相左，甚至唱起了反调。

特别是四月二十五日，林、聂甚至提出"应经东川渡过金沙江入川"的建议；二十六日彭、杨则更为离谱，直接要求"解决一切刻不容缓的事件！"

什么是"刻不容缓的事件"？无非是要改变中央的决策，对现任"三人团"的军事指挥不信任！

必须要统一全军的思想认识！

但因要急于甩脱追敌，迅速抢渡金沙江，毛泽东一忍再忍，一直在寻找着适当的时机。

如今全军终于顺利渡过金沙江，毛泽东原本想把会理变成第二个遵义，希望能在这里休整几天，补充一些人员和物资，命令彭德怀的三军团攻克会理城。

但出乎意料的是，五月九日彭德怀、杨尚昆又向军委建议：会理守敌已将城外机器、粮食均搬入城内，有久守之意，估计强攻无把握，应放弃强攻计划，以

一部监视城敌，同时进行坑道作业。

紧接着，五月十日，刚到大桥的林彪、聂荣臻又致电中央：将红一军团现有的两个师六个团的编制，合编为三个团，取消师部，直接受军团指挥。

为掩护全军挺进黔西南和西进入滇，林彪率红一军团将士们的确走了一个大大的弓背路，尤其是抢渡金沙江，红一军团路没少跑，苦没少吃，经常在疲劳、疾病、饥饿的情形下强行军。

据时任红一师政治部巡视团主任萧锋的战地日记记载：前面部队走过，什么东西都吃光了，粮食很困难。

更让林彪感到痛心和恼火的是，部队的严重减员！

此时的红一军团因掉队、落伍，已不足六千人，林、聂提出取消师级建制，将原有的六个团编为三个团，似乎在向军委发泄不满。

打先锋的一、三军团主帅对军委决策说三道四，无法同心同德，殿后的红五军团主帅有意无意似的与一、三军团遥相呼应。

五月十一日，红五军团军团长董振堂、政治委员李卓然致电军委：我们认为目前野战军应利用北渡金沙江的有利形势，各个击破与消灭刘文辉的部队，争取迅速渡过大渡河，过火的延迟休息，都会使我们丧失有利的时机，使敌人得以重新部署对付我们。

有意无意，明里暗里，似乎都在较着劲。

军委领导决策与各军团将领们政治、军事上的分歧，看来已到非解决不可的地步！

十二日上午，正在去会理途中的毛泽东与张闻天边走边商量，以朱德的名义致电各军团：

林、聂、彭、杨、董、李、罗、何、邓、蔡：

甲、我军渡过金沙江，取得战略上胜利和进入川西的有利条件。现追敌企图渡江跟追，但架桥不易，至少须四五天，西昌来援之敌前进甚缓，并企图从两翼迂回。同时，爆炸会理城亦须十四号始能完成坑道作业。

乙、因此，我野战军以扼阻追敌、打击援敌并爆炸会城之目的和部署，决在会理及其附近停留五天（十五日止），争取在长期行军后的必要休息与补充，如情况变化，当缩短停留时间继续北进。

丙、依上述决定，我各兵团应以备战姿势进行部队中尤其新战士的战术教育、队列整理，开干部及连队会议传达战斗任务，检阅工作，加紧扩红、筹款及地方工作等。但牵制部队须加强沿江警戒，攻城部队须加强坑道作业与收买硝药，其他兵团则须以消灭援敌为一切部署中心，不得丝毫懈怠，以实现全部战斗胜利，以便继续夺取西昌而北上。

让毛泽东没有想到的是，电令刚发出不久，便收到林彪快马送来的信件，公开提出要彭德怀任前敌指挥的建议。

择日不如撞日，是该坐下来好好梳理一下几个月来的争论分歧了！深思熟虑后的毛泽东决定立即召开政治局扩大会议。

其实，对于林彪"不平则鸣"的率性，毛泽东、朱德等中央高层早在井冈山时就曾领教过。

一九二九年六月八日，红四军因"前委"、"军委"的争权问题，在白沙召开前委扩大会议。

喋喋不休的争论，毛泽东"党管一切"的主张受到党内、军内的挑战。一气之下的毛泽东公开书面请求辞去前委书记一职。

没想到，当晚毛泽东便接到时任红四军一纵队司令员林彪写来的一封长信。

六十年后，时任前委秘书长的江华回忆说：

当天夜里，林彪给毛泽东送来一封信，主要是表示不赞成毛泽东离开前委，希望他有决心纠正党的错误思想。我当即将此信送给毛泽东，他看了一下，对我说，放在这里吧，没有别的事了，你休息去吧。回屋后，我一直不能入睡。第二天得知，毛泽东也一夜辗转未眠。这些天来，他常为解决争论，纠正党内各种非无产阶级思想而焦急思虑。

林彪的信开门见山：现在四军里实有少数同志的领袖欲非常高涨，虚荣心极端发展……你今天提出的你个人要离开前委的意见，我非常不赞成，党里要有错误的思想发生，你应毅然决心去纠正，不要以不管了事。在中央未派人代理你以前，你不应离开前委，我希望你以后应该有决心来纠正一切同志的错误思想。

林彪是八一南昌起义后，追随朱德、陈毅走上井冈山的，按理而言是属于朱德的人，但偏在毛泽东不得志时旗帜鲜明地表态支持与朱德意见相左的毛泽东。

患难见真情。这是毛泽东落难时，唯一一个写信公开支持毛泽东的人。身处逆境中的毛泽东心潮起伏，倍受感动，于六月十四日用蘸满激情的毛笔写下了《复林彪同志信》：

你的信给我很大的感动，因为你的勇敢的前进，我的勇气也起来了，我一定同你及一切谋有利于党的团结和革命的同志们，向一切有害的思想、习惯、制度奋斗。

对于林彪"雪中送炭"的壮举，毛泽东似乎铭记终生。以致三十七年后的一九六六年六月，毛泽东在跟胡志明谈到自己当年在党内军内所受到的打压排挤时，深有感触地说：有几次，遭到内部同志们不谅解，把我赶出红军，当老百姓了，做地方工作，在福建。那时，林彪同志同我一道，赞成我。他在朱德领导下的队伍里，他的队伍拥护我。我自己秋收暴动的队伍，却撤换了我。同我有长久关系的撤换我，同我不大认识的拥护我。

不鸣则已，一鸣就要惊人！尽管林彪平时话语不多，草拟电令也言简意赅，似乎恪守着少年时在林家大湾浚新小学"读书处处有个我在，行事桩桩少对人言"的立志，但写起信来却洋洋洒洒，直抒胸臆，毫无隐晦。

一九三〇年元旦，林彪以祝贺新年的名义，给毛泽东写了一封信，征求批评意见，再次在党内军内掀起轩然大波。

一九七一年九、十月间在中央老同志揭发林彪罪行座谈会上，陈毅说：林彪写了一封信给主席，也写了封信给我，说九次代表大会开得很好，趁过年之机，我们大家进行一点自我批评，举行一点会议，对我个人有点什么意见，希望提些批评。

尽管红四军"九大"会议刚刚落幕，毛泽东重新出山担任前委书记，但井冈山天天"南瓜汤、红米饭"的艰难处境，在广大红军指战员中产生了"红旗到底能打多久"的思想波动情绪。

一九三六年在延安窑洞里油灯下，毛泽东对到访的美国记者斯诺谈起井冈山的困难时，说了这样一段话：

（井冈）山上的情况，因来了这样多的军队，变得十分恶劣了，军队没有冬季制服，食粮也极度稀少。有几个月，我们简直靠南瓜过日子，士兵们喊出一个他们自己的口号："打倒资本主义，吃尽南瓜！"因为在士兵看来，资本主义就是地主和地主的南瓜。

而年仅二十二岁血气方刚的林彪虽身为指挥千军万马的一纵司令员，但在政治上仍然是一个尚未成熟的愣头青。

君子讷于言而敏于行。一向"讷于言"的林彪，就像童言无忌般将自己的所思所想直言不讳地告诉了毛泽东，又像莘莘学子般把将士们及自己心中的"惑"求"解"于毛泽东，"希望提些批评"。

一月五日，毛泽东在古田赖坊一家店铺的阁楼上，秉烛夜书，一气写下六七千言的长信。

林彪同志，新年已经到来几天了，你的信我还没有回答，一则因为有些事情忙着，二则也因为我到底写点什么给你呢？有什么好一点的东西可以贡献给你呢？搜索我的枯肠，没有想出一点什么适当的东西来，因此也就拖延着……我从前颇感觉，至今还有些感觉你对于时局的估量是比较的悲观，我知道你相信革命高潮不可避免的要到来，但你不相信革命高潮有迅速到来的可能……

毛泽东像一位循循善诱的授学恩师，不厌其烦地开导着孜孜不倦求学的林彪。

从中国革命的特定背景，到农村武装割据的方式，毛泽东高屋建瓴，一一解答了中国革命红色政权为什么存在的可能性和必然性。

在信的结尾，毛泽东高瞻远瞩，用诗人般的豪迈气势，描绘出一幅中国革命的绚丽前景：

我所说的中国革命高潮快要到来，决不是如有些人所"有来到之可能"那样完全没有行动意义的，可望而不可即的一种空的东西，它是站在地平线上遥望海中已经看得桅杆尖头了的一只航船，它是立于高山之巅远看东方光芒四射喷薄欲

出的一轮朝日，它是躁动于母腹中的快要成熟了的一个婴儿。

直抒胸臆，披肝沥胆。

恩师！兄长！期盼之心溢于言表，足见毛泽东对林彪的信任和关怀。

对于林彪这种"胆大包天"的行为，"文革"饱尝林彪之害后复出的黄克诚，讲了一番十分公允的话：

林彪写信给毛主席，提出"红旗能打多久"的问题，在党内来说，一个下面的干部，向党的领导反映自己的观点，提出自己的意见，现在看来这是个好的事情。如果把自己的观点隐瞒起来，上面说什么就跟着说什么，这是不正确的态度。林彪不隐瞒自己的观点，尽管观点错误，但敢于向上面反映，就这一点说，是表现了一个共产党员的态度。在党内有什么意见就应该提出来，现在应该提倡这种精神。有些同志不敢提意见，生怕自己吃亏，这不好。提的意见不一定都正确，这不要紧，错了可以批评。由于林彪提了这个问题，毛泽东写了《星星之火，可以燎原》，如果林彪不提那个问题，毛主席那篇文章也写不出来。在党内不隐瞒自己的观点，按照组织系统提出自己的意见，我们应该提倡这种事情，不是批判这种事情，特别现在应当提倡这种作风。

然而，这时的林彪似乎并没有吸取两封信掀起轩然大波的前车之鉴的经验教训，急躁情绪促使他一过金沙江又胆大妄为地公然致信中革军委，要毛、朱、周随军主持大计，由彭德怀出任前敌指挥。

对于林彪这封在当时政坛上引起"地震"式震动，并延续了数十年纠葛、甚至成为历史公案的信件，也许彭德怀的看法比较公允：在会议时我看了这封信，当时也未介意，以为这就是战场指挥呗，一、三军团在战斗中早就形成了这种关系：有时一军团指挥三军团，有时三军团指挥一军团，有时就自动配合。

据彭德怀后来回忆，其实，林彪在写这封信之前，还亲自给彭德怀打过一次电话：

一次，林彪在电话中对彭德怀说：蒋介石和龙云的追兵虽然暂时摆脱了，但他们是不会停止追击的。我们前有川军阻截，后面追兵又要赶上，只在这一块狭小地区，是很不利的。我看该由你来指挥，赶紧北进吧！

我怎能指挥北进，这是中央的事！彭德怀断然回绝了林彪的建议。

急于摆脱追敌，急于摆脱长期奔波流动的困境，自从西进入黔以来，饱受了颠沛流离之苦的朱毛红军，从上到下都有一种浮躁的情绪。

纲举目张！林彪的信，正好让毛泽东抓住并举起了纲。

据时任中央秘书长的刘英回忆：会理会议的情形我记得比较清楚，会议是在城外临时搭起的一个草棚子里开的，因为怕有飞机来轰炸扫射，所以采取这样的措施。军团来的负责人就住在这个草棚子里，就地打铺，地上铺了卧草。喝水、吃饭都由我带警卫员送去。

在这之前已有林彪的信，加上会上这些意见，毛主席听了大发脾气，批评彭

德怀右倾，说林的信是彭鼓动起来的。我印象中会上争得面红耳赤，搞得很僵。

毛泽东是在耐心听完张闻天、彭德怀、林彪的发言后才讲话的。

毛泽东将烟蒂掐灭，双唇一抿，紧绷着脸，霍地站起，一手叉着腰，一手扬扬手中的一摞电报和信件，神情严肃地环顾全场一眼："这是刘少奇、杨尚昆和黄克诚、林彪等人先后发给中革军委的电报和信件。"

毛泽东狠瞪了彭、林、杨一眼，声音提高，语气严厉："依我看，刘、杨的电报，还有林彪的信都是彭德怀同志鼓动起来的，这都是对失去中央苏区不满的右倾情绪和右倾言行的反映！"

毛泽东冷冷地睥睨杨尚昆一眼："杨尚昆什么政治委员，我看就是一个跟屁虫！"

顿时，整个会场鸦雀无声，气氛骤然紧张起来，仿佛连空气也凝固了。

张闻天见毛泽东语气过重，想缓和一下尴尬氛围："老毛，别……"

正在气头上的毛泽东仿佛像一头发怒的雄狮，谁惹就伤谁，且丝毫也不留情面："你是个书生，根本不懂得革命战争！"

毛泽东为何对张闻天毫不客气，实在是事出有因。

除了苟坝会议张闻天以举手表决的形式撤销毛泽东前敌指挥政治委员和抢渡北盘江前张闻天主动提出要离开朱毛红军外，杨尚昆还说了另外一个原因：

中央同志问彭总。彭总说：林彪打过电话，我根本没同意。……中央同志便责问彭总：你既然不同意，为什么不向中央报告这件事？当时中央总负责的张闻天是跟三军团走的，这又成了问题，好像林彪、彭德怀、张闻天三个人有意隐瞒事实，一起反对"三人团"。

对张闻天，毛主席虽然没有明说张到三军团和彭结合起来反对自己，但话中已流露出这种意思，并且说了你是个书生，根本不懂得革命战争。因此彼此心存芥蒂，长期存在着误解。

此外，还有一些无法佐证的材料，如李德在《中国纪事》中写道：

洛甫有一天和我结伴行军，在开始谈到（如他所说）灾难性的军事形势时，他说这种形势是遵义会议以来毛泽东冒险的战略和战术造成的。北部作战的失败（土城之战），虽然由紧接着的遵义战役的胜利部分地得到了弥补，但是目前的西部逃跑必然会导致部队的灭亡。同时，他还列举了历史上的例子，说明在公元三世纪三国时代和十九世纪后半叶太平天国起义时期，在金沙江流域曾有全军覆没的前车之鉴。为了使部队免遭类似的命运，必须有一个适当的军事领导来取代现在的"三人小组"，在这里他提到林彪、彭德怀和刘伯承的名字。当然，他在表达这些意见时，并不像这里写的那样直截了当，而是相当隐晦和谨慎，但他讲话的意思是明了的。

不管李德所说的是否靠谱，但张闻天毕竟是一介书生，用他自己的话说：我自己对军事又十分外行。因此，对毛泽东灵活机动的战术而给部队带来的疲劳疾

病与饥寒，既便有些不同的看法，发点牢骚，也是再正常不过的事。

毛、张之间的误解，一直延续到一九四三年延安整风才得以化解。

时任中央秘书长后成为张闻天夫人的刘英后谈起毛、张的误解说：

一九四一年，在一次小范围的谈话中，有人批评会理会议前闻天曾挑拨军队领导同志反对三人团，闻天感到非常委屈……到一九四三年在学习两条路线、总结历史经验时，……他乘许多人都在延安的机会做了番调查，在整风笔记里，对会理会议做了澄清……说我曾经煽动林、彭反对三人团，完全是误会。会理会议上，我的报告大纲是同毛、王商量过的。

此刻，毛泽东掏出烟支点燃，狠吸了一大口，厚唇一抿，语气也放得缓和了许多：这段时间我们的战略方针是对的，不容置疑，渡过金沙江后，我们不是摆脱于国民党的追兵了吗？不是实现了原定计划渡江北上了吗？下一步棋，就是研究如何同张国焘、徐向前的部队会合。为了实现总的战略目标，我们多跑点路，走了一些弓背路，这又有什么关系呢！打仗就是这样，为了进攻而防御，为了前进而后退，为了正面而向侧面，为了走直路而走弯路。这值得发什么牢骚？讲什么怪话？天下的事，有时是不以人的意志为转移的，你想这样做，却偏偏一下子办不到。但转了一个圈，事情又办成了。

说到这里，毛泽东狠瞪了林彪一眼，语气加重：总之，遵义政治局会议后，中央的领导是正确的，要相信，不能有丝毫的怀疑和动摇！

坐在条凳上的林彪涨红着脸咕哝道："我给中央写信，没有其他想法，主要是心里烦躁。"

毛泽东话锋一转，责备与开导并兼："你是个娃娃，你懂得什么！在这个时候直接跟敌人硬顶不行，绕点圈子多走点路，这是必要的，完全正确的！"

至于林彪写信直接导致会理风波的一事，毛泽东似乎耿耿于怀。

一九五九年春，在中央的一次会议上，毛泽东当着林彪的面又谈起到此事，林彪立即笑嘻嘻地说：当时走得太疲劳了，就冲动，骂娘……

《彭德怀自述》中对此事也有较详细的记载：大概五月中旬，中央在会理召开了一次会议，名曰会理会议。这时有前述刘少奇和杨尚昆给中央军委的电报，又有林彪写给中央军委的一封信。

这次，毛主席在会议上指出……当时听了也有些难过，但大敌当前，追敌又迫近金沙江了，心想人的误会总是有的，以为林彪的信是出于好意，想把事情办好吧……我就没有申明，等他们将来自己去申明，我采取了事久自然明的态度，但做了自我批评，说：因鲁班场和习水两战未打好，有些烦闷，想要如何才能打好仗，才能摆脱被动局面。烦闷就是右倾，我也批评了林彪的信：遵义会议才改变领导，这时又提出改变前敌指挥是不妥当的，特别提出我，则更不适当。

到一九五九年庐山会议时，毛主席又重提此事，林彪同志庄严申明：那封信与彭德怀同志无关，他写信彭不知道。在这二十四年中，主席大概讲过四次，我

没有去向主席申明此事，也没有同其他任何同志谈过此事。从现在的经验教训来看，还是应该谈清楚的好，以免积累算总账，同时也可避免挑拨者利用。

当时我想，电报与信和我完全无关，竟落到自己头上，今后可要注意些，可是事一临头，就忘记了。

彭德怀最后表态：坚决拥护新领导，继续北上，与四方面军靠近！

对于林彪在庐山会议上的"仗义执言"，也许是长征路上林、彭二人像护法使者，一个在前开道、一个在后掩护的那份共患难同生死的的难兄难弟之情，也许是彭、林二人前后任国防部长物伤其类惺惺相惜之情。

无风不起浪。至于毛泽东在会理会议上为何硬要把右倾情绪的帽子扣在彭德怀头上，且这一扣就是几十年甚至终生，当两位当事人都已离世数年后，当年的亲历者杨尚昆和彭德怀都提到了另外的一件事，那就是刘、杨电报。

杨尚昆说：涉及三军团的还有两件事：一件是我和刘少奇同志联名，向中央发过一份电报。那时在土城战斗失利后……三军团打得最苦，下面讲怪话的人最多，少奇同志将从部队中了解到的情况加以综合加上自己的意见，拟了一份电稿，交彭总和我签发，彭总认为下面有些意见，主要是对上面的战略意图不理解，加强思想教育就可以解决了，所以他没有在电报上签字，电报是我和少奇同志签发的。

在会理会议上，我们电报里反映的事例和黄克诚的意见及信，都被批评为右倾情绪和右倾言行。

《彭德怀自述》中也证实了此事：军委派刘少奇来三军团任政治部主任……我和他谈过以下的话：现在部队的普遍情绪，是不怕打仗阵亡，就怕负伤；不怕急行军、夜行军，就怕害病掉队，这是没有根据地作战的反映……过了两天，刘少奇加上自己的意见和别人的意见，写了一个电报给中央军委，拿给我和杨尚昆签字，我觉得与我的看法不同，没有签字，以刘、杨名义发了。

彭德怀不在刘、杨电文上签字，被认定为是有意向中央隐瞒情况。

林彪、彭德怀一时成为会理会议上被批的靶子，而彭德怀则是靶心！

周恩来、朱德等先后发言，肯定了毛泽东军事指挥的正确性，对林、彭二人进行了批评教育。

会议一直延续到傍晚，紧接着研究下一步的行动计划问题。

会议最后，张闻天做总结，肯定了毛泽东这一时期的军事领导艺术，在敌人前堵后追的危急情况下，采用兜大圈子的办法，甩掉了敌人，取得顺利渡过金沙江的重大胜利，进一步阐述了只有机动作战才能摆脱敌人重兵包围的方针。决定继续向大渡河挺进，到川西北与张国焘的四方面军会合。

夜已深，张闻天考虑到白天对林、彭二人的批评有些过火过重，想缓和一下气氛，特意让警卫们在自己和毛泽东住的瓦房子里用门板搁好铺，让刘英去邀林、彭一起过来住，以便于谈心沟通思想。

当刘英刚走进草棚子里，就听到林彪说：老彭，还是你行，前方还是你来指挥。

彭德怀说：我不干。

刘英落落大方地一笑：请两位司令员住到那边去。

彭总连忙拱拱手：谢谢你，过天有了缴获，一定多贡献点，慰劳你。

刘英快言快语：快不要谢我，又不是我要你们去，是洛甫要你们住过去。

林、彭连连摇手说：不用了，不用了，我们在这里挺自在的。

大半天的激烈争论，最终做出了决定。因战事紧张，大家分头执行去了，战争年代就是这样，生存第一，争几句、吵两下，谁也不当回事放在心上。

会议无疑进一步巩固了毛泽东自遵义会议复出后尚未稳固的地位，饱受蒋介石围追堵截之苦的朱毛红军在患难之中为了共同的信仰，又将心凝结在一起，聚成共识，准备共同面临前途上更大的挑战。

至于会理会议的定性或者说历史地位，一九四三年延安整风时，也许张闻天的笔记比较中肯和贴近实际：

会理会议基本上是正确的，同当时干部中离心倾向及一些动摇情绪做斗争是必要的，但我以为斗争方式还是过火的，不必用机会主义大帽子去压他们。

是非对错，千秋自有定论。

会理，承载了重重的历史负担，沉淀了太多的历史谜团！

## 四

　　　毛泽东挥戈北进，刘伯承书信退敌；蒋介石调兵遣将，西昌城刘元璋"亮城"。

　　毛泽东、蒋介石聚目大渡河。

一九三五年五月十五日下午四时许，德昌南面的洛腰坡。

烈日曝晒下的安宁河"哗啦啦"的流淌着，粼粼的波光前奔后逐，你追我赶，忽闪忽灭，卖弄着柔软的身姿。一板小桥横卧在水波上，随着过往行人的脚步晃动着。

小桥的两头，岗哨林立，荷枪实弹的川军士兵正盛气凌人的盘查着每一个过桥的行人，不时传出叱骂声、斥责声和争吵声。

这时，桥东头来了一行商队，领头的是一位头戴礼帽身穿长衫的中年汉子，身后跟随着十余名年轻的伙计，挑着皮货、山货，因天气炎热如烤，一个个浑身如洗，汗水湿透了衣裤。

一行人刚走到桥头，一个管家模样的人疾步走上前来，点头哈腰地掏出烟支敬上："老总，行个方便，我们是做皮货生意的。"

一个腰别短枪军官模样的板着脸装腔作势地喝道："奉上司命令，为严防共匪混入，过往行人一律严查！"

管家一脸的阿谀奉迎之色："老总说的极是，不过小的们做的不过是糊口的小本生意而已，还请老总高抬贵手！"边说边将一把银元塞在军官的手中。

有钱能使鬼推磨。那军官低头看看手中的银元，塞进兜里，装模作样地吆喝几声，摆摆手："过吧，过吧！"

管家千恩万谢毕，连忙招呼众伙计挑着担子过桥。

商队刚到桥西头，伙计们突然撂下肩头的货担，掏出短枪，齐发声喊"打"，对着守桥的士兵就打了起来。

事发突然，毫无防备的守桥士兵措手不及，顷刻间便死的死、伤的伤，剩下的见势不妙，慌忙抱头鼠窜。

原来，乔装商队的正是红一军团前锋红二师的侦察连。

其实，早在五月十日夜晚，红二师的先遣部队就经益门进抵甸沙关南场口，击溃沿途的保安团，并于十二日占领了永定营。在探知洛腰坡堰沟上有川军许剑霜部一个前哨排防守后，便派侦察连乔装成客商，从大户村到茨泥坎，瞒过川军，夺得小桥，并乘势追击到栅子街。

兵贵神速，用兵之道讲究的是如何抢占先机。毛泽东在部署会理城战斗时，就着手部署抢渡大渡河战斗。

政治局扩大会一结束，毛泽东、周恩来、朱德、刘伯承等人在红军总部研究抢渡大渡河战斗计划。

毛泽东一手夹烟，一手在桌面的地图上比画着："从地图上看，由会理到大渡河约一千余里，其中大半是上坡，小半是下坡。特别是冕宁以南，都是沿安宁河左岸直上。安宁河自小相岭发源，南流入雅砻江，再流入金沙江。就是这一条八九百里的流域，形成一个平坦富饶的谷道。甸沙关、摩挲营、金川桥、黄水塘、礼州及泸沽等市镇，就像一串小鱼，依次串挂在安宁河上，但都是有上百户人口的集镇。刘文辉在沿途依次部署了重兵，企图阻我北进。"

毛泽东紧蹙着眉头，一手叉腰地来回踱着特有的毛氏步，"不过，我所担心的倒不是刘文辉的川军，而是即将进入的彝族聚居区。"

毛泽东掐灭了夹在手指间的烟蒂："大凉山自古以来就是彝族同胞的聚居区，南到宁南，北至大渡河，西起安宁渡，东至金沙江沿岸之雷波、马边、屏山，区域大得很哩！相传三国时诸葛亮征伐南蛮，七擒七纵孟获，就是在这里。"

毛泽东稍沉思片刻，浓眉一扬："眼下最紧迫的任务是如何争取少数民族的问题，只有取得彝族同胞的支持，才能迅速穿过彝族聚居区，抢得渡河的先机。我提议林彪、聂荣臻率一军团迅速北进，占领德昌、西昌、泸沽等地，并相机组成工作队，开展民族工作。"

"我看再以朱老总的名义，起草一份布告，阐明我党我军的民族政策。"周恩来补充说。

夜，漆黑而深沉。

会理城一片通明：城墙上人影绰绰，无数的火把照得如同白昼，呐喊声惊天动地。

突然，"轰隆"一声巨响，东关城墙在爆炸声中轰然倒塌。

飞溅的砾石、泥土尚未落尽，呛人的硝烟味中传来慑人心魄的喊杀声："同志们冲啊！"红军突击队挥舞着大刀、短枪冲上硝烟弥漫的城墙缺口。

其实，在国民党的将领中也不乏狠角色，刘元瑭就算得上一个。

当突闻东关城墙的爆炸声，刘元瑭就提着刀冲上缺口，亲自与红军拼死搏杀起来，甚至面部负伤，仍"轻伤不下火线"。

时任川康边防军第一旅二十九团炮兵连连长的吴剑洲目睹了当夜的激战：刘元瑭守城部队在空坛口上又听见红军挖城墙脚的声音，我们照样掘壕灌水。十四日夜间，东关城墙又被红军爆崩，因为有前日的经验，城墙刚刚崩塌，就用手榴弹和石灰罐向红军大量投掷，还把迫击炮弹加上钢盖，不上药包，不进炮筒，用手投掷。因防堵周密，只激战了一小时，红军就没有继续攻击了。

负责攻城的红三军团用棺材装炸药虽然在东关城墙炸开了缺口，但因守军早有防备，攻城的部队根本无法乘势扩大缺口，与守敌激战一阵后，被迫撤出战斗。

与此同时，西关城墙的攻击几乎胎死腹中。由于守军事先掘壕灌水，红三军团用棺材装炸药爆破威力大减，如箭在弦上蓄势待发的红军突击队只听得沉闷地响了一声，城墙丝毫未动，只得无可奈何地撤出了战斗。

两次攻击受阻，攻占会理城的计划落空，毛泽东迅即调整原定的行动计划，于五月十四日晚做出从十五日起开始撤出会理、向西昌前进的行动部署：

A. 敌情另电告，我三军团今晚炸城未奏效，拟明拂晓再次炸，九军团则留巧家对岸继续扼阻李敌于金沙江东岸。

B. 我野战军已开始北进遭遇和消灭刘敌各个部队的任务，定明十五日行动如下：

1. 一军团由公母营、白果湾之线各前进六十里左右，并准备十六日拂晓相机消灭德昌之敌，五军团随一军团后跟进，其到达地由林聂规定之并电告军委。

2. 军委纵队由现驻地经大湾营前进至白果湾夷门之线。干部团取捷径开至夷门南之大湾子上村地域，归军委纵队指挥。

3. 三军团仍留会理城附近，准备十六日晚北进。

拿得起放得下的毛泽东果断地舍弃了嚼之无味、弃之可惜的鸡肋味的会理城，挥师北进，直指大渡河。

五月十五日下午，烈日曝晒下的昆明城，五华山光复楼。

一身戎装的蒋介石倒背着两手伫立在川康地图前，目不转睛地盯在北部那条

弯弯曲曲的蓝线上。

自从清晨接悉刘元瑭从会理发来朱毛红军停止攻城的电文，蒋介石嘴边的两撇小胡髭整天向上微翘着。

强弩之末！朱毛红军倾其全力围攻一个小小的会理城达七日之久，居然未克，据此看来经过数月的围追堵截，朱毛红军已到了山穷水尽的地步。如今窜入穷山恶水且民风刁悍的西康地区，也就走进了死胡同。第二个石达开，大渡河就是毛泽东最后的葬身之地！

蒋介石的目光沿着安宁河谷向北游移着，掠过德昌、西昌，忽而停留在泸沽两个字眼上：从泸沽到冕宁再到安顺场，山高岭陡道路崎岖姑且不说，关键是要穿越彝族聚居的大小凉山区，通过的概率几乎为零，精通历史的毛泽东肯定不会选择石达开的绝路！

蒋介石的目光移向泸沽东面那条大道：越西、大树堡，渡大渡河，抢占富林、汉源，直抵雅安与川西北的张国焘部会合！

朱毛必走此途无疑！

自以为扣住了毛泽东心跳脉膊的蒋介石心悦意愉：此番定要让毛泽东在大渡河畔看到自己的墓志铭！

蒋介石的思绪信马由缰地驰骋着，仿佛看见身陷绝境的毛泽东面对波涛汹涌的大渡河正仰天长叹：天不容毛！

想到自己数载竭尽心机、耗尽心血"会剿"、"围剿"、"追剿"的老对手毛泽东即将葬身大渡河畔，兴奋之余的蒋介石心中隐隐约约浮起一丝遗憾：天妒英才，可惜一身雄韬伟略的毛泽东不能为我所用，谈笑间即将灰飞烟灭，自取灭亡之辱。

仿若稳操胜券的蒋介石心身愉悦轻松，消瘦的脸上缀满了笑意，望着地图上的"富林、大树堡"数字，缀在脸庞上的笑丝倏然僵化了：富林一线仅有刘文辉部一个旅驻防，防线过长，兵力过于薄弱。不行，为确保万无一失，必须加强大渡河沿岸的兵力。

蒋介石思虑再三，决定借用四川王刘湘麾下第二十军军长杨森部的力量，一则考验一下杨森对领袖的忠诚度，二则借朱毛红军之手趁机削弱川军的实力。

自喜得计的蒋介石狡黠一笑，一纸电文穿越山岭时空直飞重庆。

五月十六日，《四川日报》刊载了《蒋介石委任杨森为大渡河守备指挥并以骆秉章诱杀石达开相勖勉》的新闻：

十五日蒋委员长自昆明来电，任命杨森为大渡河守备指挥，并拨二十一军、川康军一部约四旅，归其指挥调遣，借以巩固雷（波）、马（边）、峨（边）、屏（山）防务，保障川南。蒋委员长原电中，并以清代活捉石达开之川督骆秉章相勖勉。现杨森氏已遵命就职，亲赴大渡河积极设防，准备予匪以迎头痛击。

五月十六日，新官上任"三把火"的杨森第一把火就是命令王泽浚旅迅即赶

赴富林接防，第二把火命令二十军全部及二十一军一部开赴从泸沽到大树堡大道以东的雷、马、峨、屏四县布防，第三把火就是决定亲率军部进驻汉源，靠前指挥，以一战而名垂青史！

时任杨森二十军第三混成旅旅长的杨汉域后来说：重庆行营参谋团商得刘湘同意，以第二十一军第二师第六旅旅长王泽浚担任成都城防司令，所部星夜驰赴大渡河边的富林布防。这个旅辖三个团，人数约六千，配备的迫击炮、轻重机枪、冲锋枪、掷弹筒都比较新式。该旅五月中旬赶到富林，其河防配备，是以第十六团直接担任河岸守备，构筑阵地，并派一个连到右岸占领前进阵地，以主力第十七、十八团为机动阻击部队。

杨森磨刀霍霍，跃跃欲试；刘元璋如坐针毡，惶恐不安。

五月十五日夜晚，会理以北四百余里外的西昌——国民党第二十四军第七师师部。

川康边防军司令兼第七师师长刘元璋正倒背着两手在地图前踱来踱去，忽而抬头看看墙壁上的地图，忽而低头看看攥在手里的信件，蹙眉皱额，绷满了焦虑。

自从傍晚接到十六旅旅长许剑霜从德昌打来朱毛红军前锋已进抵锦川桥、丰站营的电话，刘元璋几乎茶饭不思，没有一点食欲。

尤其是天刚黑，许剑霜派亲信副官快马送来的信件，让刘元璋更加犹豫难决。

信件是朱毛红军总参谋长刘伯承亲笔写给许剑霜的，除了追叙旧谊外，劝其深明大义不要阻拦红军北上抗日，使蒋介石坐收渔翁之利。而许剑霜也提出了给红军让路的建议。

刘元璋当然清楚许剑霜的用意。一九二六年十二月至次年五月刘伯承领导顺（庆）泸（州）起义时，许剑霜在刘伯承手下当过团长。后因起义失败，许剑霜才投奔四川讲武堂的同窗好友刘元璋。在二十四军中，长期受到自己的堂弟刘元瑭、刘元琮的排挤，若不是自己担心刘元瑭、刘元琮坐大难以控制，明里暗里扶持，许剑霜部恐怕早被吞掉了。

如今，许剑霜公开将守与不守德昌的这个烫手的山芋甩给自己：命令许剑霜死守德昌吧，凭许剑霜一团一营的兵力，势单力薄，无异于螳臂挡车，不仅根本无法扼阻住朱毛红军北进之势，反而会削弱自己的实力；不守吧，无奈既不能舍弃这富庶之乡，又不能不顾及德昌麦岔沟张白禄大家族的利益，张白禄的次子张希系蒋介石留日同学，时任国民政府典礼局长，弄不好直接见罪于蒋介石，落个吃不了兜着走的下场。

守与不守，一时进退两难。

其实，早在朱毛红军抢渡金沙江之前，刘元璋就奉刘文辉之令，在安宁河河谷凭借险要地势，构筑了三道防线。

尽管早有准备，但刘元璋自知不是朱毛红军的对手，如若硬着头皮强顶，无异于以卵击石，倘若公开命令许剑霜弃城而走，又恐落下把柄，日后被蒋介石追究。

刘元璋思前想后，权衡利弊得失，最后横下心来：既不表态赞同也不公开反对，由许剑霜自我定夺！

上行下效。主帅犹豫难决，部属自然会替主子分忧解难。

许剑霜左等右盼，仍未得到刘元璋只言片语的明示，便认为是默许了自己的建议，于是许剑霜做出了一个大胆的决定：稍有接触，立即撤出德昌！

五月十六日黄昏，红一军团先头部队第一师一团进抵丰站营、八斗冲一带与王维三团相遇，王团占据有利地形阻击红军。

红一团团长杨得志、政治委员黎林命令全团不惜一切代价抢占丰站营和八斗冲。

红一团火速奔袭，一鼓作气攻上了隘口。

这时，凑巧天降暴雨，雷鸣电闪的，道路泥泞，行动困难。双方在八斗冲一带激战至半夜，王维三才接到撤退的命令，一溜烟跑了个精光。

随后跟进的红五团与红一团并肩作战，乘胜追击并攻打德昌，守城川军稍作抵抗即连夜溃退至西昌。

五月十七日三时许，红一师全部人马进驻德昌。

同日，中革军委发出红一军团占领德昌的捷报：刘敌二十九、三十、三十二团各团扼守半站营八斗冲隘口，于昨十六日被我一军团部队完全击溃，跟追占领德昌，缴获步枪千支，俘虏数百。

许剑霜不战而走，设在西昌城内的刘元璋师部炸开了锅。

据时任国民党第二十四军参谋长的张伯言回忆：红军于五月十七日到德昌，许旅和红军刚一接触即撤退下来，退回西昌。刘元琮久有兼并许旅部队之意，想乘机杀许，拍桌大骂许剑霜"通敌"，但刘元璋素来感觉刘元瑭、刘元琮兄弟很难驾驭，许剑霜和自己又是四川讲武堂同学，要听指挥些，如果把许剑霜杀了，刘元琮把这两团部队一并吃掉，以后他对部队会完全失去掌握。因此，刘元璋不同意杀许，也不同意撤掉许的职务，驳斥刘元琮说：哪有通敌的人，会把敌人的信送给我？

就在西昌刘氏兄弟内部因"保许灭许"而闹得不可开交之时，跟随红一师进驻德昌的林彪又做出了继续北进的决定：将红一团分成两路并驾齐进，一路沿安宁河西岸，经沙坝、黄家坝、阿月沟、中坝、河西到张八街，控制了马道；一路沿安宁河东岸，经一把伞、凤凰桥到黄水塘，兵锋直指西昌。

刘元璋部署在德昌与西昌之间防守的是第二十旅旅长邓秀廷的人马。

"夷务指挥官"邓秀廷是靠挑唆彝族分支内讧、屠杀彝族人起家的西昌一带的最有实力的人物。他虽身为汉族人，因在彝族聚居区长大，熟悉彝族事务，采

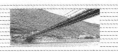

取"以夷治夷"之策，利用不同彝族分支之间的矛盾，挑拨、唆使，制造彼此间的磨擦、冲突，今日你打我，明日我杀他。在他的操纵下，弱肉强食，彝族分支的实力在长年不断的争斗中逐渐衰落下去。邓秀廷趁机火中取栗，将之纳于麾下。对反对他的彝族分支，邓秀廷采取武则天的驯治烈马之术，能驯则驯，不能驯者，则杀之。在征剿西昌的马家彝族人时，他竟残忍地烧毁了三十多个彝寨，杀了一千多人，一口气灭掉五个彝族分支，使远近支彝闻之色变，望风而降。经过数载的杀戮，邓秀廷成为大小凉山彝族中呼风唤雨的土皇帝，被国民政府委任为夷务指挥官。

此时的邓秀廷第二十旅拥有正规军两个团，并随时能调动附近彝族武装近万人。

邓秀廷奉刘元璋之命率部刚抵西昌南面的黄水塘，便接到红军总参谋长刘伯承派人送来的信件：红军路经贵防，不以彝族人为敌，即使彝族人打枪我不还击，红军北上的目的是为了抗日，因此路是一定要过的。请邓秀廷考虑。

邓秀廷读罢来信，立即陷入犹豫难决的境地。

打吧，对手是川中名将刘伯承，刘湘、刘文辉、杨森都被他打败过，自知不是对手；

不打，又怕在刘元璋那里不好交代。

邓秀廷召集彝族军官商量了半天，最后想出一招见机行事的办法：先拉开打的架势以应付刘元璋，但不交火以免伤及老本。当然若有机可乘就打一下，捞些枪支弹药。

商定好对策，邓秀廷仍有些不放心，便把所有的彝族军官召集起来训话说："今天的事情不比往常，要当心些，非有我的命令不能开枪。"

邓秀廷把部队摆在黄连关大道两边山上，他也趴在草丛中紧张地观察着，眼睁睁看着红军着装整齐、密密麻麻的从大道上陆续走过，根本无法下手，邓秀廷拿定了主意：绝不能开枪！

突然，"砰"的一声，一个彝兵因过于紧张而不小心枪走火了，立即引起别的彝兵"砰砰砰"的打了十几枪，邓秀廷慌忙用彝话制止住。

而正在道路上行进的红一军团前锋亦未还击，只大声高喊着"汉彝一家"、"汉彝是弟兄"的口号，仍队列有序地前进着。

邓秀廷刚想命令部队撤出阵地，凑巧天空中飞来两架蒋介石的飞机，彝兵们从未见过飞机，见飞机像大鸟一样在天上飞来飞去，便想打一架下来看看，枪口瞄准天上飞的"大鸟"扣动扳机，"砰砰砰"地乱放了一通。

受惊的"大鸟"迅即俯冲而下，炮弹像下蛋般的砸在彝兵阵地上。

邓秀廷连忙让副官摆出事先准备好的指示目标的标志，谁知副官只记得标志放在一个马驮子里，一时紧张慌乱，忙中出错，竟然找不到了。

"轰隆"的爆炸声此起彼伏，炸死了邓秀廷手下一个叫邓华钦的连长和汉彝

士兵几十人。

气得满脸铁青的邓秀廷哪管他"剿匪"不"剿匪"的，连忙收拾混乱不堪的队伍，一口气把部队由黄水塘高地撤往西昌以北六十余公里的冕宁地区。

邓秀廷的不战而走，西昌便像沙漠里的一棵独树，孤零零地耸立在安宁河谷上，随时都有可能被风沙淹没。

五月十九日下午，朱毛红军主力经黄水塘，进抵西昌西南约十五里的马道子。

外围防线被朱毛红军接二连三地一一突破，刘元璋气得暴跳如雷，也惊得呆若木鸡，仿若热锅上的蚂蚁，惶恐难安。

西昌是川康边防军司令部的驻地，是刘元璋防御部署的重点。此时城内驻有刘元瑄的第十三旅、刘元琮的第二旅和刘元瑭第十二旅的一个团，共计两个旅又一个团和部分彝兵。

其实，对西昌的防守，刘元璋早就做了一番精心的部署，构筑了三道防线：第一道防线，在西昌城外的旧城土城墙构筑工事，进行扼守；第二道防线，在安宁河构筑工事，凭河固守；第三道防线，仿效刘元瑭坚守会理之法，不得已时，以扫清射界为名，烧掉南门外西街商业街和鱼市街，只留下沿街的墙壁作为掩体，以阻止红军接近城墙。

对于最后一道防线，刘元璋颇费了一番脑筋，在烧与不烧的问题上，拿不定主意。

西街约二里长的商业街是西昌最繁华的地段，大街两旁店铺林立，商贾云集，一旦付之以炬，损失巨大，必会引起民愤。但若不烧，扫清射界，红军攻城部队就会借助房屋接近城墙，一鼓作气，攻入城内。

坚决主张烧街的刘元琮理由十足：舍不得孩子套不住狼！红军若破城，命都保不住了，哪还管他民愤不民愤的，烧！

反对烧街的大多是地方商贾绅士：西街是西昌的经济中心，房屋鳞次栉比，居民济济，若轻易烧毁，必会引起恐惶和民愤。

烧吧，激起民愤，落得个千古骂名；不烧吧，终成隐患，西昌难保！烧与不烧，刘元璋心里像十五个吊桶打水——七上八下的，忐忑难安。

犹豫不决的刘元璋只好把两种截然相反的意见致电刘文辉，请示机宜。

刘文辉也不想背上骂名，便采取了一个折中的办法，指示刘元璋相机行事，待红军接近时再烧不迟！

虽然有了军部的"尚方宝剑"，但刘元璋仍然心底没数。

心底没数的刘元璋冥思苦想了一夜，绞尽脑汁终于想出一条锦囊妙计。

天刚泛亮，一夜未眠的刘元璋一大早便命令侍卫将西昌城内的商会和地方绅士邀请到军中议事。

刘元璋先是有鼻子有眼的将朱毛红军"共产共妻"渲染一番，听得商贾富豪

们个个心惊肉跳，人人惶恐自危，然后假惺惺地述说守城之难，若不烧街，西昌城必陷无疑，那时节不仅财产难保，恐怕还有性命之忧；若烧街，民众损失巨大，民愤更大。

两害相较，取其轻。早已听得人人动容的士绅们纷纷表态烧街，并愿出资承担烧街的损失。

用心良苦的刘元璋博得士绅们的支持后，心里仍觉不踏实，便暗下里示意商会会长何汉湘写下烧街"请愿书"呈上，这才一块石头落了地。

刘元璋决定当红军逼近西昌时放火烧街，然后再把放火烧街的罪名转嫁到红军头上。同时，强征百姓口粮数十万斤于城内，以备长期坚守。

五月十九日，当红军先头部队到达离西昌约十五公里的崩土坎时，早已坐立不安的刘元璋，下令先把城门用石条顶死，然后从城墙上往城脚下的房屋上浇煤油，放火烧街。又从城墙上用绳子吊下士兵，把接近西街蜿蜒到西北角的鱼市街一并烧掉。顷刻间，火舌乱窜，巨火熊熊，呼号声咒骂声不绝于耳。

据民国三十年《西昌县志》记载：五月十五日，刘元璋部队拆马水河一带民房。五月十六日，城门半掩，仅容少数人通过。五月十七日晚七钟，军队完全进城，闭城门，焚上鱼市街、下鱼市街、后街。五月十八日是夜焚马水河一带房屋，又越南门焚东街、马石桥、石头坡等处房屋。五月十九日晚补烧东西街前未尽之铺房……以上计烧街道二十八条，民房三千七百余间，寺庙十余座，回族礼拜堂四大院，烧毁尽净，人民流离。

国民党政务视察员肖邦承事后视察西昌说：红军"未到（西昌）时，被川康军刘元琮、刘元瑭部队纵火焚掠，城外乡村民房及西街街房共焚去三千五六百户。横沟三里，人民风餐露宿，极为凄惨。军方名为坚壁清野，实则借事敛财掳劫"。红军到西昌后，"曾给洋四百元……表示爱护百姓之意。因此当时人民对共党之印象甚佳，而对（国民党）军队之印象特恶"。

刘元璋为向蒋介石表白"城存亦存，城亡亦亡"的忠心，大烧民房，蒋介石也于五月十九日乘专机到西昌上空特表"慰勉"，刘元璋本想坐等红军攻城，好乘机嫁祸于红军，没想到弄巧成拙，红军却并没有攻打西昌城。

原来，五月十八日下午，红一军团前卫黄永胜任团长、林龙发任政治委员的红三团进抵西昌城郊，经侦察得知，城内有重兵把守，且城廓大、城墙高，刘元璋也效仿会理的做法，扫清射界，准备死守。

十九日凌晨四时，已进抵西昌城郊的林彪、聂荣臻致电中革军委：估计攻城需费许多时日，且奏效把握极少，拟以五军团监视该城之敌，一军团继续北上，并已令一师另先头团附电台于今拂晓出发袭占礼州。

正向西昌行进途中的毛泽东、周恩来、朱德、刘伯承等人蹲在路边的杂草丛中借着马灯的微弱亮光，看完了林、聂的电文。

周恩来笑笑："这个林彪，现在也终于晓得走弓背路了！"

毛泽东抬起头来，深吸了口烟："为抢得渡河的有利时机，我建议组建先遣队，不与沿途之敌纠缠，直插大渡河。朱老总，您看何人担此重任合适？"

"我看伯承最合适。顺泸起义时他是总指挥，在川军中名气大得很哩，而且对西康的地形、民情也比较熟悉，有他打头阵做先行官，保准攻无不克，一路畅通无阻！"朱德憨厚地笑笑。

"我早就听说刘伯承是天龙下凡，这不，金沙江游过来了，许剑霜、邓秀廷一个个闻风而走，大渡河肯定不在话下！"周恩来笑着看看刘伯承，又望望毛泽东。

毛泽东将烟嘴塞进嘴里，猛吸了一大口，浓眉一扬："好啊！我看就由刘伯承担任先遣队司令官，罗瑞卿担任政治委员，两个四川人当先锋开路，除红一师一团为第一先遣队外，另派红二师五团为第二先遣队，直抵礼州、泸沽，再相机行事。"

毛泽东布满血丝的大眼炯炯有神地直落在刘伯承的脸上，话锋一转："不过，伯承，先遣队的任务不是打仗，而是宣传党的民族政策，用政策的感召力与彝族人达到友好。只要我们全军模范地执行纪律和党的民族政策，取得彝族人民的信任和同情，彝族人是不会打我们，还会帮助我们通过彝族区，抢渡大渡河。"

"主席，我马上出发，赶往红一军团！"刘伯承"啪"的一声向毛、朱、周诸人行了个军礼，转身消失在漆黑的夜幕中。

半个小时后的凌晨四时半，中革军委做出迅速北进的行动部署，并致电各军团：

我野战军以迅速北进在野战中消灭刘敌各个部队之目的，对固守西昌之敌，在不利的条件下，应监视之，掩护野战军主力通过……第一军团主力应向泸沽方向前进五六十里，其先头团应由二师派出，并带工兵及电台，限二十号赶到泸沽。军委立派刘（伯承）参谋长赶往为先遣司令，罗瑞卿为政委，指挥该团进行侦察，并为渡河先遣队。

朱毛红军以红五军团监视西昌之敌，主力绕过西昌城迅速向礼州挺进。

朱毛红军绕城而过，苦等着红军攻城的刘元璋立即成为众矢之的。

天亮时，部下报告说：红军从西南十五里的地方往泸沽方向走了。

原本胆战心惊惧怕红军攻城，此刻千方百计盼望红军攻城的刘元璋偷鸡不成反蚀把米。消息传开，西昌城内一片哗然，商贾士绅、民众义愤填膺，纷纷涌向师部，闹得沸沸扬扬的。

五月二十日，红一团攻占西昌城以北五十里的礼州，当晚进至泸沽地域并向冕宁侦察。

朱毛红军走到了又一个十字路口：顺着大道到大树堡渡河，还是走山道穿越彝族聚居区到安顺场渡河，是否如蒋介石所愿成为"石达开第二"，历史考量着朱毛红军的智慧！

# 五

泸沽镇，刘伯承审时度势，先斩后奏果断决策兵分两路；

大树堡，红五团声东击西，伐竹扎排佯装渡河大造声势。

一九三五年五月二十一日清晨，越西小相岭隘口九盘营。

炎人的烈日放射着眩目的光晕，山势褶皱挺拔的小相岭，绵延起伏，脊若锯齿，一条官道在崇山峻岭间蜿蜒，自古有"凝冰夏结"、"百步九折"之称。

刘文辉部的一个排哨和当地地主武装廖金庭、廖春波父子武装约一百五十人，凭"千岩盘地险、一径出天门"的隘口而守。

为防范朱毛红军，彝兵们早已将道路拦腰挖断，并架上一板吊桥。一名士兵懒洋洋地站在高高挂起的吊桥旁，漫不经心地放着哨。不远处临时搭建起的哨棚内，彝兵们三五成群地聚集在一起，打牌的打牌，耍钱的耍钱，闹嚷嚷的。

一阵山风掠过，山岭上的树枝摇曳着，发出"沙沙"的树叶声。

守桥的士兵斜背着枪支，不时望望来路，没精打采地走动着。

突然，两名头戴红五星帽徽的红军战士从哨兵身后的杂树丛中一跃而起，身手敏捷的扼住了哨兵的脖子，将哨兵摁倒在地。紧接着，七八位红军端着枪，迅速冲向哨棚："我们是红军，缴枪不杀！""放下武器就不是敌人！"

赌博兴致正浓的彝兵们一愣，尚未回过神来，便一个个乖乖地举起手来做了红军的俘虏。

领头的红军命令彝兵排长刚将吊桥放下，便见桥西头红军大部队风驰电掣般直赴而来。

原来，偷袭小相岭隘口的正是红五团三营班长陈胜忠带领的十名战士。

五月二十日晚，杨得志率红一团占领泸沽。刚安置完部队宿营，杨得志、黎林回到团部还未坐下，便见通讯员急匆匆闯进来报告说：刘伯承总参谋长和聂荣臻政委来了。

"杨团长、黎政委辛苦了！"通讯员的话未落音，旋即见刘、聂二人笑吟吟地大步跨了进来。

杨、黎二人连忙敬了个军礼，招呼刘、聂坐下，简单汇报了一下抢占礼州、泸沽的情况。

刘伯承笑笑说："周副主席都说了你们是天下第一团嘛，拔关夺城自然是手到擒来！"

刘伯承环视杨、黎一眼，话锋一转："这次奉军委之命，红一团为第一先遣团，红五团为第二先遣团，另配备了工兵连和电台，由我担任先遣队司令，政委原本由罗瑞卿同志担任，但因罗瑞卿同志有病在身，临时改派聂荣臻同志任先遣

队政委，一军团政治部组织部长萧华同志任工作队队长，和大家一起完成军委交给我们抢渡大渡河的任务。"

刘伯承习惯性的撑撑眼镜架，俯身仔细地观看着铺展在桌面上的川康地图，轻咬一下下唇："你们看，过大渡河，从泸沽出发，有两条路，一条右经登相营，从越嵩到大树堡渡河，对岸是富林。这是走成都的大路，另一条是左走冕宁，经过一个'倮倮区'，直下大渡河边的安顺场，这是不容易走的崎岖山路。"

"刘总长，今天下午接到朱老总的电令：'一军团之第一团随刘、聂（罗病聂代）明日向登相营、越西前进，无敌情要走百二十里左右。第五团由左（权）、刘（亚楼）指挥，为第二先遣团，亦带电台暂随第一团后跟进'，也就是说军委明令我们走越西到大树堡的大道渡江。"杨得志边说边拿起桌边的一纸电文递到刘伯承手中。

刘伯承看看电文，略有所思地喃喃自语道："军委的意图就是走大道渡江！"

刘伯承倒背着两手，浓眉微锁，低着头来回踱着步，忽而抬起头来，看着杨、黎说道："不过，我和聂政委在来的路上，经过松林时凑巧碰到冕宁地下党派出的八位同志，了解到冕宁县城的一些情况，听说红军要来，早已风声鹤唳，人心惶惶。"

"报告，冕宁地下党有紧急军情汇报！"

刘、聂、杨、黎闻声扭头一望，只见两名满头大汗的侦察员陪着三名教书先生打扮的快步走了进来。

杨、黎连忙起身让座，并让警卫倒上开水。

原来，奉命到冕宁侦察敌情的团部侦察员刚抵城郊，便碰上了城里地下党派出来接头的李祥云、李发明、向德伦等人。侦察员们大喜，连忙将李祥云等人带回团部。

从李祥云等人汇报的情况得知：冕宁已是一座空城。县长钟伯琴听说红军将至，上午急忙纠合邓秀廷部的团长李德吾和处长邱维刚，率领亲信卫队和两个连的地方武装，裹胁关押在监狱里的彝族人质——果基、罗洪、倮伍三支的头人二十二人，弃城向北逃窜，企图去雅安寻求刘文辉的保护，不料被三支彝族武装包围缴械，人质获救，钟、李、邱三人被杀。

众人正在谈论，这时派往越西方向侦察的也赶回来了。

据多方打探，刘文辉的第四旅在左，守泸定桥，第五旅在右，守安顺场至富林一线，并且刘湘也派出一旅，明日可抵富林。

刘伯承听毕，长长地吁了口气："看来蒋介石已准确地判断我军必走西昌到富林的大道，把富林作为防守的重点，我军若按原计划从富林渡河，必遭川军主力阻击，渡河恐难以成功。"

刘伯承稍沉思片刻，神色凝重地说："第一条路显然是走不通了，敌人已在富林、大树堡布置了重兵，堵截我们，只得选定后一条路，但要通过大凉山彝族区，由于彝汉矛盾很深，要想通过必须大部队行动，没有一个团的兵力很有可能被彝族武装缴械。"

"不管他黑彝还是白彝，我们用党的民族政策去感动他们。总比刘文辉好说话，我们建议军委改走小道吧！"聂荣臻表态说。

刘伯承浓眉一扬："好，既然如此，立即电告军委，我们率红一团和工兵连走冕宁，直插安顺场，另为迷惑敌人，让左权、刘亚楼率红五团向越西、大树堡佯动！"

然而，由于军委也处在行军途中，电台一直无法联系上。刘伯承当机立断：先斩后奏！命令红一团立即出发，迅速占领冕宁后，再电告军委；红五团立即出发，迅速占领越西。

二十日夜九时，天空漆黑如锅底；燃烧着的火把，将红一团团部前的草坪上照得如同白昼。红一团全体指战员们肃立在草坪上，正聆听着刘伯承的战前动员。

刘伯承一手叉腰地站在团部门口的石台阶上："过了冕宁县城，就是彝区了。有一种传说，《三国演义》上诸葛亮七擒孟获，就是在这个地区。彝族人对汉族人疑忌很深，语言又不通，他们会射箭打枪，但他们不是奉蒋介石的命令，他们和国民党军队不是一回事。我们要严格执行党的民族政策，广泛宣传朱总司令的布告，争取和平通过彝区。没有聂政委和我的命令，谁也不许开枪！"

"出发！"刘伯承威严地扫视一眼整装待发的队伍，大手一挥，下达了命令。

"向左转，跑步走！"随着喝令声，红一团将士举着火把像一条游龙，向北疾奔而去。

刘伯承、聂荣臻大步迈向警卫牵着的马匹前，翻身上马，手中的马鞭一扬："驾！"旋即消失在夜幕中。

五月二十一日凌晨一时，冕宁县城。

在冕宁地下党的带路下，红一团经过三个多小时急行军进入了冕宁城。为不影响群众，杨得志命令部队傍街露宿。指战员们刚抱着枪躺下，突然街上响起了阵阵鸣锣声和吆喝声："家家点红灯，点灯迎红军！"

顷刻，这座早已入睡、万籁俱寂的小县城灯火辉煌，人声鼎沸。

时任红一团政治部主任的冯文彬在一九三六年追述当时的情景说：到冕宁城，噼噼啪啪一阵爆竹声，只见满街挂着红旗，贴着红绿标语，写着"欢迎为民谋利益的红军"、"拥护共产党"、"红军万岁"等口号。一进城，街上民众，见我们笑嘻嘻地拱手为礼，有的口里说着"长官先生辛苦辛苦"。

县城中心钟鼓楼下，人头攒动，萧华带着工作队正在宣讲民族政策，一名红军女战士将一张水红色的大纸《中国工农红军布告》张贴在墙壁上，大声宣读起来：

中国工农红军，解放弱小民族；一切彝汉平等，都是兄弟骨肉……

　　城中天主教堂，红军先遣队临时司令部，聂荣臻用法语与神职人员愉快地交谈着，宣讲共产党和红军保护宗教的政策，不时传出爽朗的笑语声。侧房内，刘伯承守候在电台旁，正一字一句地将《侦察报告》上报军委。

　　先遣团在冕宁城内受到了群众前所未有的欢迎与拥护，仿佛回到了江西苏区。

　　其实，早在一九三三年，在西昌第二师范学校就读的陈野苹等就参加了共产党，并在冕宁发展党员十一人。冕宁县长的望风而逃，留下一座不设防的空城，陈野苹等立即组织召开群众大会，成立治安队，维持秩序，并发动群众，欢迎红军。

　　中午，林彪率红一军团主力进抵冕宁，刘伯承、聂荣臻率红一团继续向北面的大桥挺进。

　　左路的红一团畅通无阻，右路伴动的红五团一路凯歌。

　　二十日夜晚，红一军团参谋长左权、红二师政治委员刘亚楼率第二先遣团——红五团，以梁兴初任营长的红三营和二师侦察连为先头部队，在军团侦察科长刘忠和军团便衣侦察队副队长范昌标的带领下，于二十一日拂晓占领了登相营，俘虏川军一百五十多人。紧接着马不停蹄地直扑小相岭的九盘营。

　　班长陈胜忠带着十名战士在当地一位采药老汉的带路下，翻山钻沟，攀登悬崖峭壁，绕至川军排哨的背后，未放一枪就袭取了哨所。

　　就在红五团主力通过哨所时，突然哨棚内电话铃声大作，刘忠怕暴露红军行动，不敢让敌排长接电话。

　　没想到电话是越西县城打来的，见排哨未接电话，驻守县城的刘文辉部一个营判断可能红军已到，立即弃城向大树堡逃去，越西县长彭灿及政府官员见守军已跑，也慌忙卷上财物全部弃城而逃。

　　五月二十一日下午，红三营和侦察连进入了越西城。

　　越西扼居会理至富林要道，这里汉彝杂居，地瘠民贫，当地政府实行"以夷治夷"之策，尤其是对彝族各支实行"换班作质，轮流坐监"之法。

　　刘忠率先头部队一进城，听说监狱还关着数百汉彝百姓，便直奔监狱而去。

　　然而，让刘忠没有想到的是，当他赶到监狱，县政府的夷务科的办事人员毕恭毕敬地出来迎接，屋子里还准备好了香烟、糖果，一个穿着长袍马褂的办事员说道："红军先生为老百姓办事，我们也是为老百姓办事。你们不知道，这些人都是从不开化、无人性的野人，放他们出来就会到处杀人、抢人。"

　　刘忠走进监狱一看，几百彝族人分别关在笼子里，一个个蓬头垢面，赤身裸体，戴着脚镣手铐。到处是烂泥、污垢，臭气熏人。

　　刘忠浓眉一敛，怒火欲喷："是你们把好端端的人折磨成野人，这哪里是监狱，分明是地狱！"

　　于是，一个个囚犯走出监狱，换上新衣，还备好了酒饭，并领到回家的

路费。

临走前，几百名获释放的彝族人突然"哗啦"齐跪在地，挂着泪花高呼："红军卡沙沙（谢谢红军）"、"红军瓦瓦苦（红军万岁）!"

县府大堂上，左权当着围得水泄不通的群众，将地亩银粮册簿全部焚毁；

监狱门前院坝，堆积如山的人质、人犯等文书档案，燃起熊熊大火。

大火烧"寒"了国民政府，越西县政府不得不从一九三七年重新清丈土地，重造田赋银粮册簿，直至一九四二年才完成。

大火烧"红"了彝族人的心，烧出了人心向背，彝族同胞把红军当成了亲人，主动带路、纷纷参军，穷苦人的队伍和穷人心贴心。

后来张爱萍的红十一团经过越西，加入红军的达七百余人：这里对红军的认识，是更加清楚了。于是附近群众自动投入红军的愈来愈多，在两三个钟头内，加入十一团的达七百余人，就是"倮倮"加入红军的也有百余人。……彝族人在生活上、言语上以及一切习惯都与汉族人不同，加入红军的彝族战士另外编成了一个连。

据新中国成立后的统计，当时仅越西县城参加红军的就有三百多人。

毛泽东后来说：长征是播种机。

红五团占领越西，使川军更坚信朱毛红军必从大树堡抢渡，二十一日上午，已进抵富林的王泽浚旅派出一个连渡过大渡河，进驻大树堡作为河防前哨。这个连向越西方向的要隘——鱼塘放了一个排，在渡口放了一个排，连部和余下的一个排驻守在大树堡街上，并强迫老百姓将谷草、麦草、玉米秆等易燃物堆放在中街，企图红军一到就放火烧街。

二十一日下午，红五团向大树堡疾进，并在海棠附近俘获了正在逃窜的越西县长彭灿及一百余名士兵，当地彝族人将他们的衣裤剥得精光，俘虏们无奈，只得跟着红军走。

时任第二十四军参谋长的张伯言后来谈到越西县长彭灿被俘一事说：越西县县长彭灿（原系第二十四军参谋处长）、秘书胡梦弼，急率县府自卫队一个连偕家属，向富林方向逃窜。他们行至海棠乡附近一个么店子上，彭鸦片烟瘾发作，休息吸烟。红军先头便衣队到达，将彭捕获，自卫队逃散。红军把彭带到晒经关将彭镇压。

二十二日清晨，左权、刘亚楼命令军团侦察科、师侦察连和梁兴初的红三营从海棠出发，向大树堡飞速前进，下午抵达晒经关，离大渡河边只有二里路。

刘忠和四名侦察员带上小相岭俘虏的川军排长和几个愿意当红军的川军士兵，都化装成川军，智取鱼塘排哨。中途凑巧碰上越西大树分县团防局派遣去迎接县长彭灿的几名团丁。

因侦察员们是外地口音，为不露出破绽，叫俘虏排长对话，团丁们把红军当成了川军，将大树堡川军的布防情况一五一十地讲得清清楚楚。

左权、刘亚楼当机立断：兵分三路，夺取大树堡和渡口！

一路由团丁做向导夺鱼塘哨所；

二路经大坪子、麻家山袭击驻街上的守军；

三路经杨家沟、海螺坝直插大渡河边，消灭渡口守军。

刹那间，枪声四起，驻街上的守军还没来得及纵火烧街，连连长在内的几十名川军便当了俘虏，残敌被追至偏桥岩，红军故意放他们逃过河去报信，当地的张金波地主武装二百余人闻风而逃。

二十二日下午，占领大树堡的左权、刘亚楼立即指挥红五团收集木材造船，砍竹扎筏；拆关帝庙、陕西馆、王爷庙和设在大树堡上一个越西县的分监狱，将房料运到渡口，并在渡口沿岸的桑树、柳树上牵了很长的铅线，煞有介事地选择渡河点；同时在群众中扬言要从这里渡河，攻打富林，直取雅安，进军成都。还动员当地许多民工、船工参加造船扎筏，修筑工事，声势浩大。

时任红一军团侦察科长的刘忠后来说：连自己的红军战士都认为真要在这里渡河。

朱毛红军使出的这招迷魂大法，川军果然上当！

驻守在富林的是王泽浚旅三个团、杨学瑞旅一个团，及富林屯殖司令羊仁安的地方武装，以为朱毛红军主力真的要在大树堡渡河，一封封告急电文连迭飞向蒋介石、刘湘、刘文辉，呼吁速增援兵。

蒋介石、刘湘信以为真，急忙筹划调动人马集结富林一带，向大渡河下游两岸增兵。

红五团在大树堡折腾了三四天，一直到二十五日接军团急电，才赶往安顺场抢渡。

就在东、西两路先遣团向大渡河疾进之际，五月二十一日十八时，中革军委根据刘伯承的汇报，向各军团正式下达了向安顺场前进的命令：

林、刘、聂、彭、杨、董、李、罗、何、邓、蔡：

……我先遣第一团今由泸沽经冕宁开大桥两站路，尚有四站路即到江边之纳耳坝；我第五团今到登相营侦察越西、小相岭、登相营一带，仅敌一营。依第一、五军团，军委纵队、三军团次序经冕宁、大桥、拖乌、筍箕湾、岔罗向纳耳坝、安顺场渡口北进，而以我第五团续经越西北进，吸引、迷惑并钳制大道上正面之敌，遇小敌则消灭之。以九军团担任迟阻进敌……

罗炳辉的红九军团是五月十九日与彭德怀的红三军团在礼州会师的。

自从三月三十一日朱毛红军主力南渡乌江，红九军一支孤军被甩在黔北地域，转战千里。没想到一与主力会合，罗炳辉立即向中央上交了几十匹骡马，近万块银元，几千两烟土。

十九日下午一时，红九军团在礼州天主教堂召开连以上干部大会，中共中央总书记张闻天感慨地说：分开五十天，兵员还扩大了一千多，真是让人不敢相信。你们的这种惊人的胜利行动，不仅达到了迷惑敌人，有效地配合了主力的行动，也大大鼓舞了一、三、五军团的同志们，他们都很敬佩你们，都要向你们学习。

张闻天话锋一转：我军为了摆脱敌人追击，完成北上任务，现在要取道彝族聚居区，在安顺场抢渡大渡河，进入川西取得两大主力会合。

游子回家，孤雁归群，历尽千难万险的红九军团终于与主力会师了！

# 六

兵行险着，朱毛红军大凉山彝族聚居区受阻；彝海结盟，刘伯承小叶丹义结金兰，掰开了北渡大渡河的生门。

一九三五年五月二十二日上午，冕宁县城红军总司令部。

雨后天晴，骄阳当空，万里苍穹如洗，大地澄净。

两名头戴八角帽的战士背着枪肃立在大门口两侧，身穿灰色粗布军装的军人进进出出，来去匆匆。

大厅的正中摆着一张四方桌，张闻天、毛泽东、周恩来、朱德、王稼祥等人或站或坐。

站着的毛泽东俯身在桌上，布满血丝的大眼全神贯注地"啃"着铺陈在桌面的地图。

"南面是薛岳的中央军追击部队，西面沿雅砻江布防的是滇军孙渡部，东面有川军杨森第二十军和郭勋祺、陈万仞部阻截，北面的大渡河沿岸是刘文辉部，且刘湘部王泽浚旅正赶往富林布防，我军现在处于川康狭窄地域，只有趁左权、刘亚楼率领的红五团将川军主力吸引到富林一线的机会，出其不意地抢占安顺场渡口，迅速渡过大渡河，跳出老蒋的包围圈。"

毛泽东边说边直起腰，掏出烟点燃，深吸了一大口，浓眉微锁，若有所思地吮咂下唇，抬眼望向门外的天际。

朱德手拿铅笔，俯身在地图上："安宁河源以西为罗洪家支聚居地，县城北部安宁河支流拖乌河到南垭河一线为果基家支所据，这一线的道路正是我军主力所要经过的。"

"听说罗洪家支正在与果基家支械斗，今天早上大桥镇附近彝族罗洪支头人罗洪点都牵着几头羊到冕宁城拜谒红军，朱老总还送给他十支枪、三匹绸子和三钵鸦片哩。"王稼祥强按着仍疼痛的腹部，咳嗽着。

"彝族各家支之间虽然平时因争夺地盘常年械斗不止，但一旦有汉族军队进入彝区，又团结起来，枪口一致对外。这跟老蒋的攘外必先安内政策恰恰相反，也高明得许多啰！"吞云吐雾的毛泽东颇有感触。

"今天一早，刘伯承他们带着红一团已从大桥镇出发北进。"周恩来坐在桌前，手指在地图上移动着。

"报告，枳槽沟彝族头领果基列达求见！"众人正为穿越彝区发愁，作战参谋吕黎平大步闯上大厅报告说。

毛泽东闻言大喜，连忙吩咐说："真乃及时雨宋公明，快快有请！"

旋即见警卫引着一位四十开外的彝族汉子走上堂来，毛泽东疾步上前，一把

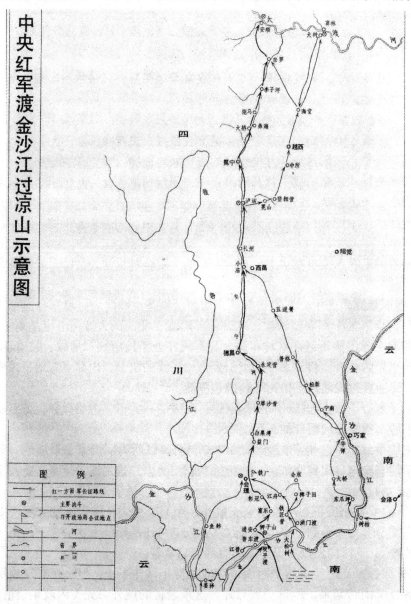

过凉山示意图

握住彝族汉子的大手，兴奋地说："欢迎，欢迎啊！我们正想怎么跟你们联系上，没想到头人却屈尊来了。"

果基列达与张闻天、周恩来、朱德、王稼祥等人一一见过礼，在桌前坐下，警卫倒上茶。

毛泽东急不可待地问起从冕宁到大渡河沿途的彝族家支情况。

果基列达将这一带彝族头人果基约达、果基洛莫子、罗洪作逆、罗洪点都等四人的情况作了详细的介绍。

临走时，毛泽东还教人准备了酒、枪、鸦片四份礼品，请果基列达转送给他们。

一送走果基列达，毛泽东立即命令吕黎平：告诉刘伯承尽快和彝族首领达成协议，以免红军主力通过时遇到不必要的麻烦！

毛泽东踱至门口，深邃的目光望向北方的苍穹："现在就看刘伯承的了……"

五月二十二日上午，大桥镇先遣队司令部。

刘伯承、聂荣臻蹙着眉头，一脸的焦虑。

自从昨天下午先遣团一抵大桥，就碰到了第一道难题。

大桥是彝汉杂居区，先遣团刚到大桥镇外，恰好碰上离此十里之"倮倮"罗洪家支聚集了数百名彝族人闯进大桥烧杀抢掠，并准备纵火烧毁大桥。先遣团俘获了十多人，并好酒好饭款待了"倮倮"，再放回去。

其实，早在进入彝族聚居区之前，刘伯承和聂荣臻就命令先遣团调查了解彝族的风俗习惯，并在部队中普遍进行了党的民族政策教育。在当地地下党的帮助下，还请来一位常在彝族聚居区做生意、熟悉彝族风俗叫陈志喜的通司（即翻译）。

从陈志喜嘴里得知，大凉山的彝族主要有三支：罗洪、倮伍、沽鸡（果基）。拖乌区是最大的彝族聚居区，彝族人占总人口的三分之二。彝族人有黑彝、白彝之分，黑彝即土著的彝族人，白彝即被黑彝抢来沦为奴隶的汉族人或彝汉混血儿，黑白彝之间禁止通婚。尽管彝族内等级森严，但对汉族人一概持仇视、排挤的态度。

二十二日清晨，先遣队红六连在陈志喜的带路下从大桥出发，正式进入彝族聚居区。

时任先遣团工作队队长的萧华后来说：我们的先遣队于五月二十二日早晨开始进入彝族聚居区。一路上只见山峰入云，道路崎岖，山谷中林木葱茏，野草丛生，地面上淤积着腐烂的叶子，厚达数寸。山涧之上往往只有一根独木桥，走起来十分不易。这儿天气多变，时而浓云低垂，时而细雨霏霏，使人有一种瘴疬弥漫的感觉。

红一团政治部主任冯文彬随红六连一起行动：上山约有十里，见赤身露体的男女三三两两一小群一小群地走来。他们见了我们，个个都胆战心惊地发着抖，

并假说是小商人，特别是女的，洋烟吃得瘦成鬼样子，低着头在队伍的旁边过去了。以后听说这就是冕宁县政府的官员及刘文辉部下的一个团长的太太们，在经过这个山的时候，被"倮倮"缴了枪，他们是侥幸放回的。

红六连经埃鸡、俄瓦、园包包到俄瓦垭口，再经一碗水海子边、北沙村进抵喇嘛房。

陡峭的山势，狭窄崎岖的山道。红六连刚抵山脚，突然，两侧高峻的山岭上传来一阵"啊呼！啊呼！"的吆喝声，旋即见一帮手持棍棒、长矛、弓箭、土枪的彝族人堵住了去路，且人越聚越多。

冯文彬连忙带着陈志喜赶到前面去看：见两边山上坐着"倮倮"，见我过去，大家都跑了。到处只听得大叫"呜呼"、"呜呼"。用了很多方法，做了很多宣传，经过汉族人的翻译，找来了几个"倮倮"，向他们解释，讲了一个多钟头，结果他们说："娃娃（即白彝）们要点钱让你们通过。"我说："要多少？"他说："要二百块。"马上给他二百块，大家一抢而散。又用种种方法找来了几个代表，我们又向他们解释了许多话。他们说：刚才的钱是给张洪家的，我们沽鸡家，娃子亦要给他们点钱，又给了二百块大洋。

交涉、宣传、给钱，先遣队与沽鸡彝族人费尽了口舌，仍寸步难行。

正相持不下，突然，"砰、砰、砰！"后面响起了枪声。

枪声是后面军委工兵连传来的。

原来，为抢渡大渡河，军委工兵连带着架桥用的各种物料，同先遣队一起行进，以便夺得渡口时，赶架浮桥。

工兵连原本是在红六连前面行进的，但由于彝族人将一些山涧上的独木桥拆毁，把溪水里的石墩搬开。工兵连只能边行军边砍树架桥，边修整道路。过了俄瓦拉口，便渐渐落到了后面。

工兵连长王耀南为了安全起见，把全连集中起来行动：我们刚走进离巴马房不远的一个山谷里，突然听到远处几声枪响，发现几个彝族人朝我们跑来，他们手里拿着土枪、长矛、弓箭等，向我们挥舞，拦住了我们前进的道路。部队被迫停下来。在部队前面的三排长陈亦民同志向彝族人解释，彝族人根本不理他。罗指导员带着会说四川土话的小程上前去还没怎么解释，只听得那几个人大喊几声，山上顿时响起了号角声，不知从什么地方冒出许多彝族人，他们手里拿着大刀、长矛，呐喊着蜂拥而来。我们还没有明白这是怎么回事，就被围在中间了。

不一会儿，彝族人边喊边挤进队伍，三五人围住一人。几个彝族人硬挤到王耀南身边。通讯员小刘见情势危急，一个箭步窜上前想要阻挡，被三拳两腿按倒在地，用脚踩住，连枪带衣服抢了个精光。

事出突然，王耀南脑袋里"嗡"的一声，本能地拔出了短枪，打开了枪机。周围的工兵连战士也"哗啦"一声拉开枪栓，一个个紧盯着连长，等待着命令。

"总部命令，不准开枪！"王耀南一惊，只见指导员罗荣被几名彝族大汉按倒在地，扒得精光，仍赤着身子大喊着。

王耀南一愣，忙将枪插入枪套，向周围的战士喊道："不准开枪！谁开枪谁就违犯党的政策……"

王耀南话还未说完，就被几个彝族人拧住胳膊把枪抢走了，紧接着衣服也被扒光。

王耀南眼睁睁地看着工兵连被彝族人抢得精光：这时，我们突然看到侦察连的同志带着一个人往回走。这个人身材魁梧，头上缠着一条卷成尖的缠头，身上披着一条黑色毛毯，露出的裤角又肥又大，打着赤脚骑在高头大马上……他们走到我们眼前，那个头人对着我们周围的彝族人大声说了句什么话，只见我们周围的彝族人都让到了一边……听侦察连的同志们介绍，才知道这个人是沽鸡家族的首领小叶丹的代表。侦察连的同志带着他去见总部首长。于是，我们也跟着退出了彝族聚居区。

王耀南带着工兵连刚走出彝族聚居区，正巧碰上曾保堂带的红三营坐在路边休息，一见工兵连一个个赤身裸体的，不觉捧腹大笑："工兵连真凉快呀！""喂！你们到哪儿洗澡去了……"

曾保堂边笑边让指战员们凑衣服，传令凡有三件衣服的拿出一件，凡有两套衣服的拿出一套，马上集中交给工兵连，还怕衣服不够，又让供给处捡一些好点的麻袋送给工兵连。

工兵连狼狈地回到大桥镇宿营。毛泽东得知后不觉开怀大笑："工兵连真'倮倮'了，这就叫作入乡随俗嘛！"

其实，袭击工兵连的是罗洪家支。昨天火烧大桥未遂，反被红军捉获了十余人，罗洪点都见被捉的还未放回，便带人袭击了工兵连。

就在工兵连遭到罗洪家支袭击的同时，前卫红六连与沽鸡家支仍相持难下，眼见得彝族人越聚越多，彝族人摆手挥刀密密麻麻地围了上来。

萧华后来回忆说：正在混乱得不可开交的时候，前面山谷入口的地方，扬起一阵烟尘，几匹骡马直驰而来。为首的一匹黑骡子上，是一个高大的彝族人，年约五十多岁，脸色微褐，身披麻布。他的到来，使喧闹的人群稍微安静了一些。通司认出这人是此地彝族首领小叶丹的四叔。

来者是沙玛尔格，他是沽基家支的"毕摩"，即宗教仪式主持人，小叶丹的贴身管家。

萧华、冯文彬跟沙玛尔格解释，请他转告小叶丹，第一，红军是借道，绝不会侵犯彝族同胞；第二，红军主张民族平等。

沙玛尔格见萧华言辞恳切，环顾四周，见红军纪律严明，顾虑稍少了些，便出主意：要取得彝族人的信任，那就与我们的头人结拜为兄弟。

陈志喜见状，忙将萧、冯二人拉到一旁说："彝族人最讲义气，喜欢结拜兄

弟。若能跟他们的头人义结金兰，红军就能在彝区畅通无阻。"

萧华脑瓜子转得快："跟奴隶主称兄道弟，这得请示中央。不过，情势所迫，也只能如此了。这样，我先赶回先遣团司令部汇报，你们陪着头人后来。"

萧华翻身上马，快马加鞭地赶回司令部，像竹筒倒豆子般一口气将情况向刘伯承、聂荣臻二人做了汇报。

与彝族人头领结拜，事关重大。刘、聂二人稍作商量，立即电告冕宁的红军总部。

阅毕电文的毛泽东哈哈大笑："我们这个拜把兄弟，不是封建迷信的那一套。我们诚心诚意地对待弱小民族，也求得他们的支持和帮助。历史会证明，红军才是彝族同胞的真正兄弟！"

刘伯承接悉中央电令，立即告诉刚到司令部会谈的沙玛尔格：请他马上回去通知小叶丹，准备亲自跟小叶丹结拜为兄弟。

萧华后来说：结盟仪式在横断山脉一个山谷的海子边上举行。这里是一个海拔二千多米、以生长细鳞鲤鱼而闻名的"鱼海子"的高山淡水湖，许多人又把它称为"彝海"。

小叶丹一见刘伯承，连忙脱帽下跪，要行叩头大礼。

刘伯承急忙向前，扶住小叶丹："我们是兄弟，大家是平等的!"

目睹了结盟仪式全过程的时任红一团政治部主任的冯文彬在一九三六年回忆说：太阳已快下山，一个"倮倮"用碗在塘里舀了一碗清水，一只手拿着一只鸡，一只手拿着一把刀，口里念着："某月某日，司令员、小姚大（小叶丹）在海子河边结义为兄弟，以后如有反复时，同此鸡一样地死。"念完，立即用刀把鸡头一斩，鸡血淋滴在冷水碗中，以后即将血水分作两碗。小姚大要求司令员先吃，刘司令员拿起血水碗大声说："我刘司令员同小姚大今天在海子边结义为兄弟，如有反复，天诛地灭!"说了一口而干。小姚大一面大笑说好，一面亦拿着碗说："我小姚大于今日同司令员结为弟兄，愿同生死，如有不守此事，同此鸡一样死。"亦一口吃干。

夕阳西照，高高的林梢被染成一片青紫色，海子里洒满了耀眼的金光。

夜，祥和而宁静。

大桥镇红军先遣队司令部内灯火通明，灯光下摆着几桌酒席，刘伯承、聂荣臻等正在设宴款待沽鸡家支的头人们。

原来，结盟仪式结束后，刘伯承邀请小叶丹叔侄及其他头人返回到三十里的大桥镇赴晚宴。刘伯承知道彝族人嗜酒善饮，叫把大桥镇的酒全部买来，与小叶丹畅怀大饮。

席间，小叶丹趁着几分酒意，拍着胸脯说："明天我要果基家的娃子到山边接应你们过境。罗洪家支抢了你们的东西，还抓了你们的人，如果明天罗洪家支的再来，你们打正面，我们从山下打过去，打到林子里，把全村都给他烧光!"

　　从小叶丹嘴里了解到，原来先遣队进入沽鸡家支与罗洪家支共管区时，两家正在械斗，小叶丹为了寻求帮助，所以主动与红军接近，以借助红军的力量打垮罗洪家支。

　　刘伯承了解事情的原委后，连忙解释说："彝族内部要团结，不要打冤家，要和好；汉族彝族是一家，不要隔阂，要共同对付军阀刘文辉。"

　　刘伯承伸出手指比画说："一个指头没有劲，十个指头捏在一起力量就大了，我们共同的敌人是国民党反动派！"

　　小叶丹不服气地把脑袋一拍："我小叶丹不怕他！"

　　晚宴结束时，刘伯承亲自把一面写有"中国夷民红军沽鸡支队"的红旗赠给小叶丹，并当场写下委任状：任命小叶丹为支队长，任命小叶丹的弟弟古基尔拉为副队长。

　　小叶丹接过红旗，不觉喜形于色，神采飞扬。

　　第二天早饭后，小叶丹亲自护送着红军先遣团从大桥镇出发。

　　萧华后来回忆说：先遣队再次进入彝族聚居区，小叶丹跟着前卫第六连走在前头。爬上头一个山垭时，见十几个沽鸡家的彝族人拿着红旗，背着长枪，齐声欢呼着上了山顶，这是他们村寨的入口。只见他们都排好了队，笑眯眯地表示欢迎。一些青年和儿童，还主动接近红军指战员，双手比比画画，配合一些汉话的词句，说明他们的心意。指战员们有的送给他们鞋子，有的送给他们毛巾，得到的人欢呼雀跃，民族团结的气氛非常热烈。

　　小叶丹随行到喇嘛房，望着刘伯承说道："刘司令，我不能再走了，前面不是我管的地方了。我派四个人送你们到前面的村寨，另外挑选二十个人到红军里来学习军事，学会了回来打刘文辉。"

　　刘伯承笑笑，诚恳地说："后面红军大队还多，拜托你一定把全部红军安全送过彝族聚居区。红军走后你要打起红旗坚持斗争，将来我们会回来的。临别之前，送你一点薄礼。"

新中国成立后，小叶丹夫人捐赠队旗。

言毕，随手解下配在腰间的左轮手枪，又让警卫员抬过擦得油亮的十支步枪。

小叶丹一见，大为感动，当下便把自己的坐骑——一匹精壮的大黑骡子送给刘伯承。

先遣团在沽鸡家支的护送下，迅速穿过雀儿窝、拖乌、鲁坝、铁寨子，进抵筲箕垇，并于二十三日中午占领距安顺场渡口仅六十里的汉族聚居地岔罗。

岔罗设有刘文辉的一个粮站，区长把先遣团当成了国民党中央军，将库存的四千多包粮食如数点交，备下好酒好饭盛情款待，并把到安顺场沿途的情况一五一十地告诉了先遣团。

历史错综复杂，人生也错综复杂。

当朱毛红军主力顺利通过彝族聚居区后，殿后的朱毛红军小股部队却遭到了一些彝族人前所未有的抢掠。

据时任抗捐军政治委员的陈野苹一九八二年回忆：当走在最后面的抗捐军进到大桥镇场口休息时，十几个彝族人就打着"红军夷民沽鸡支队"的旗子来向抗捐军要枪，彝族队伍塞满了整个大桥镇，全是一副冷冰冰的神色。

陈野苹一看情势不对，便跟抗捐军司令员黄应龙等商量对策，决定采取三条办法：

第一，这里无法坚持斗争，只有脱离危险区迅速去追赶主力红军；

第二，当天下午就和果基家支、罗洪家支的头人喝血酒；

第三，请果基约达派二十人护送抗捐军（因从拖乌河到南垭河一线是果基家支的范围）。

当天下午，抗捐军主要负责人和果基约达、罗洪作辑围成一圈蹲在地上，特别让果基约达蹲在正中，以示尊重。杀了一只鸡，把鸡血滴到一碗酒里，大家轮流喝，喝时要说几句"如有反心，就像这只鸡一样死"的誓言。血酒轮到果基约达时，脸色很难看，既不喝酒也不说话。在抗捐军负责人的一再催促下，才勉强喝了血酒说了几句话。

五月二十八日晨，抗捐军从大桥出发，沿途发现许多彝族人三三两两地陆续插进抗捐军的队伍，把队伍挤乱了。

当抗捐军行至俄瓦山下时，罗洪家支的人报信说，邓秀廷已派人从曹姑坝到前面堵截抗捐军来了。

抗捐军于是决定往左到田坝罗洪家去。没想到果基约达坚决不去。抗捐军只好随他走到一个小坪。

突然"砰"的一声枪响，走在队伍前面的红军排长刘彬中弹身亡。

顷刻，随行的彝族人立即动手抢枪抢物。几百名抗捐军指战员和一百多身经百战的红军战士，在未放一枪的混乱中枪被抢光，队伍被冲散。

陈野苹从山林脱险，后来担任了中央组织部长。司令员黄应龙等人逃到罗洪

迭都家，后被交给"夷务指挥官"邓秀廷，押送成都杀害，肖佩雄、彭杰、李发明等一大批抗捐军领导牺牲。抗捐军指战员们的鲜血染红了大凉山。

其实，对于红军后续部队在彝族聚居区的遭遇，一九八四年美国作家索尔兹伯里经过实地采访后，在《长征秘闻》中写道：

一些后续部队的情况并不那么好。一直担任后卫的五军团有许多人死于彝族人之手。他们掉队了，彝族人突然袭击他们。彝族人不愿浪费子弹，他们只是拿走红军的枪，抢走粮食和背包，剥下衣服，把他们赶到树林里，这些赤身裸体的士兵幸存下来的寥寥无几。他们有的冻死，有的饿死在山上。

一九四一年，小叶丹和沽鸡尔拉的委任状被邓秀廷搜去，以"通共有据"，在大桥镇将小叶丹杀害。

对国共两党军队对待彝族截然不同的态度有切身体会的小叶丹被捕前，含泪告诉妻子和小弟沽鸡尼尔：只有共产党、红军讲民族平等，把我们彝族人当人看。这样有信有义的军队一定会回来的。刘伯承这样有信有义的大人物是绝不会骗人的。万一我死了，你们一定要保护好这面旗帜，将来交给刘司令员。

再伟大或再聪明的人都脱离不了现实，或者叫作历史的局限性。

五十二年后的一九八七年，当年的亲历者王首道的一席话，道出了小叶丹前恭后倨的真相：

中央派我和李井泉同志带领一部分干部和一个独立营的武装，试图在伯承同志结盟之地冕宁地区开辟一块根据地。这一带的彝族人还处在奴隶社会，他们信奉黄教，迷信魔法和鬼神。由于历代汉族统治者，特别是国民党反动军队对他们的迫害，他们惧怕汉族人又仇视汉族人的心理，不是短时间可以消除的。他们把抢汉族人的东西视为殊荣。正是这样，他们虽初步认识到红军与其他汉族人组成的反动军队不同，允许我们顺利通过，但并不欢迎我们留在那里。因此，红军主力北上后，当地彝族头人就千方百计想法赶走我们，甚至企图缴我们的枪。对此，中央又经研究决定放弃原计划，要我们撤离冕宁随罗炳辉、何长工同志领导的红九军团北上，这一方面说明，在少数民族地区建立根据地条件尚不成熟。

但是，尽管如此，刘伯承没有忘记，共产党没有忘记。

一九五〇年五月，冕宁解放，刘伯承马上指示当地部队查找小叶丹等人的下落。

果基家支的彝族群众找到驻军司令部，讲了彝海结盟和小叶丹的情况。在欢迎会上，小叶丹的妻子把从山洞里取出珍藏的"中国夷民红军沽鸡支队"的红旗献给政府。如今这面旗帜作为中国共产党实行民族平等、民族团结的历史见证，呈现在中国人民革命军事博物馆，日复一日地供游人瞻仰！

一九五六年六月，一届人大三次会议期间，刘伯承还特地接见当时的凉山州长等人询问小叶丹家中情况：还有什么人，存在什么困难？并说，小叶丹对革命有功，那时我们在冕宁再耽误两三天，敌人大部队先跑到大渡河和泸定桥，我们

的代价、损失会好大啊！你们回去向冕宁县委说：是我说的，不要以奴隶主看待他家，有什么困难都给解决。

滴水之恩，涌泉相报，这就是有血有肉的共产党人的胸襟！

偶然中的必然！

就在刘伯承在大桥镇先遣团司令部设宴款待小叶丹的五月二十二日当晚，设在冕宁城的红军总司令部内也灯火通明。

熠熠的灯光下，毛泽东正在召集冕宁地下党负责人陈野苹及廖志高、王首道、李井泉、黄应龙等人开会，介绍大渡河两岸形势及游击战争等问题。

根据在江西苏区的斗争经验，中革军委决定在冕宁地域采取撒种子的策略，即建立地方政权和地方武装。

当天一大早，红军总政治委员周恩来、中央地方工作部部长陈云就在红军总政治部召集地下党西昌特支成员陈野苹，红军干部王韬、陈荣生，冕宁地下党李祥云、李发明、向德伦、张英等开会。

会议重点讨论成立冕宁县革命委员会，决定由陈野苹任主席，李井泉任副主席，并以方忠、肖佩雄、李发明等七人为委员。

随后，陈云起草革命委员会布告。

五月二十三日，冕宁县城文庙大成殿前红旗招展，锣鼓喧天，近千彝汉群众聚集在一起，举行冕宁县革命委员会成立大会。

大会由陈野苹主持，红军总司令朱德宣布冕宁县革命委员会和冕宁县抗捐军正式成立！

抗捐军由红军干部黄应龙任司令员，陈野苹任政治委员，肖佩雄任大队长，李发明、彭杰任副大队长，共有五百多人，均配带红袖章，由红军配发部分枪支。并留下红三军团一个连，协助游击区的建设。

夜，漫长而漆黑。

川康偏僻的冕宁县城朱毛红军总司令部内毛泽东撒种子，重庆毛光翔私邸委员长行营内蒋介石正踌躇满志地在作战室里踱来踱去。

蒋介石是二十一日离开昆明到贵阳的，二十二日下午又从贵阳飞抵重庆"督剿"。

薛岳部正向冕宁疾进尾追，刘文辉部、杨森部沿大渡河积极布防，朱毛红军已走进了死胡同，如今只要把大渡河这条蓝色的绞索一拉，毛泽东就会成为石达开第二！

尤其是驻防富林的王泽浚旅今天发来的电文，蒋介石披阅后惊喜不已：朱毛红军主力必沿泸沽至大树堡的大道抢渡大渡河已是板上钉钉子的事无疑，看来毛泽东纵有孙猴子泼天大的本领，也始终跳不出我这如来佛的手掌心！

尽管胜券在握，但凭着与老对手毛泽东多年较量的直觉告诉蒋介石，要想将毛泽东变成石达开第二，必须做到百密而无一漏，稍有疏忽，就会让毛泽东再次脱网而去。

蒋介石微锁着眉头，犀利的目光紧盯着地图上那条弯弯曲曲的蓝线沉思良久，方转过身来，望着正在一旁埋头整理着公文的晏道刚，浓眉一扬说：道刚，立即给杨森、刘文辉发报；

（一）收缴南岸渡河船只以及可作渡河的材料，全部集中北岸；

（二）搜集南岸民间粮食运送北岸，实行坚壁清野；

（三）扫清射界，如南岸居民房屋可资红军利用掩护其接近河岸者，悉加焚毁。

望着晏道刚匆匆离去的背影，蒋介石长长地吁了口气。

该想的都想到了，该预防的都预防到了，现在唯一可做的就是安心地坐在行营里，耐心地等待全歼朱毛红军的捷报！

一想到这里，蒋介石消瘦的脸上荡起了笑意。

## 七

出敌不意，刘伯承挥戈，先遣队百里夜袭安顺场；争先恐后，十七勇士强渡大渡河，撕裂了蒋介石"北堵"的罗网。

一九三五年五月二十四日夜晚九时，安顺场后背的马鞍山山顶。

乌黑的天空连绵不断地飘着沥沥细雨，山道两旁杂草丛生的灌木林中挤满了浑身湿漉的先遣团红一团的指战员们，他们或坐或卧或躺，或抱枪休憩，任雨淋着，任风吹着，一身的泥渍、雨渍、汗渍。

先遣团是清晨从筲箕湾出发的，强行军六十里智取了岔罗刘文辉的粮站，待吃过午饭，日已偏西。根据总部二十四日夺取安顺场渡口的命令，刘伯承、聂荣臻立即让杨得志集合好队伍，迅速向安顺场疾进。

此时，老天爷仿佛跟先遣团较劲似的，愀然变脸作色，竟下起了毛毛细雨。山道原本崎岖狭窄，细雨一浸，像浇了一层油似的，更加泥泞难行。

军情如火。刘伯承拄着雨伞骨拐杖与指战员们泥一脚水一脚地并肩而行，雨水、汗水在脸上、衣上、裤上早融合在一起，浑身上下没有一块干燥的地方。

红一团冒着细雨经姚河坝、老街子、新场向安顺场疾进着。

先遣团急行军二十多里，天就全黑了。弯弯曲曲的山路，又湿又滑的石头，雨夜里行军更加困难。遇到缺口狭路，就用手摸着跳过去，或手脚并用爬过去。

不准咳嗽，不准点火打手电，不准讲话，出发前宣布了铁的纪律，指战员们只好在摸爬滚跌中行进着。

时任红一团团长的杨得志后来说：经过一天一夜冒雨行军，部队在一个山坡上停下来。这里离安顺场只有十多里路，大渡河哗哗的水声都可以听到。一百四

十多里路的急行军，战士们一停下来倒头就睡着了，这时已是夜间十点多钟。

其实，红一团爬上的是距安顺场不远的马鞍山。刚上山顶，就听见一片隆隆的吼声，往下望去，透过迷迷蒙蒙的云雾，可以看见山脚下稀疏的灯光，那就是安顺场。

安顺场原名紫打地，是个有近百户人家的渡口小镇。一九〇二年发山洪，灾后重建，取"山镇久安，河流顺轨"之意，简称安顺。安顺场紧靠大渡河南岸，位于南北对峙的高山脚下的河谷地带，大渡河水由西向东奔腾而过。河水汹涌不羁，过河时只能依靠渡船，且非得熟悉水性的当地船工摆渡不可。

根据从沿途老百姓了解到的安顺场和川军布防的情况，刘伯承、聂荣臻、杨得志、黎林边行军边部署了作战计划：黎林带二营去下游小水一带佯攻，以便吸引安顺场北岸十五里处的一团川军；杨得志和一营营长孙继先带一营夺取安顺场；三营担任后卫，留在马鞍山山顶掩护先遣队司令部。

部队在马鞍山山顶隐蔽休息，刘伯承视力不好，聂荣臻用一支刚缴获的法国造手电筒给刘伯承照着路，摸黑走到一营隐蔽处。

孙继先汇报完渡河的准备情况，聂荣臻拍拍孙继先的肩头问道："孙营长，知不知道石达开？"

孙继先一愣，摇摇头。

聂荣臻意味深长地说："石达开是太平天国的翼王，率领三四万人马来到大渡河边的安顺场，没能渡过这条河，在清兵的追击下，全军覆灭了。蒋介石前几天派飞机撒下传单来，说前有大渡河，后有金沙江，他有十万大军围追堵截，你朱毛红军插翅难逃，让你们变成第二个石达开！"

孙继先浓眉一扬："管他十达开、九达开，我们一定能过河！"

刘伯承插话说："我们会不会成为石达开，就看你们的了。"

刘伯承神色肃穆："第一，歼灭安顺场的守敌，歼灭后，点上一堆火，作为信号；第二，迅速找船，找到船后，再点上一堆火；第三，立即渡河。"

最后，刘伯承郑重其事地特意强调："记住，最重要的是找船，有船我就有办法！"

孙继先立即把各连指挥员召集在一起，进行战斗分工：一连攻正面，从安顺场西面冲；三连从西南面冲；二连和营部重机枪排从东南沿河边冲，二连并负责找船。晚上十点钟，部队开始行动。

战斗一触即发，夜雨幕下的安顺场却一片笙歌。

驻守安顺场北岸安靖坝至大冲之间的是川军二十四军第五旅余味儒的第七团，团部设在安靖坝。为填补右翼的防务空白，余味儒将袍哥队伍韩槐阶营驻扎在安顺场。

韩槐阶原系四川名山县百丈场哥老会的头子，他的这个营是个上下"拜把"的袍哥队伍。韩槐阶一到安顺场，为"确保河防，围厄红军"，将南岸渡河船只

和粮食，全部收缴集中到北岸，实行坚壁清野。

二十四日下午，韩槐阶将最后一批物资运到北岸，并命令部下在安顺场遍街堆满柴草，准备烧街。

恰在此时，安顺场夷务总指挥部营长赖志忠从凉山阻击红军败退回来，一眼见韩槐阶手下的一名连长正指挥烧街，急忙喝止住。

原来，安顺场一半以上的房屋是赖志忠的。

一个奉命要烧，一个千方百计阻拦。韩槐阶、赖志忠两人渡过河闹到安靖坝余味儒的团部。

赖志忠涨红着脖子说："红军绝对会走越西到富林那条正道，而绝不会走安顺场这边的小道。万一红军真的不到安顺场来，自己贸然烧街，岂不是庸人自扰，白受损失！"

韩槐阶也不甘示弱："万一红军真到安顺场呢？"

赖志忠拍着胸脯打保镖："我率部留在安顺场，留下一只船，如红军真不走大道而来安顺场，再烧街过河。更何况我已在安顺场到冕宁道上设置了十来个哨所，红军远来，不熟悉路径，只要远远发现红军，哨兵会走捷径报信，那时再烧街不迟！"

余味儒听了二人的争吵，顾忌到赖志忠毕竟是地头蛇，便同意了赖志忠的建议。

尽管如此，怀着侥幸心理的赖志忠折回安顺场后，也不敢有丝毫的大意，采取了一些临时防御措施，把渡他返回南岸的船只留在南岸，一旦红军来临，立即逃回北岸，并将随身带回的一个排，一个班守船，一个班在场上巡逻，一个班把守他的营部。

二十二点刚过，早已蓄势待发的红一营在杨得志和孙继先的率领下如猛虎下山般扑向安顺场。

没有灯光，没有星光，黑黝黝的雨幕中，红一营悄无声息地从东南面摸向了安顺场。场头一板木桥头，耸立着一座碉堡，无声无息的。红一营绕过碉堡，神不知鬼不觉地直插街心。远处的哨所正传出胡琴声和唱戏声。

"哪一部分的?"一声吆喝，紧接着"哗啦"一阵拉枪栓的响声，红一连的尖刀排刚转出小巷，便与迎面而来的巡逻队碰了个正着。

"我们是红军，缴枪不杀！"红一连尖刀排一声猛喝，一扑而上。

"噼里啪啦"一阵激战，红一连迅速解决了巡逻队。

杨得志谈到当晚的战斗说："砰！"敌人开枪了。我们的火力也从四面一齐吼叫起来。愤怒的枪声，湮没了大渡河的咆哮，湮没了敌人的惨叫。顽抗的敌人纷纷倒下，活着的，有的当了俘虏，有的没命地逃跑。

骤然响起的枪声，惊醒了正在营部睡觉的赖志忠，手忙脚乱地一骨碌爬起床，往外就跑。

没想到刚跑到门口，红军朝营部直扑而来，"砰砰"两声轻脆的枪响，守在门口的两名士兵应声而倒。

赖志忠见势不妙，惊慌失措地跑向后院，爬上后墙往下一跳，把脚跌伤了，跟随在后的勤务兵连忙将赖志忠背到隔壁藏匿起来。

孙继先带着红一、三连在场上继续肃清残敌，刚好碰上红二连连长熊上林和指导员黄守义，劈头就下了道死命令：只要船在这边，敌人把它塞在老虎嘴里，我们也要把它拉出来。敌人把它藏在龙王殿里，我们也要把它打捞上来。现在最紧要的是抓紧时间，不要让敌人逃跑了！

黄守义遵命立即带着战士们朝河滩上扑去，沿江仔细搜索起来。

距安顺场约二百余米处有一条干河岔，河岔上有一座桥，韩槐阶在桥边特意筑了一座碉堡，作为两岸联络的渡河点，驻有赖志忠守船的一个班。红一营插向街心时，曾从桥上走过，但双方都没有发现对方。

街上的战斗一打响，碉堡里的守军慌忙窜上小船向北岸逃去。

黄守义正在沿河搜索，突然发现水面上有一个黑点正顺流向北岸漂去，隐隐约约还听见划水声，忙聚神一看，原来是一条船，已离岸约有三四十米远。

黄守义手中的短枪一挥，大声一喝：把船夺过来！

说时迟，那时快，战士们得令，端起机枪朝船上"嘟嘟嘟"兜空一扫，先震唬住船上的川军："不许动！缴枪不杀！"

"扑通、扑通"几声水响，几名战士迅即跳进浅水里，奋不顾身地向船扑去。

河边水浅，岸上的战士又用机枪唬住了船上的人，川军只好乖乖地把船划回岸边。

孙继先闻讯大喜，火急火燎地赶到江边，指挥指战员们立即把船拉到上游去，做渡河的准备。

谁知逆水推船，一推转一个圈，急得指战员们满头大汗。

二十五日凌晨三点多钟，忙前忙后的孙继先，和黄守义带着战士们费了九牛二虎之力才把船拉到上游的渡河点，正想坐在沙滩上喘口气，突然，夜幕中传来一阵厉喝声："孙继先！孙继先到哪里去了！"

孙继先一听，是刘总参谋长！条件反射般一弹而起："我在这里！"

火把的照耀下，刘伯承拄着雨伞骨拐杖疾步走来，语促气急："孙继先啊，你该死！你为什么不发信号？"

糟糕，刚才光顾着找船、推船，怎么把点火堆发信号的事忘了个一干二净？孙继先拍拍脑袋，一脸的惴惴不安之色。

刘伯承望望江边的船只，又望望志忑不安的孙继先，拍拍孙继先的肩膀，微笑着点点头："说说战斗经过吧。"

孙继先怦怦乱跳的心这才平静下来，连忙把战斗和找船的经过粗略的汇报了一下。

原来，红一营奉命向安顺场出发后，心急如焚的刘伯承一直站在雨夜中焦躁地走来走去：夺取安顺场的战斗是否顺利？是否搜寻到船只？嘴里喃喃念叨着"有了船我就有办法！"

警卫员们见司令员在细雨中走来走去，连忙劝刘伯承在一旁的石头上坐下休息，轮流站在山坡上等待安顺场发出的火堆信号。谁知等了大半夜，但只听到传来的激烈枪战声，却始终不见火光信号。

刘伯承不放心，连忙派人去侦察，才晓得守敌已被全歼，红一营早已占领了渡口！

这个孙继先，长了个木瓜脑袋！刘伯承气冲冲地直奔河边。

此时，刘伯承听毕孙继先的汇报，举起单筒望远镜对着江面仔细观察起来。恰在此时，战士们找来一位当地居民，刘伯承连忙问起渡江的情况。

大渡河水流湍急，漩涡又多，还有大大小小的暗礁，对岸又是峭壁，要想渡过河去，必须在晴朗的白天，把船拉到上面一里多的渡口，由当地熟知水性的船工摆渡，才能斜划到北岸去。如果半夜由红军战士摆渡，即使不被暗礁碰坏船，划到了对岸也没有办法停靠渡口。

听了老百姓的介绍，刘伯承浓眉深锁，眼角象征人生阅历的皱纹凑得更紧、更深。

看来必须得改变趁夜抢渡的原定战斗计划！

面河沉思良久的刘伯承转过身来，慈祥地望着孙继先吩咐说："好吧！一营睡觉，等天亮时，把全街能买到的好吃的东西都给你们吃，早饭以后强渡！"

其实，水流湍急的大渡河不仅给朱毛红军先遣司令官刘伯承出了一道难题，也给先遣团团长杨得志出了一道难解的题。

占领了安顺场，杨得志总算一块石头落了地，连忙跑到江边一看：只见两岸都是连绵的高山。河宽约三百米，水深三四丈。湍急的河水，碰上礁石，卷起老高的白浪。现在一无船工，二无准备，要立即渡河是困难的。

一筹莫展的杨得志回到设在安顺场街头的临时团指挥所小屋里，一会儿踱步，一会儿坐在油灯旁，冥思苦想着。

凫水？可河宽约三百米，水急、浪高、漩涡多，人一下水，就会被急流卷走；

架桥？每秒四米的流速，别说安桥桩，就连插根木头也困难。

唯一的希望还是那只渡船！

于是，杨得志立即把寻找船工的任务交给了孙继先：一营长派出许多人到周围山沟里去找船工。一个、两个、三个……等到找到了十几个船工，天已大亮了。

天明，雨停，瓦蓝的天空缀着朵朵白云，被雨水冲洗过的悬崖峭壁显得格外高大。大渡河水还在一股劲地咆哮、翻腾。

南岸的沙滩上，杨得志举着望远镜仔细地观察着北岸：对岸离渡口一里许，是个四五户人家的小村庄，周围筑有半人高的围墙；渡口附近有几个碉堡，四周都是黝黑的岩石。估计敌人的主力隐蔽在小村里，企图等我渡河部队接近渡口时，来个反冲锋，迫我下水。

先下手为强！杨得志拿定主意：随即命令炮兵连的三门八二迫击炮和数挺重机枪安放在有利阵地上，轻机枪和特等射手也进入河岸阵地。

布置好火力，接下来就是如何渡河了。夺得的一只船装不了多少人，必须组织一支坚强精悍的渡河奋勇队！

杨得志想了想，决定把挑选渡河勇士的任务交给突破乌江的开路先锋孙继先。

清晨七时许，太阳刚露出那副羞答答的面容，红一营在沙滩上集合了。指战员们一听到组织奋勇队的消息，一下子围住孙继先，争着抢着要报名参加。任凭孙继先讲得口干舌燥，怎么解释都不行。

"怎么办？"孙继先无奈，只好向一旁的杨得志求助。

杨得志乐呵呵的，高兴与焦急并存，高兴的是指战员们个个勇敢，争当敢死队员，但又担心这样耗下去会拖延时间。

正在此时，站在一旁的军团政治委员聂荣臻大声喊道："算了，不要争了，由你们营长下命令吧，叫谁去谁去！"

正在争吵闹嚷的队伍一下子安静下来，孙继先和杨得志小声嘀咕几句，决定集中一个单位去。

孙继先正正军帽，宣布从二连里选派奋勇队。

二连迅速集合在屋子外的场地上，静听着营长孙继先宣布名单："连长熊上林，二排长曾会明，三班长刘长发，副班长张克表，四班长郭世苍，副班长张成球，战士张桂成、肖汉尧、王华亭、廖洪山、赖秋发、曾先吉、肖桂兰、朱祥云、谢良明、丁流民。"

十六个名字叫完了，十六个勇士跨出队伍，排成新的队列。一个个神情严肃，虎彪彪的，都是二连优秀的干部和战士。

突然，"哇"的一声，一个战士从队伍里冲了出来，一边哭一边嚷："我也去，我一定要去！"

孙继先一看，原来是二连的通讯员陈万清！

孙继先无奈地望望杨得志，杨得志微微点点头，孙继先手一挥，激动地说了声"去吧！"

陈万清破涕为笑，赶忙跑到十六个人排列的队伍里。

于是，一支英勇的渡河奋勇队组成了：十七个勇士，每人一把大刀，一支冲锋枪，一支短枪，五六个手榴弹，还有作业工具。熊上林为队长。

龚万才、帅士高、张子云、何建楷、韦崇德等八名船工，被选派为第一船划渡的人。

临时指挥所里，刘伯承举着单筒望远镜仔细观察北岸敌人的工事和火力点，良久，方转过身来："告诉神炮手赵章成，瞄准对岸敌人的两个碉堡，我们就几发炮弹，听命令，一定要打准。"参谋长奉命而去。

刘伯承掏出怀表看了看，抬头对杨得志说："开始!"

杨得志大手一挥，语气坚定而果断："同志们! 千万红军的希望，就在你们身上，坚决地渡过去，消灭对岸的敌人! 轻重机枪掩护，强渡开始!"

顷刻，"嘀嘀嗒嗒"的冲锋号声，"砰砰"的几十挺轻重机枪的射击声，"轰隆隆"的炮声，骤然响起，惊天动地，排山倒海般压向北岸。

慑人心魄的号声、枪炮声中，早已蓄势待发的十七勇士迅即跳上船，解开缆绳，在八名船工的划桨下，一颠一簸地向河心斜漂而去；

慑人心魄的号声、枪炮声中，神炮手赵章成伸着大拇指稍一目测，两发炮弹"通通"出膛，拖着火焰，划着抛物线，不偏不倚地直砸在北岸的两座碉堡上，"轰隆"两声巨响，两座碉堡砾土四溅，一片硝烟。

慑人心魄的号声、枪炮声中，渡船随着汹涌的波浪飞速地向北岸前进着。北岸守军的步枪、机枪集中火力射向渡船，"嗖嗖"的子弹射在渡船的四周溅起浪花。突然，一发炮弹落在船边，掀起一个巨浪，打得小船剧烈地晃荡起来。小船像一叶小舟随着波涛浮浮沉沉，起起伏伏。

二〇〇九年，原红一团司号员张生荣告诉笔者：战斗开始后，岸上轻重武器同时开火，掩护突击队抢渡，炮手两发迫击炮弹命中对岸碉堡。我接到上级命令，冲到队伍最前方，拿起军号吹起来。战士们冒着川军的密集枪弹和炮火前进。军号声中，战士们更加奋不顾身，快速冲上去，手榴弹、机关枪一起打过去，那种情景，就像电影和电视上演的那样，炮火声、枪声和军号声混在一起。

小船牵挂着南岸每一个指战员的双眼，也牵挂着每一个指战员的心，大家的心情随着小船起伏着。

刘伯承、聂荣臻再也按捺不住焦虑，索性走出了工事掩体，站在岸边密切关注着急流中颠簸着的小船。

司号员一眼见刘、聂走出了工事，怕引起北岸守军的注意，立即停下了号声。刘伯承扭头一望，两眼喷出了焦急："号音为什么停了呢? 继续吹!"

跟随在后的红一军团政治部组织部部长萧华一个箭步窜上前，一把夺下司号员手里的号，随手甩了两甩，挺起胸膛"嘀嘀嗒嗒"地吹了起来。团部的号声一响，各连的司号员也"嘀嘀嗒嗒"地重新吹了起来。

南岸的指战员们见刘伯承、聂荣臻有意走出工事，暴露目标，以吸引敌人的注意力，争先恐后的挤在刘、聂的前面：打吧，打吧，只要别打中我们的船!

站在沙滩上的杨得志举在鼻梁间的望远镜始终紧紧地盯着在巨浪和枪林弹雨中穿行的小船：

一梭子弹突然扫到船上，从望远镜里看到，有个战士急忙捂住自己的手臂。"他怎么样？"没待我想下去，又见渡船飞快地往下滑去。滑出几十米，一下撞在大礁石上。

船工帅士高当时正在船上划桨：本来我们是想把船靠在对面"尖石包"，好躲过敌人的火力。但是水流很急，船不能靠拢。刚接近就碰着大礁石。只听"砰"的一声，大家都吃了一惊，幸好船没有碰烂，但已被水冲到"桃子湾"去了。我们有四个船工跳下船来，站在河里拼命地用背顶着船。另外四个船工在船上用篙杆尽力撑着，船才慢慢靠了岸。

小船渐渐地靠近了对岸，十七个勇士一齐站了起来，准备跳上岸去。

站在南岸目睹这惊心动魄一幕、捏着一把汗的杨得志等指战员们也喘过气来。

突然，小村子里冲出一股敌人，边打边冲，号叫着涌向渡口，企图把抢渡的红军赶下河去。

北岸的台阶又高，渡口很陡，刚好成了隐蔽的死角。守军甩来的滚雷、手榴弹在岸边爆炸。

"给我轰！"杨得志大声地对神炮手赵章成吼叫着。

"轰！轰！"又是两声巨响，赵章成射出的两发迫击炮弹不偏不歪地在敌群中开了花。紧接着，六挺重机枪喷吐着愤怒的火舌，像暴风雨般卷向守敌。刚冲出村的守军被红军一炸一扫，被打得东倒西歪，非死即伤，活着的慌乱四散奔逃。

说时迟，那时快。十七勇士端着冲锋枪，迅即冲上台阶。

"打！打！延伸射击！"杨得志当机立断。

又是一阵狂轰滥扫，在火力的掩护下，十七勇士一排手榴弹，一阵冲锋枪，把冲下来的敌人打垮了，迅速控制了渡口。

杨得志回忆说：敌人并没有就此罢休。他们又一次向我发起了反扑，企图趁我立足未稳，把我赶下河去。我们的炮弹、子弹，又一齐飞向对岸的敌人。烟幕中，敌人纷纷倒下。十七位勇士趁此机会，齐声怒吼，猛扑敌群。十七把大刀在敌群中闪着寒光，忽起忽落，左劈右砍。守敌被杀得溃不成军，拼命往北边山谷逃窜。

空船一返回南岸，孙继先带着八名战士和两挺轻机枪、一挺重机枪迅即渡河，杨得志也乘第三船渡到北岸，指挥相继渡过河的红一营三个连向逃敌穷追不放，一口气扫除了沿河四十里的守军，一直到占领了美罗场侧翼的野猪岗山顶，才停止了追击。

安顺场抢渡，奋勇队十七勇士除四人受伤外，无一人牺牲，奖给乘坐第一船、第二船的指战员们和杨得志、神炮手赵章成的最高奖品是每人一件按列宁穿的军装样式做的套袖衣服列宁装。

但最令人遗憾的是，声名赫赫的十七勇士，在新中国成立前夕全部阵亡，未能看到自已抛头颅洒热血为之奋斗追求的理想演变成现实。

对安顺场抢渡战斗，蒋介石成都行营参谋团在追堵报告中写下了如下记录：

二十四日，匪过越西。次日，河南之农场、大树堡及洗马沽（石达开被擒地）一带，发现匪之便衣队甚多。而刘文辉部担任河防之夷兵赖营又叛变与通匪，匪之一部，遂得由安顺场窜渡，致其韩营覆没，安庆坝为匪所占。

红一营抢渡成功，并迅速控制了渡口，先遣团指战员们无不欢欣鼓舞，而先遣司令刘伯承却在沙滩上徘徊踟蹰，望着波涛汹涌的江面一脸的焦虑，心事重重。

一只船最大容量只能坐四十人，往返一次需一个多小时，若按此推算，全军渡过河需要一个多月的时间。蹙眉皱额的刘伯承两眼怔怔地望着奔腾咆哮的大渡河直发愣。

不行，蒋介石是不可能有如此大度的！

刘伯承思忖良久，方快步回到临街的指挥所里，当即做出三项决定：一、各连继续在沿岸上下游千方百计地搜寻船只，寻找船工；二、工兵连千方百计地想方设法架桥；三、成立渡河指挥部，由船工刘学仲负责指挥。

然而，老天爷仿佛有意考验刘伯承似的，"行弗乱其所为，所以动心忍性，曾益其所不能。"

深夜，各部汇集到指挥部的情况是令人沮丧的。

红一营在追歼逃敌途中，得知离北岸渡口下游几里处还有一只船，在老百姓的帮助下拉到安顺场渡口，同时在安靖坝河边也打捞起一只沉船，请船工连夜抢修。

工兵连劈竹扎排，但因水流太急，桥架不起来，架了无数次，被冲坍无数次，几十根头号铁索都被冲断。

找船，未能如愿；架桥，希望落空。

唯一的慰藉就是找来了五六十名船工！

刘伯承即刻做出决断：船工们分为六个班，人歇船不停，从早到晚轮班划船；渡口两岸各安排一排战士负责拉纤，北岸从桃子湾拉到尖包石，南岸从陈家湾拉到小河口；在南岸河边搭建三个棚子，以供船工们食宿。

尽管对渡河计划做了周密的安排，但刘伯承的心仍然如磐石般沉重：仅有的四只小船，除一只能渡外，三只船都不能用，根本无法解决主力渡江，必须要另谋他策，否则真的就会变成石达开第二！

汹涌咆哮的大渡河，一时难住了早有川中名将之称的军神刘伯承！

汹涌咆哮的大渡河，一时成为中央红军生死存亡的关键！

石达开第二？

老天爷似乎像西天佛祖有意安排九九八十一难、考验唐僧师徒西天取经的意志般，毫不留情地考验着中央红军的智慧！

# 八

　　寻生门，毛泽东兵分两路直指泸定桥；堵生门，蒋介石竭尽心机欲炸毁泸定桥；图自保，刘文辉派兵增防泸定桥。

　　一九三五年五月二十六日午后，安顺场先遣队司令部内。

　　毛泽东、周恩来、朱德、林彪、聂荣臻、刘伯承、罗荣桓、罗瑞卿等人散坐在长凳上。尽管因长途的急行军弄得浑身的泥渍、汗渍，布满血丝的眼珠略显疲惫，但大家仍精神饱满，脸上缀满了笑意。

　　毛泽东、周恩来、朱德等人是中午时分抵达安顺场的。

　　一到安顺场，毛泽东顾不上长途跋涉的疲劳，便拄着竹拐杖，迈着大步直奔渡口，跟刘伯承、聂荣臻了解战斗和渡河情况，沿着沙滩走来走去，时而驻足眺望着汹涌奔腾的急流，时而低头蹙眉沉思。只那夹在手指间的烟，一支接一支地燃烧着。

　　南岸的沙滩上，坐满了等待渡河的红军指战员们。在临时搭建的棚子前，朱德笑嘻嘻地跟正在休息的船工们随地盘膝而坐，操着一腔浓浓的四川话："刘家军（刘文辉）是保护大地主土豪劣绅的。他们都是要压迫剥削我们穷人的。我们穷人很多，一百个人里头有九十九个是穷人，只有个把是有钱的人。所以，只要我们穷人团结起来，是能够有力量把他们这些剥削人的混账王八蛋打倒的！"

　　围坐的船工们一个个神情专注地倾听着，不时传出一阵阵爽朗的笑声。

　　谈兴正浓，忽然一名战士走过来报告说："总司令，今天政治部打土豪，杀了几头猪，分给群众。送给我们的还有一个猪肚，大家不知道怎么弄？"

　　朱德笑着站起身随手拍拍屁股上的沙尘："好，去准备点辣椒，我去当伙头军，辣椒炒猪肚！"边说边跟船工们打个招呼，向沙滩边的炊事房走去。

　　司令部的饭桌上摆上了朱德下厨亲手炒的辣椒炒猪肚和缴获来的米酒。

　　毛泽东端起大碗米酒，笑容满面地望着刘伯承说道："来来来，刘司令，首先为刘司令和先遣队的指战员们顺利拿下安顺场喝碗庆功酒！"

　　刘伯承忙端起酒碗，面带愧色的急急推辞说："主席，伯承这个先遣队司令官未能在安顺场找到船只，有负主席的重托，实在是伯承事先对情况估计不足！"

　　毛泽东抿了一大口酒，和颜悦色的说道："对情况估计不足，哪能怪你，我、恩来，还有朱老总，事先都没有想到，都有责嘛！"

　　紧接着，毛泽东岔开了话题，问起了彝海结盟之事："伯承，诸葛亮七擒七纵才使孟获心服，你怎么一下子就说服了小叶丹？"

　　刘伯承一时转不过弯来，随口答道："主要是我们严格执行了党的民族政策。"

毛泽东边点烟边问："你跟小叶丹结拜，真的跪在地上起誓吗？"

刘伯承一脸认真地说："那当然。彝族人最讲义气。他看我诚心诚意，才信任我们。"

毛泽东深吸了一口烟，吮吮下唇，若有所思："那彝族人下跪是先跪左腿，还是右腿呢？"

刘伯承一时语塞："这……"他当时没有注意这个细节，正在想怎么回答，一旁的周恩来见刘伯承招架不住了，连忙帮刘伯承解围说："后续部队通过彝族区时，小叶丹打着'中国红军夷民沽鸡支队'的旗帜出来迎接，伯承、荣臻他们简直把彝区赤化了。"

朱德憨厚地一笑："先遣队逢山开路，遇水搭桥，功劳不少！"

刘伯承连忙摇头摆手说："总司令先别论功行赏，我正为架不起桥、找不到渡船发愁哩。"

毛泽东爽朗一笑："俗话说三个臭皮匠抵个诸葛亮，办法是人想出来的，我们有数万的红军指战员，加起来就有上万个诸葛亮，小小的大渡河难不倒我们！"

毛泽东稍偏过头望望坐在一侧的周恩来、朱德："恩来、朱老总，我看饭后就请在坐的几位凑个份子，开个诸葛亮会，我相信只要群策群力，就一定能找到解决的办法！"

吃完饭，炊事员稍作收拾，大家便坐在司令部里开起诸葛亮会来。

刘伯承首先汇报了战斗情况和渡河的情况，最后把眼下的困难摆出："现在渡口虽然有四只船，但只有一只船是好的，其余的三只还在抢修。杨得志的一团今天上午十点多钟才全部渡过河，我估算了一下，照这样的速度，全军数万人马要全部渡过河，至少要一个月的时间。"

毛泽东边吸烟边在小本子上写着，宽敞的额头时舒时敛，一脸的肃穆。

兵不厌诈！佯攻大树堡，然后出其不意地从对手以为根本不可能通过的大凉山彝族聚居区直插安顺场！对老对手蒋介石使障眼法，毛泽东从来都是从容自如且自信的。

其实，在赶往安顺场的途中，最让毛泽东牵肠挂肚的事不是担心先遣队能否顺利抢渡，而是石达开兵败安顺场之事。

二十五日，军委纵队在途中宿营，陈云在《随军西行见闻录》中记述了这样一件事：当晚我为政治部副主任李富春诊脚疾，适李召见老者，年已九十以外，为当地之童馆教师，尝亲见当年石达开在此失败者，正由李富春享之以酒肉，请其讲述石军历史。

深夜，住在中药铺的毛泽东从李富春嘴里得知，此地有个清朝末年的老秀才，名叫宋大顺，耳闻目睹当年石达开部万人被杀、眷属千人跳江的悲剧。虽已夜半时分，毛泽东睡意顿消，当即派两名警卫提着灯笼去请老秀才。

老秀才一进门，毛泽东亲自倒开水递上，嘘寒问暖一阵，便言归正传：老人家，你知道石达开当年是怎样失阵落马的吧？

老秀才是位民间诗人：朝西走松林河千户阻拦，往东退陡坎子百仞高山，向北进唐总兵虎锯铜河，欲南撤黑彝儿擂木蔽天。

毛泽东听了浓眉微锁，深吸了口烟，话锋一转：老先生，请问安顺场的老百姓对红军有何看法？

老秀才捋捋花白的胡须，摇晃着皓首：红军起义，替天行道，百税厘金，一笔勾销，贪官污吏，望风而逃，打尽土豪，百姓欢笑。

老秀才临出门时，真诚进言：首长，此地凶险，勿停留！不宜于大部队周旋，石达开殷鉴不远。

毛泽东送至门口，连声说"多谢"，吩咐警卫员将老秀才送回歇息。

二十六日清晨七时，林彪、聂荣臻致电董振堂、李卓然、彭德怀、杨尚昆等，通报了安顺场渡口的情况：找到船共四只，只一只好的，可容四十余人，余三只均坏，刻正赶修中。我一团主力已船渡北岸，余尚续渡中，本午十时前可全部渡完。该团渡完后，一师即继续渡河。

在距安顺场五六里的山脚下，竖着一块纪念石达开在这里全军覆没的石碑。

毛泽东弯腰俯身读罢碑文，然后一手叉腰，一手夹着烟，对随行的工作人员讲起了石达开在安顺场被围失败的故事。

毛泽东深邃的目光怔怔地望向远处峡谷中的大渡河，吮吮下唇，若有所思地喃喃自语道：石达开如果是一个很有才干的战略家的话，既然渡不过大渡河，为什么不沿着左岸直上，进入西康？或者为什么不向下走，到大凉山以东的岷江沿岸去呢？那里的机动地区不是很大吗？

毛泽东大手一挥，自信而坚毅："我们工农红军绝不做第二个石达开！"

此刻，坐在先遣队指挥所里的毛泽东，静静地听完刘伯承的汇报后，一支接一支地狠命吸着烟，睿智的大脑像车轱辘般飞快地旋转着。

朱德全神贯注地俯看着桌面上的地图："南面，中央军薛岳部五十三师已到达西昌北部，与刘元瑭旅正向大渡河尾追而来；东面，杨森的二十军也只有几天的路程。蒋介石企图南北夹击，将我军聚歼于大渡河畔。如今我军几个军团正陆续向安顺场聚集，仅靠几只小船渡河，就会面临巨大的危险。"

"这都怪我事先对情况估计不足，造成全军陷入被动的处境。"刘伯承面带愧色。

"不，这事不能怪你！是我们事先对情况估计不足！"毛泽东站起身来，一手叉腰，一手夹着烟，来回踱着步。

毛泽东浓眉微锁，吮咂嘴唇，深邃的目光忽而一亮："依我看，李聚奎的红一师和陈赓的干部团继续从这里渡河外，其他的部队就干脆不过江了！"

大家一愣，目光齐聚在毛泽东身上。

毛泽东在桌前停下步，手指在地图上"泸定桥"几个字上点点："我们就在泸定桥上做文章。红一师、干部团渡河后沿右岸北进。"

毛泽东将信任的目光望向坐在一旁的林彪身上："红一军团主力、红五军团、红九军团及军委纵队沿左岸北进，两路夹击，夺取泸定桥！"

大家听了毛泽东的建议，顿时兴奋起来。

"老毛铤而走险的奇招，蒋介石做梦也难想到，企图要我们变成第二个石达开，做他的美梦去吧！"朱德风趣地说。

"自古用兵之道，出奇才能制胜。主席的建议切合我军目前的实际，也是我军眼下唯一可行的行动路线。"周恩来肯定地说。

毛泽东环视众人一眼，举手撩撩盖耳的长发，厚唇一抿，语气坚定而果断："兵贵神速。现在最关键的问题是抢占先机！"

毛泽东俯身在地图上："大家看，从安顺场到泸定桥三百二十里，沿江两岸都是悬崖峭壁上穿行的崎岖山道。除了沿途原有的刘文辉部据险扼守外，蒋介石一旦发觉我军的意图，必强令杨森部日夜兼程赶往增援，因此，我军务必在二十九日赶到泸定桥！"

"主席的意思是说，除了沿途击退守敌、克服各种天然地障外，三天的时间内，必须夺下泸定桥，这对全军来说，的确有一定的困难。"朱德解释说。

毛泽东将烟蒂掐灭，眼光望向刘伯承、聂荣臻，浓眉一敛，稍带忧虑地说："我所担心的倒不是这些，我更担心的是万一这一步棋落空，两路大军不能实现会合，那么过江的红一师和干部团只能单独在川西一带打一段时间游击，另搞一个局面。"

毛泽东转身望着周恩来："恩来，我看这样吧，为了加强右纵队的领导力量，除刘伯承、聂荣臻继续担任先遣队的司令和政治委员外，让罗瑞卿、萧华也过江去。"

朱德接过话茬："如果两军实在无法会合，未过河的部队也许被迫要进入西康。"

毛泽东吮吮下唇，语气提高了许多："这是一个战略性措施，也是一个破釜沉舟的决策，只有夺取泸定桥，我军大部队才能渡过大渡河，避免石达开的命运，才能到川西与四方面军会合！"

这次会议的结果，反映在当天傍晚以朱德名义发给各军团的电令中。

夕阳斜照在大渡河上，流光溢彩的波光哼着欢曲你追我赶。

濒河的沙滩边，毛泽东一手叉腰一手津津有味地吸着烟，炯炯目光忽而注视着逐着波浪漂流的小船，忽而望望沙滩上正在待渡的指战员们，胸脯起伏，思维飞扬：尽管做出了飞夺泸定桥的决定，但毕竟是破釜沉舟之举，稍有闪失的话，后果不堪设想。

但毛泽东是自信的：自从一九二七年毅然走上井冈山创立了这支赖以将中国翻个个儿的队伍以来，多少次、多少回置之死地而后生，尤其是撤离中央苏区后

多少次、多少回陷入绝境而得以起死回生！

毛泽东明白：这一切都缘于有一个坚不可摧的钢铁般的共同信仰，那就是为天下的劳苦大众打出一个没有剥削、没有压迫、人人平等的苏维埃新中国。

正因为有了这个共同的信仰，就能释放出前所未有的巨大力量，不怕困难，勇于牺牲，就能战胜一切的自然的、人类的障碍与灾难！

如今，全军在大渡河边再次陷入进退维谷的险境，老对手蒋介石是绝不会轻易放过这千载难逢的机会的。

战机稍纵即逝。我们能想到的，蒋介石一定会想到，关键是看谁能抢得先机。只有趁蒋介石以为我军必在安顺场渡河，出其不意地一举抢占泸定桥，才有几分胜算的把握，才不会成为石达开第二！

心事重重的毛泽东在沙滩上来回踱着步，不时驻足眺望一下远方的天空，远处一群白鹭正排着人字形队列迎着晚霞飞去，渐飞渐远，最后消失在天际。

老对手蒋介石此时在做什么呢？

一九三五年五月二十六日夜晚，成都北较场黄埔楼。

这是一栋德式三层别墅，二楼的窗户敞开着，灯火通明。

室内，一身戎装的蒋介石面壁而立，墙壁上挂着一张五万分之一的川康地图。

顾问瑞纳及行营智囊陈诚、晏道刚等默然不语地肃立在一旁，目光随着蒋介石顾长的身躯游移而移动。

蒋介石一行是当天下午飞抵成都的。

五月二十七日国民党《中央日报》以"蒋委员长昨由渝飞成都"的醒目标题，报道了蒋介石携夫人宋美龄一起于二十六日午后飞抵成都一事。

先是以一部佯攻大树堡，伐竹造排，摆出一副全力抢渡富林的架势，几乎将中央军、川军所有的注意力都吸引到大道上来，主力则神不知鬼不觉地穿过大家都以为根本无法通过的大凉山彝族聚居区，直插安顺场，趁两岸守备空虚，强渡大渡河，这种声东击西的伎俩，也只有毛泽东才玩得炉火纯青！

这一步又被毛泽东耍了！蒋介石打心眼里不得不佩服老对手毛泽东的机智与聪明！

然而，尽管毛泽东狡诈似狐，奸巧过人，但始终蹦跶不出如来佛的手掌心。

上午在重庆行营接悉部分朱毛红军从安顺场强渡大渡河成功的电文，蒋介石目瞪口呆。

毛泽东是如何穿过彝族聚居区的？蒋介石不相信，甚至怀疑。

还好，安顺场只有一只渡船，朱毛红军想借此全部渡过大渡河，逃脱石达开的命运，简直是痴人做梦！

冷静下来的蒋介石在认真分析了朱毛红军的各种不利因素后，仍然踌躇满志，感觉胜券在握。

然而，让蒋介石感到底气不足或者说最头痛的是，负责"追剿"的各部尤其是地方部队为图自保，对自己的三令五申阳奉阴违，畏缩不前，以致让朱毛红军有机可乘，屡屡寻隙钻空，脱险而去。

不行，这次绝不能让朱毛红军起死回生！蒋介石决定亲飞成都，重新调整"围剿"部署，督促各路大军分进合击，一战永逸！

其实，对大渡河的情况，蒋介石了如指掌。早在朱毛红军向金沙江挺进时，蒋介石就吩咐扈从们尽可能地找来大渡河的相关资料，静下心来细细"咀嚼"过一番。

大渡河发源于青海境内巴颜喀拉山南麓，西岸连着冰刀玉剑般白雪皑皑的贡嘎山，东岸是悬崖峭壁的二郎山。在两山夹峙、陡峭狭窄的缝隙中穿行的大渡河，宛如一条银色的巨蟒，扭动、翻腾着巨大的身躯，浊浪滔滔，云升雾腾，银花满谷，如瀑布，如山洪，冲击着河底参差耸立的礁石，溅起如柱水注，发出龙吟虎啸般的轰然巨响，令人目眩耳聋。千年万载的凌厉水势，把两岸削成陡峭的两壁，形成一道难以逾越的天然地障。

此刻，蒋介石的目光顺着大渡河向北游移着，最后怔怔地落在"泸定桥"三个字眼上：安顺场只有一只渡船，朱毛红军几万人马困于在安顺场弹丸之地，眼见得几路"追剿"大军将至，毛泽东必不会坐以待毙，肯定会千方百计另寻生门。可大渡河上游能够渡河的只有大树堡、安顺场、泸定桥三处，富林驻有杨森部的王泽浚旅防守，朱毛必不敢强渡；全军主力从安顺场渡河，已不可能；唯一的生门就是泸定桥！

蒋介石瞟了一眼摆放在红木办公桌上的一摞文案，那是晏道刚搜集来的有关泸定桥的资料。

位于泸定城西的泸定桥，始建于一七〇五年，即清康熙四十四年，桥身全长一百零一米，宽二米六七，由十三根碗口粗的铁环扣成的铁索组成，共有一万二千一百六十四个铁环，两边各两根为桥栏，九根铁索为底索，每根间相距约一尺，上铺木板作为桥面。桥面距河面约三十余米，河水汹涌湍急，铁索晃荡，令人毛骨悚然。桥头的石碑上刻有"泸定桥边万重山，高峰入云千里长"的诗句。自古以来就是四川和康藏地区来往的咽喉要道。

"生门，生门，我要把它变成毛泽东的死门！"倒背着两手踱着步的蒋介石忽然"嚓嚓"的脚步声戛然而止，犀利的目光直落在一旁的晏道刚身上："道刚，接通刘文辉的电话。"

蒋介石语气坚定："刘主席，立即命令李全山将泸定桥的铁索全部砍断或炸毁！"

电话筒里传来刘文辉的声音："委员长，那可是康熙大帝御批修建的……"

蒋介石一怔，正在犹豫，电话那头刘文辉又说道："委员长，没关系，我命令李天山把铁索桥上的木板拆了就行了，再在桥头布以重兵防守，如真的守不住就用煤油烧桥，朱毛红军就是插翅也难飞过。"

1939年的泸定桥

听了刘文辉的回话，蒋介石的心底稍稍安稳了许多，最后千叮咛万嘱咐切切不可大意。

放下电话，蒋介石又继续在地图前晃悠起来：朱毛红军已是囊中之物，取之易如反掌。眼下最紧迫的是如何趁机将刘文辉的部队也纳入自己麾下，进而掌控四川军政大权，把四川王刘湘的实权彻底架空。

蒋介石思来想去，计上心来：眼下正好可借大渡河会战之名，先将尾追的刘元璋部与中央军李韫珩部合编为一个纵队，把刘元璋部牢牢控制在自己手里，采用蚕食之法，日吞夜噬，不怕刘文辉不入彀！

自喜得计的蒋介石，连忙让晏道刚起草电令云：为收骆秉章之功效，特令将刘元璋部与李韫珩合编为一个纵队，则我先头部队实力较厚，且情况熟悉，急进

亦易。

诸事算计停当，料理停当，只需坐等佳音。蒋介石望着窗外漆黑的夜幕，心悦意愉地哼起了宁波春调《孟姜女》：正月里来是新春，家家户户点红灯，别家丈夫团团圆，孟姜女丈夫造长城……

五月二十六日夜，雅安第二十四军军部。

倒背着两手的刘文辉在地图前走来走去，铁青色的脸膛绷得紧紧的。

刚接罢蒋介石的电话，刘文辉自知虽然暂时巧妙地回拒了蒋介石的炸桥命令，但对泸定桥的防守也丝毫不敢马虎。

刘文辉之所以拒绝炸桥，是因为在他看来，从军事上讲，他得给自己留一条后路，万一挡不住红军，自己的部队也可借此撤退；同时，自己毕竟当过四川省主席，如擅自炸毁这川藏唯一的通道，必定会引起民愤；再则，毁树容易栽树难，一旦毁桥，日后重建代价太大，更何况红军远途奔波，早已是疲劳之师，倾其全力连个小小的会理城都久攻不下，而泸定铁索桥可谓是一夫当关、万夫莫开的天堑雄关，红军根本无法飞越！

说实话，乍闻红军从安顺场抢渡成功的消息，的确让刘文辉惊愕了好大一阵子。所喜的是由于事先早有防范，将渡船烧的烧，沉的沉，红军若是凭着侥幸夺得的一两只小船就想渡过河，简直是蚂蚁搬家，痴心妄想。也就是说，朱毛红军仍难逃脱石达开的命运！

不过，安顺场已丢，泸定桥若再失守的话，蒋介石必定不会轻易饶过自己，如今唯一能够自救的就是守住泸定桥，不能再出现任何闪失。

好在事先已派袁国瑞的第四旅开赴泸定桥增防，如今正在赶往途中。尽管如此，但刘文辉仍觉得心里并不踏实，特别是左眼皮老是跳个不停。左跳灾右跳财，隐隐约约地有种不祥的征兆。

是福不是祸，是祸躲不脱。刘文辉心一横，拿定了舍命赌一把的主意："张参谋长，再电袁国瑞，命令第四旅火速增防泸定桥，具体任务如下"：

（一）固守泸定铁索桥，阻止红军利用铁索桥过河；

（二）其余部队在泸定县城附近择要防守，必须严密控制泸定通汉源和泸定通天全两条要道，确保雅（安）属地区安全；

（三）与左翼（安顺场下游）的杨学端切取联系，以免中间形成空隙。

下达毕命令，参谋长张伯言正要离去，刘文辉忽然摆摆手叫住："慢，军部于二十七日赶赴汉源，以督促各部作战。"

二十七日，袁国瑞部开抵龙八铺，获悉红军正兵分两路夹河而上，袁国瑞审时度势，立即调整部署：

（一）以第三十八团（缺一营，这一营系肖守哲营，驻在芦山未来）由团长李全山率领为第一线右翼部队，兵力重点摆在泸定铁索桥，阻止红军左路纵队从桥上过河；

（二）以第十一团（三个营）由团长杨开诚率领为第一线左翼部队，位于海子岭、冷碛一带，阻止在安顺场过河后沿岸溯流而上的红军右路纵队；

（三）以第十团（缺一营，这一营由营长黄朝吉率领担任后方运输）由团长谢洪康率领，位于飞越岭东西两面，作为总预备队；

（四）旅部位于龙八步（飞越岭脚下）。

军令如山倒。大战在即，谁也不敢怠慢疏忽，谁也不愿因怠慢疏忽而被追责究罪。

五月二十八日，李全山派周桂三营跑步由冷碛进驻泸定桥。周桂三当即派出一个连为先遣队，向泸定桥疾进，大部队于午后七时出发。

先遣连连长饶杰选出身体健壮的士兵约一个排（二十多人），把全团连以上旗帜一并带上，跑步向泸定桥进发。

当天傍晚，饶杰连一抵达泸定城，做出两项决定：一是将旗帜插遍全城，一则虚张声势，摆下疑兵之计，二则以安稳人心；二是立即扼守泸定铁索桥的两端，并动手拆除桥板，构筑工事。

但由于雨天，又是黑夜，长途跋涉赶到泸定城的士兵们疲劳不堪，有的鸦片烟瘾发作，拆除桥板进度极为缓慢。

二更时，周桂三率全营赶到，立即派兵参加拆除桥板，构筑工事。

二十九日黎明，团长李全山率领李昭营又赶到泸定城。

李全山亲自坐阵指挥：周桂三营负责守桥，饶杰连固守东岸桥头堡，李昭营衔接周桂三营左翼进入阵地，并将机炮连安置在桥头高地，归周桂三指挥。

待李全山部署完毕，天已大亮，这时桥西岸已发现红军，双方立即对射起来，正在拆除桥板的川军不得不撤回东岸。

一九三五年五月底的泸定桥，一时笼罩在战火的阴霾中。

泸定桥一时聚集了国共两党两军统帅的焦灼目光，成为两军拼死争夺的鬼门关，成为朱毛红军的唯一生门！

信仰的力量，再次挑战人类心理、体力的极限！

# 九

齐头并进，两路纵队夹江而上；抢占先机，毛泽东深夜急决策，林彪下达死命令；不到二十四小时，红四团急行军二百四十里，如期抵达泸定桥。

一九三五年五月二十七日晨，老天爷像睡眠不好的稚童，刚爬起床便阴沉着脸，"哇哇"哭了起来。一条崎岖盘旋的羊肠小道像一条乌青色的长蛇在大渡河右侧的崖壁上蜿蜒着，忽而傍着河边的崖石，忽而隐匿在右侧峻峭的山岭中。

天空飘落的细雨，崖下咆哮的涛声，一支队伍正在细雨中、涛声中沿着滑而

陡峭、溯江而上的山道上匆匆行进着。

"快,跟上!"除了偶尔的催促声、急粗的喘气声外,指战员们一个紧跟一个只顾埋头急赶着路。

自从昨天下午在安顺场接到从大渡河东岸策应西岸准备攻占泸定桥部队的任务后,刘伯承、聂荣臻立即渡船过河,带着红一师前卫黄永胜任团长、林龙发任政治委员的红三团抬腿就走。

红三团紧赶一阵,天已全黑,部队只好找到一个村子宿营。

聂荣臻后来谈到当时的情况说:第二天天亮起来一看,才发现敌人和我们住在一个村庄上了。我们在山坡的这一边,他们在山坡的那一边,噼里啪啦打了一仗,又经历了一场惊险!

其实,与红三团遭遇的是从安顺场溃退下来的韩阶槐营。红三团一顿猛揍,早已是惊弓之鸟的川军立即像鸟兽般散去。红三团沿着东岸继续北进。

指战员们冒雨紧赶了一阵,只见一座大山与大渡河成丁字形横亘在前,隘口上的守军"突突突"地向着正沿着石级攀登的红军猛烈扫射起来。

刘伯承立即命令部队停下,举起单筒望远镜仔细观察一下地形,迅即做出决定:以一部抢占对山山顶,进行火力压制,一部从左侧临河边攻击,一部从右侧攻击,集中全团火力,掩护主力从正面仰攻!

顷刻,山上山下、山左山右枪声大作,喊打喊杀声震天。

阻击红军右路纵队的是刘文辉部杨学端的第五旅的前卫。第五旅奉命从大渡河东岸阻击红军北进,立即派出一个营占领距安顺场不远的野猪岗,企图凭险据隘,节节抗击,将红军右路纵队压向大渡河。

时任第二十四军参谋长的张伯言后来谈起野猪岗之战说:杨(学端)旅认为情况万分紧急,只有登上野猪岗山顶之一途,当由本地人陈俊安(美罗场山防大队长裴敬一的中队长)领路上山,从傍晚一直走到天明,才到达野猪岗山顶(小地名三棱窝)摆开阵势。这时红军到达对山山顶,相互射击,红军在对山以火力掩护,部队由山下向野猪岗山顶仰攻。唐灼元团机枪连有一机枪手,用机枪俯射山下红军,但被对山红军一枪击倒。这时第五旅部队因枪支射程有限,无法对付对山红军火力,只有向山下仰攻的红军射击。这时左侧临河边余团的余笑凡连不支,向山腰撤退,右侧高地唐团席营之一连,亦被红军压迫后撤。整个阵线动摇,旅部急忙下令向美罗场方向撤退。

黄昏,邓华的红二团击溃驻防瓦坝的第五旅肖绍诚的第二十团,右纵队在瓦坝宿营。

刘伯承率红一师、干部团沿大渡河东岸边打边进,林彪率红二师沿大渡河西岸边打边进。

黄开湘任团长、杨成武任政治委员的红四团担任左路纵队的前卫。

二十七日清晨,杨成武率红四团从安顺场出发,沿大渡河西岸奔向泸定桥:

路，是蜿蜒曲折，忽起忽伏的单边羊肠小路，左边是高入云霄刀劈一样的峭壁，山腰上是终年不化的积雪，银光耀眼，寒气袭人；右边是深达数丈、波涛汹涌的大渡河，稍不小心就有掉下去的危险。但大家并没有把这危险放在心上，只有一个想法：加速前进，快些拿下泸定桥！

红四团溯河而上不到四十里，刚抵海尔洼，突然遭到东岸刘文辉部肖绍成团隔岸袭击，密集的子弹封锁了河边小道。

黄开湘、杨成武一碰头：为了避免无谓伤亡，绕路！

红四团从左侧的大山绕道十多里，费了不少时间才到叶坪，凑巧碰到肖绍成派过河的一个连正在搜抢粮食，押着老百姓要把粮食运过河去。红军先头连一个冲锋，把川军打得四处逃散。先头连乘胜追击，追到一条小河边，木桥已被川军毁坏，河虽不宽，但很深。红一营只好伐木搭桥。

中午时分，红四团到达菩萨岗脚下。

菩萨岗海拔两千多米，山顶常年浓雾弥漫，寒气袭人，因山顶修建了一座小庙、供奉了一尊小菩萨而得名。侦察员向杨成武、黄开湘报告说：在左前方的一个大山坳里，发现约有一个营的敌人把守，堵住了去路。

杨成武和黄开湘赶忙跑上前一看：这座山中间只有一条小路，陡得像座天梯，仰头向上看，连帽子都要掉下来。山顶和隘口上，筑了碉堡。右边靠河，无路可绕。看样子，正面和右面是无论如何冲不上去的。左面也是凌空直立的悬崖，崖壁上稀落地长着一些小树和荆棘，崖顶连接着更高的山峰。

强攻难以取胜，只能智取！黄开湘、杨成武经过仔细观察地形，并找来当地农民苏光先，详细地询问了左面悬崖的地形地貌，决定兵分两路进攻。

一路由苏光先带路，红三营的八连、九连从正面半山腰的麦地坡桑树下，隐蔽在崖腔里佯攻，诱惑守敌，吸引守敌的注意力。一路由农民杨篾匠带路，红三营营长曾庆林和团总支书记罗华生率第七连，从左边张家凼两家人的院坝、水井坎上去，攀登附葛，翻越高山，抄到守敌的侧背袭取隘口。

枪声哒哒，据隘而守的川军耀武扬威地用机枪狂扫着正面佯攻的红军。不到半小时，突然山顶上响起了慑人心魄的枪声、手榴弹爆炸声和喊打喊杀声，绕到守军侧背的红军指战员们发起了突然袭击。正面佯攻的指挥员立即命令司号员吹响了冲锋号。

顷刻，枪声大作，红三营上下夹击，守军乱成一团，四散逃命。川军营长见势不妙，慌忙爬上马背就跑，被红军一枪打中马腿，将其活捉。两个连长企图用枪遏制士兵后退，反被士兵打死，另一个当了俘虏。

菩萨岗一战，红四团一举歼灭守军三个连，俘虏一百余名，缴获步枪一百余支，手提机关枪十多挺。

傍晚，红四团几经辗转周折进抵菩萨岗北面约五公里的什月坪宿营。

就在林彪的红一军团兵分两路夹江而上抢渡泸定桥的五月二十七日清晨，川军第二旅旅长刘元琮向驻防在泸沽镇负责断后的红九团发起袭击。激战五小时，罗炳辉打败了川军的进攻。

夜，细雨霏霏，江风、山风轻拂，稍有些凉意。随林彪一军团沿大渡河西岸跟进的军委纵队宿营在途中的红军司令部内亮着几盏马灯，微弱的灯光下，刚吃过晚饭的毛泽东、朱德、周恩来等人聚集在饭桌上的地图前，正紧张地商磋着对策。

根据军委二局截获的情报，蒋介石在得知朱毛红军兵分两路正夹江而上夺取泸定桥的消息，已严令刘文辉增兵泸定桥；刘文辉在蒋介石的严令督促下，已派

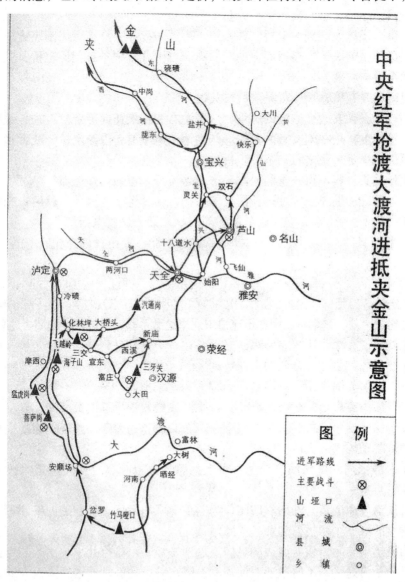

中央红军强渡大渡河进抵夹金山示意图

遣李全山的第二十八团火速开往泸定桥，阻击西岸的红二师过桥，并令杨开诚第十一团沿东岸海子山、冷碛一带阻击东岸溯河而上的红一师，令谢洪康的第十团驻守飞越岭东麓的头道桥到飞越岭山顶为总预备队，旅部驻龙八铺。

毛泽东俯身在地图上观看良久，方直起腰，从上衣口袋内掏出烟点燃，一手叉腰，一手夹烟，蹙着眉头踱至门口，望着霏霏细雨中的漆黑夜幕默然无语地狠命吸着烟。

山道崎岖，沿途遭敌阻击，这些倒算不了什么。关键是李全山一个团的兵力火速增援泸定桥，事出突然，让人防不胜防！

若李全山抢先赶到泸定桥，并构筑工事严防死守，那么后果不堪设想。

根据原来的决策，夹河而上的左右纵队二十九日中午赶到泸定桥，三十日夺桥。而今敌情骤变。

时间就是速度，速度就是制胜的关键！

不行，必须要改变原定的决策，命令左右两路疾速向泸定桥挺进，跟敌人抢时间、抢速度，抢在刘文辉的增援部队到达泸定城前夺取泸定桥，或者趁刘文辉的增援部队立足未稳之机拿下泸定桥！

生死关头，容不得一丝的松懈，宁愿多流汗，也强过多流血！

深思熟虑的毛泽东将烟蒂往雨夜中一扔，转过身来，缀满血丝的目光直落在周恩来的脸上："恩来，立即给林彪和刘伯承、聂荣臻发电报！"

二十八日凌晨一时半，一封以朱德总司令名义签发的急电飞往左、右路纵队：

我四团今二十八日应乘胜直追被击溃之敌一营，并迎击增援之敌的一营，以便直下泸定桥。二师部队迅速跟进，万一路程过远，今日不及赶到泸定桥，应明二十九日赶到……刘、聂率第二团亦迅速追击北岸之敌一营，以便配合四团夹江行动。

也就是说，军委明令左路纵队必须要在二十九日赶到并夺下泸定桥，右路纵队的主要任务就是"配合四团夹江行动"。

夜，漆黑如锅底，菩萨岗南面山脚下的张家凼。

茅草屋内亮着幽暗的微弱灯光，一张两块松木板拼凑的饭桌边，红一军团军团长林彪静静端坐在长凳上，浓眉下一双布满血丝的大眼一动不动地凝视着饭桌上煤油灯跳动摇摆的火苗直发愣。

屋内静悄悄的，雨滴打在茅草屋上的微弱声以及远处大渡河雷鸣般的咆哮声，几乎听得一清二楚。

自从清晨命令黄开湘的红四团作为前卫部队出发后，林彪随即率领军团主力和董振堂的红五军团拔营起寨，一路跟进。

山道崎岖陡峭，傍着河边的悬崖上逶迤蜿蜒，路难行几乎超出人的想象，更为困难的是沿途除了不时遭遇对河川军的阻击外，还经常遭遇扼险而守的川军的阻击。

好钢要用在刀刃上。这次把夺取泸定桥如此艰巨的任务交给红四团，林彪是经过慎重的考虑后才做出的决定。

红四团既是林彪的娘家，也是林彪每到关键时刻亮出的撒手锏，或者说压箱之宝。

红四团的前身就是一九二七年八一南昌起义时的七十三团，当时林彪在团里当排长，井冈山会师后，林彪先后在该团任过营长、团长，也可以说是林彪赖以起家的老本。英勇善战、长途奔袭，多年的打磨，红四团已成为朱毛红军战斗力最强的头等王牌团。

可如今根据军委的命令两天半的时间凭着两只脚板走三百二十里，也就是说平均每小时要走五里多路，沿途还要克服各种自然的、人类的障碍，这无疑是考验人类体力的极限、心理的极限！

对自己亲手带出来的这支部队的战斗力，林彪就像相信自己一样从来是自信的，也从来没有怀疑过。

但从今天的进度来看，一天只前进了八十里，也就是说尚有二百四十里的路程必须在一天半内走完！

难度是显而易见的，既便轻装前进，疲劳、减员也不可避免。

林彪的心有些隐隐作痛，大脑像煮沸的开水般咕咕翻腾着。

"军团长，军委急电！"参谋长左权手拿电文，急匆匆的闯进。

林彪随手接过电文，腰挺得更直了："我四团今二十八日应乘胜直追被击溃之敌一营，并迎击增援之敌的一营，以便直下泸定桥。二师部队迅速跟进，万一路程过远，今日不及赶到泸定桥，应明二十九日赶到……"

敌情骤变！林彪的瞳孔增大。

二十九日必须拿下泸定桥！林彪的眉梢颤抖了几下。

林彪看看手中的电文，旋即将电文缓缓放在桌角上，那情形像放下一块千斤石般，眼光迅即聚集在桌面的地图上。

良久，林彪方缓缓抬起头来，嘴唇嚅动："一昼夜二百四十里……看来必须下死命令了！"

林彪薄唇一抿，似乎拿定了主意，霍地站起："左参谋长，立即给黄开湘、杨成武手书命令，派通讯员连夜快马送达！"然后不慌不忙地踱起步来：

黄、杨：

军委来电限左路军于明天夺取泸定桥。你们要用最高速度的行军力和坚决机动的手段，去完成这一光荣伟大的任务。你们要在此次战斗中突破过去夺取道州和第五团夺鸭溪一天跑一百六十里的纪录。你们是火线上的英雄，红军中的模范，相信你们一定能够完成此一任务。我们准备祝贺你们的胜利。

林、聂

口述完命令，看着左权匆匆离去，林彪踱至门口，蹙着浓眉望着漆黑的雨

夜，嘴里喃喃自语："这下就看黄开湘的了……"

二十八日清晨，刘伯承以邓华的红二团为前卫，从瓦坝出发，急行军五十里，冒着倾盆大雨翻越了一座上下各三十里的大山，到了得妥。

邓华在一九三六年回忆说：这是个小圩场，附近有几十家，相传诸葛亮南征，曾在此住过。该地有民团及被我们在瓦坝击溃之散敌，共约百余人，经过点半钟的战斗，被我消灭其一部，其余溃散。继续前进，天雨路滑难走。时已天黑，雨更大，路更滑，许多人都跌倒了。已经走了一百多里路，此时已很疲劳，但每个战士的心坎中，只有一个意志，要夺取泸定桥，不怕任何困难疲劳。经过点多钟的夜战，才将敌人驱逐，进入宿营地。

右路红一师像一支嗖嗖发响的利箭，穿过重峦叠嶂的山岭，穿过雾霭弥漫的雨幕，射向泸定桥。

左路红二师像一道犀利的剑芒，刺破川军的重重堵击，刺破峭壁悬崖的层层地障，直捅泸定桥。

五月二十八日凌晨五时，左路的红四团便踏着晨露出发了。

时任红四团党总支部书记的罗华生一九三九年在延安追忆说：出发后，刚下了一个三十里路高的山，又要开始越过高四十里路的山，后面骑着黑色马的通讯员急送命令来。

"报告，军团部紧急命令！"军团部通讯员气喘吁吁地送上信件。

黄开湘、杨成武接过三角信连忙打开一看，顿时愣住了：

杨成武后来回忆当时接到林彪信件的情形说：二十九号！二十九号就是明天！从这里到泸定桥还有二百四十里，也就是说两天的路我们必须一天走完。谁也没料到任务会变得这样紧急！二百四十里路就是一个大难题！路，是要人走的，少一步都不行啊！而且还要突破敌人的重重堵击。但这是命令，这是关系全军的重大任务，一定要坚决执行，不容许一分钟、一秒钟的迟疑。

尽管黄开湘、杨成武并不知道军委因敌情的骤变而迫不得已做出的紧急决策，但执行起来毫不犹豫。

杨成武后来说：我们边行军边召集营、连干部和司令部、政治处干部，共同研究怎样完成这一紧急任务。我们提出的动员口号是：红四团有光荣的战斗历史，坚决完成这一光荣任务，保持光荣传统！向夺取安顺场的红一团学习，和红一团比赛，坚决拿下泸定桥……要求部队在明天六时前赶到泸定桥。会后，大家便分头深入连队进行动员。

在那场生存与死亡比赛的战争中，并不像我们今天在电影或电视剧中所看到的那样：无论遇到何等紧急军情，都不慌不忙地坐下来开个诸葛亮会，分析、研究一阵子。

生死攸关，成败只在须臾之间，根本不可能让你从容思考和研究！

红四团的连、营、团干部边走边研究完军情后，杨成武和总支书记罗华生飞

跑到队伍的最前头，往路边的土墩子上一站，扯开嗓门就向正急行进的队伍进行政治鼓动。

连队党支部、党小组三五成群地边讲边走，相互传达，队伍由原来的大步走变成了小跑，像一支利箭向泸定桥疾射而去。

一阵小跑，红四团迅速进抵到泸定桥的最后一道关口——猛虎岗。

猛虎岗是一座上三四十里下三四十里的险恶高山，右傍大渡河，左面是更高的山峰，中间只有一条羊肠小道。这是从安顺场到泸定桥的咽喉，山顶的隘口上驻有一个营的川军扼守。

山上浓雾弥漫，五步外莫辨东西。躲在工事里的守军朝上山的路盲目射击着。

黄开湘仔细观察一阵，立即叫来三营长曾庆林：利用大雾做掩护，组织部队摸上山去，不许放一枪，接近敌人后，用刺刀、手榴弹解决敌人。

曾庆林手一挥，立即带着三营蹑手蹑脚的顺着小道摸上山去。

不多时，山顶上传来"轰隆、轰隆！"一连串的手榴弹爆炸声，紧接着四处响起了喊打喊杀声。

红三营趁机向溃敌猛追，一鼓作气直追到磨西村，与驻守在此的川军一个营和一个团部遭遇。红三营一顿猛冲猛打，川军见红军来势凶猛，又不知红军底细，慌忙北走。红三营蹑尾追击，追到村东河上的河边，由于溃逃的川军将木桥破坏了，红三营只好停止追击，伐木砍竹架桥。

忙碌了两个小时，总算把桥架好了。红四团一口气又跑了四五十里，直到下午五时到达大渡河岸只有十多户人家的奎武村。

黄开湘、杨成武跟老百姓一问，才晓得此地离泸定桥还有一百一十里！

更糟糕的是，天公偏不作美，偏在这时突然电闪雷鸣，下起了倾盆大雨，天黑得伸手不见五指。

红四团自凌晨五时出发，一路猛进狂奔，几乎一天没有吃饭了，肚子饿得"咕咕"乱响。

望望雨中泥泞的山道，看看身边疲惫不堪的指战员们，黄开湘一咬牙：为了抢时间，轻装前进！

杨成武担任红四团的政治委员：我们向党支部，向所有共产党员、青年团和积极分子说明了摆在我们面前的一切困难，也说明了必须争取明天六时前赶到泸定桥。号召每人准备一个拐杖，走不动的拄着拐杖走；来不及做饭了，要大家嚼生米、喝凉水充饥。这号召，像一把火点燃起部队炽烈的战斗情绪。

于是，所有的牲口、行李、重武器连同团长政委的乘马在内，一律留下，由管理处长何敬之、副官邓光汉带一个排掩护，随后跟进。

于是，团长黄开湘和政治委员杨成武带着轻装后的三个步兵营冒着倾盆大雨向泸定桥疾进。

于是，指战员们边跑边从干粮袋里掏出生米和着雨水咀嚼着咽下。

时任红二师宣传科长的彭加伦在一九三六年回忆说：天是这样黑，雨是这样大，路是这样滑，伸手不见掌，真是寸步难移。跌跤的人不知有多少。

当红四团走到杵泥坝时，忽然见东岸的山坳上出现了几点火光，刹那间变成了一长串的火炬。

不好，是赶往泸定桥增援的川军！

我们也点火把走？杨成武灵机一动。

点火吧，怕敌人发觉；不点火吧，又走不动，明天夺桥就成了严重问题。

杨成武和黄开湘一碰头：我们决定利用今昨两天被消灭和打垮的三个营敌人的番号伪装自己，欺骗敌人。立即命令部队将全村老乡家的篱笆全部买下，每人绑一个火把，一班点一个，不许浪费，争取每小时走十里以上；并布置司号员先熟悉缴获的敌人的联络信号，准备必要时同敌人联络；敌人的部队都是四川人，我们也选出四川籍的同志和刚捉来的俘虏，准备来回答敌人的问话。

刹时，两路的火把，交相辉映，像两条飞舞的火龙，把大渡河水照得通红；两路人，夹河而行，各怀着不同的目的，在一个闷葫芦中前进。

不多时，透过大渡河的波涛声，东岸传来清脆的军号声和微弱的喊话声："啥子部队啊？"

红四团司号员立即吹起了川军的联络号，四川籍战士和俘虏也吊起嗓子用四川话作答。

两支部队稀里糊涂地隔岸同行了二三十里，雨下得越来越大。刚过十二点，东岸的火龙拐进山坳里不见了：他们大概是怕苦不走了！

红四团指战员们的精神一振：抓紧好机会啊！快走！快走啊！一个跟着一个拼命地向前赶路。

其实，在大渡河东岸与红四团夹河而行的是从冷碛赶往泸定桥增援的川军第三十八团团长李全山率领的李昭营。在雨夜中打着火把前进，并于次日黎明也赶到了泸定城。

人就是这样，越是有竞争对手，或者竞赛对手的实力越强，就越能激发自己的斗志和潜力！

暴雨，铺天盖地的冲打，山洪从峰顶直泻大渡河。原本已十分难走的山道，此时被雨水冲洗得像浇上了一层油，滑得更厉害。指战员们三步一摔，五步一跌，简直是在滚进。

然而，极度的疲劳和饥饿，体力已严重透支的指战员们并没有停下，仍拖着注铅般的两条腿一步一挪艰难地行进着。

杨成武后来谈到当时的情形说：就是在这样的情况下，还是不断有人打瞌睡，有的人走着走着就站住了，后面的推他："走呀！前面的走远了！"这才恍然惊醒，又赶快跟上去。后来，大家干脆解下了绑腿，一条一条地接起来，前后拉着走。

彭加伦在一九三六年写道：时间是快到五更了，经过一晚的急行军，人是都有些疲劳了，肚子也十分饿了，衣服也全湿透了，在这又饿又疲劳的情况下，真是有点难熬，很多人都打起瞌睡来。团长、政委也东歪西斜，几次险些掉下河去。有时忽然站着不动，被后面的冲撞时，忽然惊醒，而又踯躅地前进。在这样艰苦的情况下，直到天亮时，到达了泸定桥。

红四团创造了在不到一昼夜的时间里，凭着两只脚板在崎岖的山道上强行军二百四十里的人间奇迹，终于在二十九日六时许赶到了距泸定桥约十里的上田坝，然后以扇形队形夹击守军，迅速击退了正在拆卸桥板的川军，占领了西面的桥头堡。

泸定桥，一时成为决定国共两党军队命运的枢纽！

## 十

泸定桥头，黄开湘出谋划策，亲自部署夺桥战斗；枪林弹雨，二十二勇士冒死夺桥。

一九三五年五月二十九日清晨六时许，泸定桥。

晨雾像裹着层层白纱的少女，东一团西一簇的弥漫在两岸山峰夹峙的河谷间；谷底的河水像永没睡眠的小孩，不知疲倦地日夜闹腾着，闹声震耳欲聋，无休无止。

西岸桥头堡临时用沙袋堆垒而成的工事里，黄开湘、杨成武带着红四团的营、连长们像猎人般正在小心翼翼地观察着即将成为猎物的泸定桥。身后的几座建筑物和天主教堂，挤满了红四团的指战员，或抱枪倚墙而坐，假眠休息，或三五成群地围坐在一起，兴致勃勃地聊着天。

尽管因冒雨长途奔袭，衣着湿漉漉的，泥渍汗渍的，早已分辨不清底色，也尽管因一昼夜二百四十里的狂奔，体力已严重透支，但指战员们擦枪的擦枪，磨刀的磨刀，或检查子弹、手榴弹，正忙着做战前的各种准备。

望着泸定桥，杨成武和指挥员们都不禁倒吸了一口凉气：往下看，褐红色的流水像瀑布一样从上游山峡间倾泻下来，冲击着河底参差耸立的怪石，溅起丈多高的白色浪花，流水声震耳欲聋。在这样的河里，就是一条小鱼，也休想停留片刻，徒涉、船渡都是完全不可能的。

泸定桥东端就是泸定城，一半建在山上，一半紧贴着大渡河岸，城墙高两丈余，西城门正堵住桥头，过桥后必须通过西城门才能进入泸定城。

此时，扼守桥东岸的周桂三营饶杰连在山坡上修筑了严密的工事，机枪集中在桥头堡附近，一见西岸有红军在观察地形，便"哒哒哒"地扫射起来，紧接着迫击炮弹也连珠般地砸了过来。

更让人感到气恼的是，守桥的川军们自凭据险而守，竟边打枪边嚣张地大喊："你们飞过来吧！我们缴枪啦！"西岸的红军战士气不过，也大声回敬："不要你们的枪，只要你们的桥！"

观察完地形，黄开湘、杨成武等一筹莫展地折回西桥头下游约一里的沙坝村天主教堂，立即召集营、连干部会议，商讨夺桥战斗计划。

黄开湘开门见山就下了三道命令："命令三营立即组织火力，在沙坝封锁住河东岸川军增援的道路，将守桥头的川军与西城门内的川军隔离开来，因为东岸跟西岸一样，只有一条依山傍水的小道通往桥头堡；分头到各连队进行夺桥战斗动员，组织突击队准备夺桥；因桥上的木板被敌人弄掉了，准备好铺桥用的木板，同时又是白天，决定黄昏时实行强渡总攻击！"

黄开湘三言两语讲明作战部署："告诉突击队要勇往直前，只能成功，不能失败！"

各营、连干部立即赶回各自部队动员。

动员的结果是令人兴奋的，全团九个连都递上了突击队员名单，纷纷争抢着担任突击队的任务。

黄开湘、杨成武兴奋之余，倒也犯了大难：到底将任务派给谁好？

黄开湘决定召开全团干部会议研究。

中午，红四团排以上指挥员们便三三两两地走进天主教堂。

看看人到齐了，团长黄开湘站起身来刚要讲话，突然"轰隆"一声，一发迫击炮弹在屋顶上炸响，屋顶顿时炸开了一个大窟窿，弹片、瓦片"哗啦啦"地直泻在教堂里。

杨成武乘机鼓动说："敌人来给我们动员了，我们必须立即打过桥去。现在大家说说该让哪个连担任突击？"

话刚落音，平时不爱说话的二连长廖大珠刷地站起来，矮而结实的身子激动得有点发抖，黝黑的脸一下子红到耳根，吃力地说："一连过乌江立了功，成为渡乌江模范连，我们要向一连学习，争取当夺取泸定桥的英雄连！"

"夺桥任务非给我们三连不可！"刚从侦察连调到三连的急性子三连长王有才没等廖大珠说完，霍地站起来，嘴巴像打机关枪："我们三连哪一次战斗都没落后过，这次保证把桥拿下来。不叫我们当突击队，我这个连长没法向战士们交代！"

"我请求发言！""我代表六连请战！"四连长、六连长等坐不住了，纷纷要求发言请战。

黄开湘、杨成武见群情激昂，一个个求战心切，互不相让，并争得面红耳赤。两人凑耳嘀咕一阵，杨成武站起来大声喊道："同志们静一静，大家都想去，踊跃争当突击队，这是好的，可是桥只有一座，突击队只需要一个，我看民主集中，最后让团长说说，怎么样？"

"好！"大家这才在闹嚷嚷的争吵声中安静下来。

　　黄开湘冷峻的目光威严地扫视全场一眼，然后不慌不忙地将夺桥的战斗计划介绍完后，宣布由二连担任突击队。

　　二连长廖大珠一听欢喜若狂，霍地站起身来，情不自禁地使劲鼓掌。

　　顷刻间，全场响起了雷鸣般的掌声，羡慕的眼光齐聚在廖大珠身上。

　　杨成武站起来，双手摆摆示意大家安静下来："要打仗有的是，咱们轮着干。上次渡乌江是一连打头，这次轮到二连，由二连的二十二个共产党员和积极分子组成突击队，廖大珠同志任突击队长，我看很好，看大家有没有意见？"

　　抢到任务的廖大珠激动得跳起来，没抢到任务的王友才垂着头，耷拉着嘴角。

　　杨成武会心一笑，指着王友才："三连的任务也不轻，你连担任二梯队，跟着突击队冲，还要担任铺桥面的任务，让后续部队迅速冲进城去，看你还有什么意见？"

　　王友才的苦瓜脸旋即由阴转晴，缀上了笑容。

　　炊事班张罗着午饭，军团炮连神炮手赵章成选定好炮位，架好了迫击炮，二营、三营将轻重火力集中在一起，一营借来一大堆的门板堆放在桥头，总支书记罗华生亲自到二连组织准备工作。

　　二十二名突击队员每人配备了冲锋枪或短枪，背挂马刀，腰缠十二颗手榴弹，一切准备就绪。

　　其实，在写长征三部曲的过程中，笔者最大的感触，就是红军那种舍生取义的精神，换而言之就是信仰的力量。因为他们相信自己是为正义而战，为推翻人吃人的剥削制度而战，"打土豪，分田地"，把泥腿子们的心凝聚在一起。因此，每临生死关头，指战员们都能不顾个人安危，自觉自愿地挺身而出："共产党员们，跟我上！"指挥员冲在枪林弹雨的最前头，与国民党军"弟兄们，给我上！"当官的跟在士兵后面冲，一个"跟"与"给"字，画龙点睛，将国共两党军队的性质划出了天壤般的区别。

　　下午四时，泸定桥西岸桥头，除了雷鸣般咆哮的河水声，时间、空气，一切仿佛都凝固了。早已严阵以待的红四团指战员们各自守在自己的战位上，目光、枪口齐指东岸桥头堡用沙袋堆叠的川军掩体上。

　　时任红四团总支书记的罗华生在一九三六年回忆说：沿铁索链冲锋的二十二个英雄也有更充分的准备，大刀刺刀，磨得更白更亮，架放在铁索链上的木板，也准备了。团司令部一声集合前进号音，全团的队伍，就运动到泸定桥头的隘巷要口，以火力援助二十二个英雄沿铁链冲锋，并准备增援与全部强渡。

　　站在桥头工事里的黄开湘扭头望望身后蓄势待发的廖大珠的突击队，再望望紧跟在突击队后一手持枪、一手扛着木板的王友才第二梯队，然后朝着集中起来的全团数十名司号员队伍大手一挥："开始！"

　　顷刻，"嘀嘀嗒嗒"几十把军号吹响了嘹亮的冲锋号声。军号声中，所有的轻重武器喷吐出愤怒的火焰，织成一张无头无尾的火网，向东岸席卷而去。

顷刻，军号声、枪炮声、喊杀声震撼山谷，慑人心魄，泸定桥狭窄的河谷早成了一片火海。

"冲啊！"廖大珠大喝一声，带头跃出桥头堡，冒着密集的枪弹，一手攀着桥栏的铁索，一手持枪，侧卧着身子，匍匐在摇摇晃晃的铁索上，朝东岸一步一挪地爬行着。紧跟在突击队后的王友才带着三连猫着腰，亦步亦趋，边朝东岸射击，掩护冲在前的突击队，边将木板铺在铁索上。

扼守东岸桥头堡的饶杰连，突遭红军枪炮的猛烈轰击，一下子蒙了，等醒悟过来，见红军突击队正沿着光溜溜的铁索摇摇晃晃爬过来，慌忙抓起手中的轻重武器就打。

东西两岸的迫击炮对轰着，机枪对扫着，步枪对射着，如雨的弹头击在碗口粗的铁索上，"咣啷咣啷"乱响，火星乱溅。

"火力压制！"黄开湘睁着腥红的眼珠，大声吼着。

"突突突"的枪声中，子弹头编织而成的"雨幕"向东岸桥头堡卷去，压得守桥的川军士兵蜷缩在沙袋后不敢抬头，手中的枪"砰砰砰"乱无目标地乱放。

几乎就在红四团向泸定桥发起总攻的同时，在泸定桥东岸下游约五十里的海子山，右路纵队红一师的邓华红二团与袁国瑞旅的杨开诚第十一团也打得胜负难分，相持难下。

二十九日拂晓，红二团从得妥出发，向泸定桥疾进，由于战斗部队一路轻装攻击前进，炊事员们挑着炊具、粮食根本无法跟上，有的连队勉强煮了些稀饭吃，有的甚至饿着肚子，但军令如山，一声令下，瘪着肚子也得继续往前走。

红二团走不到五里，便抵达海子山的前沿阵地铁丝沟。

时任红二团政治委员的邓华在一九三六年追述说：铁丝沟非常险要，左边是很深很急的大渡河，波涛汹涌，如万马奔腾；右边是很陡的高山，峭壁千仞，高耸入云。敌人即利用此天险顽强固守，同时敌人驻龙八铺的一个旅的主力，已赶来占领了铁丝沟的最高山及其隘路。开始，上级给我们的任务是坚决驱逐隘路口的敌人，以一连向高山警戒，主力则迅速通过向泸定桥前进。

为了争夺隘路口，以便主力迅速通过，红二团与扼守隘路口的川军从清晨一直激战到中午，红二团多次组织火力突击，但始终无法突破。

其实，与红二团激战的是杨开诚团的曾子佩营。

时任刘文辉第二十四军参谋长的张伯言后来谈到当天的战况说：第十一团团长杨开诚率部到达河岸后……由于地形限制，只好把部队重叠摆开，占领阵地。曾子佩营位于海子山前面高地，吴岗陵营位于海子山及冷碛两地，余一个营做预备队。红军进攻杨开诚团，和对岸红军主力攻泸定桥的时间大致相同。红军先和曾子佩营激战由晨至午，曾营伤亡甚重，溃退下来，由海子山下面小道绕过吴营阵地退却。吴营及做预备队的一个营又接应上去，在海子山激战，伤亡仍大，战斗陷于胶着状态。

下午四时许，刘伯承赶到红二团，举起单筒望远镜仔细观察地形及川军的布防情况后，决定兵分两路：一路由萧华率一、三营向海子山正面的石门坎守敌吴岗陵营发起猛攻，一路由邓华率第二营向纵深抄敌背侧，夺取海子山的最高点，同时对岸红一军团教导营又用火力支援。

不多时，枪声大作。吴陵岗营受到红军的三面夹击，伤亡惨重。吴岗陵急派营副黄振到龙八步向袁国瑞求援。袁国瑞加派手枪连上去增援。此时恰好红三团一部赶到。

邓华后来说：特别是九连一班人绕至敌人后侧，几个手榴弹一打，敌人即已动摇。同时三团一部已到，战士勇气更高，最后一个反冲锋，便夺取了敌人的阵地，二营此时已占领最高山，于是敌人全部退向龙八铺。

与此同时，泸定桥的战斗已白热化。

突击队一步步接近东岸桥头堡，西岸的二、三营集中所有的火力射向对岸，压得守桥的饶杰连根本无法抬头。

眼见得突击队就要冲进东岸桥头的亭子，罗华生看到：那时二十二个英雄沿铁链快冲到那边桥头了，口中喊着"只要你的泸定桥，不要你的烂枪！"守桥的敌人就恐慌万状，失了守桥的决心，放火烧桥头的凉亭，并延及附近的几间房子。

接下来的战斗过程，也许用目睹过战斗进程的红一军团政治部宣传科长彭加伦在一九三六年写下的这段文字更加贴近史实：

火焰冲天，无法过去，英雄们此时有些踌躇起来，徘徊不前了。团政委见此情况，高声大叫："同志们，这是胜利的最后关头！拿出你们英勇的精神，冲过去！不怕火呀！迟疑不得呀！快冲呀！敌人垮了！你们是光荣的模范英雄呀！冲呀！杀呀！"这一段鼓动词又把英雄们的勇气鼓起来了，他们不顾一切冲进火焰中去，衣服、帽子烧了，眉毛、头发也烧了，他们一切都不管，只是猛冲，一直冲入街上，和敌人进行长时间的巷战。敌人集合全力反攻，二十二个英雄的子弹手榴弹都打光了，形势是万分紧张，差不多支持不住了。

危急关头，王友才带着第二梯队三连冲了上来，紧接着黄开湘、杨成武也率后续部队迅即冲过桥，加入了巷战。突击队如虎添翼，抡起大刀，见人就砍。这时夜色降临，人影幢幢，树影幢幢，杀红了眼的突击队员举刀就砍，路两侧的不少棵树，都被杀红了眼的突击队拦腰砍断。

……

当滔滔的大渡河水映着初升的一轮明月时，红军已全部占领了泸定城。一清点人数，突击队伤亡三个人。

黄开湘、杨成武正在指挥部队打扫战场，只见林彪、左权、陈光、刘亚楼等军团、师首长已赶到桥头，忙迎上前去。

望望弹痕累累的桥头堡，望望仍散发着硝烟味的十三根冰凉的铁索，站在西桥头的林彪眼眶湿润，胸脯起伏，剑眉微敛，薄唇紧抿，望着陪同在旁一身血渍的黄开湘和杨成武微微摇摇头又轻点点头，嘴角露出一丝难见的笑容。

林彪剑眉微敛，嘴角微咧，旋即交代：为防止敌人反扑，立即派军团教导营向打箭炉（康定）方向警戒，再派一个营沿河向南警戒。

当晚九时，林彪致电中革军委主席朱德及刘伯承、聂荣臻、董振堂、李卓然：我四团于今晨六时赶到泸定桥附近，于十七时攻占泸定桥，敌向天全退去。余另告。

简简单单的三十三个字，让正急急赶往泸定桥途中的毛泽东吃了定心丸。

其实，就在夺桥战斗打得最激烈时，坐镇在泸定城里的李全山召集周桂三、李昭两个营长研究对策，并在电话上向旅长袁国瑞请示怎么办，同时说明泸定桥很难防守。

张伯言后来谈到当时的情形说：袁国瑞这时正受对岸红军袭击，情况混乱不堪，因而答复说："我们这里也很紧张。"袁国瑞随将电话机放下。这时从电话里可闻枪炮声，听到有人喊："旅长，快点，快点！"电话遂告中断。其时桥头红军用猛烈火力集中射击，饶连伤亡很大，李全山惊惶失措。大家认为既然龙八步的情况已经不明，红军夹江而上，自己腹背受敌，决难久持，遂决定由周桂三营断后，李全山率领其余两营取捷径退往天全，当夜即出发。周桂三决定饶连的虎班长带一班人作为最后守桥部队，饶连断后并放火烧桥。这时红军开始夺桥，周桂三仓皇撤出泸定向天全退却，虎班全部被红军消灭。饶连在红军渡过泸定铁索桥后，为了掩护周营撤退，仍作顽强抵抗，经红军展开扫荡，饶连伤亡更大，周营只剩下十几人。

夜晚十时许，警戒营的排哨突然传来一阵枪声。黄开湘、杨成武一惊，连忙派人查询。

原来，天黑难辨，排哨突然发现一支部队沿东岸朝泸定桥疾速扑来，排哨猛一个冲锋，抓了个俘虏一审，竟然是红一师三团的。

黄开湘、杨成武立即派人去迎接随一师行进的刘伯承和聂荣臻。

三十日凌晨二时许，刘伯承、聂荣臻一身泥渍汗渍地走进了泸定城，劈头就问起了夺桥战斗的情况，并迫不及待地说："你先带我们看看桥去。"

夜，一片沉寂，一牙新月镶嵌在二郎山顶上湛蓝的夜空，稀疏的星星闪烁着微弱的光芒，银霜遍地，寒气袭人。悬空的铁索隐在朦胧的夜色中，上面稀稀拉拉的桥板，像一条灰色的带子，连同山势陡峻的二郎山的山影映在水面上。整个河面，翻卷着沸腾的浪花，呜呜的一片声响。

杨成武提着马灯，陪着脚穿草鞋的刘伯承、聂荣臻默默地从桥东走到桥西。时而驻下脚来，远眺暗夜里黑黝黝的群山，时而俯首垂视桥下雾气弥漫的流水，时而审视着每一根铁索，每一个铁环，伸手摸摸冰凉的铁索链。

当从桥西头折回到桥中央，刘伯承忽而停步，手扶铁索，用脚重重地在桥板

上连跺三脚，感触万端："泸定桥，泸定桥！我们为你化了多少精力，费了多少心血！现在我们胜利了，我们胜利了！"

"应该在这里竖一块碑，记下我们战士的不朽功勋！"刘伯承双唇一抿，望着奔腾的急流深有感慨的说。

五月三十日，董振堂率五军团赶到泸定桥。

五月三十一日，毛泽东、周恩来、朱德等率军委纵队也抵达泸定桥。

林彪、刘伯承、聂荣臻等率红四团在西岸桥头列队欢迎。

站在西桥头的毛泽东一手叉腰、一手夹烟凝眸注视铁索桥良久，方缓缓转过身来，神色凝重地环视肃立在两侧的指战员们一眼，吮咂一下下唇，用浓浓的湘南话说道："我们英勇的红四团和红一师的同志们，已经完成了一项光荣伟大的任务，夺下了泸定桥，为红军渡过大渡河开辟了道路。我们的红军真是无坚不摧，所向披靡，有这样的红军战士，我们还有什么克服不了的困难！"

毛泽东用手比画着，声情并茂："我们的行动证明，中国共产党领导的红军不是太平军，我和朱德也不是石达开第二，蒋介石的如意算盘又打错了！"

全场顿时爆发出雷鸣般的掌声。

紧接着，毛泽东代表军委向红四团授予一面奖旗，并授意林彪给二十二名突击队员和红四团团长黄开湘、政委杨成武每人发了一套印有中央军委奖字样的列宁服、一支钢笔、一个笔记本、一只搪瓷碗、一个搪瓷盘子和一双筷子。这对因长期流动作战、物资严重匮乏的红军指战员们来说，无疑是最高的奖赏。

连续几天的强行军，毛泽东、周恩来、朱德等军政领导也疲惫不堪，坐在桥西大树下差不多休息了两个小时，才迈步朝桥上走去。随行的一个战士说："这样的桥，有我们一个班守着，谁也别想来。"

毛泽东笑笑："敌人嘛，总是敌人，他们和我们共产党领导的队伍是不能相比的！"

刚走到铁索桥的中央，毛泽东停住了步，一手扶着铁索，抬头望望远处对峙的群山，俯视脚下奔腾咆哮的大渡河，抚摸着碗口粗的铁索，深沉地说："应该在这里竖一块碑！"

十五年后，为解放西藏，在苏联的援助下，在泸定铁索桥的上游修建了一座大钢桥。

朱德为桥头题词：万里长征，犹忆泸关险；三军远戍，严防帝国侵。

一九五〇年，刘伯承题名：大渡河桥。

一九七九年十月，聂荣臻为大渡河纪念馆题诗：安顺急抢渡，大渡勇夺桥，两军夹江上，泸定决分晓。

一九八〇年，杨成武为大渡河纪念馆赋诗：无边风雨夜，天堑大渡河，火把照征途，飞兵夺泸定。

至于当年的二十二勇士，杨成武在一九八一年说：带队的连长廖大珠，血染

黄土高原，江西老苏区的红小鬼刘梓华同志长眠在天津城下，还有那个捷足先登的苗族小战士呢？啊，他们的名字，竟没有留下来。

泸定桥失守，气急败坏的蒋介石痛斥刘文辉并严词通令川军：

查朱（德）匪未赴金沙江以前，曾经迭电刘（文辉）总指挥派兵布防金沙江上游，分段筑碉……据先后电复——遵办，各在案。现查，实际全未遵行。即以猛虎风搜获匪队讲话材料内云，匪方各军，在两天内能行三百里，还要作战，可为铁证。否则碉堡阻滞，行动决不能如此神速。似此上下欺蒙，贻误戎机，殊堪痛恨。虽以前未经严申赏罚，但既经有令指示，自应遵力奉行。而刘总指挥文辉笃信部属，不加督察，实难辞咎……着记大过一次，以为督饬不力者戒。

对红一军团夺取泸定桥的惊天之举，一九三六年陈云在《随军西行见闻录》中写道：红军之全部渡过泸定桥，确为红军的莫大成功。如红军不能过桥，则安顺场渡河至北岸之师，势将孤军作战，而南岸之红军主力则必走西康。西康则系游牧区域，粮食宿营，两感困难。而国民党军进剿则以雅安为后方，追剿部队虽感困难，但有后路接济，红军则极难克服困难也。今红军全部渡河，自此川陕甘青几省均将为红军活动之地区矣。

国民党高级将领胡羽高在《共匪西窜记》中，也不得不由衷地赞称：自朱毛西窜以来，曾渡贡水、章水、来水、潇水、湘水、清水河、乌江河、赤水河、白层河、黄泥河、金沙江，然无有过大渡河之奇妙者。洪杨之役，翼王石达开西行至此……今朱毛至此，竟安全通过。

毛泽东后来说：这个军队具有一往无前的精神，它要压倒一切敌人，而决不被敌人所屈服，不论在任何艰难困苦的场合，只要还有一个人，这个人就要继续战斗下去。

泸定桥，从此成为中外朝圣之地。

一九八一年七月，美国前国家安全事务助理布热津斯基带着全家人来到泸定桥头：不管事实怎样，渡过泸定桥对长征而言确实是有重大意义的。若是渡河失败，或者红军在敌人炮火下动摇了，或者国民党炸坏了大桥，那中国后来的历史可能要改写了。

一九八四年，美国作家索尔兹伯里也怀着探奇与崇敬相互交织的复杂心情凝视着泸定桥那十三条粗壮的大铁索，在长征中，没有一个地方可以同泸定桥相比，我为飞越大渡河以及赢得这一胜利的红军男女战士们欢呼！

泸定桥，因朱毛红军创造的人类极限奇迹，而载入中国革命军事史册和世界军事史册！

岷山白雪

# 一

排兵布阵，蒋介石挖空心思欲将红一、四方面军隔阻在夹金山南北，分别围歼；

临机应变，毛泽东兵分三路直捣蒋介石软肋。

一九三五年五月三十一日夜晚，成都刘文辉私宅。

熠熠的灯光下，身着青灰色长袍的蒋介石像一头迷途的小鹿，倒背着两手在作战室内蹿来蹿去，焦躁、焦虑、焦灼毫无遮掩地全垒在那张消瘦的脸上。

端纳、陈诚等行营智囊团成员，默然不语地坐在一旁的沙发上，一个个神情肃穆。

"委座，这是刘文辉今天在蓉发表的谈话！"晏道刚手拿文件夹急匆匆地走进作战室，将一沓文稿递到蒋介石手中。

"刘文辉坏我大事！什么'杨森部由东面调来，未及赶到，红军已过了大渡河'；什么'吾军人少于彼，乃不得不撤退'；纯属狡辩，推卸责任！"乜斜一眼文稿的蒋介石气不打一处来，"啪"的一声将文稿摔在桌上，挥手一掌重重地拍在文稿上，两撇小胡须奄拉得更长。

三十日一大早，刘文辉发来泸定桥失守的急电，蒋介石像五雷轰顶，一下子全蒙了：完了，数日来呕心沥血苦心谋划的南追北堵大渡河会战计划彻底泡汤了！把毛泽东变成石达开第二的企图也就顺理成章地变成了泡影！

画虎不成反类犬！愤怒、咆哮，乍闻噩耗的蒋介石暴跳如雷，神经紊乱如麻，歇斯底里一阵后，旋即像一只泄了气的皮球，垂头丧气地瘫坐在沙发上。

冷静下来的蒋介石思前想后，怎么也想不明白朱毛红军是如何夺下天堑泸定桥的，难道是长了翅膀飞过去的不成？

在井冈山、在江西苏区、在湘江东岸、在乌江边、在金沙江畔，自己一次次费尽心机精心策划出来的一个个看似天衣无缝的"会剿"、"围剿"、"会战"计划，一次次均为失败告终，毛泽东顽强的求生意志和超强的求生本领，的确超乎

人的想象。

让他炸桥不听，让他重兵防守不依！

最后，百思难解的蒋介石将一切怨气一古脑地全撒在刘文辉身上。

咬牙切齿，蒋介石将个刘文辉恨入骨髓！

"什么构筑了金沙江、大渡河沿岸两道碉堡线，纯粹是一味敷衍，实未遵办。晏道刚，立即通令各部，给刘文辉记大过一次，戴罪立功，并对其所部各负责长官查明严处！"

但是，怨归怨，气归气，怨气发泄完，蒋介石渐渐冷静下来：眼前最紧要的仍是如何想方设法继续围歼侥幸渡过大渡河的朱毛红军！

蒋介石当然十分清楚毛泽东千方百计抢渡大渡河的意图，目的是企图与活跃在川西北地区的张国焘部会合。

蒋介石的眼睛在川康地图上游移着：川西北的张国焘部已占领了岷江沿岸的茂县、汶川，有向理番、懋功南下的迹象，而窜过大渡河的毛泽东若沿天全、芦山、宝兴北进，两者必会师于川西北，一个朱毛红军流窜上万里尚未剿灭，若让两者会合，人强马壮，就更难剿难灭了！

不行！绝不能眼睁睁地看着毛泽东的手与张国焘的手握在一起！

必须将朱毛红军围困在雅安地区，将红四方面军阻击在川西北，才能便于各个击破，分别围歼！

计算两者间的距离，详察地形地貌，盘计如何筑建隔离墙，揣测毛泽东的下一步行动，蒋介石与智囊团的高参们围着五万分之一的川康地图熬更过夜，彻夜未眠。

从泸定到懋功、汶川，中间隔着人迹罕至的大雪山，大雪山以西是偏僻的藏族聚居区，毛泽东只有大雪山以东到松潘的一条大路可走！

分析、猜测、揣度，与毛泽东较量了数十个回合都处于下风的蒋介石，经过大半夜的冥思苦想，又看到了一个一箭双雕的巨大战机：

让川军与红军鹬蚌相争，自己坐收渔翁之利！

不过想要不露痕迹地借刀杀人，必须要假借四川王刘湘之手。

蒋介石把每一个步骤都算计得滴水不漏后，方让晏道刚立即给重庆的贺国光打电话，密授计谋，并嘱咐贺国光巧妙地征得刘湘的同意，而且不能让其看出破绽。

六月一日，四川行营参谋团主任贺国光根据蒋介石的授意，在与刘湘商磋后，正式下达了阻止朱毛红军与张国焘部会合于川西北的命令：

川军第二十一军分守灌县、大邑、绵竹、新津地区；

川军李家钰的剿匪第三路军驻守理番，并图收复红四方面军占领的汶川、茂县地区；

川军邓锡侯的剿匪第一路军换防后，一部派往懋功、水腐沟驻防，驰赴宝兴、芦山、天全、雅安各点；

川军独立旅王泽浚部控制邛崃、名山地区；

刘文辉等部除派一部参加追击外，其余固守泸定、康定，并控制主力于泸定附近，兼扼通丹巴、金汤两路主要点。

剿匪第三路军第二纵队司令胡宗南部于朱毛红军北面、川军杨森部南面追堵，以达截击红军为数段之目的。

按照这个计划，基本上以夹金山为界，将张国焘红四方面军遏制在懋功、汶川、茂县以北地域，将毛泽东红一方面军遏制在宝兴、芦山、天全以南的雅安地区，分别围歼。

一举两得！上午，蒋介石披阅毕贺国光的电令，满心地愉悦：如此一来既可借助川军的力量剿灭朱毛红军，又可借助朱毛红军之手消耗川军的实力。

自喜得计的蒋介石欢喜之余，忽然想到毛泽东的过人之处，深恐川军阳奉阴违，不戮力围剿，让毛泽东再次脱网而逃，亢奋的情绪一下子跌落下来。

打虎亲兄弟，上阵父子兵。不行，关键的时候还得靠自己的嫡系部队！

一念及此，蒋介石又亲自给薛岳下达了一道手令：残匪艳午（二十九日午）已到泸定与我守城刘（文辉）部激战中，大树堡之匪全向泸定退却……匪踪既明，我军前进不须如前日各电之持重，应令李抱冰纵队除酌留防守冕宁城部队之外，其余直向康定急进。

果然不出所料，当天下午，国民党剿匪军第二路军前敌总指挥薛岳便秉承蒋介石的意旨，制定了新的追击部署：命令李韫珩、吴奇伟、周浑元所部于本月中旬前赶赴泸定、汉源。

更让蒋介石感到欣慰的是，薛岳还在来电中对经营川黔两省献计献策：以职愚见，最好将黔军悉数调川，一则黔局易安定，减少我中央军之守备，二则黔军易于整理，将无用之军队化为有用，三则增加中央军在川力量，动作裕如。

借追剿朱毛红军之名，将中央军开进视为铁板一块的黔、川、滇西南诸省，并将地方军政大权纳入南京国民政府的麾下，以结束长期以来西南诸省半割据半独立的状态，这是蒋介石蓄谋已久的策略。

但是，到目前止，只拿下了贵州王王家烈，云南王龙云无暇顾及，四川王刘湘千方百计阻挠中央军入川，眼下正是彻底解决四川军政大权的天赐良机。

各个击破，逐一收服，软硬两手玩起来轻车熟路，在这一点上谁也玩不过蒋介石！

可川北芦山、天全一带是杨森的势力范围，杨森可是个见风使舵并不省油的主儿。

对杨森的秉性，蒋介石一清二楚。

杨森算起来还是国民党的元老，也是纷飞战火中打出来的悍将。早在一九一〇年，杨森就秘密加入了孙中山领导的同盟会。但在长年的军阀混战中，杨森一会儿川军一会儿滇军，一会儿北洋政府军，一会儿直系军阀吴佩孚的控川代理人。骑墙看，两边倒，甚至一女多嫁，左右逢源，谁得势就跟谁干，有奶便是娘，反复无常。

一九二六年九月北伐战争时期，杨森既接受北伐军任命的国民革命军第二十军军长兼川鄂边防司令之职，并欢迎共产党人朱德任其军党代表，却又暗下里继续担任吴佩孚之"讨贼联军第一路军总司令"，后来又公开撕掉出师北伐的假面具，直到吴佩孚兵败，又转投到蒋介石的门下。

识时务者为俊杰。杨森就像一位精明的生意人，唯利是图，奸巧过人，使出浑身解数周旋于列强之间。

这次命令杨森部到荥经、天全、芦山防堵，老谋深算的杨森又会玩出什么样的花招来，对此蒋介石心里没底。

心里没底的蒋介石将忐忑不安的目光望向西面的洪雅。

其实，在洪雅第二十军军部的杨森也像蒋介石一样，心绪烦躁难安。

上午接到贺国光、刘湘要他派有力部队到荥经、天全、芦山防堵的急电，杨森当即做出决定：派杨汉忠的第五旅、罗润德的第六混成旅到荥经地区堵击；高德周的第四混成旅沿雅河到天全堵击；电令王泽浚旅经荥经到芦山堵击。

雷厉风行，毫无犹豫！杨森之所以这样做，自有他的苦衷。

自己与蒋介石交恶多年，且与刘湘也积怨颇深，这次蒋介石的中央军和刘湘部以堵剿红军之名，大兵压境，此时若再不卖力的话，恐怕连自己的立足之地也没有了！

杨森心里十分清楚：现在要去对阵的朱毛红军，蒋介石曾调动百万大军围追堵截，也未能奈何毛泽东，这次仅凭自己手头二万三千多人马就想堵住，简直是痴人说梦！更何况与蒋、刘二人夙怨未解，稍有不慎就会陷入蒋、刘二人借刀杀人的圈套，跟红军拼光自己的家底。

堵与不堵？杨森的心里像十五个吊桶打水——七上八下的。

江湖险恶，人心叵测，人情世故练达的杨森忽然想起曾经两次跟红军打交道所尝到的甜头。

一九二九年，中共四川省委批准的旷继勋旅起义，组成了中国共产党四川工农红军第一路，杨森曾与这支红军队伍进行过合作。

一九三三年，刘湘"围剿"川陕苏区，杨森为了红四方面军不打他而去打刘湘的嫡系刘存厚，便主动跟红四方面军联系，保持中立。

言而有信，在这一点上共产党与国民党完全是两码事。

如今又处在夹缝中求生存，必须给自己留下一条后路！

杨森斟酌再三，想起在滇军中时曾与红军总司令朱德的旧交，决定故伎重演，再耍一次滑头，想方设法与红军取得联系，便暗下里授意第五旅旅长杨汉忠出面与朱德联系，由杨汉忠派人给朱德送去信函、部队番号和联络信号，提出互不侵犯的要求。

如此一来，在蒋介石眼里视为天衣无缝的天网撒出去还未落地，就早已被地方诸侯割开了口子。

其实，蒋介石南京政府与地方各路诸侯的矛盾，就像与生俱来的遗传性顽疾，根本无法治愈。正因为蒋介石与地方诸侯之间的明争暗斗、尔虞我诈，朱毛红军虽屡屡濒厄涉险，但都能够逢凶化吉，转危为安。

朱德接到信函，决定利用杨森分化对手，便给杨汉忠复信云：汉忠师长吾侄勋鉴，来函悉，吾侄深知兔死狗烹，鸟尽弓藏，殊堪嘉许，已按来意饬敝部先头部队与贵军切取联系，专复并颂勋绥，朱德顿首！

后来，杨森派到荥经地区堵击红军的第五、第六混成旅与红军稍有接触便撤退而走，杨汉忠率第十三团驻守荥经城，只朝天放枪以掩人耳目。

朱毛红军在杨森防区一路绿灯畅行。

然而，在个人利益面临抉择时，人的本性就会显现无遗。

善于投机取巧的杨森害怕蒋介石追责问罪，从芦山经宝兴到夹金山又充当追击红军的急先锋，并命令夏炯部惨杀红军伤病员和掉队人员。杨森于六月十四日也致电蒋介石，谎称灵关大捷，骗取了蒋介石的传令嘉奖和奖金：夏炯旅在芦山、宝兴、天全之灵关要隘，截断朱德匪部三团约三千余人，失其归路……约二千余人投江，余悉被生擒。

蒋介石挖空心思排兵布阵给老对手毛泽东布下似乎无解的死局，毛泽东则大智大勇兵分三路直捣老对手蒋介石的软肋。

一九三五年五月三十一日夜，泸定城外的一座瓦房里。

煤油灯熠熠的火苗在微风中不停的摇曳着，腾腾烟雾在火光的映衬下，灿若云霞，烟草味弥漫了整个屋子。

刚吃完饭的毛泽东、朱德、周恩来、张闻天、王稼祥、陈云等中共军政首脑们便聚集一起，召开政治局会议。

飞夺泸定桥的成功，使全军顺利渡过了大渡河，击碎了蒋介石企图将朱毛红军变成石达开第二的美梦。抢时间，抢速度，连续紧绷了几天几夜的神经如今因顺利渡河而一下子松弛下来，除了说不出的轻松、喜悦外，还感到浑身的疲困。

尽管如此，但面临新的形势，面临新的抉择，军政首脑们又不得不坐下来一起商量。

中共总书记张闻天主持会议，军委总参谋长刘伯承首先汇报了敌我双方态势。

寻找落脚之地，是与会者的中心议题。

坐在张闻天身边的毛泽东一边全神贯注的倾听着大家的发言，一边一支接一支地吸着烟，最后见大家将征询的目光都投向自己，这才将烟蒂掐灭，举手捋捋盖耳的长发，布满血丝的大眼扫射全场一眼，然后不慌不忙地站起身来，一手端

着煤油灯走近身后木壁上张挂的地图前。

毛泽东大手在地图上一划，厚唇一抿："我军渡过泸定桥后，北有二郎山，南有大渡河，蒋介石必调兵遣将对我军实行新的北堵南追"围剿"计划。川西地区地域狭小，山岭纵横，不利于我军长期立足，更为关键的是遵义会议后，我们就与红四方面军失去了联络，目前只知道他们在岷江边的理番、茂县一带活动，具体情况不详。"

毛泽东转过身来，从兜里掏出烟点燃，深吸了一口烟，浓眉一扬："基于上述情况，我提议暂时以雅安为中心，在川西一带暂时立足，再寻机与红四方面军会师。"

毛泽东见大家全神贯注地倾听着，吮吮下唇："要实现这个计划，以林彪的一军团为右路纵队，沿大渡河东岸南下，向清溪、富林一带挺进，以扼阻薛岳部渡河北进；以彭德怀的三军团和军委纵队为中路纵队，向天全一线挺进；以罗炳辉的九军团为左路纵队，从泸定直插天全。全军再相机北进，实现与四方面军的会合。"

张闻天见大家对毛泽东的提议再无异议，便笑笑说："军事行动问题就按老毛说的办，请恩来、伯承同志负责拟定具体行动计划下发各军团。接下来的问题就是，我军在遵义会议前已与共产国际失去了联系，二渡赤水后，派潘汉年到上海联系，但至今没有任何消息，请大家再重新讨论一下，派谁去恢复白区工作合适。"

自从一九二二年七月，中共"二大"做出加入共产国际的决议，中国共产党成为共产国际的一个支部，党的领导人的任命、政治路线必须征得共产国际的同意。

一九三五年一月，中共中央在与共产国际失去联系的情况下召开了遵义会议，更换了领导人，这在中共党史上是破天荒的大事，新的领导人必须征得共产国际的认可才具有合法性。再加上自中央苏区建立以来，受共产国际相继派回国的"二十八个半布尔什维克"的影响，党内、军内有相当大的一批指挥者习惯于听从共产国际的指示，对未经共产国际批准的新领导人仍存在一定的抵触情绪和持怀疑的态度。

一九三五年三月，朱毛红军二占遵义时，从红二、六军团任弼时来电中获悉，一直与共产国际保持联系的中共上海局遭到破坏后，就决定派红军总政治部宣传部长兼地方工作部长潘汉年去上海恢复白区工作，并相机联系共产国际。

潘汉年化名杨涛几经辗转到达上海，见上海局已遭毁灭性破坏，只得转到香港，寻找时机再赴莫斯科。

但潘汉年毕竟未参加遵义会议，对一些重大决策也不甚了解。因此，朱毛红军一过泸定桥，相对而言形势已大有好转，于是老话重提。

经过讨论，会议最后决定派政治局委员、白区工作部长陈云去上海。

毛泽东提议：增派李维汉一起去上海。

一九三五年六月，陈云在两名地下党员的护送下，从天全灵关出发，经雅安抵成都，在重庆乘"民生"轮到达上海，不久与潘汉年取得联系，分别起程赴莫斯科。而李维汉却因故未能成行。

夜深沉，刚开完会的毛泽东伫立在泸定城西门城头，凝望着漆黑的夜空，默然不语地吸着烟，脚下大渡河水的咆哮声仿若充耳未闻。

毛泽东的思绪像脱缰的野马驰骋着：三渡赤水后的决策已付诸实践并已演变成现实，眼下只剩最后一步棋，也是最关键的一步棋，那就是实现与红四方面军的会合。可只知道张国焘部在川西北的茂县、理番一带，具体位置却并不清楚。再说老对手蒋介石早已洞察两军会师的意图，必定会千方百计地阻截、"围剿"，前行的路仍坎坎坷坷，荆棘丛丛。

"主席，一军团急电！"周恩来手拿电文急匆匆地走上城头。

毛泽东借着马灯的光亮一看：一师在飞越岭攻击受阻，据悉清溪驻有杨森部重兵。林。

毛泽东浓眉微锁，夹在手指间的烟支不时闪烁着火花：全军虽然渡过了大渡河，甩掉了蒋介石中央军的追击，但减员十分严重，现全军已不足两万人马，若再与川军纠缠不清，就会损伤元气。

留得青山在，不怕没柴烧。不行，绝不能与川军硬拼！

毛泽东的大脑像滚动的车轱辘飞快地旋转着。

"恩来，立即电告林彪，改变原定南下清溪、富林的行动计划，迅速向北挺进！"毛泽东根据瞬息万变的军情，及时调整着军事行动计划。

望着周恩来匆匆离去的背影，毛泽东厚唇一抿，抬头望向南面黑黢黢的夜空。

自从一月遵义会议自己重掌军权后，林彪的一军团一直在前担任劈山开路的急先锋，而彭德怀的三军团则负责殿后掩护，这两员大将一直是自己赖以驰骋黔山黔水、滇岭滇川的左臂右膀，再险恶的环境，再艰危的任务，恶仗硬仗，都能克服、完成、战胜。

从井冈山到中央苏区，以及转战粤、湘、桂、黔、川、滇数省，林、彭二人，逢山开路，遇水架桥，正因为有了二人的默契配合，朱毛红军虽屡历险境，但都能化险为夷。

这次能否实现与红四方面军会合的战略目标，关键还得靠林、彭二将开路。

关键时刻，毛泽东再一次把希望寄托在自己一手提拔的心腹爱将林彪那瘦弱的肩上。

五月三十一日夜晚，泸定城南面的化林坪，红一军团部。

林彪一声不响地闷坐在四脚方凳上，布满血丝的大眼怔怔地盯在桌前的地图上直发愣，红一师师长李聚奎、红二师师长陈光、政治委员刘亚楼等坐在旁边的

长凳上，焦虑的目光齐聚在军团长身上，远处不时传来断断续续的枪战声。

林彪是深夜赶到化林坪的。

刚夺下泸定桥，林彪又奉令率军团主力以红四团为前卫，马不停蹄地沿冷碛南下化林坪，这时李聚奎的红一师邓飞的红二团正在攻打化林坪。

时任红四团政治委员的杨成武回忆说：化林坪是个不大的镇子，四面有土围子，敌人将小股警戒部队摆在镇子里，把主力设在镇北一个名叫山垭口的高山上，妄图凭险据守。哪知，敌人在镇子里的警戒部队，被我一师部队一击即溃，乘夜我团和一师的部队向敌展开了一场战斗，很快就占领了这个小镇……后半夜，我们在镇子里听到山垭口前坡枪声阵阵。从那时断时续的枪声中，我们感觉到，这场仰攻遭到了敌人的顽强阻击，红军被挡在山前。

红二团攻击受阻。

扼守飞越岭北面化林坪小镇的是袁国瑞第四旅的杨开诚第十团，从化林坪败退到半山腰的瓦窑坪一线，布雷筑工事，企图凭险据守，没料红二团趁夜发起攻击，杨开诚团不堪一击，退经总预备队谢洪康团阵地，到山后休整。

红二团一鼓作气，乘胜又攻入谢洪康团前沿阵地。

眼见红军如决堤的洪水般铺天盖地而来，而自己的土兵一冲即垮败若蚁窜，谢洪康早已骇得浑身筛糠，趁两军混战之际，掏出短枪朝着自己的手臂抠动了扳机，然后扮作伤员向雅安逃去。

树倒猢狲散，一时川军阵脚大乱，一个个鬼哭狼嚎的，像无头的苍蝇，四处乱窜。

袁国瑞急将杨开诚、谢洪康两个团的溃兵合并，命令杨开诚统一指挥，抢占飞越关制高点，固守阵地，红二团正面仰攻受阻。

林彪听毕红一师师长李聚奎和红二师师长陈光简明扼要地汇报完战况，便旁若无人地"啃"起地图来。

从当地居民了解到，飞越岭上山顶有一个垭口，叫飞越关，北侧为桌子山，南侧为马鞍腰，双峰左右耸立，形成一天然隘口，东西两侧上下山各三十里，全是崎岖小道，犹如鸟道蛇盘，一线中通，自古就是内地至康藏的必经官道。

如今袁国瑞旅两个团扼关而守，并在登山的羊肠小道上布下雷阵，红二团趁夜发起多次攻击，除徒增伤亡外，仍一无所获。

要想夺取飞越关，看来只有出奇兵智取！

冥思苦想半天的林彪似乎拿定了主意，薄唇一抿，忽而抬起头来望着坐在一旁的陈光、刘亚楼命令说："明天命令黄开湘的四团夺关，记住，告诉他们一定要智取！"

望着陈光、刘亚楼领命而去，林彪这才转过头来看着左权说道："左参谋，立即电告军委，一师在飞越岭攻击受阻，据悉清溪驻有杨森部重兵。"

下达毕命令，林彪站起身来，悄无声息地踱至门口，望着漆黑的夜幕长长地吁了口气。

明天，那战场形势瞬息万变的明天，又将是一场恶仗、硬仗、血仗！

一阵夜风拂荡着脸面，林彪仿佛闻到了那呛人的硝烟味和血腥味，忽然打了个寒战。

## 二

红六连浴血飞越关，打开北进通道；为"围剿"，蒋介石厉兵秣马；为会师，毛泽东再施声东击西计。

落照如血，云烟氤氲，万道霞光俯射着如波状起伏的群山。

飞越关隘口的嶙峋山石上，林彪默然无语地俯瞰着战火洗劫后的战场，菜黄色的脸庞紧绷着，看不出丝毫的表情，浓眉下那双布满血丝的眼睛，冷酷得看不出丝毫的怜悯之情。

身旁、脚下的战壕、弹坑一片狼藉，到处撒满了弹壳、子弹带、子弹箱、断了柄的枪托枪管、折断了的刺刀、砍卷了口的马刀，木桩上余烬未熄，烟火袅袅，更让人惨不忍睹的是那散落在嶙峋的岩石间和战壕弹坑边的尸首，一个个血肉模糊，满身的血渍、烟渍，或缺臂少腿，或尸首分离，或撕扭在一起，咬耳朵的、掐脖子的，奇形怪状，林林总总，到死仍保持着一副拼命的架势。

杀鸡杀鸭，宰猪宰牛，弥漫了血腥味的屠宰场，人类间的残杀远比动物间的残杀要残忍得多、血腥得多、恐怖得多！

这就是战争，这就是弱肉强食的战争，这就是你死我活、残酷无情的战争！

若不是为了消灭人吃人的剥削制度，若不是为了推翻黑暗无道的腐朽社会，他们本该在日头不晒、雨不淋的学堂里朗朗读书，如今却为了正义、为了真理，长眠在他乡异地的山野间。

望着一张张血肉模糊但仍稚气尚未脱尽的脸，林彪感觉眼眶微微有些湿润，好像生怕别人看见似的，脸一偏，连忙将眼光望向远处起伏的群山。

"报告军团长，我们六连完成了任务，但是伤亡不小。"林彪闻声忙扭头一看，只见一身血渍、硝烟渍的四团二营副营长兼六连连长黄霖满眼噙泪地站在跟前。

站在一旁的红二师政治委员刘亚楼激动地说："六连是英雄的连队！"

林彪微点点头，脸上没有春夏秋冬："全连伤亡多少？"

"首长，伤亡三十多人。"黄霖稍迟疑了一下，补充说："首长，如果以后还要六连执行这样的任务，要求师、团首长给我们一点儿老兵。"

朴实无华、毫无隐晦的话语，像一股陈醋直灌人的心田，听得人泪水直涌眼眶。

"给，给你们老兵，给你们补齐！"陈光、刘亚楼、黄开湘、杨成武几乎异口同声。

当下，立即给六连补充了二十多个老兵，同时也补给了一批新兵，六连又成了一百四十多人的齐装满员的加强连。

原来，六月一日大清早，陈光、刘亚楼就把红四团团长黄开湘和政治委员杨成武叫到山脚下交代任务：拿下山垭口！

杨成武举起望远镜仔细观察地形：只见眼前云遮雾障，丛林莽莽，白蒙蒙的棉絮一般的雾气一直缠绕到半山腰，在沟沟岔岔里一大团一大团的雾霭，很快地升腾、飘动。雨已经下了半宿了，眼下，毛毛细雨淅淅沥沥，一直下个不停。一条向上的小路，两尺来宽，是山区常见的那种林间小径，就着山势，蜿蜒曲折，向上，向左，向右，穿过枝叶茂密的松林，攀上长满野花的山脊，消失在云雾里。

黄开湘凝目沉思一阵，浓眉一扬："这样的地形，大股兵力展不开。山上有雾，对敌人有利也有弊。我们摸不清他们，他们也摸不清我们，小股部队随机应变，可以出奇制胜。"

黄开湘、杨成武一嘀咕，决定把战斗任务交给六连，并增派一个机枪排。

通讯员转身就把六连连长黄霖叫上前来，黄开湘跳到路旁一块大石头上，伸手往山上一指："上面垭口两边是悬崖，连猴子都难爬上去，敌人就守在上面。如今通上去的这条羊肠小道，敌人埋了地雷，昨天夜里我军多次冲锋没有成功。因此，只有从侧翼选道而上。你们一定要拿下这个阵地，否则对我进军不利。"

浓眉大眼的师长陈光单刀直入："黄副营长，有什么实际困难，你就直说。"

黄霖稍犹豫一下，腼腆着脸："我们连队一天多没吃上一顿饱饭了。"

师政治委员刘亚楼闻言，扭头望望周围的指挥员们："师机关、直属队还有没有干粮？有多少干粮都拿出来！"

原来，红四团自奉命夺取泸定桥的任务后，为了抢时间，每餐只有生米充饥。打下泸定，川军纵火烧屋，缴获的粮食有限，山区贫瘠，打土豪所得也寥寥无几。沿途人烟稀少，攻下化林坪，十室九空，部队几乎没吃过一顿饱饭。

六连简单地吃了些五凑六合来的干粮，便列队站在杨成武跟前："眼下我们确实有不少困难，但是我们要看到这是暂时的，只要我们忍受得住，能克服这些困难，就一定能胜利！"

简短的战前动员话刚落声，黄开湘手一挥："出发！"

细雨霏霏，红六连迅速消失在云雾笼罩的山道上。

黄霖和指导员带着队伍越过丛林，跨过雷坑，山上的能见度虽然好多了，但仍分辨不清地貌的细部。

突然，"砰"的一声，敌人的冷枪擦破了指导员的脸颊。黄霖连忙跑过去一看，伤势很轻，旋即诙谐地笑道："是个好兆头，见面红！"

　　就在这时，天空刮过一阵劲风，云飞雾驰的，右边马鞍腰的山巅上露出了一小片蓝天，那湛蓝的天空衬托着一座异常险峻的山峰。

　　黄霖趁机抬头望望左边桌子岭的山峰：古木森林，巉岩林立，陡壁绝峭，无疑它成了敌人放心的侧翼。如果攀上山顶向右边压，在一团雨雾之中，一个连队打得猛打得巧，就能以一当十，以十当百。

　　黄霖决定悄悄向左翼山峰迂回攀援而上，从桌子山发起攻击。

　　红六连在乱麻一样盘根错节的野藤、荆棘丛中爬行一阵，一面笔直的石壁挡住了去路。指战员们往地上一蹲，搭起人梯爬上了石壁。尽管石壁上长满的苔藓又湿又滑，不少人像摔猴子般跌下，但又倔强地站起来，重新往上爬。

　　越往上爬越困难，好不容易爬到山巅下，只见一面石壁高耸，根本无法攀登，周围古木参天。

　　黄霖叫大家稍事休息，先由一个战士爬上一棵大树，从树梢荡上了一个立脚点，接着又爬上另一棵大树，接连利用大树做梯子，居然爬到了屏障的顶端，再从上放下用绑腿连接起来的布绳，崖下的指战员们抓住这垂直的"索道"，一个紧接一个地攀援而上。

　　中午时分，六连四个排一百四十多名指战员们终于爬上海拔三千多米的桌子山顶峰。

　　半天的攀爬，指战员们几乎耗尽了浑身的能和热，极度的疲劳，一个个一动不动地仰躺在湿漉漉的山顶上。稍缓过口气来，便检查枪支弹药，做战斗前准备。

　　黄霖带着几个排长观察敌情，寻找攻击目标。突然看到脚下一片茫茫的白雾里腾起了两团浓浓的烟柱。

　　是敌人生火冒起的烟！

　　黄霖立即带着指战员们怀抱着枪从陡坡上向下滑，滑到厚厚的碎枝烂叶上，不管三七二十一，跳起来就猛虎下山般地朝着冒烟的地方扑去。

　　果然不出所料，原来扼守阵地的川军因怕冷，便用湿木头烧起两大堆火，正围着取暖，约有一百多人，这是川军侧翼的警戒阵地，他们做梦也没想到红军会像神兵天降，从云端里突飞而下。

　　"突突突！"机枪排七挺轻机枪构成一张密集的火力网自上而下死死地罩住川军阵地，黄霖带着三个排一个猛虎扑食，一顿猛打猛揍，猝不及防的川军死的死、伤的伤，七十多个乖乖地举手投降，少数的向后溃逃而去。

　　杨开诚见丢失了侧翼警戒阵地，慌忙组织主阵地的守军一波紧接一波地向警戒阵地扑来，企图趁红军立足未稳之际抢回侧翼阵地。

　　山高林密，陡坡路险，川军仗着人多势众，像蚂蚁般拱向红六连阵地。红六连则像钉子般死死地钉在阵地上，纹丝不动。

　　先是多路攻击，后是集团冲击，一波尚未消退，另一波又涌了上来，几乎没

有喘息的间歇。几轮鏖战，阵前尸堆如山。

黄霖眼看着全连的子弹不多了，手榴弹也快完了，负伤的也根本无暇顾得上包扎，仍坚守在阵地上，一个个打红了身，打红了眼，除了一心一意的杀敌念头外，似乎忘掉了人世间所有的一切。

再望望阵前的川军，尽管屡攻屡败，但仍未死心，又组织起新一轮的进攻向阵地扑来。

胜败往往取决于瞬间的坚持，尤其是你死我活的战斗，谁咬紧牙关挺住了最后一刻甚至几秒钟，谁就有可能成为笑在最后的人。

黄霖知道关键的时刻来临了，牙关一咬："同志们，刺刀见血！"

伤轻的刺刀上枪，伤重的拧开了手榴弹盖，将最后一颗手榴弹握在手中。

二十米……十米……"打！"随着黄霖一声猛喝，手榴弹像蝗虫般砸向进攻的川军人群中。

"轰隆轰隆"的爆炸声中，夹杂着鬼哭狼嚎声，混合成一曲慑人心魄的战争音乐。

"杀啊！"冒着手榴弹爆炸的浓烟，黄霖冲出掩体，带着全连像决堤的洪水，向进攻的川军猛扑而下。

刺刀刺，大刀砍，尽管一个个变成了血人，但仍然哪里有川军就不顾一切地往哪里冲，鱼死网破，同归于尽，川军哪见过这种拼命的架势，不过半个时辰，进攻的川军便溃退下去。

杀红了眼的红六连指战员们穷追不舍，像赶旱鸭子般乘势向川军的主阵地掩杀过去，一顿刀劈枪刺的拼死搏杀，红六连顺势一举夺下了飞越岭垭口阵地。

与此同时，黄开湘指挥红四团主力乘机从正面发起仰攻，迅即占领了伏龙寺，并向东西三道桥的川军阵地俯冲而下。

顷刻，山沟里的川军全线震慑，风声鹤唳，草木皆兵，相互践踏，死尸枕藉。

激战至深夜，红四团攻破了川军在飞越岭山前山后的所有阵地。

袁国瑞见兵员伤亡过半，阵线再也难以稳住，慌忙下令向汉源城撤退。

飞越岭一战，红军击伤谢洪康团一营营长陈子春，击毙连长孙治文，俘敌二百余人，缴获枪二百余支，弹药无数。

红四团夺下飞越关，打开了朱毛红军挺进汉源、荥经、天全、芦山、宝兴的通道口。

紧接下来的十余天，毛泽东与蒋介石这对导演中国现代史的"冤家"，像八仙过海，斗智斗勇，各显所能，令人眼花缭乱，叹为观止。

六月二日，负责殿后的红九军团跨过了泸定桥。至此，朱毛红军已全部渡过了大渡河。

否极泰来。也就在这一天的傍晚，仍在泸定城的朱毛红军总部，刚吃完饭的毛泽东、周恩来、朱德等人一个个笑逐颜开地聚在一起，数月来历尽波折、饱尝流离之苦的阴霾一扫而光。

"红四方面军来电啦！"仍在泸定城的红军指战员们仿佛像注射了兴奋剂般，一个个兴高采烈的，纷纷奔走相告，喜讯传遍了三军。

红四方面军是以西北革命军事委员会主席张国焘、副主席陈昌浩、徐向前三人的名义致电中共中央的：

中央：

红军西路军先头部队指挥员望转呈朱德、毛泽东、恩来诸同志：

甲、我们已派一小队向西南进占懋功，与你们取得联系，你方先头部队取联络后，请即回示以后行动总方针。我方情况请问我先遣之指挥员同志，即可得知大概也。

乙、川西一带情况，都有利于我们消灭敌人作战，巩固之后方根据地……

国焘、昌浩、向前

也就是说，红四方面军"已派一小队向西南进占懋功"，正好在夹金山的北麓，而朱毛红军则正向夹金山的南麓挺进。

自从遵义会议后失去了红四方面军的联系，遵义会议虽然确定了到川西北与红四方面军会师的战略目标，但只是一个理论上或者说大致上的大方向而已。由于双方都处在不停的运动作战中，电台一直联系不上，双方的具体情况、具体方位根本互不清楚。

如今，正当朱毛红军彷徨徘徊之际，红四方面军确切方位的电报无疑是雪中送炭，喜从天来，迅即传遍全军。

时在红九军团参谋处的林伟在当天的长征日记中写道：

六月二日，电悉，我红四方面军已于五月二十九日打过岷江，在一百多公里宽的战线数路大军并进。红九军进占茂州、汶州两城，四军向理番前进，红三十军进抵成都西北七十里的灌县附近。现在，我一、四方面军两大主力的距离逐渐缩小，我们用比例尺在图上量后得知，相距只二百六十公里。

担任红五军团参谋长的陈伯钧也在日记中兴奋地写下：现四方面军正重振旌旗于茂州，我刚挥师于天全、芦山与懋功之线，遥相呼应，配合反攻。我中华苏维埃之革命运动又将奠基于川西北。

接悉电文的毛泽东、周恩来、朱德等人迅即调整了行动计划，命令全军迅速向夹金山挺进，尽快实现与红四方面军会师。

当晚八时，朱德正式签发了关于夺取天全、芦山的行动部署：

林彪率红一军团及董振堂的红五军团为右纵队，取道胡庄街、凉风顶、石坪、小河子，及其以西平行路，向芦山前进；

彭德怀红三军团、军委纵队及第五团为中央纵队，取道化林坪、大桥头、水子地向天全前进；

罗炳辉红九军团，除何长工率红七团及工兵连留守泸定阻击追敌外，主力为左纵队，由泸定直取天全前进。

即将与红四方面军会师的喜讯，犹如沙漠中的一股清泉，给辗转了近八个月正在困境中苦战苦斗的朱毛红军增添了无穷的力量，看到了崭新的希望。

六月三日，朱毛红军三路大军拔营起寨，直指天全、芦山。

也就在当天，毛泽东的老对手蒋介石在成都扩大纪念会上正扬扬自得地发表"剿匪"讲话。

六月四日，《中央日报》以《蒋委员长谆勉川省各领袖，力矫恶习以"公""拙""严"为对症药方，招待绅耆勉其振拔人心移转风气》的醒目标题，报道了蒋介石的讲话：

剿灭川省赤匪为不成问题之事，此乃蒋委员长三日晨在扩大纪念周及欢迎大会席上开头之警语。蒋委员长谓川省有七千万民众，残匪只四五万人，极易消灭，无待本人亲来督剿，本人此次来川，乃系谋治川之道。

尽管蒋介石在公众场合镇定自若，成竹在胸，但一回到行营就一头扎进作战室里冥思苦想起来，对"围剿"朱毛红军和张国焘部未敢有半点松懈。

当晚八时，蒋介石在给薛岳和第五十三师师长李韫珩的手令中称：匪于冬日（即二日）以一部由大渡河左岸泥头驿向富庄进攻，与我杨森部之两旅对峙中，其主力于本晨向荥经西方三十里之新庙场外与我杨部对战中。

据此，蒋介石判断：匪之目标必由泸定向雅安窜扰。

说实话，蒋介石的这个判断是准确无误的，但毛泽东却根据瞬息万变的军情迅即改变了初衷。

分析完朱毛红军的动向，蒋介石又把目光移向川西北的红四方面军。

一个半小时后的二十一点三十分，蒋介石又发手令给剿匪第三路军第二纵队司令胡宗南：松潘部队即占归化，应速向叠溪节节进展。

除了调兵遣将从地面上堵截、追击外，蒋介石还充分利用独一无二的空中优势对红军进行狂轰滥炸，千方百计地滞阻、杀伤红军。

六月四日，朱毛红军总部从化林坪出发，向水子地行进。

毛泽东拄着竹拐杖正在盘旋的山道上蹒跚而行，天空响起飞机的轰鸣声。毛泽东驻足正一手遮眼仰望，突然，一架飞机俯冲而下，一枚炸弹直朝毛泽东砸来。

说时迟，那时快，"主席，卧倒！"身边的警卫班长胡昌保眼疾手快，不顾一切地飞身扑在毛泽东身上。

"轰隆"一声巨响，尘土飞扬，砾石四溅，警卫员陈昌奉被爆炸的气浪掀去老远，毛泽东推开身上的胡昌保爬起身来一看：只见胡昌保牙关紧咬，脸色苍白，血迹模糊，已被炸成重伤。

"快……快抢救！"毛泽东一手抱着胡昌保，朝刚跑过来的医生气急语促地喊道。

望着呼吸渐弱的胡昌保，毛泽东像一位慈母哄着爱子入眠般："会好起来的，会好起来的，我们抬着你走。"

半晌，胡昌保微睁开眼睑，两眼无神地望着毛泽东，断断续续地说道："主席，我感觉血都流进我的肚子里了，我不行了。我没什么牵挂，主席多多保重。祝革命胜利！"

胡昌保头一偏，死在毛泽东的怀中。

毛泽东铁青着脸，像慈母刚哄睡幼儿入眠般，生怕惊醒幼儿似的，小心翼翼地将胡昌保平放在地上，然后站起身来，厚唇紧抿，泪水淌满了脸庞。

警卫员们连忙挖了个简单的土坑，毛泽东把一条毛毯盖在胡昌保身上，安葬了胡昌保。

毛泽东走了很远，突然又折回身来，大步走到胡昌保的坟前，随手从警卫手里拿过一把铁锹，铲了几铲土垒在坟上，这才噙着泪离去。

机要秘书黄有风后来说：这是他第一次看见毛泽东掉眼泪。

毛泽东曾对贺子珍说：我这个人平时不爱落泪，只有在三种情况下流过眼泪：一是我听不得穷苦老百姓的哭声，看到他们受苦，我忍不住要掉泪。二是跟过我的通讯员，我舍不得他们离开，有的通讯员牺牲了，我难过得落泪，我这个人就是这样，骑过的马老了，死了，用过的钢笔旧了，都舍不得换掉；三是在贵州，听说你负了伤，要不行了，我掉了泪。

一九三六年，斯诺在延安窑洞的油灯下采访毛泽东后写道：毛泽东是个有相当深邃感情的人。当他提到那些已故的战友和孤苦无靠的穷人时，他的眼睛里常常是润湿的。

男儿有泪不轻弹，只因未到伤心时。尽管毛泽东在事业的追求上有坚如铁石般的心肠，但毕竟还是一个食人间烟火的农家子弟。

朱毛红军三路大军向夹金山疾进，负责坚守泸定桥的何长工率第七团和工兵连与追击的中央军李韫珩的五十三师在泸定桥鏖战到黄昏。

其实，何长工在接受阻敌的任务后，曾建议中央有限度地破坏桥梁。但一直到六月四日军委才复电：动手前四小时报军委。

六月四日黄昏，眼见追击的李韫珩师摆出一副拼命的架势，集中所有火力向桥头压来，泸定桥再也难以坚守，再则掩护全军主力转移的任务已完成，为避免不必要的牺牲，何长工根据中央军尾追的速度，做出了将大桥底盘九根铁索链每两根之间锯掉一根的决定，命令战士锯断四根铁索，这样到桥西的敌人每天只能过一个营的兵力。

当最后一根重达三千多斤、近九百个环扣的铁索"轰"的一声跌落入波涛滚滚的浪涛中时，何长工等数百名红军指战员们肃立在桥东头，致以送葬般的注目礼。

被何长工锯断的四根铁索，当年八月四川省政府开始修复，直到一九三六年五月才完工。

毛泽东与蒋介石，就像两位放对的拳师，几个回合下来，双方又重新聚集力量，把攻防的目光重新聚集在天全、芦山一线，拳来腿去，各出奇招，展开了新一轮的较量。

与时间赛跑，与速度争先，谁抢得了先机，谁就把握了主动权。毛泽东抢在蒋介石新的"围剿"部署尚未落到实处之前，瞅隙抢先抡拳飞腿而上。

六月五日凌晨二时半，中革军委以朱德的名义下达命令：我野战军须以坚决迅速的行动，抢得天全河上下游的铁索桥，以突破杨（森）敌在雅州、芦山、天全的防线，而使我与红四方面军配合，寻求作战机动。

六月六日，中革军委向各军团通报了红四方面军主力过岷江后兵分两路的情况：北路由理番经杂谷脑、两河口进抵抚边；南路从灌县西北面过巴郎山、虹桥山，已于五日进入懋功县境。

希望的曙光，在前头闪现！

当天，红军总政治部正式发布了《关于准备与红四方面军会合动员工作训令》。

林彪的右纵队兼程向天全进军，并于当晚开始在三角庄、高桥渡河，而红一军团参谋长左权和红二师政治委员刘亚楼则率红五团由花滩向荥经佯攻，以掩护主力北进。

毛泽东全力以赴地挥戈北进！

知己知彼，百战不殆。自幼熟读古书且南征北战戎马多年的蒋介石对毛泽东的意图也了若指掌。

六月二日，蒋介石在《劝告四处绅耆服务桑梓，协助剿匪，拯救民众书》中写道：

朱毛红军溃奔川南，徐匪倾巢西窜，察其企图，实欲会股川西，另创苏区。

蒋介石痛定思痛，不得不静下心来，梳理一下多年来的"剿匪"经验，潜心探究朱毛红军久"剿"不灭的原因。

六月五日，蒋介石在成都行辕召开川军高级将领会议，将多年的"剿匪"经验总结为八点：

首先是流寇穷追，踞匪紧围：现在土匪到处流窜，行动飘忽，我们一定要有得力的部队穷其所往，加紧追剿，使匪军不得稍舒喘息……如果土匪停集在一个地方，企图暂时据守，伺机逸出……一方面更要赶紧在他周围准备兵力，尤其是要扼要坚筑工事，使他绝对无法窜出，这样就可以困死他！

其次，攻心为上，攻城次之。

第三，我们要用土匪的战术来剿匪。

第四，土匪所以能够拖延至今还未消灭……得力于研究之勤，补充之速，以及整理缩编，能够实在。

第五，要特别注重碉堡工事。

第六，要注重坚壁清野的工作。

第七，要注意下级干部和士兵专门技能的训练。

第八，无论行军作战，要特别注重联络、搜索、警戒、侦探、掩护和观察。

特别是在谈到"土匪所以能够拖延至今还未消灭"时，蒋介石对老对手毛泽东的战术战法几乎充满了溢美之词：

他们每次经过大小战争之后，无论胜败，必定集合一般干部，详细讲论战役经过的情形，探求种种的缺点，讨论改进的办法，都一一记录下来，好叫大家改正。其实这本是行军作战必不可少的要务，我们以后要剿灭土匪，一定也要如此……土匪和我们打仗，每次伤亡之数，总是几百或者几千，为什么到现在还是打不完？他们为什么无论死伤怎么多，仍旧可以作战，甚至还敢来进攻我们呢？最大的一个原因，就是因为他们一点不放松时间，每次作战以后，立即住下来即刻整顿缩编，唯其整顿补充来得快而且得法，所以每个单位的实力不减，士气不馁，兵心不动，战斗力始终能够维持。

然而，最为关键的两点蒋介石当时也许并没有意识到，也许意识到了但根本无法改变。

首先是国民党政权的基础，从孙中山创建同盟会后改组为国民党，他是以地方财团、各路军阀为支撑点的，也就是说只能代表中国少数利益集团的利益，不可能代表广大贫苦百姓的根本利益。人心向背，决定了成败。

其次是以蒋介石为首的国民党南京国民政府与地方军阀之间不可调和的矛盾，蒋介石千方百计地想将各路诸侯的军政大权纳入自己手中，而各路诸侯则千方百计地想保持自己的独立性。

于是，同床异梦，同舟不能共济，尤其是在"堵剿"朱毛红军的军事行动上，你唱你的调，我吹我的曲，既不同心也就难以同步！

因此，尽管当天剿匪军第一路军总指挥邓锡侯也向所属部队下达了向天全、芦山、宜兴、雅安开进的命令，"并以六团扼懋功、水磨沟之线，阻止朱、徐匪之合股"，但蒋介石并不放心，仍亲笔手令贺国光："再催邓（锡侯）总指挥部队兼程前进。而懋功部队尤应严令本月十日到达，如能限期办到，准予奖赏，否则必严加处分。"

在实际作战中，领袖与将领之间就存在先天性的主动性与被动性。蒋介石命令或调动将领"剿匪"，就像赶鸭子上架，赶一下才勉强动一下；而毛泽东命令或调动将领，就像伯乐与千里马，配合默契，主动出击。

毛泽东瞅准邓锡侯部尚未抵达，天全、芦山一线仅有杨森少数部队驻防的空隙，大施拳脚，直捣蒋介石的软肋。

六月七日晚，身患重病的罗炳辉躺在担架上指挥红九军团从西北面攻入仅有

杨森部一个营防守的天全县城。而林彪亲率红一军团主力从始阳的三谷椿渡口渡过天全河，占领始阳镇。

占领了始阳镇的林彪，人不停步，马不卸鞍，迅即做出决策并电告中革军委：现以第一团向芦山急进，由陈光率第四团附二十分队向灵关急进，以第一师之一个团向飞仙关佯攻，军团主力在第一团后跟进。

七日夜晚，王泽浚旅从飞仙星夜赶赴芦山，以第十八团的第二、三营守备城西南河岸，团部与第一营守城，第十六、十七两团在城东北芦山岗高地构筑二线阵地。

但让王泽浚没想到的是，因天全被红军占领，城内受了欺骗宣传的老百姓纷纷逃向芦山。奉命抢占芦山的杨得志命令红一团的战士趁乱化装成老百姓掺杂其间，混进了芦山城。

八日深夜，潜入芦山城内的红军指战员们向十八团团部和周春岗高地发起突然袭击，一时枪声大作，喊打喊杀声响遍全城，王泽浚仓皇弃城逃到芦山岗二线工事。

林彪率红一军团在前夺城掠地，过关斩将，所向披靡；毛泽东率军委纵队在后日夜兼程，风雨无阻。

六月七日，军委纵队由水子田出发，翻越跑通冈，山上竹林丛生，遮蔽天空，山道泥水极深，两腿全在泥沟中爬行。

满身泥渍的毛泽东气喘吁吁地爬上山顶，蹲在路边的石头上，教警卫员陈昌奉铺开地图，与周恩来、朱德、刘伯承等人又埋头研究起下一步的行动计划来。

毛泽东一手夹着烟，一手在地图上比画着："向北的路有三条，第一条是从泸定直取丹巴进入藏族聚居区，从夹金山的西麓绕过去，海拔高且是马帮常走的山路，通往川西北和青海，路程遥远不说，主要是穿过人口相当稠密且对汉族人持敌视态度的藏族聚居地区。"

毛泽东深吸了口烟，继而言道："第二条路就是沿邛崃山与四川盆地边北上松潘，从夹金山以东到松潘县的大路，沿途人口稠密，容易解决给养，但蒋介石正命令邓锡侯部在沿途构筑多道工事重兵把守。"

毛泽东稍迟疑了一下："剩下的就是走天全、宝兴原邛崃茶马古道北路，再翻夹金山进入藏族聚居区，但要翻越大雪山，而且当地的居民也几乎没有人走过。"

毛泽东站起身来，一手叉腰，猛吸几口烟，浓眉一扬，似乎拿定了主意："用兵之道讲究的是出其不意，如今蒋介石断定我军必走东面的大路无疑，我提议全军主力以林彪的一军团为前锋，就走中间的小路，直插懋功，直接与四方面军会合，同时命令罗炳辉的九军团沿东边的大路北进，迷惑蒋介石。"

"声东击西是老毛的拿手好戏，这下蒋委员长又要云里雾里一阵子啰！"朱德点头称是。

说干就干。六月八日，中共中央、中革军委正式发出了《为达到红一、四方面军会合的战略任务给各军团的指示》：

林、聂、董、李、罗、何并各分送彭、杨：

甲、今后我军战略任务，是以主力乘虚迅取懋功、理番，以支队掠邛崃山脉以东，迷惑敌人，然后归入主力，达到与四方面军会合，开创新局面之目的。现敌杨森取守势，薛岳、邓锡侯到达需时，我军必须以迅雷之势突破芦山、宝兴线之守敌，夺取懋功，控制小金川流域于我手中，以为前进之枢纽。懋功南至天全约三百里，东至灌县六百五十里，东北至理番五百五十里，西北到崇化、绥靖约三百里。

乙、一、三两军团统归林、聂指挥，经宝兴向懋功前进，军委纵队率五军团继进；九军团为右翼支队，经芦山东北迂回大邑、懋功之间，然后到达懋功。因洋油缺乏，无线电指挥有中断之虞，届时各军团首长除随时用徒步与军委联络外，应本此战略意图机断专行，完成总的任务，并将此任务传达到每一中下级首长。

丙、我军基本任务，是用一切努力，不顾一切困难，取得与四方面军直接会合。但在遇特殊情况使我们暂时无法直达岷江上游时，则以大、小金川流域为临时立足之地，争取在以后与四方面军直接会合。

（丁）取得懋功及小金川流域是关系全局的枢纽。各兵团首长必须向全体指战员指出其意义，鼓动全军以最大的勇猛果敢，机动迅速，完成战斗任务，以顽强意志克服粮食与地形的困难。此时，政治工作须特别努力。

中央及军委

六月八日

六月九日，罗炳辉的红九军团从芦山东进，下午抵达双和场地区，次日下午进到邛崃县的双柳坪，击溃地方民团数百人，于十一日进抵大川场，又故伎重演的大摆迷魂阵，大造东进声势。刘湘果然上当，连忙派遣三个团分别从大邑、邛崃直奔大川场而来，潘文华也率军急赴邛崃。

与此同时，朱毛红军先遣队——红二师四团由师长陈光率领直赴夹金山。

海拔四千一百多米的大雪山——夹金山，成为朱毛红军挑战人类心理和生理极限的又一道天然地障！

<h2 style="text-align:center">三</h2>

劈山开路，陈光率先遣队红四团为朱毛红军探出一条生命的通道，夹金山北麓意外逢亲人；

雪山南北，会师喜讯传遍红一、四方面军。

一九三五年六月十日夜晚，宝兴河上游支流东河的黄店子村，朱毛红军先遣队——红四团团部。

数盏马灯的光泽将木壁屋子照得通明，浓眉大眼的红二师师长陈光蹙着眉头，倒背着两手，焦躁不安地在屋内走来走去，旁边的方形饭桌边，红四团团长黄开湘和政治委员杨成武凑在一起，借着马灯的光亮正看着一纸电文。

电文是当晚九时军团长林彪发给红二师师长陈光和政治委员刘亚楼的：军委限二师于十二日占领懋功，第五、六团明十一日须向懋功赶进，须于十二日或十三日赶到懋功。四团须速架好桥，向懋功前进，沿途架桥，须尽可能发动部队及民众架设，勿专设工兵。四团须多带粗铁丝及竹子以便架桥，望带六天粮食。

不到一百字的电文，连送用了五个"须"字，件件事事，方方面面，林彪缜密之思虑、如发之细心，跃然纸上。

既要架桥，以便主力通过，又要限期抢占懋功，这对红四团来说的确是难上加难。更为紧迫的是"军委限二师于十二日占领懋功"几个字，只有两天的时间，明摆着要翻越大雪山，给全军探出一条生命的通道来，到时会遇到什么样的困难，眼下根本无法预料！

陈光忽觉两肩沉甸甸的，有点难负重荷的味道。

忽然，正踱着步的陈光在饭桌前停下，布满血丝的虎眼紧盯着黄、杨二人："电告军团部，四团明日继续向锅巴崖、硗碛前进，另派人返回蜂桶寨，通知五、六团抢修栈道和木桥。"

按照林彪的命令，陈光率红四团为先遣队向夹金山挺进，刘亚楼率红五团、红六团相继跟进。

但担任开路先锋的红四团几乎遭遇了想都未想到的困难，几乎像山猴子般一蹦一跳地在崇山峻岭间前行。

陈光率红四团沿东河向盐井北进，于十日午后赶到崔店子，前行的山道突然中断。

陈光闻讯急忙赶到山路的尽头一看，不觉倒吸了口冷气。

两侧山崖陡峭入云，奇石怪峰，突兀狰狞，树藤荆棘丛生，仰望一线中天，崖间东河像一条咆哮的白龙，奔腾而出。

小路的尽头原来有一道拱形木桥，是当地居民利用两岸横倒下几根长的树条，以大石压着树条根部，树梢一端伸向河面上空，上面再横接几根树条，用蔓藤、竹篾捆扎成桥，但都被当地闻风而逃的土豪劣绅拆掉了。

拱形桥连接的对岸，是一道在绝壁陡崖的半山腰上凿洞支木、铺上木板架设而成的栈道，宛如崖壁上架起的悬臂走廊，上是直入云端的峭壁奇峰，下临汹涌奔腾的河床。然而就是这北上唯一必经的栈道，也被豪绅们破坏殆尽。

前进的路已断，看来只能从左边的山崖上爬过去！

仰望着左侧的陡壁，陈光牙关轻咬，当机立断。

于是，一个个指战员像山猴子般，爬着悬岩绝壁，攀荆棘蔓藤而上，经过一个多小时的攀爬，终于绕过了对岸三里多长的栈道。

然而，指战员们尚未喘过气来，一道光溜溜的悬岩又横亘在眼前。

又高、又陡、又滑，悬岩根本无法攀爬，看来只有想法过河了！

于是，指战员们解绑腿的解绑腿，撕被单的撕被单，将布条合扭成一根长长的布绳，一头系上木钩和石块，选择峡谷之间相距最窄的地方，让力气大的战士一次又一次地将木钩抛向对岸。反复折腾了无数次，费了九牛二虎之力，终于将木钩套住了对岸的一个树桩，悬河扯起一道用布绳做成的"索道"，指战员们依次手攀"索道"渡过了河，在黄店子宿营。

蜀道难，难于上青天！指战员们这才亲身感受到古人所说的并非虚妄之言。

十一日上午，红四团派人返回蜂桶寨，刘亚楼立即动员寨里的老百姓和红军指战员们一起修复拱形桥和栈道。

曾帮红军搭过桥的崔店子村民肖绍云、王德洲后来回忆说：崔店子的桥和栈道，由于参加修的人多，木料也好找，只用了半天时间就修通了，而且比过去的还要宽还要牢实。

当天中午，陈光率红四团进抵夹金山山脚的藏族聚居区硗碛寨，受到了当地藏胞们敲锣打鼓的欢迎。

寨民们在小街上扯挂起三道欢迎红军的横额（当地居民叫"天花"），街头摆起了"吉露"，用红布围着大方桌，桌上放着一个盘子，盘内放着十样果品和长颈水壶，那场景仿佛似回到了江西苏区。

先遣队当场向额德姆等二十几位喇嘛和群众宣布了红军纪律：一、不进老百姓的住房；二、保护寺院；三、不随便吃群众的东西；四、不拿走夷家一点财物；五、不准任何人进入喇嘛寺的经堂。

露宿村头村尾，不拿藏胞一根柴火，红军的一举一动立即赢得了藏胞们的心，他们纷纷主动为先遣队介绍情况、出点子。

时任红四团政治委员的杨成武后来谈起抵达硗碛时的情况说：这里是雪山地带的起点，高耸入云的大雪山——夹金山，横挡住我们的去路……山上白雪皑皑，雪光耀眼。从山下望去，像是用银子砌起来的，山峰被云层笼罩着，真有"不见庐山真面目"之慨。

为了取得爬雪山的常识和经验，陈光让杨成武组织了几个工作组，深入到藏胞家取经：年长的老乡谆谆告诫我们，早晨、晚上切勿过山，这时，山上大雪纷飞，寒气逼人，遮蔽天日。要通过，必须在上午九时以后，下午三时以前，而且要多穿衣服，带上烈酒、辣椒，好御寒壮气，还得拿根拐棍，借力爬山。

当时，有一首民谣云：夹金山，夹金山，鸟儿飞不过，男人不敢攀。要想翻越夹金山，除非神仙下了凡。因此，夹金山又叫神仙山。

据说，在夹金山做了"肉包子"的人不少，过路人稍不小心就会滚下山崖，

顺着雪坡翻滚，外边渐渐包裹上一层很厚的雪，成了雪球，人体夹在雪球中间就成了"肉包子"。

这时的红四团因长途征战，都穿着单薄的衬衣，且随身所带的干粮也不多。

然而，硗碛寨穷乡僻野，百姓贫寒饥苦，别说衣服、烈酒，就是连辣椒也很难买到。最后，每人只准备了三天的干粮，炊事班烧了几大锅辣椒汤，每人带了些干辣椒，并准备了竹棍或木棍。

在硗碛寨，先遣队最关键的是找到了两个年轻的向导：一个是藏胞莫日坚，一个是汉族人杨茂才。

十一日下午三时许，先遣队进抵夹金山脚下的菩生岗，红四团主力也随后进抵扎角坝。

事隔数十年后，莫日坚谈起当年给红军带路的情形时，仍眉飞色舞的，仿佛就发生在昨天：

杨茂才是汉族人，又会藏话，主要靠他和红军交谈。当晚我俩睡在一起，虽然是农历五月了，但这里夜晚天气仍然十分寒冷。红军战士烤火过夜，还把一床毯子给我俩盖在身上。先遣队从硗碛出来沿途都要放一张约二寸宽、三寸长印有字的纸条，特别是到了岔路口，隔不了几步就要放一张，为后面跟上来的红军指方向。

十二日拂晓，在洪亮的集合号声中，先遣队集结在一起，师长陈光做了简短

中央红军过夹金山

的动员讲话，号召强帮弱，大助小，走不动的扶着走，扶不动的抬着走，不落一个人，不掉一匹马，一定要让每一个战友安全地越过夹金山。并宣布了注意事项：用布条遮挡眼睛，防止雪盲；上山要走稳，不要停留太久，千万不要坐下；山上寒冷，衣服要穿多点，等等。

队伍在"征服夹金山，创造行军奇迹"的震撼山岳的口号声中浩浩荡荡地沿着河旁小路出发了，尽管路冻得硬邦邦的，木棍戳在地上发出"咯咯"的响声，但先遣队一鼓作气爬上了山腰。

杨成武站在雪地上，抬眼望望正在前开道的红六连：只见前卫六连的同志手执木棍，在雪中探路。他们利用刺刀、铁铲在雪上挖着踏脚孔，后面的同志沿着前面闯出来的蜿蜒曲折的小路往上爬。队伍越拉越长。仰面看，头顶上有人；低眼望，底下也有人。红旗灼燃似火，雪映战旗，色彩分外鲜艳。战马喷着雾气，衔尾相随。宣传队站在队伍旁，前呼后应。喊声、歌声、说话声、马嘶声，震荡着白雪皑皑的山谷，发出一阵又一阵欢快的回声。

但"欢快的回声"持续时间并不长，很快就被冷酷的大雪山无情地压抑住了。

左面是松软的雪岩，右边是陡立的雪壁，中间是漫漫积雪，险峻情景，令人怵目惊心。

越往上走，路越窄越陡，空气越来越稀薄，雪也越来越深，气温也骤然下降。明晃晃的太阳把白雪照得格外晶莹透亮，雪的反光刺得人睁不开眼睛。

渐渐地，歌声少了，步子变得迟缓了，筋疲力尽的宣传队员只好做着手势鼓动着。

祸不单行。偏偏就在这时，老天爷仿佛有意考验先遣队的意志般，蓦然纵起一阵寒风，顷刻间，乌云蔽天，那山峰上千年的积雪，瞬息变作腐朽疏松的土墙，一堆堆、一块块往下倾斜、倒塌，一时雪流翻卷，一泻千丈，惊心动魄，蔚为壮观。

雪流撞击在坚硬的冰山上，溅起无数冰团、雪屑，犹如银蛇狂舞，玉粉飞扬。凛凛的寒风卷着冰团雪屑像小刀子般直戳在指战员们的脸上、身上，疼痛难忍。指战员们连忙把所有能披的东西都披在身上，冒着暴风雪一步一喘，相互搀扶，拼尽全力跟跟跄跄地前行。

空气越来越稀薄，呼吸越来越困难。几乎是一步一停，一步一喘。指战员们只好相互搀扶着，前拉后推，拼尽全身力气一步一撑地挪动着仿若灌铅般的大腿。

眼看快到山顶，突然一阵核桃般大的冰雹又劈头盖脸地砸了下来，指战员们无处藏身，只好用手捂着脑袋趔趔趄趄地继续往上走。

让大家没想到的是，冰雹过后却是万里晴空，只见千里冰雪，银峰环立，到处是一片琼玉世界。

就在此时，最顶端突然冒起烈焰。

杨成武仔细一看：原来烧的是一人高的柴棍堆，那堆火就在一座孤零零的小庙前。可以肯定，这是前卫连为了烤火点着的。当我走到火堆时，前卫连已经开始下山了，我们正好烤了烤火。这时，我又看了看那座小庙，这才发现庙门上写着三个字：寒婆庙。墨迹虽模糊不清，但还看得出那是用汉、藏两种文字写的。庙里有一尊寒婆像，那装束与藏族妇女相仿，她身上零乱地挂着几条哈达，那哈达的颜色已经发灰了。

其实，杨成武所看到的是王母寨山垭口用石块砌筑的一个小庙，传说夹金山是座神山，凡能活着过的人，都全靠山神菩萨的保佑，所以过山的人到了这里，都在小庙里丢些香火钱。

莫日坚负责给前卫六连带路：当时同我走在最前头的红军先遣队战士七八十人，个个都很精悍、很勇敢，没有一个晕山倒下的。

红四团沿着山顶上的一条曲折的盘道，绕过夹金山主峰。黄开湘一清点人数：全团无一人掉队！

红四团一鼓作气又接连翻过两座山，气温陡增，豁然开朗，不但不见厚厚的积雪，竟有青苔、小草和绿葱葱的松树，还有不少淡黄色的野花。

酷冬之后见春天，红四团指战员们惊喜若狂，唱着、喊着、跳着直奔而下。

谁知刚下到山脚，便被一条深沟切断了去路，只得沿着沟边绕道而下。

突然，山脚下传来一阵"砰砰砰"的枪声，指战员们条件反射般迅即做好了战斗准备。

黄开湘和杨成武连忙跑到前卫班，二营营长曾庆林报告说：他们刚到达山下，就发现前面有情况，因风太大，互相问话也听不清，至今谁也搞不清对方是干什么的，他已指挥二营展开战斗队形，让六连掩护，准备四连出击。

黄开湘和杨成武举起望远镜一看：只见山下不远处是一个村庄，在村子周围的树林中，影影绰绰地有不少人来回走动，他们身上背着枪，头上戴着大沿帽，显然是部队。

由于红四团只知道红四方面军在岷江边的理番、茂县一带活动，对眼下的这支部队无从判断。

黄、杨当即决定：派出三名侦察员前去探明情况，司号员试着用号音进行联络！

"嘀嘀嗒嗒"的号声响过，尽管对方也用号声回答了，但仍无法从号声中判断出是敌是友。

黄开湘一急，立即组织部队进行集体喊话，但毕竟距离太远，山风又大，对面只传来微弱的声音，不管如何屏息细听，就是听不清楚。

黄开湘命令部队以战斗的队形加速前进，距离越来越近，声音也越来越大，隐隐约约听到"我们是红军！"

　　黄、杨二人正半信半疑，只见一个侦察员飞也似的往回跑来，边跑边喊："是红四方面军的同志！红四方面军的同志来了！"

　　与此同时，山下也传来了清晰的"我们是四方面军"的喊声。

　　原二十五师战士宗国治后来说：当时大雾很浓，四处什么也看不到。我们正有说有笑地走着，猛然听见前面响起枪声，大家的精神都紧张起来。雾渐渐地小了，模糊地能看见四处的东西了，这时我们将冲锋用的军旗展开，插在阵上。可是，我们看见对方也插起了和我们同样的军旗，旗上同样绘着镰刀斧头，这时我们开始意识到是误会了。经过双方的询问，的确真的误会了，原来是毛主席带领的中央红军向我们这儿来会合。

　　事隔多年后，杨成武谈起与红四方面军会师时的情形，仍抑制不住兴奋：顿时，整个山谷响起了一片欢呼，震得山谷抖动。万万没有想到，就在这夹金山下，会见了我们日夜盼望着的亲人红四方面军的同志！

　　我们蜂拥而下，同四方面军的同志紧紧握手，热泪夺眶而出，长时间地沉醉在欢乐中，二百多天，一万多里的征战，我们遇到的是敌人的紧紧追击，重重堵截和想象不到的层层困难，从来没有看到兄弟部队的战友。在湘江之滨，我们虽然那样热切地盼望与二六军团会合，但未能实现。此刻，突然与红四方面军会合，我们怎能不激动！怎能不欢喜若狂！

　　千辛万苦，千难万险，此刻，无论用什么样的词语来形容经历过的这一切都不为过的朱毛红军，也无论用什么样的词语来形容像游子归家般的激动与喜悦也不为过的朱毛红军，也许只有身临其境的人，才能体会得到，也才能体会得出！

　　人就是这样，自己吃尽苦头、受尽煎熬而苦苦追求的东西，一旦演变成现实或呈现在眼前时，首先是难以置信，接着是欢喜若狂！

　　两支部队会师的时间，历史凝聚在一九三五年六月十二日中午时分。

　　两支部队会师的地点，历史也凝聚在夹金山北麓山脚达维小镇南面叫木城沟的藏族村庄。

　　至于与红四团会师的究竟是红四方面军哪一支部队，党史、军史学家们仍公婆皆有理。

　　《中国工农红军第四方面军战史》记载：六月十二日，方面军第二十七师第八十团（一说第二十五师第七十四团）和红一方面军第二师第四团在夹金山北麓胜利会师。

　　第二师师长陈光当天在发给中革军委的电报中称：我团于本（月）十二日十二时，在夹金山、大卫（达维）之间与红四方面军八十团取得联络。

　　陈光并转发了张国焘给朱德、周恩来、毛泽东的电报：

朱、周、毛：

　　我们先头团已于八号占懋功，大部正向懋功进，先头部队向达维进。对灌（县）筑工事（警）戒，掩护你们会后。望立即恢复电报交通，经我懋功电台拍

发……请立发整个战略，便致作战。今后两军行动大计，请即告之，如有必要，请指定会面地点。数月来我方战略另与西征军配合行动，今日会合士气大为振奋。西征军艰苦卓绝之奋斗，极为此间指战员所钦服。诸同志意见：目前西征军需稍微休息，可立将我军包抄打主要方向：南打薛岳、刘湘或北打胡宗南。向前在理番、昌浩在北川、弟在茂县。

国焘

十二日

急切盼望之情，溢于字间行里。

时光流逝，但流去的是岁月，却流不去记忆。杨成武对当年初相逢的喜悦念念不忘：我们欢呼着涌进达维村，四方面军的同志忙着把自己住的房子让给我们住。八十八师的首长立即来看我们，同战士们欢谈，还送给我们三十担粮食，做面葫芦慰劳我们。

而据时任红一军团政治委员的聂荣臻回忆：六月十二日，我们进到大碛碛，已经进到了夹金山的脚下。这时陈光同志发来电报，他们已经翻过夹金山，到了达维，与四方面军的先头团第八十团会合，并得知四方面军的二十五师已经在八日占领了懋功……六月十四日晚上，我们到了达维……这次来迎接一方面军的不光是三十军的八十八师，还有九军的二十五师，统一由三十军政委李先念同志带队，当时李先念同志驻在懋功，我和几个同志在二十五师师部住了一夜。

事隔五十年后的一九八四年，时任第九军二十五师师长的韩东山说：六月十二日中午，一个参谋冒冒失失跑进了师部驻地，人未到声先至：师长，师长，电话，电话！我腾地跃起：什么电话？哪来的电话？参谋手舞足蹈，结结巴巴地报告说：来了！来了！七四团……电话……和中央红军……会师了！

韩东山谈到获知两军会合的消息时部队的情形说：喜事像长了翅膀，飞遍了全师驻地，用不着下命令，人们争着抢着清整驻地，挑水做饭，张贴标语。当天晚上，全师上下都"失眠"了。达维镇内外到处是三三两两的人群，人们议论着，猜测着，有不少战士站在镇外的几处高坡上，向着朦胧的夹金山方向久久地眺望。

时任红三十军政治委员的李先念后来说：六月十二日，我们和八十八师部队进驻懋功后，接到韩东山两次电话报告，说九军二十五师的先头部队和一军团二师的先头部队，在达维以南、夹金山北麓的木城沟胜利会师了。

原来，红四方面军总指挥徐向前获悉中央红军已渡过泸定桥北进的消息后，决定派红三十军政委李先念和第九军军长何畏，率领五个团组成的接应部队，立即赶到懋功迎接。具体行动以九军二十五师师长韩东山率二十五师七十四团和二十七师八十、八十一团为先头，由威州及理番兼程入懋，李先念及八十八师政治委员郑维山率三十军八十八师二六五、二六八团随后跟进。

临行前徐向前当面交代韩东山：你师立刻做好战斗准备，为中央红军进入懋功打开通道。会师后，向中央首长汇报我们四方面军的情况，还要掩护中央红军安全通过夹金山。以后具体行动由三十军政委李先念同志指挥你们……你韩东山是迎接毛主席的第一个红四方面军的代表，说不定将来还得给你上书呢！

六月五日，韩东山率八十、八十一团由威州动身，在理番至两河口一线与七十四团会合后，于六月八日攻占懋功，六月九日占领了懋功县城以东九十里的达维镇。

韩东山说：次日拂晓，我指令七十四团团长杨树华带领三营向夹金山出发，一方面警戒灌县之敌，一方面寻找中央红军。三营行进到巴朗地区时，与敌遭遇了，战斗中全营上下争先恐后，奋不顾身向敌冲去，大家只有一个念头：消灭敌人，用胜利迎接毛主席！战斗胜利了，营长陈玉清等六十几个同志都牺牲了，这是会师前的最后一仗。

盼会师，想会师，红三营以六十多名指战员的生命为代价，铺垫起一、四方面军会师的通道！

而朱毛红军并不知道这些，以为红四方面军还在理番、茂县一带，翻越夹金山，意外遇亲人。顿时，两个方面军的红军将士们欢呼雀跃，喜泪盈眶，欣喜欢愉的心情久久不能平静。

会师的喜讯迅即传遍了远在天全、芦山地区的朱毛红军和岷江上游的红四方面军。

当天，红四方面军总指挥徐向前在理番致信中央，详细报告了当面敌情和四方面军部队位置，提出了"目前我军之主要敌人为胡宗南及刘湘残敌，我军之当前任务必先消灭其一，战局才能展开。因之或先打胡或先打刘须急待决定者……西征军万里长征，屡克名城，迭摧强敌，然长途跋涉，不无疲劳，休息补充亦属必要。最好西征军暂位后方固阵休息补充，把四方面军放在前面消灭敌人。究竟先打胡先打刘何者为好，请兄方按各方实况商决示知为盼"等作战意见，并表示"红四方面军及川西北数千万工农群众，正准备十二万分的热忱，欢迎我百战百胜的中央西征军。"

时隔多年后，徐向前回忆说：大家盼望很久的两军会师，就在眼前，消息传来，我们极为兴奋。六月十二日，张国焘从茂县打来电话，要我代表四方面军领导人写一份报告，火速派人去懋功，转送中央。因我住理县，距离懋功近些。我连夜写报告，介绍了敌军和我军在川西北的部署情况，请示两军会合后的作战方针，表示热烈欢迎艰苦转战的中央西征大军。连同两幅地图，第二天一大早，就派人送走了。

徐向前的信是派他的警卫员康先海几天后才亲手交给毛泽东的。

原来，徐向前写好信后，让康先海将信送到通信连，不巧二班长病重无法执行送信任务。康先海多次听徐向前谈到毛泽东，心想毛泽东肯定是个十分了不起的大首长，便向徐向前主动提出执行送信的任务，好借机见见毛泽东。

徐向前当即任命康先海为二班班长，带着九名战士于十九日赶到懋功，如愿以偿地见到了毛泽东。

十三日，林彪、聂荣臻致电朱德、彭德怀和杨尚昆：我二师师长陈光已率四团于今日到达懋功，二师政委刘亚楼率第五、六团今日翻越夹金山，可到达维宿营。四团已在夹金山、达维之间与四方面军之一部会合，一军团主力及红三军团的十、十三团明天也将翻越夹金山抵达达维。

会师的消息如久旱的甘霖，滋润着"久旱"的朱毛红军。

十三日，红军总政治部迅即下达了《关于一、四方面军会合后加强政治工作的指令》。

会师的消息，更像一剂强心针，给正在困境中艰难跋涉的朱毛红军注入强大的生命力，扬起了希望的风帆。

按理而言，陈光是奉命亲自率红四团带着电台翻越大雪山与红四方面军会合的，在当天发给中革军委的报喜电报中绝不可能连对方部队的番号也搞错，特别是历经千辛万苦才意外相逢，对这种重大事件不可能马虎。

亲历者杨成武的回忆，也证实了当天"八十八师的首长立即来看我们，同战士们欢谈，还送给我们三十担粮食，做面葫芦慰劳我们"。

而聂荣臻是六月十四日晚上才随红一军团直属队到达维的，这时"这次来迎接一方面军的不光是三十军的八十八师，还有九军的二十五师"。

遗憾的是八十八师师长是时年二十一岁的熊厚发，一九三七年三月在西路军作战中负伤被俘，后被马步芳用大炮轰死在青海西宁。

一九五四年六月七日，一代战将陈光也在武汉关押处自焚身亡。

于是，红四方面军会师部队的番号、师领导遂成了党史、军史家们研究的又一个课题。

据笔者臆测：红一军团直属队到达维时，二十五师的部队也赶到了达维，而与红四团会师的应该是二十七师第八十团！

历史真真假假，错综复杂，若每件事都清清楚楚，那就不叫历史了，历朝历代更不必需要那么多的历史学家了！

不管红四团是与红四方面军哪一支部队会师，但不可否定的历史事实是，两支部队终于会师了！

当晚，在达维的广场上还召开了一个会师联欢晚会。

据杨成武回忆：熊熊的篝火映红了天空，战士们的脸上闪射出欢乐的光辉。在四川民歌、评书、兴国山歌……的间隙中，连续爆发出震天动地的欢呼声。这歌声，这欢呼声，不仅道出了红军战士心头欢腾的情绪，而且是一支雄伟的历史进行曲，它向全国人民宣布：红军的两大主力已汇成一道巨大无比的洪流。

尽情欢唱之余，红四团的指战员们合唱了宣传队刚谱写的《两大主力会合歌》：

两大主力军邛崃山脉胜利会合了，
欢迎四方面军百战百胜英勇兄弟！
团结中国苏维埃运动中的力量，嗳！
团结中国苏维埃运动中的力量！
坚决赤化全四川！

万里长征经历八省险阻与山河，
铁的意志血的牺牲换得伟大的会合，
为着奠定赤化全国巩固的基础，嗳！
为着奠定赤化全国巩固的基础，
高举红旗往前进！

歌声高亢嘹亮，响彻夹金山谷。

会师的联欢篝火虽然熄火了，但会师的兴奋之火却熊熊燃烧起来。

黄开湘和杨成武躺在四方面军为他们精心准备的暖床上，翻来覆去的无法入眠，两人索性爬起床来，围着炭火畅谈起来，谈在江西苏区的战斗生活，谈西征途中的各种艰难险阻，谈两军会师后的美好未来……

六月十二日之夜的达维镇，微寒的夜风中也溢满了喜庆的味道。

## 四

　　雪路，血路，朱毛红军翻越人迹罕至的大雪山，人定胜天；
　　高瞻远瞩，毛泽东未雨绸缪描绘两军会师后的前景图。

一九三五年六月十七日清晨，大硗碛镇。

晴朗的天空，像绷着一块蔚蓝的布缎，纯纯洁洁的，没有一丁点儿瑕疵。

冷飕飕的晨风裹着寒意毫无忌惮地恣意肆虐着，尽管是六月天气，本应是炎热高温，但因地处大雪山脚下，仍像初冬般干燥，寒气袭人。

村里村外沸沸扬扬的，热闹非凡。

村中的大树下，几名红军宣传队的战士打着快板，正绘声绘色地唱着、鼓动着：夹金山，高又高，注意事项要记牢。裹脚要用布和棕，不紧不松好好包，到了山顶莫停留，坚持一下就胜利。病人走不起，帮他背东西，大家互相想办法，一定帮他过山去！

屋檐下，小草坪上，大路旁，红军指战员们或站或坐或蹲，三三两两的，有的用破布包裹着穿在脚上的草鞋，有的正用刀削着木棍，有的正将干辣椒塞进口袋，有的正穿着五颜六色的外衣，还有的正在护理着担架上的伤病员。

草坪旁的茅草屋前架着三口大铜锅，铜锅里熬着翻滚的辣椒汤，几名炊事员边用勺子舀着红红的辣椒汤往围在锅前的红军指战员的碗里倒，边大声吆喝着："同志们，来来来，快来喝碗辣椒汤，热热身子暖暖胃，等会儿爬山才有劲！"

正在此时，村中响起了"嘀嘀嗒嗒"的集合号声，正忙碌的指战员们迅速列队站在草坪上。

旋即见军委参谋长刘伯承陪着毛泽东、周恩来、朱德等军政首脑们来到队伍前。

身穿着夹衣夹裤的毛泽东拄着木棍，深邃的目光凝重地扫视队伍一眼，大声说："同志们都没有见过雪山吧，那你们应该走走，这种艰苦对于你们年轻人是一个很好的锻炼，很有乐趣嘛！"

紧接着，毛泽东话锋一转："不过，雪山虽然没有什么可怕的，但同志们千万不要轻敌哟，一定要把它当作真正的敌人那样，靠我们的勇气去征服它、战胜它，否则就会打败仗，就会付出流血的代价！同志们有没有信心？"

"有！"异口同声，响彻寰宇。

朱德大手一挥："出发！"

毛泽东望望渐行渐远的队伍，然后转身朝炊事班走去，端起一碗热气腾腾的辣椒汤，一口气喝下，抹抹嘴角，朝身旁的警卫们努努嘴："走！"拄着拐杖迈着大步向山上走去。

其实，当年朱毛红军主力翻越夹金山，亦即大雪山，走的就是从笆箕窝，经五倒拐、鸡翅膀、大雪塘、九拗十三坡、隘口险道等处，沿着山沟往山上盘旋而行，然后至王母寨垭口。这段路全程近六十里，山上通行地段多在四千米左右，差不多有三十道大"之"字拐，也是最难走的一段路，不少的红军指战员就倒在这段路上。

登山不久，毛泽东的棉布裤子和鞋就湿透了。

警卫员陈昌奉见状，连忙劝道："主席，还是坐马过山吧。"

毛泽东喘着粗气："小青马还是让给伤病员和体弱的女同志骑，多一个同志爬过雪山，就为革命多保存一份力量！"

原来，上山前毛泽东坚持自己拄着拐棍爬山，把配给的担架，让给了负伤的秘书黄有风，自己的坐骑小青马也让给了伤病员。小青马后来跟随毛泽东转战陕北，因马龄老化，鬃毛、体毛变白，衰老而死后被制作成标本，如今陈列在延安革命纪念馆里。

警卫们扶着毛泽东走到半山，老天爷突然变脸作色，鸡蛋般大的冰雹劈头盖脸地砸来，警卫们连忙拉起一块油布遮挡。手忙脚乱中，警卫吴吉清脚下一滑，掉入路边齐腰深的雪坑里。毛泽东正要上前去拉，警卫戴天福一个箭步冲上前，一把将吴吉清拖出雪坑。

脱离险境的吴吉清一边拍掸着衣裤上的雪花，一边埋怨说："这叫什么鬼山，我宁肯翻十座山岭，也不愿走这么一座雪山！"

毛泽东幽默一笑："吴吉清你这个江西老俵，总未见个雪山吧，怎么，大姑娘坐轿头一回就出洋相了！"

冰雹仍在恣意肆虐着，毛泽东和警卫员们手拉着手一步一撑地往山上挪动着早已麻木且似乎越来越沉重的两腿。

毛泽东不时照看前后，喘着粗气叮嘱："低着头走，不要往上看，也不要往山下看，千万不要撒开手！"

快到山顶，警卫员戴天福一屁股坐在雪地上："我实在走不动了，我想坐一会儿。"

毛泽东见状大急，边说边迈着大步朝戴天福走去："小戴，你坐在这里是非常危险的！来，我背着你走！"

警卫员吴吉清抢先一步，一把将戴天福背在背上，毛泽东和警卫们七手八脚地在两边搀扶着，才将戴天福背上了山顶。

这时，雪过天晴，太阳慵倦地露出那张虚弱无力、软绵绵的脸，没精打采地俯瞰着白皑皑的雪地，仿佛跟白雪显摆似的，较着劲，赛着白，白上加白，刺得人眼一片晕白。

毛泽东紧锁着眉头，强睁着眼睛，回望身后弯弯曲曲的来路，双唇紧抿，心情变得格外沉重：山坡上，稀稀拉拉的队伍，指战员们仍三三两两相互搀扶着一步一撑地往上艰难地攀登着，雪路的两旁垒着一个个小雪堆，每一个雪堆都长眠着一个红军指战员。

雪路！血路！

毛泽东知道：广大指战员完全是靠对中国革命的坚定信念一步一个血色的足印走过来的！

心情异常沉重的毛泽东转过头眺望着白茫茫的冰天雪地，浓眉一扬，仿佛欲与天公试比高似的，语气坚毅而果敢："蒋介石认为红军不能从雪山上爬过去，咱们今天就是要创造出个奇迹来！"

毛泽东是随军委纵队于十五日傍晚抵达大硗碛的。

十三日接悉林彪转发的陈光率先遣队在夹金山北麓与四方面军先头部队会师的电报，军政首脑们的确兴奋了好大一阵子。

朱毛红军自撤离中央苏区，经历了浴火重生的湘江之战，翻越过人迹罕至的老山界，但唯独对爬雪山过草地的艰辛耿耿难忘，尤其是翻越第一座雪山——夹金山，在他们心里甚至比任何的战斗更为艰难。其一是每一场战斗不是每支部队每个人都参加了，而过雪山草地每支部队每个人都经历了；其二是朱毛红军绝大多数是南方人，对雪山草地的困难心里估计和心理准备不足，以为无非是山高点、雪地路滑些、天冷些、爬山疲劳些和呼吸困难些而已，根本没想到雪山还能直接威胁到人的生命；其三是翻越夹金山是第一次爬雪山，没有经验。后来朱毛

红军还连续翻越梦笔山、长板山、仓德山等五六座大雪山，由于积累了经验，也就习以为常了。

十三日，红二师政治委员刘亚楼率第五、六两团翻过大雪山，进抵达维。

十四日，林彪、聂荣臻率红一军团直属队和一师一团、红三军团第十团、十一团相继翻越大雪山。

人的生命，有时在大自然面前显得是那么脆弱无力，那么不堪一击，以至在亲历者的大脑中烙下了永恒的记忆。

聂荣臻把担架让给了正在生病的参谋长左权，自己拄着木棍爬山：上午爬山，天气正常，加上经过反复动员，人们的精神准备都很充足，人们开始还并不觉得什么。山坡是原始森林，一片片一丛丛，铺撒在茫茫浩瀚的"六月雪"中，这些奇特的景色把人们的注意力吸引住了……但一过中午，天气骤变，先是大雾，随后是毛毛细雨，转眼又成了霏霏白雪，随风狂舞，把我们红军战士一个个都变成了雪人。尤其是到了傍晚，天气奇冷。战士们衣着不多，临时打开背包，把能穿的都穿在身上，或者干脆把被子、毯子披在身上。我上到山上感到气也喘不上来。山顶空气稀薄，不能讲话，只能闷着头走，不管多累，也不敢停下来休息，一坐下来就可能永远起不来了。我们警卫班的同志，身体都是比较健壮的，也有的走着走着不知怎么的，倒下来就完了。在山上我们牺牲了一些同志。

军团长林彪因体质差，刚爬到半山腰，菜黄色的椭圆形脸惨白，嘴唇呈青紫色，一口气喘不过来，竟晕倒在雪山上。警卫们连忙将林彪抬下山去，直到第二天用担架把林彪抬过雪山。

聂荣臻后来谈起此事说：林彪这一天反倒掉了队，没有能过夹金山，过去他几乎从来不掉队的。

二〇〇九年十二月十二日，原在红十团的方国安老将军在跟笔者谈起紧跟红一军团直属队过雪山的情形说：过雪山最大的困难就是晕山。快到山顶时，气温骤然变冷，空气稀薄，轰炸的国民党军的飞机也只能飞到半山腰上。越往上爬，缺氧越严重，人都喘不过气来。这时太阳的强光又照在雪地上，刺得人眼都睁不开，很多人都晕倒了。

虽然时隔了大半个世纪，方国安将军仍清楚地记得：雪山也不是满山皆白，有的树下没有一点雪，乌黑乌黑的，可当大家像发现新大陆似的呼喊着奔跑过去时，哪知道地面的雪虽然被风吹光了，但却到处结着薄冰，有的不知深浅一脚踩上去，被重重摔倒，若无人帮助，爬都爬不起来。在爬山前幸亏杨勇送了件棉背心给我穿上，否则也冻死在雪山上了。

杨得志任团长的红一团是跟随军团主力之后翻越夹金山的：我们制定了翻越大雪山的四条措施：一是伤病员提前一小时出发，准备他们掉队；二是由胡发坚（团参谋长）同志挑选一些身体较好的同志，组成担架队，在后边负责收容；三是炊事班要先行，下山后立即烧开水，做饭，保证部队一到能吃上饭；四是提倡阶级友爱，开展体力互助，党员和干部要起模范带头作用。

六月十四日，红一团根据雪山的气候特点，等太阳出山——九点钟后开始爬山。上山下山约二十里的路程，必须在五六个小时内走完。

团里的干部进行了分工：政治委员黎林在前，负责伤病员和炊事班的队伍，团长杨得志居中照顾队伍，参谋长胡发坚带担架队在后收容，机关干部都分到了连队。

六月的太阳挂在万里晴空，但它给人的感觉不再是炙热的火球，仿佛那灼人的热力已被雪山吸尽，使它变得苍白无力。

然而偌大一个冰窖似的雪山，气候却出人意料地干燥：风是坚硬的，吹到身上毫不打弯；雪像刺人的玻璃渣子，甩在手上脸上，甚至灌到衣服里边也不溶化。

杨得志过雪山的感受最深：最大的问题是气短，每迈出一步都要付出巨大的努力。腿发软，没有劲。看上去前面的路平平的，并不特别陡险，但腿肚子里像注满了铅水似的，沉重得怎么也抬不起来。手里的拐棍不由自主地老是颤抖。胸口上像压着石块，透不过气来。心跳得特别快，好像一张嘴就会蹦出来似的。那时候部队文化水平低，科学知识少，好些同志不懂得呼吸困难是高原缺氧造成的。

紧跟红一军团之后攀登雪山的是彭德怀的红三军团。

时任红三军团警卫通讯班班长的邱荣辉当时就紧跟着军团长彭德怀爬过雪山的：我拖着沉重的步履往山上爬，每走一步都要使出全身的力气，当走到半山腰时，两眼一黑倒了下去。这时，军团长彭德怀和战士们一样，面色苍白，喘着气大声喊："快，骑上骡子走！"我站起来说："能走。"可没走几步，又摔倒了。

疲劳得奄奄一息的邱荣辉死活不肯骑上驮着文件的军团长的骡子，彭德怀叫饲养员把骡子牵过来，又大声喊："抓住尾巴！"邱荣辉就紧紧抓住骡子尾巴过了雪山。

伍修权当时担任红三军团副参谋长，一清早就动身翻山：开始时路还好走，不太陡，也比较宽，部队几路纵队往前赶，谁有力量谁往前走。走了不久我就落在后面了，虽然不是最后，但是大部队已经过去。快到山顶时就更困难了，警卫员同我相依为命，用数步子的办法来鼓励自己。开始时说走一百步就休息，走一下数一步，走到整整一百步，就停下喘几口气，接着再数着走一百步。以后，一百步也坚持不下去了，改成走五十步休息一次。后来又改为三十步休息一次，再也不能减少了，走不动也得走，否则就只有永远躺在这里。经过艰苦的努力，估计是下午三四点钟，终于爬到了山顶，这时心情真是悲喜交集：喜的是自己有了跟上部队的希望了；悲的是在山顶两旁的冰天雪地上躺着不少牺牲的同志。我曾经看见有的同志太累了，坐下去想休息一会儿，可是一坐下就再也起不来了，他

们为革命战斗到最后的一口气。

气温奇寒，缺氧严重，雨雪交加，冰雹袭击，强光晕厥，这些都是攀登雪山的天然之敌。

朱毛红军之所以能够在人迹罕至的大雪山上踩出一条生命的通道，时任红三军团政治委员的杨尚昆画龙点睛：那个雪山海拔高，空气稀薄，能过去全靠那时年轻体壮，吸一口气，慢慢走就过来了。当然，绝大部分同志还是感到过雪山很不容易，除了准备的干粮外，主要依靠自身的体力、意志和精神力量来支撑，再就是同志间的友爱和帮助。

时任三军团教导队队长孙毅说过这样一件事：三军团进至雪山脚下，彭德怀下令暂憩，亲自检查部队过山准备。大家吃着各自携带的干粮，彭德怀忽然发现孙毅没有东西吃，马上把孙毅叫过来，从自己的干粮袋里倒出一半给他。孙毅不肯要，彭德怀笑笑说："有福同享，有难同当，见面分一半嘛！"

孙毅后来多次谈起此事：这件事我终身难忘，彭总那颗朴实和善良的心，清澈可见！

周恩来的警卫员顾玉平当时负责照顾患有肺病的邓颖超：邓大姐见路难走，坚决不肯躺担架，她脸色灰黄，伏在马上，还不断为我鼓劲。快到山顶时，我晕得直想往雪地里坐，把骑在马上的邓大姐急坏了。邓大姐一边叫我拉住马尾巴，一边取出两片止晕药让我吃。我吞下药，拉住了马尾巴，终于坚持了过来。要不，我也会像那些中途坐下休息的战士一样，永远和雪山长眠在一起。

周恩来爬雪山，也将担架让给了负伤的机要参谋，自己则拄着拐棍爬山，一路上只顾着给大家加油鼓劲，没想到一到山脚就因受寒咳嗽，后来恶化成肝脓肿，还差点夺去他的生命。

二〇〇六年，在湘江战役参加红军的肖合清的儿媳跟笔者说：父亲在世的时候经常跟我们讲起过雪山的情况：你们晓不得过雪山的那种苦，简直是在鬼门关上走。在雪山上，排长看到我只穿着一件薄单衣，冷得浑身打战，就脱下自己身上的一件破棉衣，硬要我穿上。我全靠排长的棉衣翻过了雪山，否则早冻死在雪山了。

正是这种"有难同当"的官兵一致的精神力量，朱毛红军才成为一支能征服和战胜任何自然的、人类的障碍的劲旅！

其实，朱毛红军当年翻越大雪山，困难最大、损失最大的是辎重人员和后勤人员，还有就是老弱伤病人员和妇女。

时任五军团卫生部长的姬鹏飞回忆：伤亡的大多是后勤人员，如担架员和炊事员……对于体弱和有伤的人来说，空气稀薄格外令人难受。几乎无法看护病人，唯一的办法就是把他们送下山，可是谁也没有力气这样做，往往还没有送到低处，他们就牺牲了。牺牲的人很多，天气太冷，有些是冻死的，有些人根本喘不上气来死去的。在后面过雪山的同志，从路的两旁可以看到一个个隆起的雪堆，这就是冷酷无情的大雪山所吞噬的同志的标志。

炮兵、工兵携带着重武器，炊事人员携带着铜锅、粮食。

红一军团炮兵江耀辉当时肩上扛着迫击炮筒爬雪山：天蒙蒙亮，我们就开始爬山。朝上望望，只见云雾缭绕，山顶直插云霄。再往上走，天气突然变了，狂风吼叫，雪花飘飘。我是江西人，很少看到下大雪。起先，东瞧瞧西望望，倒觉得蛮有趣。谁知越向上爬地势越陡，一会竟下起鸡蛋那样大的冰雹，狂风夹着冰雹，吹打在我们只穿着一件夹衣的身上，浑身真像刀刮的一样。我看雪的兴致早就消失得无影无踪，只觉得呼吸紧迫，浑身无力，只要稍微一松劲，脚就抬不起来了，但又不敢歇下来休息。我看见有三个同志抱在一起想暖和一下，但他们再也没有站起来。我是个炮兵，肩上扛着四十五斤的迫击炮筒，走起来就更难了。我踏着前面像雪梯似的脚印，一步一步往前移，脚被雪冻得失去了知觉，曾几次跌倒。每当我倒下，看到脚上的"量天尺"（撤离江西时老百姓送的草鞋），心里就感到一股热劲，好像有许多根据地的老乡在背后推着我前进。

炊事人员大多对爬雪山的困难估计不足，爬山前上级要求轻装，只带两三天的粮食，但大多数炊事员为了给大家吃饱饭，背地里又偷偷藏了些粮食想带过山。

谢方祠当时在红三军团连队当司务长：那时候，天天行军打仗，上级为了减轻炊事员的负担，规定每人只准挑四十斤，可是，他们都打了埋伏，把粮食装在铜锅里，每个人都挑有六七十斤……进入雪山之前，上级通知我们轻装。我们把不必要的炊事用具都扔掉，留着可供全连吃一两天的粮食。另外，每人还带了些生姜、辣子和十几斤干柴……梁子大山很高，部队整整爬了一天。山上空气稀薄，到处是白花花的积雪，树枝上也都是冰花。爬到山顶，有人实在走不动了，就坐下来休息。可是一坐下就起不来了。炊事员便赶紧上去喂生姜，灌辣子水，把他拉起来。这时，炊事员又都变成了卫生员。炊事班的口号是："不让一个战士牺牲在山上！"但就在抢救战士的时候，有两个炊事员却倒下了，不论我们怎么喊，怎么喂生姜、灌辣子水，都无济于事。这是我第一次悲痛地看着炊事班的战友牺牲在身边。

辎重、后勤人员因随身携带的物品过重，有不少人倒在了雪山上，年老体弱的和妇女过雪山更加困难重重，几乎是九死一生。

在延安时，董必武对美国记者艾格妮丝·史沫特莱说：天刚蒙蒙亮，我们就出发了。没有路，我们就对准峰顶附近那个缺口向上爬。浓雾环绕，大风凛冽，到半山还下起了雨，再往上爬，又遇上了冰雹。空气越来越稀薄，呼吸越发困难。讲话不可能，冷得人连呼气都冻了冰。有些人和牲口一步没走稳，就从此永别。那些坐下来休息喘气的，就在原地冻僵。到了傍晚，我们翻过了第一个山头，夜里在山谷中露营。为了避开敌人的轰炸，我们半夜就起来，继续爬第二个山头，雨雪交加，又有很多人在严寒和力竭中死去。提起这座山的最末一个山

头，令人胆寒，估计从山脚到山顶共六十里地，我们的人在这里一死就是好几百。

刘英是遵义会议担任中央秘书长的：人到困难临头都会想办法的，我发明了拽着骡子尾巴上山的办法，省力许多，不少女同志也是这么办的，蔡畅、刘群先都是拽着马尾巴上的山。过雪山出问题主要是在山顶上。山顶上空气稀薄，呼吸困难，有的人就挺不住，憋死了。蔡大姐的一个小卫生员殷桃，就在山顶上牺牲了。我们看着她脸色惨白，嘴唇乌紫，呼吸困难，想要救她，但一点办法也没有。下山容易得多，胆子大的干脆坐下来，像滑滑梯一样滑下去。下了山，大家又似乎忘记了疲劳和危险，交流起经验来。

身强力壮的担架员刘彩香一头跌倒在雪地上，使尽了吃奶的力气也爬不起来，这时听到身边有人说："小同志，快起来，这里是停不得的！"刘彩香抬头一看，是军团长彭德怀，也不知从哪儿来的一股劲儿，竟然一下子站了起来，保住了一条命。

就在朱毛红军主力攀登大雪山时，红一军团一师师长李聚奎、政治委员黄甦率着红一师，沿着宝兴西河经五龙、陇东、中岗、土巴沟，沿铜陵沟、图岩窝，再至九倒拐、三道桥，爬程胡岭，从另一条山道翻过了大雪山。

时任红一师政治部巡视员的萧锋在十六日战地日记中写道：开始爬山时还不知道冷，但越往上爬情景就越不对头了。一到下午，气候突然大变，先是大雾，后来又下起了毛毛细雨，不一会儿又下起了雪，越往高爬雪越大，还刮起了大风。指战员们一个个都成了雪人儿，再加上刺骨的寒风一吹，冻得人不知怎么是好……

有些年大体弱的同志快到山顶了，却一头栽倒在路旁，怎么也起不来了，医生、卫生员赶忙上去抢救，有的已经停止了呼吸，不少同志爬到山顶，想坐下来休息一会儿，李聚奎师长大声喊叫：同志们赶紧走，快到懋功会合红四方面军去。这里不能停呀，要停就走不了啦！有的同志累得不行，一坐下就起不来了。

十八日，翻过了大雪山的红一师进抵懋功城，与红四方面军会合。

就在朱毛红军主力翻越大雪山之际，杨森在蒋介石的严令下，以他的第一、二、六混成旅编成追击纵队，以一旅旅长为纵队指挥，由飞仙关经芦山、宝兴追击红军；邓锡侯部第三师五、六两个旅也赶到太平场翻龙岗山，迂回宝兴背侧，抄袭红军。

为阻击尾追之敌，确保红军主力攀登大雪山，六月十四日，中革军委电令负责殿后的董振堂红五军团：第五军团进到宝兴，并在对岸收集粮食，须以一部留通灵关隘路筑工事，阻敌及对太平场路警戒。

红五军团奉命赶到宝兴县城坚守。

十六日，由于与军委电台联络中断，红五军团按原计划北撤，准备翻越夹金山。这时，邓锡侯部两个旅和杨森部四个旅向大川、宝兴尾追而来，正在北撤途中的红五军团接到中革军委"回守宝兴"的电令，又立即折返，击退蹑尾之敌，于当晚重新占据宝兴。

时在红五军团政治部担任宣传科长的黄镇一九三六年在延安谈到回守宝兴之事说：走了一天，又要转回宝兴，要继续阻止敌人的前进……吃了早饭，一口气走了四十多里。我英勇的三十七团第一营二连第二排进到了宝兴，群众们争先恐后向我们报告："红军同志，快，南街头来了白军，正在庙里休息哩!"我第二排端着上了雪白刺刀的枪，拿着手榴弹，跑步冲去，南街头的白军原来是四川军阀杨森的两个连，冷不防被我第二排攻击，被打得遍地乱跑，后面的敌人大队见势不妙，也向后转逃走了。这两连人被我们消灭了差不多一半，敌人被追得退到了灵关场，我军又一次胜利地完成了军委给我们的光荣任务!

红五军团在坚守宝兴城一天后，于十七日北撤。

从六月十二日红四团开始翻越大雪山在达维与红四方面军先头部队会合，到六月十八日除后卫的红五军团仍在夹金山南麓阻击尾追之敌外，朱毛红军主力已全部到达懋功地区，与红四方面军会合。

朱毛红军翻越大雪山，在一般指战员的心里，经历了一次体力上、精神上的生死考验。

没有经历或品尝过当年红军之苦难的现代人或许视为天方夜谭的神话。

按刘英的说法：人在困难中，觉得非常之难；过来之后，又好像不怎么样；过了一段时间再回想起来，又会感到真不容易，甚至搞不清自己怎么有那股劲儿征服困难的。

至于朱毛红军过雪山究竟死了多少人，流行史学界普通的说法是牺牲了四百多人，但至今仍未统计出一个准确的数字，也许成了只有大雪山才知道的、但永远也无法破解的千古之谜。

然而，在朱毛红军的高层，尤其是毛泽东、周恩来、朱德等人则是一次对黎明前的黑暗的穿越，对波澜壮阔的中国革命前景的美好憧憬。

一、四方面军两大主力的胜利会师，不仅意味着长期流徙转战的红一方面军终于找到了安身立足之地，还意味着中国革命的新高潮、新局面即将到来。

因此，十二日一得知先遣队红四团在达维意外与红四方面军先头部队会合的消息，毛泽东兴奋之余，急忙与周恩来、朱德、张闻天等人立即着手安排与四方面军会合的各种准备工作外，立即转入考虑两大主力会师后可能发生的各种问题和如何开创新局面的问题。

六月十五日傍晚，军委纵队刚抵大硗碛，尚未安顿好宿营，毛泽东就接到了红四方面军发来的贺电：

毛主席、朱总司令、周政委、中央红军全体指战员同志们：

懋功会合的捷报传来，全军欢跃，你们胜利地转战千余里，横扫西南，为反

帝的苏维埃运动与神圣的民族革命战争历尽坚苦卓绝的奋斗，造成了今日主力红军的会合，定下了赤化西北的最有利的基础条件。我们与你们今后在中国共产党的统一指挥下，共同去争取西北革命的胜利，直至苏维埃新中国胜利。

张国焘、陈昌浩、徐向前<br>及四方面军全体指战员启<br>六月十五日

其实，早在十二日张国焘在委托徐向前草拟的来电中曾详细介绍了川西北的敌我形势和四方面军的部署，十三日张国焘又迭电告知：懋功一带粮食困难，不能养大兵，须用一切力量解决经济问题。

十五日，中革军委又在行军途中接悉了陈光转发的红四方面军兵力情况电文：主力约四十团，分编为四军八团，九军七团，三十军九团，三十一军八团，三十三军五团，三十四军三团，有五个独立师两个团，其余四个师每师平均约三千七百人，总兵力九万余人。

从这几日的迭电中，毛泽东等人对四方面军的兵力、部署、敌情有了大致的了解。尤其令人感到欣慰的是，从一九二七年创建井冈山根据地开始、亲自又创建了中央苏区的毛泽东知道九万余人马意味着什么。

必须考虑两军会师后的战略部署！

刚吃完苞谷煮的晚饭，毛泽东一扔下碗筷，就和周恩来、朱德、张闻天、王稼祥、刘伯承等人聚集在野战军司令部里，借着煤油灯的亮光，仔细地观看川西北的地图，研究下一步的战略目标。

刘伯承先介绍了红四方面军的兵力部署情况：

第三十军政委李先念率红九军和红三十军一部渡过岷江西岸，控制理番、懋功两县及茂县至黑水和懋功至灌县的两条道路，以迎接中央红军；

红四方面军主力尚在岷江东岸北川、茂县、汶川等县，与川军刘湘、孙震、李家钰部对峙中；一部在松潘牵制胡宗南部。

智者见智。兴奋之余的朱毛红军军政首脑们迸发着智慧的火花。

"我看由政治部起草一份回复的贺电，以朱、毛、周、张的名义发给四方面军。"周恩来捋着长髯说。

"我建议由总司令部和总政治部再起草一份《关于一、四方面军会合后部队休整的规定》。至于两军会师后的下一步行动部署，还是先听听老毛的建议！"朱德笑呵呵地望着毛泽东。

坐在长木凳上的毛泽东浓眉微锁，烟不离手，两眼全神贯注地"啃"着地图，正聚精会神地思考着。这时见大家的目光齐聚自己身上，连忙抬起头来，深吸了一大口烟，然后不慌不忙地说道："从这几天四方面军发来的电文来看，大家对四方面军的情况有了一个初步的了解，但具体的情况如何，目前仍不甚清楚。"

毛泽东的手指在地图上比画着："大家看看川西北的战略形势，北面岷江上游的松潘地区是胡宗南部，但大部在陕南尚未集结，南面是杨森、邓锡侯部和薛岳部尾追，西面是人烟稀少的雪山草地和山区，东面是派系庞杂、相互争斗的川军，而懋功地区地广人稀，山荒岭野，贫瘠缺粮，给养极为困难，即使没有国民党大军的围追堵截，也不利我军久驻，看来原来在川西北建立根据地的设想并不符合实际，必须放弃！我建议一、四方面军会合后应暂时以茂县、北川、威州为中心，伺机渡过岷江，向富饶的岷江以东地区发展，或北出松潘，建立川陕甘三省苏维埃政权，必要时占领新疆，以便得到共产国际的援助。"

毛泽东的建议引起共鸣，大家你一言我一语地各抒己见，畅所欲言。

会议一直开到凌晨才结束，尽管深夜中的大雪山脚下的大硗碛寒气袭人，但朱毛红军的军政首脑们心中都腾起了一簇簇熊熊烈火。

六月十六日凌晨二时，中革军委先回复了红四方面军的贺电：

张主席、徐总指挥、陈政委并转红四方面军全体红色指战员亲爱的弟兄们：

来电欣悉，中国苏维埃运动二大主力的会合，创造中国革命史上的新纪元，展开中国革命新的阶段，使我们的敌人帝国主义、国民党惊慌战栗。我们久已耳闻你们的光荣战绩，每次得到你们的捷电，就非常欣喜。此次会合，使我们更加兴奋。今后，我们将与你们手携着手，打大胜仗，消灭蒋介石、刘湘、胡宗南、邓锡侯等军阀，赤化川西北。我们八个月的长途行军，是为苏维埃而奋斗，我们誓与你们一起，为苏维埃奋斗到底。特此电复。

朱、毛、周、张

及中央野战军全体指战员

十六日

兴奋之情，跃然纸上。

紧接着又迭发了《为建立川陕甘三省苏维埃政权给四方面军电》：

张（国焘）、徐（向前）、陈（昌浩）各同志：

迭电悉。

（甲）为着把苏维埃运动之发展放在更巩固更有力的基础之上，今后我一、四方面军总的方针应是占领川、陕、甘三省，建立三省苏维埃政权，并于适当期间以一部组织远征军占领新疆。

（乙）目前计划则兄方全部及我野战军主力，均宜在岷江以东，对于即将到来的敌人新的大举进攻给予坚决的打破，向着岷嘉两江之间发展。至发展受限制时，则以陕甘各一部为战略机动地区。因此，坚决地巩固茂县、北川、威州在我手中，并击破胡宗南之南进，是这一计划的枢纽。

（丙）以懋功为中心之地区纵横千余里，均深山穷谷，人口稀少，给养困难，大渡河西岸，直至峨嵋山附近，情形略同，至于西康，情形更差。故敌若封锁岷江上游（敌正进行此计划），则北出机动极感困难。因此，邛崃山脉区域只

能使用小部队活动，主力出此似非长策。

（丁）我野战军于十二号已全部通过天全、芦山之线，十八号主力及中央机关可集中懋功、两河口之线，因粮食极少，不能休息，约月底全军可集中理番地区，并准备渡岷江。

（戊）弟等意见如此，兄意如何，乞复为盼！

十六日二时

满腔热情升腾起崭新的希望，雄才大略施展于更广袤的天地。然而，世事难料，往往希望越大，失望也就越大。

此时此刻，身在寒气裹胁下的大硗碛的毛泽东，也许并没有意识到等待他的将是一生中最黑暗的日子，也许未卜先知心中莫名其妙地涌起了一丝寒意。

## 五

> 喜悦无比，两军将士慷慨解囊庆会师；
> 尚未谋面，两军高层弹出不和谐之音。

六月十八日晚，懋功城的天主教堂。

夏夜刚将那层漆黑的大幕布满天空，青蛙、百虫就亮喉唱起歌来，你鸣我叫，合奏着悠扬的夏夜曲，飘荡在旷野中。

教堂院内东厢房的毛泽东住所，几盏煤油灯散发着晕黄色的光亮，毛泽东、周恩来、朱德、张闻天、王稼祥、博古、刘伯承等军政首脑们围坐在一张方形桌旁，一位不到三十岁的年轻军人拘谨地端坐在毛泽东身旁，全神贯注地倾听毛泽东讲话。

毛泽东稍侧着头，目光慈祥的落在年轻军人那张微红色的圆脸上："过去两支红军独立作战，现在会合了，这样，我们的力量更大了！"

毛泽东边说边将张开的五指握成了一个拳头，在座的众人旋即发出一阵爽朗的笑声。

原来，那位年轻军人正是特地赶到懋功迎接朱毛红军的红四方面军第三十军政治委员李先念。

时隔五十年后，李先念谈起第一次见到毛泽东的情形，仍按捺不住激动：

六月中旬的一天，我们在懋功迎接了党中央和一方面军，当时喜悦之情，难以言表。毛主席和中央几位领导同志住在一座法式建筑的天主教堂院内，我们住在小金川河边的新街。当天晚上，毛泽东、周恩来、朱德、张闻天等同志和一方面军的几位领导人，在天主教堂的东厢房里，亲切会见了我。我第一次见到这么多中央领导同志，心情特别激动，也有一点拘谨。毛泽东同志充分肯定了四方面军的战绩，给四方面军很高评价，并代表党中央和一方面军全体同志，对四方面军全体指战员表示亲切关怀和慰问。

紧接着，毛泽东让警卫员陈昌奉打开地图铺在桌上，边看边问道：岷、嘉地区的气候怎样？还能不能再打回去？

李先念见毛泽东问得特别具体仔细，只好斗着胆将自己所知道的情况作了详细汇报：

岷、嘉两江之间地区，大平坝子很多，物产丰富，人烟稠密，是汉族居住地区，部队的给养和兵源都不成问题。从战略地位看，东连川陕老根据地，北靠陕甘，南接成都平原，可攻可守，可进可退，回旋余地大。如红军进入这一地区，有了立足之地，可以很快休整补充，恢复体力，再图发展，而且这时茂县、北川还在我军控制之下，可以打回去，否则再打过岷江就难了。

毛泽东凝神专注听得十分认真，不时吸着烟，还不时点点头，微锁着眉头，似乎若有所思：那么这一带的地形怎样？老百姓的生活条件怎样？

李先念实话实说：来懋功的一路上，只看到很少的藏族牧民，筹粮很难，大部队久驻无法解决供给。大小金川和邛崃山脉一带高山连绵，谷深流急，大部队很难运动，不容易在这里站住脚。向西向北条件更差。无论从地理条件、群众基础，还是从红军急需休整补充的实际情况和发展前途看，会师后向东北方向，首先是向岷、嘉地区发展比较有利。广大指战员也真想打回去。

听完李先念的汇报，毛泽东眉头舒展，吮吮下唇，似乎心底有数了。

待送走李先念，毛、周、朱、张诸人又聚集在地图前，继续商磋起来。

毛泽东吸着烟，神情有些兴奋："刚才听了李先念的汇报，看来我们十六日做出的向东北发展建立川陕甘三省苏维埃政权的决策是正确的，也是两军会师后的唯一选择。不过，要从已经占领的茂县、理县、懋功等岷江西岸地区向甘南推进，就不能不走松潘通道。"

毛泽东伸手拍在"松潘"二字上，厚唇一抿："因此，抢占松潘是北上甘南的关键！"

毛泽东站起身来，一手夹烟一手叉腰地踱着步，眉棱微耸，消瘦的脸上掠过一丝忧虑："但是，张国焘、陈昌浩的来电似乎并不赞同我们向东北方向发展的建议，提出西向偏僻的甘肃、青海地区或南向西南地区发展的主张，这明摆着是一步死棋嘛！"

毛泽东猛吸了几口烟，将烟蒂在鞋底掐灭，环顾众人一眼，双唇一抿，似乎下定了决心："我看这样，恩来，以洛甫、朱老总、我和你四人的名义，再起草一份电文，敦促他们即下决心，执行中央提出的向东、向北发展，在川陕甘建立革命根据地的战略方针！而且根据徐向前的提议，一方面军暂作休整，由四方面军打头阵，攻占松潘。"

二十一时，一封以张闻天、朱德、毛泽东、周恩来署名的电文穿过川西北的崇山峻岭，飞向了远在茂县的红四方面军总部：

目前形势须集大力首先突破平武，以向北转移为枢纽，其已过理番部队速经马塘绕攻松潘，立求得手。否则兄我如此大部队经阿坝与草原游牧区域入甘、青，将感觉大困难，甚至不可能向雅（安）、名（山）、邛（崃）、大（邑）南出，即一时得手，亦少继进前途。因此力攻平武、松潘是此时主要一着，望即下决心为要。

发完电令，毛泽东信步走出教堂。

此刻，教堂外的草坪上燃烧着几堆熊熊的篝火，篝火的映照下，红一、四方面军的指战员聚集在一起，尽情地唱着、跳着、交谈着、欢娱着。

此情此景，毛泽东眼眶湿润，心如潮涌。

是啊，共同的信仰，共同的奋斗理想，早将隔着千山万水的心连接在一起，融合在一起，凝聚在一起。

如今，两大主力在懋功意外会师，这对历经血与火、生与死考验的广大指战员来说，的确喜从天降，令人百感交集。

兄弟情、战友情、阶级友爱情，此刻尽情表达着。这从两个方面军这几天的相互捐赠的财物都可以印证。

为迎接中央红军，早在会师之前，徐向前就特地命令时任川陕苏维埃副主席的余洪远带领川陕甘省政府、省委机关一部分和妇女独立团赶到懋功一带筹措粮食、盐巴。

两军在达维意外相逢，一时从北川、茂县、理番至懋功沿途，络绎不绝的马队、牦牛队把一批批慰劳品送到朱毛红军驻地：

红三十一军捐赠衣四百九十五套零十九件，草鞋一千三百八十六双，手巾一百五十二条，毛袜四百一十九双，毛毯一百条，鞋子一百六十九双，袜底一百九十一双；

红九军捐赠单衣一十一件，皮衣四十件，袜子三百五十七双，袜底三十七双，鞋二十双，草鞋二百九十三双，毯子四条，汗巾二百零三条；

红四军捐赠单衣一百九十一套，棉大衣一百七十九件，袜子六百九十双，袜底三十八双，鞋一百三十五双，草鞋一百二十余双，汗巾一百七十一条。

徐向前回忆说：我从各部队抽一大批炊事员带上炊具、粮食、盐巴，跟八十八师前往迎接中央红军，补充给一方面军，先解决他们的吃饭问题。

与此同时，红一方面军虽然缺粮少衣，但也发起了募捐活动。

六月十九日，总政治部出版的《红星报》以"在一片阶级友爱的热忱——赠给四方面军的弟兄们"的醒目标题报道了两件事：通讯"一个动员募了八百元"："坦克"（即干部团）看见了红四方面军，立即发起慰问运动，在一声号召之下，马上募了七百九十余元，没有一个不参加的，表现异常热烈！另一篇通讯"没有一个不捐的"："太阳"纵队（军委纵队）在政治处的号召之下，募了七百多元来慰问百战百胜的四方面军，也是没有一个不捐的，特别是三科和野战医院为最多，刘兴甫同志（军委二局）一人捐了二十元。

会师，会师，广大指战员慷慨解囊，倾其所有，一件衣服，一条围巾，一双鞋垫，一双草鞋，一份深情，一番心意，用各自的方式表达着对兄弟部队的尊重与关怀。

然而，就在两军的广大指战员亲如一家人，沉浸在会师的无比喜悦中时，这些将士们哪里知道，两军首脑人物尚未谋面，在会师后两军的发展战略上却出现了不和谐的声音。

一想到这些，毛泽东的脸色由晴转阴，眼睛不觉渐渐变得模糊起来。

六月十七日傍晚，夹金山北麓的达维小镇，二十五师师长韩东山带着二十五师的指战员们排着整齐的队伍，站立在村口的两侧，列队迎接刚翻过大雪山的军委纵队和紧随军委纵队之后的红九军团。

崭新整齐的军装，宽敞的八角帽沿，清一色的武器装备，军旗猎猎，威风凛凛，威武雄壮。二十五师遵照张国焘"要拿出全套派头来，不要丢了自己的脸"的指示，军容整齐，精神抖擞。

"毛主席来了！""中央红军来了！""欢迎一方面军老大哥！"欢迎的队伍立即爆发出雷鸣般的欢迎声。

走在队伍最前头的是几位穿着补丁摞补丁的中年军人，一个个笑容满面，边走边挥着手向大路两旁的欢迎队伍致意。

然而，随在中年军人之后跟进的队伍简直就是一群大杂烩。

满身的泥渍、汗渍，披毛毯的，裹着床单的，甚至围着麻袋的，五颜六色；携着大砍刀的，背着老套筒的，甚至扛梭标的，五花八门。

杨尚昆后来谈到当时的情形说：四方面军原来在物质条件较优的川北，五月初，从川陕根据地出来，向北上的中央红军靠拢，部队离开根据地才一个多月，所以军容比较整齐。师以上干部的每人背篓里装着腊肉、香肠之类的东西。中央红军到懋功时还剩二万多人，枪支弹药很少，衣着也不整齐，破破烂烂，五颜六色都有，就是领导干部也不成样子，穿的是用藏族人的氆氇做的毛坎肩，披在身上像一个破口袋。一军团的团一级干部比我们稍强一点，还有一个菜盒子，我们（指三军团）连一个菜盒子都没有。

历史与现实是一脉相承的。

现今耸立在小金县城广场上那尊两军会师的花岗岩雕像，就是当时历史的真实写照：两个红军指战员紧握双手，表示会师。一个穿着整齐军装，代表四方面军；一个穿着氆氇毛坎肩，则代表一方面军。

此刻，韩东山急忙迎上前，可一个都不认识，只好尴尬着一副笑脸，拘谨地一一敬礼，一一握手。

"韩东山！"突然随着一声大喊，一个军人一把抓住了正尴尬敬着礼的韩东山的手。

韩东山连忙一看：竟然是自己的老师长陈赓！

原来，陈赓在鄂豫皖担任十二师师长时，韩东山任三十六团副团长。老战友久别重逢，激动的泪水淌满了眼眶。

在陈赓的引荐下，韩东山这才认识了毛泽东、周恩来、朱德等中央领导。

韩东山把中央领导领到早已收拾准备好的一座喇嘛寺庙里住下，转身正要离去，却被毛泽东拉着手坐下，仔细问起了部队的情况。

韩东山把自己所知道的红四方面军的情况简明扼要地讲了，末了，生怕毛泽东等人还不理解似的，补充说："我们部队的指战员都是来自鄂豫皖和四川的贫苦农民，打仗都非常顽强勇敢，一上战场没有一个怕死的，都是拼命地往前冲！"

看到韩东山郑重其事像声明，毛泽东高兴地笑了起来，站起身来，似有所思地感慨说："是啊！这就是红军的作风！我们从江西出发那天起，飞机在头上飞，敌人在地上追，我们还是闯过来了，而且……"

毛泽东把两个拳头举到胸前，有力地合到一起："更发展了，更壮大了！嗯？哈哈！"

当晚，在镇外山脚下搭了个简易讲台，举行一、四方面军联欢晚会。台周围悬吊着数盏油灯，为了挡风，还在四周挂上军用篷布。

周恩来主持，首先请韩东山讲话。

台下立即响起雷鸣般的掌声，韩东山原本事前准备了讲话词，这时一股暖流从心田直冲天灵，一激动将讲话词忘得一干二净，只好随口讲起红四方面军的战斗历程。话刚落音，还没来得及敬礼，台下就掌声雷动，口号声四起：

"向四方面军学习！""向一方面军老大哥学习！"

"感谢四方面军对我们的帮助和欢迎！""向中央首长致敬！"

"庆祝伟大的会师胜利！""争取更大的胜利！"

千百人的欢呼声，像松涛，像狂潮，压过高空长风，在无垠的旷野中久久回响着。

欢呼声中，毛泽东走上台，微笑着望望坐在草地上的指战员们，台下千百双眼睛也都聚集在毛泽东身上，屏声敛息地等待着。

毛泽东吮呷一下厚唇：这次会师具有伟大的历史意义，是红军战斗史上的重要一页，是中华苏维埃有足够战胜国民党反动政府和完成北上抗日任务的力量表现。我们在中央苏区就知道四方面军的同志在党的领导下，作战英勇，创造了川陕苏区，消灭了很多敌人，各方面都有很大成绩！

毛泽东稍停顿片刻，浓眉一扬，语气更加坚定：我们红军是打不垮、拖不烂的队伍，是劳动人民求解放的队伍。我们从离开中央苏区那天起，每天都是同超过我们几倍的敌人作战，但是敌人的围追堵截不仅没能消灭我们，而我们却大量消灭了敌人。战斗中虽然有一些伤亡，但我们却锻炼得更加坚强，扩大了革命影响，沿途撒下了革命种子！

毛泽东讲话激情四射，慷慨激昂："今天胜利会师了，我们一、四方面军是一家人，要在党中央领导下，为彻底消灭蒋介石反动派，赶走日本帝国主义而共同奋斗！"

经久不息的掌声中，总司令朱德健步走上台，就各地红军的历史作用、会师的意义及今后的任务，做了简短的讲话。

紧接下来就是简朴的文艺演出，满山遍野的歌声久久不息，一直持续到深夜。

夜深沉，沉浸在会师喜悦中的毛泽东毫无睡意，索性靠在床头看起书来。

忽然，周恩来手持一纸电文匆匆闯了进来："主席，刚接到张国焘和陈昌浩通过李先念转发给中央的电报。"

毛泽东接过电文稍扫视一眼，神色迅即变得凝重起来，起身坐在床沿上，掏出烟点燃，双眉微锁："这个张国焘到底唱的是哪一曲？既主张'同时（意）向川陕甘发展，组织远征军占领青海、新疆，先集中主力打'，又强调'北川一带地形、给养均不利于大部队行动，再者水深流急，敌已有准备，不易过。由岷江东打条件，李先念能详告，沿岷江北打松潘，地形、粮食绝无。'甚至提出'中央红军大部沿大金川北进占领阿坝，红四方面军北折茂县、北川等地，并进至松潘以西地区，或暂时利向南进攻'。岂不是自相矛盾嘛！"

周恩来一脸的忧虑："我看他是根本不同意中央集中力量向东、向北发展，在川陕建立革命根据地的战略方针，而是主张向南或向西发展！"

毛泽东站起身，边吸烟边踱至窗前，凝视着窗外漆黑的夜空沉思着，嘴里喃喃自语："张国焘强调向川陕甘发展的诸多困难，恐怕总有他的理由。"

毛泽东转过身子，目光如炬地望着周恩来："恩来，我看这样吧，对张、陈二人的意见暂时不要急着回复，我们明天就动身去懋功，先到那里了解到具体情况再说，必要时请张国焘赶到懋功，召开政治局会议，就战略方针问题统一两个方面军的思想。你现在就去通知韩东山！"

望着周恩来离去的背影，毛泽东静坐在窗前，一支紧接一支地烧着烟，烟雾中一张既熟悉又陌生的面孔若隐若现：张国焘是个实力派啊！

是啊，此时的张国焘无论在党内的资历，还是在执掌实权上，是与毛泽东并驾齐驱的，或者说伯仲之间，甚至在某种程度上讲在毛泽东之上，或者说比毛泽东更具优越感，或者说资历比毛泽东更老。

一九一八年，毛泽东在后来成为岳父的杨昌济老师向李大钊的推荐下，来到北京大学担任图书馆的助理员。

这时，在一九一六年就考入北京大学理工预科三年级就读的张国焘，因是五四运动的组织者，已成为激进学生中的风云人物。

一九三六年，在延安窑洞的油灯下，毛泽东跟斯诺谈到当年在北大图书馆担

任助理员的那段特殊经历说：

由于我的职位低下，人们都不愿同我来往。我的职责中有一项是登记来图书馆读报的人的姓名，可是他们大多数不把我当人看待。在那些来看报的人当中，我认出了一些新文化运动的著名领导者的名字，如傅斯年、罗家伦等等，我对他们抱有强烈的兴趣。我曾经试图同他们交谈政治和文化问题，可是他们都是些大忙人，没有时间听一个图书馆助理员讲南方土话。

毛泽东又说：我在北大图书馆工作时，还遇见了现任苏维埃副主席的张国焘。

一个是学生界名声赫赫的大人物，一个是图书馆里默默无闻的小雇员，擦肩而过、相遇不相识，是再自然不过的事了。

一九二一年七月，代表全国五十多名共产党员的各地代表十二人聚集在上海举行中国共产党成立大会，即中共第一次全国代表大会。

这是一次有志青年的聚会，也是一次五千年文明古国重获新生的聚会。

张国焘作为北京共产党小组代表、毛泽东作为湖南共产党小组代表，两个满怀救民族、救中国的热血青年亲自参与并见证了这一开天辟地的历史性伟大时刻。

而此时的毛泽东在张国焘眼里：毛泽东也脱不了湖南的土气，是一位较活跃的白面书生，穿着一件布长衫。他的常识相当丰富，但对马克主义的了解并不比王尽美、邓恩铭等高明多少。他在大会前和大会中，都没有提出过具体的主张，可是他健谈好辩，在与人闲谈的时候常爱设计陷阱，如果对方不留神而坠入其中，发生了自我矛盾的窘迫，他便得意地笑了起来。

不过，此时两人的身份却截然不同。

张国焘是大会执行主席，负责主持会议：我被推为会议主席，首先宣布中国共产党的正式成立……我向大会说明关于草拟党纲政纲草案的经过情形……我建议大会，由各代表先行报告各地区工作状况……经过几天的讨论，后来由我归纳到会者的意见，提出几点结论。

连续的几个"我"字，张国焘在"一大"上的地位与作用，不言自明。也就是说，中国共产党的创立，张国焘功不可没，并且从那天起，张国焘就居于中共中央核心领导层。

多年后，周恩来对要脱党出走的张国焘说：这个党是你创建的，你不能离开啊！

而"一大"时的毛泽东和周佛海仅负责会议记录。

亲自参加会议的包惠僧对毛泽东的印象：老成持重，沉默寡言，如果要说话，即是沉着而有力量。

亲历者李达称赞说：十分注意听取别人的发言。

就在"一大"上，张国焘被选为中央局委员，组织主任，是中共中央局三成员之一，会后任中国劳动组合书记部主任兼《劳动周刊》主编。

而毛泽东会后任中共湘区委员会书记，负责领导长沙、安源等地的工人运动。

一九二二年七月，在上海召开的中共第二次全国代表大会上，张国焘继续当选为中央委员，并任中央组织部部长，是中央执行委员会五名委员之一。

而毛泽东却因找不到会址而缺席。

毛泽东与张国焘第二次见面是一九二三年六月，在广州召开的中国共产党第三次全国代表大会上。

在这次会议上，毛泽东当选为中央执行委员会委员，并担任中央局秘书；

而张国焘因反对共产党人加入国民党，在选举中央执行委员会时落选。

毛泽东张国焘第三次见面是在一九二四年一月，在广州召开的中国国民党第一次全国代表大会上，张国焘被选为候补中央执行委员，并于一九二五年一月召开的中共"四大"当选为中执委，成为中央局五人成员之一。

一九二七年五月，在中共"五大"上，张国焘与陈独秀、蔡和森成为政治局三名常委，而此时的毛泽东仅当选为候补中央委员。七月十二日，以张国焘、李维汉、李立三、周恩来和张太雷五人为成员的中共中央临时政治局常务委员会在汉口成立，代行中央政治局的职权。

在"八七"紧急会议上，张国焘被降为政治局候补委员，而毛泽东升为政治局候补委员。直到这时，两个人的地位才算扯平了。

一落一起，一起一落，毛、张二人在中共领导核心的边缘沉浮着，几乎遭遇了同样的命运。

后来，在一片白色恐怖中，毛泽东去了中国农民中间，张国焘则去了遥远的莫斯科。

张国焘对毛泽东此时的评价：当时表现了他的奋斗精神，自动选择回湖南去，担负领导农民武装的任务……他这个湖南籍的"共产要犯"却要冒险到湖南去，不甘心让他所领导起来的农民运动就此完蛋。我们当时很高兴地接受了他这个到湖南去的要求。

张国焘赞赏毛泽东的主张：任何革命，农民问题都是最重要的。他还证以中国历代的造反和革命，每次都是以农民为主力。中国国民党在广东有基础，无非是有些农民组成的军队。如果中共也注重农民运动，把农民发动起来，也不难形成像广东这类局面，这种看法，是毛泽东这个农家子弟对于中共极大的贡献。

一九二八年，在莫斯科召开的中共第六次全国代表大会上，张国焘被选为中央政治局委员，并于一九三〇年回国，一九三一年被中央派往鄂豫皖根据地，担任分局书记兼军委主席。

当时毛泽东正率领着一支红色武装转战于井冈山的高山密林之中。

一九二二年张国焘曾在莫斯科克里姆林宫面对面地与列宁谈过话，聆听过国际导师的教诲。

中国共产党早期工人运动的分管者，京汉铁路大罢工和上海五卅运动的领导者，这一项项光环，这一项项荣誉，论资排辈，尽管张国焘比毛泽东小四岁，但在党内的资历却比毛泽东深很多。唯一让张国焘难以比拟的是，毛泽东是中国共产党创建农村根据地、开辟工农武装割据的第一人。

十一年，整整十一年，那位曾经满腔激情、雄才善辩的热血青年在川陕创建了仅次于中央苏区的第二大革命根据地。

毛泽东的思维驰骋着：即将见面的张国焘有了什么样的变化？是久别重逢的两相悦，还是见面不如怀念的神交？

毛泽东沉思着。

一九三五年六月十八日晨六时，太阳刚从雪山峰顶后冉冉爬起，整个达维笼罩在光彩夺目的朝霞中，韩东山率着二十五师的全体指战员早已排列整齐地站在村口，等待着欢送即将前往懋功的中央领导和一方面军。

时隔多年后，韩东山对当时送别的场景仍历历在目：

毛主席等中央首长虽然整夜未睡，可依然精神抖擞地来到队伍前面。我疾步而出，向毛主席敬礼请示。毛主席亲切地握着我的手说：

我们走后，部队还得几天走完，你们的任务是把警卫布置好。提高警惕，坚决消灭敌人，掩护部队完全通过。现确定将五军团三十七团交给你指挥，我们在懋功要开一个重要会议，等我们从懋功出发，你们再向懋功行动。明白吗？

"再见！""再见啦！"几千人的辞别声在山谷中轰响着，几千顶军帽在手中挥舞着，几千双眼眶里滚动着泪珠，几千颗心脏沸腾着、激荡着。

毛泽东抬头眺望一眼东边天际的朝霞，尽管有些雾霭遮挡着，但太阳仍顽强地刺出云雾，将万紫千红的霞光洒在大地上。

毛泽东双唇一抿，迈开大步，迎着朝霞坚定地向前走去。

# 六

挖空心思，蒋介石制定全川"剿匪"新部署，企图将朱毛红军困饿于川西北地区；

明智深远，毛泽东为弥合与张国焘战略发展方向的分歧，决定召开政治局会议。

一九三五年的六月十九日晚，无论对蒋介石来说，还是对毛泽东来说，都是一个难眠之夜。

成都市玉沙街，刘文辉私宅。

　　熠熠的灯光将宅子照得里外通明，前后花园的名贵花木簇拥着一座中西合璧的二层小洋楼。花园内、洋楼前，荷枪实弹的国民党士兵三步一岗，五步一哨，戒备甚是森严。

　　彩色玻璃落地窗，红木地板，考究的天花板，二楼蒋介石行辕的作战室内，四川行营参谋团主任贺国光、南京国民政府军事委员会参议杨永泰、行营办公室主任晏道刚等行营智囊团正专心致志地聚目在正在川西北态势图前的蒋介石身上。

　　一身戎装的蒋介石手持文明棒，边说边在地图上指点着：红军分据千里山岳番民地区，东扼岷江，西迄大小金川至通河边（即大渡河上游），北到松潘附近之叠溪，南至懋功处处布防，几万红军兵力不够分配，且川康边陲民众以游牧为主，宗教迷信浓厚，粮食只有青稞、玉米等杂粮，加以天气奇寒，夹金山以北有终年不化之雪山，松潘草地乃北面天然地障，飞渡不易，因此北堵南追，集中主力封锁，红军插翅难逃！

　　数载"殚精竭虑"的戮力"围剿"，数十个回合的殊死较量，尽管自己精心制定了一个个看似天衣无缝的"合围"、"聚歼"的军事作战计划，并布下一张张天罗地网，但屡屡被毛泽东破网而出，屡屡被毛泽东迎刃而解，说实话自己也感到筋疲力竭的了。

　　这次原本判断毛泽东必沿邛崃山以东的大道北上汶川与张国焘部会合，没想到毛泽东竟出人意料选择了看似绝路的大雪山一途直抵懋功，与四方面军会师，朱毛红军求生的空前意志与超强本领远远超乎人类的想象。原来精心制定的把朱毛红军和张国焘部分隔在夹金山南北，分别"围歼"的战略部署再次落空。

　　得失得失，有得才有失。

　　唯一的欣慰就是会合后的红一、四方面军虽然力量壮大了，但无论从生存条件上讲，还是从战略位置来讲，都处于一种十分不利的地位。也就是说，只要部署有方，官兵用命，仍可将红军困死在荒芜偏僻的川西北地区。

　　蒋介石又看到了巨大的战机！

　　蒋介石又想起了第五次"围剿"中央苏区时打败朱毛红军的碉堡战术，决定制定新的"围剿"部署。

　　十八日，蒋介石特地给在重庆的贺国光书写了一道手令：分电陕、甘、青、宁各军民长官，希各遵守本委员长所规定各地应筑之碉堡线与碉堡群，以及民众坚壁清野之筹备与训练，限七月三十日以前一律完成，听候行营派员检查。

　　十九日，贺国光亲自赶到成都见驾，商磋"围剿"之事。

　　如今亲耳聆听了蒋介石对红军动向的分析判断，贺国光一边点头称是，一边说道："徐向前部过去就有赤化西北打通苏俄国际路线的企图，与朱毛红军会合后，其策略如何虽不明确，但只要封锁得紧，在此地区盘踞不会持久。"

　　杨永泰诡秘一笑道："川西北绝非久留之地，红军若由懋功西进，乃是藏族

世居的雪域高原；往南那是朱毛红军的老路，无异于自取灭亡；向东进攻汶川、灌县，进而袭取成都平原，但川军云集，恐难得逞；如遇阻，唯有北上松潘一途可行：一是徐向前部有赤化西北打通苏俄国际路线的企图；二是有在陕北活动的小股，徐海东部亦刚到渭南。因此，卑职判断红军必北出四川！蒋委员长若采取江西的经济封锁政策，必能将红军困饿于川西北地区！"

商磋了大半夜，蒋介石见两位高参皆赞同己见，两撇小胡须一翘："既然都认为红军粮荒严重，建议采取困死政策，鉴于此，这次"围剿"在川红军的总方针是：我军以先巩固碉堡封锁，再行觅匪进击之目的，迅速压迫红军于岷江以西加以包围封锁。"

当下，蒋介石做出两项决定：命令贺国光拟定《关于全川"剿匪"部署总计划》；召集川军各路总指挥会议：一面交换岷江沿线封锁情报，一面交流作战经验，并决定强迫藏族聚居区实行坚壁清野。

二十日上午十时许，蒋介石召集川军各路总指挥刘湘、李其相、邓锡侯、孙震、唐式遵、王缵绪、潘文华等人在成都召开会议。二十一日的国民党《中央日报》以"勉以矫正缺点整顿所部"为题，报道了会议内容：

蒋委员长二十日晨十时在行辕召见邓锡侯、刘文辉、唐式遵、潘文华等身任总指挥之高级将领训话，谓川军过去之最大缺点，为只知责人，不知律己，今后应加切实矫正。并谓军人最尚服从，严守纪律，各将领今后应在刘湘督办领导下，切实整顿所部。蒋并于下午五时召见刘湘有所训示。

二十日当天，四川行营参谋团正式下发了《关于全川"剿匪"部署总计划》、《关于四川省碉堡构筑计划》和在《四川全省修筑碉堡封锁线的训令》。

《关于全川"剿匪"部署总计划》称：徐匪以一部牵制我岷江东岸部队，主力逐渐经茂县西窜理番，朱匪以一部掩护其主力北窜懋功。是该两匪即将会合于理番、懋功一带地区，判其企图，稍事整顿，势必合力会攻汶（川）、灌（县），进而袭取成都以谋赤化全川。如果不逞，再向甘、青北窜，期达接通国际路线之诡谋。

令薛岳部二个纵队进至川北的平武、江油、广元地区；

令胡宗南部进至松潘地区；

令川军邓锡侯、孙震、唐式遵、王缵绪等部向岷江左岸推进；

令刘文辉、杨森、李家钰、李韫珩、郭勋祺等部进至天全、芦山、宝兴地区，并继续向北推进；

令王均、毛秉文、邓宝珊、于学忠等部进驻兰州、渭源、陇西、武山、天水地区。

按上述计划，蒋介石共集结中央军和川军近两百个团对红军进行新的包围，企图困饿红军。即：

以川军一部九十个团在汶川一带，阻止红军东进；

以胡宗南二十七个团固守松潘、平武地区，阻止红军北上；

以川军一部另五十个团扼守大渡河右岸，阻止红军向川康边发展；

以中央军另两个纵队和一部集结在成都东北和西南，进行策应。

又是一个看似天衣无缝的"围剿"聚歼计划！

而且，在当天发布的《四川全省修筑碉堡封锁线的训令》中宣称：查朱、徐两匪，以穷蹙之余，成合股之势，企图在川、甘、青、康边境创造新根据地，负固一隅，乘机窃发，且有打通'国际路线'之阴谋。我军今日剿匪，实为国家、民族存亡所系，责任何等重大，若不乘匪窜据穷荒，粮弹缺乏之时，加以碉堡封锁，早竟事功，则后患有不堪设想者……此剿匪之成功与否，全在碉堡封锁之是否努力为断……勿苟安，勿畏难，竭全力亦赴之，以保全身家者，在此！歼灭残逝者，在此！即所以复兴民族、国家者，在此！望勿轻视之。

也就是说，蒋介石故伎重演，把第五次"围剿"取胜的"碉堡封锁"战术当成唯一的法宝，企图将红军困饿死在川西北。

然而，谋事在人，成事在天。此时的蒋介石心有余而力不足！

一则尾追朱毛红军入川的薛岳部，从江西到四川八个月的"追剿"，早已疲惫不堪，官兵厌战情绪日甚，减员尤多；二则北面的胡宗南纵队虽有二十七团之众，因负有控制青川、平武之责，不得不置兵一部于青平一线，而七月初赶到松潘一线的第一师和六十一师一部，立足未稳，堡垒线尚未完全构成，许多官兵水土不服，又遭瘟疫，战斗力明显下降。

更为关键的是，四川各路诸侯派系庞杂，相互之间矛盾重重，为图自保，既防共又防蒋，互相观望，畏缩不前，刘文辉总结的"只守不攻，尚稳不追，为保实力，避开野战"十六字诀，几乎凝结了各路诸侯的共识，也成为各路诸侯争相奉行的信条。

的确，此时的朱毛红军的处境正如蒋介石所料，虽然与红四方面军会师了，但粮食问题却成了全军最大的难题，困境中的毛泽东也正如蒋介石所料，决定迅速北进，以摆脱危局。

就在蒋介石颁布《关于全川"剿匪"部署总计划》这一天的十八时，朱德、周恩来、王稼祥联名签发了关于筹粮、节食的电报致各军团：

我野战军目前所处地域给养非常困难，现特再规定筹办，节省及携带粮食的办法如下……

电令规定了每人每天的食量：（1）麦子一斤四两；（2）苞谷、什粮一斤二两；（3）牛、羊、猪等不作菜，应烤成肉干代替粮食，每一斤鲜肉做半斤算……每天改成两餐，一稀一干。

勒紧裤带！电令中不难看出，朱毛红军因闹粮荒迫不得已才做出如此决定。

六月十九日夜，懋功天主教堂东厢房灯火通明。

自从昨天傍晚到达懋功，毛泽东、朱德、周恩来等人通过与红四方面军指战

员们广泛的接触，以及对懋功地区风物的广泛了解，心情变得愈来愈沉重。

西康的情况如此，川西北也好不到哪里去。严重缺粮，像一块沉甸甸的巨石，压在朱毛红军高层首脑的心上：懋功绝非久留之地！

可是，张国焘、陈昌浩等人对此却熟视无睹似的，竟然提出"进至松潘以西地区，或暂时利向南进攻。"也就是说要向西部荒芜人烟的草原游牧地区或者南部偏僻的西康地区进军，这与中革军委提出的北进甘南建立川陕甘三省苏维埃政府的战略方针完全是背道而驰的。

对于张国焘、陈昌浩的复电，时任红四方面军总指挥的徐向前是这样分析的：

住在茂县的张国焘、陈昌浩，没有向我打招呼，十七日即复电中央，他们虽表示同意向川陕甘发展，但认为东出北川和北打松潘，地形和敌情均极为不利，因而主张一方面军沿金川地区北进占领阿坝，四方面军进占松潘西，两军去青海、甘肃，以一部组成远征军占领新疆，主力伺机东向陕西发展。为解决给养困难，隐蔽作战企图，暂时可南下先取岷江以西的天全、芦山、名山、雅安地区。

明知山有虎，偏向虎山行？明明是一条绝路，为什么非要往绝路上走？

更让毛泽东感到百思难解的是，中革军委十八日的电文中明确提出要四方面军一举拿下北上的北大门平武，而张国焘在今天的回电中竟公然与中央唱对台戏，反复强调北进的种种困难，仍坚持向西或向南发展。

此刻，毛泽东手里正拿着张国焘《关于一、四方面军行动方向致中央电》，气得手指直打战：

平武地形不利我方进攻……胡宗南十二团并指挥原十九路军九团、钟松、王耀武六团，共二十七团以上在松潘、平武线……同意打松潘，松潘占后，平武、南坪就好打了。但胡集团十团以上兵力于松潘，而我为给养、地形所限，任何通松潘道路都容不下十团兵力。因此打松潘须用分路合击，多方游击的战术……五十五师李抱冰部及刘文辉六团防泸定、丹巴、绥、崇为战略要点，须速占并坚决巩固之，两河口通松岗、卓克基到阿坝路，请详查明。据现实看一方面军南打大包山，北取阿坝，以一部向西康发展；四方面军北打松潘，东扣岷江，南掠天、芦、灌、邛、大、名，因目前给养困难，除此似别无良策，请即决示行。

张国焘完全是想建立他的川康新苏区——西北联邦政府区域！

毛泽东对着电文，在地图上看了又看，一下子恍然大悟。

更让毛泽东感到忧心如焚的是，战略发展何去何从尚未定论，蒋介石见红军滞留在地瘠民贫的懋功地区，必会重新调整"围剿"部署，企图将红军困饿在川西北。

夜长梦多。若不当机立断，迅速脱离懋功地区，待蒋介石从容调兵遣将部署完毕，那时候就会变得更加被动，就会付出更大的代价！

此刻，张闻天、周恩来、朱德、王稼祥、刘伯承等聚在毛泽东的住处，共同商量着如何解决与红四方面军的分歧，以便达成共识，促使张国焘、陈昌浩下定决心，迅速东进或北上。

"我看张国焘、陈昌浩是被蒋介石打怕了，先是丢了鄂豫皖苏区，后是丢了川陕根据地，一味地躲避、逃跑，如今还要继续西逃，躲到没有人烟的地方去！"博古有些愤愤不平。

尽管遵义会议后，博古被迫卸下了中央总书记的担子，心中对毛泽东仍有几分怨气，但几个月来耳闻目睹了毛泽东灵活机动的军事指挥艺术，特别是巧渡金沙江、强渡大渡河，摆脱了重重危局，也觉得毛泽东等人提出的建立川陕甘新苏区是当前唯一的出路。

"山中无老虎，猴子称霸王。我看张国焘野心不小，不请示中央，就在五月十八日擅自在茂县成立了中共西北特区委员会，还在五月三十日成立了自任主席的中华苏维埃共和国西北联邦政府，意欲何为？岂不是司马昭之心，路人皆知！"年少气盛的中央政治局候补委员凯丰言辞犀利。

"张国焘这个人简直就是个土皇帝，未把中央放在眼里！放弃鄂豫皖未请示，放弃川陕未请示，成立西北联邦政府也未请示，如今又与中央创建川陕甘新苏区的决策唱反调！"一向性格比较温和的张闻天也有些按捺不住火气。

"你们看看，这是我今天从四方面军那里拿到的六月十四日油印的《干部必读》第一百二十七期，上面刊登有张国焘亲笔写的《新的胜利和新的形势》的文章，要求四方面军向经济落后、文化落后、民族语言不通的西康、青海、新疆地区退却，并威胁说谁要不同意他的这种主张，就是右倾观点，应当严厉反对。我看他在制造舆论，想先声夺人！"躺坐在竹椅上的王稼祥激动地摇晃着手中的报纸。

"他们原来就搞了个川陕甘计划，可张国焘借口接应中央红军，主力从嘉陵江西渡，轻而易举就放弃了川陕，实在是太可惜了！"朱德将铅笔掷在桌面的地图上。

毛泽东使劲地吸着烟，浓眉深锁："张国焘、陈昌浩不同意中央建立川陕甘根据地的战略方针，坚持向西或向南发展，意见不同，可以商量解决，这倒不怕，我是担心他们还有其他的想法。"

毛泽东俯身在地图上："川北是田颂尧的地盘，松潘是胡宗南的驻军，只要突破任何一点，就能打通北上的通道。"

不行，必须要做通张、陈二人的工作，避免不必要的分歧！

毛泽东直起腰来，深吸了一口烟："磨合磨合，先有磨才能合嘛！两个方面军初相逢，由于各自的经历不同，彼此间存在一些隔阂，对时局存在不同的看法，是再正常不过的事了。这就像两口子结婚，总有一个相互适应的磨合期，相互包融、理解，才能相依相伴过日子。过多的指责只能使家庭矛盾越来越大，双方更加疏远。因此，必须告诫一方面军全体指战员，两军会师，团结第一！"

毛泽东眉头一扬："迫在眉睫的是尽快统一两个方面军的思想，在战略方针上达成共识。我建议以洛甫、朱老总、恩来和我的名义，再电张国焘，再次强调应力争实行向川陕甘发展的战略方针。"

毛泽东稍停顿片刻，继而言道："打人莫打脸，揭人莫揭短。为避免引起不必要的误会，在措辞上要尽量委婉一些，同时以中央的名义请张国焘立即赶来懋功，召开政治局会议，商量解决战略方针上的分歧。"

"主席，对张国焘我接触得比较多，对他也比较了解，他这个人能言善辩，性子也比较倔犟，认准了的事很难拐弯，我和朱老总、伯承在组织八一南昌起义时就领教过。我担心张国焘既然坚持向西或向南发展，恐怕不经中央同意，就来个先斩后奏，命令四方面军坚守在北川、镇送、板桥三个方向的部队放弃阵地西移，造成只有西进或南下的既成局面。"周恩来咳嗽着，不无忧虑地说。

毛泽东将尚未燃尽的烟蒂掐灭，以不容置疑的语气果断地说道："先礼后兵！我看这样吧，为了以示尊重，让军委纵队暂留在懋功休整，我们就带军委直属队赶到两河口迎接他，在两河口召开政治局会议。同时以朱老总的名义电令徐向前和陈昌浩，在政治局会议尚未做出决定前，四方面军所有部队一律坚守在原有阵地上。"

毛泽东稍沉思片刻，望着张闻天笑笑道："为统一认识，把即将举行的中央政治局会议开好，洛甫兄文笔犀利，就有劳大驾，在政治局会议之前写一篇《夺取松潘赤化川陕甘》的社论，把中央的意图和决策告诉全体指战员。"

看着周恩来、朱德在忙着草拟电文，毛泽东在一旁吸着烟，思绪像脱缰的野马奔驰着。

其实，在井冈山，在江西苏区，毛泽东就一直关注着远在鄂豫皖边境大别山区的另一支红色武装力量的生存与发展。

一九二七年十一月十四日，当毛泽东率领秋收起义余部毅然走上井冈山不到一个月，湖北爆发了黄麻起义，几经辗转，创建了鄂豫边根据地；一九二九年五月商南起义，又建立了豫东南根据地；是年秋的皖西起义，又建立了皖西根据地。

一九三〇年六月，在召开鄂豫皖第一次工农兵代表大会上，成立了鄂豫皖特区苏维埃政府，建立了以大别山为中心的鄂豫皖根据地。

一九三一年五月，中共鄂豫皖中央分局成立，张国焘任书记兼军委书记；十一月，组建红四方面军，徐向前任总指挥，陈昌浩任政治委员。鄂豫皖根据地全盛时期达二十余县，拥有约三百五十万人口，主力红军达四万五千余人。

一九三二年十月，因未能粉碎蒋介石的第四次"围剿"，红四方面军被迫撤出鄂豫皖根据地，向西转移。

一九三二年十二月，红四方面军战略转移到四川、陕西边界地区，在川陕边区党组织和广大群众的配合支持下建立起新苏区，这是继江西中央苏区之后的中华苏维埃共和国的第二个大区域。

一九三四年九月，红四方面军粉碎刘湘对川陕根据地六路围攻后，蒋介石急飞赴西安亲自策划"川陕会剿"。

此时，刚开完遵义会议后的中共中央致电红四方面军，简要通报了遵义会议的情况；不久，中央又致电红四方面军，要求他们派出一个师南进，以接应中央红军北上。

为粉碎蒋介石的"川陕会剿"，同时接应中央红军北上，红四方面军立即召开会议讨论策应问题，认为四川的地形都是山隘险路，如果仅派一个师接应，力单势薄，有如肉包子打狗，有去无回；派部队多了，等于大搬家，放弃了川陕根据地。最后决定，全军向川陕甘发展，先攻下广元、昭化，消灭胡宗南刚伸进四川的一部分力量。拿下广元、昭化，就控制了嘉陵江两岸川陕交界的咽喉要地，进而可图川西平原、甘南、陕南，伺机接应中央红军。

红四方面军制定了向川陕甘发展的战略方针和作战计划：依托老区，发展新区，重点夺取甘南的文（县）武（都）成（县）康（县）地区，与川陕根据地连成一片。

一九三五年三月二十八日至四月二十一日，红四方面军在苍溪县城附近地域发起并成功地进行了强渡嘉陵江战役。

张国焘后来回忆说：嘉陵江上的船只尽被敌人扣留在对岸了，我们首先要解决渡江的工具问题，组织了一个特别工程营，调动五百多个懂得造船、把舵、熟谙水性的人员参加这个营，由这个营制造了一百只样式像登陆艇的小船，每只船头用沙包掩护，可供一班人（十二人）渡江之用。我们利用这些船只在苍溪东面五十里王家坝地方，训练官兵的渡江动作，还修建由王家坝到苍溪的道路，以便将这一百只船翻过高山，搬运到苍溪附近一条小河沟去。

强渡嘉陵江战役，前后历时二十五天，歼敌达一万余人。彻底打乱了蒋介石精心部署的"川陕会剿"计划。

当时四川民间流传着一首歌谣：红军过了河，羊子（杨森）奔索索（欲逃不能）。冬瓜（田颂尧绰号）遍地滚，猴子（邓锡侯）摸脑壳。矮子（李家钰绰号）挨鞭子，刘湘怕活捉。请问委员长，看你又如何！

恼羞成怒的蒋介石亲书手令将第二十九军军长田颂尧撤职查办，副军长孙震记大过一次。

然而，尽管红四方面军已取得继续向甘南发展的有利条件，但张国焘担心蒋介石不甘心"川陕会剿"的失败，会调集更多的兵力对川陕根据地展开新一轮的"围剿"，在未经任何讨论的情况下，自作主张，率领后方机关全部撤离川陕根据地，向嘉陵江以西实行大搬家，放弃了川陕革命根据地，川陕甘计划即告流产。

对于张国焘轻而易举地放弃川陕根据地一事，时任红四方面军总指挥的徐向前后来说：

为实现川陕甘计划，配合中央红军作战，三月初，我们复挥军南进，连克仪陇、苍溪。共歼田颂尧、罗泽州部五团……我军控制了东起嘉陵江、西至北川、南起梓潼、北抵青川，纵横二三百里的广大地区。如按原计划向甘南进击，深感兵力不足。下一步怎么办？我就发电报给后面的张国焘、陈昌浩，催他们表态。

谁知，我们在前面打，后面可就搬了家，放弃川陕根据地。那时张国焘在剑阁，陈昌浩在旺苍坝地区，搞一锅端、大搬家。我的电报左催右催，提议把南边的部队向北集中，迂回碧口，抄胡宗南的后路，进取甘南。但张国焘死活不吭气，叫人干着急。部队只好就地发动群众，补充兵员、给养，待命行动。后来他说，那时他正注视中央红军的动向，对西进北出，下不了决心。这样一拖拖了个把月，把我们打胡宗南的计划流产了……使进击甘南的战机丧失，未达到战役的预期目的。

优柔寡断，生性多疑，这在企图阻止八一南昌起义、轻易放弃川陕根据地两件事情中，都可以看出张国焘性格的软弱之处。

唉，要是川陕根据地还在，红军有个稳定的家多好！毛泽东也有些惋惜。

对张国焘的作派，毛泽东也早有耳闻。

对中国革命充满激情。毛泽东在橘子洲头"问苍茫大地，谁主沉浮？"，而张国焘在北大"书生意气，挥斥方遒！"

敢说，敢干，敢闯。毛泽东在江西苏区对奉共产国际指令派回国的"留俄派"的指示对的执行，错的敢顶，看准了的事先做了再说；张国焘在鄂豫皖对中央的指示也是对的执行，错的不理，看准了的事先斩后奏或者根本不奏。

毛泽东在江西苏区成功地摸索出一套农村包围城市、农村武装割据的中国革命之路，组建起红一方面军，建立起共产党领导下的第一块也是最大的中央苏区；张国焘在鄂豫皖将红军游击队加以整组，在湖北黄安建立了红四方面军，并在他的领导下，红四方面军越战越强，根据地日益扩大，建立起共产党领导下的第二大苏区。

毛泽东在江西苏区创建起自己亲自掌管的以电讯为基础的强大的情报网络系统；张国焘在鄂豫皖也建立起自己亲自掌管的以电讯为基础的强大的情报网络系统。

在对蒋介石国民党军的作战中，毛、张二人几乎都经历了血与火、存与亡的生死考验与洗礼。

所不同的是，一九三一年后中共中央迁入江西，"家婆"直接压在毛泽东这个做媳妇的头上，绑住了毛泽东的手脚，受尽了打压和排挤，直至硬生生地剥夺掉毛泽东在军政上的一切指挥权和话语权；而张国焘比毛泽东幸运的是天高皇帝远，一直是称雄一方的诸侯，大权在握，辖内的事自己说了算，党政军建设完全可以按照自己的意图去搞，中央鞭长莫及，即使想管也管不了。

而且，在对待党内、军内的建设上，张国焘敢独断专横，唯我独尊，利用肃反扩大化，甚至连第一军军长许继慎在内的一大批不同己见的红四方面军高级将领毫不留情地统统清洗掉，在红四方面军中树立起个人的绝对权威。

但张国焘在重大抉择面前，常优柔寡断，举棋不定。南昌起义如箭在弦上千钧一发之际，张国焘却挥着共产国际的"尚方宝剑"，欲斩断弓弦；创建川陕如火烧眉毛，张国焘却延宕一月之久，以至徐向前前功尽弃。

其实，此时大权在握的张国焘看到中央苏区丢了、湘鄂西苏区丢了、鄂豫皖苏区丢了，中国革命正处在两个高潮之间，而川陕苏区太靠前了，树大招风，更易遭国民党军的"围剿"，为保存实力起见，不如退到第二线，到西部偏僻的川康建立根据地，以利避开蒋介石的锋芒。因此，放弃了川陕苏区。这一退却的指导思想，后来成为与朱毛红军分道扬镳的根本原因。

尽管如此，红四方面军在张国焘的领导下，仍得到了很大的发展，战斗队伍达八万人，加上非战斗人员，拥有一支近九万人的队伍。

所以，许世友后来深有感触地说：党内除了主席，谁也不是张国焘的对手！

如今再重新打回川陕甘固然有一定的困难，但相比张国焘提出的建立川康根据地而言，要现实得多，也是唯一的选择。

灯光摇曳，沉思中的毛泽东左手猛然抖动了一下，一看，原来是烟已燃烧到尽头烫着夹烟的手指了。

毛泽东连忙将烟蒂掐灭，布满血丝的大眼在桌面的地图上游移着：松潘以西多为雪山草地，人烟稀少，且多为藏族聚居区，青海、新疆远离了东部的政治中心；而刚走过的南面的西康地区，也多为荒山野岭，地瘠民贫，且蒋介石已调集了杨森、刘文辉、邓锡侯部重兵逐步向北推进，若向这两个地区发展或建立新苏区，远离中心城市政治影响力会越来越少姑且不说，最为关键的是根本不具备大军生存和发展的客观环境条件！

那么，张国焘到底为什么会一而再、再而三地坚持提出建立川康新苏区的建议？

必须集中精力解决战略问题！

毛泽东宽额微锁，马灯的亮光照在那张消瘦的脸上，显得愈加沧桑。

再看川陕甘三省交界区，向东发展可以直接与入侵的日军作战，政治影响大，向西发展可打通国际通道，获得共产国际的帮助，向北可以依托黄土高原的陕甘宁三省，回旋余地大。更为关键的是眼下全国反日抗日的民族和民主运动高涨，建立川陕甘新苏区，不仅可以打出抗日的大旗，直接对日作战，还可以顺应历史潮流和时代潮流，在中国的西北部直接领导全国和全民族的抗战，在抗战中求生存，在抗战中求发展，壮大红军的力量。

对时局的发展，毛泽东一直时刻关注着。

既便是在巧渡金沙江和抢渡大渡河最紧张的日子里，每到一地，毛泽东就吩咐身边的警卫们想方设法搜集最新的报刊，想方设法了解全国的形势。

五月二十九日，日本政府借口中方破坏《塘沽协定》，从东北调集大批日军入关，进一步威胁北平、天津。国民党政府奉行"攘外必先安内"的政策，继续采取不抵抗政策，于六月九日与日方达成《何梅协定》，中国在冀、察两省的政治、军事控制权丧失殆尽，此外还按照日军的要求，把驻河北的东北军于学忠等部调往西北"剿共"前线。十月十日，国民党政府又颁布《敦睦邦交令》，公开声明将严惩一切反日的言论行动和团体，致使全国反日情绪更加高涨。

针对急剧发展的国内形势，六月十五日，进抵大碛碛的中共中央，以中华苏维埃共和国中央政府主席毛泽东、副主席项英、张国焘，中国工农红军革命军事委员会主席朱德、副主席周恩来、王稼祥的名义，发表了《为反对日本并吞华北与蒋介石卖国的宣言》。

宣言号召中国海陆空军与红军携手共同北上抗日，号召全国民众统统动员起来，共同参加反日的神圣战争。

毛泽东敏锐地抓住了由阶级矛盾向民族矛盾转化这一千载难逢的关键性的历史机遇，一举使中国共产党成为时代的弄潮儿！

什么是高瞻远瞩？什么是明智深远？什么是雄韬伟略？毛泽东无疑是中国现代史上最杰出的领袖和中国第一伟男子！

如今，张国焘提出并坚持与中央决策完全相反的主张，完全是为了建立他所谓的西北联邦政府。

要解决这个分歧，必须通过召开政治局会议来强行解决！

毛泽东深思熟虑。

六月二十日凌晨四时，张闻天、朱德、毛泽东、周恩来又联名致电张国焘，再次强调应力争实行向川陕甘发展的战略方针。

同时，朱德致电徐向前和陈昌浩：我党中央政治局决于二十二日在两河口召开会议，决定战略……现四方面军在北川、镇送、板桥三方的一切部队，仍应加进扼守原阵地不动，其在岷江两岸、虹桥以北部队也不要南调，并电复。

其实，对于川陕甘根据地、川康根据地两种截然不同的主张，究竟孰对孰错，也许当年亲历者徐向前的评判更公允：

因为谁都清楚，川西北山大地广，人稀粮少，不适合大部队久住，又是少数民族地区，历史上形成的隔阂不易消除，红军要建立革命根据地，谈何容易呀！我和李先念同志交换过意见，认为还是原来的川陕甘计划比较好……中央当时想以夺取岷江和嘉陵江上游的中间地区为立脚点，伺机向甘南和陕南发展，这同我们原来制定的"川陕甘计划"有相近之处。

川西北会师后的红一、四方面军两大主帅对战略发展方向的主张截然不同，两大主力徘徊在十字路口，究竟何去何从，前途布满了阴霾！

# 七

初相逢，欢天喜地的表象下暗流涌动；急摸底，张国焘急不可待。心思各异，虽皆历尽万难，但却难以拧成一股绳。

一九三五年六月二十五日下午五时许，距小金县城北七十公里的两河口东溪（即虹桥山小溪）南岸的山脚斜坡。

天空乌云低垂，大雨滂沱，雨幕像一帘厚重的竹帘，在狂风中飘来荡去。从西北梦笔山和东北虹桥山呼啸而出的两条溪流，卷石走沙怒吼着，雨季雪融，刺骨的寒流，泛滥如同黄河决口。

雨柱是那样的粗大稠密有力，山上林子中的水，猖狂地急促地奔向低处去，刷走了一切的败叶、断草、泥沙、小石块；水花飞溅，大地冥茫。刚贴在墙壁上的标语在雨水中被打湿，有的开始脱落；刚用石灰水刷上墙壁的欢迎口号在骤雨的袭击下开始化作污白水下流。但数百名红军指战员仍队列整齐地站在道路两侧，翘望着东边道路的尽头。

在指战员的身后是就自然的土石削成的方台——主席台，下面紧连着松松的沙土铺成的欢迎者列队的地段，右首凸出一块平地，是司号员组成的乐队。在路旁小树和棘条上，挂满了粉红色的标语。会场东首数米处，依着土坡两根木条横路耸起欢迎牌，一些绿叶野花簇拥着艳红的绸布上的"欢迎红四方面军同志"几个八分体字。

主席台下方的路旁，撑着一张临时搭起的油布帐篷，毛泽东、周恩来、朱德、张闻天、博古、王稼祥等人挤在狭窄的帐篷中，一个个默然无语地望着雨幕笼罩下的东边山岭。

他们正在等待迎接红四方面军军委书记、中华苏维埃共和国副主席张国焘！

毛泽东等人是二十三日带着军委直属队沿抚边河抵达抚边、并于二十四日抵达抚边北面二十七公里、不足三十户人家的两河口镇的。

毕竟是统帅近九万人马的领袖，而且是中共的元老级人物，更为关键的是为了营造一种团结亲和的氛围，因此在迎接张国焘的事情上，中共中央的首脑们特意做了一番精心的安排。

据时在红一军团直属队的莫休在一九三六年写的《大雨滂沱中》一文回忆，欢迎张国焘的会场是在两河口而非抚边，而且是国家安全保卫局局长邓发和红一军团政治保卫局局长罗瑞卿亲自勘查选定会场地址，并命令干部团工兵伐木斩荆、抛石掘土，才在灌木和荆棘丛生、乱石嶙峋的山坡上弄出一个临时的会场；

调集司号员，组成临时的军乐队；

集结军委直属队和红一军团直属队，组成上千人的欢迎队伍；

宣传队在会场精心扎起欢迎牌楼，在周围张贴了欢迎标语；

而且，在两河口的中央领导们集体步行三里多的路程，走到镇外迎候；

既简朴庄严，又热烈隆重。

除此外，中共中央为开好一、四方面军会师后第一次政治局会议，弥合战略方针上的分歧，在宣传舆论和会议准备上都做了必要和充分的准备。

六月二十四日，红军总政治部的《前进报》发表了张闻天撰写的《夺取松潘赤化川陕甘》的社论。

两千余字的社论，笔锋犀利，文字激扬，就红军所面临的严峻形势、战略发展方向，等等，单刀直入，针针见血。

社论强调：仍旧以达一定地区为我们行动的中心，实际上就是要避免战争，放弃建立新的苏区根据地的任务，而变为无止境的逃跑……这种右倾机会主义，实际上是由于对于敌人力量的过分估计，与对于自己力量的估计不足而产生的。克服在创立苏区根据地中的一切困难，同一切右倾机会主义的动摇作斗争，是目前整个党与工农红军的严重任务。

毋容置疑，张闻天的社论为即将召开的政治局会议定下了调子，而且其矛头所指，不言自明。

同时，为了在即将召开的政治局扩大会议上更能说服张国焘同意中央创建川陕甘苏区的战略方针，朱毛红军的军政首脑们也颇费了一番脑筋。

由中共中央总书记张闻天主持会议，名正言顺。

但是，由谁代表中央和军委做战略方针的报告，才能使张国焘心诚悦服，在这个人选上毛泽东不得不慎之又慎。

张闻天，虽然是中央总书记，但在莫斯科时，张国焘曾任中共驻共产国际代表团副团长，那时张闻天只是米夫青睐的学生之一，资历浅，更何况乃一介书生，不懂军事。

博古，虽曾经担任过中央总书记，但其他方面与张闻天相差无几。

尤其是从莫斯科回来后，张国焘被派到鄂豫皖苏区独当一面时，张、博二人尚未进入领导核心。

只有周恩来是最合适的：一九二七年七月十二日陈独秀下台后，周恩来进入中央领导核心，一九二八年"六大"以后相当一段时间内，周恩来实际上是中央主要领导人，只有他才有资格镇住张国焘！

论资排辈，几千年的文明古国代代相传的老规矩，即使在今天仍持续发酵，更何况群英争雄的乱世！

此刻，暴雨转成了小雨，浓密的乌云卷来滚去，《两大主力会师》的歌声震荡着山林和大地。

突然，东方山脚林隙中，隐约地露出几个马头，直向欢迎队伍飞驰而来。

欢迎的阵容突然严肃起来，收下了一切雨具，行列整理成侧看一条线，司号员把号捏得紧紧的，领导喊口号的腮帮鼓鼓的，数千百双眼睛紧紧地盯视着东方。

毛泽东带头走出暗褐色的帐篷，四五十人在雨中列队等候。

领队的骑着一匹白色高头大马，在十几名戎装整肃的骑兵警卫簇拥下飞驰而来，马蹄溅起的泥水飞溅在两侧欢迎队伍的身上。

大白马一直快冲到朱毛身边才停下来，马背上身材高大、脸色白晰的张国焘一跃而下，一把搂住迎上前的朱德："玉阶兄，八年没见了！"

随即，张国焘又与毛泽东拥抱在一起。

一张微胖红润丰腴白净的脸与一张饱经风霜消瘦蜡黄的脸对比鲜明，一身整齐洁净崭新的红军装与一身补丁摞补丁几乎已褪尽底色的破旧红军装反差巨大，一顶帽沿宽大整洁的"大脑袋"红军帽与一顶帽沿窄小陈旧的"小脑袋"红军帽极不协调。

这时的毛泽东四十二岁，张国焘三十八岁，但面容憔悴的毛泽东与丰满红润的张国焘相比，外表年龄至少相差十多岁。

张国焘后来说：我以兴奋的心情由茂县赶往懋功，与久别的毛泽东等同志会晤。

张国焘和四方面军秘书长黄超及十多名骑兵卫士，经过三天的跋涉，赶到了两河口。

然而，当张国焘与在场的中央领导一一相互问候后，宽敞的额角不经意地掠过一丝疑惑。

毛泽东脸色蜡黄，身材消瘦，长发齐肩，破旧的军装松松垮垮地套罩在身上，腰上还挂个喝水的大茶缸，昔日指点江山、激扬文字的英俊书生气已荡然无存；

朱德满脸皱纹，粗犷憨厚的举止，简直像个伙头军或久经风霜的老农；

周恩来也一扫当年潇洒倜傥之气，一撮浓密的黑胡茬显得苍老憔悴；

张闻天的帽沿几乎遮住了眉棱，说话老气横秋，慢条斯理的，哪像个总书记的样子，根本没有统帅三军的魄力；

而昔日的总书记博古架着圆边眼镜，两颊深陷，一脸倦容，毫无朝气可言。

这就是中共中央的首脑？

与其说这是一群三军领导，还不如说更像一群乞丐头！

再抬头环视一眼站立在雨中的欢迎队伍，一个个衣衫褴褛不堪、瘦骨嶙峋的，枪支不整，特别是帽沿被雨水一淋，不免显得有点滑稽。

这就是号称三十万人马的中央红军？

与其说这是百战百胜的中央红军，还不如说更像一群逃荒者！

一个紧接一个斗大的问号，在张国焘的脑际里愈显愈大。

张国焘不觉稍低头打量一眼自己的装束和跟随在后的十几名警卫，嘴角掠过

一丝不为人觉察的自信：军衣军裤端庄整齐，大沿帽棱角分明，洁净的灰色布军衣上缀着鲜红的领章，腰间别着二十响的驳壳枪；十余名警卫身强体壮，佩戴整齐、潇洒英姿，威风凛然，像绿叶映花般，更衬托出领导的威武不凡。

"欢迎张主席！""红军万岁！"暴雷般的口号声与雨声、军乐声、暴涨的溪流声，织成震破耳膜的交响曲，迅即打断了张国焘的遐想。

掌声中，毛泽东、张国焘、朱德、周恩来等人手握着手有说有笑地走上主席台。

张国焘后来谈起当时的情形说：在离抚边约三里路的地方，毛泽东率领着中共中央政治局委员们和一些高级军政干部四五十人，立在路旁迎接我们……久经患难，至此重逢，情绪之欢欣是难以形容的。毛泽东站到预先布置好的一张桌子上，向我致欢迎词，接着我致答词，向中央致敬，并对一方面军的艰苦奋斗，表示深切的慰问。

大概是事隔久远的缘故，张国焘的记忆难免有失实之处，或者更关键的是他真正的对手——毛泽东，后来成了这群热血沸腾的人的领头羊，并带着这群热血沸腾的人最终做出了改朝换代的伟业，为给当年的自己脸上贴光，张国焘把致欢迎词的人说成了毛泽东。

其实，真正代表中央和军委"站到预先布置好的一张桌子上向我致欢迎词"的是有"红军之父"之称的红军总司令朱德。

暴雨仍倾盆地倒着，军帽、军衣、军裤湿漉漉的，视线模糊的指战员们静静地肃立在雨幕中。

红军总司令朱德迈着健步走上主席台，声若洪钟：同志们……两大主力红军的会合，欢迎快乐的不只是我们自己，全中国的人民，全世界上被压迫者，都在那里庆祝欢呼！这是全中国人民抗日土地革命的胜利，是党的列宁战略的胜利！

简短、生动、有力的欢迎词刚落音，主席台下立即响起震天撼地般的口号声："红军万岁！""共产党万岁！"

欢呼声中，张国焘微笑着走上主席台，两手威严地一摆：同志们……这里有八年前我们在一起斗争过的（指朱德），更多的是从未见面的同志。多年来我们虽是分隔在几个地方斗争中，但都是存在一个目标——为着中国的人民解放，为着党的策略路线的胜利……这里有着广大的弱小民族（藏回），有着优越的地势，我们具有创造川康新大局面的更好条件。

"创造川康新大局面"，两军统帅刚会师的公开场面，竟然公开弹奏出不和谐的声音，除毛泽东宽额微皱，政治局委员中知道内幕的几位高级首脑稍感不快外，此刻，并不知内情且沉浸在两军统帅会师的喜悦之中的广大指战员仍用经久不息的热烈掌声和接连不断的口号声，表达着对这位统帅近九万兄弟部队的首长的千万分敬意。

简短而热烈的欢迎仪式在如雷的口号声、掌声中结束了，"我和毛泽东旋即并肩走向抚边，沿途说说笑笑，互诉离别之情。"张国焘后来回忆。

张国焘一板正经地说："润之兄，我看到六月十四日的国民党报纸刊登了一则消息，断言润之兄已被'罗罗'杀死了！"

毛泽东稍侧过头望着比自己小四岁的张国焘哈哈大笑道："蒋委员长对我情有独钟，这是第三次报道我的死讯了！"

张国焘咧嘴一笑："俗话讲猫有九条命，看来你老毛就是一个很难被杀死的人！"

说说笑笑，毛泽东、周恩来、朱德等人像众星拱月般的陪同着张国焘走进了两河口街中段的关帝庙内。

毛泽东的临时住地——关帝庙内，事先早已准备好了欢迎酒宴：大罐子装的青稞酒，香喷喷的白米饭，飘溢着肉香味的炖鸡肉和炖牛肉。

宴会上礼节性的敬酒词，随意的闲聊说笑，有意无意似乎都在回避着会面前双方在电文中有关战略方针的分歧。

但张国焘是个颇有心计的人，尤其是刚见面时看到朱毛红军那副衣着破烂的"狼狈不堪"情形，更使他急于想摸清朱毛红军到底还有多少家底，几次想借机探问，都被毛泽东、周恩来等人巧妙地岔开了话题，即使想趁着酒意谈谈四方面军的发展经历，也被一个个谈笑风生的吃喝话题岔开了。

望着他们有说有笑地吃喝着，兴致勃勃的张国焘仿佛被浇了一盆冷水，顿生失落隔阂之感：一阵赤诚的欢迎过去之后，接着而来的就是钩心斗角的党内斗争。在当晚的聚餐中，要人们不谈长征和遵义会议的经过，甚至也没有兴趣听取我关于红四方面军情况的叙述。毛泽东这个吃辣椒的湖南人，将吃辣椒的问题，当作谈笑的资料，以发其吃辣椒者即是革命者的妙论。秦邦宪（博古）这个不吃辣椒的江苏人则予以反驳。这样的谈笑，固然显得轻松，也有人讥为诡辩，我在悠闲谈笑中则颇感沉闷。

的确，在红四方面军近九万的人马中，张国焘拥有绝对的权威，无论他走到哪里，前呼后拥的，他都是一言九鼎的中心人物，如今见他们旁若无人地谈笑风生，自己却坐着冷板凳，何曾受过这等冷落！

宴会结束后，快快不乐的张国焘在周恩来的陪同下，到达为他精心准备的镇北端一所店铺住下，柜台内是张国焘的办公室，柜台外则是警卫人员的住处。

张国焘虽然在一九二七年南昌起义时才与周恩来相识，但同在中央共事的时间较长。

在张国焘的眼里、心里：周恩来是一个不多发表议论而孜孜不倦的努力工作者。他镇静地夜以继日地处理纷繁的事务，任劳任怨，不惹是非……

其实，早从遵义会议的通报中，张国焘就已知道周恩来仍是"军事上最后的下定决心者"，也是最有实权的人物。

但让张国焘想不明白的是，为什么在遵义会议上博古下台了，而与博古同属

留俄派的张闻天却接任了总书记之职？

张闻天乃一介书生，善谋不善断，而与他一道留俄的王稼祥则善断不善谋。

在张国焘的眼里，这一帮留俄派都是口头上说得头头是道而无实践经验的理论派，根本担当不起中共领导人的重担。

那么，遵义会议后中共中央究竟谁是实际上的领导人？而且听说会理会议上为了什么事还闹得面红耳赤。

在从茂县赶往两河口的途中，张国焘就一直考虑这个问题，也迫切需要找到答案。

特别是今天傍晚看到中央红军的那副残军败将的军容，张国焘的好奇心陡增。

但从晚上的酒宴上的情形来看，张国焘隐隐约约感觉到，那位不修边幅、一口湖南腔的农家子弟毛泽东好像就是这群人的主心骨。

刚走进宽敞的关帝庙，周恩来就介绍说这是毛泽东的临时住处；当张国焘问起朱德、周恩来的住处时，朱德说他和周恩来住在左侧山坡上的观音阁内，如今再看看自己的住处，比毛泽东那里窄小多了。而且在酒宴上，毛泽东仿佛是宴会的主人，大家像众星拱月般围着他说话，并且酒宴结束时宣布明天九时召开的政治局会议，地点就在毛泽东的住地——关帝庙。

看到的，听到的，如今前前后后一联想，张国焘大彻大悟：中共中央现在实际上的领导人就是深藏不露的农家子弟毛泽东！

但是，遵义会议上毛泽东仅进入了政治局常委，而且军事上仍是周恩来的辅助者，至于中华苏维埃共和国主席一职，连共和国都在马背上颠簸流离了，主席不过是空头衔而已。

看来遵义会议、会理会议一定另有隐情！

因此，屁股刚落座，张国焘便委婉地问起遵义会议和会理会议的情况，但都被周恩来委婉搪塞过去了。

张国焘见周恩来滴水不漏，便单刀直入地问道："恩来兄，艰难转战损失不少吧，一方面军还剩多少人？"

周恩来眼睛机警地闪了几下，笑着反问："现在四方面军有几万人？"

"我们还有十万人。"张国焘马上追问："你们呢？"

周恩来想了想："一方面军伤亡大，恐怕不到三万人了。"

一九七二年六月，周恩来想起当时的情形说：张国焘一听，脸色就变了。

周恩来刚走，朱德又笑吟吟地走进了房间。自从一九二七年在广东三河坝分手后，两人已八年没见过了。

张国焘后来详尽地回忆了与朱德剪烛夜话的情形：朱德这位老战友详细叙述了红一方面军的奋斗经验，叹惜着向我说：现在一方面军是不能打仗了，它过去曾是一个巨人，现在全身的肉都掉完了，只剩下一副骨头。他在说明这一点时，指出八个月前的一方面军由江西西行，人数约为九万，中经数不尽说不清的险阻艰险，到达懋功时只剩一万人了。林彪的第一军团人数最多，约为三千五百人，彭德怀的第三军团约三千人，董振堂的第五军团不到二千人，罗炳辉的第十二军（九军团）只剩几百人了，再加上中央各直属部队，总计约一万人。而且所有的炮都丢光了，机关枪所剩无几，又几乎都是空筒子。每支步枪平均约五颗子弹（少的只有两三颗，多的也不过上十颗罢了）。他觉得这些少得可怜的子弹，只能做保枪之用了。

也许正是因为红军总司令朱德这番推心置腹的实话相告，使张国焘摸清了朱毛红军的家底，从原来对"三十万中央红军"的仰慕突跌至"只剩一万人"的强烈失望，心底开始萌生了一种鄙夷，最后膨胀到欲取而代之！

紧接着，朱德以极兴奋的心情告诉张国焘，尽管一方面军损失严重，但不幸之中万幸的是保存了大部分的干部，并对红四方面军给予了真诚、高度的赞扬。

张、朱二人通宵达旦地畅谈：不觉东方已白，朱德起身告辞，说彼此都要休息一会儿，九时还要参加会议。

张国焘还特别提到朱德曾谈到对中央战略方针的态度：他知道政治局委员们都希望从速北进，不愿在这个少数民族地区久留，他本人也觉得北进意见是对的。

关于这次彻夜长谈，延安时史沫特莱曾采访过朱德：朱德提醒张国焘，蒋介石虽然派来十万人攻打我们，可是我们也有大约十万兵力。第四方面军经过长期休整，兵强马壮，朱将军建议由它去占领松潘地区，夺取战略要点，借以打开北进的道路。张国焘说敌军防御工事过于强大，一口拒绝。

也就是说，张国焘仍是带着西进或南进的主张来参加即将召开的政治局会议的。

更为关键的是，在摸清了中央底牌的张国焘看来：所谓的总书记张闻天做不了中央的主，形同傀儡，而"只剩一万人"的中央红军，只剩下一副嶙峋的骨头，中央其实早已名存实亡！

冷酷的现实，使人更易产生幻想。尤其是当旗鼓相当的对手一旦显得不堪一击时，或者心中一直仰慕的偶像一旦倒塌，就会萌生彻底征服或取而代之的欲望。

张国焘的想法更多……

## 八

初次交锋，毛泽东左磨右磨，促成两个方面军一同北进；明争暗斗，张国焘左推右推，迫不得已勉强口头屈从。

二十六日上午九时许，两河口街中段毛泽东的临时住处——关帝庙。

天井外的天空乌云低垂，飘着霏霏细雨，沉闷的天气仿佛预示着正在召开的政治局会议不会一帆风顺。

此刻，中共军政首脑张闻天、毛泽东、周恩来、朱德、博古、张国焘、王稼祥、刘少奇、凯丰、邓发、刘伯承、林彪、彭德怀、聂荣臻、李富春、林伯渠等，一个个神情肃穆地端坐在各自的长凳上，目光齐聚在会议桌上端的张闻天那张消瘦的脸上。

张闻天习惯地撑撑眼镜架，环顾会场一眼："同志们，现在召开两个方面军会师后的第一次政治局扩大会议，会议的中心议题就是关于一、四方面军会合后的战略方针问题。首先请红军总政治委员、中革军委副主席周恩来同志代表中央和中革军委做目前战略方针的报告。"

坐在张闻天左侧的周恩来捋捋长髯，微笑着向与会诸人点点头："同志们，我受中央和中革军委的委托，做目前战略方针的报告。"

周恩来首先回顾了红一方面军离开中央苏区以来战略方针的几度变化后，就战略方针、战略行动和战争指挥三个问题做了详尽的阐述。

关于战略方针，周恩来开门见山：以前红四方面军决定向西，去懋功，向西康、天全前进。中央红军决定到岷江东岸，同时派出支队到新疆。这是两种不同的方针，究竟应该在什么地方建立新根据地？中央和中革军委经过慎重的研究，决定必须北上到川陕甘创建新的根据地：

两河口

第一、现在一、四方面军会合了，川陕甘地区地域广大，回旋余地大，便于机动。而松潘、理番、茂县地区虽较大，但道路狭窄，敌易封锁我，使我不易反攻，敌人正想在这些地方逼死我。

第二、川陕甘地区群众条件好，人口多，是汉族居住区域，有利于红军本身的发展，能大批扩大红军的地方。而松潘、理番、懋功、汶川、抚边等地人口只有二十万，且少数民族又占多数，不利于红军扩充。

第三、川陕甘地区物产丰富，经济条件能解决军队的给养。这一带粮食缺少，牛羊有限，衣着之布也不易解决，军事上的补充更困难。因此我军新的战略方针是集中主力向北进攻，去川陕甘建立新的根据地。

关于战略行动，周恩来强调：目前一、四方面军的战略行动，向南不可能，敌人已占领了夹金山以南地区；向东过岷江对我不利，因敌在东岸有一百三十个团；向西北是广大草原，条件更艰苦；现只有转向甘南。战略转移的要求是：第一，向松潘与胡宗南作战，向松北转移，行动要迅速。第二、高度机动。第三、坚决统一意志。

关于战争指挥，第一、应集中统一，指挥权要集中军委，第二、为使作战更有力量，须组成左中右三个纵队北上，进攻松潘，同时对岷江东岸实行佯攻。第三、实现战略计划要有政治的保证，当前的一些困难须从政治工作的加强来克服。

天井外的霏霏细雨仍绵延不绝地飘落着，天井内的空气随着周恩来报告的结束一下子凝固了。

张闻天抬头望望围着会议桌而坐的与会者，有的低着头在笔记本子上写着什么，有的微闭着眼睛端坐着；再侧身望望坐在右侧的毛泽东，翘着二郎腿，正悠然地吸着烟，而张国焘则紧绷着脸，看不出春夏秋冬。

张闻天端起桌上的茶杯呷了一口："同志们，下面就恩来同志代表中央和中革军委所作的战略方针报告进行讨论。"

仍然是鸦雀无声。

张闻天朝正吞云吐雾的毛泽东努努嘴："老毛，还是你先讲吧！"

毛泽东不慌不忙地把将要燃烬的烟蒂掐灭，咧嘴一笑，风趣地说："总书记点将，末将听命！"

毛泽东旋即笑容一敛，一脸严肃地说："首先我同意恩来代表中央和军委所提出的创建川陕甘新苏区、背靠西北，面向东南的发展战略。"

毛泽东环视与会者一眼，继而言道："在这里我补充几点建议：一、中国红军要用全力到新的地区发展根据地，在川陕甘建立新根据地，这是向前的方针，要对四方面军同志做解释，因为他们是要打成都的，而一、四方面军会合后有可能实现向北发展。二、战争性质是决战防御，不是跑，而是进攻，因为根据地是依靠进攻发展起来的，我们应当过山战胜胡宗南，占取甘南，迅速向北发展。

三、我须高度机动，这就有个走路的问题，要选好向北发展的路线，先机夺人。

四、集中兵力于主攻方面，如攻松潘胡宗南如与我们打野战，我有二十个团以上，是够的，今天决定，明天即须行动，应力争六月突破，经松潘到决定地区去。五、责成常委、军委解决统一指挥问题。"

毛泽东讲完话，笑望着张国焘："国焘同志，谈谈你的看法嘛，你可是代表红四方面军的！"

张国焘见毛泽东直接将自己的军了，也不甘示弱："讲讲就讲讲！"

其实，早上一走进会场，张国焘心里就憋着一肚子的意见：说是开政治局会议，怎么一样子变成了扩大会？连林彪、彭德怀等人都列席会议了。看样子中央把一方面军军政首脑人物都召来了，特别是摸清中央红军"只剩一万人"的底牌，他们这样做不过是摆个虚张声势的架子给我看，其目的只有一个，那就是利用中共中央这面大旗，以绝对的多数强制性地压服自己！

强拳难抵四手。看今天的架式，硬顶是绝对顶不住了，而且说了也是白说，浪费口舌而已，只能含而不露地交锋，否则徒招指责和非议。

拿定了主意的张国焘首先把红四方面军撤离鄂豫皖根据地后如何战胜敌人、如何壮大队伍的辉煌历程宣扬一番，亮出自己拥有近九万人马的雄厚身价。

出乎与会者意料的是，张国焘对周恩来代表中央和军委提出的会师后建立川陕甘根据地的战略方针表示赞同。

紧接着，张国焘提出了他的三个建议：一是背靠西康，向川北甘南发展，即"川甘康计划"，优点是便于执行，但是没有可靠的后路；二是到陕甘北部，夺取宁夏为后方，也就是毛泽东所说的"北进计划"，优点是机动余地大，但是后路也不好；三是到兰州以西的河西走廊地带发展，以新疆为后方，即"西进计划"，优点是可利用新疆当局亲苏的立场，缺点是离中国内地太远。

最后，张国焘委婉地提出先在川康地区站稳脚跟，即背靠西康、面向南方的发展战略。

张国焘正侃侃而谈，忽然会场上冷不丁地冒出一句："向南发展，简直就是麻雀钻阴沟！"

张国焘聚目一看，冷嘲热讽的竟然是博古！

张国焘一下子气得面红耳赤，怒目一瞪，强压住火气，不再吭声。

紧接着，朱德发言：同意恩来的报告，背靠西北、面向东南这一总的战略方针应决定下来，要迅速打出松潘，进占甘南，消灭敌人，建立根据地。

彭德怀、林彪、博古、王稼祥、邓发、刘伯承、聂荣臻、凯丰、刘少奇等一一发言，一致同意周恩来报告中提出的北进方针。

张国焘后来说：我们的会议一面讨论，一面交换情报，侧重讨论毛（泽东）所提出的北进主张。

时隔多年后，担任会议记录的中央秘书长刘英仍清楚地记得：在讨论时，张国焘明里不好反对打松潘，实际上又不愿当先锋，他怕四方面军同胡宗南碰，要保持实力。张国焘这个人长得挺富态，讲起话来半天一句，绕圈子，脸上看不出春夏秋冬。毛主席很耐心，同他慢条斯理讲道理，说得他没有办法。最后他同意中央的决策，并同意由四方面军负责打松潘。

张闻天做总结发言：中央提出的北上的战略方针，大家的意见既然一致，就应一致来实现。这个战略方针是前进的、唯一正确的，要实现这个战略方针，首先要进攻松潘。那种避免战争的想法，是退却逃跑倾向，应尽力量克服困难去创造川陕甘苏区。会师后在组织上应该统一。

当天的会议记录记载这次会议的决定事项：全体通过恩来的战略方针，政治部作训令（博古），政（治）局写一个决定（洛甫）。

公允地说，这时的张国焘虽然对"只剩一万人"的中央存在一定的看法，这也是十分正常的事。但在两河口政治局扩大会上，不管张国焘是迫于无奈也好，还是出于策略上的考虑也好，最后至少在口头上还是同意了中央北上的方针，这有刘英的会议记录为证：全体通过恩来的战略方针！

并且，就在第二天张国焘还给徐向前、陈昌浩发去电文，通报了会议精神：战略以首先集中兵力消灭松潘之胡敌，迅速转向甘南，用运动战向前灭敌的方略，创造川陕甘赤区……部署详情，俟商决后再告，焘或于二日后回关口，面兄商执行军委所示任务。

所以说，过去那种讲张国焘一开始就公开反对北进方针并向徐、陈二将隐瞒会议精神的毫无根据的说法是站不住脚的，也是不靠谱的。

任何事物的发展都有一个从量变到质变的过程。

扩大会议上的张国焘在毛泽东的耐心说服下，"最后他同意中央的决策，并同意由四方面军负责打松潘。"

但这种"同意"、"并同意"的基础是十分脆弱的，也是十分勉强的，一旦有点风吹草动，就会变成"不同意"甚至"完全不同意"。

接下来发生的一系列事情，促使张国焘原本脆弱的"同意"、"并同意"快速地向着相反的方向转变，最终走向分道扬镳的结局。

当天中午，张国焘正在店铺里吃饭，红四方面军秘书长黄超手拿着一张报纸神神秘秘地走进来："主席，您看，这是凯丰写的刊登在中央出版的油印的《布尔什维克》上的文章——《列宁论联邦》，据说只在红一方面军中传阅。文章指责我们不经请示，就擅自以中华苏维埃共和国政府的名义，宣布成立西北联邦政府。"

张国焘一听，怒不可遏，将手里的筷子往桌上"啪"地一甩，一把抓过报纸就看。

张国焘后来说：这篇文章的大意说，列宁曾反对"欧洲联邦"，因此西北联邦政府是违反列宁主义的；再则这个所谓西北联邦政府，也违反了中共中央的苏

维埃路线，在此严重关头，居然提出西北联邦政府的名义，无异否定中华苏维埃共和国。

凯丰与张国焘是同乡，都是江西萍乡人。尽管张国焘本人也是从苏联镀金回来的，但对张口马列、闭口马列的二十八个半布尔什维克之一的这位小同乡素无好感，而且也从未放在眼里。

的确，在成立西北联邦政府时，自己擅自借用了中央政府的名义，并亲自签署了第一号通告。

但是，中央一到懋功就由嘴上无毛的毛头小伙凯丰引经据典地公开登报指责、否认西北联邦政府，岂不是成心给自己一个下马威，毫无疑问，肯定是中央集体定的调子！

人就是这样，一旦起了疑心，就会戴着"有色的眼镜"看待一切的人和事。

张国焘后来谈到当时的心情说：我看了这篇文章，非常生气，我知道中共中央到懋功就赶着出版布尔什维克报，发表反对我的见解的文章，这绝不是一件很平常的事。我推测一定是中共中央曾经开会慎重商讨，决定"反对张国焘的机会主义"，才会由凯丰署名发表这篇文章。

当下，张国焘拿着报纸怒气冲冲地找到张闻天：这篇文章是不是根据中央的决定写的？如果是，为什么不等我到了抚边，让我有机会参加讨论后，再行发表？又为什么我已到了此地二十小时，还不拿一份给我看？难道在中央机关报上可以随便公开批评一个政治局委员的政治主张？通常是在一位政治局委员不服从多数决定，坚持自己的错误见解，才会有这样的事。我已公开提到西北联邦政府这个问题，而其他政治局委员并没有发表批评的意见，现在却在机关报上公开登载出来了，为什么要这样做呢？

张国焘后来说张闻天的回答相当暧昧：他为教条主义所束缚，仅说凯丰所引证列宁的话是对的，但也觉得这件事处理得有些不当，他吞吞吐吐地表示，现在一、四方面军急需一致行动，不宜讨论这些引起争执的问题。

平心而论，凯丰的文章是写得有点过头了，而且在两军刚刚会师之际，双方都缺乏了解，甚至根本不知道对方的具体情况，就擅自撰文指责对方，除了制造隔阂之外，一无益处。更何况两军会师后迫在眉睫亟须解决的主要问题是战略发展方向的问题，如此做就难免节外生枝了。

大局为重。所以，张闻天只能冷处理。

一波未平，一波又起。

博古的警卫员见张国焘的警卫排个个都配有上百发子弹，便提了块牛肉，要跟他们换子弹。张国焘的警卫说这是违反纪律的事，而博古的警卫认为都是为了保卫中央首长，这是很公平的事。两人由于语言言语不合，结果大吵一场。

晚饭后，博古特意找到张国焘，想谈谈军中的政治工作问题。

张国焘回忆说：他是中共中央的一个小伙子，喜欢玩弄小聪明，仍不改当年在莫斯科中山大学那种"二十八宿"的神气……我多少保有点中国的传统风格，称呼各个同志往往照一九二七年大革命以前的习惯，如对毛泽东只称他的字润之，对朱德称玉阶，有时还在他们的字之下加上个"兄"字或者"老兄"，这使秦邦宪有些不顺耳，他撇开正题质问我："想不到你还喜欢称兄道弟?"他并且认为这是国民党军阀的习惯，与中共布尔什维克的意识极不相称。

张国焘指责一方面军经过长期行军，狼狈情形自不待言，纪律松懈。

博古则指斥四方面军的官长对士兵，仍采用打骂手段，这就是军阀统治的象征。

相打无好拳，相骂无好言。言来语去，越吵越气。结果，闹了个不欢而散。

争争吵吵，吵吵争争，张国焘感觉自己就像小媳妇头一回见家婆，使自己看尽了脸色，受饱了气。

尽管如此，政治局扩大会还是在争争吵吵中开了三天。

担任会议记录的中央秘书长刘英回忆：会议开了三天，集中讨论战略方针问题，主要是围绕要不要打松潘的问题来讨论，从战略上说这是牵涉到向北还是向南的问题，从战役部署来说牵涉到谁当打松潘的先锋的问题。

左推右磨，推来磨去，在毛泽东的耐心推磨下，总算达成了一致：张国焘同意向北发展战略，愿意由红四方面军当打松潘的先锋。

六月二十八日，中共中央正式发布了《关于一、四方面军会师后战略方针的决定》：

在一、四方面军会合后我们的战略方针是集中主力向北进攻，在运动战中大量消灭敌人，首先取得甘肃南部，以创造川陕甘革命根据地，使中国苏维埃运动放在更巩固更广大的基础上，以争取中国西北各省以至全中国的胜利。

（一）在一、四方面军会合后，我们的战略方针是集中主力向北进攻，在运动战中大量消灭敌人，首先取得甘肃南部，以创造川陕甘苏区根据地，使中国苏维埃运动放在更巩固更广大的基础上，以争取中国西北各省以至全中国的胜利。

（二）为了实现这一战略方针，在战役上必须首先集中主力消灭与打击胡宗南军，夺取松潘与控制松潘以北地区，使主力能够胜利地向甘南前进。

（三）必须派出一个支队向洮河和夏河活动，控制这一地带，使我们能够背靠于甘青新宁四省的广大地区有利的向东发展。

（四）大小金川流域在军事政治经济条件上均不利于大量红军的活动与发展。但必须留下小部分力量，发展游击战争，使这一地区变为川陕甘苏区之一部。

（五）为了实现这一战略方针，必须坚决反对避免战争退却逃跑，以及保守偷安停止不动的倾向，这些右倾机会主义的动摇是目前创造新苏区的斗争中的主要危险。

战略方针明确：首先取得甘肃南部，以创造川陕甘苏区根据地；

战役目标明确：集中主力消灭与打击胡宗南军，夺取松潘与控制松潘以北地区；

但在张国焘眼里，最重要的是第五条，简直完全是针对自己的！

张国焘憋着一肚子怨气，无处发作，恰好此时，黄超找来一张刊载有张闻天《夺取松潘赤化川陕甘》文章的总政治部油印的《前进报》：

这种右倾机会主义，实际上是由于对于敌人力量的过分估计，与对于自己力量的估计不足而产生的。克服在创立苏区根据地中的一切困难，同一切右倾机会主义的动摇做斗争，是目前整个党与工农红军的严重任务。但同时必须同"左"倾的空谈做斗争。这种空谈表现在对于敌人力量过低估计，与过分地夸大自己的力量。这些空谈实际上也不是在紧张地动员我们的全部力量，去克服我们面前的一切困难，拼着性命去战胜当前的敌人，而是在拿一些好听的词句，催眠我们，使我们在美丽的幻梦中间寻求自己的满足。

动辄上纲上线，乱扣帽子，分明是王明路线的翻版！且矛头所指不言而喻！

张国焘气得怒火中烧。

冷静下来的张国焘不得不静下心来，思考着对策。

眼下的形势是显而易见的，土包子出身的毛泽东与啃过洋面包、喝过洋墨水的留俄派张闻天、博古、王稼祥等在联手对付自己！

而毛泽东个性倔犟，屡遭留俄派打压、排挤，即使是暂时的联盟，也是表面上的，内部必存在这样或那样的矛盾，更何况遵义会议上毛泽东拉拢张闻天、王稼祥等人在政治上将博古赶下台，却让同样是二十八个半布尔什维克之一的张闻天取而代之，在军事上夺了李德的军事指挥权，却继续保留了三人团之一的周恩来的军事指挥权，更为关键的是毛泽东为攫取军事指挥权，不得罪大多数的留俄派，只批评军事路线的错误，却肯定政治路线是正确的，这明显就是和稀泥的调和主义，是在以此作为交易的法码。

更何况遵义会议是在共产国际并不知情的情况下召开的，更换中央领导人没有获得共产国际的认可，完全可以说是非法的。

深谙党内斗争的张国焘知道，如果此时提出检讨中央的政治路线，就必能挑起他们之间的内耗，从而瓦解毛泽东与留俄派的暂时联盟，并且张闻天、周恩来、毛泽东等人就必须对中央红军的损失负责，就必须下台。到时候中央领导的座次就必须重新洗牌，而拥有近九万人马的自己就能稳坐第一把交椅。

靠实力说话。毛泽东能成为幕后的操盘手，靠的是什么？靠的是井冈山上和江西苏区带出来的两名战将林彪和彭德怀，以至到如今林、彭二人所率的一、三军团仍是朱毛红军的支柱。听说会理会议上，毛泽东与林、彭闹得面红耳赤的，如能在他们之间的关系上镶入楔子，分化瓦解，使其上下离心，对毛泽东来说无异于釜底抽薪，折了毛泽东的翅膀。

自思得计的张国焘说干就干，首先找到张闻天，要求检讨政治路线：

党内政治歧见早已存在，遵义会议没有能够做适当的解决，目前中央又只注意军事行动，不谈政治问题，这是极可忧虑的现象。值得忧虑的是我们在政治上和军事上都将遭受惨败，不易翻身，并将引起一、四方面军的隔阂和党内纠纷，如果我们能够根据实际情况，摆脱既定公式的束缚，放弃成见，大胆从政治上做一番研究，也许为时还不算太晚。

张闻天见张国焘似乎是有意挑拨是非，以眼前最紧迫的是解决军事行动为由，将张国焘挡了回去。

张国焘后来承认：一九三五年一、四方面军会合时，因为当时目击一方面军减员和疲劳现状，就过分地估计了这一现状。由这里出发，就发生了为什么这样的疑问，发展到怀疑到五次"围剿"中共中央的路线是否正确。

一计不成，再生一计。张国焘特意张罗一番，在店铺备下酒菜，将彭德怀、聂荣臻请来。

聂荣臻后来回忆说：在两河口会议结束后的第二天，有这么一件事，引起我警惕。张国焘忽然请我和彭德怀同志两人去吃饭。席上，开始他东拉西扯，说我们"很疲劳"，称赞我们"干劲很大"，最后说，他决定拨两个团给我们补充部队，而实际上不过是相当于两个营的兵力，一千人左右。我们从张国焘住处出来，我问彭德怀同志，他为什么请我们两人吃饭？彭老总笑笑说，拨兵给你，你还不要？我说，我也要。

张国焘会上会下忙着摸底、分化、拉拢，毛泽东则忙着与周恩来、刘伯承等人根据会议决定拟定作战计划。

夜，寂静而沉闷。关帝庙毛泽东的住房内仍亮着熠熠的灯光。

灯光下，毛泽东、张闻天、周恩来、朱德、刘伯承等人或坐或站。

"主席，据林彪来电，今天午后，林彪率领二师四团、五团已进至梭磨，陈光、朱瑞率前卫六团经马塘到康猫寺附近，并与四方面军第三十军八十八师二六七团取得联系。"刘伯承边汇报边用红铅笔在地图上画出标志。

一手叉腰一手夹着烟的毛泽东焦躁不安地踱来踱去，忽而驻足在门口，仰望着漆黑的夜空，似乎是自语道："现在关键是看林彪能否为全军打出一条生命的通道来！"

原来，早在两河口会议之前，毛泽东就命令林彪的红一军团参谋长左权率红六团为先锋从懋功出发，溯抚边河而上，经双柏、八角、抚边、两河口，进入大石板昭沟，于六月二十四日翻越终年积雪、海拔四千五百六十四米的梦笔山，直插两河口以北六十四公里的卓克基。

被蒋介石任命为游击司令的索观瀛亲率一百多名士兵在途中进行阻击。藏兵的枪法十分了得，一枪就打死了红六团的藏族向导。红六团见反复喊话无效，被迫发起反击，一阵猛冲猛打，凑巧天降大雨，藏兵的火枪失效，红军趁机进攻，

索观瀛慌忙率领士兵逃回卓克基官寨死守。

二十五日，红六团追击到卓克基官寨，见一座七层高城堡式建筑的卓克基官寨盘踞在小金川畔的石崖上，两条小溪从城堡脚下流过，成了天然的护城河。红六团如发起强攻，又担心伤及无辜，双方形成相互对峙之势。

傍晚，红一军团参谋长左权匆匆赶到前线：怎么打了一天还未前进一步？

左权观察完地形，命令立即打信号弹，联络后续的红四团，采取迂回包抄的战术，一举拿下官寨。

"砰、砰、砰！"三发红、黄、绿色的信号弹腾空而起，在半空中画了一个半弧，在黄昏的天色下显得十分耀眼夺目。

"天灯！神火！"

突然，奇迹发生了：只见官寨内响起一片骚乱声。顷刻间，官寨后门跑出一百多名藏兵，四处逃窜。

红六团轻而易举占领了卓克基官寨。

二十六日傍晚，经过一天的争吵，毛泽东见北上的方针已确定，为抢占先机，便将林彪单独留下。

望着自己一手栽培起来的心腹爱将那张稚气尚未脱尽的脸庞，多年战火的熏陶，象征人生阅历的鱼尾纹过早地爬上了林彪的眼角。西征途中的一路征战，瘦弱的肩膀愈发显得弱不禁风。

若不是形势所迫，真不情愿又让林彪瘦弱的肩膀再次扛起北进先锋官的大旗！

毛泽东将北进成败的重担再次压在林彪的身上：立即赶回一军团部，率部由康猫寺向左经草地绕出松潘，为全军北进杀出一条血路！

望着毛泽东那满怀信任和期待的目光，林彪心头一热：请主席放心，保证完成任务！

毛泽东眼眶一红，长长地叹了口气。

也许只有林彪才明白和理会毛泽东此刻的心情：费了九牛二虎之力才说服张国焘勉强答应北进，但张国焘能否践诺尚是个未知数。此时的毛泽东只有将希望寄托在红一军团身上！

林彪热血一沸腾，"啪"地敬了个军礼，消失在暮色中。

林彪日夜兼程赶回红一军团司令部所在地卓克基，立即命令红二师师长陈光、军团政治部主任朱瑞率红六团为先锋开始向草地挺进，自己则率红四团、红五团随后跟进，聂荣臻率军团直属队和红一师在后。

毛泽东把能否顺利北进的所有希望寄托在林彪的身上！

的确，此时的毛泽东几乎陷入了外忧内患的困境！

国民党军的堵截，土司武装的骚扰，粮食严重匮乏，更为严重的是张国焘连日来一连串的小动作，令毛泽东深感焦虑。

此刻，毛泽东眉棱微耸，一口紧接一口地吸着烟：张国焘如此上蹿下跳，无非是恃着手握重兵，觊觎中央领导之位，企图攫取更大的实权。看来不给他在军委安把座椅，他是不会善罢甘休的，所谓的北进计划就会变成纸上谈兵！

深思熟虑后的毛泽东将烟蒂掐灭，吮咂下唇，果断地说道："来者不善！我看此番张国焘是趁火打劫，以实力要挟中央。如果不给他个位子，就会各打各的鼓，各吹各的调，根本无法协调行动。为了促使他支持北进计划，同时解决好两个方面军统一指挥的问题，我提议明天再开个常委会，增补他为中革军委副主席。"

六月二十九日上午，中央政治局在关帝庙内又召开了常委会，张闻天、毛泽东、周恩来、博古、王稼祥、张国焘等六人出席了会议。

会议首先听取博古关于华北事变的报告：据北平的几个无线电台的消息表明，日本帝国主义准备向北平进攻，向北平的永定门打了五炮，但不敢断定日本帝国主义是否像过去侵占东北一样攻占北平，但迟早是企图占领北平的，所以应当加强反对日本帝国主义的宣传，特别是在红军中间。

毛泽东补充说：我们必须旗帜鲜明地打出抗日这面大旗，才能更好地动员和团结全国广大人民。

会议决定增补张国焘为中革军委副主席，陈昌浩、徐向前为中革军委委员；当天上午九时，中革军委正式颁布了《中革军委关于松潘战役的计划》。

按照这个计划，红一、四方面军分成左、中、右三路大军向松潘进军：

左路军十六个团，包括红一方面军第一、三、五、九军团和红四方面军第三十军八十九师，司令员林彪、副司令员彭德怀、政治委员聂荣臻、副政治委员杨尚昆，经卓克基、大藏寺、葛曲河、色既坝向两河口前进；

中路十个团，包括红四方面军二十五师、八十八师、九十三师，徐向前任司令员兼政委，经马塘、壤口、墨洼、洞垭向黄胜关前进；

右路军十一个团，包括红四方面军十师、十一师、九十师，陈昌浩任司令员兼政委，经黑水、芦花、毛儿盖向松潘前进；

以王树声为司令员兼政委率红四方面军八个团组成岷江支队，在岷江东岸掩护主力北进；

以何畏为司令员兼政委，率红四方面军二十七师四个团在南面掩护；

以周纯全为警备司令兼政委，负责把红四方面军散落在各要点部队组成后方警备部队。

计划"重心在左路及中路"，即托付重任于林彪的左路军和徐向前的中路军。

特别是屡建奇功的林彪能否再创奇迹，如愿以偿地夺取松潘，成为实现毛泽东建立川陕甘根据地的战略意图的关键！

毛泽东翘首以望。

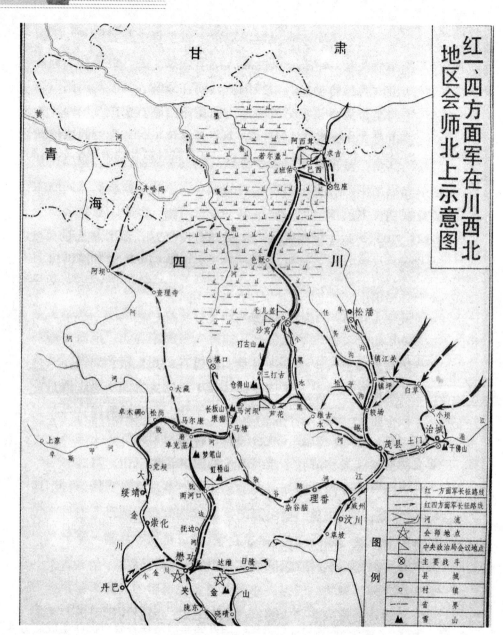

红一、四方面军在川西北地区会师北上示意图

# 九

　　红六团北进受阻，开路先锋林彪建议改变进军路线，日后竟成朱毛红军北进的唯一生门；

　　外有饥饿相逼，内有张国焘"逼宫"，朱毛红军在内忧外患的困境中煎熬着、挣扎着。

　　一九三五年七月二日夜九时半，红一军团司令部驻地——黑水马河坝村。

　　夜，漆黑得像倒扣的锅底，伸手不见五指。从长板山雪峰顶刮下来的夜风，裹着几分寒意，掀得茅草屋背"呼呼"作响。

　　十来座用砖垒成墙壁的茅草屋，亮着微弱昏暗的马灯，屋内屋外挤满了衣着褴褛的红军指战员。有的烧着柴火取暖，有的抱着枪倚墙而眠，泥渍、水渍，一个个疲劳困顿，一脸的倦容。

　　村中一座稍大一点的茅草屋内，红一军团军团长林彪一手托腮撑在一张四方饭桌上，浓眉下那双布满血丝的大眼睛死死盯在铺展在饭桌面的地图上，菜黄色的椭圆形脸庞静若一塘死水，看不到丝毫的表情。

　　"毛儿盖……毛儿盖！"林彪的嘴唇蠕动，念念有词，身子往后一仰，头靠在竹椅上，微闭上眼睛，仿佛睡着了。

　　林彪觉得两肩沉甸甸的，心里也十分苦涩。

　　北进开路先锋的担子实在是太重了，压得他几乎喘不过气来！

　　困扰林彪的不仅是翻越梦笔山、长板山两座雪山，更让林彪感到寸步难行的是部队几乎行进在无人区，尽管沿途有不少的村落，但由于土司的欺骗宣传，藏族人早躲进了山里，人去室空，还将粮食也藏了起来。没有向导，没有粮食，就像盲人闯进茫茫的野林里。此外，土司兵还挖路、断桥，不时冷枪袭击，部队每前进一步，几乎都要付出流血的代价。

　　可按中革军委的原定计划，左路军经草地绕攻松潘，也就是说由卓克基向西北到大藏寺、葛曲河，再横过草地东向松潘，路遥数千里，且有泥泞沼泽的草地为阻，即使给养有保障也需时近月，那时不仅会自伤其力，又给松潘守敌从容防堵之利，更无迅速机动灭敌可言。

　　看来只有改变军委原定的进军路线，从芦花地区直上，占领毛儿盖以抢得先机，然后绕攻松潘！

　　其实，林彪北进时早已改变了中革军委的原定路线，率红一军团主力从卓克基东向马河坝，再北进壤口，向草地进发，也就是说改道走了中路军的北进路线。

　　此刻，林彪的大脑像车轱辘般飞快地旋转着。

仰躺在竹椅上的林彪，忽而睁开眼睛，坐直身板，朝正俯身在地图上的参谋长左权命令说："左参谋长，立即给军委发电！"

当晚十时，林彪的电报发往中革军委主席朱德、红一军团政治委员聂荣臻：

（一）后续部队到此地后，再前进时则走不通；

……

林彪再次直截了当地提出"应以主力向毛儿盖、向松潘急进"的建议！

电报发出后，林彪立即吩咐左权：命令二师各团做好战前动员，随时准备出发，抢占毛儿盖！

林彪是自信的：毛泽东肯定会采纳自己一再提出的关于改变行进路线的建议！

其实，早在六月二十九日二十时，亲率红二师主力抵达马塘的林彪就曾致电军委：由康猫寺到上壤口系二百里草地，无房舍，由上壤口出行勋坝、大将台之路，现时尚未问出，判断此路向松潘以北迂回大概系草地，且路太远。近日天下雨，草地能否徒涉，前途极无把握，给养亦必极困难。黑水、芦花、毛儿盖居民甚多，距松潘二百里，由该处直攻松潘，并大概有路可迂回至以北穿过，陈（光）、朱（瑞）已率六团及五团之一个营向上、中、下壤口侦察前进。

"由该处直攻松潘"，林彪根据沿途的实情，直言不讳地提出与军委原定计划意见相左的沿黑水至毛儿盖直攻松潘的建议！

出乎林彪意料的是，中革军委是否采纳意见的电文未等到，却等来前卫红六团损兵折将的噩耗。

原来，在前开道的红六团奉命由康猫寺向壤口侦察前进路线，二十九日上午刚进抵中壤口，突然与阿坝土官、国民党西北"剿匪"第一路第五纵队麦桑支队司令杨俊扎西率领的千余骑兵遭遇。由于红六团缺乏与骑兵作战经验，先射人还是先射马，乱作一团，再加上地势开阔，利于骑兵作战，一阵混战，红六团损失较大，被迫南撤至康猫的一个山谷小村里。

当天午后，刚赶到梭磨的林彪便接到红二师师长陈光、军团政治部主任朱瑞的电文：此战斗原因是首长指挥失当，敌之力量优势我一倍以上，加之指战员三日游击，饥饿疲劳及未与骑兵作过战，情绪受很大威胁，不能够应战……根据地形、敌情、道路、群众、粮食等条件，依我现在兵力，由此道迂回松潘及松潘以北是不可能。

林彪当即回电：火速救援六团！

陈光火急火燎地在全师凑集了一批青稞，连夜派宣传科长舒同带着队伍给红六团送去。

红六团孤军深入，被困了两天，也断粮两天，团长朱水秋不得不冒着风险派出一支筹粮小分队。但小分队刚走出山村不远，就被土司武装包围了。土司武装答应小分队：只要交出武器，就放他们出去。小分队依诺放下枪，刚走出山谷，便遭到土司武装残忍的屠杀，除一名十三岁的小红军侥幸逃脱外，小分队全部牺牲。

若再无外援，红六团就有被困死、饿死、全团覆没的危险。

舒同日夜兼程紧赶了两天，才将饿得奄奄一息的红六团指战员从死亡的边缘救了回来。

时任红二师政治部宣传科长的舒同说：在前进路上，遇着极端剽悍的骑兵，横加拦阻，既战不利，乃折回右路。

此路不通！

林彪当机立断，决定放弃从壤口迂回松潘，改由芦花、黑水直插毛儿盖！

似乎是祸不单行。折回康猫的红六团在师长陈光的率领下，于七月二日又转向芦花前进。

不料，途中又突遭藏军的袭击，连陈光也被打伤。

此路又受阻！

当晚，消息报到林彪耳里，林彪一听愣住了。

不行，再向军委建议，必须改变原定计划！

敢讲：敢直言不讳，敢据理力争，说是执着也罢，还是性格倔犟也罢，血气方刚的林彪有一股子犟劲，认准了的事爱认死理，脑壳里一根筋，九头牛也难以拉回，不管顶头上司如何劝解、如何压服。但一旦脑壳里的那根筋转过弯来，执行起来非常出色！

井冈山上的"红旗能打多久"，初入滇境的"弓背路"，长征到达陕北初期"陕南打游击"，东北战场的"放弃四平"，等等，战将林彪与领袖毛泽东之间的争辩足以写成一本厚厚的教科书！

真理似乎是辩出来的。正是领袖与将帅这种毫无隐讳地坦诚相待，才成就了毛泽东，成就了像林彪一样的一大批将领，成就了中国共产党开天辟地的事业！

此时，由于北进开路先锋林彪的一再坚持，审时度势的毛泽东终于改变了初衷。

七月三日中午，中革军委以朱德的名义致电林彪，同意林彪的建议和部署：但进毛儿盖应严密封锁消息，芦花以西或西北仍须寻求迂回松潘道路，免一路挤不通，被敌人从毛儿盖正面阻塞……李先念率八十八师两个团明日开马塘，六号到芦花，归你们指挥，军委及三、九军团在其后跟进。

也就是说，毛泽东终于采纳了林彪的建议，改变和调整了原定的《松潘战役的计划》。

然而，让谁也没想到的是，林彪直取毛儿盖这一线路的改变，日后竟然变成朱毛红军北进的唯一生门！

在前开道的红二师举步维艰，随后跟进的红一师也寸步难行。

随红一军团直属队行动的萧锋在这几天的日记中都有较详尽的记录：

二十九日：由于四川军阀常到藏族聚居区来抢夺屠杀，因此，藏族人对他们非常仇恨。红军初到，与川军的不同，也不是一下子能讲通的，再加上反动派的欺骗宣传，藏族人躲的躲，逃的逃，把粮食都藏起来了……炮兵连司务长率战士挖到一个地窖，找到了上百斤腊肉和许多粮食，主人不在，留了借条。

六月三十日：通讯连一个班长和两个战士外出架线时，被藏族头人的反动武装杀害，我们找到战友的遗体后，举行了追悼会……粮食日渐成为威胁我军生存的大问题，为此，大家积极动脑筋，想办法搞粮食。

七月二日，已抵康猫寺的萧锋在日记中写道：一到宿营地，各单位就分头筹粮，工兵连挖地窖，搞到一千多斤粮食。

七月三日：群工部部长刘晓同志找我布置，要各单位找些藏族人当向导，尽快把受欺骗的群众找回来。这几天，一些藏族人不像开始那样躲避我们了。但由于国民党军阀和当地反动土司规定，凡给红军当通司和向导者，凡卖粮给红军者，均处死刑；若不执行坚壁清野者，所有牛、羊、粮食等财产一律没收。在这种高压政策下，藏族人无法接近我们。

七月四日：各单位普遍反映，筹粮工作开展很困难，由于反动派的高压政策，藏族人不敢同我们接近，不敢把粮食卖给我们。因此，光靠挖地窖，找牛羊的办法，远远解决不了部队的供应。更伤脑筋的是，沿途土司头人的反动武装，经常躲在树林里打冷枪、袭击，捕捉我们掉队和执行任务的零星人员。据统计，仅直属队就有二十几个人被捕杀。

既无向导，又无粮食，还经常遭遇藏军的袭击，打前锋的林彪困难重重，随后跟进的各军团几乎都遭遇到同样的困境。

在卓克基的罗炳辉红九军团遭到数千藏军的包围，每人每天只能配给六两青稞麦粉充饥，军团政治部号召全体指战员参加劳动用手搓青稞麦、采野芹菜、捉鱼、打野兔子充饥。

朱毛红军陷入进退维谷的困境！

由于一直行进在人烟稀少，一望无际的荒原，没有村庄，更找不到食物，偶尔找到一些青稞麦，但又不知道怎么做，不少人吃了青稞拉肚子。

到了卓克基，本以为可以找到粮食。没想到大失所望，那里的藏族人一向仇视汉族人，再加受国民党指使的土司从中挑拨煽动，藏族人早已把粮食全藏起来，闻风而逃。颇像蒋介石在江西搞的坚壁清野政策。

食不果腹，中央直属队不得不做出一天只能吃两餐的规定。

严重缺粮，像瘟疫传染一样迅即殃及北进中的每一支部队、每一个指战员！

每晚从前线各部队发给红军总部的情况汇报，内容几乎千篇一律，就是两个字——缺粮！

吃穿住行，吃为首，无粮寸步难行！

针对日趋严重的缺粮困局，毛泽东等党政首脑忧心如焚，更让毛泽东担心的是生怕因此而滋生违反纪律的事，那么在藏汉之间就会产生更大的隔阂和鸿沟。

真金不怕火炼！越是困难时期，越要严肃纪律，越能体现出一支部队的本质。

在毛泽东的提议下，七月三日，中央在卓克基召开了政治局会议，颁布了进行西藏民族革命运动的斗争纲领，号召藏族民众起来反对帝国主义和国民党军阀，成立游击队，加入红军，实现民族自决。

各军团迅速以连排为单位，组成筹粮别动队，负责征集粮食。

七月四日，军委纵队离开卓克基，继续向北进发。沿途地形险要，周围许多山上都有积雪，又时常下雨，河流错综复杂，古柏苍松遮蔽了天日，部队不得不在河流上过来过去，森林茂密，土司武装躲在密林中放冷枪，部队时有伤亡。

从卓克基经梭磨到马塘，一百五十里，走了两天，沿途村庄稀少，指战员们不得不在山野中露营，夜间又雨雪纷飞，弄得大家的衣服被毯全部湿透，根本无法睡觉，整个部队疲惫不堪。

饥饿，寒冷，死伤，像幽灵般如影随形紧咬着朱毛红军，挥之不去。军委纵队尚且如此，其他作战部队的处境可想而知。

在向马河坝行进途中，接到各军团情况汇报最多的就是筹粮别动队遭受土司武装的袭击，有的几乎全队覆没。被打死的红军指战员，有的被砍断四肢、割掉头颅或被挖掉眼珠，惨不忍睹。

时任中央秘书长的刘英后来谈起当时的处境说：因为这一带的藏族人不了解我们，以他们对付汉族军队的老办法，把粮食藏到山里，人也都跑到山里去了。部队没有吃的了，开头想到山里向藏族人做工作搞粮食，但藏族人根本不让你接近。他们躲在山上树林里，枪准得很，一枪一个，红军牺牲不少。红军也有到山里打野猪、牦牛的，同样被藏族人打死。

焦虑、忧虑，毛泽东心沉沉的，苦苦思考着对策。

缺粮像瘟疫般在全军中愈演愈烈，藏兵的暗枪袭击，再加上林彪左路北进受阻，简直是雪上加霜。

时在红一军团直属队的莫休说：进入藏族聚居区域后，从卓克基到昌德，饥饿的氛围，就紧紧包围我们了，虽然每天还照例两遍或三遍吃饭号，但在每次号音后，大家所得到的，只是两个漱口杯的嫩豌豆苗和野菜。开始一天，豆苗嫩嫩的，还配了牛肉煮，吃来还不讨厌，或许还觉得新鲜可口，日子一久，那就不是味了。老豌豆茎，硬邦邦的，嚼碎了，也只是满嘴的粗纤维，不咽下去，肚子在告急，咽下去，又担心不得出来。这时所有的一切人们，每天都只有一个思想，找点东西吃，使肚子不饿，赶快走，到有粮食的地方去。

从川西北到甘南是南北长达两千余里的藏族聚居区，青稞、玉米、荞麦是主要的粮食，但因人烟稀少，作物有限，全军困于此地瘠民贫之地，绝非长久之计，必须筹集粮食，迅速脱离困境！

毛泽东、张闻天、朱德、周恩来等日焦夜虑地想着办法。

七月十二日，总司令部、总政治部颁布了《关于割收田中熟麦问题的通令》：

目前我们正处在夺取松潘，赤化川、陕、甘的战斗关头。为着实现这个历史的任务，克服目前放在我们面前的粮食困难，是具有严重的战略意义的任务。估计到前进中粮食的更加困难，和胡敌在松潘附近已经把粮食完全收集，和番人的坚壁清野，更必须决心用大力来克服粮食困难……芦花有数万人口，粮食充足，为我松潘战役后方，因此须在该地筹借大批粮食……

对于收割藏族聚居区的青稞，总政治部做了严格的规定：只有在用其他办法得不到粮食时，才许派人到藏族人的田中去收割已经成熟的麦子；首先收割土司头人的，只有在迫不得已时，才去收割普通藏族人的麦子；收割普通藏族人的麦子，必须将所收数量、收割麦子的原因等，照总政所发的条子，用墨笔写在木牌上，插在田中；藏族人回来可以拿这木牌向红军部队领回价钱。

割青稞麦，一时成为全军最紧迫的任务！

时在军委直属队的成仿吾后来回忆说：每天早晨八时，各连队就集合，整队向能够收割的麦地出发……朱总司令也走过来同战士们一齐割麦……当时年纪最老的徐特立同志也来帮助弄麦子，因为等着下锅，所以有时麦子挑回来之后，大家用双手把麦穗简单地搓几下，就煮着吃。青稞麦不好消化，往往吃进去是麦子，拉出来还是麦子。周副主席是搓米的能手……他虽然工作很忙，这次他抢着弄麦子，对大家鼓舞很大。

时在军委直属队的杨定华后来回忆说：此时真有不割麦不得食之势。除了少数担任勤务部队和伤病员之外，上自朱德总司令，下至炊事员，都一起动手参加割麦的运动。

生存第一！

也就是说，此时的朱毛红军，上至总司令朱德、军委副主席周恩来，下至普通战士，全体指挥员、战斗员，除伤病员外，大家都参加割麦，除各单位自己食用外，还得供应担任勤务的部队。同时考虑到前面粮食更困难，并命令各单位储粮秣十天，所以割麦成了当时的紧急任务。

然而，就在这举步维艰的关头，张国焘却趁火打劫，伸手向中央要官要权来了。

一九三五年七月五日傍晚，红四方面军总部驻地——杂谷脑。

夕阳的余晖刚刚褪尽，褐色的夜幕便悄无声息地涂满了天穹，轻拂的晚风摇曳着院子中的梧桐枝叶，发出"沙沙沙"的响声。

梧桐树树苑的叉枝上挂着两盏油灯，从玻璃罩缝里挤进的微风摆弄着火苗，忽左忽右卖弄似的扭动着柔软的身段。

昏暗的灯光下，一张四方饭桌的周围零乱的摆着几张小木凳，小木凳上坐着张国焘和中央慰问团团长李富春及成员林伯渠、李维汉、刘伯承、叶剑英等人。

此刻，空气仿佛凝结似的，沉闷、压抑得几乎令人喘不过气来，一个个冷若寒霜，神情异常严肃。

良久，张国焘站起身来，盛气凌人地说："请你们转告中央，我还是那句话，两军会合，必须统一组织问题，充实红军总司令部！"言毕，竟在众人惊愕的目光注视下拂袖而去。

在座诸人惊得面面相觑，错愕不已。

李富春长叹了一口气："事关重大，我建议立即电告中央，请示对策！"

深夜，"嘀嘀嗒嗒"的按键声中，一封万万火急的电报穿越川西北的夜空，飞抵西北面马河坝的毛泽东住地。

朱、周、王、毛、张：

国焘来此见徐、陈，大家意见均以总指挥迅速行动坚决打胡为急图，尤关心统一组织问题。商说明白具体意见，则为建议充实总司令部，徐、陈参加总司令部工作，以徐为副总司令，陈为总政委，军委设常委，决定战略问题。我以此事重大，先望考虑，立复。

富春<br>六日一时

"主席，这是富春刚发回的急电，这个张国焘刚给他封了个军委副主席尚不知足，现又想把手伸进总司令部，想控制整个军委，简直是得陇望蜀！"脸色苍白的周恩来急匆匆地闯进毛泽东住房，将电文递送到毛泽东手里。

"我看他是急于想黄袍加身！"毛泽东扫视一眼，"啪"的一声，将电文甩在桌上。

毛泽东掏出烟点燃，深邃的目光中缀满了忧虑的神色，望着窗外漆黑的夜空，嘴里喃喃自语：看来事情远比我们预料的要复杂得多！

此刻，在两河口与张国焘临别时相互间那意味深长的一瞥，像电影画面般浮现在毛泽东脑际。

三十日清晨，当太阳刚爬上东边虹桥山的脊背，如缎似锦的霞光披在大地上，两河口村外的三岔路口，一条路通向东北方的虹桥山，一条路通向西北部的梦笔山。

毛泽东与张国焘握手后，各自坐上小青马和大白马，扬鞭分别之际，毛、张二人不约而同地稍偏过头来再望对方一眼，目光交织在一起，毛泽东布满血丝的目光溢满了真诚与期盼，张国焘的目光中却透出一丝不屑与挑战。

毛泽东望望两条各自伸向不同方向的道路，心中一凛，突然涌起一种不祥的兆头：两河口？三岔路口？分道扬镳？

毛泽东等人与张国焘分别后，翻过了第二座大雪山——海拔四千三百余米的梦笔山，于七月一日傍晚抵达卓克基。

刚到卓克基，毛泽东等人尚未落座，便接到了张国焘《建议速决统一指挥的

组织问题致中央电》：

　　我军宜速决统一指挥的组织问题，反对右倾，要能以坚决的意志，迅出主力于毛儿盖东北地带，消灭胡敌；特别不要参差零乱地调动部队，而给敌以先机之利，及各个击破或横截的可能。

　　"这个张国焘怎么能出尔反尔，政治局会议的决议墨汁还未干，他就又提出'宜速决统一指挥的组织问题'，究竟是什么意思？"周恩来拿着电文的手微微有些发抖。

　　"他是嫌军委副主席的头衔太少，想以枪指挥党啊！"吸着烟的毛泽东眉棱高耸，一脸的忧郁。

　　正为全军缺粮发着愁，没想到张国焘又伸手向中央要权，简直是内外夹攻！毛泽东一手叉腰，一手夹烟，焦躁不安地踱着步。

　　"亏他还是党的创始人，这种事情也干得出来！这是中国共产党创建以来，第一次有人伸手向党要权！"周恩来胸脯起伏，呼吸急促。

　　"恐怕这还是开场的锣鼓，大戏还未登场，我们只能静观其变，拭目以待！"张国焘拥有近九万人马的实力，毛泽东不得不忍，也不能不忍。

　　其实，为全力团结红四方面军，同时传达贯彻政治局扩大会议精神，两河口会议结束后，毛泽东决定派出李富春、林伯渠、李维汉、刘伯承、叶剑英等组成庞大的中央慰问团，赶赴四川省苏维埃政府所在地杂谷脑慰问红四方面军广大指战员，并决定李维汉完成慰问任务后，留下担任苏区四川省委书记。

　　慰问团六月三十日从两河口出发，于七月三日抵达杂谷脑。

　　醉翁之意不在酒！正赶回茂县途中的张国焘一听，认为中央派出如此庞大的慰问团，恐怕慰问是名，收买和招安是实！

　　张国焘当下做出两项决定：一是立即命令四川省苏维埃政府打锣敲鼓，放起鞭炮，并在大街小巷张贴满标语，热烈欢迎中央慰问团；二是亲自和陈昌浩等人赶到杂谷脑，见机行事。

　　张国焘一赶到杂谷脑，吩咐把慰问团安排住进警备森严的政府院子里，暗下里却交代部属们采取"陪"字诀：吃饭，专人陪吃；散步，专人陪步，尽量阻止慰问团与指战员接触。

　　李维汉后来回忆在杂谷脑慰问团的那段经历说：我住在苏维埃的一栋大房子里，住房靠着大厅，出入他们都看得见。表面上，他们对我很好，很客气。原省委书记、四方面军政治部主任周某，老是陪着我，吃饭也陪着我，吃得很好，但就是不让我接近四方面军的同志。我在杂谷脑只出去过一次，碰到宋侃夫、张琴秋两个熟人。他们这种安排，实际上是把我软禁起来了。周某与我谈话中，流露出瞧不起红一方面军的口气，认为红一方面军衣破、人少、枪少。我对他做了解释，他的意图我也看得出来，不愿意让我当苏区的四川省委书记。

　　外有饥饿相逼，内有张国焘"逼宫"，朱毛红军在内忧外患的困境中煎熬着、挣扎着。

摆在朱毛红军脚下的路艰难曲折，阴霾重重，如何化险为夷，历史考量着朱毛红军的智慧与意志！

## 十

石头传书，黑水河畔彭德怀、徐向前戏剧性相见；

处心积虑，张国焘恃着人多枪多要挟中央。

一九三五年七月十五日上午，黑水河右岸的亦念村。

从岷山诸峰积雪融化而成的河水，从山涧奔腾而出，拍打着两岸嶙峋突兀的崖石，卷起千堆雪，宛如一条暴躁的狂龙，剧烈地扭动着身躯，发出雷鸣般的咆哮声，震耳欲聋。

一条溜索横扯在河床上，在浪风的呼啸声中摇荡着。

此刻，站在右岸上一位头戴缀有红五星八角帽、浓眉大眼的中年军人带着几位年轻军人正紧张地注视着河面上的溜索，溜索上悬挂着一个竹筐，一位头戴大沿帽的军人坐在竹筐内，正从左岸摇摇晃晃地滑过来。

竹筐一落地，不等右岸大步迎上前的中年军人靠近，大沿帽军人迅即站起身来，与中年军人拥抱在一起。

"彭军团长，我是徐向前！"

"徐总指挥，我是彭德怀！"

"徐总指挥，还不知道你有这种本领哩！"

"我这是大姑娘上轿，头一回呀！"

相互审视一眼，旋即两位身经百战、神交已久的一、四方面军将领发出开心的大笑。

历史以戏剧性的方式完成了彭德怀、徐向前这两位一代名将的见面。

根据两河口会议的决定，徐向前亲率十个团于七月六日从理县出发，沿黑水河左岸行进，接到中央赶到芦花的命令，又向芦花转进，在黑水岸边与彭德怀相逢。

事隔多年后，徐向前仍记忆犹新：

七月中旬，三军团已进抵黑水、芦花地区。彭德怀军团长得悉我军正向维谷开进，当即亲率一个团前来接应。维谷渡口的索桥遭敌人破坏，大家只能隔河相望。那里水流甚急，水声很大，双方说话听不大清楚。我见对岸有个身材粗壮、头戴斗笠的人，走路不慌不忙，估计是彭军团长。相互招手后，我便掏出笔记本，撕下张纸，写上"彭军团长：我是徐向前，感谢你们前来迎接"，捆在块石头上，扔过河去。两岸的同志十分高兴，互相喊话、招手、致意。第二天早晨，

我从维谷赶到亦念附近，找到一条绳索，坐在竹筐里滑过河去，与彭德怀同志相见。我们谈了些敌情及沿途见闻，还商谈了部队架桥事宜。他给我的印象，是个开门见山、性格爽直的人。

其实，彭德怀是在中革军委得知红四方面军总指挥徐向前率部正沿黑水河挺进的消息后，奉命沿黑水河右岸东进，将军团部和红三军团主力留在芦花，亲自率张爱萍任政治委员的红十一团从黑水寺赶到维谷去迎接徐向前。

七月十四日，张爱萍跟着彭德怀赶到维谷一看：维谷河桥被破坏了，远远望见，三五成队的人群约十余人，急急地向我方前进着。渐近，慢慢地分辨出红旗色与镰刀锤头的人们的行装，看着看着接近了，人们的面貌，都分辨得很清楚，但万马奔腾的河水阻止我们不能互相传话。

地障的阻碍，并没能阻隔住两颗神交的心，古有鸿雁传书，今有隔河石头传信，约定次日在上游四十里余里的亦念铁索桥见面。

谁知七月十五日当彭、徐二人翻过几座高山急匆匆地赶到亦念一看，都傻了眼：铁索桥早已被藏兵破坏，只剩下一条溜索在河面上荡漾着。

徐向前急中生智，坐着竹筐溜到右岸，终于与彭德怀相见。

张爱萍后来谈到当时的情形说：一个绳桥渡人的筐子，用细小的带软性的树条编成的筐子，在河岸的树林中找到了。于是四方面军的一个同志，坐在筐子里将筐拴在绳子上，从河对岸一推，渐渐地，从一条绳子的绳桥上，荡过来了。首先便是徐向前同志——四方面军总指挥，以后也就照样地一个一个又一个地渡过来。

红四方面军总指挥徐向前，在红四方面军中是仅次于张国焘、陈昌浩的第三号人物。

徐向前，山西五台人，念过私塾，后考入山西省国立师范学校，当过教师，一九二四年考入黄埔军校第一期，参加过东征，后到西北军冯玉祥部供职，一九二七年到武汉，加入共产党，并参加了广州起义，一九二九年奉派到鄂豫皖根据地，一干六年，从军长干到总指挥。

尽管张国焘在军事作战上十分依赖徐向前，但对徐向前只可用而并不重用或信用，换句话来说，就是并没把徐向前当成心腹或者说自己人，这从白雀园"大肃反"事件也可以看出。

为排除异己，树立个人的绝对权威，张国焘以"肃反"之名在红四方面军中逮捕、杀害了一大批与自己不同政见的高级将领，甚至连徐向前的妻子程训宣也在徐向前毫不知情的情况下被捕审查，并被处决。

一直到了延安，徐向前才悲愤地质问原四方面军的保卫局长周纯全：为什么把我老婆抓去杀了？她究竟有什么罪？周纯全回答：她没有什么罪，当时抓她就是为了搞你的材料。

曾于一九三〇年十月奉派到鄂豫皖苏区任特委书记兼军委主席的曾中生，与林彪是黄埔军校第四期的同学，他和徐向前、许继慎、旷继勋、蔡申熙等人创建了鄂豫皖苏区。一九三一年张国焘到根据地后，曾中生因不满张国焘的家长制作风，受到张国焘的排挤，撸来撸去，职务越来越低。一九三二年红四方面军转入川陕后，曾中生被调任西北革命军事委员会参谋长、中共川陕省委委员。为此，他多次申辩，于一九三三年九月被"莫须有"的罪名监禁。

当狱中的曾中生得知与中央红军会师的喜讯后，以为雪冤昭屈的机会来了，抑制不住兴奋，夜深人静之时提笔给中央写了封长信，没料被张国焘发觉，正在两河口参加政治局会议的张国焘遂起杀人灭口之心。

六月底的一个漆黑之夜，曾中生被秘密押到卓克基寨外的一片树林里，被绳索勒死。

第二天，恰好毛泽东在会上问起曾中生，张国焘竟然说曾中生昨夜逃跑投敌了。

相比而言，国民党元老廖仲恺之子廖承志是幸运的，他是在张国焘的捆绑中走完长征路的。

廖承志之所以没有被暗害，全靠他有一双会画画和刻蜡板的艺术之手。红军到达陕北后，在周恩来的干预下，廖承志获释。没想到重获自由的廖承志做的第一件事就是把在长征路上用过的刻刀、笔供奉在桌子上，烧了三柱香，连鞠了三大躬，嘴里念念有词：如果没有你们，也就早没有我的今天了。

顺我者昌，逆我者亡。对张国焘不择手段地排除异己行为早已看不惯的徐向前心情压抑，但迫于张国焘炙人的权威，在人屋檐下，也不得不低头：

自从在鄂豫皖和张国焘、陈昌浩共事以来，我的心情一直不舒畅。张国焘对我用而不信，陈昌浩拥有政治委员决定一切的权力，锋芒毕露，喜欢自作主张。许多重大问题，如内部肃反问题、军队干部的升迁任免问题，等等，他们说了算，极少征求我的意见。特别是在川陕根据地，取消了原来的中央分局，由张国焘以中央代表身份实行家长制领导，搞得很不正常。我处在孤掌难鸣的地位，委曲求全，凭党性坚持工作。既然两军已经会合，我就想趁此机会，离开四方面军。我在下东门见到陈昌浩时说过：我的能力不行，在四方面军工作感到吃力，想到中央去做点具体工作。听说刘伯承同志在军事上很内行，又在苏联学习过，可否由他来代替我。我请陈昌浩把我的要求，向张主席郑重反映。陈昌浩当时说了些鼓励我的话，答应适当的时候，向张国焘做工作。

张国焘早已洞悉徐向前的想法，此时若答应徐向前辞去红四方面军总指挥之职，无论从哪个角度讲其造成的影响于己都是不利的，更何况此时正是与中央争权的关键时刻，暂时笼络住徐向前的心尤为重要。

因此，刚参加完两河口会议、原本打算赶回茂县红四方面军总部的张国焘首先在下东门约见了徐向前。

时隔多年后，徐向前谈起当时的情形说：张国焘从两河口回返茂县途中，经

下东门见到了我。他对会见中央领导及两河口会议的情况，不愿多谈。只是说：中央红军一路很辛苦，减员很大，和我们刚到通南巴时的情形差不多。

而此时的徐向前最关心的是下一步向哪个方向打。他说：中央的意见，要北出平武、松潘，扣住甘南，徐图发展。我看还是先取川西南比较好，否则，粮食、给养都不好办。

对两河口会议上的争论毫不知情的徐向前据实而言：北打有北打的困难，南打也有南打的困难。平武那边，地形不利，硬攻不是办法；松潘地区不利大部队展开，我和昌浩商量，准备扣住黑水，分路迂回突击，或许能够取胜。南下固然能解决目前供应上的困难，但一则兵力有限，二要翻越雪山，且不是长久立脚之地，万一拿不下来，北出将会遇到更大的困难。

张国焘沉思良久，最后表示同意先打松潘，但仍坚持南取邛崃山脉地区的意见。

其实，张国焘特地约见徐向前，目的是探路，说白点是为了试探徐向前的态度。

因为，徐向前毕竟是红四方面军总指挥，军事作战上离不开他，他的态度如何，也至关重要。

因此，在摸清楚徐向前倾向于赞成中央北上的主张后，张国焘不露声色地表示认同。

其实，在红四方面军中，张国焘最为依重的是红四方面军总政治委员陈昌浩，他是仅次于张国焘的二号人物。

陈昌浩，湖北武汉人，是中共党史、军史上大起大落悲剧式人物。

一九三一年，与张闻天、博古等同属"二十八宿"之一的陈昌浩从苏联回国，担任中共鄂豫皖苏区分局委员兼任少共鄂豫皖中央分局书记。

一九三一年十一月七日，红四方面军在湖北黄安七坪成立，徐向前任总指挥，陈昌浩任总政治委员。

也许是知恩图报的缘故，由张国焘一手提携起来的陈昌浩，担任红四军政治委员后，为维护张国焘的绝对权威，奉张国焘之命在军中大搞"肃反"，制造了大量的冤假错案，史称白雀园"大肃反"。

徐向前后来说：白雀园"大肃反"，是鄂豫皖根据地历史上最令人痛心的一页，将近三个月的"肃反"，肃掉了两千五百名以上的红军指战员，十之六七的团以上干部被逮捕、杀害，极大削弱了红军的战斗力。

但陈昌浩又是一名战将猛将，打起仗来身先士卒，是一位玩命的狠角色。

在黄安战役中，陈昌浩亲自坐上缴获的敌机飞到黄安上空投炸弹，散发宣传品。

徐向前说：这是红军拥有的第一架飞机，陈昌浩曾坐上它穿越白区，去过皖西根据地。他那时才二十七岁，干起来真行，也有办法。怕驾驶员不可靠，在白区降落，就带上手枪，拿着手榴弹，逼他听指挥。

时任红四方面军总部参谋、新中国成立后曾任成都军区副司令员的陈明义评价说：陈昌浩和战士一起打仗、砍柴、甩手榴弹，好像位置放得不合适，但红军当时初入川陕，为了打开局面，指挥员的亲临前线、勇敢、沉着、无坚不摧的英雄气概，是有很大的表率作用的。

作为军事上的搭档，陈昌浩在军事作战上多次违背张国焘的意愿，坚决支持徐向前，正因为徐、陈二人的相互信任，多次抵住了张国焘的错误指挥，才使红四方面军日益壮大起来。

一九三二年十月，在鄂豫皖苏区第四次反"围剿"失利后，红四方面军主力被迫西征，在事关红四方面军生死存亡的漫川关突围战中，张国焘提出将主力化整为零、分散打游击。紧要关头，陈昌浩坚决支持徐向前的反对意见，并亲率前卫部队为全军杀出一条突围的血路！

一九三三年七月，在川陕苏区成立西北革命军事委员会，张国焘任主席，陈昌浩、徐向前任副主席。

张国焘就是凭着陈昌浩、徐向前这两位左臂右膀驰骋纵横于鄂豫皖、川陕苏区的。

红四方面军西渡嘉陵江，川陕苏区丢失，红四方面军也踏上了辗转流离的西征漫途。上自张国焘、陈昌浩、徐向前，下至普通战士，也十分渴望与中央红军会师，以便汇聚成强大的革命力量，重新建立新的根据地。

因此，红四方面军广大指战员在川西北地区一边与川军作战，一边筹集粮草，以万分的热情迎接中央红军。

历史老人有时一半脸儿笑，一半脸儿哭，让人捉摸不透。

就在一、四方面军将士沉浸在两大主力会师的无比喜悦之中时，四方面军总部所在地的杂谷脑却上演着一幕令人揪心的闹剧。

张国焘一面"限制"中央慰问团的行动，一面四处煽风点火，在红四方面军高级军政干部中公然说：与张某会面时只谈军事问题，不谈政治问题，改任张国焘为军事委员会副主席，实际由中央直接指挥第四方面军，立即实行北进。

张国焘后来自己承认：我觉得中共中央由于苏维埃政策的错误，招致了军事失败，如今只有乞怜于控制手段。我也觉得这是毛泽东等老游击家和张闻天、秦邦宪等留俄派，联合一起对付我的局面。我相信我有责任纠正那些同志的错误，挽救中共的失败。

刚在两河口见过中央领导，一转身就翻脸不认人，张国焘的态度为什么发生了一百八十度的转弯？

一方面是有的中央领导层的人不断批评指责四方面军，另一方面是张国焘意识到自己拥有八万余人枪优势，但在政治局常委中自己始终是少数，以及对博古、凯丰等人尤为憎恨，从而，使张国焘膨胀了夺取中央领导权的欲望。

换成李先念的话讲：一方面军中确有人从一种不正确的动机出发，歪曲地把一方面军情况和遵义会议的情况，偷偷地告诉张国焘，也使张国焘起了歹心，认为中央红军不团结，他有机可乘。

想法决定或主导行动。正因如此，张国焘为获得更广泛的群众基础，挑起红四方面军与中央红军的矛盾，认为凯丰所写的《列宁论联邦》正好给了自己借口，并以之为引爆点，于七月八日在杂谷脑召开了红四方面军党政干部会议，掀起轩然大波。

张国焘后来回忆自己在会议上讲的四个方面的内容：一、一方面军的干部总是说蒋介石的飞机大炮厉害，四方面军还没有尝过这个味道，当初一方面军的力量远较四方面军为强大，尚且不是对手，何况区区的四方面军。我的同僚忧虑这种失败主义情绪，会影响四方面军的士气。二、一方面军的干部，有些发表诽谤我的言论，不是说我是老机会主义为共产国际和中共中央所不信任，就是说西北联邦政府这一主张，是右倾的具体表现。这一点引起了四方面军干部的反感……三、中央曾派遣一些调查人员到第三十军中去调查实况。这些调查者往往夸大第四方面军的缺点，特别是找到几个军官骂士兵的例子，就泛指第四方面军有浓厚的军阀习气。四、那些调查者往往利用四方面军一般干部只知毛泽东朱德等人的名字，而不知所有政治局委员的名字这一事实，硬说第四方面军不尊重中央，甚至说这是张某人故意这样干的。

中央就是张国焘，张国焘就是中央，因为张国焘是中央派来的代表！这是长期以来在红四方面军的指战员中形成的共识。

因此，张国焘一番话，就如烈火干柴，一点即燃。

事隔多年后，当事人徐向前谈起当时的复杂情况说：张国焘对下面说"中央政治路线有问题，中央红军的损失应由中央负责"、"军事指挥不统一"，还找人了解遵义会议情况，实际上是进行反中央的活动。但同时，博古、凯丰他们则指责四方面军撤离鄂豫皖和退出通南巴也是逃跑主义，还有什么军阀主义啦，土匪作风啦，政治落后啦，甚至公开写文章抨击。他们这种极左的做法，仍与当初在中央苏区批评毛泽东和一、三军团时差不多。他们的这种做法，只能激起四方面军的反感，大家憋着一肚子气。这也给张国焘以挑拨的借口。

裂缝的冰块，缝愈裂愈大！

在张国焘处心积虑地煽动下，当天一封以川陕省委名义签发的《关于联邦政府问题致中央电》发给中共中央：

党中央：

（甲）中华苏维埃共和国西北联邦政府，是在两大主力红军未会合前适应客观环境的需要成立起来的。在理论上、在组织上都是正确的。事实上现在已团结了广大的群众在联邦政府的旗帜下而斗争。最近看到前进报上凯丰同志对联邦政府的批评，据云并未经过组织局正式计划，这一批评，我们认为是不正确的。在目前，苏区必须建立政权，才便利于实际领导群众，仍用西北联邦政府名义或改名，究用何名及如何组织，请指示。

（乙）自两大主力会合后，整个革命形势有新的发展与推动，要求中央做一决议，估计目前的形势，并指示各级党部的工作；同时建议在全党要大大发展反倾向斗争，反对对创造苏区失掉前途的情绪；同时要反对……不实际进行战斗动员的"左"倾，对红军中的反革命活动要发动斗争，来巩固红军工作情绪。有书面报告中央。

川陕省委

七月九日，一封由川陕省委主要领导联名的电文再次发给中央：

党中央：

依据目前情况，省委有下列建议：为统一指挥、迅速行动进攻敌人起见，必须加强总司令部。向前同志任副总司令，昌浩同志任总政委，恩来同志任参谋长。军委设主席一人，仍由朱德同志兼任，下设常委，决定军事策略问题。请中央政治局速决速行。并希立复。

布礼

中共川陕省委：纯全、瑞龙、黄超、琴秋、维海、富治、永康

九号

省委以命令的口气直接指名道姓地建议中央军委领导的任职，这在中共建党史上是绝无仅有的一次！

"恃着人多枪多，拥兵自重，要挟中央，与军阀何异！"自从翻越大雪山就一直咳嗽的周恩来气得满脸紫色。

"简直是藐视中央，我建议立即给川陕省委发出批评电！"一向以温尔文雅著称的张闻天也按捺不住火气。

"此事万万不可！川陕省委敢给中央发出如此电文，凭的是什么？凭的是张国焘，而张国焘凭的是什么？凭的是手中掌握着八九万人马的四方面军。"倒是毛泽东显得十分淡定冷静，眉头深锁，一支紧接一支地吸着烟。

"眼前张国焘按兵不动，誓有不达目的不出兵的味道。我看此事只能冷处理。如今林彪的一军团正在围攻毛儿盖，而后续部队却无以为继。为今之计，只有想方设法催促张国焘尽快出兵北进，执行中央原定的松潘作战计划。占领松潘，迅速摆脱眼前的困境再说。"沉思良久的毛泽东吮吮下唇。

七月十日，翻越第二座雪山——长板山，抵达芦花的中革军委致电张国焘：

张：

甲、分路迅速北上原则早经确定，后忽延迟，致无后续部队跟进。切盼如来电所指，各部真能速调速进，勿再延迟，坐令敌占先机。

乙、目前四方面军主力未到黑河坝东北，沿途番民捣乱。三军团须使用于配置警戒及打通石碉楼方面。一军团及八十八、八十九两师三团在毛儿盖未攻下

· 275 ·

前，不便突入。

丙、弟等今抵上芦花，急盼兄及徐、陈速来集中指挥。

朱、毛、周

前锋林彪指挥一军团四团及四方面军第三十军的二六七、二六八团三个团孤军北进，并于七月九日打响了毛儿盖战斗，但负责右路、中路北进侧应的四方面军主力在张国焘的拖延下，迟迟未动，致使左路的林彪孤掌难鸣，搅得毛泽东等人伤透了脑筋。

既然电报上扯不清楚，不如干脆当面鼓对面锣地解决分歧！

毛泽东跟张闻天一商量，决定电邀张国焘、陈昌浩、徐向前等人赶到芦花召开政治局会议，统一思想，以便促使四方面军主力早日北上，加上粮食短缺，不得不于十二日做出红一方面各军团在现时地域休整七天的决定。

毛儿盖战斗打响后，本应三路立即挥戈直指松潘，迅速打通北进之路，没想到张国焘竟然不顾红军生死存亡的大局，就像一名唯利是图的商贾，捏准火候，以手中握有的近九万大军做砝码，向中央要官要权！

火烧眉毛！性格再急的毛泽东也不得不停下向北疾进的脚步，不得不耐心在芦花坐等张国焘前来讨价还价，以达成交易，促使张国焘尽快率部北进！

刘英后来谈到当时毛泽东等中央领导的处境说：此前，红四方面军一些领导人已经再三催促中央对张国焘的任职表态，中央无法继续保持沉默。形势很明显：四方面军人多势众，没有他们的配合，一方面军孤掌难鸣。中央急于北上，摆脱在藏族聚居区缺衣少食和挨打的被动局面。但张国焘按兵不动，非要先解决权力分配的问题才肯行动，看来不让步是不行了。

让毛泽东根本没有想到的是，这时权欲熏心的张国焘已走火入魔，为达成一己之私，竟然会变本加厉，不择手段。他一面在杂谷脑挑动四方面军主要将领和苏维埃党政负责人要挟中央，一面挖空心思寻机觅隙拉拢、分化一方面军，企图架空毛泽东，瓦解朱毛红军。

住在亦念村的彭德怀没想到，徐向前后脚刚离开，红四方面军军委秘书黄超的前脚便跨进了门槛。彭德怀安排他跟自己住在一起。

黄超满面春风，笑嘻嘻的：此地给养艰难，特来慰劳！

边说边将几斤牛肉干和几升大米硬塞在彭德怀警卫手里，未了还送给二三百元银洋。

彭德怀后来谈起此事说：我想这是干吗？黄住下就问会理会议情形。我说，仗没打好，有点右倾情绪，这也没有什么。他们为什么知道会理会议？是不是中央同他们谈的呢？如果是中央谈的，又问我干什么？他又说，张主席（国焘）很知道你。我说，没有见过面。他又说到当前的战略方针，什么"欲北伐必先南征"。我说那是孔明巩固蜀国后方。他又说，西北马家骑兵如何厉害。把上面这些综合起来，知来意非善，黄是来当说客的。不同意中央北上的战略方针，挑拨一方面军内部关系，阴谋破坏党内团结。把全国形势看成漆黑一团，这是明显的。把王明路线造成的恶果，同客观形势新的发展混为一谈，否认遵义会议纠正王明路线的伟大胜利。送了一点点吃的这倒不稀奇，送二三百元银洋引起我很高警惕，完全是旧军阀卑鄙的手法。

最后，张国焘决定亲自出马。

彭德怀一回到黑水寺，这时已赶到芦花参加政治局会议的张国焘私下里特意约见彭德怀："从江西出发以来，你的队伍打得很苦，损失很重。我给你三个师，听你指挥。"

先是用小利试探，再用大利引诱，张国焘像一个精明的生意人，把官场当作商场来苦心经营！

彭德怀后来气愤地对杨尚昆说：张国焘这个东西，把我彭德怀看成什么人了？把我当军阀，我要当军阀，就不当红军了。真是岂有此理！

挖毛泽东的墙脚未挖成，就拆散朱毛红军！

张国焘一计未遂，再生一计，把目标对准了林、聂率领的红一军团，企图以一、四方面军指挥员相互交流的借口，彻底架空毛泽东。

据时任红一军团政治委员的聂荣臻回忆：我当时已经获悉张国焘还有一个方案，要把我调到三十一军去当政治委员，把林彪调到另一个军去任军长。总之要把我们调离原部队，只不过是命令没有发出。

对于张国焘在一、四方面军会师后的所作所为，也许时任红四方面军总指挥的徐向前的说法比较客观、比较公允，也更贴近实际：总之，张国焘怀有野心，想当头头，一再制造分歧，破坏了两军会合后的团结局面。教条主义者没有贯彻毛主席的团结方针，对四方面军吹毛求疵，横加指责，也起了不好的作用。

是聚是散，是合是分？

此刻，站在历史转折关头的毛泽东那双多次力挽狂澜的巨手，是否能释放出超凡的力量，再一次扭转乾坤？

仰望皑皑的雪山，俯瞰茫茫的草地，历史巨人毛泽东也许正仰天长啸，再次发出了"问苍茫大地谁主沉浮"的天问?！

## 十一

缺粮少援，孤军北进占领毛儿盖的开路先锋林彪孤掌难鸣，陷入进退两难窘境；

死顶硬撑，抢占先机盘踞松潘城的蒋介石心腹胡宗南凭险而守，死死扼住红军北进甘南的生门。

一九三五年七月十六日下午，松潘腊子山以西约五十公里的山坡上。

密密麻麻的丝绒草像一床绿色的毛毡铺满了高低起伏的山岗，各种不知名的野花点缀其间，红的、白的、黄的，色彩斑斓。山坡北面是郁郁葱葱的松林，粗壮虬曲，遮天蔽日。

山坡上的松林下，几位头戴红五星八角帽的年轻军人正簇拥着一位菜黄色椭圆形脸庞的军人站在杂草丛中，全神贯注地俯视着山坡下的山沟。

山沟中，硝烟袅袅，余烬未息，一片战火浩劫后的惨景：断肢残臂的尸体散落在弹坑边、乱石间、杂草丛中，枪支、弹药箱七零八落的，散满一地。满身血渍、硝烟渍的红军指战员们或看押着俘虏，或收拾着枪支弹药，正在打扫战场。

椭圆形脸俯视良久，嘴角露出的一丝苦笑一闪即逝，紧皱的眉头稍展，然后长长地吁了口气，朝站在身边的几位军人低声说了句"走，回毛儿盖！"转身跨上旁边的枣红马，扬鞭向西边的毛儿盖疾驰而去。

他，就是北进开路先锋林彪。

七月九日上午，黄开湘率红四团抵达毛儿盖。

毛儿盖，位于松潘以西约五十公里处，是该地土官属下十八寨地域的总称，方圆一千多平方公里。一条二十至三十米宽的毛儿盖河从东西两座相对而望的大山间自北向南蜿蜒流过，河两岸是冲积而成的河谷平地，平地上栽种着青稞麦，四百多户藏族人依山傍水而居。

毛儿盖是松潘的重镇，往北是荒凉的大草地，往南经懋功可入川，往西经甘孜入西康，往东是松潘，是松潘大草地的门户与屏障，也是红军由南向北绕攻松潘或北出甘南的必经之地。

红四团三下五除二地清除了守军设在南面夏藏小村庄的班哨和寺西山顶的排哨等三个外围警戒哨据点，并乘势将毛儿盖团团围定。

红四团政治委员杨成武和团长黄开湘站在山坡上举起望远镜朝山下看去，首先看到的是金碧辉煌的索花寺：这个索花寺坐落在北山向阴坡上……索花寺占的面积很大，正殿、旁殿、喇嘛住房、云游喇嘛的客房几乎摆了整整一坡。不难想象，在几百里草地上，这个寺一定负有盛名……毛儿盖在索花寺的下面，依山傍水，是一个有几百户人家的村子。那里的房屋，底层是用石头砌成，二层、三层是板壁。

驻防毛儿盖的是胡宗南廖昂旅李日基的一个加强营。

下午，黄、杨二人指挥红四团向毛儿盖发起攻击，没想到守军异常顽强，凭借坚固的工事和强大的火力优势拼死抵抗，一堵断墙、一座房屋、一条巷子、一条街道的争夺，战斗打得异常激烈。眼见得守不住的地方，守军临撤退前就纵火烧毁。

据时在红二师直属队的童小鹏在七月十日的战地日记中记载：据说毛儿盖仅敌一营固守堡内，我们到时敌因惧我军接近攻之，已将街上房子烧去五分之四，只见火光冲天，乌烟蔽日。

打到最后，守军将一座残墙断垣、满目疮痍的小镇留给红四团，全部撤退到山坡上的索花寺内固守待援。

九日傍晚，林彪率红五、六团赶到毛儿盖一看，索花寺前毛儿盖河环流，砖垒起高高的墙堤，守军居高临下，用猛烈的火力网封锁住堤下的开阔地，仅凭步枪、大刀而没有火炮作战的红军根本无法靠近发起攻击。

林彪两道剑眉拧成了"一"字形：缺乏重武器，看来一时半刻难以解决战斗，若发起强攻，必然会造成人员伤亡，只能采取围困战术，伺机歼敌！

林彪让左权打开地图，蹲在地上"唶"了一会儿：守敌被困，胡宗南必派部队救援，眼下最紧迫的是抢占先机，绕攻松潘。

围点打援！面图沉思良久的林彪决定使出自己的拿手好戏，吩咐蹲在旁边的参谋长左权："五团、六团明天接替四团围困索花寺之敌，四团抢占东北部的哈龙，打击来援之敌，并伺机向松潘攻击前进！"

七月十日十一时，黄开湘、杨成武率红四团急行军九十余里，突袭占领了胡宗南驻毛儿盖东北部的兵站——哈龙，并缴获了一大批盐巴、辣椒等物资。

十一日清晨，红四团沿着一条平缓的川道往下走，向松潘进发，谁知刚进至毛牛沟便与前往毛儿盖增援的胡宗南部第一旅遭遇。

杨成武和黄开湘骑着骡子急忙赶到前卫连一看：敌人正在对面山坡上修工事，枪支一个班一个班地架着，猛一看一大片。

偷袭被迫改成强攻。守军凭借坚固的工事和优势火力，居高临下与红四团枪来炮往地打了起来。

没想到，这一仗从早晨打到傍晚，仍旧是难解难分。红四团虽组织几次强攻，都被守军如雨的密集弹网和蝗虫般的猛烈炮火打得寸步未进。

更让红四团指战员们感到悲愤的是，在向毛牛沟进军途中遭到藏军的冷枪袭击，带队的红二师参谋长李棠萼不幸中弹牺牲。

夜幕降临，闻讯的林彪派军团参谋长左权火急火燎地赶到毛牛沟：你们在黑水、芦花间连续行军，没有休息，战士身体素质不好，这一天能顶下来，已很不错了。为了减少伤亡，现在决定你们暂时后撤！

打了一整天，没讨到一点便宜，一向以骁勇善战夺关抢隘著称的红四团指战员们都窝着一肚子的火，正憋着一肚子的气。如今乍闻左权传达军团长林彪的撤退命令，打红了眼睛怎肯善罢甘休！

左权左劝右说：如今胡宗南的第一师依仗自己武器精良，人数众多，又构筑了工事，妄图以逸待劳，打击红军的有生力量，我们不能上胡宗南的这个圈套！

黄开湘扭头望望对面的敌阵，心有不甘地牙关一咬：撤！

红四团想趁着夜色悄悄地撤回哈龙。

让红四团始料不及的是，第一旅发现红四团撤退的迹象，竟然发起反攻，咬着红四团屁股猛追猛打，负责殿后的八连一个班全部阵亡。

深更半夜，红四团才退回哈龙固守。

原来，七月十一日凌晨，林彪亲自指挥围困索花寺的红五、六团向困守索花寺之敌发起夜袭，想一举歼灭守敌，拿下索花寺。

红五、六团的突击队趁着漆黑的夜色刚悄无声息地摸到墙堤脚下，正顺着砖块攀爬而上，不料被守军发觉，刹时，枪声、手榴弹的爆炸声大作，"突突突"从机枪口喷吐而出的火焰交织成一张弹网，以雷霆万钧之势向墙堤前的毛儿盖河罩去，在红军突击队与后续部队之间筑起了一道火力隔离网，坚守在墙堤上的守军在火力的掩护下，趁机将手榴弹如蝗虫般地砸向墙堤脚下。顷刻，"轰隆隆"的爆炸声天摇地动，编织成一片火海。

站在对面山坡上举着望远镜观阵的林彪手指微微打抖：后续部队被守军的火力网阻在河边无法继进，负责偷袭的突击队被困在墙堤下任守敌宰割，即使有个别的突击队员已爬上墙堤，也被人多势众的守军掀下墙堤。唉，此时哪怕是有一门迫击炮、有一发炮弹，也可替部队解围。

守军火力之猛烈，战斗素质之高，战斗力之强，远远超出了林彪的想象！

缺少重武器，步枪子弹也有限，这仗不能再打了！眼见得红军成了刀俎之肉、攻占索花寺已然无望，苦战半小时后，林彪不得不下达停止进攻的命令。

索花寺夜袭失败，前锋红四团受阻，还折了一员大将李棠萼，林彪心里隐隐作痛，只得将眼下的处境致电军委：

胡敌及补充旅第二团在松城，第一团之一营在毛儿盖，二营在文县，三营在陂口，第三团在松城以北地区，第一、二及独立旅在松城南至镇江关一线……毛儿盖至哈龙九十里，沿途无人烟，哈龙有三四十家，哈龙到松潘城一百里，沿途仅毛牛沟有三十家，沿途粮食极少。由毛儿盖、哈龙及毛牛沟向松潘城以西及西北行进路线均调查不出，四团找当地喇嘛、道士亦问不出……

林彪迅即将敌情电告军委，亟盼军委迅即指挥各路大军挥师北进，以优势兵力迅速攻克松潘城，打通北进之路。

林彪翘首以望！

然而，让翘首以望的林彪没想到的是，等来等去等到的却是军委"在现时到达地域"整训七天的命令。

原来，由于张国焘的拖延，松潘战役无法如期展开。七月十二日，红军总司令部和总政治部不得不向一方面军下达战略整训的"七天工作计划（十三—十九号）"：休息时应节食，每天两餐一稀一干，要省至平均每人一斤以下……各连队在四天内除日食外，至少须筹存平均每人五十斤麦子或杂粮，超过四天，按日加筹……每人打两双草鞋，最好用毡子或牛羊皮制成或做毛窝。各团须利用羊毛、牛皮补充皮毛、毯子，以便向北行动。

完了，单凭手中的这点兵力，根本无法攻占松潘城。等整训完结，胡宗南部构筑的深沟壁垒工事早已完备，先机尽失，松潘战役计划泡汤了！

林彪拿着电文的手直打抖，几乎不相信自己的眼睛。

更让林彪感到吃惊的是，七月十三日红四方面军第三十军政治委员李先念奉命率二六五、二六七、二六八三个团相继抵达毛儿盖后，林彪命令李先念将二六五团留在毛儿盖外，率二六七、二六八团赶往哈龙，与左权所率的红四团会合，阻击正向毛儿盖扑来的胡宗南的第一师。

十四日，左权、李先念指挥三个团在哈龙、小羊角塘分别抗击由松潘、小姓沟向毛儿盖增援的胡宗南五个团的攻击。

胡宗南的第一师不愧是蒋介石嫡系部队中的嫡系部队，无论装备、素质、战斗力都是超强的一流。飞机轰、大炮炸、步兵集团冲锋，一波紧接一波，前涌后助潮水般地扑向缺弹少药、靠肉体与钢铁拼搏的红军阵地。

战至傍晚，哈龙失守。

打蛇不死，反被蛇咬！当晚七时三十分，左权、李先念致电军委：于十七时半哈龙左侧主阵（地）又失，敌向我右侧后继续迫击，两翼主阵地均失，我军全线陷哈龙蛾沟中，恢复已失阵地不易。我二六八团及四团主力已撤回哈龙南端一线占领阵地，二六七团主力明早离开哈龙。

胡宗南的五团仗着人多势众，武器精良，乘势攻击前进，红军的三个团只得节节阻击，扼阻援敌于拉粱子、毛儿盖以北地区。

就在哈龙失守的当天，围困索花寺的红军一面喊话宣传，一面组织特等射手狙击，同时暗中向寺内挖地道。

负责狙击的射手击毙了把守寺庙大门的副营长吴剑平和第一连连长郭全喜，李日基营军心大震。

当晚，负责偷袭的红五团费了九牛二虎之力刚将地道挖到寺内，便被李日基发觉，双方展开了一场殊死的肉搏战，因地道狭窄，红军后续人员有限，又被守军击退，李日基命令用炸药将地道口炸毁。

索花寺攻击再次受阻！

十五日，固守在索花寺的李日基营在援兵无望的情况下，趁着浓云遮月之机，率余部六百多人从墙堤下的地道向寺院东北突围，直奔松潘。

红军一路追击，俘敌近百。

十六日下午，红一军团侦察连和三十军二六八团两个连再次将溃逃的李日基营包围于松潘腊子山以西五十公里处。林彪闻讯，立即纵马赶往战场，他要亲自看看胡宗南军的战斗力。

被围的李日基营困兽犹斗，与红军拼刺刀、拼肉搏，打得异常激烈。双方鏖战了近两小时，已成惊弓之鸟的逃敌在红军多次猛烈的冲击下，被迫举枪投降，李日基见势不妙，慌忙缩成一团，从山上一直滚到山底才得以侥幸逃脱。

时任国民党第二师补充旅参谋主任的李炳藻后来谈起毛儿盖战斗说：

据闻红军接近毛儿盖时，胡宗南给防守毛儿盖的李营长去电报说：电到后该

营即刻撤回并将电台砸毁；回来士兵一人赏洋十元，带回武器一支赏洋二十元。李营长将电报译到"并将电台砸毁"，就没往下译，砸了电台，仓皇撤退。回到松潘，司令部副官处通知他去领赏时，他还不知道领什么赏呢。

毛儿盖战斗打得相当艰苦，从九日到十六日，林彪用三个团围歼胡宗南的一个加强营，整整打了八天，俘敌四百余人，缴获步枪二百余支，轻机枪十六挺，重机枪四挺，无线电台一部及其他军用物资。但仍让李日基率近百人的残部逃回了松潘。

就在毛儿盖战斗的同时，红四方面军许世友的第四军也由松潘南面的小姓沟以南向胡宗南的丁德隆独立旅发起猛烈攻击。丁旅溃退到离松潘城十几里的牦牛沟左岸阵地，红四军进占牦牛沟右岸一线。

红四军与胡宗南军激战了两昼夜，危急关头，胡宗南硬着头皮亲自赶到白塔山坐阵指挥，才扭转战局。

事隔多年后，时任国民党第一师师部军需员的石德安回忆说：曾在松潘南的白塔山发生两日夜的激烈争夺战。胡宗南在危急中，组织了人数约一个营的敢死队，以第四团副团长徐保为队长，才稳住了白塔山战斗。松潘四面皆山，白塔山最为险峻，此山一失，松潘即不能守，因此胡军以死争之。后来胡将指挥所移驻此山，城内只留师部、医院、兵站等。当时的情况极为紧张，尤其校场坝、牦牛沟丁德隆旅失利后，松潘最为危急。

毛儿盖一战，是黄埔军校第四期生林彪与第一期学长胡宗南的第一次较量。胡宗南中央军精良的武器装备和顽强的战斗力非一般国民党军可比！

尤其是红四团和三十军的二六七、二六八团向松潘西面的羊角塘发起攻击时，胡宗南的廖昂旅凭借碉堡工事和优势火力阻击，红军几乎寸步难进。

吃惊、惊愕、震撼，以及打心眼里对学长暗生几分敬意，林彪的心里像打开了五味瓶，什么滋味都有，但偏偏无法说清。

此时的林彪并不知道，若不是学长胡宗南的失误，林彪恐怕连一个小小的毛儿盖也拿不下来。

当初，胡宗南派李日基率一个加强营驻守毛儿盖时，过分相信藏族土司提供的情报，认为松潘大草地是插翅难过的死亡陷阱，加上没有通行的军用地图，看不出毛儿盖的真实地形，也没有亲自到毛儿盖实地勘察，了解毛儿盖的真正战略价值，只是命令李日基"搜索、警戒、打游击"，"能打不能打由你自己做主，不要向我请示。"

李日基率部到达后，立即发现毛儿盖地区的重要战略价值，迭电胡宗南：要固守毛儿盖，最少要一个团的兵力。

胡宗南半信半疑，于是再派一个副团长带一个营赶到毛儿盖。

没想到，这位副团长贪生怕死，认为毛儿盖是一块死地，于是笼络了被胡宗南派往阿坝联络藏族土司途经毛儿盖的师部参谋。师部参谋回到松潘向胡宗南禀报：守住毛儿盖至多一个营就行了。

胡宗南信以为真，"嘀嘀嗒嗒"几声按电键声，副团长和那个营又调回了松潘。

让胡宗南噬脐而悔的是，正是自己的这一失误，日后倒成了朱毛红军北进甘南的唯一生门！

历史离不开机缘巧合，但偶然也是必然。

不能再拿战士们的生命强行攻坚了！毛儿盖之战、松潘之战血淋淋的惨烈战况，犹如一盆冷水，泼得林彪心身都凉透了。

坚固的碉堡工事，强大的优势火力，顽强的战斗力，以逸待劳，更何况有当地藏族土司的支持，胡宗南占尽了天时地利人和。

而反观红军各部，由于因张国焘伸手向中央要权，与中央争吵不休，原定的《松潘战役计划》三路会攻松潘，红四方面军除李先念的三十军三个团、许世友的四军一部抵达原定进攻区域并向松潘外围阵地攻击外，其他攻击部队皆因张国焘的拖延，尚未进抵预定的地域，没有形成合力。

虽然这一期间，岷江东岸的四方面军也由镇坪向北进攻，与金瓶岩的国民党军李文第二旅的第六团激战，驻守镇江关的国民党军第四、五两个团奉命增援，战斗中，红军击毙第四团团长李友梅及两名营长，迫使国民党军全线向北溃败，乘胜追击的红军在北定关再次击溃李铁军第一旅第二团，但因后续部队没有跟进，难以继进。

红军从西到南的弧形战线上，与胡宗南部打成了拉锯的胶着状态。

待在毛儿盖红一军团司令部里的林彪终日面对着川西北地图思索着，把对垒双方的优劣想了个遍，越想两道剑眉锁得越紧，越想脸色越焦虑。

红军长途奔袭，疲惫不堪，没有重武器，仅以步枪且子弹有限，难以攻坚，后续部队又无以为继，尤其是严重缺粮！

从芦花到毛儿盖，沿途村庄稀少，即使有村落，但因藏族土司的坚壁清野，粮食、牛羊早已席卷一空，藏到深山老林。红军被迫抢割地里尚未成熟的青稞麦，一天一干一稀两顿饭，肚子填不饱，冲锋没力气，一边作战一边筹粮。

这仗根本没法再打下去！

林彪感觉陷入了前所未遇的困境。

再看国民党军，胡宗南已将兵力集结在地形险要的松潘一带，修筑了坚固的防御工事，基本完成了堡垒线的构筑，控制了经松潘北去的大道，红军若顿兵攻坚，只徒增伤亡。东南面奉命追击的薛岳部和川军正向镇江关、黄胜关一线压来，南面的川军正向懋功、抚边一线攻击前进。

兵贵神速！倘若军委不耽搁时日，趁胡宗南部尚在集结、堡垒工事尚未完工之际，指挥十万大军掩杀过去，松潘早已攻克。

一着棋不慎，处处受制，着着被动，甚至满盘皆输。

松潘未能如期攻克，原来从松潘大道北进甘南的计划就难以实施，看来只有改变原定的北进路线！

负责北进开道的前锋部队陷入进退两难的窘境，可军委高层却被张国焘的要挟搅得人鬼不安。

四方面军若继续困在芦花、黑水、毛儿盖地区，不被国民党军困死，也被饿死！

有心杀贼，无力回天！一想到这些，林彪不寒而栗，眼睛里露出一丝迷茫的神情。

林彪攻击困难重重，胡宗南坚守也异常艰难。

林彪哪里知道，在离他不过一百里外硬着头皮坚守在松潘城里的那位学长胡宗南的日子也并不比他好过得多少。

七月十六日晚，松潘城南面的白塔山顶——西北"剿匪军"第三路军第二纵队临时司令部。

油布搭起宽敞的帐篷，敞开的布帘门外站着几名荷枪实弹的士兵，帐篷内的汽油灯照得如同白昼。中间摆放着一张硕大的长方形桌，桌面上是松潘地区模型沙盘，正面的油布上张挂着一张硕大的松潘地图。

此刻，一位浓眉方脸的中年军人手拿着铅笔忽而俯身在模型沙盘前，缀满血丝的目光扫过凹凸不平的沟壑山峦，忽而直起腰来转背审视着地图。

"报告，李日基营长已由毛儿盖撤回！"一身戎装的中年军人闻声一惊，忙扭头一看，只见副官陪着一名满身泥浆、血渍的青年军人正大步闯进帐篷内。

那青年军人眼眶一红，旋即号啕大哭起来："司令，毛儿盖丢了，下官李日基听凭发落……"

中年军人连忙让副官扶着青年军人在旁边的凳子上坐下，这才问起毛儿盖战斗的详细情形。

听毕李日基的汇报，中年军人不忧反喜：自己抢先占领了松潘城，扼住了川甘咽喉，红军即陷入了重围绝境。毛儿盖仅一个加强营就坚守了八天，足以说明红军转战万里，已成了强弩之末，几十万国民党大军追击大半年，马上就要修成正果了！

现在只要收缩战线，将主力集结在松潘固守，死死地钉在松潘，堵死红军北进之路，待各路追剿大军南追、东压，将红军围歼于川北地区指日可待！

一想到这些，中年军人发出会心的笑声。

他，就是国民党军第一师师长兼西北追剿纵队司令胡宗南。

自喜得计的胡宗南面图沉思良久，方吩咐侍立在身边的副官："立即给委座和所部发报，命令哈龙部队退回松潘、平夷铺、小姓沟北一线构筑工事严防死守，命令南线各部退回毛牛沟、安顺关、云昌一线构筑工事严防死守！"

下达毕命令，胡宗南如卸却千斤重担般，长长地吁了口气。

在共产党的对手国民党阵营里，胡宗南可以称得上是一位有识之士。

胡宗南，浙江镇海人。一九一五年中学毕业后，当过教员，一九二四年考入黄埔军校第一期。

一九二五年至一九二八年，在广州革命军两次东征和北伐中屡立战功，由班长累升为蒋介石嫡系精锐部队第一师师长。

在"围剿"红军上，胡宗南可谓是一名反共悍将。

早在红四方面军放弃川东北根据地，于一九三五年春向岷江流域挺进时，胡宗南就敏锐地判断朱毛红军有在川西北会师的可能。

胡宗南亲手将自己的分析报告呈递到蒋介石手里：朱毛红军与四方面军固然有在川西北会师的企图，但是川西北乃不毛之地，且自然条件十分恶劣，加之四周有国民党大军围剿，必不是红军久留之处。红军的根本企图仍然要向大西北腹地发展，进出甘、宁、青、新数省，前往中苏边境地区，打通国际交通线，以取得苏联的国际援助。如此看来，红军在川西北会师后，仍然要走川甘通道北上。

英雄所见略同！胡宗南的分析与蒋介石的判断一拍即合。

蒋介石立即决定成立西北"追剿"纵队，任命胡宗南为纵队司令。

时任国民党第一师第六团第一营营副的沈仲文后来谈到胡宗南纵队的编制时说：

第一师是蒋介石最亲信的部队，编制特大，有四个旅。第一旅李铁军，第二旅先是袁朴后是李文，独立旅丁德隆，补充旅廖昂。每旅三个团，另有一补充团，共十三个团，无论兵额、装备、火力都比一般的部队要强……除原有的第一师外，另增调原驻芜湖附近的第四十九师伍诚仁部，驻开封的第六十师陈沛部，驻保定的第六十一师杨步飞部，驻赣东的第一补充旅王耀武部，驻北平的第二师钟松部，统归该纵队指挥。

也就是说，胡宗南纵队拥有四个师、两个补充旅，共四万余人马。

新官上任三把火。胡宗南迅即调集部队，星夜向陇南及川甘边境集中。并命令辖下的三十个步兵团不设总指挥，一切指挥和参谋业务以第一师的名义暂代，以迷惑红军，同时迷惑对中央军入陕不满的西北军将领杨虎城。

四月下旬，率第一师主力进抵川甘边境碧口地区的胡宗南判断：在川西北地区堵截红军的战略要塞，就是平武和松潘两镇，特别是松潘，是红军经川西北上甘肃的咽喉，得之则全盘皆活，失之则满盘皆输。

此时，胡宗南得知红四方面军部队正沿涪江西进，意图抢占平武、松潘，为防红军捷足先登，立即命令：

第一旅李铁军为右纵队，越摩天岭向平武前进；

第二旅李文为左纵队，向青川搜索前进，师部、独立旅、补充旅依次跟进，第四十九师、六十一师、第二补充旅按序从碧口跟进；

补充旅第一团留碧口接应尚未到达的第六十师和中央补充第一旅。

时间就是机遇，机遇也就是时间。

占领平武城的是红四方面军的一支小部队，见胡宗南大部队气势汹汹扑来，即弃城撤至涪江南岸与之对峙。

刚在平武落脚的胡宗南尚未歇口气，闻知红四方面军两个营正沿涪江南岸向松潘疾进，连忙命令各部以李文的第二旅为先头部队，不惜一切代价，赶在红军之前占领松潘！

当红军刚进抵松潘以南六十里的镇江关时，松潘已被胡宗南部抢先占领。眼见得是鸡蛋碰石头，红军与胡宗南军虚晃几枪，就主动撤退了。

事隔多年后，徐向前谈及此事说：由茂、理到松潘，山高林深路险。又因地震关系，山石不断塌方，极难通行。部队一边排除塌方，一边行进，每天只能通过一个团。三十一军有个班，行进途中遇上塌方，全部牺牲。我军刚到川西北时，计划占领松潘，但因行进困难，才被胡宗南部抢先一步控扼，打了一下，攻不动，退到镇江关一带。

紧跟主力随后赶到松潘的胡宗南立即排兵布阵：第一师守备松潘，第六十师守备漳腊，第一补充旅守备南坪一带，并派李日基营守毛儿盖，派出一部控制镇江关，后又令第四十九师开往包座，构筑深沟高垒的坚固工事。

胡宗南以一个军事将领独到、精明的眼光，兵贵神速地抢占了松潘、毛儿盖、镇江关等军事战略要塞，占尽先机。

松潘位于阿坝的东部，南连茂县、汶川、都江堰直通成都，北接草地而达甘肃、青海，东西横贯川西大雪山，自古是连接川西平原与康藏河陇地区的咽喉要道。

松潘城墙坚固，四周皆高山围绕，易守难攻，胡宗南命令各部又在周围的山峰上修筑了二十余座碉堡和坚固的工事，凭险而守。

胡宗南有恃无恐！

但出乎胡宗南意料的是，他的黄埔系学弟林彪却偏偏拿防守薄弱的毛儿盖开刀。

固守在毛儿盖的李日基迭电告急求援，胡宗南深恐以擅长长途奔袭著称的学弟林彪使的是"引蛇出洞"、"围点打援"战术，迟迟不敢增兵救援，直至李日基营几乎陷入弹尽粮绝之时，才匆匆下达撤退的命令。

更让胡宗南感到吃惊的是，红军竟一度攻至白塔山阵地，松潘城岌岌可危。所幸的是红军先遣部队人枪不多，否则后果不堪设想！

事隔八年后的一九四三年，胡宗南在重庆谈起松潘战役时仍心有余悸：当时我们人很少，我的司令部设在城里的一座庭院里。我记得我曾想过如果红军包围了松潘，要是我被抓住，该怎么办？我想起了我在黄埔军校的老师周恩来，他会关照我的。

其实，真正"关照"胡宗南的是张国焘，正因张国焘的拖延，致使红军没有形成合力，围攻松潘的林彪力单势薄，孤掌难鸣！

否则，人类的历史就没有过草地那段苦难辉煌的乐章了！

被迫滞留在毛儿盖的林彪部缺衣少食，尤其被粮食所困；而固守在松潘的胡宗南部疲劳困顿，饥寒交迫，处境与红军相差无几。

从第二师划归胡宗南第一师的钟松补充旅是由军政部保定编练处所属的三个步兵团编成，原驻防在北平，于一九三五年四月因杨虎城的冯钦哉师和汉中的仓库银行正由汉中向宝鸡、西安转移。

毕竟是地头蛇，为避免途中相遇发生冲突，胡宗南舍近求远，命令钟松部经陈仓古道向阳平关前进。

结果，因陈仓栈道多年失修，羊肠小道坎坷不平，补充旅只得把驮架、驮鞍、重武器、弹药箱及给养、行李都卸下骒马，由士兵抬运。又兼天雨连绵，到达阳平关时，官兵浑身泥污，有的丢了帽子光着头，有的走烂了鞋子赤着脚，弄得疲惫不堪。

松潘虽然地域宽广，但藏汉杂居，盛产青稞和小麦、豌豆等，青稞性寒，内地人吃不惯，勉强吃了容易拉肚子。部队所需米面，必须由四川江油县用民夫挑运而来。而由江油、绵阳等县到松潘约四五百里，且山路崎岖，行走不便，民夫挑到松潘，往返需二十多天，除去途中吃去的外，剩下的一半不到。民夫白天挑重爬山，食不饱腹，夜晚盖着用山藤条编成的山笆，在笆上铺层小草，病倒的比比皆是，死了的扔到山涧喂狼，病重的脖颈和腿弯用麻绳兜住，像抬猪一样抬走。

如今四万余大军云集松潘，怎么样也无法解决每天六万斤粮食的供养困难。军粮奇缺，士兵日不得饱，胡宗南最后只得下令各团营连队就地筹购，但民间的粮食几乎都被土司搜刮一空，根本无粮可买。

士兵们只好到处搜抢，吓得村民逃避一空，士兵就把地里尚未熟的小麦、青稞、豌豆等，凡能吃的不问青皂白，一根不留地扯光吃光，或者挖野菜和打死病马骒及牦牛充饥。

时任国民党第一师第三团代理团长的王应尊后来谈起当时的困境说：稀一餐干一餐，饱一餐饿一餐。结果不是饿病，就是胀病，设在松潘的野战医院，每天都要死亡二三十人。粮食如此困难，菜蔬更不用说了。胡部第三团有一个班，因为没有菜吃，跑到田野里挖野菜，吃后全班中毒而死。

再加上气候已渐寒冷，而部队仍穿着单薄的夏服，冻死的不少，瘟疫流行，全军上下在饥寒交迫中挣扎着。

胡宗南无法，只得硬撑着下令说：国难当头一切要节约，上至司令下至士兵，每天只吃一餐，放午炮吃饭！

毕竟是蒋介石一手提拔且颇为倚重的心腹爱将，忠主之心耿耿的胡宗南拼死也要硬撑在松潘城，紧紧扼住红军北进甘南的咽喉，企图将红军困死在人烟荒凉

的川北地域。

身陷人烟荒凉的川北地域的十万红军究竟何去何从，才能掰开生死之门，历史老人再次将重担压在历史巨人毛泽东的肩上！

# 十二

逼宫，要官，以顺利灭敌之名相要挟，当上红军总政治委员的张国焘得寸又进尺；

忍让，退让，为促使红四方面军北进，兵少势寡的毛泽东不得不再忍再退。

一九三五年七月十八日上午，黑水河畔芦花寨一座木石结构的三层小楼二楼。

端坐在正上方长凳上的中共中央总书记张闻天正郑重其事地宣读着有关军委人事安排的建议：

军委设总司令，国焘同志担任总政治委员，军委的总负责者。军委下设小军委（军委常委），过去是四人，现增为五人，陈昌浩同志参加进来，主要负责还是国焘同志。恩来同志调到中央常委工作，但国焘同志尚未熟悉前，恩来暂帮助之。这是军委的分工。

张闻天抬眼望望与会诸人，继而言道："同志们，下面就军委分工的人事安排建议，请大家讨论发言，以便形成文件，以中革军委的名义下发、执行。"

坐在张闻天右侧的周恩来咳嗽着，脸色蜡黄："鉴于本人的身体状况，特恳请中央同意我辞去红军总政治委员一职。"

话未落音，又一手捂着嘴，将头一偏，猛咳起来。坐在一侧正埋头吸烟的毛泽东抬眼望见一身病态的周恩来，眉棱一耸，焦虑绷满了国字形脸。

自从翻越夹金山伤风感冒，周恩来一直发着烧，卫生队也一直当成伤寒治疗，再加上缺医少药，特别是西药奇缺，周恩来的病情一直不见好转，而且每况愈下，周恩来不得不一直抱病坚持工作。

正在召开的是政治局扩大会议，主要是应张国焘的要求解决组织问题。

张国焘后来得意地说：中央机构和军委首脑部门旋即北移毛儿盖，但北进的路线仍未查明，还须等待一些时间。我于是主张利用毛儿盖停留的几天来澄清党内的歧见。我所建议的要点是：召集中央政治局会议，检讨党的全盘工作和当前军事问题。由政治局召集两军高级干部会议，统一意志并遴选一些新人参加中央政治局会议和中央工作。

出席会议的朱德、毛泽东、周恩来、王稼祥、博古、邓发、徐向前、张国焘、凯丰等人围坐在长方形桌边，一个个紧绷着脸，神情严肃。

　　实力终于发挥效力了！坐在张闻天左侧的张国焘腰板笔挺，满脸自得之色，嘴角微微上翘着，露着胜利者的微笑，不屑地乜斜一眼坐在斜对面正埋头吸着烟的毛泽东。

　　长发几乎齐肩的毛泽东似乎全神贯注地吸着烟，对会场的事充耳未闻，宽敞的额头舒展着。

　　一阵几乎窒息人的沉寂。

　　张国焘左右看看，故作轻松地笑笑：我基本上同意中央政治局提出的组织安排，但我认为当务之急是提拔新干部，包括中央政治局、中央委员，也应输入新的血液，增补新的成员。特别是红四方面军的干部，他们大多是工农出身，革命坚决，多吸收一些参加中央的决策、中央的工作，更有利于我们事业的发展。

　　张国焘费尽心机终于如愿以偿地坐上了红军总政治委员的宝座，为何此时又得寸进尺地向中央提出新的难题？

　　目的只有一个，那就是为了攫取更大的实权，把中央变成自己的，掌控这一切！

　　原来，一九三一年十一月，毛泽东所创建的朱毛红军改成了中央红军。第二年底，临时中央局从上海迁到瑞金，毛泽东开辟的江西、福建根据地也就顺理成章地变成了中央苏区。

　　近水楼台先得月。政治局常委、委员、候补委员、中央委员等，自然绝大多数在红一方面军中，因为中共中央本身就在红一方面军。

　　自从在两河口参加政治局扩大会，张国焘明显感觉到自己虽然拥有近九万人马的优势，但在中央高层仍人单势薄，孤掌难鸣。

　　实力不等于地位，能力不等于官位。失去心理平衡的张国焘开始觊觎中革军委、中央委员会和中央政治局之位。

　　这次虽然拿下了红军总政治委员之职，且是"军委的总负责者"，也就是说挤进了中革军委，这在当前以军事斗争为主、政治斗争为辅的情况下，无疑是实权在握。但这仅仅是第一步，因为军委头上还有两个管家的婆婆——中央委员会和中央政治局，就像观音菩萨和唐僧那样，毛泽东随时可以动用中央和政治局给自己念紧箍咒，而四方面军中在中央尤其是政治局只有自己一人，人少势寡，仍然无法与拥有绝大多数的毛泽东相抗衡，仍然处处受到毛泽东的掣肘，也就是说自己所担任的红军总政治委员之职仍然是一个"空头司令"。

　　因此，张国焘提出此议，目的是想多把四方面军的一些干部塞进中央、塞进政治局，以便他控制中央。

　　司马昭之心，昭然若揭。张国焘的话刚落音，与会者面面相觑，几乎噤若寒蝉，目光齐聚在毛泽东身上。

　　正在吸烟的毛泽东弹弹烟灰，轻松一笑道：国焘同志的意见是好的，提拔干

部是需要的，但是我认为在目前的情势下，不需要这么多人集中在中央，下面尤其是基层更需要人。

张国焘碰到了软钉子，一时不知如何应对。

操之过急，便会适得其反。深谙党内斗争的张国焘知道，在目前自己处在绝对少数的不利情况下，硬争硬顶不是办法，他相信自己的实力将会持续发挥效应！

张国焘是十六日赶到芦花寨的。

为了摸清张国焘的底牌，毛泽东多次去找张国焘谈话、沟通。

一次，毛泽东带着刘英去看张国焘，刚跨进门，毛泽东一板正经地说："国焘兄，我给你带水来了！"

张国焘一愣，一下没有转过弯来："什么水啊？"

毛泽东笑笑："《红楼梦》里的宝二哥不是说男人是泥巴捏的，女人是水做的吗？"

张国焘恍然大悟，也不由得笑起来。

刘英后来说：毛主席同张国焘都是一大代表，相识很早，但一向并不投机，现在意见又有分歧，所以毛主席一开始就说笑话，想制造一个比较亲切的谈话气氛。张国焘讲话转弯抹角，不像毛主席那样痛快、风趣。那时，他想提四方面军的一些人进中委和政治局，可是他不直接讲，总是说，对工农干部，我是很重视他们的啊，他们打仗勇敢，有经验。毛主席也跟他扯，摸清他的意图，再同闻天、恩来等商量怎么妥善解决。

俗话说：将军额头能跑马，宰相肚里能撑船，说的是人的心胸和度量，换而言之，就是说一个人心胸和度量的大小，决定一个人事业成就的大小。但心胸、度量来源于底气，来源于自信，来源于对事业的执着追求！

而毛泽东的心胸和度量，则来自对追求的事业坚定不移的信念！

张国焘来势凶猛，毛泽东只得退让。在张国焘一而再、再而三的要挟下，毛泽东为了顾全大局，促使红四方面军主力尽快北进，为全军打开一条生命的通道，只得一退再退，一忍再忍，尽量满足张国焘的要求。

即使是这次让周恩来让出红军总政治委员一职，也是毛泽东深思熟虑做出的慎重决定。

张国焘以先解决组织问题、统一指挥问题为由头，作为"迅速行动进攻敌人"的法码，并策动川陕省委公然指名道姓地任命军委领导，甚至在今天清晨政治局扩大会议召开前，还指使红四方面军总政治委员陈昌浩发来"请国焘任军委主席"的急电：

焘、向并转朱总：

第七团蔡电报称：坝尾、内客一带之敌均退走，大概是撤去克龙或集小堡寺、备与我战。已令其大部仍固现阵，一部佯攻以制所部，向左方克龙、克辰方面认真游击，河东尽力制敌……全局应速决，勿待职到。职坚决主张集中军事领导，不然无法顺利灭敌。职意仍请国焘任军委主席，朱总为前敌指挥，周副主席兼参谋长。中政局示决大方针后，给军委独断决行。坚决提高纪律、士气、肃反、反右，所出总的政治文件，示写作干部写出，使战士明白形势、任务及前途。对一、四方面军行动决议公布，统一全党与全军意志。浩连日不得指示，现在决亲来面报。

弟 礼

巧卯（十八日五时至七时）

意思直截了当，仗着近九万人马的实力，肆无忌惮地对中央指手画脚！

面对张国焘不达目的绝不罢休的咄咄逼人架势，原本为毛儿盖北进的林彪受阻和全军严重缺粮而着急发愁的毛泽东，不得不拿出主要精力来应付张国焘！

要使一、四方面军团结一致，统一行动，关键就在张国焘！

为破解张国焘抛出来的一道道难题，毛泽东、张闻天考虑来考虑去，苦思着破解之策。

"张国焘是个实力派，他有野心。我看不给他一个相当的职位，一、四方面军很难合成一股绳。"毛泽东深吸了一口烟，忧郁地说。

毛泽东一手叉腰，一手夹着烟，在室内踱来踱去："张国焘是想当军委主席，可这个职务现在由朱总司令担任，他没法取代。但只当副主席，同恩来、稼祥平起平坐，他又不甘心，给他安把什么椅子好呢？"

张闻天抬头望着一脸焦虑的毛泽东："老毛，依我看把我这个总书记的位子让给他好了。"

毛泽东断然否定："不行，他要抓军权，你给他做总书记，他说不定还不满意，但真让他坐上这个宝座，可又麻烦了。"

蹙眉皱额的毛泽东沉思良久，忽而浓眉一扬："这样吧，尽量满足张国焘的要求，让他当总政委，但军权又不能让他全抓去。你我现在一起去征求一下恩来的意见，怎么样？"

躺在病床上的周恩来一直发着高烧，咳嗽不止。

毛、张二人先探看了周恩来的病情，然后将来意讲明。没想到周恩来毫不犹豫地同意了毛泽东的提议。

"这个张国焘为了达到个人的目的，全然不顾大局。不过我担心他得陇又望蜀，军权抓去了，还会企图以此来全面控制中央！"周恩来脸色苍白，剑眉紧敛。

毛泽东微皱眉头，稍沉思片刻："让他当总政委，也是不得已而为之，目的是促使他早日驱兵北进。这样吧，在他尚未熟悉军委工作前，让恩来暂时帮助之。同时，组建前敌指挥部，让徐向前担任前敌总指挥，陈昌浩担任前敌政委，博古任总政治部主任，让张国焘感觉兵权在握，同时又有所掣肘，以确保

顺利北进。"

对于毛泽东"宁可让出总政委，不能让出总书记"的策略，朱毛红军高层中包括彭德怀等许多将领一时都有些想不通，后来随着形势的变化，他们才对毛泽东的远见佩服不已：如果当时让掉总书记，他以总书记名义召集会议，成立以后的伪中央，就是合法的了，这是原则问题。

忍耐、退让，几乎被张国焘逼进死胡同的毛泽东就像一位精明的大师，以退为进，布下了一步步高棋、妙棋。

其实，就在十七日徐向前赶到芦花寨的当天下午，中共中央还在寨里搞了个既简单又隆重的授勋仪式。鉴于徐向前为创建红四方面军所做出的杰出贡献，由毛泽东以中华苏维埃共和国中央政府主席的名义授予徐向前一枚五星金质奖章。

徐向前后来说：第一次见到这么多中央领导同志，我既高兴，又拘谨，对他们很尊重……这不是给我个人的荣誉，而是对英勇奋战的红四方面军全体指战员的高度评价和褒奖。

而在张国焘看来，毛泽东如此做，纯粹是在耍手段，企图拉拢徐向前，有意在挖他的墙脚、在拆他的台。

其实，给军事主管授勋，这在中央苏区是司空见惯的事。

此时疑神疑鬼的张国焘，憋着一肚子气，好在在政治局扩大会议上终于如愿以偿地坐上了红军总政治委员的宝座，如今军权在握，毛泽东也无可奈何！

这次会议关键是看张国焘对新任命的职务是否满意，如今见张国焘已"基本同意"，也就顺理成章地通过了张闻天关于组织安排的提议和周恩来辞去总政治委员的请求。

这次会议的结果，反映在当天以中革军委名义发给各兵团的电文中：

各兵团首长：

奉苏维埃中央政府命令：一、四方面军会合后，一切军队均由中国工农红军总司令、总政委直接统率指挥。仍以中革军委主席朱德同志兼总司令，并任张国焘同志任总政治委员。特电全体如照。

军委主席朱（德）、周（恩来）、张（国焘）、王（稼祥）

组织人事的安排，以张国焘的进、毛泽东的退为交易条件暂时达成协议。

至此，从六月二十六日两河口会议开始持续了二十天的"北进"与"西进"或"南下"的争论，以毛泽东的退让似乎也偃旗息鼓。

至此，自三月四日二占遵义后成立朱德为前敌司令员、毛泽东为前敌政治委员的前敌司令部，到三月十二日成立周恩来为组长、毛泽东、王稼祥为成员的三人军事领导小组，又称"新三人团"，在代表中央政治局全权指挥军事行动三个多月后，实际上已曲终人散。

毛泽东以交出兵权为代价，换得了张国焘对"北进"的同意和支持；

张国焘则以夺得军委最高军事指挥权暂时满足，命令徐向前配合朱德等制定作战计划，调兵遣将，准备全力北进。

毛泽东的北进计划曙光乍现！

但这次继两河口会议之后的第二次权力分配，仍然没有满足张国焘那日益膨胀的胃口。

七月十九日，北进毛儿盖的林彪命令左权和李先念指挥红一军团四团和三十军的二六五、二六七、二六八团向哈龙发起袭击，迫使守敌逃回松潘，红军再次占领哈龙。

徐向前通过与朱德共同制定《计划》，与朱德等人有了进一步的接触，对朱毛红军有了初步的了解，并把个人的想法与刚赶到芦花的陈昌浩进行交流。

徐向前后来说：从朱总司令那里得知，一方面军保存的干部较多，兵员较少，便和陈昌浩商量，建议从一方面军派些干部来四方面军工作，我们调几团兵力，补充一方面军。

手背手心都是肉，军委都是自己的了！刚当上红军总政委的张国焘听了统一了意见的徐、陈二人的报告，不得不做出一些高姿态。

后经中央批准，四方面军三十军第九十师第二七〇团和第八十九师直属队，共一千六百余人拨给红三军团，第四军第十一师第三十二团一千一百余人，第三十三军第九十八师第二九四团一千余人，拨给红一军团。

也就是说，四方面军抽调了三个建制团共三千七百余人补充到一方面军。

裂缝似乎在渐渐弥合，但平静的表象下却暗流汹涌。

攫取到军委军事指挥大权的张国焘膨胀的欲望仍在持续增长，他的目光又瞄准了中央和政治局。

的确，在以军事斗争为主的特殊的战争年代，谁掌握了兵权，谁就拥有了第一话语权，谁就掌控了局面。

张国焘虽然掌握了兵权，但在他之上还有一个中共中央和政治局，就像观音菩萨戴在孙悟空头上的紧箍咒般，随时可以通过念念咒语来约束着顽劣不羁的孙猴子。

张国焘想方设法要解脱紧箍咒！

而中共中央和政治局，是交出兵权后的毛泽东现在手里握着的唯一的一张牌，也是监督和督促张国焘执行中央路线唯一的"尚方宝剑"。

刚坐上红军总政委宝座的张国焘与陈昌浩密商着对策，毛泽东与张闻天、周恩来等也思量着应对之策。

为防止红军总政委之职有名无实，在军委之下直接以四方面军总指挥部组成前敌指挥部，由徐、陈二人分任总指挥和政治委员，统一指挥各野战军，牢牢地把实权控制在"军委总的负责者"张国焘手里；

以统一指挥之名，取消原一方面军军团建制。原一方面军军团建制实际上比

四方面军各军高一级，取消军团建制意味着一方面军的将领都降一职使用；

将原一、四方面军将领混合编制，实行掺沙子渗透。

此前，曾以中共川陕省委名义致电中央，要求对四方面军的工作明确表达，趁此机会，要求中央召开政治局扩大会，肯定四方面军的工作，也就是要中央给自己一手创建的四方面军一个名份。

张国焘野心太大，他是想完全控制兵权，以实力来指挥党，彻底架空中央！

摸清了张国焘底牌的毛泽东，深思熟虑后，也相应地打出了几个回合进进退退相结合的反击的组合拳。

为促使四方面军主力迅速北进，按张国焘的意图组建前敌指挥部；

取消一方面军一、三、五、九军团的军团建制，但仍保持原部队编制，骨干将领基本不调整；

召开政治局扩大会，以中央的名义全面听取四方面军的工作汇报，总结和检讨得失，以给张国焘一个清醒的认识：中央才是最高的决策者！

相互猜疑，互不信任，就是在这种情形下，中共中央于七月二十一日至二十二日，在芦花寨再次召开政治局扩大会议。

毛泽东、张闻天、周恩来、朱德、博古、张国焘、王稼祥、邓发、凯丰、刘伯承、李富春、徐向前、陈昌浩等人出席了会议。

会议首先通过了中革军委《关于一、四方面军组织番号及干部任免的决定》，并于当天致电各军：

各军首长：（机密）

我一、四方面军会合后，各军组织番号及其首长均有变更，军委现决定：

组织前敌总指挥部即以四方面军首长徐向前兼总指挥，陈昌浩兼政委，叶剑英任参谋长；

原一军团改为一军，军长林彪，政委聂荣臻，参谋长左权；

三军团改为三军，军长彭德怀，政委杨尚昆，参谋长萧劲光；

五军团为五军，军长董振堂，代政委曾日三，参谋长曾李槐代；

九军团改为三十二军，军长罗炳辉，政委何长工，参谋长郭天民；

原第四、第九、三十、三十一、三十三等五个军番号仍旧；

四军以许世友为军长，王建安为政委，张宗逊为参谋长；

九军以孙玉清为军长，陈海松为政委，陈伯钧为参谋长；

三十军以程世才为军长，李先念为政委，李天佑为参谋长；

三十一军以余天云为军长，詹才芳为政委，李聚奎为参谋长；

三十三军以罗南辉为军长，张广才为政委，李荣为参谋长。

特电知照。

朱（德）、张（国焘）、周（恩来）、王（稼祥）

根据这个决定，朱、张、周、王又下达了"重定松潘战役的军队区分及其集中时间和地点"的命令。

中革军委根据敌情的变化，调整了《松潘战役计划》，颁布了《松潘战役第二步计划》：

依据目前敌情的变化，证明军委六月二十九日松潘战役计划中关于敌情的判断，是完全正确和适用的……目前的变化是：蒋（介石）、刘（湘）、胡（宗南）等敌已进一步地认定我一、四方面军在大黑水河两岸将进攻松潘，并将分向甘、青北进……由于我军调动未能高度迅速及地理、气候致先遣部队与后续部队相隔过远，各方面的配合亦尚未完全协调。

《计划》将使用新番号的九个军混编为五个纵队和一个支队，继续北进，夺取松潘！

第一纵队司令员林彪、政委聂荣臻，率第一军两个师及第三十军两个师共十二个团；

第二纵队司令员兼政委王树声，率第三十一军一部、第四军一部、第九军一部共八个团；

第三纵队司令员彭德怀、政委杨尚昆，率第三军和第三十军一部、第四军一部共九个团；

第四纵队司令员倪志亮、政委周纯全，率第五军、第三十二军、第九军一部共九个团；

第五纵队司令员兼政委詹才芳，率第三十三军及第三十一军一部共六个团；

另以第四军四个团编为右支队，司令员许世友、政委王建安。

会议的主要议题是讨论红四方面军的工作，集中在退出鄂豫皖根据地和川陕根据地的问题上。

张国焘全面汇报了四方面军从鄂豫皖到川陕根据地的斗争情况，洋洋洒洒讲了两个多小时：

四方面军在反敌人四次"围剿"中，是用尽力量与敌人战斗的，但由于红军在平汉铁路东西两侧都挡不住敌人的进攻，又由于没有动员广大群众进行反四次"围剿"，四方面军为保存实力，被迫退出鄂豫皖根据地；

退出川陕根据地，则完全是为了迎接中央红军；

建立西北联合政府，在当时是完全必要的；

总的说，红四方面军的战略战术一般是正确的，缺点错误也是有的。

紧接着，徐向前就红四方面军的军事工作进行汇报：这支队伍的优点是工农干部多，对党忠诚；服从命令听指挥，纪律较好；作战勇敢，打起仗来各级干部层层下放，指挥靠前，兵力运动迅速敏捷，长于夜战，以二七四团、二六五团夜战最好；平时注意军事训练，射击、手榴弹操练很勤，战后注意总结经验。缺点是文化程度低，军事理论水平及战略战术的素养不够，参谋业务薄弱。

最后，陈昌浩就四方面军的政治工作进行了汇报。

徐、陈二人一汇报完，立即率主力从芦花出发赶往毛儿盖。

紧接下来的讨论发言，几乎全是开诚布公的，也切实反映出当时党内的生活洋溢着浓厚的民主氛围，洋溢着蓬勃向上的朝气。

毛泽东：退出鄂豫皖苏区是正确的，但退出通南巴是在打败刘湘的部队后，没有乘胜发展，是个严重错误，以至两军会师后没有一块立足之地。

张国焘：我当即起而答辩，指出川北苏区固应保卫，松潘亦应当控制，但这决定于四方面军的力量，而非决定于主观愿望。我并且说明，我们当时的主要努力是策应一方面军，而我们的兵力有限，不能过分分散使用。如果中央并不以为四方面军策应一方面军的行动是多余的或错误的，就不应苛责四方面军不能完成力不胜任的其他军事任务。川北苏区即使当时留置了较多的兵力，事实上也不能达到保卫的目的，而一方面军当时能否渡过大渡河顺利到达懋功，尚成疑问，四方面军果真全力北向夺取松潘，中央不会批评我们隔岸观火，看轻忧戚相关的大义？

周恩来：撤出鄂豫皖不对，撤出通南巴是为了迎接中央红军，是正确的；

张闻天：两次撤退都有问题，退出鄂豫皖开始是"左"，后来是"右"，退出通南巴则缺乏明确的战略方针，建立西北联邦政府也未弄清楚怎样才算联邦。

与会者各抒己见，畅所欲言，坦诚相待，气氛热烈。

二十二日下午，总书记张闻天针对四方面军的工作做了总结性发言：

正确执行了党中央的路线，使红四方面军在艰苦的斗争中得到巩固与发展，其中有许多宝贵经验是值得一方面军学习的；

坚决、积极、大胆地提拔工农干部；

坚决执行命令，遵守纪律，作战勇敢，富有战斗能力；

克服了疲劳和各种困难，到通（江）南（江）巴（中）建立了川陕根据地，恢复了元气，使红军扩大了十倍以上。

但四方面军也存在一些主要错误与不足：

鄂豫皖根据地是在预先缺乏准备的情况下退出的，既没有充分动员群众，又有些轻视敌人，而且战略战术的配合不够，仗又打得不好。因此不能得出这样的结论：鄂豫皖的反四次"围剿"一定不能胜利，一定要退出苏区；

在胜利的情况下，放弃川陕根据地是个严重错误。中央苏区是不得已退出的，而川陕是在打了胜仗的顺利条件下退出的，这违背了中央提出不应退出川陕根据地的正确主张；

对根据地建设重视不够。四方面军到川陕后，没有坚决迅速地建立起苏维埃政权，没有充分发展广大的游击战争，没有深入开展土地革命和扩大地方武装；

退出川陕根据地后缺乏明确的发展方向。西渡嘉陵江后未能抓紧向川陕甘发展，同时退出川陕根据地把所有的干部、游击队都带出根据地，这是战略上的失误。

在少数民族未作发动的情况下，就成立西北联邦政府是不妥的。

其实，对于四方面军撤出川陕根据地一事，也许当年的亲历者徐向前的看法更加公允、更加客观：

整个说来，红四方面军退出川陕根据地，有复杂的原因。优势敌人的压迫，常年战争和"左"的政策造成的困难，策应中央红军的紧迫战略需要，都凑到了一起。从这个意义说，是历史的必然。问题在于：主力红军撤出根据地后，没有留下足够的兵力坚持游击战争，只留下刘子才、赵明恩等千把人枪，如果把三十三军留下，要好得多；强渡嘉陵江后，犹豫徘徊，丧失了进击甘南的战机，使"川陕甘计划"流产。川陕甘计划未能实现，非常失策，是关系整个革命命运的问题。如果当时实现了这个计划，我军将能得到更大的补充，中央红军北上就有了立脚点，形势会不一样的。

今天更新昨天，明天更新今天。大半个世纪过去了，重新审视那段历史，客观地讲，一个要求正名，一个想树立权威，而在军事斗争形势紧迫的情形下，过早地检讨、反省政治问题，不但没有达到解决一、四方面军的团结统一问题，反而产生了适得其反的后果，这在十余天后便迅即凸现出来。再则，说中央撤出江西苏区"是不得已退出的"，是正确的，却指责四方面军撤出川陕苏区"是在打了胜仗的顺利条件下退出的"，"是个严重错误"，难免有"只许州官放火，不许百姓点灯"之嫌。

芦花会议使张国焘更加意识到，自己虽然军权在握，但在中央政治局仍是孤掌难鸣，必须改变政治局的组织结构，才能确保手中的实权；如果按毛泽东的意图，顺利建立起川陕甘根据地，自己的处境将更加艰难！

伤口的表层似乎已经结痂，但痂的下面却包着脓汁。刚当上红军总政治委员的张国焘与总司令朱德联名下达了一系列北进的命令：

徐向前、陈昌浩、叶剑英率主力于二十二日从芦花出发，于二十四日赶到毛儿盖，指挥夺取松潘的战斗；

以林彪任纵队司令、聂荣臻任纵队政委的一军第一、二师和三十军八十八、八十九师组成的第一纵队于二十六日集中在哈龙、毛儿盖，其他纵队依次向毛儿盖和松潘前进；

以倪志亮任纵队司令、董振堂任副司令的五军（原红五军团）、三十二军（原九军团）和第九军及二六二团组成的第四纵队为左支队，向阿坝前进。

七月二十三日，各路大军纷纷奉命从现驻地向北挺进。

毛泽东创建川陕甘根据地的计划总算开始践行！

然而，张国焘毕竟不是个好了伤疤忘了痛的人，他要充分利用已经到手的职权，把军权牢牢控制在自己手中。

张国焘以军委参谋部的名义下令收缴了各军之间的密码本。

对此事，彭德怀在自述中说：我完成任务后，回到芦花军团部时，军委参谋

部将各军团互通情报的密电本收缴了，连一、三军团和军委毛主席通报密电本也收缴了。从此以后，只能与前敌总指挥部通报了。与中央隔绝了，与一军团也隔绝了。

失去了军权，失去了耳目，毛泽东几乎变成了聋子、瞎子，他那"改造中国与世界"的宏伟抱负受到了超乎寻常的挑战与挫折，陷入了前所未有的困境！

逆境中的毛泽东能否在重重迷雾中找出一线希望的曙光，历史在继续考量着毛泽东的智慧与能量！

# 十三

苦心布局，蒋介石重新调整战略战术，在川陕甘布下四道封锁线，企图将毛泽东困死在川西北。

毛泽东为实现创建川陕甘新苏区的战略，不得不在芦花坐下来，耐心与张国焘周旋，数个回合的交锋，毛泽东暂隐锋芒，以让出军事指挥权为代价，终于换得张国焘同意五个纵队和一个支队的北进。前前后后，拖延了差不多近一个月。

一个月，住在几百里外成都市玉沙街刘文辉私宅的蒋介石尽管对共产党内部的危机一无所知，但也并没闲着，挖空心思地想出一辙又一辙，想置红军于死地。

七月十八日上午，也就是毛泽东在芦花交出军事指挥权的当天，在成都行辕办公室内，重庆行营参谋团主任贺国光一手拿着一份电文稿，一手拿着一根指挥棒在硕大的川北地图上一边指点着，一边向倒背着双手站立在地图前的蒋介石详尽地讲解着，行营办公室主任晏道刚则捧着一本文件夹，站在一旁，边听边做着记录。

"遵照委座的指示，卑职草拟了《关于川陕甘"歼匪"的计划大纲》。这样一来就在共匪企图北窜的川、陕、甘等省构筑了四道封锁线。"贺国光谨慎地汇报说。

"北堵的第一道封锁线在岷县、南坪至松潘一线，由胡宗南部的四个师负责；第二道封锁线在洮河两岸的和政、临洮、渭源、陇西、武山、天水一线，由第三军王均部负责；第三道封锁线在甘肃会宁、华家岭、静宁、隆德地区，由第三十七军毛炳文部负责；第四道封锁线在平凉、固原地区，由第五十一军于学忠部、第五十七军董英斌部、第六十七军王以哲部负责。"贺国光边说边在地图上指点着。

蒋介石的目光在地图上游移着，频频点头赞许。

事先命令胡宗南抢占松潘，扼住毛泽东北进甘南的咽喉，几乎将毛泽东逼入绝境，这是蒋介石一生用兵当中少有的精明。

当朱毛红军进抵夹金山南麓时，为阻止一、四方面军会师，蒋介石就独具慧眼地盯上了松潘，并给胡宗南一道手令：

胡师长宗南：

松潘部队既占归化，应速向叠溪节节进展。但一面进展须一面逐段筑碉，对于两侧尤应注意。故横线亦应扼要筑碉据守，勿受匪迂回抄袭。对于向松潘增加后续部队，最好陆续移增，决再增三团，共加六团为妥。如弟能前往亲自督剿更好。决自鱼日（六日）起派空军每日掩护我军向叠溪进展。希告进攻部队协同动作，俾奏速效。

中正手令

四方面军会师之初，蒋介石为防红军北出甘、青、新，颇有远见地采取了一系列未雨绸缪的措施。

首先，以兰州绥靖主任朱绍良为第三路总司令、杨虎城为副司令，统一指挥杨虎城、邓宝珊、胡宗南、马家军等所有西北地区部队。

其次，同意朱绍良的请求，调第七路军毛维寿所率前第十九路军改编的第四十九、第六十、第六十一等四个师分别由安徽、河南、河北三地调集甘肃，归朱绍良指挥。这四个师抵甘之后，蒋介石即免毛维寿职，所部拨归胡宗南指挥，南调至松潘担任堵截。

同时，从豫皖边调第三军王均部（原滇军朱培德旧部）到甘肃以确保兰州安全，于八月以前在洮河两岸的和政、临洮、渭源、陇西、武山、天水之线构筑第二道封锁线。

再次，还从江西调第三十七军毛炳文部（原湘军底子）到甘肃会宁、华家岭、静宁、隆德地区构筑第三道封锁线。

此外，又调东北军张学良所部的骑兵军何柱国部进驻平凉，第五十一军于学忠部进至甘肃之天水，一部挺进至兰州，其余第五十七军董英斌部、第六十七军王以哲部已进入陕西，一部进至平凉、固原地区做最后堵截准备。

会师后的一、四方面军在川北卓克基藏族聚居地域徘徊，蒋介石不忧反喜：一则川北人烟荒凉，可困饿死红军；二则藏汉矛盾颇深，正好可以借藏军之刀来杀红军！

七月二日，蒋介石特意致电西北"剿匪"军第一路军总司令朱绍良，用骆秉章诱杀石达开之法劝导：

骆秉章昔日在川之所以能剿除赤匪（太平军），全在运用土司编练士兵。其要诀在厚赂土司假作向导，诱匪入险，聚而歼之。而其在大渡河俘获石达开者，亦在授意土司诈降迎石，愿做先导，然后包围就逮也。

不厌其烦地谆谆教导，真可谓用心良苦！

七月上旬，蒋介石在成都连续对薛岳部九十师、九十二师、九十九师、九十六师、二九五旅连以上军官做题为《中央军追剿赤匪之意义及其经过之成绩》的

训话，大谈"剿赤"壮举，并给予犒赏，以激励将士效命。

同时，召集薛岳部师长以上军官举行会议。

蒋介石对毛泽东的战略意图作出了准确无误的判断：根据胡宗南纵队情报，红军先头已抵毛儿盖，当前红军主力可能向西北行动，但松潘西北是草地，不能行动，其突围路线可能有两条，一条从毛儿盖、松潘经腊子口出甘南，一条从理番出平武、青川、碧口沿阴平故道再出文县、武都。当前在甘陕边凤县、两当地区活动的徐海东部（红二十五军）有进出甘南接应红军主力北上的企图。

摸透了对手的心理心思，也摸透了对手的出牌套路。

针对毛泽东的战略意图，蒋介石决定命令薛岳率部于八月上旬将第二路军前敌总部推进至文县，周浑元纵队推进至武都，对徐海东部布置堵截，以吴奇伟纵队北进至平武、青川与胡宗南部联防；以第三路军胡宗南部归薛岳指挥，集中松潘、漳腊、黄胜关，并以胡部进出上下包座担任封锁，堵截红军主力北上。以上归薛岳统率的嫡系部队约在十四万人左右，在八月间均就战略位置。

七月十三日，蒋介石电令吴奇伟的第一纵队接替胡宗南部在江油至平武一带的防务。

十五日，蒋介石手令胡宗南：徐匪主力有向北移动模样，应严密部署，以待其来攻而聚歼之。

蒋介石的目光始终盯在川北、甘南，密切注视着朱毛红军的动向，尤其是北线的防堵。

当得知林彪所部在毛儿盖围攻李日基一个加强营竟用了一个多礼拜时，蒋介石不觉喜形于色：毛泽东弹尽粮绝，已是强弩之末！

蒋介石更相信胡宗南报告的当地藏族土司所讲的情况：自包座以北，尽是荒无人烟的沼泽地，就是鸟儿也飞不过去。只要守住松潘，保险可以堵住共军！

十七日，蒋介石再次给胡宗南手令：匪必向松潘、樟腊以西地区再转东北，经南坪至文县或西固之胜算为最多……松潘各部既已撤回集结，则兵力有余，足资固守。至补一旅与六十师等，似可令其直达南坪、文县一带布防，分段扼要兜剿。

基于此，蒋介石特命令贺国光拟定《关于川甘边区"歼匪"的计划大纲》。

此刻，蒋介石听毕贺国光的汇报，微微一笑道："毛泽东与张国焘虽然会合，但囿于川北不毛之地，进退维谷，北窜洮、黄河乃唯一生门，他等必不顾一切全力北进。严令各部各司其职，各守其责，北堵南追，务必将毛、张两部聚歼于松潘以南、懋功以北地域！"

"委员长料事如神，此番毛泽东纵有三头六臂，恐怕也无力回天！"贺国光笑脸相陪。

蒋介石两撇胡须一翘："道刚配合国光再斟酌一下电文，立即电令各部遵照执行。"

"是，委座！"贺、晏二人遵命而退。

当晚，《关于川甘边区"歼匪"的计划大纲》从成都行营电讯室飞往各路"追剿"大军：

现朱、徐两匪各派一部窜至毛儿盖、哈龙冈、羊角塘、班佑一带，企图袭取松潘……依据匪之过去行动，均系避实就虚，且青海南部多属软地，类皆不毛。是可判断该两匪，先各以一部分向毛儿盖、阿坝探进，其余必跟续分途北进，并以大部经毛儿盖进窜岷县。一部经阿坝进窜夏河，期达越过洮、黄两河，接通"国际路线"，或由陇中窜向陕北、宁夏，与陕匪合股。如期不逞，仍回窜川北……

我军以防止该匪越窜黄、洮两河，并在临潭、临夏、夏河、同仁间将其聚歼之目的，应先巩固陇南最前线之碉堡及各要点之碉堡群，并施行坚壁清野之准备，一面集结兵力于适当地点，以为待机出击之用。同时，川境抽出部队，分途追击：

……

乙、守备部队：

一、第三军王均部守洮河沿线，自古城经临洮到岷县（含）。主力控制于岷县，并派一部守临潭。

二、第五十一军于学忠部守天水、甘谷、武山、陇西之线，主力控制于陇西。

三、胡宗南部守岷县、西固，不含经南坪至松潘沿线，主力控制于松潘……

丙、追击部队：

一、第四十五军，以六团编为第一追击队，出懋功，向抚边、阿坝、齐哈马寺。

二、第二十一军，以九团编为第三追击队，出耿达桥，向理番、毛儿盖、班佑、桑杂。

三、新编第六师李家钰部，以第九团为第五追击队，出威州、茂县，向镇坪、松潘。

四、暂编第二师彭城孚部，为第七追击队，出白草场，向镇坪追击。但各路均分两梯队，更番推进，并由彭部负责肃清岷江东岸之残匪。

……

平心而论，这时蒋介石对毛泽东战略意图的判断是准确无误的，而且在兵力部署上针锋相对，几乎无懈可击。

按照这个计划，南面川军杨森、邓锡侯部向懋功攻击前进；东面川军刘湘、李家钰、孙震部则向威州、茂县进逼，沿岷江两岸分向镇坪、毛儿盖追击；西面李韫珩、刘文辉部封锁大金川右岸；中央军吴奇伟纵队正接防江油、北川、平武之线构筑碉堡，周浑元纵队集结名山策应防红军东进；北面有嫡系胡宗南部十五

个团在松潘及其附近固守，防止红军北上，又调集杨步飞、伍诚仁、陈沛三个师及三个旅集中文县、南坪、松潘、平武之线。

蒋介石频频发号施令，调兵遣将，各路"追剿"大军也闻风而动，听令而行。

十七日，李家钰部进占威州；

十八日，川军王缵绪下达向茂县进攻的命令，邓锡侯下达向理番进攻的命令；薛岳部欧震师到达江油；

二十六日，刘文辉部占领崇化；

二十七日，杨森部占领懋功；

七月下旬，吴奇伟一部接替了胡宗南部在平武的防务，而胡宗南则集大军于松潘，并派第一师补充旅补充团第三营驻守上包座，游击第二支队张莱孝部驻阿西茸，胡部在松潘之工事、碉堡均告完成，并在松潘以北的漳腊构建了简易机场。

北堵南压，国民党中央军、川军、西北军已形成铁壁合围之势，且包围圈愈缩愈小，形势日趋严峻。而已进抵毛儿盖地区的毛泽东却陷入了外有国民党军重兵压境、大自然饥寒相逼、内有张国焘逼宫夺权的空前危急中。

北进：由于张国焘的一再拖延，胡宗南的各路大军已云集松潘，森严壁垒，严阵以待，从松潘、大城、武都北进甘南的大道已被封死，也就是说夺取松潘的最佳战机已失，若再按原计划从松潘大道北进，必须要用成千上万指战员的鲜血和生命，在胡宗南的屠刀下拼杀出一条血路；

要继续北进的话，眼下只有从清海、班佑、岷山走，绕道甘东、川北，但要穿越荒无人烟的草地沼泽，前途未卜。

生存与出路，煎熬着毛泽东的心身，考量着毛泽东的智慧！

其实，为绕攻松潘，早在七月二十九日，林彪的一军就奉命从毛儿盖进入草地的腊子山、徐支更萨一带，三十一日又奉命返回毛儿盖待命，折向波罗子筹集粮草。

也就是说，中革军委放弃了《松潘战役计划》！

直接促使毛泽东下定最后决心放弃《松潘战役计划》的是程子华、徐海东的红二十五军西征至甘肃两当县地区的消息。

八月二日，负责监听国民党电讯的军委二局破译了国民党西安绥靖公署颁布的第六九号密令：

综合最近情报，徐海东股匪主力已窜至留坝、佛坪间之江口镇、黄柏楼、二郎坝附近，有进犯汉中附近或向凤县、天水一带窜扰，以牵制我军，策应朱、毛及徐向前各股之势……本部为预防朱、毛、徐等股侵入陇南或汉中方面时，得以全力迎击起见，决于朱、毛、徐匪未侵入陕、甘境之前，以最大努力与最短时间，先将徐海东股粉碎而歼灭之，以除后患。

一九三一年在鄂豫皖创建的红二十五军原隶属红四方面军，一九三四年十一月奉命长征到达陕西南部，为策应红军主力北上，于一九三五年七月挺进甘肃。

"及时雨呀！"披阅毕译电的毛泽东抚掌大笑。

当晚，毛泽东、张闻天、朱德、张国焘、博古、王稼祥、刘伯承、陈昌浩、徐向前、叶剑英等兴致勃勃地聚在一起：放弃《松潘战役计划》，也就是说放弃从松潘大道北进甘南的计划。

敌变我变。放弃了《松潘战役计划》的毛泽东迅即调整战略部署，决定发起夏、洮战役，从蒋介石认为是绝境的草地拼探出一条生命的通道！

但身为红军总政治委员的张国焘不甘屈居于中央之下，仍然打着自己的小算盘，他要亲自掌控部队：力主将红军分为左、右两路军北进，并以自己率领的左路军为主。

毛泽东不得不再次退让，迁就张国焘，将红军分为左右两路军分别向阿坝和班佑进发。

但让毛泽东始料不及的是，这一迁就竟然从此真正与张国焘分道扬镳。

八月三日，中革军委正式颁布了《夏洮战役计划》：

我松潘战役由于预先估计不周，番民阻碍及粮食困难，颇失时机。现特改为攻占阿坝，迅速北进夏河流域，突击包围线之右侧背，向东压迫敌人，以期于洮河流域消灭遭遇之蒋敌主力，形成在甘南广大区域发展之局势，为这一新的战役目标。

左路军，由王树声任司令员兼政委，统领第二十五师、九十三师、五军及二七一团共九个团组成第一纵队，以马尔康、卓克基为集中地，任务是迅经卓克基打通到大藏寺、查理寺、阿坝道路，攻占阿坝，向北探进，打通阿坝至墨洼路，以接应右路；

右路军，由先头兵团三十军和预备队一军组成，先头兵团司令程世才、政委李先念率三十军六个团，预备队司令林彪、政委聂荣臻率一军六个团，任务是由卡龙、毛儿盖向班佑阿细侦察，向北转移，以争取进占夏河流域的先机；

以第四纵队司令员倪志亮、政委周纯全率二十七师、三十二军、三十三军、九十一师及二六二团共十一个团为各方钳制部队，分驻于松岗、党坝、抚迈、杂谷脑、耿达、草坡、梭磨多地；

以第三纵队司令彭德怀、政委杨尚昆率驻黑水流域的三军、二六九团及在渭门关的二十九团共六个团为总预备队，策应各方。

以卓克基地区为总后方。

兵马未动，粮草先行。据侦察得知，要横跨松潘草地，需六至七天，这就需筹集粮草。可地里的青稞仍绿油油的，还需半个月的时间才能成熟变黄。再加上大军一直停滞在芦花至毛儿盖的黑水河流域达一个月之久，消耗巨大，粮草早已捉襟见肘。

筹粮以确保生存，成为全军的第一要务！

由于严重缺粮，红军指战员们不得不靠挖野菜、打野兽、采野菌来充饥，凡是能吃的，先填饱肚子再说，也就是说想尽了一切办法。

也许当年的亲历者的记述或回忆更真实。

时任红四团政治委员的杨成武所部是全军的先头团：一次，我们部队到附近山里去挖野菜，偶然发现了在绿荫树下长满了密密麻麻的蘑菇，有碗口大的，有铜板大的，有白的，有灰褐色的，有的上面还有花纹。同志们看到高兴极了，采回来后，用水洗洗，便煮着吃了。怎知吃完后，许多同志上吐下泻，身子软得不成，后来卫生队的医生一检查，才知道是中毒了。于是，上级很快发了个通知，以后再见到这种蘑菇谁也不采了。

时任红一军直属队总支部书记的萧锋在战地日记记载了一件强行借粮的事：

我同警卫连到青山借粮，来回行程五十里。途中，在半山坡忽然看到山洞里跑出四个大人一个小孩，黑乎乎的，拼命往山下跑，我们走到洞里一看，留下四袋青稞麦。

萧锋等人写下"你藏的四袋青稞麦，红军借用一下，等革命胜利后，将加倍偿还"的借条，便将青稞麦扛走了。

萧锋在日记中发出无可奈何的叹息声：借走了人民的粮食，心里真难过，可是又没有别的法子，恨只恨国民党反动派的"围剿"，机会主义路线的罪过，不然，我们哪会跑到这穷山沟里来借粮？！

时任三军政治部主任的刘少奇把一些像萝卜叶子一样的绿色野草扯回来当烟草，整齐地摆在地上晒着。在沙窝附近负责收容伤员的李伯钊饥饿难挡，拿起来煮着就吃，谁知刚吃到一半，便趴在地上呕吐不已。

后来，女红军们发现在牲口粪里可以找到一些没有被消化的青稞粒，一下子挑出来好几斤，洗净后再煮来吃。

当然，也有另外。

杨成武带筹粮队冒雨进山寻找一批被藏族土司赶进山里的牛羊，经过一场激战打退土司武装：收拾完枪支弹药，一清点牛羊，嗬，真不少，牦牛足有几十头，绵羊大约有五六百只。

红四团团长黄开湘带筹粮队找到一个土司家，发现牛栏里有一道新砌的墙，上面糊的泥巴还是湿的，动手拆开一看，原来是密窖，几口大铁锅里盛着青稞麦和青稞麦面，还有一坛坛的玉米、黄豆、红辣椒、酥油，不仅有粮食，还有枪支、弹药。

先头部队红四团是幸运的，随后跟进的其他部队则更苦更难。

彭德怀的红三军在毛儿盖驻了十几天，藏族人都跑光了，地里的青稞有限，不够红军几天吃。

时任红十一团政治部主任的王平回忆说：部队没有吃的，不得不宰杀藏族人留下的猪狗牛羊。彭军团长说："听到这些牲畜的叫声，我的心就跳。不宰吧，部队又没有吃的，实在是叫人为难。"藏族人有时晚上跑下山来，在驻地外边喊：红军，你们什么时候走啊？你们再不走，把粮食吃光了，我们就得饿死啊！听着这些喊叫声，更是叫人揪心，但在万般无奈的情况下，也不得不违心地这样做。

其实，当时在红军各部流行的四句十六字口号，也许更能说明当年红军各部日趋严重的粮荒：人带粮食，定量下锅，五多五少，分饭到碗。其中五多五少是指：打仗时多吃，平时行军少吃；早饭多吃，晚饭少吃；连队战士多吃，机关人员少吃；伤病员多吃，工作人员少吃；没有野菜时多吃，有野菜时少吃，甚至不吃。

但红军毕竟是红军，使命决定了她的性质！

如果采取杀鸡取蛋的筹粮方式，不管民族关系、也不管政策，能征则征，能抢则抢，那么红军也不会陷入如此被动的窘境。

即便如此，当年红军将士严守和执行铁的纪律之情况，也是现代人难以想象和理解的。

毛泽东的警卫员王七九和战友们外出筹粮，在一座喇嘛已逃跑完的空庙杂物间意外发现一副腊羊架子，拿回来想给毛泽东改善一下伙食。没想到被毛泽东发现后，严厉地命令说："在什么地方拿的，还送到什么地方去！"

望着警卫员噙满委屈的泪眼，毛泽东语重心长地说："我说过多少遍了，要你们严守纪律，这里是少数民族地区，群众不了解我们，再加上敌人的反动宣传，见了我们都躲起来了。要让群众真正了解我们，就得用我们自己的行动，行动是最好的宣传。你们的心情我知道，可是现在全军都在挨饿，你们想过没有？"

当王七九恋恋不舍地把腊羊架子送回去之后，毛泽东笑容满面，拍拍王七九的肩膀，真诚地说："我谢谢你！"

为了执行铁的纪律，红军也付出了流血的代价。

七月十八日，红三十九团采粮人员及掩护部队外出采粮，在丹巴路上被藏族武装袭击，因指挥员指挥有误，粮食被抢，丢失长短枪四十支，伤亡四十人，指挥员回来后全部被逮捕。

十九日下午四时，红三十九团及军直属队召开军人大会，公审在采粮中使部队遭受损失的五名指挥员，并执行枪毙。

"不这样不行呀，粮食就是我们的命根子。弄不来粮食，我们几万人就要都自毙在这里！不枪毙几个怎么能服众！"一向以憨厚仁慈著称的红军总司令朱德对求情者解释说。

时任军委二局政治委员的伍云甫在日记中记载了这样一件事：一天国家安全保卫局的代表在毛儿盖召集三科、六分队全体人员大会，宣布对偷卖煤油换粮食

吃的"罗雄辉、苏占元"二人执行枪决。

不仅如此，连毛泽东的内弟、贺子珍的小弟也因违犯纪律而被枪毙。

大革命失败后，贺子珍的父母逃离永新县时，把小弟贺敏仁寄养在舅母家里。贺敏仁长到十三四岁，就参加了革命，在黄公略领导的第三纵队当战士。第三纵队扩编为红六军后，他就在军中当小号兵。长征时，他才十七岁，在一个团里当司号员。

在毛儿盖，贺敏仁因饥饿难当，到喇嘛寺拿了一百文铜板，想买吃的，没想到被战友告发拿了一千块银元。团里报告师部，师部立即派保卫科将贺敏仁五花大绑押走。贺敏仁口喊"冤枉"，恳求一起在永新参军的同乡给姐姐、姐夫写信求救。

没想到师政委是个火爆脾性：特殊时期，必须严肃纪律！

也不管事情真相如何，立即下令执行枪毙。

走出草地后，贺子珍才得知弟弟被枪毙之事，做了一番调查，才弄清楚事情的真相。贺敏仁违反了不准进喇嘛庙的纪律，犯了严重的错误，但罪不致死。因为他只拿了一百文铜板，在当时也就值一元钱。至于说诬陷他拿了一千块银元，完全是夸大了事实。当时的壮年挑夫也只能挑七八百块银元，更何况贺敏仁身体虚弱，瘦骨嶙峋的。

贺子珍后来说，我们一家革命，小妹仙圆被敌人杀害了，没想到小弟敏仁竟死于自己人之手。如果这件事发生在平时，当然可以争个是非曲直，但当时是战争，是红军生死存亡的紧要关头，一切都要服从这个大局，不能干扰毛泽东对军队指挥工作的进行。即使是有人有意的陷害，我也要用红军的纪律约束自己，也要用红军的纪律严格要求自己的亲人。

一直到延安后，贺子珍才将此事告诉毛泽东。

毛泽东背对着贺子珍，闷闷地吸了很久的烟后，只说了一句话："红军就应该有铁的纪律，我们应该用红军铁的纪律来要求自己的亲人！"

贺敏仁事件遂成了毛泽东、贺子珍终身的隐痛。

军事形势日趋严峻，粮草困难日趋严重，内外交困之时，张国焘又再一次气势汹汹地"打上门"来，明目张胆地问中央要官要权。

毛泽东再次面临艰难的挑战与抉择！

## 十四

被迫滞留毛儿盖，审时度势的毛泽东做出以红军主力从班佑北进的决策；

政治企图再受挫，心灰意冷的张国焘公开提出与中央决策相左的行动计划。

　　一九三五年八月三日傍晚，四川成都刘文辉私宅。

　　满脸青紫色的蒋介石手捏一纸电文，像一头囚笼里的困兽窜来窜去，破口大骂："简直是一群白痴，怎么能把王、谢两个人安排在一架飞机上呢？现在好了，王、谢真的成了堂前燕，飞入寻常百姓家了！"

　　面面相觑的贺国光、晏道刚等人这才明白蒋介石原来是联想起了唐朝刘禹锡的《乌衣巷》诗。

　　原来，为配合胡宗南部的地面作战，蒋介石命令国民党空军每天都出动飞机对红军所在的地区进行侦察和轰炸。

　　七月十七日，国民党空军第三队副队长朱嘉鸿和队员郭诗东驾驶的三〇三号飞机，飞至黑水石碉楼上空侦察时，被红军用步枪打中飞机尾部，被迫降落在别竹河坝，朱、郭二人被红军生擒。

　　八月三日，国民党空军第六队队长王伯岳、队员谢集泰驾驶六〇一号飞机在腊子山、羊角塘一带进行低空侦察，为避开红军密集的弹雨，慌乱中一头撞在千流水山坡上，王、谢二人当场毙命。

　　"朱雀桥边野草花，乌衣巷口夕阳斜，旧时王谢堂前燕，飞入寻常百姓家。"驻在沙窝的毛泽东接悉战报后，也在吟诵《乌衣巷》，其心境与蒋介石大相径庭。

　　"老毛，张国焘来电，要求召开政治局会议，检讨中央政治路线！"张闻天手持电文匆匆闯进毛泽东的住处，打断了正在吟诵兴致上的毛泽东。

　　"哦，张国焘要反扑了！他三番五次地如此折腾，看来不把大家都饿死在这里，他不甘心！"毛泽东一脸的怒色。

　　"此外，他还拟定了九个四方面军干部名单，叫傅钟送来，硬要塞进政治局。"张闻天一脸的愁容。

　　大军开拔在即，张国焘再次卷土重来，看来张国焘要正式与中央摊牌了。

　　毛泽东一听，摸透了张国焘的心理。

　　烟蒂一个紧接一个掉落在地上，宽敞的额头沟壑纵横，焦躁不安的脚步在屋子里来回游动着。

　　半晌，毛泽东忽而伫立在窗前，望着窗外绵延的群山长长地吁了口气："水来土掩，将至兵迎，死马当作活马医！为了促使《夏洮战役计划》的实施，我们只能再做出一些必要的妥协和让步。"

　　毛泽东拧灭烟蒂，拿定了主意："这样吧，以你的名义致电张国焘，请他赶来沙窝召开政治局会议。"

　　"但是，绝对不能让张国焘对中央为所欲为，得寸再进尺！因此，会前我们要做好几个方面的准备工作，以便有备无患！"毛泽东睿智的大脑，像车轱辘般飞快地旋转着。

　　"首先，请你代表中央草拟一份一、四方面军会合后形势与任务的决议案，

肯定中央政治路线的正确性，给张国焘迎头一击；其次，为争取张国焘四方面军北上，在组织上做些适当的调整，增补在四方面军工作的一些干部为中央委员和政治局委员；再次，为防止张国焘一把将军权抓死，吞掉中央红军，恢复一方面军番号。"

毛泽东、张闻天商量来商量去，终于想好了对策。

这几天，毛泽东的心情原本好转了许多。

八月二日上午，毛泽东和朱德还出席了在毛儿盖举行的红军大学成立典礼。

根据芦花会议关于培养大批军事、政治干部的决定，在原一方面军干部团和四方面军红军大学的基础上成立红军大学。

新成立的红军大学，任命倪志亮为校长、何畏任政治委员、李特任副校长兼教育长、刘少奇任政治部主任、黄超任秘书长。

八月三日，根据与张国焘多次的商量，终于拟定并颁布了《夏洮战役计划》，没想到墨汁未干，张国焘又节外生枝，居然再次伸手向中央要官要权来了。

原来，张国焘虽然在芦花会议上当上了红军总政治委员，成为中革军委的主宰者，但张国焘认为在中央政治局仅自己一人，处于绝对的少数，毛泽东随时可以动用政治局的名义压制自己，红军总政治委员一职处处受制于人，形同虚设。要想真正掌握实权，首先要以检讨中央政治路线错误之名，挑起毛泽东与"苏俄派"内讧，从而达到分化瓦解中央的目的，自己便渔翁得利，乘机攫取中央领导之位。同时，以提拔工农干部之名，将四方面军的干部塞进政治局，在政治局中形成绝对优势，自己就能掌控中央。

过了这个村，就没得那个店。眼下，中革军委拟定了《夏洮战役计划》，决定分左、右两路大军向甘南挺进。张国焘深知，一旦付诸实施，全军进抵甘南，毛泽东的战略意图演变成现实，那么自己就会失去跟中央讨价还价的资本。

更何况，前次以按兵不动相要挟，毛泽东交出了红军总政治委员一职，尝到了甜头的张国焘决定趁出兵前，依样画葫芦，逼迫毛泽东不得不再次做出让步。

恰好此时张闻天在总政治部内刊《干部必读》上发表了《北上南下是两条路线斗争》一文，将军事分歧上升到路线斗争，正好让张国焘找到了借口，张国焘公开向中央提出召开政治局会议，以检讨"中央政治路线错误"。同时，拟了九个红四方面军的干部名单，让四方面军政治部副主任傅钟交给张闻天，要求在随一、四方面军长征的原有政治局委员七人的基础上，再增加四方面军干部九人当政治局委员，以形成他在政治局中的多数，从而掌控中央。

对此，张国焘后来承认说：（我）主张利用毛儿盖停留的几天来澄清党内的歧见。我所建议的要点是：召集中央政治局会议，检讨党的全盘工作和当前军事问题；由政治局召集两军高级干部会议，统一意志并遴选一些新人参加中央政治局会议和中央工作。

八月六日夜晚八时许，毛儿盖十八寨之一的下八寨沙窝寨——中央机关驻地。

四周黛色的山峦环抱，森林茂密，十余户人家散落在盆地中，一条小溪哗啦啦地从寨前流过。溪边一座两层小木楼，下为土石垒成，上部为木架结构。

此刻，几盏马灯将二楼照得如同白昼。熠熠的灯光下，毛泽东、张闻天、张国焘、朱德、博古等政治委员及列席的政治局候补委员邓发、凯丰等人埋头翻阅着文件，中央书记处秘书长王首道坐在一角担任会议记录。

正在召开的是中央政治局会议，周恩来因病、王稼祥因伤请假。

尽管山风习习，山区的夏夜凉爽宜人，但木楼里的空气却显得格外的沉闷。

张国焘是当天晚上七点赶到沙窝的：我和陈昌浩偕十余骑兵由毛儿盖附近策马赶去参加会议。我们到达沙窝山口时，张闻天已在山口外迎候，他告诉我们："这是一次秘密会议，陈昌浩不能参加。"我虽指出陈昌浩系中共中央常委（军委常委），可以列席会议，但他仍不接纳。于是陈昌浩只得暂在山口外放牛亭里休息，等我会后一同返回原驻地。

会议议程主要有两项：讨论一、四方面军会合后的形势和任务，解决组织问题。

张闻天首先就所拟草案做报告。

据张国焘回忆：这个文件不很长，要点是：中共中央的政治路线是正确的，苏维埃运动和土地革命已获得重大胜利，红军在反"围剿"中也获得重大的胜利；中央在过去一个时期中曾发生军事路线的错误，遵义会议已经适当地将它纠正过来了；遵义会议以后中央所执行的都是正确的路线，全党全军都应团结在中央的周围，继续为苏维埃中国而奋斗。

张闻天的报告等于为会议定了调子。

张国焘苦心谋划的检讨中央政治路线错误、挑起中央内讧的企图再次受挫！

早已憋了一肚子气的张国焘按捺不住，抢先发了一通牢骚：我们之间发生歧见，是丝毫不值得大惊小怪的，梁山泊的好汉不打不相识，争争吵吵并无关系；我们都有多年的奋斗的经历，寻求谅解应该不是一件很难的事，而我们的目的，本来就是要获致谅解，并不是要扩大分歧。

"国焘同志，有什么意见就请直讲，不要转弯抹角的！"博古听得有些不耐烦。

张国焘白了博古一眼，不理睬地继续说道：我惋惜我们没有在抚边（两河口）初会面时，就痛痛快快把问题谈清楚，因而酿成一些不必要的隔阂，甚至产生了一些不应有的言论。

"当面鼓对面锣，有什么摆到桌面上讲，不要遮遮掩掩的！"博古不依不饶。

张国焘脸色一沉：譬如有人说张国焘是军阀，要凭借军事实力要胁中央，也有人肯定张国焘是老机会主义，非打击不可；或者说张国焘自视资格老，瞧不起

所有政治局委员，要在纠正中央错误的名义之下，摧毁整个中央；也有人引经据典地说西北联邦政府反叛苏维埃；总政治委员的职务完全抹煞军委会主席和整个中央的职权等。凡此流言，似乎把我描绘得不成样子。

张国焘绵里藏针，侃侃而谈，借口流言蜚语把矛头直指中央。

毛泽东针锋相对，不冷不热地反讥说：这种流言是很多的，譬如有人说我是曹操，中央成了汉献帝。有人四处散布谣言，说中央的政治路线错了，现在只是用军阀官僚的手段来统治全党全军，这次会议正要解决这个问题。

毛泽东一针见血地捅到了张国焘的痛处！

张国焘面红耳赤：泽东同志讲的政治路线问题，本人就认为是错了。也可能是共产国际错了，也可能是我们执行错了，也可能是时移势易而必须改变。但是，我们要求检讨中央的政治路线，决不等于推翻整个中央。但苏维埃运动不是胜利了，而是失败了，却是显而易见的事实。现在所有苏区都丧失了，红军遭受重大的损失，我们退到了藏族地区，这些失败的事实是无法否定的。至于苏维埃运动遭受挫折的原因，既不能说成是敌人飞机大炮的厉害，也不能当作只是我们军事上的失算，我认为，主要还是这一运动不合时宜，没有为广大群众所接受。遵义会议肯定中央政治路线正确，却说军事路线错了，这似乎有些倒果为因！

毛泽东乜斜张国焘一眼，以不容置疑的口气反驳道：苏维埃运动的政策是共产国际决定的，经过中共第六次代表大会通过，决不能说它错误！苏维埃运动现在是胜利，而不是失败，而且今后无论到什么地方，也要将这面苏维埃旗帜高举起来。

毛泽东语气一转：再说，中央是全国的，不仅是一、四方面军的，因为已有二方面军和全国白区秘密党的组织，因而中央的政治路线是否错误，也绝不能由一、四两方面军来检讨！

摆事实，讲道理，毛、张二人你来我往，舌枪唇战，软磨硬泡，终于将张国焘弄得无话可说。

与会诸人纷纷表态，最后一致通过了《中央关于一、四方面军会合后的形势与任务的决议》。

决议重申了两河口会议的决定：创造川陕甘的苏区根据地，是放在一、四方面军前面的任务；

决议强调：为了创造川陕甘苏区的历史任务，必须在一、四方面军中更进一步地加强党对红军的绝对领导，提高党中央在红军中的威信。中国工农红军是在中国共产党中央的唯一的、绝对的领导之下生长与发展起来的，没有中国共产党，就没有中国工农红军，就没有苏维埃运动……一、四方面军一切有意无意地破坏一、四方面军团结一致的倾向，都是对于红军有害，对于敌人有利的；

决议明确提出：开展反右倾机会主义的斗争，是目前中心任务之一。

决议特别指出：遵义政治局扩大会议纠正了党中央在军事上所犯的错误以后，在军事领导上无疑是完全正确的。

对于此事，也许徐向前的看法更客观：后来我听说，不论在遵义会议或沙窝会议期间，毛主席都不主张清算中央的政治路线，因为那时军事问题具有最紧迫的意义。政治路线的错误，待时机成熟时再予解决。所以，决议上才那样写。毛泽东同志的这种考虑和处理，是正确的。

紧接着，讨论组织问题。

张闻天代表中央宣读了干部任命名单：

增补徐向前、陈昌浩、周纯全为中央委员，何畏、李先念、傅钟为候补中央委员，陈昌浩、周纯全为政治局委员；任命陈昌浩为红军总政治部主任，周纯全为副主任。

张国焘一听，没有达到九人进政治局的预期目的，脸色一沉，连忙争辩说："在坚决提拔工农干部上还可以多提几个人嘛！"

会场鸦雀无声，一片尴尬。

毛泽东猛吸一口烟，轻松一笑："国焘同志所讲的，我十分理解。四方面军中有很好的干部，我们现在提六位同志，是很慎重的。照党章规定，本来政治局不能决定中委，现在是在特殊情况下才这样做的。其他干部不进中委，可以吸收到各军事、政治领导机关工作。"

不软不硬，张国焘碰了个软硬都难受的钉子，但又不就此甘心："本来我们的意见，要提出这几个同志都到政治局的，这样可以提拔工农干部，他们有实际经验，又可以学习领导工作。"

软磨硬磨，毛泽东不得不虚与委蛇："国焘同志的意见是很对的，将来很可以将这些好同志吸收到中央机关及其他部门来。"

张国焘一看其他人的态度，似乎都是与毛泽东拧成一股绳的，一个鼻孔出气，深知胳膊扭不过大腿，不得不作罢。

毛泽东见张国焘像斗败阵的公鸡，不再叫阵，厚唇一抿："为了便于执行《夏洮战役计划》，我建议恢复一、四方面军番号，成立红一方面军总司令部，由周恩来任司令员兼政治委员。"

张国焘一听，不觉傻了眼。

以检讨中央政治路线为借口，逼张闻天、毛泽东交出领导大权，不仅没达到预期目的，反招致一通批评；

以提拔工农干部之名，企图把四方面军的九名干部硬塞进政治局，以便以绝对的优势控制中央政治局，结果只批准了两人，期望落空；

更让张国焘没想到的是，毛泽东趁机提出并通过了恢复一、四方面军番号的建议，无疑削弱了自己的军事指挥权。

偷鸡不成反蚀把米！

　　凌晨三时会议结束，张国焘垂头丧气地步出沙窝山口，与陈昌浩会晤，并告以会议的经过。陈昌浩非常难过，很激动地问张国焘："为什么中央这样顽强地抹杀四方面军一般同志的意见？如果你进一步明确宣布中央政治路线完全错误，中央领导破产，将会发生什么后果？如果这样做，是不是会逼使中央让步？"

　　徐向前谈到沙窝会议后张国焘的情绪说：张国焘满肚子不高兴，脸色阴沉，不愿说话。陈昌浩向徐向前发牢骚，说中央听不进国焘的意见，会上吵得很凶。徐向前对张国焘、陈昌浩说："现在不是吵架的时候，这里没有吃的，得赶紧走。我们在前面打仗，找块有粮食吃的地方，你们再吵好不好呀！部队天天吃野菜、黄麻，把嘴都吃肿了……这么困难的情况下，要命第一。"

　　不肯就此服输的张国焘，一回到毛儿盖便立即秘密召开四方面军军以上干部会议，指责中央"犯机会主义错误"。

　　南辕北辙，毛泽东、张国焘就像两驾背道而驰的马车，相离越来越远！

　　八月十一日上午，沙窝周恩来住的小木楼。

　　正堂上，毛泽东一手叉腰，一手夹烟，焦躁不安地走来走去，布满焦虑的目光不时关注着西厢房。

　　"老毛，恩来怎么样？"

　　毛泽东闻声忙回头一望："朱老总，伯承，你们怎么来了？"

　　刘伯承忙将一纸电文递交到毛泽东手里。

　　毛泽东稍低头扫视一眼：为着加强与统一一方面军的领导与指挥，特组织一方面军司令部，并任命周恩来同志为一方面军司令员兼政治委员。

　　"我跟伯承此番来，一则是送刚签发的通令，二则探望一下恩来的病情，三则来辞行的，我们马上就要动身去卓克基。"朱德憨厚的脸上，愁云密布，焦灼、焦虑、焦躁全堆在一起。

　　原来，张国焘为全面控制军委，在沙窝会议上以周恩来身体不适为由，提出要周恩来不必再参加军委的工作，企图将周恩来赶出军委。没想到毛泽东随机应变，公开提出恢复一方面军番号，并提议由周恩来担任司令员兼政治委员，以防张国焘把军权一手包揽。

　　谁知沙窝会议后，周恩来的病情不但不见好转，反而突然加重，一直高烧不退，经常烧到四十度以上，并时常昏迷不醒。

　　而根据新拟定的《夏洮战役计划》，红一、四方面军混合编队，分为左右两路军北上，即右路军由中央、前敌总指挥部率领，辖红一、三、四、三十军、军委纵队一部、红军大学，以毛儿盖为中心集结，首先占领班佑、包座地区，再向夏河前进；左路军由红军总司令部率领，辖红五、九、三十一、三十二、三十九军、军委纵队一部，以马塘、卓克基为中心集结，再北向占领阿坝，然后与右路军一起向东发展。

　　也就是说，毛泽东、张闻天、周恩来将随徐向前、陈昌浩的前敌总指挥部从右路北进，而朱德、刘伯承将同张国焘率红军总司令部赶到卓克基集结，随左路军北进。

但偏偏在这个节骨眼上，周恩来却病倒了，特别是今天一大早周恩来再次长时间昏迷，闻讯的毛泽东火急火燎地赶到一看：只见周恩来牙关紧咬，两眼紧闭，昏睡不醒。

"拜托了，不管用什么办法，一定要把周副主席抢救过来！"毛泽东气急语促。

红军总卫生部的王斌、李治两位医生正在给周恩来做全面检查，毛泽东焦急地守候在外，等待着医生的确诊。

毛泽东、朱德正在寒暄，只见经往斌、李治两人满脸愁容地走出厢房。

"周副主席的病情究竟怎么样？"毛泽东一见，劈头就问。

经、李二人相互对视一眼，一筹莫展的神情。

"主席叫你们说，有什么话就直讲吧！"站在一旁的刘伯承也耐不住性子催促道。

"报告主席，我们经过反复的检查确诊，周副主席患的是肝炎，且已变成了阿米巴肝脓肿，而不是什么伤寒感冒。"李治说。

"你们有什么最好的办法治疗？"朱德一脸的焦急。

"肝部肿大，急需排脓。可眼下既无药又无器材设备，不能实施开刀或穿刺手术。"经往斌仿佛是自己做错了事似的。

"眼前有什么最好的治疗办法？"毛泽东单刀直入。

"我们只能用治痢疾的易米丁，还有就是取冰块冷敷在肝区的上方，来退烧。"李治一脸的无奈。

毛泽东厚唇一抿："那还等什么？赶快治疗！"

经往斌面呈难色，犹豫地说："可冰块要到六十余里外的高山上去取。"

毛泽东扭头望着刘伯承："伯承，你现在就去告诉彭德怀，不管花什么样的代价，一定要把冰块取来！"

"是。"刘伯承转身匆匆而去。

"周副主席醒过来了！"厢房内忽然传出惊喜的喊叫声。

毛泽东、朱德连忙奔进厢房。

躺在病床上的周恩来脸色蜡黄，一茬长长的胡须几乎遮住了那张消瘦的脸庞。

"主席、朱老总，你们怎么来了？"周恩来努力睁开着疲困的眼睑吃力地说。

"恩来，你一定要挺住！"望着周恩来的模样，朱德眼眶一热。

"主席，这两天我拟了份电令，想以红一方面军司令部的名义，命令林彪、彭德怀的一、三军做好北进班佑的各项准备。"周恩来边说边从枕头边掏出一纸电文稿递给毛泽东。

毛泽东连忙打开一看：

依据总司令部夏洮战役计划，我军前进道路，一经阿坝，一经班佑。阿坝情况尚不明，但由班佑到夏洮，行程约十二日，我军主力有出右路的极大可能，一、三军应准备在七天到十天经班佑前进……

举轻若重，事无巨细！

看着看着，毛泽东拿着电文稿的手微微有些打战，不觉眼眶湿润地望了周恩来一眼。

"吕参谋，立即以周副主席的名义发给一、三军！"毛泽东转身将电文稿交给一旁的作战参谋吕黎平。

此刻，寒暄、关切、叮嘱，千言万语，三位在江西苏区就并肩作战的老战友心头都涌起一股辛酸。

目送着昔日并肩作战的战友的背影渐行渐远，最后消失在林荫遮掩的小路的尽头，毛泽东喟然叹息一声。

然而，让毛泽东和朱德这对老搭挡都没有想到的是，原以为按《夏洮战役计划》二十多天后就能在甘南见面，但再次重逢却是一年后在陕北的黄土高原上。

更让毛泽东、朱德没有想到的是，回到卓克基的张国焘因攫取中央最高领导权的图谋一再受挫，心灰意冷，竟然再次出尔反尔，按兵不动，公开提出与中央经阿坝北进东出决策相左的西出阿坝，占领青海、甘肃地区、甚至抽兵南下，出击抚边、理番的行动计划。

毛泽东、周恩来、朱德等人精心制定的《夏洮战役计划》眼看又要流产！

情况越来越明朗，若按张国焘的建议西出的话，人烟稀少且多为少数民族居住区，更加不利于红军的生存与发展。毛泽东决定改为以右路军为主，红军主力从班佑北进甘南。

八月十五日，中央致电朱德、张国焘：

朱、张二同志：

一、不论从敌情、地形、气候、粮食任何方面计算，均须即时以主力从班佑向夏河急进。右路军及一方面军全部，应即日开始出动，万不宜再事迁延，致误大计。

二、新麦虽收，总数不多，除备行军十五天干粮外，所余无几。此事甚迫切，再不出动，难乎为继。

三、目前洮、夏敌备尚薄，迟则堡垒线成，攻取困难。气候日寒，非速到甘南夏（河）不能解决被服。

四、毛儿盖到班佑仅五天，到夏河十二天。班佑以北，粮、房不缺。因此，一、四两方面军主力，均宜走右路，左路阿坝，只出支队，掩护后方前进。五k、三十二k（即五军、三十二军）即速开毛。

五、目前应专力北上，万不宜抽兵回击抚边、理番之敌。

六、望立复。

中央<br>八月十五日十四时

这个计划等于补充和纠正了《夏洮战役计划》的不足，否定了张国焘的西进主张。

将在外君令有所不受。张国焘对中央电令置若罔闻，于当天仍命令红一方面军第五军和红四方面军第二十五、九十三师共七个团从卓克基出发，向阿坝前进，主力随后跟进。

也就是说，张国焘拒不执行中央"一、四两方面军主力，均宜走右路，左路阿坝只出支队，掩护后方前进。五k、三十二k即速开毛"的决定。

## 十五

> 为实施北进战略，毛泽东不得不在毛儿盖再次召开政治局扩大会议；死猪不怕开水烫，张国焘仍固执己见坚持西进；内忧外患，蒋介石四处忙灭火，焦头烂额之余，仍不忘给老对手毛泽东设下重重生死障碍。

一九三五年八月二十日下午，毛儿盖上八寨索花寨的索花寺偏殿。

一手夹烟一手叉腰的毛泽东在长方形会议桌旁来回踱着步，不时吮呷着下唇：

根据中央关于创造川陕甘根据地的方针，我军北进夏河地区后，有两个行动方向，一是东向陕西，一是西向青海。我的意见，主力应当向东，向陕甘边界发展，而不应向黄河以西。红军北出后，应以洮河流域为基础，建立根据地。这一地区，背靠草地，川敌不易过来。临近青海的回族聚居区，党的民族政策得当，回族人不至于反对我们。如东进受阻，以黄河以西做战略退路，也是好的。

毛泽东话音一落，张闻天接过话茬：请大家就泽东同志的建议发表意见！

正在召开的是政治局扩大会议，主要讨论战略方针和夏洮战役的作战行动问题。

出席会议的有张闻天、毛泽东、博古、王稼祥、陈昌浩、凯丰、邓发、李富春、徐向前、林彪、聂荣臻、李先念。

毛泽东等人是二十日中午从沙窝赶到索花寨的。

在离开沙窝前，张闻天、毛泽东、博古、王稼祥还召开了一次政治局常委会，进行了分工：毛泽东负责军事，张闻天兼管组织部，罗迈（李维汉）副之，博古负责宣传部，王稼祥负责红军政治部，凯丰负责少数民族委员会。

沙窝会议后，毛泽东与右路军总指挥徐向前、政治委员陈昌浩一起研究向夏河进军的具体部署，并于八月十日颁布了《右路军行动计划》：

· 315 ·

一、为扫除前进中的一切障碍，并估计在北上运动中（特别是包座、班佑、撒路三角地域）有与胡敌一部遭遇的可能，决以有力之先遣兵团（两个团）向班佑侦察前进，占领班佑、撒路、包座地域，并以其主力控制之，以掩护右路主力北上，在可能条件下须以一部继续北进侦察。

二、同时估计到当我军左路已攻占阿坝，右路先头已经出动时，胡敌有派队进攻我羊角塘、小姓沟一带阵地可能，因此必须控制相当兵力巩固该阵地，并向松潘之敌佯攻，以吸引敌大部于松潘城附近。

三、为着右路军迅速安全和胜利的北进，决分三个梯队，采取阶梯队形，交互掩护……因此我岷江两岸之钳制部队，应该据有利阵地，逐段掩护，适时向主力紧缩，衔接前进。

派人侦察路线、向当地村民了解草地情况、寻找向导，毛泽东深知只有迅速北进，才能尽量减少部队的损失，才能摆脱眼前的困局。

因为，一旦拖延到九月，天气变冷下雪，粮食短缺姑且不说，就是御冬的棉衣也没有，部队伤亡更大。

这时，林彪的红一军集结在波罗子、沙窝之线，彭德怀的红三军集结在芦花、亦念之线，正做着过草地的各种准备工作。

筹粮，按中央的要求，每人带足十五天的粮食。可自从两军会师后所控制区域面积不到三万平方公里，人口不足二十万，且已滞留了一月有余，消耗了上百万斤粮食。为了生存，红军只得收割藏族人地里的青稞麦，写下借据。

而此时的红军尽管想尽了一切办法筹粮，也根本无法筹到每人带十五公斤的数量。最多的八至十斤，一般的五到六斤，有的只有三四斤。

红一军军长林彪向刘忠的军部侦察科下达了一项特殊任务：你们侦察人员全体出动，漫山遍野去侦察能吃的草叶子或草根，要认真、要仔细，找它几百种、几千种，越多越好。

接受了"侦察草粮"任务的刘忠，天天带着人去尝草芽、挖草根、煮草叶：这里的草虽然很多，但并不是都能吃，有些草嚼在嘴里，很难下咽，有些草吃了还要中毒。我们红六团有些同志就是吃了一种牛舌头似的大草叶中了毒，情况非常危险，所以我们无论是找到"茵茵菜"、"野葱"、"野蒜头"，或是"野芹菜"、"豌豆苗"，以及其他许多不知名的野草，大部分拿去给林军团长看。凡是没人吃过的草，他都要亲自尝尝，亲自试试，并且还常常骑上骡子亲到野外找，找到能食用的野草，就拿到各单位去介绍，或用文字通报全军。

不能再等了！

待在沙窝的毛泽东与张闻天、王稼祥、博古及前敌指挥部的徐向前、陈昌浩等人紧密锣鼓地研究着过草地的具体线路。

八月十六日，毛泽东等人听取了前敌指挥部参谋长叶剑英关于草地情况的汇报后，批准了经草地到班佑、拉卜楞寺的行军路线，同时为解决沿途的粮食问题，决定分左、右两路向北齐头并进。

右路由叶剑英率红三十军的第二六四、二六五两个团为先遣团，由洞垭、腊子山入草地、向班佑挺进，程世才、李先念率红三十军和许世友、王建安率红四军跟随北进，徐向前、陈昌浩随三十军行动；

左路由林彪的红一军第二师以四团为先头部队，从毛儿盖经屈定桥、徐支梗沙入草地，经色既坝、年朵坝向班佑挺进。

林彪率红一军第二师，聂荣臻率红一师及中央机关、红军大学等跟进，彭德怀率红三军殿后，走西路行军路线。

当晚十二时，徐向前、陈昌浩致电林彪、彭德怀：一、三军十七日出发，全部到毛儿盖集中。

十七日清晨，正在波罗子附近筹粮的红四团政治委员杨成武突然接到军长林彪的命令：火速骑马赶到毛儿盖，到毛主席处领受任务！

杨成武带着骑兵侦察排像一股疾风直趋沙窝毛泽东的住处：毛主席与周副主席住在一起，他们住的房子是藏族人用木头架起来的普通房子，分上、下两层，按照藏族人民的习惯，底层关牲口，楼上住人。在楼外空地上，我首先碰到保卫局局长邓发同志，邓发同志热情地与我握手，然后引我进楼去见毛主席。

正俯身看着地图的毛泽东招呼杨成武在木头墩子上坐下，一手叉腰一手指着地图：要知道草地是阴雾腾腾、水草丛生、方向莫辨的一片泽国，你们必须从茫茫的草地上走出一条北上的行军路线来。

毛泽东稍停顿一下，指着地图继续说道：北上抗日的路线是正确的路线，是中央研究了当前的形势后决定的。现在，胡宗南在松潘地区的漳腊、龙虎关、包座一带集结了几个师；东面的川军也占领了整个岷江东岸，一部已占领了岷江西岸的杂谷脑；追击我们的刘文辉部已赶到懋功，并向抚边前进；薛岳、周浑元部则集结于雅州。如果我们掉头南下就是逃跑，就会断送革命。

毛泽东右手有力地向前一挥：我们只有前进。敌人判断我们会东出四川，不敢冒险走横跨草地，北出陕、甘的这一着棋。但是，敌人是永远摸不到我们的底的，我们偏要走敌人认为不敢走的道路。

紧接着，毛泽东就过草地可能遭遇到的各种困难、各种准备工作等进行了详尽细致的了解并具体指示解决的办法。

毛泽东嘱咐：一个向导解决不了大部队行军的问题，你们必须多做一些"由此前进"并附有箭头的路标，每逢岔路，插上一个，要插得牢靠些，好让后面的部队跟着路标，顺利前进。

当晚九时，徐向前、陈昌浩致电林彪、聂荣臻：四团已到，拟令其为右路军左翼先遣团，十九日下午出发。

右路军厉兵秣马，准备全力以赴执行《夏洮战役计划》。

然而，出乎毛泽东、徐向前、陈昌浩意外的是，张国焘当天致电徐向前、陈

昌浩说：树声率九军四团及五军今到石匠公、龙耳头，明可达查理寺。三十一军四团跟进，十九（日）到查理寺……响导、通司少，查理寺通班佑方向道路情况不明，总司令部十九（日）由大藏寺向查理寺进。

也就是说张国焘固执己见，强调不能北进的种种理由，拒不执行中央十五日的电令，屡屡与中央唱反调，仍继续坚持西进阿坝。

对张国焘的我行我素，连一向唯张国焘之命是从的陈昌浩也感到不妥。

十八日十八时，陈昌浩和徐向前联名致电张国焘和朱德：左路军大部不应深入阿坝，应从速靠紧右路，速齐并进，以免力分……剑英今十八（日）晚率定南三团出发，四方面军走右路，一方面军走左路，平行进，兵力颇集结。我们二十一日晚离开此地。

然而，十九日凌晨二时，张国焘在回电中一方面说：一纵主力与右路齐头靠紧前进，为战胜敌人的先决条件，已令振堂带电台率五军主力于十九（日）由查理寺向班佑探查北进平行路，为一纵队由班佑西进具体准备；另一方面则声称：阿坝仍须取得……大金川、大藏寺有三四条平行路向阿坝北进，人粮甚多，比芦花、毛儿盖好多了。

当天，张国焘再电陈、徐：二十五师今晨攻查理寺，五军、九十三师明晨石匠宫向查理寺进。决于二十一日以二十五、九十三两师攻阿坝……事实上右路与左路联络困难，左路若不向阿坝攻击，将无粮并多番骑扰害。

强调理由、借口，说来说去，张国焘仍顽固地坚持向阿坝进军！

其实，早在一、四方面军会师之初，蒋介石就严令上、中、下三阿坝地区的马步芳阻击红军。

八月七日，第一纵队先头部队——二十五师七十四团首先占领大藏寺。中旬，左路军主力第一纵队向阿坝进发，一路军三十一军九十三师由康猫寺经龙日坝向阿坝前进。

九十三师先头部队在档格哈里玛山西南约三十里地突然与杨俊扎西所率两千余骑兵遭遇，红军初战不利，被迫后撤。旋因后续部队赶到，击溃敌军，转至四寨一带。

九军二十五师和五军从马尔康、大藏寺一带出发，翻过安得山，到四寨与九十三师会合后继续向阿坝进军。十九日，二十五师击退敌军阻击，占领查理寺。

马步芳得知杨俊扎西兵败消息，一面严令杨俊扎西不得退却，一面调马彪旅火速增援。但杨俊扎西自感无力再战，收拾细软，逃往果洛。

二十一日，红军左路军占领阿坝。

让他向东，他偏要向西。张国焘毫无忌惮地实施着自己的西进计划，就像一匹脱缰的野马，越跑越远，已经严重威胁到红军的整体行动计划！

尽管这段时间的电报是以张国焘、朱德二人之名拍发的，但实际上都是张国焘大包大揽。

是以主力经阿坝向青海西进，还是以主力经班佑入甘南再向东发展？鉴于张国焘拒不执行中央引兵东指的决定，造成西进的既定局面，毛泽东决定在毛儿盖召开政治局扩大会，以统一思想行动。

此刻，毛泽东正凝神专注地倾听着陈昌浩的发言。

陈昌浩有些激动：主席说的向东发展，建立陕甘边根据地的主张，我个人的意见是十分正确的，也坚决支持。眼下我们应该要做的，就是快速北进，集结最大力量，向东突击，以实现中央既定方针。

毛泽东悬着的一颗心终于放下来了，按捺不住兴奋：昌浩同志态度坚决，很好嘛！

毛泽东之所以十分在意陈昌浩的态度，是因为陈昌浩毕竟是与张国焘走得最近的人。如今看来所谓的南下、西进路线不过是张国焘的个人主张而已，而且只要脱离张国焘的影响，陈昌浩是会支持中央的正确路线的。

毛泽东露出欣慰的笑容。

紧接下来是徐向前发言：原则上的问题，中央早已决定，战略方针当然是向东。我军北出甘南后，应坚决沿洮河右岸向东，突破岷州王均部的防线，向东发展。万一不成，再从河左岸向东突击。

陈昌浩、王稼祥、凯丰、林彪、博古、徐向前等依次发言，完全赞成毛泽东的建议：北进夏河后，坚决向东发展。

众志成城。看着将领们群情激昂，为北上还是西进郁闷了多日的毛泽东眉头舒展，站起身来兴奋地说道：第一、向东还是向西，是全局中的关键。向东，是积极的方针，我们必须采取这一方针。否则，将被敌迫我向西，陷红军于不利境地。第二、从洮河左岸或右岸前进，可视情况而定。如有可能，即采取包座至岷州的路线北出。占领西宁，目前是不对的。第三、左路军应向右路军靠拢。我们不应将左路军看成是战略预备队。做战略预备队它赶不及，不能指望。总之，必须坚决向东打，以岷州、洮河地区为中心向东发展，决不应因遇到一些困难，转而向西。

会议通过了毛泽东起草的《关于目前战略方针之补充决定》。

《决定》明确规定：目前右路军应全力迅速夺取哈达铺，控制西固、岷州间地段，并相机夺取岷州。左路军则迅速出墨洼、班佑，出洮河左岸，然后并力东进。

也就是说，毛儿盖会议以中央政治局决定的形式否定了张国焘的西进主张，并规定：以右路军为北进主力，左路军作为战略预备队迅速向东跟进！

二十一日，徐向前和陈昌浩连电朱、张，告以中央的新决定，即以岷州为根据地向东发展，首先以岷、洮、哈达铺为主要目标，争取在洮河东岸与敌决战，目前主力西向或分兵出西宁，均不妥当。左路军占领阿坝后，不必肃清该地区之敌，可速向右路军靠拢，以便集中兵力灭敌，速出甘南……林彪率第二师今晨走

向班佑，先念在洞垭，三十军于二十二、二十三日到腊子山，最后掩护为三军团。

接着，毛泽东和张闻天以中央政治局的名义亦发电将《中央关于目前战略方针之补充决定》的精神，电告了张国焘。

苦心婆口！为规劝张国焘执行中央决定，毛泽东可谓是费尽了心思。

然而，此时的张国焘似乎已走火入魔。

徐向前后来谈起张国焘当时的态度说：张国焘公然无视中央的决定，仍坚持左路军以阿坝为后方，出夏河、洮河地区，左右两路分兵北进。

鉴于此，毛泽东又考虑到徐向前、陈昌浩是张国焘在红四方面军中的左膀右臂，也许让他们出面更好能说服张国焘执行中央决定，便多次与徐、陈二人商量。

徐、陈二人也觉得张国焘总和中央闹别扭不好，而且从军事上看，毛泽东提出的左右两路军集中兵力出甘南是上策。

八月二十四日，正率右路军在草地行进中的徐向前、陈昌浩再次联名致电张国焘：

……

二、目前箭已在弦，非进不可。西路主力端出岷、哈，拟出夏、洮。前者则主力向包座、岷州大路进，主要在洮河东打；后者则主力出郎木寺、双岔、班佑。分定或此方必在集中包座或郎木寺待命。

三、弟意右路军单独行动不能彻底消灭已备之敌，必须左路马上向右路靠进，或走班佑，以便两路集中向夏、洮、岷前进。主力合而后分，兵家大忌，前途所关，盼立决立复示，迟疑则误尽中国革命大事。

死猪不怕开水烫！个人利益至上的张国焘已令利智昏，全然没了大局观念，哪管他误不误中国革命大事，把中央的决定和徐、陈的劝告统统当成了耳边风，任左催右催，都没有用！

外忧内患，坚定地向草地走去的毛泽东烦得很；而此时他的老对手蒋介石也正陷入外忧内患之中，日子过得比毛泽东也好不了多少！

八月二十日，国民党《中央日报》以"万里宣劳数平匪祸，蒋委员长昨飞还首都"的醒目标题，报道了蒋介石近期的活动：

蒋委员长偕夫人宋美龄等于十四日离开成都，在江西逗留五天后，于当日下午五时抵南京。

将毛泽东困堵在松潘以南地域，原定的北堵南压战略正有条不紊地实施着。

毛泽东已是囊中之物！奔波劳碌了大半年的蒋介石总算喘了口放心气。

特别是得知留在江西的"共匪"余部已基本"清剿"完，蒋介石更加踌躇满志，他要亲自再到"共匪"的老巢去看看，一则安抚"清剿"有功的将领，二则以胜利者的姿态在共产党"盘踞"了近七年之久的"老巢"显摆一下国民"领袖"的威武。

　　然而，正当蒋介石在江西春风得意马蹄疾时，没料到后院却起火了，而且愈烧愈烈。

　　原来，出于国民党政府行政院长汪精卫在对日关系上采取"忍辱求全"政策，国民党部分元老要求清算汪精卫的对日妥协政策。

　　汪精卫则以有病为由，于六月底干脆跑到青岛住进医院疗养，不理政务。

　　南京中枢反汪力量逐步集结串联，策动反汪风潮，并呼吁召开四届六中全会、恢复外交委员会及渲染迎接胡适入京主政。

　　正在成都忙着指挥"围剿"红军的蒋介石，见南京中枢几乎陷入瘫痪状态，连忙致信企图予以平复与消解，但并没有立竿见影，相反反汪风潮愈演愈烈。

　　八月八日，汪精卫向国民党中央公开提出辞呈，与之关系密切的陈公博、顾孟余等人也相继提出辞呈，以示与汪精卫共进退，以此来要挟国民党。

　　连日来，在南京的国民党中央和国民党政府闹得沸沸扬扬，乱如一锅粥，又是派人慰问，又是开会挽留。

　　而汪精卫也故作姿态，一会儿说辞意已定，一会儿又说尚未考虑成熟，真真假假，让人摸不到底细。

　　眼见得南京中枢形成政治僵局，蒋介石于十七日派心腹张群带着自己的亲笔信赶到青岛，全力慰留。

　　八月十九日，汪精卫由青岛飞抵上海，并在上海发表公开谈话：辞意仍坚！

　　蒋介石见事情越闹越大，为确保南京中枢的正常运转，只得急匆匆地赶回南京，对汪精卫给予政治上的支持，对反汪风潮予以强力压制。

　　一场辞职闹剧，在蒋介石的强力压制下，总算草草落下帷幕！

　　既要"围剿"红军，又要平复南京中枢的纷争，内忧外患，弄得蒋介石焦头烂额的，几乎筋疲力尽。

　　然而，还未等蒋介石歇口气，八月二十四日胡宗南的一封"红军前锋穿过草地进抵班佑"的告急电，又飞到了他的手中。

　　煮熟了的鸭子又飞了?!惊愕之余的蒋介石缓过气来，又急匆匆地于二十五日飞抵成都"剿匪"前线。

　　蒋介石一抵成都行营，便心急火燎地给西北"剿匪"军第一路军总司令发出一道严令：

　　川北理番已克，则四川各县皆已收复，匪部已无重要踞地，在川必不能久立，预料不久必向甘南、青东偷窜，务转甘、青、宁各师、旅、团长加紧准备，并严密检阅坚壁清野之法。如有失陷县城及重要市镇者，唯各该防地军民主官是问，照失地纵匪论罪。

　　前途阴霾密布，危机四伏，正在松潘草地上蹒跚而行的毛泽东面临老对手蒋介石精心筑起的重重生死障碍，又将做出何种抉择?

　　历史，继续考量着毛泽东的智慧与胆识！

# 十六

　　过草地，急先锋叶剑英、林彪探出地狱之路。

　　同甘共苦，红军将士生死相携走出死亡陷阱。

　　一九三五年八月二十二日傍晚，松潘草地分水岭山背上。

　　七八棵一丈多高的浓叶树耸立在一望无际的茫茫野草丛中。

　　浓叶树下，面容消瘦的红一军军长林彪与三位请来的向导盘膝坐在草地上，谈兴正浓。

　　尽管在草地中已跋涉两天了，疲倦、饥寒毫不遮掩地缀满脸颊、全身，但林彪仍顾不上长途跋涉的疲劳，一到宿营地便来看望向导们。

　　"我们从毛儿盖来，经过的河，都往南流入岷江了，以后又流经宜宾流到长江去了。你看山这边的这条河，是由南往北流的，进入玛曲江后，就流到黄河去了。这座山就是长江与黄河两大水系的分界线，因此叫作分水岭。"一位汉族通司边说边用手指指山的北面。

　　林彪顺着通司的手极目北望，一条条弯弯曲曲的河流铺在绿茵茵的草地上，像一条条彩虹扯成"之"字形的图案。

　　据时任红一军侦察科长刘忠回忆：部队进入草地边沿的黑水、芦花地区，林军团长特别到担任全军前卫的红二师来，并且住在前卫团，具体地关照部队，我和侦察队也随他一起行动。

　　临出发前，林彪交给刘忠侦察队一个新的任务：交给你们三个向导，一路上要负责照顾他们，在前面带路。

　　新中国成立后，刘忠在《在草地里》一文中写道：先说这三个人吧，一个是本地藏族人，他知道些路线，但不会说汉语；另一个是从山东移来草地的回族人，他会翻译汉语，人称他为通司，但不知道路线；再一个是在这一带来往经商的汉族人，他既知道路线，又懂一点汉语，这是我们最需要最有作用的一个。但他的态度有些消极，对红军有些抵触情绪。当时，对我们来说，显然这三个人是一个也少不了的。

　　林军团长为了做好这三个人的工作，不仅向我亲自交代任务，派我们侦察队负责照应，而且还给他们一人分了一匹马，发了足够的酥油、糌粑、盐、肉等，此外还有一条毛毯。可以说，这三个人要算过草地时生活最优越的人了。在路上，军团长还会亲自几次找三个人谈话。

　　刘忠的侦察队走在最前面：草地里举目苍苍，一片荒野，灰暗的天空，一会儿是风，一会儿是雨，一会儿是冰雹。部队在草地里行军真像一只孤船漂在大洋里，谁也说不清一个正确的方向。我们侦察队走在最前边，紧紧地依靠着那三位向导。我们拿着指北针掌握着方向，他们三个向导边走边研究，找出一定的记号。有时找到一块石头，有时找出一个野牛的头角骷髅，只有找到这些带有神话传奇式的记号，经过三人的研究对证，我们才能定出前进的路线。

也就是说在过草地时，林彪亲自率先遣队红四团和军侦察队在前探路，并且请了三名向导。

而据时任右路军左翼先遣队红四团政治委员的杨成武一九八一年写的《忆长征》一书，红四团只请了一位六十多岁满头白发的藏族通司做向导，并且特别安排了八名战士用担架抬着向导行进。

后来有人查证，给红四团当向导的是下鼓村年近八旬的藏族人阿邦。

八月二十一日清晨，红四团从毛儿盖出发，每个战士身上，除了携带的武器、背包外，还背了几斤干粮，如今又添上一些柴火、路标，负重增加了，行军也更加艰难了。

刚走到草地边沿，骑在马上的杨成武举目眺望：前面的草原茫茫无边，在草丛上面笼罩着阴森迷蒙的浓雾，根本分不清东南西北。草丛里河沟交错，积水泛滥，露在外面的水呈淤黑色，散发着腐臭的气息。这里没有石头，没有树木，更没有人烟，有的只是一丛丛长得密密麻麻足有几尺高的青草。在这广阔无边的泽国里，简直找不到一条路，脚下是一片草茎和长年累月腐草结成的"泥潭"，踩到上面，软绵绵的，若是用力过猛，就会越陷越深，甚至把整个身子都埋进去，再也休想从里面爬出来。

黄开湘、杨成武正望着茫茫草地茫然无措，老通司告诉说：只能拣最密的草根走，一个跟着一个。过去，我就是这样，几天几夜走出了草地！

老通司还说：草地上的水淤黑的，都是陈年腐草泡出来的，有毒，喝了就会使肚子发胀，甚至中毒而死。别说喝，就是脚划破了，被这毒水一泡，也会红肿溃烂。

黄开湘、杨成武当下宣布了一条纪律：不准用草地上有毒的水！

草地的天气就像娃娃的脸，说变就变。

早晨，浓雾蒙蒙，天昏地黑；中午，天空放晴，阳光普照；午后，乌云密布，气温骤降，狂风大作，大雨滂沱；黄昏，暴雨倾盆，还夹着冰雹。

在草地里艰难行进了一天的红四团指战员们只好选在一个稍高的小草坡上露营：把背包当作凳子，背靠背靠体温取暖，尽管天寒雨淋，衣服湿透，也只能硬挺挺地坐着、忍受着。

当天傍晚，率红二师主力先行的林彪致电聂荣臻、周恩来、徐向前、陈昌浩：

聂抄转周、徐、陈：

一、二师于十七时到达腊子塘露营。

二、由毛到腊约八十里，路平好走，途中无人烟，须过五次河，有三次无

桥。因天雨，水深及流速均正在增加，此刻水深约七十生的［厘米］。

三、编入四团之二九四团共三百余人全无雨具，通身湿透。

四、腊子塘从前有牧牛及架帐篷遗迹。今晚各部均在雨中拥坐，此地树林甚少，不能全部搭棚子及烧火。

林

二十一日十八时

左翼先遣队进入草地的第一天走了八十里，当晚在腊子塘露营。

而四方面军张仁初任团长的二九四团，是进草地前夕合编列入红四团后，改为第二营。

其实，这封现存的电文也证实了刘忠的话。但历史是为现实服务的，若不是一九七一年温都尔汗的那声爆炸，军史、党史上许多谜团就迎刃而解了！

林彪就是林彪，活着是个谜，死后仍留下一个个谜！

川西北草原，位于青藏高原和四川盆地的连接段，历史上一直为松潘所辖，故有松潘草地之称。纵长五百余里，横宽三百余里，面积约一万五千二百平方公里，海拔在三千五百米以上。地势由东、南、西三面向北倾斜，起伏不大，为典型的平坦高原。白河（葛曲河）、黑河（墨曲河）由南而北注入黄河，河道迂回摆荡，水流滞缓，叉河横生。因排水不良，潴水而成星罗棋布的沼泽。水草盘根错节，结络而成片片草甸，覆盖于沼泽之上。

草地气候极为恶劣，年平均气温在零度以下，雨雪风雹来去无常，时而晴空万里，烈日炎炎，时而阴霾蔽日，电闪雷鸣。每年五至九月是草地的雨季，使原本泥泞滞水的草地更显得沧海横流，而红军恰好在这个季节走进了草地。

其实，当年红军所穿越的草地，就是今天的若尔盖草地。

杨成武、黄开湘率着红四团第二天继续向草地的腹地进发，行进更加艰难：

绿茸茸的水草，全泡在水里，一脚下去，水没到膝盖，"路"都浸在污浊的水里，地下是多年的腐叶败草，土质松软，一伸出脚，至少陷进半尺，许多人的

黄镇的漫画：《过草地》

草鞋给泥巴沾去了，而且连找也没法找，更可恶的是隐没在这水草下无底的泥潭，人与马一陷入，愈挣扎愈往下沉，假若别人援救，那连救的人也要陷下去。偏在这时又下起雨来，大家怀着如履薄冰的心情，踏着前面人的足迹，慢慢地前进。而且每走一步，都要慎重地举起，慎重地踏下。

黄昏，红四团赶到一个难得的小山坡宿营。

仍旧是露营，仍旧是几个人挤在一起背靠背地取暖。但霏霏细雨更使人难受，淋了两天的雨，衣服都湿透了，坐下来比站着更冷。

于是，大家索性站在风雨中眼睁睁地盼着天亮。

红四团就这样又继续在草地走了两天。由于连日来风雨、泥泞、寒冷的折磨和饥荒的煎熬，指战员的体能消耗巨大，脸色苍白蜡黄，衣服破烂，有的只剩下筋筋条条，有的感到两腿酸软无力，举不起步。

红四团的几个团干部只得把乘马和所有的牲口都抽出来组成了收容队，轮流驮送伤病员。

尽管如此，还是有不少的战士被缺氧、风雪、饥饿、寒冷夺去了生命。

杨成武曾眼睁睁地看着团里的小宣传员郑金煜倒在自己的身边。

郑金煜是江西石城人，十六岁入党，进入草地时是红四团党支部的青年委员。因严重缺氧引起呼吸困难，发烧瘫软。杨成武用背包在前后把小郑的身子支撑起来、再用绳子把小郑捆在自己的马背上驮着前行。

但毕竟因体弱病重，郑金煜没能走出草地。

第四天黄昏，红四团赶到了色既坝露营。

在绿茸茸的草地上，指战员们挖土坑、四边插上棍子、再盖上油布，搭起一个个小帐篷，几个人挤在土坑里宿营。

没料到，夜晚"哗啦啦"一场大雨，雨水流进了土坑里。

红四团指战员们只好站在雨中又熬了一夜。

第六天下午三点，也即八月二十六日下午三点，红四团终于走出了草地，抵达班佑。

班佑，只是一个有一二十间牛屎房的小村庄。牛屎房是游牧藏胞用柳条编起来，外边糊上一层牦牛屎做屋墙，顶上用柳条搭起，糊着牛屎，没有窗，外表黑黝黝的。

牛屎房虽然简陋，但对连续六天五夜食风餐雨刚走出草地的红四团指战员们来说，仿佛一下子从地狱跳到了天堂。

其实，班佑是叶剑英率领的右路军右翼先遣队在八月二十四日拿下的。

早在八月十八日，右路军右翼先遣司令叶剑英和三十军军长程世才就率着二六四、二六五两个团从洞垭出发，向草地挺进。

右翼先遣队在草地所经历的艰难困苦，与左翼先遣队相差无几。

事隔多年后，程世才对过草地的那段经历仍然难忘：那天夜里，我们和叶剑

英坐在一块大石头上，全身都湿透了，冻得直打寒战。有些同志不声不响地在饥寒中倒下去了。叶剑英看到这种情景，就鼓动士气，给大家讲故事，领唱《国际歌》，高亢的歌声响彻夜空，使大家振奋起来……第二天早晨，同志们集合在一块湿草地上，埋葬了战友的尸体。叶剑英领着大家伫立默哀片刻，以坚定的语气说："我们活下来的人，要想着牺牲的同志。我们一定要走出草地，争取胜利！"

右翼先遣队是在一个叫扎洞巴、一个叫能周的两个藏胞当向导的引路下向草地进军的。

扎洞巴和能周两人都是寺里的喇嘛。因国民党的欺骗宣传，藏族人都跑光了。两个年轻喇嘛刚好回家探亲，碰上了红军。当两人把红军带出草地后，目睹红军是仁义之师，要求参军，红军没同意。

一九八六年春，邓小平与叶剑英见面时，谈起当年的藏族向导：他们过得怎么样了？如果还活着，请一定给予他们补偿和安置。

经当地党史和民政部门调查：二人返回毛儿盖不久，能周就被土匪杀害。一九五六年毛儿盖土匪叛乱，扎洞巴害怕报复，躲藏进山洞里，活活饿死了。

八月二十四日，叶剑英率二六五团刚进抵班佑附近的贡巴龙山一带，便与胡宗南游击指挥部第二支队长张莱孝所率支队及若尔盖十二部落之一千余骑兵遭遇，叶剑英、程世才指挥部队迅速占领有利地形，用密集的火力阻挡住敌骑兵如旋风般的奔袭，二六四团闻讯赶至增援，经过两个多小时的激战，红军击溃了国民党军骑兵，并乘势占领了班佑。

叶剑英后来说：我当时带着病，踏着一窝一窝草前进。到了后几天，干粮吃光了，饿着肚子走一点力气也没有，许多人在草地倒下了。走了近十天，终于走出草地，到达班佑，住进牛屎房子里。这是过草地以来第一次住上房子，大家都很高兴，好像到了天堂一样。

二十二日清晨，毛泽东、张闻天、博古和前敌指挥部的徐向前、陈昌浩等人随第三十军、第四军进入草地。

二十三日拂晓，聂荣臻率红一师、军直属队及军委纵队、红军大学随红二师进入草地。

二十三日下午，殿后的红三军跟随在红一师之后，也开始向草地进发。

到八月二十九日，右路军相继走出草地。

没过草地路，难知长征苦。笔者在查阅、搜集红军长征的相关回忆文章时，以过草地的最多，而且绝大多数认为过草地那五至七天的时间是长征途中最艰苦、最残酷的日子。

之所以如此，是因为红军一、二、四方面军三大主力都走过草地，更为关键的是过草地时人类生存的吃、穿、住、行等基本生活条件遭遇了前所未有的挑战，致使不少红军指战员被草地这床飞不起来的"魔毯"活生生地吞噬掉，以致在每一个亲历者的脑海里烙下了终生难忘的记忆。

饥饿威胁，是亲历者最难忘的。

尽管右路军在进入草地前经过一个月左右的紧张筹粮，但筹粮有限，每人所带的粮食也不过三至十斤，且主要是青稞。准备充分的将青稞麦磨成炒面，放在干粮袋里，但需要用水煮着吃。没料到过草地时被雨一淋，青稞麦成了疙瘩，更加难咽。还有的来不及磨面，带的就是青稞麦，只好一颗颗咬着吃，用力咀嚼生硬的青稞麦，牙都咬疼了。既吃不饱，又难消化。

草地的水有毒，不能生喝。而地上太湿，没有干树枝生火，不少指战员只好靠用茶缸接雨水喝解渴或煮东西吃。

红军战士赵天明说：走那水草地的时候，我感觉我快要死了，干粮吃光了，就吃草根和烂牛皮什么的，可是没有水喝，让人无法忍受。后来喝草地上的水后，就拉肚子，快走不动了。我看见好几个战士喝了草地上的水后，拉了几天的肚子就牺牲了。

一般的战士所携带的干粮有限，路程还未走到一半，便告断炊，只好靠挖野菜、剥树皮充饥。

时任红二师无线电队政治委员的肖文玖进入草地的第三天，遇到红一团三营长曾保堂：一见面他就拉着我的手，热情地拥抱我说："老肖，你没死啊！"

肖文玖的无线电队只带了两天的粮食，但挑着电台、马达等机器行军，特别容易饿，进草地的第一天就把所携带的粮食吃光了。许多人饿得奄奄一息，倒在地上再也走不动了，既要抬设备，又要抬走不动的伤病员，而且需要抬的天天增多，能抬别人的人不断减少。有个叫老周的是队里最有力气的挑夫，因饥饿倒下被同事抬着走。老周为减轻队里的负担，死活不让战士抬，最后硬是从担架上滚下来，自己跌死在路上。

负责红一军收容工作的萧锋在八月二十五日的战地日记中写道：许多掉队的战士，连病带饿，有的连拔野菜、选野菇的力气也没有了，看了心里实在难过。四个军团在这草地上，困难实在多。前面的部队把野菜、野菇吃光了，后面的部队就没有什么吃的东西了。有的同志实在饿得没有办法，看到前面部队拉的屎里还有没消化的青稞麦，就一粒粒拣出来，用水洗干净，再用茶缸煮了充饥。

时在军委直属队的刘英说：进了草地，茫茫一片，看不到一点人烟。开头有吃的东西，还好一点，后来没有吃的了，野菜几乎被前面过去的战斗部队摘完了，熬汤的盐也没有，人就没有力气了。

事隔多年后，时任红一军侦察科长的刘忠回忆：当时红军到底吃过多少种野草，就无法计算了，反正经过草地的人都吃过了。那些野草在嘴里面咀嚼时的那种味道，咽下去的那种艰难，从胃里反出气时的那种感觉，大家一生都忘不了。

彭德怀的红三军是右路军最后一支过草地的部队。

进入草地的第四天，红三军便断了粮，可野菜、树皮都被前面过的部队吃光了。

望着一个个被饥饿煎熬得面黄肌瘦的指战员，彭德怀的眉头皱了又皱，万般无奈之下打起了坐骑的主意，便把饲养员叫来问道："还有几匹牲口？"

"连军长那头黑骡子在内，还有六匹。"饲养员不知彭德怀因何故忽然问起此事。

彭德怀心一横："全部杀掉！"

饲养员一听，蒙了："那五匹牲口可以杀掉；军长的大黑骡子坚决不能杀！"

彭德怀见饲养员一副着急样，只好放下耐心劝道："我也舍不得，现在连野菜都没有吃的，只有杀了牲口，才能走出草地。只要人在，牲口，敌人会给送来的。"

"砰砰砰"一阵枪响，警卫班的战士忍痛枪杀掉大黑骡子，军部只留下了一点儿杂碎，其余的全部分到部队。就是这点肉，也不知救下了多少人的生命。

二〇〇九年十二月十二日，笔者在长沙采访了方国安老将军。

方老过草地时在红三军的第十团：我们十团走在全军的最后面，进草地的第三天所带的干粮就吃完了。前面过的大部队把沿途的野菜、凡是能吃的几乎全搞光了，我们怎么办？后来有的就把皮带解下来，用刀割成一小块一小块的，先用火烧去表层，然后用刀刮去烧焦的，再用茶缸煮、熬，吃起来虽然坚硬难嚼，但总算可以充饥。皮带能吃！就像一大发明，结果大家把皮鞋、马鞍、凡是猪皮、牛皮、兽皮做的东西都拿出来依样画葫芦煮着吃。

老人说到这里，眼红红的，长长叹息了一声。

地狱之路，是亲历者永恒的记忆。

茫茫草地，一望无际，遍是水草沼泽泥潭，根本没有路，必须踏着一个草甸再到另一个草甸走。尽管先遣队插了路标，但由于连日阴雨不断，淹没了路标和行进路线，后面的部队只能寻找马蹄痕迹或踩倒了的杂草前行。

笔者在采访当年的亲历者时，老红军们在回忆在草地行军时，几乎都谈到有三怕：一怕没踩到草甸陷进泥沼，二怕下雨，三怕过河，到处是死亡的陷阱。

泥沼一般很深，当一个战士一脚踩空或踩到薄的草甸，陷进泥沼，身子越挣扎沉得越快，另一个战士急忙伸手去拉，若用力过猛，就会一起陷进去。

邓颖超因体弱多病，骑着马过草地。没想到第一天因雷电交加下大雨，坐骑受惊而陷入沼泽，她也从马上摔进泥潭。这时前面的部队已走远了，喊天天不应，喊地地不灵，邓颖超只好一动不敢动地斜躺在泥潭里，直到后面来的部队用竹竿把全身是泥的她慢慢拖出泥潭。

草地原本是沼泽遍布，红军过时又正好是雨季，草甸本来就难走，一下雨，草甸更软更滑，稍不慎摔倒就会掉进泥沼。

据亲历者回忆，过草地的那几天几夜，膝盖以下几乎都浸泡在水中，从未干过。

二〇〇九年，在湘江战役参加红军的原全州籍老红军肖合清的儿媳告诉笔者：

父亲在世的时候经常跟我们讲，过草地最怕的是下雨，天乌蒙蒙的，分不清东西南北，在雨中行军更加困难，草甸子又软又滑。走在我前面的一个战友，那时候也就十七八岁，从一个草甸踩到前面一个草甸的边边，一滑，整个人滑进了泥潭里，我和几个战友想救他，但旁边都是泥潭，根本没办法救，最后只好眼睁睁地望着他越陷越深，最后污泥水淹没了头。父亲每次讲起过草地的事，眼睛总是红红的。

事隔多年后，刘英对这种情景仍难以忘怀：一不小心陷到泥沼里，就糟了。没有力气爬出来，想救也救不了。眼看着有的同志陷下去、陷下去，没了顶，泥水里泛着泡泡，就完了。

草地由于地势开阔平坦，到处积水成泽，遍布着大大小小的河流。加上暴雨不断，河水暴涨，不少人倒在河流中。

从泥潭里救出的邓颖超第二天就发烧拉肚子，第三天经过一条四十多米宽、一米多深的后河，由于天下暴雨，后河增宽增深，水流湍急，从江西出发一直抬着她的担架员，刚跳下河便被河水卷走了。

时任红十团政治委员的黄克诚在回忆录中说：有一次，部队正在蹚水过河，突降暴雨，河水猛涨，激流滚滚，尚在河中的人不少被大水冲走吞没。

草地天气变化无常，一阵风一阵雨，一阵冰雹一阵阳光，一日多变，尤其是昼夜，温差极大。

而红军特别是朱毛红军从江西出发时大多是单衣单裤，只有一套军装，近一年的征战，沿途的补充，穿戴五花八门。穿皮鞋的、穿草鞋的、打赤脚的、披兽

草地

皮的、裹毯子的，简直是大杂烩。

夜间宿营，气温骤降到零度左右，天又下着大雨甚至冰雹，既使有少量的纸伞、油布也挡不住雨雪的恣意肆虐。

二○○六年，原在野战军司令部担任司号员的老红军邵永清告诉笔者：

草地到处是水和泥巴，宿营时就找一个山坡、河边或比较高一点、比较干一点地方露宿。夜晚天气又冷，我们两三个人一堆背靠着背坐着，互相取暖。有时还碰到下大雨，就傻傻地站在雨中等天亮。

李德深有感触地说：过草地对每个人来说都是最痛苦的，草地上连日行军，饥饿、劳累很难忍受，晚上我们蜷缩着坐在高出沼泽的小丘山睡觉，只用薄毯子和大草帽这些军队发的装备，或者用油纸伞以及在极少的情况下用缴获的无袖雨衣来遮盖自己的身子。有的人早上就再也起不来了，他们在寒冷和疲惫中牺牲了。

薄毯子、大草帽、油纸伞、无袖雨衣，享受特殊照顾的共产国际军事顾问的李德的行囊尚且如此简陋，红军指战员们的装备就可想而知了！

按聂荣臻的说法：天气是风一阵、雨一阵，身上是干一阵、湿一阵，肚里是饥一顿、饱一顿，走起来是深一脚、浅一脚，软沓沓、水渍渍。多少人挺过来了，不少人倒下去了。

吃难、行难、暖难、宿难，草地像张开巨口的恶魔般，肆无忌惮地吞噬掉一个个红军指战员的生命！

杨得志的红一团一营的一个班在走出草地前夕全部牺牲了：他们背靠背坐在草地上露营，今天部队起来准备开饭的时候，连长见他们没有来，扯着嗓子喊，他们也不答应。走过去一看，原来他们一个个像熟睡了似的，停止了呼吸。

时任中央纵队第三纵队司令员兼政治委员的李维汉担任中央纵队的后卫任务：行军路上战士牺牲很多，牺牲了就扒些泥盖起来，做个坟堆以资纪念。我看到一条毯子盖着几个战士，怕他们掉队就赶紧下马，揭开毯子想喊他们一起走，仔细一看，四个同志已停止了呼吸。我看见前面有一位战士，身子左右摇晃倒在水里，我赶快过去扶他，可是已经死了。

三营三连排长罗永佑在行军途中，看见一个班的战士整齐安详地睡成一排，垫的是松软的草和小树枝，盖着雨布，睡得甜甜的。谁知走过去一看：原来他们已经又冻又饿长眠不醒了。

更多的烈士陈尸在草丛中，以致随后跟进的部队不用向导，沿着一路的遗体就能前进。

据时随红一军过草地的萧锋八月二十六日战地日记：军团聂政委找我去汇报前梯队四天过草地的情况，我说，根据十四个单位统计，已掉队二百五十人，牺牲一百二十人。

也就在这一天的下午二时，尚未走出草地的聂荣臻致电殿后的红三军军长彭德怀、政治委员李富春并转周恩来：

一军团此次因衣服太缺和一部分同志身体过弱，以致连日来牺牲者约百余人。经过我们目睹者均负责掩埋，在后面未掩埋的一定还有，你们出动时，请派一部携带工具前行，沿途负责掩埋。

十天后，周恩来复电：据三军团收容及沿途掩埋烈士遗体统计，一军团掉队落伍与牺牲的在四百以上。

饥饿寒冷疾病，缺粮少药，对老弱病伤及后勤人员来说，简直是在鬼门关前晃悠。

毛泽东的警卫员戴天福过草地患疟疾，临终前委托卫生员钟福昌带给毛泽东一个纸包，里面包着发给重病号的一小块马肉：戴天福同志临死的时候，让我把这块马肉一定要交给毛主席，他说：他没有什么牵挂的，只盼望革命成功。请您多多保重身体，还让我转告吴吉清、黄亚堂、王七九以及警卫班的其他同志好好照顾您！

纵使是铁石心肠，听了此话也会动容。毛泽东眼眶湿润，默然无语。

谢方祠在红三军的一个连队当司务长，炊事班有九个炊事员，由姓钱的小矮个子当班长。在爬雪山时倒下两人，过草地时炊事班背着一个大铜锅，一到宿营地就给指战员们烧热水暖脚，或烧姜汤、辣子水给指战员们解寒：

有一天早上，一个炊事员挑着铜锅在我前面走，忽然身子一歪倒下去，一声不响就牺牲了。第二个炊事员从我身后跑过去，铁青的脸上挂着眼泪，拾起铜锅又挑起走……雨下大了，部队停下休息，炊事班赶忙找个地方支起锅，烧姜汤、辣子水给战士们解寒。汤烧开了，刚才挑铜锅的炊事员端着碗往战士手里送。他刚把姜汤递给战士，便一头栽倒在地上，停止了呼吸。

第五天晚上宿营到后半夜，发着烧的钱班长爬起来烧水，谢方祠也起来帮他：班长又在旁边催促我："老谢，你去休息吧，我一个人就行了"……借着火光，我发现他脸上滚动着黄豆大的汗珠。我觉得有点不对头，刚要问他，只听到他用低沉的声音对我况："老谢，给我点水喝！"这时水开了，我忙把锅盖掀起来，忽听身后"扑通"一声，回头一看，老钱倒在地上不动了。

走出草地，大铜锅的担子挑在司务长谢方祠的肩上。

据徐向前回忆：一方面军一直长途跋涉，体力消耗太大，实在禁不起恶劣环境的折腾，过草地减员尤多。

其实，即使走出了草地，也有不少的指战员倒在了班佑。出逃两个月后回到班佑的藏族人，发现家家几乎都有饿死的红军。他们或倚在房壁上，或倒在地上，抬出去时身子很轻，不小心用力一拉，遗体的手脚都掉了。仅班佑寨，发现因饥饿牺牲的红军就有七八百人。

茫茫草地究竟吞噬了多少的红军指战员的性命，至今仍是一个无法统计的数字，也许只有他们家乡的烈士登记簿上"牺牲在长征路上"几个字包揽了这一

切，也许只有草地自己才心里有数……

刘英说：好多人支持不住，倒下去，牺牲了。走到第五六天，每天早晨起来走，周围不断见到同伴的遗体……到了班佑，我觉得仿佛是从死亡的世界回到了人间。

绝大多数红军指战员是靠信仰的力量，从死亡的草地世界回到人间的。

红三军有一个二十四人的看护队，负责伤病员的吃药、换药等护理工作，早起晚睡，缺粮时还将所剩不多的粮食让给伤病号吃，自己挖野菜充饥。走出草地后，伤病员一个没少，而看护队员却牺牲了八人。

红军指战员们阶级友爱、共渡患难，相互扶助走出地狱之路。

毛泽东的老师徐特立过草地时五十八岁，是红军中年岁最大的。毛泽东在途中看到他牵着一条驮满东西的小毛驴步行，他对毛泽东说：我的驴背了三个有病的学生的包袱毯子，我们走不要紧。

周恩来、王稼祥是彭德怀的红三军抬着过草地的。

进草地前，周恩来因发高烧五六天没吃东西，身体十分虚弱。彭德怀交代刚上任不久的参谋长萧劲光：你具体负责，组织担架队。实在不行，宁可把装备丢掉一些，也要把中央领导同志抬出草地。

萧劲光从迫击炮连抽出几十人组成担架队，陈赓自告奋勇当队长，兵站部长杨立三也参加抬担架。陈赓将担架队分成几个组，轮流抬着周恩来、王稼祥向草地进发。

途中，周恩来时醒时昏，彭德怀也不时过问陈赓：周副主席现在怎么样，不要紧吧？

陈赓拍拍别在腰间的盒子枪，一板正经：不要紧，阎王老子在这里转了一圈，看见我这把盒子枪，悄悄地溜走了！

彭德怀虎着脸：周副主席要是有个好歹，我一定军法处置！

陈赓诙谐一笑：丢了周副主席，要了我的脑壳对革命事业来说，依然不合算噢！

刚将周恩来抬出了草地，而杨立三却累病了。

对于草地那番患难之交的战友情，周恩来终生铭记在心。以至十九年后杨立三病逝，身为国务院总理的周恩来无论如何也要坚持亲自给杨立三抬棺送葬。

严格的纪律，乐观的情绪，官兵同甘共苦，一道走出草地死亡的陷阱。

时在中央纵队的刘英讲过这样一件事：在过草地前，大家做点准备，主要是搞吃的东西。记得前方部队给中央送来了一头耗牛，警卫队把它宰了。牛皮和内脏煮出来大家吃了，牛肉每人分一点，晒牛肉干当干粮。毛主席吩咐首先要照顾休养连。警卫队长就一份一份分好送去。贺子珍当时在休养连，给她的比给徐、谢、董等几位老同志的稍微多了些。这事不知怎么让毛主席知道了，他很生气，把我找去，问："这是怎么回事？贺子珍的怎么可以比徐老他们多呢？"我说：

"这事不是我管的,是邹队长分的。"他说:"你替我找他,我可不能特殊,一定要给这几位老同志补上。"

刘英立即找到邹队长,但牛肉早已分完了,只剩下毛泽东、张闻天等几位中央领导的。但毛泽东的话不能不听,只得从中央领导的份子里割点下来,补给几位老人。毛泽东这才放心。

进入草地后,面对日趋紧缺的粮食,不少连队实行控制吃粮。每到中午时,全连围成一个圈子,指导员就用他的缸子从每个人的粮袋中舀小半缸青稞麦,这就是一天的口粮,听到哨令响了才能吃。有的连队还规定,每人携带的粮食属于集体的,没有命令谁也无权动一粒。有的即使饿得发昏,也不肯动用自己所背的粮食。

恶劣的气候,饥寒交迫的残酷现实,为鼓舞士气,各个部队举行了形式各异的草地篝火晚会。

毛泽东与战士们一起围坐在篝火旁,讲当年在井冈山如何以少胜强的战斗故事,成仿吾讲到日本、法国、德国留学的故事。

亲耳聆听了的杨定华后来回忆说:当天晚上在潮湿的草地上露营,所有部队都集中在一块,怪热闹的。一时提琴、口琴,抑扬的音乐声,歌唱声,哈哈的笑声,的确使战士们一切的疲劳饥饿的感觉都消失了,这一晚上我个人亦是感觉最快乐的一夜了。

杨得志的红一团举办的篝火晚会唱《三大纪律八项注意》、《红军歌》、《上前线去》、《少年先锋队歌》;

中央纵队的蔡畅在篝火晚会上唱起了法国的《马赛曲》;

更多的篝火旁响起的是《国际歌》!

横跨草地,红军用鲜血和生命在亘古荒原上奏响了人定胜天的壮丽凯歌!

# 十七

包座战斗,程世才红三十军全歼伍诚仁四十九师,打开北上甘南大门;
葛曲河畔,张国焘终于下定决裂决心,左路军掉头西去。

一九三五年八月二十八日下午,松潘巴西。

一轮太阳悬挂在蔚蓝的苍穹中,阳光普照在大地上。巴西河穿村而过,泛着粼粼的波光。河岸边,红军指战员们或三五成群地在水中洗着衣物,或东一个西一个懒洋洋地躺在草地上晒着太阳。

两匹骏马驮着两位年轻的红军指挥员,刚疾驰到山坡上的一座喇嘛寺前,便跃身下马,两人整整衣着,正正军帽,然后拾级而上,直奔寺内。

"这是三十军军长程世才,这是李先念!"前敌总指挥徐向前忙跟殿堂上几位

中年军人介绍说。

程世才、李先念与在场的毛泽东、张闻天、周恩来、博古、陈昌浩、叶剑英等一一握手问候。

毛泽东拿过一张川陕甘交界的略图，铺放地上，大家环绕着地图围成一圈，有的坐一块木板，有的干脆蹲下。

毛泽东手指着地图上陕西的西南部、甘肃南部和四川的北部说：我们要建立川陕甘革命根据地，这里地域宽阔、交通方便，是我国西北部人口比较稠密、物产比较丰富、汉族居民比较多的地区，而且敌人相对力量比较薄弱，加上派系复杂，内部矛盾很多，这些都有利于我军发展壮大，站住脚跟。

毛泽东用手指着地图上的甘肃南部，而后用力向东一挥：为实现这一计划，第一步先要出击甘南，接着向东发展。

毛泽东抬起头来，眼睛炯炯有神地望着程世才、李先念：但现在胡宗南抢先占了包座，又派四十九师赶来增援，我们如果不消灭这个敌人，就走不脱。

蹲在一旁的周恩来一手捋须地插话说：我军各部现在还未靠拢，一军出了草地，三军尚在草地之中，目前最重要的问题是争取时间。

毛泽东将期待的目光落在程、李身上：向前同志向中央建议，由你们三十军、四军来承担这个任务，中央经过研究同意了这个建议。

徐向前接过话茬，进行具体部署：我们决心在敌人援兵到来之前，速战速决，拿下上、下包座，然后集中力量打援。中央已经批准了前总的作战计划。你们三十军先以一部攻占包座，而后集中力量消灭四十九师。四军以一部攻占包座以北的求吉寺。一军在巴西和班佑之间集结待机，并负责保护中央的安全。你们目前抓紧时间尽快到达并占领包座，而后迅速做好打援的准备。我和叶剑英同志的指挥所设在上包座以北的末巴山上。

原来，八月二十四日，叶剑英率先遣队占领班佑后，立即派人向北侦察。二十七日，叶剑英赶回刚走出草地抵达班佑的中央机关和前敌指挥部汇报敌情。

叶剑英建议：若按照原计划去拉卜楞，还要走四天草地，一路还会遇到敌人骑兵，不好对付。不如从班佑向东北转弯，越过巴西，占领包座，向俄界进军，直抵甘南。

毛泽东翻看地图良久，方点点头说：剑英的意见很好，我们就决定从这里转弯。

紧接着，叶剑英报告了包座一线的敌情。

位于松潘以北的包座，在巴西、班佑东南一百多里处，有上下包座之分，相距数十里，水流湍急的包座河由南向北纵贯其间。两岸山高坡陡，森林密布。河畔的上下包座扼松潘、甘南古道要冲，也是胡宗南纵队的主要粮道。胡宗南还在下包座的求吉寺特地设立了兵站。

为防堵红军北出甘南，早在七月下旬，胡宗南就派廖昂补充旅康庄团的第三营驻上包座的达戒寺，同时派游击指挥部第二支队长张莱孝率该支队前往阿西茸、班佑地区，纠合包座七房和若尔盖十二部落藏兵修筑碉堡工事备战。

八月十五日，胡宗南又令康庄率该团主力赶到包座增防。

十九日，康庄一抵上包座，立即调整防守部署：

张莱孝率该支队驻巴西寺院，指挥骑兵在班佑、阿西茸、包座地区巡逻；

康团第三营驻守上包座达戒寺及其附近各碉堡；

康庄本人率一、二营驻守下包座求吉寺；

第二营五连在阿西茸警戒。

二十四日，叶剑英率先遣队击溃张莱孝骑兵支队，占领班佑。

胡宗南得知红军出草地占领班佑，颇感意外，一面电告蒋介石，一面于当晚十一时急令驻防在漳腊的伍诚仁四十九师迅速向包座、阿西茸增援，以在包座一线阻止红军东进北上。

二十六日，刚走出草地抵达班佑、巴西地区的徐向前、陈昌浩、叶剑英等人在截获破译了胡宗南命令伍诚仁四十九师于二十七日北援包座的电令后，决定抢在伍诚仁四十九师之前强占包座，打通东进北上甘南的通道，否则的话就有被迫退回草地的危险。

战机稍纵即逝。徐向前、陈昌浩、叶剑英向毛泽东、张闻天等中央领导请示后，急电红三十军的程世才、李先念：

敌胡宗南部已进占包座，并以四十九师向包座增援，企图阻击我军北进。根据中央的指示，要占领包座，消灭四十九师。你部立即转向东行动，以最快的动作强占包座，尔后歼灭四十九师，保障全军顺利北进！

程世才、李先念一碰头：以八十九师为全军前卫，火速向包座进发！

事隔五十一年后的一九八六年，程世才谈起包座之战时说：

离开毛主席后，我们加快向包座进发……在行军途中，我们召开了师以上干部和前卫团二六四团领导参加的作战会议。会上，大家认真研究并确定了作战部署和行动计划：为尽快拿下包座，决定首先集中八十九师强攻包座，歼灭包座守敌；考虑到消灭敌四十九师是一场硬仗，我和先念同志决定由八十八师担任打援主力，并且集中至少五个团的兵力来对付四十九师；到达包座以后，八十九师全力攻取包座，八十八师则隐蔽地进入包座西南地区，立即进行地形侦察、战场选择和做好打援的各项准备工作。

二十九日下午三时许，已抵达上包座的前卫二六四团立即扑向守军的外围据点。守军营长见红军来势凶猛，弃该营主力于不顾，率数十人仓皇东逃而去。二六四团遂将敌第三营主力围困在达戒寺内。

达戒寺北靠一座五六百米的大山，寺前有一条小河，河床虽然只有两丈多宽，但因正值雨季，水深而湍急，东面则是包座河。守军占领有利地形，利用山险隘路和茂密的丛林做掩护，构筑了许多明堡、暗堡和工事，火力十分

猛烈。

二六四团因长途奔袭十分疲劳，加上地形不利，天又下着大雨，河水暴涨，更为关键的是缺乏攻坚用的重武器，尽管战士们打得十分英勇，每前进一步都付出了流血的代价，但从下午三点多钟打到晚上九点钟，只攻占了寺外围北山山脚下的几个碉堡和西坡半山腰的一个碉堡，歼敌两个连，战事打成胶着状态。

在包座河西岸指挥战斗的程世才和八十九师师长邵烈坤从俘虏的敌军军官口中得知来援的敌四十九师将于明天抵达包座的消息后，当机立断：二六四团从西、北和东北三个方向将达戒寺守敌包围起来，变强攻为围点打援。八十九师另两个团立即调往包座西南地区和八十八师一同进行打援！

国民党第四十九师原属"福建事变"的第十九路军，后为蒋介石所并，委黄埔军校毕业的伍诚仁为师长，装备精良，且几经沙场，战斗力较强。而此时的红三十军经缩编后实际上只剩下两个师，装备差，且刚走出草地。要歼灭人数几乎相等的对手，其难度可想而知。

程世才后来谈到当时的双方实力说：我们知道增援的敌四十九师是胡宗南的主力军，共一万二千多人……（此时我们）全军总共只有一万三千人，要歼灭装备比我们好，数量几乎和我们相等的敌人，确实是一个艰巨的任务。

要想以弱胜强，必须以奇取胜！

程世才和李先念将八十八师和八十九师的大部兵力埋伏在敌援兵必经之路的西南山上。

西南山地势险要像一座刀背梁子，西可瞰制增援之敌，北可对达戒寺守敌形成包围，同时派出一个连控制了东山制高点。

红三十军张网以待。

三十日下午四时半，伍诚仁率部进抵距上包座约三十里之松林口。伍诚仁当即命令：

二九一团附二九四团一营迅速前进，占领包座河西岸高地，以掩护师主力前进；

二九四团向上包座、达戒寺进攻；

二八九团和由特务营、通讯连、工兵连、侦探队、卫生队、无线电队等组成的师直属队为总预备队，相机行动。

下午七时，四十九师各部依令向上包座、达戒寺攻击前进。

刹那间，原本寂静的包座河两岸的山岭上响起了震耳欲聋的枪炮声，硝烟遮蔽了天日。

火炮轰、机枪扫、手榴弹炸，负责正面进攻的二九四团仗着优势火力向正面阻击的红二六四团阵地猛扑猛打，发起一波又一波冲击。

红二六四团渐渐不支，次第抵抗，后撤至达戒寺东北。

二九四团乘机猛进，于二十二时与达戒寺守敌会合。

趁热打铁！三十一日晨，率师部及师直属队赶到达戒寺的伍诚仁见红军不堪一击，不知红军使的是诱敌之计，随即下达了向上包座攻击的命令：

徐匪所部之伪三十军，人枪约四千余，刻已占领上、下包座及其西北一带高山，与我固守达戒寺之补充康（庄）团第三营残部对峙中，其后续部队，闻已陆续到达，徐匪主力似在下包座附近各寨……师以攻占上包座及歼灭该匪之目的，部署如次……

以包座河东岸二九四团和西岸的二九一团夹河向北进攻；

以河西岸的二八九团向西北略事进攻并严密警戒，以保其侧背安全。

上午八时许，炮声隆隆，枪声哒哒，包座河两岸森林的上空迅即烟雾弥漫，黄土遮日。

负责正面诱敌的二六三团节节阻击，将敌前卫二九四团诱至距上包座十几里的山谷间，构筑阵地，打得十分顽强，拼死也不肯再让敌军前进一步。

伍诚仁立即命令师直属队投入战斗，企图一举突破红军防线，直抵上包座。

程世才见伍诚仁向包座蜂拥推进，加快了行动，为将殿后的二八九团一起诱入伏击阵地，当即命令二六五团和二六三团主力出击。

红八十八师师长熊厚发和政治委员郑维山率两团主力直插敌阵，一下子干掉了敌军一个营，将伍诚仁的二九四团和师直属队一劈两半。

紧接着，红二六三团全力围攻敌二九四团，红二六五团全力向南攻击敌师直属队。

伍诚仁见前卫团陷入红军重围，一边命令师直属队全力猛攻红二六五团，一边急令后卫的二八九团增援。

下午三时许，伍诚仁的四十九师全部进入了红军预设的伏击圈。

要的就是歼灭战！程世才果断地下达了总攻击的命令，三发信号弹腾空而起。

顷刻，隐蔽在山上的红军主力以排山倒海之势扑向山下敌阵。一时间，号声、枪声、喊杀声、炮弹和手榴弹的爆炸声响成一片，十几里地的战场成了一片火海。

红八十八师二六八团像一把犀利的尖刀径直地捅向四十九师的结合部——包座桥，恰似中心开花，将四十九师的三个团割成了三块，使其首尾难顾。

紧接着，八十八师二六三、二六五团协同二六八团一部，向沿包座河西岸北犯之敌二九一团及二九四团一营发起猛烈攻击。

事隔多年后，程世才谈起当时的战场情形仍抑制不住激动：

在总的地势上，我们是居高临下，但是敌人是纵深配置，并占据着许多小山头。尤其是漫山遍野都是大桦树和灌木丛，敌人运动兵力我们看不到，我军冲到哪里，哪里的敌人就利用树林、山包或河坎做掩护，拼命地守卫，拼命地反击。我们把军部的几门迫击炮用来支援八十八师，用仅有的几十发炮弹轰击敌人集群。战士们用手榴弹、刺刀和大刀片同敌人厮杀。有的马尾手榴弹挂在树上，杀伤不了敌人，战士们就端着刺刀或挥着大刀片扑上去。前边的倒下了，后边的又冲上去，同敌人展开了肉搏战，一个山头也要经过几次争夺，敌人抢占了，我们就再把它夺回来。

战争是残酷的，在你死我活的战斗中，胜败往往取决于决战双方士气的高低，也就是说拼的是毅力和意志。

眼见得仗打到势均力敌的相持状态，红三十军师、团掌握的所有预备队及其机关和军部的通信连、警卫连、保卫排等都投入了战斗；军部的机关干部、宣传队员以及所有的炊事员和饲养员，也都拿起武器参加了战斗，师、团指挥员都跑到了第一线。最后，连程世才、李先念等军部的几个主要领导都跑到了前沿。

激战一小时，河西岸的红军重伤敌中校团副黄善辉，毙敌少校团副郑国贤、一营长殷继德、二营长汤国良、三营长李泽仁，二九一团及二九四团一营全部就歼，二九一团团长汤建威只身逃脱。

在红八十八师歼灭二九一团的同时，红八十九师二六四团也由北迁回，协同二六八团一部向沿包座河东岸北犯之敌二九四团、驻达戒寺伍诚仁师部及其直属队发起猛攻。

伍诚仁见包座桥已丢，河西岸的二九一团已失，西南面的二八九团也失去联系，慌忙命令东岸各部收缩到达戒寺及附近凭险固守。

红三十军各部乘胜向达戒寺席卷而来，发起猛烈攻击。

战至九月一日凌晨二时，伍诚仁见大势已去，急令原驻守达戒寺的康团第三营残部殿后掩护，自己率残部突围，遭到红军的猛烈攻击。混战中，伍诚仁胳膊被打断，成了红军俘虏。但因天黑又下着大雨，伍诚仁趁隙跳进包座河里逃跑了。

红二六四团用军事攻击与政治攻势将固守在达戒寺的残敌缴了械。

与此同时，红八十九师二六六、二六七团，也于八月三十一日下午对包座桥以南之河西岸的敌二八九团实施围攻。

红军指战员们前仆后继，用手榴弹开路，以刺刀与敌人肉搏，逐渐将顽敌压迫于河边的一个小山头上。

九月一日上午十一时许，红军发起最后攻击，敌团长余程万左手负伤落荒而逃，全团被歼。

至此，伍诚仁的四十九师几乎全军覆没。

就在红三十军与伍诚仁师在上包座鏖战正酣的八月二十九日下午，许世友第四军的王友均红十师向扼守在下包座求吉寺的康庄一、二营发起了攻击。

康庄团自驻防求吉寺，修筑了坚固的碉堡工事，屯集了大批粮食。

红十师一阵猛攻猛打，迅速清除了外围一些据点和碉堡，康庄被迫将余部全部撤回求吉寺死守。

红十师组织火力、兵力多次向求吉寺发起攻击，但因缺乏重武器，始终无法靠近寺院。激战中，红十师师长王友均不幸中弹牺牲。直到红军撤离包座，求吉寺始终围而未克。

包座之战，红军歼灭国民党第四十九师五千余人，其中俘获八百余人，缴获步枪一千五百余支，轻、重机枪七十余挺，电台一部及大批弹药、粮食、牛羊和其他军用物资。

九月三日，奉命增援包座的李铁军旅，刚越过浪架岭便得知伍诚仁师的噩耗，慌忙调头撤回松潘。

时任国民党第一师第三团第一营第二连连长的鼓竹林回忆说：

据师部参谋处的人说，胡宗南得到这个急电后（伍诚仁求援），急得在房子内乱打转。他对参谋长于达说：派部队救援吧，不但时间上来不及，徒劳无益，而且怕在半途被红军拦路吃掉；不去吧，又恐蒋介石责他坐视部队受危不救。延到第二天，派第一旅李铁军率领所属第一、二、三团去增援，凑巧白天下雨，晚上晴天，草原上的道路泥泞难行，走了两天，还不到百里路程（据说距毛儿盖还有一百多里，草原上渺无人烟，而且没有一块干地）。到晚上宿营时，李铁军接到胡宗南的急电："四十九师在毛儿盖全部被红军缴械，该旅严加警戒，并限星夜赶回松潘原住地待命。"李铁军不敢稍迟，连夜向回转，回到松潘时，伍诚仁已只身脱逃回来了。

包座一战，红三十军指战员们用鲜血和生命为全军打开了北进甘南的大门！

然而，就在包座战斗炮火连天之际，张国焘不走了！

早在八月二十九日，前敌指挥部政治委员陈昌浩曾以个人名义将右路军攻打上包座敌的行动部署电告朱德、张国焘：

……

丙、决三十军全部……去相机打上包座，四军一部去夜袭求吉寺。一军集巴西，少数至班佑待命。后须集中，决走包座、间隙一带与之决战。此地粮食缺，暂不前进与打得包座、间隙仍难持久。但路多向导，左路宜很快向此方进，不然前进道路必为敌阻。

丁、据向导说阿坝有路通郎木寺，大概要过大河。到班佑路大，详情不明，昆仑河走墨川下难徒涉，通草地……并不难，可几路纵队走，沿途注意骑兵集结，独妈番特约七八万，在班佑西北走向东靠，及五军行进时，对此应特别注意。再班佑一带番骑扰乱，可集中约二千余。

在毛泽东、徐向前、陈昌浩的一再催促下，张国焘终于在八月二十七日不得不做出左路军向班佑开进、与右路军靠拢的决定。

八月二十八日、二十九日，红五军、红九十三师先后由查理寺地区出发；

八月三十日，第二十五师、红军总部也分别由阿坝和查理寺向东北前进；

八月三十一日，朱德、张国焘致电担任左路军后卫任务的第二纵队司令员倪志亮和政治委员周纯全，就"我左路军以集中班佑与右路军靠拢北进之目的"，做出了具体部署，规定第七十三、第八十一、第二六二、第二六九团和红军大学及供给部，于九月八日集中箭步塘向班佑前进；第二十七师和第三十二军及独立团，于九月十二、十三日先后集中查理寺向班佑前进。

也就在这天的凌晨二时，朱德、张国焘致电徐向前和陈昌浩：西固不会是敌空隙，敌已有备。一、三军单独深入夺取，不能制敌，反为敌制……五军、九十三、二十五师共七个团，须三天后才能到班佑……现在不是乘日没过或隙尾过敌的封锁线，而是集中兵力打破封锁线，严重注意被敌截为数段。弟等宜兵力集结再大举前进，三军须休息一二天，在包座须备与敌决战。诸商政局，速即复。

分歧似乎已弥合，张国焘的左路军正有计划、按步骤地向班佑靠拢。

三十一日下午二时，陈昌浩、徐向前再电红军总部：目前贵在速集全力出动，突破岷、西、成封锁线……除留两三个团向阿坝、查理寺掩护后方外，其余都应迅速集结即来。三十一军决不能分散，决不能到该地掩护。

一催再催，九月一日，左路军第一纵队东进到葛曲河。眼见得左路军即将与右路军靠拢，集中主力北出甘南的战略意图即将成为现实，兴奋之余的毛泽东立即命令林彪率红一军为先头部队从巴西、阿西茸北进探路，于五日进抵甘南俄界，同时命令右路军各部在班佑、巴西、包座、俄界休整，以等待左路军的到来。

一切准备就绪，单等左路军一到，集中主力在洮河以东地区打击敌人，开创川陕甘根据地。

希望，在若尔盖草地边沿上空升腾！

紧接着，为促使张国焘率左路军快速东进，毛泽东对下一步行动做出具体部署，并于当天下午二时，徐、陈、毛联名致电张国焘、朱德：目前情况极有利于向前发展，文县、武都、西固、岷州线一般空虚，无多敌，仅十二师及鲁大昌部或在此，但碉堡未成……候左路军到达，即以一支队向南坪方向，又一支队向文县方向佯攻胁敌，集中主力从武都、西固、岷县间打出，必能争取伟大胜利。

箭在弦上，弓已拉满，蓄势待发。

然而，天有不测风云。

九月二日，正当毛泽东等人在若尔盖召开会议，讨论研究如何利用休整期间整顿红一方面军存在的纪律松懈问题，突然接到朱德、张国焘的来电：

葛曲河水涨大，不易消退，侦察上下三十里，均无徒涉点，架桥材料困难，各部粮食只有四天……葛曲河水小时能徒涉，我们不能待，现在继续侦察徒涉点，并设法架桥，明日各部均在原地不动……请你们酌派（带工兵连）一二团兵力，由二十四马鞍腰，经牙磨河草区到达渡河点，与我们会合。

不好！当徐向前将电报交到毛泽东手里，披阅毕电文的毛泽东眉间皱成了川字形，心头涌起一种不祥之兆。

徐向前建议说：主席，您看这样好不好，为解决他们过草地的困难，我们可令红四军第三十一团，准备好马匹、牦牛、粮食，待命出动，去接应他们。

毛泽东的脸色由阴转晴：这个办法好，一发电报催，二派部队接，就这么办！

然而，正当红三十一团筹粮备马准备出发之际，九月三日，前敌总指挥部却接到张国焘态度一百八十度大转弯的电报：

徐、陈并转呈中央：

（甲）上游侦察七十里，亦不能徒涉和架桥。各部粮只能吃三天，二十五师只两天，电台已绝粮。茫茫草地，前进不能，坐待自毙，无向导，结果痛苦如此，决于明晨分三天全部赶回阿坝。

（乙）如此，已影响整个战局，上次毛儿盖绝粮，部队受大损；这次又强向班佑进，结果如此。再北进，不但时机已失，恐亦多阻碍。

（丙）拟乘势诱敌北进，右路军即乘胜回击松潘敌，左路备粮后亦向松潘进。时机迫切，须即决即行。

朱、张

三日

晴空霹雳，一下子将正翘首以望的左路军党军政首脑们全震蒙了！

这封在中国革命史上引起灾难性后果的电报，意味着自两河口会议以来，中央经过一而再、再而三反反复复才做出创建川陕甘根据地的所有决策都被彻底推翻了，也意味着红军在付出巨大代价和牺牲穿过地狱草地和进行包座战斗的一切努力都付之东流了，更意味着经历千难万险才聚集在一起的一、四方面军又将面临着大分裂。

"南下"还是"北上"，纷争了近三个月，终于正式摊开了牌！

葛曲河，位于松潘草地的西沿，自南向北流入黄河。

左路军第一纵队是九月一日进抵葛曲河西岸的，从阿坝到葛曲河，也就等于到目的地班佑跋涉了一半的路程。

九月二日，张国焘、朱德率红军总部进抵葛曲河西岸。

进抵葛曲河西岸的张国焘终于从过去的摇摇摆摆的犹豫难决中下定最后的决心：决不能再前进了！

张国焘清楚地知道：自从两河口会议以来，自己与毛泽东的明争暗斗已到了水火不容的地步，如一旦与中央会合，实现毛泽东创建川陕甘根据地的战略意图，自己将面临什么样的政治前途！

有权不用，过期无效！必须利用红军总政治委员的权力做最后一搏！

张国焘像赌红了眼的赌徒，已丧失了所有理智！

　　至于张国焘所说的葛曲河"亦不能徒涉和架桥"一事，一直陪伴在朱德身边的康克清后来追忆说：

　　董振堂带着红五军正准备涉水渡河，张国焘却说河水看涨，谁也不准过河。老总问带路的藏族向导，向导说：这河虽宽，但是不深，只要不涨大水，可以徒步过去。河面有近百米宽，水流不急，不像涨水的样子。但张国焘一口咬定河水正在上涨，不能过。老总说：空谈无益，还是派人下去试试。

　　朱德的警卫员潘开文骑上朱德的马和红五军的一名战士骑马下到河里：虽然当天下了一点雨，河水涨了点，但是，我骑马蹚过了河又返回来，最深的地方也不过齐马肚子，队伍是完全可以通过的。

　　朱德立即命令董振堂的第五军准备下水渡河。

　　没想到张国焘虎着脸蛮横地吼道："河水分明在上涨，我不能拿几万人的生命当儿戏，谁也不准过！"

　　朱德争辩说："河水并没有涨，即使涨，也涨得很慢，现在正是大队人马过河的好时机。"

　　站在一旁的刘伯承劝道："两个人都过去了，证明河水不深，应当抓紧时机赶快过河！"

　　恰在此时，红五军军长董振堂过来请示："总司令，我们前卫部队先过去吧。"

　　还未等朱德回话，张国焘早吼起来了："不行！现在谁也不准过河，要等河水不涨了，才能决定！"

　　康克清后来说：他的蛮横，使左路军只好在葛曲河边宿营。

　　更让人没想到的是，当天张国焘竟私下以朱、张的名义致电中央，做出"决于明晨分三天全部赶回阿坝"的决定。

　　对于此事，朱德后来申明说：到阿坝时张就变了，不要北上，要全部南下，并发电报要把北上的队伍调回南下，我不同意，反对他，没有签字。

　　时任红军总司令部一局一科参谋的陈明义曾目睹了张、朱之间的争执：在总部的一个帐篷里，张国焘和他的秘书同朱总吵，要朱总同意南下，态度很激烈。但朱总一直很镇静，他说他是一个共产党员，要服从中央，不能同意南下。

　　康克清后来谈到第二天的情况说：第二天早晨，天空密云不雨，河水明显地退下许多。朱老总正在组织部队过河，作战局向他报告说，四方面军的部队已经按照张国焘的命令返回阿坝去了。这时红五军军长董振堂来见朱老总，气愤地说，他因为坚持要过河，不等总司令的命令决不后撤，遭到张国焘的训斥，还被张国焘打了一耳光。他说：我当兵这么多年，还从来没有受过这样的侮辱。若不是为了团结，我会当场给他好看。现在他已带四方面军部队回阿坝，我决定带红五军北上同右路军会合。老总却摇摇头说：要顾全大局，向远看，不能凭一时感情用事。你如果带走红五军，就要承担分裂左路军的责任。我们还应当对张国焘做团结争取的工作。

张国焘中途变卦，毛泽东一时猝不及防。而右路军的第四军、三十军都属于四方面军，前敌总指挥部的徐向前、陈昌浩都是张国焘的老部下，毛泽东能够掌握的部队只有周恩来任司令员兼政治委员的红一方面军——林彪的红一军和彭德怀的红三军。而且此时林彪的红一军已前出俄界，正探路北进，并多次致电徐、陈，建议红三军迅速北上，进至俄界等地，接替一军红三团守备桥梁的任务，以便一军继续完成北上侦察任务，而彭德怀的红三军与中央机关驻扎在距前敌总指挥部驻地潘州不远的牙弄。

毛泽东和张闻天等人眼下唯一能做的就是尽最大努力说服徐向前和陈昌浩，并通过他们再去尽最大努力说服张国焘。

时任前敌总指挥部作战科副科长吕黎平说：为了说服教育陈昌浩，争取张国焘，九月上旬一连好几天，毛主席和其他中央领导同志天天步行来巴西开会，会议就在徐总指挥部和叶参谋长他们住的那间大屋里进行。

毛泽东正在想方设法弥合分歧，张国焘却一意孤行，越走越远。

九月五日十时，正撤往阿坝途中的张国焘，在箭步塘以朱、张的名义电令第二纵队司令员倪志亮和政治委员周纯全：

我左路军先头兵团决转移阿坝补粮，改道灭敌。你们第二纵队应巩固现地，伸前游击待命……其余各部队，各就现到地筹粮待命。

也就是说，正在或正准备向班佑前进的左路军各部已完全终止行动，张国焘已正式准备不再与右路军会合。

徐向前后来谈起当时的情况说：

这时，我们已令红一军一师为先头部队，向俄界地区探路开进。敌文县、武都、西固、岷州线兵力不多，筑碉未成，难以阻我突击。中央一方面希望早日北进，一方面也在考虑如何使张国焘转弯。因为这是关系全局、关系左路军命运的问题，而不是张国焘一个人的问题。那几天，陈昌浩几乎天天往中央驻地跑，希望能找出个妥善办法来。

奉命前出俄界的林彪进退维谷，既要对岷州、西固警戒并探路，又要看守沿途桥梁，部队过于分散，时常遭土司番兵袭击围攻，只得一再致电催前敌总指挥部快速北进。

九月五日，林彪、聂荣臻致电徐向前、陈昌浩：左路西回，于整个行动方针有无变动？请告。

行动方针正发生着骤变，但让林彪没想到的是等来盼去的却是原地休整的电令。

九月六日十五时，周恩来及红三军军长彭德怀和政治委员李富春致电林、聂：根据总部命令，决定一、三军在原地休息、整顿，望抓住此时期，定出五天

工作计划，加紧整理与军事、政治的基本教育工作。不在多，应注意恢复体力，提高战斗力。

火烧房子了，还喝得热粥进！中央到底发生什么了？正急着催中央北进的林彪急得团团转。

已前出俄界探路的林彪急，踯躅在潘州的徐向前、陈昌浩更急！

一边是毛泽东代表中央北进的命令，一边是张国焘代表红军总司令部回击松潘的命令，陈昌浩、徐向前夹在中间，左右为难。二人考虑再三，认为既然北进是毛儿盖会议政治局讨论决定的方针，且右路军占领包座后又打开了北进的通道，更觉得只有向川陕甘发展才有前途。无论如何，都不应变更原决定。二人决定劝说张国焘执行中央的决定。

九月八日上午九时，徐向前、陈昌浩致电张国焘：一、林、聂电：一师昨已到韦藏寺、狼牙寺，沿途隘路，深河，桥多，粮富，蛮子稍有截击，狼牙可驻一军人。我处到求吉寺二十里，到狼牙寺二百五十里，狼牙到罗达一天，到岷州三天，到西固四天。

……

三、胡（宗南）不开岷（州），目前突击南（坪）、岷时间甚易。总的行动究竟如何？一军是否速占罗达？三军是否跟进？敌人是否快打？飞示，再延实令人痛心。

四、川陕甘三省各十万分之一军用图已全有，青、宁五十万分之一图只有一部分。

五、中央局正考虑是否南进……我们意以不分散主力为原则，左路速来北上为上策，右路南去南进为下策，万一左路若无法北进，只有实行下策。如能乘（敌）向北调取松潘、南坪仍为上策。请即明电中央局商议，我们决执行。

摆形势，分析利弊，徐、陈仍在力劝张国焘回心转意。

没料到接电后的张国焘彻底撕破了脸皮，竟一面命令徐、陈率右路军南下，一面电令左路军中驻马尔康地区的红三十一军政治委员詹才芳：

九十一师两团，即经梭磨直到马尔康、卓克基待命，须经之桥则修复之。望梭磨、康猫寺路，飞令军委纵队政委蔡树藩将所率人员移到马尔康待命。如其（不）听则将其扣留，电复处置。

也就是说，张国焘已正式调动部队南下，对反对南下的原红一方面军将领采取扣留的方法，强迫南下。

徐向前谈到当天的紧张情况说：

当天，张国焘来电，命令我和陈昌浩率右路军南下。这样，党中央的北进和张国焘的南下之争，终于发展到针锋相对的明朗化地步，成为牵动全局和影响红军命运、前途的斗争焦点。这份电令是陈昌浩先看到的，拿来和我商量。事情发展到这般地步，我们夹在中间，感到很为难。我说：这样重大的问题，不向中央报告不行，你还是跑一趟吧！陈昌浩同意，马上带上电报，去找张闻天、博古他们。晚上，陈昌浩来电话通知我去周恩来驻地开会。

九月八日夜晚，牙弄，周恩来住地。

几盏马灯熠熠的光亮将屋内照得通明，灯光下，周恩来斜躺在床上不时咳嗽着，床前的房间内毛泽东、张闻天、博古、王稼祥、陈昌浩、徐向前等人或坐或站，一个个蹙眉皱额的，满脸的焦虑。

张闻天拿着一纸电文稿念了一遍，然后望着陈昌浩、徐向前问道："对于中央要张国焘执行北上指示的这份电文，你们二位的意见如何？"

陈昌浩的脸绷得紧紧的，叹息一声："我同意电报的内容，建议力争左右两路军一道北上，如果不成，是否可以考虑南下。"

徐向前表态说："我同意中央的意见。"

当晚十时，中央即以与会七人的名义将电文发给左路军。

朱、张、刘三同志：

目前红军行动，是处在最严重关头，须要我们慎重而又迅速的考虑与决定这个问题。弟等仔细考虑结果认为：

一、左路军如果向南行动，则前途将极端不利。因为：

甲、地形利于敌封锁，而不利于我攻击。丹巴南千余里，懋功南七百余里均雪山，老林，隘路。康口天芦雅名邛大直至懋抚一带，敌垒已成，我军绝无攻取可能。

乙、经济条件，绝不能供养大军，大渡河流域千余里间，不如毛儿盖者，仅一磨西面而已，绥崇人口八千余，粮本极少，懋抚粮已尽，大军处此有绝食之虞。

丙、阿坝南至冕宁，均少数民族，我军处此区域，有消耗无补充，此事目前已极严重，决难继续下去。

丁、北面被敌封锁，无战略退路。

二、因此务望兄等熟思深虑，立下决心，在阿坝、卓克基补充粮食后，改道北进，行军中即有较大之减员，然甘南富庶三区，补充有望。在地形上、经济上、居民上、战略退路上，均有胜利前途。即以往青宁新说，已远胜西康地区。

三、目前胡敌不敢动，周、王两部到达需时，北面仍空虚，弟等并拟于右路军抽出一部，先行出动，与二十五、（二十）六军配合行动，吸引敌人追随他们，以利我左路军进入甘肃，开展新局。

以上所陈，纯从大局前途及利害关系上着想，万望兄等当机立断，则革命之福。

> 恩来、洛甫、博古、向前、昌浩、泽东、稼祥
> 九月八日二十二时

毛泽东费尽心思，仍在苦心婆口地规劝张国焘北进。

是浮是沉，中国革命的航船，在遍布暗礁的水域里艰难地航行着。

# 十八

　　最黑暗的时刻，毛泽东生命中的第二个九月九日；临危不乱，毛泽东果断率红一、三军仓促北上，红一、四方面军暂时分道扬镳。

一九三五年九月九日夜晚，巴西牙弄红三军司令部驻地。

没有星星，没有月亮，天空漆黑如锅底。啾啾虫鸣，夜风习习。

司令部内外加了双重岗哨，一个个荷枪实弹的红军战士正高度警惕地注视着周围环境，戒备甚是森严。

几盏马灯将大堂照得一片通明。

毛泽东、张闻天、周恩来、博古、王稼祥、彭德怀等人或坐或站，一个个神情肃穆，脸上绷满了焦灼与焦虑。

"唉，没想到刚在大渡河摆脱蒋介石的石达开第二，现在在草地又蹦出一个闹内讧的杨秀清来！"博古情绪激动，满脸的愤慨。

"图穷匕首见！我看张国焘是黔驴技穷，终于露出了庐山真面目！"斜靠在木柱上的王稼祥义愤填膺。

"当断不断，反遭其乱。张国焘目空一切，企图以实力要挟中央，迫在眉睫的是如何化解危局。老毛，你看怎么办才好？"张闻天期盼地望着毛泽东。

一手叉腰一手夹烟正踱着步的毛泽东忽而停步，缀满血丝的大眼环视众人一眼，吮吮下唇，浓眉一展，似乎下定了决心："树挪死人挪活。既然继续说服、等待张国焘率左路军北上，不仅没有可能，反会招致不堪设想的后果，我们不如干脆立即率第一、第三军和军委直属队于十日拂晓前迅速北上，脱离危险地区。"

坐在一旁的彭德怀满脸忧郁地问道："不怕一万，就怕万一。如果他们派部队来强行扣留我们怎么办？"

毛泽东眉头微皱，微叹一声："那就只好暂时一起跟他们南进，但他们总会觉悟的！"

毛泽东话锋一转，慎重其事地继而言道："不过，为避免张国焘制造分裂的借口，同时避免夜长梦多，我建议红三军与军委纵队一部于十日凌晨出发，赶到红三军驻地巴西，再迅速向俄界地区的红一军靠拢，之后组成临时北上先遣支队一起向甘南进军。另外电告在俄界的红一军，原行动计划有变，在现地待命，负责接应军委纵队和红三军北进。"

接下来，便是既紧张有序又混乱仓皇的"胜利大逃亡"。

毛泽东负责起草告同志书，张闻天、博古、彭德怀等负责军委纵队、红军大学、红三军的撤离工作。

这就是史称决定中共中央与红军总司令部亦即一、四方面军正式分道扬镳的巴西会议。

至于巴西会议的地位，毛泽东后来说：由于巴西会议和延安会议（反对张国焘路线的斗争是从巴西会议开始而在延安会议完成的）反对了张国焘的右倾机会主义，使得全部红军会合一起，全党更加团结起来。

其实，对大半个世纪前那场攸关红军生死存亡的北上、南下之争，究竟谁对谁错，历史老人早已定论，但身处其境的世纪伟人毛泽东何以如此的刻骨铭心、终生难忘？

事出有因。

原来，一九三五年的九月九日，张国焘不但完全不顾中央一再催促迅速北上甘南的决定，反而更加紧密锣鼓地实施着自己的南下计划，并付诸具体行动上。

上午十二时，张国焘再次致电第二纵队司令员倪志亮和政委周纯全：现各主力团均不到千人，草地行军冻坏和肿脚者占三分之二，现天更冷，再北进，部队必被拖垮。拟改道南打，一路由阿坝经绥靖、崇化、丹巴，一路经卓克基、懋功，以向邛、大、天、芦、灌、绵、安进为目的。

也就是说，张国焘对南下做了全面部署。

特别是张国焘接到中央八日二十二时电令后，经反复考虑，终于下定决心，再次明确表示反对北进、坚持南下。

如果说自从两个方面军会师以来张国焘口是心非遮遮掩掩与毛泽东的北进主张唱对台戏的话，那么九月九日就是张国焘终于公开撕破虚伪的面目，甚至幻想依仗自己手中所掌握的武装实力，不顾后果、不惜代价地与毛泽东翻脸了！

历史离不开巧合，也有太多的巧合。就在中央给张国焘发电的同时，即九月八日二十二时，张国焘也再次致电徐向前、陈昌浩：

一、三军暂停留向罗达进，右路即准备南下，立即设法解决南下的具体问题。右路军皮衣已备否？即复。

毛泽东要北上，张国焘要南下，两个完全相反的方向，两条完全相反的道路，背道而驰，宛如针尖对麦芒，已不可调和。

没想到，陈昌浩看了张国焘的这封电令后，态度上也立即来了个一百八十度的大转弯，由一向支持毛泽东北进主张反过来支持张国焘的南下主张。

徐向前谈到当时的情况说：这时，陈昌浩改变了态度，同意南下，我不愿把四方面军的部队分开，也只好表示南下。他去中央驻地反映我们的意见，回来很不高兴，说是挨了一顿批评。

时任前敌总指挥部作战科副科长吕黎平听到了毛泽东等人与陈昌浩之间的争

论：由于陈昌浩态度蛮横，气氛十分紧张，屋里不时传出争吵声。

正是这一态度的急转，也彻底改变了陈昌浩的人生轨迹，从此拉开了悲剧的序幕。

面对张国焘咄咄逼人的来势和陈昌浩态度的急转直下，形势岌岌可危，毛泽东不得不摊牌，也不能不摊牌！

九月九日，张闻天、毛泽东再次致电张国焘，做最后的努力，恳切希望张国焘能够回心转意：

国焘同志并致徐、陈：

陈谈右路军南下电令，中央认为是完全不适宜的。中央现恳切的指出，目前方针只有向北是出路，向南则敌情、地形、居民、给养都对我极端不利，将要使红军受空前未有之困难环境，中央认为：北上方针绝对不应改变，左路军应速即北上，在东出不利时，可以西渡黄河占领甘、青交通新地区，再行向东发展。如何，速复。

南下、北上尖锐对立，似水火难容！

九月九日，毛泽东自称为"一生中最黑暗的时刻"。对当时剑拔弩张的浓浓火药味，负责殿后的红三军军长彭德怀也嗅觉到并暗下里做了防范准备：

三军团后一两天才到达阿西、巴西，离前敌总指挥部约十五里至二十里。我到宿营地时，立即到前敌总部和毛主席处，其实我只是为了到毛主席处去，才去前总的。这时周恩来、王稼祥均害病住在三军团部。在巴西住了四五天，我每天都去前总，秘密派第十一团隐蔽在毛主席住处不远，以备万一。在前敌参谋长叶剑英处，得知一军团到了俄界地区，找不到向导，问不到路……三军团准备了电台，另编了密本，也只能说是要与一军团联络，而未说是为了防止突然事变。派武亭同志（朝鲜同志）带着指北针寻找一军团走过的行踪，务把电台密本送给林、聂。正好送到林彪处，这天，事情就发作了。

九月九日午前，彭德怀去前总，还是老生常谈北进之事。没想到午饭后彭德怀再去前总时，陈昌浩完全改变了腔调，大谈特谈阿坝比通、南、巴还好。

话不投机半句多。明摆着是游牧区，硬说比农业区还好，睁着眼睛说瞎话，肯定是张国焘来了电报，改变了行动方针！彭德怀沉默了。

风云突变！彭德怀心急火燎地赶到毛泽东住处，将陈昌浩变脸之事告诉了毛泽东，满脸焦急地问道："我们坚持北进，拥护中央，他们拥护张国焘的南进方针，一军团已前走了两天，四方面军如解散三军团怎么办？为了避免红军打红军的不幸事，在这种被迫的情况下，可不可以扣押人质？"

彭德怀所讲的扣押人质，是指趁开会之际，将陈昌浩扣留。

毛泽东眉头深锁，国字形脸上紧绷着焦虑和忧虑。

毛泽东将燃烧殆尽的烟蒂掐灭，断然说道："此事万万不可！"

彭德怀感到十分为难："如果他们强制三军团南进，一军团不能单独北进了，一同南进，张国焘就可能仗着优势军力，采取阴谋手段，将中央搞掉。我讲的扣留人质，只是供考虑，以便求得一个脱身之计。"

毛泽东喟然叹息一声："如果中央被他们胁迫，那就只好暂时跟他们南下，绝不能因之内讧而自相残杀！"

更让人没有想到的是，就在彭德怀向毛泽东报告后不到两小时，便发生一起至今仍公婆皆有理的历史公案。

据这桩公案的当事人叶剑英回忆：九号那天，前敌总指挥部开会，新任总政治部主任陈昌浩讲话。他正讲得兴高采烈的时候，译电员进来，把一份电报交给了我，是张国焘发来的，语气很强硬。我觉得这是大事情，应该马上报告毛主席。我心里很着急，但表面上仍很沉着，把电报装进口袋里。过了一个时候，我借故走出会场，去找毛主席。他看完电报后很紧张，从口袋里拿出一根很短的铅笔和一张卷烟纸，迅速把电报内容记了下来，然后对我说："你赶紧先回去，不要让他们发现你到这来了。"我赶忙跑回去，会还没有开完，陈昌浩还在讲话，我把电报交回给他，没有出漏子。

这桩公案的另一位亲历者就是时任前敌总指挥部作战科副科长的吕黎平。

这天午后，吕黎平到机要室看电报，值班机要组长陈茂生正在译一份张国焘发给陈昌浩的密电。他俩一看，大吃一惊：

乂日电悉。余经长期考虑，目前北进时机不成熟，在川康边境建立根据地最为适宜，俟革命来潮时再向东北发展，望劝毛、周、张，放弃毛儿盖，同右路军回头南下，如他们不听劝告，应立即监视其行动，若执迷不悟，坚持北进，则以武力解决（一说为：则应开展党内斗争，彻底解决之）。执行情况，望及时电告。

据吕黎平回忆，是他亲手将密电交给了叶剑英。

对叶剑英在关键时刻挺身而出的这一功勋，毛泽东念念不忘。

一九六二年九月二十四日，毛泽东在中共八届十中全会上说："叶剑英同志搞了一篇文章，很尖锐，大关节是不糊涂的。我送你两句话，'诸葛一生唯谨慎，吕端大事不糊涂'。诸葛，大家都知道，是诸葛亮，吕端是宋朝的一个宰相，说这个人大事不糊涂。"

在历史的尘埃将中共党史、军史上这桩公案遮遮掩掩的大半个世纪里，党史、军史专家们对此也争论不休，重点聚焦在是否有这份密电和"以武力解决"的字眼上。

其实，有无这份密电或者措辞如何都无所谓，因为现存的事件发生前后的原始电令已说明了事件的真相！

好记性不如烂笔头。早在一九三七年三月，毛泽东在延安召开的中央政治局扩大会议上曾当着张国焘的面说：叶剑英同志便将秘密的命令偷来给我们看，我们便不得不单独北上了。因为这电报上说"南下，彻底开展党内斗争。"当时如果稍不慎重，那么会打起来的。

而且，一直到了晚年，毛泽东对密电仍耿耿于怀。

一九六七年夏天，毛泽东视察大江南北，也曾与杨成武谈及密电一事，他摸着自己的脑袋风趣地说："叶剑英同志在关键时刻是立了大功的。如果没有他，就没有这个了。他救了党，救了红军，救了我们这些人。"

一九七一年八月，毛泽东为解决林彪问题而南巡"吹风"时谈到："张国焘搞分裂，发个电报给陈昌浩、徐向前，里面说，要坚决南下，否则就要彻底解决。当时叶剑英同志当参谋长，他把这个电报先给了我，没有给陈昌浩、徐向前，我们才走了的，不然就当俘虏了。叶剑英在这个关键时刻是有功劳的，所以你们应当尊重他。"

周恩来在一九七二年六月的一次会议上也说到叶剑英将电报报告毛泽东，因而使中央脱险，立了大功的事。

周恩来说：这件事情，是毛泽东经常讲的，在座的不少同志听到。不是主席总是拿这个古人的事来比喻吗？宋朝不是有个吕端嘛，主席拿这个例子多次说这个事，在关键时刻才显出是同志嘛。古话说，疾风知劲草，板荡识忠臣嘛！

此刻，获悉了密电的毛泽东镇定自若，当即与在场的张闻天、博古一磋商，决定再次试探一下徐向前、陈昌浩的态度。

夜风习习，晚饭后的毛泽东若无其事地走进设在喇嘛寺的前敌总指挥部。

陈昌浩又侃侃而谈起南下的"光明前景"，毛泽东的眉头皱了又皱。

"我再说一遍，在眼前这种局势下，南下是死路一条！"毛泽东实在按捺不住满腹的火气，激动得声音都有些颤抖。

"我们先不管政治前途如何，单就经济问题就没办法解决。川、康、青边界多为少数民族游牧区，几万红军根本没法生存和发展！"毛泽东胸脯剧烈起伏着，一脸的失望与无奈。

陈昌浩见毛泽东铁青着脸，一脸的怒容，只好如实相告："刚才张总政委又来了一个电报，他要我们立即南进。你的意见呢？"

毛泽东清楚地知道，事情已到无法挽留的地步，再多的劝解也不过是徒费口舌而已，必须当机立断，另作他谋。

毛泽东站起身来，顺水推舟地说道："好吧，既然要南进嘛，中央书记处也要先开个会研究研究。周恩来、王稼祥同志病在三军司令部，我和张闻天、博古就去三军司令部，将就他俩开会吧。"

不欢而散。

走出前总的毛泽东顺便来到徐向前的住处前，站在院子里问道："向前同志，你的意见怎么样？"

正两头为难的徐向前只好如实相告："两军既然已经会合，就不宜再分开，四方面军如分成两半恐怕不好。"

毛泽东意味深长地望了徐向前一眼："那你也早点休息！"言毕，遂告辞而归。

多少年以后徐向前每当向人讲起这件事时就叹口气，说：唉！我这个人很笨，当时毛主席的意思就是不要管他们了，我们一块走吧！我呢，和毛主席一起走就算了，可是我总是想着整个部队怎么办，没想到他们当夜就走了。

金蝉脱壳！走出前敌总指挥部的毛泽东立即与张闻天、博古等人连夜策马奔向十余里外的红三军司令部驻地——牙弄，从此一去不再回头。

道不同不相为谋！是委屈求全在张国焘的威迫下苟且南下，还是孤军北进求存？一向以大局为重、性格倔犟但对信念和事业充满自信和憧憬的毛泽东终于痛下决心，仓促召开紧急会议，作出率红一、三军仓促北进的决定，与张国焘分道扬镳！

毛泽东决心孤军北上求存，张国焘挖空心思企图强令南下。

九月九日深夜十二时，张国焘再电徐、陈并转中央，再次以红军总政治委员的特权，强令右路军南下：

向、浩并转恩、洛、博、泽、稼：

甲、时至今日，请你们平心估计敌力和位置，我军减员、弹药和被服等情形，能否一举破敌，或与敌作持久战而击破之；敌是否有续增可能。

乙、左路二十五、九十三两师，每团不到千人，每师至多千五百战斗员，内中病脚者占三分之二。再北进，右路经过继续十天行军，左路二十天，减师将在半数以上。

丙、那时可能有下列情况：

1. 向东突出岷西封锁线，是否将成无止境的运动战，冬天不停留行军，前途如何？

2. 若停夏、洮是否立稳脚跟？

3. 若向东非停夏、洮不可，再无南返之机。背靠黄河，能不受阻碍否？上三项诸兄熟思明告。

4. 川敌弱，不善守碉，山地隘路战为我特长。懋、丹、绥一带地形少岩，不如通、南、巴地形险。南方粮不缺。弟亲详问二十五、九十三等师各级干部，均言之甚确。阿坝沿大金川河东岸到松岗，约六天行程，沿途有二千户人家，每日都有房宿营。河西四大坝、卓木碉粮、房较多，绥、崇有六千户口，苞谷已熟。据可靠向导称：丹巴、甘孜、道孚、天、芦均优于洮、夏、邛。北进，则阿坝以南彩病号均需抛弃；南打，尽能照顾。若不图战胜敌人，空言鄙弃少数民族区，亦甚无益。

5. 现宜以一部向东北佯动，诱敌北进，我则乘势南下。如此对二、六军团为绝好配合。我看蒋与川敌间矛盾极多，南打又为真正进攻，决不会做瓮中之鳖。

6. 左右两路决不可分开行动，弟忠诚为党为革命，自信不会胡说。如何？

立候示遵。

千言万语，费尽口舌，已对张国焘完全绝望的毛泽东，正紧张地组织着"胜利大逃亡"。

时任军委纵队司令员的李维汉后来谈起当晚的情形说：

洛甫告诉我，张国焘有电报说，如果毛泽东、洛甫、博古、周恩来等不同意南下，就把他们软禁起来。洛甫告诉我上述情况后，叫我负责把党中央机关、政府机关、总政治部等单位在次日凌晨带到巴西，会同党中央一路北上，并要我回中央机关担任中央组织部长。洛甫叮嘱我上述决定要绝对保守秘密。

接受指示后的李维汉，暗下里"就分别通知了凯丰、林伯渠、杨尚昆，叫他们明天凌晨就走。对下只说到黑水打粮，叫各单位负责人准备好"。

李维汉又到街上"溜达"了两圈，观察到四方面军的人并没有动静，但仍不敢合眼皮，好不易熬到凌晨，他才蹑手蹑脚地溜出门，站在路口等待：中央机关、总政治部都走了，唯有中央政府机关还没有走出来，他们有银行、辎重，事情多。

李维汉连忙跑回政府机关的院子一看：打包的打包，捆扎的捆扎，一片忙乱。

李维汉当机立断：你们不用打包了，丢掉无关紧要的东西，马上出发！

中央政府机关从班佑赶到红三军驻地巴西，踏上北上的大道。

刘英当时在中央三队：一天半夜三更，突然凯丰来喊："起来，起来！马上出发！"大家问："出什么事啦？""到哪里去啊？"凯丰说："都不要问，快走！"我们中央三队很快集合起来，凯丰又对大家说："不要出声，不打火把，一个跟着一个，跟我走！"一口气急行军十来里路，过了一个山口，才停下来喘口气。

彭德怀和叶剑英商量，如何偷出前敌总指挥部唯一的一张甘肃省全图，并将军委直属队带走。

究竟怎样带走直属队？叶剑英决定利用张国焘南下电报做文章：我先和徐向前讲：总指挥，总政委来电要南下，我们应该积极准备。首先是粮食准备。先发个通知给各个直属队，让他们自己找地方打粮食去。限十天之内把粮食准备好。他说：好！得到他的同意后，我写了个通知，准备发给各个伙食单位。通知上说，今天晚上两点钟出发，自己找地方去打粮。通知写好以后，给陈昌浩看，他认为很对嘛，应该准备粮食。

以南下"打粮"的借口，叶剑英召集杨尚昆、李克农、萧向荣等直属队负责人开会：中央已经走了，今天晚上两点我们也走。大家对表，早一分钟晚一分钟都不行，整整两点动身。我要求大家严格保密，同时要按规定时间行动。

叶剑英秘密做的另一件事，就是给时任红三军宣传部长的刘志坚发电报，命令他们立即赶回。当时刘志坚奉红军总政治部副主任杨尚昆之命，正带领一个几十人的宣传队到驻在包座的红三十军进行慰问演出。

　　诸事安排停当，叶剑英若无其事地回到前敌总指挥部的喇嘛寺，但心里仍十分紧张：我和徐、陈住在一个屋子里，一个人住一个角落……我九点钟上的床，心里老在想着时间，十点、十一点、十二点、一点，我躺在床上不敢睡觉，大约一点四十五分就起来了。我预先曾派了一个小参谋叫吕继熙，把甘肃全图拿来。我把它藏在我床底下的藤箱子里。我起来后，把大衣一穿，从床底下把地图拿出来，就往外走。

　　叶剑英把地图交给刚起床的中央秘书处秘书长萧向荣：赶紧把地图藏起来，这张地图你可千万要保管好，不要丢了，这可是要命的东西。

　　叶剑英带走的那份甘肃全图是作战参谋吕黎平亲手交给他的：当晚，叶参谋长来到作战科，看到屋里没有别人，便悄悄问我："吕继熙（当时我的名字），有甘肃、陕西的地图吧？"我当即向他报告说："在包座战斗中只缴获了一份完整的十万分之一的甘肃全图，没有陕西省图。"叶参谋长说："你把这份甘肃省图给我。"我从文件箱里取出这份地图，交给了叶参谋长。

　　叶剑英牵着他的黑骡子，赶到磨房，与早已等候在那里的前敌总指挥政治部副主任杨尚昆会合，一起直奔军委直属队休息的地方。

　　劫后相逢，倍感亲切："你们开小差跑出来了！"

　　叶剑英咧嘴一笑："不，我们不是开小差，而是开大差，是执行中央北上方针。"

　　在交叉路口，叶剑英碰到了张闻天、博古。博古急忙将叶剑英拉到一边说："老叶，你要快走啊！"

　　"我现在不是和你们一样走嘛！"叶剑英不解地问。

　　博古急忙说："老叶，你和我们不一样，你把密电送给毛主席，又把军委直属队带出来了，人家还不干掉你？"

　　叶剑英等人从潘州到阿西，二十多里路急赶了六个多小时，于拂晓前终于到达阿西，见到了毛泽东。

　　毛泽东一把拉着叶剑英的手，兴奋地说：哎呀，剑英同志，你出来了，好！好！现在情况紧急，我们不能在此停留，应立即向俄界前进，与一军团会合。

　　撤离时比较混乱的是驻扎在巴西的红军大学。

　　红军大学是由一、四方面军共同组成的。

　　宋任穷任政治委员的红军大学特科团是在凌晨三时左右接到北上的命令，他和团长韦国清马上集合全团学员准备出发：我们简要地向学员们讲了当前面临的情况：现在有两条方针，一条是向甘肃，一条是回过头去向南，再一次过草地，大家看怎么办？我们还明确地告诉大家：北上是中央的方针，南下不是中央的方针。愿意北上的跟我们走，不愿北上的可以留下。

　　在遵义会议被批判的李德决定跟特科团一起北上，对宋任穷说道："我同你们中央一直有分歧，但在张国焘分裂的问题上，我拥护你们中央的主张。"

在红军大学工兵科当战术教员的刘清明半夜里被党支部书记许兴叫醒去参加临时召开的支委员，凌晨二时工兵科随步兵科之后向北行进了三十余里，天亮时走到一个山坡上的大喇嘛寺前休息待命，看到毛泽东、周恩来、张闻天等人正站在南边山坡上谈话：

忽然，从我们行军过来的方向传来了杂乱的马蹄声。十几个骑马的人，身挎驳壳枪，由远而近地奔了过来。他们朝着中央首长所在的小广场和道路两侧休息的部队，重复地喊叫着："四方面军的同志回去！四方面军的同志回去！你们不要跟他们走！"

工兵科里有不少四方面军的学员，一时面面相觑。工兵科主任谭希林小声、严肃地说：大家不要惊慌，要沉住气，一切行动服从命令。从四方面军来的学员要认真考虑、考虑，有愿意跟他们走的，也听便！不过希望你们多想想，我们北上抗日是正确的！

沉默了片刻，学员们纷纷表态愿意北上。

于是，学员们都取下戴在头上的军帽，以免让人分不清"大脑壳"、"小脑壳"，继续坐在原地休息待命。

领头骑着马来追赶的是红军大学教育长、原四方面军副参谋长李特。

原来，凌晨天刚泛亮，前敌总指挥部里就炸开了锅：

参谋长叶剑英不见了！

指挥部的军用地图不见了！

红三军和军委直属队已连夜出走，还放了警戒哨！

报告、电话报告连迭报来，徐向前、陈昌浩大吃一惊！

恰在此时，在懋功作战负伤的红军大学校长何畏拿着毛泽东、周恩来亲笔签署的要红军大学立即北进的命令、坐着担架，赶到前敌总指挥部问道："是不是有命令叫走？"

陈昌浩脸色铁青："我们没有下命令，赶紧叫他们回来！"

时在前敌总指挥部的徐向前后来回忆说：发生了如此重大的意外事件，使我愣了神，坐在床板上，半个钟头说不出话来。心想这是怎么搞的呀，走也不告诉我们一声呀，我们毫无思想准备呀，感到心情沉重，很受刺激，脑袋麻木得很。前面有人不明真相，打电话来请示：中央红军走了，还对我们警戒，打不打？陈昌浩拿着电话筒，问我怎么办？我说：哪有红军打红军的道理！叫他们听指挥，无论如何不能打！陈昌浩不错，当时完全同意我的意见，做了答复，避免了事态的进一步恶化。

打电话来问打不打的是红四军军长许世友。

但一句"哪有红军打红军的道理！叫他们听指挥，无论如何不能打！"顷刻间便将一场一触即发的兄弟内讧火并的悲剧化为乌有。

陈昌浩当机立断，一面命令火速向张国焘汇报，一面命令李特率一队骑兵去追赶中央，进行劝说。

趁李特准备的空当，陈昌浩拿起笔纸给彭德怀写了一封劝说信：

中央不经总部组织路线，自己把一方面军部队及直属机关昨晚开去……中央在毛周路线上，已经把一方面军几十万健儿葬送……分散革命力量，有益于敌……吾兄在红军久经战斗，当挥臂一呼，揭此黑幕，即率队转回阿坝。

毛泽东和彭德怀为防止各种意外事情的发生，跟随后卫杨勇任团长、伍修权任政治委员的红十团断后，最后撤离。

乌云密布，寒风袭人。

天破晓时，毛泽东和部队已走出二十多公里，在一座山前，毛泽东命令原地休息。

彭德怀环视周围地形一眼，命令部队在路口的山上架起机枪，堵住来路。

博古一得知此事，连忙找到彭德怀劝道："我们无论如何不能自己人打自己人，我们自家人打起来，人家会看笑话的。"

彭德怀想了想，觉得博古说得在理，命令撤掉机枪阵地，但留一个连警戒。

正在此时，山下忽然骚动起来。

毛泽东凝目一望，原来是李特带着一队骑兵追上来了。

时任红军大学军事教员的阎捷三目睹了这一幕：

忽然，附近传来一阵急促的马蹄声，只见几个人骑着马奔驰而来，领头的是个矮胖子。他们来回跑着，冲着部队叫喊："四方面军的同志不要走了！""不要跟毛泽东、周恩来他们走，他们是苏联的走狗，要把你们带到苏联去！""毛泽东、周恩来北上逃跑，投降帝国主义！"

平地里一声炸雷，将红军大学的学员们震蒙了。

刹那间，部队骚乱了："我们不走了！""不能跟他们走！"一些四方面军的学员乱嚷嚷。

突然，李德疾步上前，一把将骑在马背上正在乱喊的李特拉下马，两人对吵起来。李德说俄语，原本在苏联留学能说一口流利俄语的李特却偏偏用李德听不懂的汉语讲话，两人争得手舞足蹈的，越争越激烈。

阎捷三捅了捅身边曾到苏联学习过的陈明，请他帮助解释：原来，二李之争是因为李特来传达张国焘的命令，要把四方面军的同志带走，不再北上了。李德不许他胡闹，要拉他去见毛泽东同志。并再三说明，北上抗日是正确的方针，不经毛泽东同志同意，任何人不得擅自把部队拉走。而李特执意不去见毛泽东同志。

正当二李争得不可开交的时候，只听到有人喊了一句："毛主席来了！"骚乱的人群蓦然安静下来。我见到毛泽东同志和几位领导同志从西南边不远的一个茅棚里走出来。在人们的簇拥下，李德扭着李特向毛泽东同志走去，一路推推搡搡，吵个不停，我也跟着走了过去。

跟随李特的几个警卫员，手提驳壳枪指头按着扳机，气势汹汹，气氛十分紧张。

李特质问道："现在总政治委员张国焘同志来了命令要南下，你们怎么还要北上？"

面对李特的无礼威胁要挟，毛泽东一手叉腰冷静而坚定地说："这件事可以商量，大家分析一下形势，看是北上好，还是南下好，现在只有北上一条路可以走，因为南边集中了国民党的主要兵力，而陕西、甘肃的敌人比较弱，这是一。第二，北上抗日，我们可以树起抗日的旗帜，南下是没有出路的，是得不到全国人民拥护的。"

毛泽东神情肃穆地乜斜李特一声，吮咂一下嘴唇："彭德怀同志率领三军团就走在后面，彭德怀同志是主张北上，坚决反对南下的，他对张国焘同志要南下，火气大得很哩！你们考虑考虑吧！我们都是红军，都是共产党，都是一家人，大家要团结，不要红军打红军嘛！"

彭德怀能征善战，在红军中威名赫赫。李特脾气暴，彭德怀脾气更暴。此刻，毛泽东搬出彭德怀来，李特不得不有所顾忌，不再敢轻举妄动。

紧接着，毛泽东话锋一转："请你向国焘同志转达我的意见。根据对当前政治形势的分析，南下是没有出路的，南面的敌人力量很大，再过一次草地在天全、芦山、甘孜建立革命根据地是很困难的。我相信，只有北上才是真正的出路，才是唯一正确的。"

好汉不吃眼前亏。眼见威胁右路军南下无望，李特的语气软了许多："根据张国焘同志的命令，红军学校的学员要南下。"

毛泽东随即答道："捆绑不成夫妻。四方面军的学员愿意留下的就留下，不愿意北上的也可以，以后我们还会在一起嘛！我相信，不出一年你们一定会北上的。你们南下，我们欢送，我们前面走，给你们开路，欢迎你们后面来！"

预言家！一九三五年十月，毛泽东率北上先遣队终于在陕北安营扎寨；不多不少整整一年后的一九三六年十月，红一、二、四方面军三大主力果然在甘肃会宁会师！

阎捷三后来说：李特无可答对，听得一个"放"字后，便慌忙离去。我和陈明迅速跑回自己的单位，对四方面军的学员说，你们愿意回去的就回去吧，我们不强留。结果，留下的是一方面军的同志和个别四方面军的同志，其中还有炊事员等勤务员。

临行前，李特将陈昌浩的亲笔信交给彭德怀。毛泽东看后笑笑道："打个收条给他，后会有期。"

当然，也有例外。

红军大学学员窦尚初，是红四方面军第三十团政治委员，过草地后跟红三军行进。李特在南返的学员中没有看到窦尚初，立即派两名骑兵返回追查，刚好追上窑的警卫员和马夫："你们政委呢？""不知道！"骑兵挥手就是几个耳光。

走在队伍前面的窦尚初得知后，更加不愿南返。党总支书记莫文骅立即给窦尚初换上红一方面军的衣帽，挎上盒子枪，装扮成连指导员，走在队伍的后面。

当骑兵追上来盘问时，窦尚初机警地摆脱了追查。

毛泽东大智大慧化解了一场兄弟阋墙的危机！

至于来不及追赶上主力北上的红三军宣传队，一九六五年刘志坚到大连棒棰岛看望叶剑英说：我们第二天（九月十日）赶回时，在途中遇见了去四军教歌的李伯钊同志（杨尚昆夫人）。等我们赶到驻地，可惜你们已经走了。当到达潘州附近后，陈昌浩命令下了我们的枪，并把我们关押在一座民房里。我们要求归队，他们不允。

此刻，望着李特带着红四方面军的学员们闹嚷嚷地向南离去，毛泽东痛苦地闭上了眼睛。

良久，毛泽东方回过身来，仰头望向东方。

东边黛色的青山上，一轮红日喷薄而出，霞光万道，普照在大地上。

毛泽东厚唇一抿，大手一挥，语气坚定而果断："出发！"

毛泽东迈着大步，义无反顾地迎着五彩斑斓的朝霞坚定走去……

张闻天、周恩来、博古及原朱毛红军将士们也义无反顾地紧跟着毛泽东迎着五彩斑斓的朝霞坚定走去！

巴西分手，毛泽东、张国焘从此开始走向两个完全不同的命运。

对于这段曲折与光明相互交错的特殊经历，毛泽东终身不忘，以致时隔二十五年后的一九六〇年，当毛泽东的老朋友斯诺问："你一生中最黑暗的时刻是什么时候"时，毛泽东出人意料地回答说："那是一九三五年的长征途中，在草地与张国焘之间的斗争。当时党面临着分裂，甚至有可能发生前途未卜的内战。"

这是因为，张国焘这位在中共党史上煊赫一时最后又可耻沉沦的双面人生悲剧式人物，曾在毛泽东生命的抛物线最脆弱的环节上，给予了最致命的一击！

# 三军开颜

一

俄界会议，毛泽东被迫做出到苏联边境打游击的决定；

阿坝会议，张国焘决定大举向南进攻。

一九三五年九月十日清晨，一轮红彤彤的太阳从巴西东边山隅冉冉升起，绚丽的霞光彩绘成一帘如梦似幻般的锦缎，铺展在波状起伏的山野间。

四野晨雾笼罩，袅袅依依，冷飕飕的晨风给原本秋意正浓的川甘交界之地平添了几分萧瑟的气氛。

一条山道无头无尾地盘旋在山野之间，弯弯曲曲地南北延伸着。

此刻，晨风晨雾中，一队队红军指战员正沿着山道向北匆匆行进着，偶尔从前面传来几声催促声："快，跟上！"

这支队伍参差不齐，老的老、少的少，尽管衣着褴褛不堪、三不整四不齐、千疮百孔的，有的穿着草鞋，甚至光着脚丫，一个个脸上紧绷着焦虑和忧虑，但仍井然有序地、步履蹒跚地向前走着。

在路边的一个小土坡上，浓眉深锁的毛泽东一手叉腰地站着，一边使劲地吸着烟，一边不时前后望望正在行进的队伍，焦虑、焦躁、焦灼全垒在那饱经风霜的脸上。

站在一旁的张闻天、博古、彭德怀，以及坐在担架上的周恩来、王稼祥等人，或紧张地注视着来路，或焦灼地望着前行的队伍，一个个神情严肃，蹙眉皱额的。

"报告，张总政委急电！"一名机要员气喘吁吁地跑过来，将一纸电文递到毛泽东手里。

毛泽东蹙着眉头扫视了一眼："哦，耳目倒是挺灵的！"随手将电文交给张闻天、博古等人：

林、聂、彭、李（富春）并转恩、洛、博、泽、稼：

甲、闻中央有率一、三军单独东进之意，我们真不以为然。

乙、一、四方面军已会合，忽又分离，党内无论有何争论，决不应如是。只要能团结一致，我们准备牺牲一切。一、三军刻已前开，如遇障碍仍请开回。不论北进南打，我们总要在一块，单独东进恐被敌击破。急不择言，诸领导干部三思而后行之。候复示！

　　　　　　　　　　　　　　　　　朱、张
　　　　　　　　　　　　　　　　　九月十日四时

　　"口是心非！嘴巴上口口声声讲团结一致，却屡屡把中央的指示当成耳边风，最后发展到公开对抗中央，我看他是黄鼠狼给鸡拜年——没安好心！"张闻天愤慨地说。

　　"主席，我建议等我们到了拿界，就先把主席写的《告同志书》发给他们。"周恩来咳嗽着，仰望着正默然不语使劲吸着烟的毛泽东。

　　毛泽东将烟蒂摔在地下，环视众人一眼，厚唇一抿，似乎拿定了主意，大手一挥："我们继续往前走吧，等到了拿界，还要给徐、陈二人下一道北上的电令，尽量争取他们执行中央的北进决策，同时致电林彪，让他做好接应准备工作。"

　　言毕，毛泽东拄着拐杖，迈着大步随着行进的队伍朝前走去。

　　九月十日傍晚，一封毛泽东亲自起草的《中央为执行北上方针告同志书》，从拿界发往阿坝的红军总司令部：

亲爱的同志们：

　　自从我们翻越了雪山，通过草地之后，我们一到包座，即打了胜仗，消灭了白军四十九师。目前的形势是完全有利于我们，我们应该根据党中央正确战略方针，继续北进，大量消灭蒋介石、胡宗南的部队，创造川陕甘新苏区。

　　我们无论如何不应该再退回原路，再去翻雪山、走草地，到群众完全逃跑的少数民族地区。两个月来，我们在川西北地区所身受的痛苦，是大家所知道的。而且，南下的出路在哪里？南下是草地、雪山、老林；南下人口稀少，粮食缺乏；南下是少数民族地区，红军只有减员，没有补充。敌人在那里的堡垒线已经完成，我们无法突破。南下不能到四川去，南下只能到西藏、西康，南下只能是挨冻挨饿，白白地牺牲生命，对革命没有一点益处。对于红军，南下是没有出路的，南下是绝路。

　　同志们，只有中央的战略方针是唯一正确的，中央反对南下，主张北上，为红军为中国革命取得胜利。你们应该坚决拥护中央的战略方针，迅速北上，创造川陕甘新苏区去！

　　　　　　　　　　　　　　　　　中央

　　九月十日十七时，在拿界的毛泽东又以中央政治局的名义向徐向前、陈昌浩下达了北上的电令：

徐、陈：

　　一、目前战略方针之唯一正确的决定，为向北急进，其多方考虑之理由，已

详屡次决定及电文。

二、八日朱张电令你们南下，显系违背中央累次之决定及电文，中央已另电朱张取消该电。

三、为不失时机地实现自己的战略方针，中央已令一方面军向罗达拉界前进，

四、三十军归你们指挥，应于日内尾一、三军后面前进，有策应一、三军之任务，以后右路军统归军委副主席周恩来同志指挥之。

五、本指令因张总政治委员不能实行政治委员之责任，违背中央战略方针，中央为贯彻自己之决定，特直接指令前敌指挥员（党员）及其政委并责成实现之。

中央政治局

电令中以中央政治局的名义明确指出"八日朱张电令你们南下，显系违背中央累次之决定及电文"，并明确命令右路军直接"统归军委副主席周恩来同志指挥之"，也就是说不再听命于张国焘的红军总司令部。

紧接着，红三军军长彭德怀和政治委员李富春根据毛泽东的指示，也于十七时急电林彪、聂荣臻：

林、聂：

一、张国焘违背战略方针令右路军南进，中央已去电申斥（不得下达）。

二、中央今日率三军全部及军委纵队开抵拿界，明日到俄界。

三、拿界到俄界里程情况、给养条件如何望立复，并请准备三军全部及军委纵队营地。

彭、李<br>十日十七时

在俄界苦盼中央从速北上的林彪、聂荣臻，先后接到中央行动方针有变、在原地待命和十日四时张国焘的急电，敏锐地觉察到一定发生了什么重大变故，也迫不及待地急电彭德怀、李富春询问：

你们现达何地，情况如何？除三军外还来了一些什么部队，中央各负责同志均来否，望详告……我们拟将二师及直属队之一部先向鹅座寺推进，空出房子给你们。

觉察到重大变故的林彪，立即采取了紧急措施，急令红一师师长刘亚楼、政治委员黄甦：朱、张十日四时电，除你们亲阅外，不许有任何泄露，日前党内争论以后面告。

"现在只能依靠你和林彪了！"阅毕彭德怀送来的林、聂电文，毛泽东紧敛的眉头舒展了许多，心里也踏实了许多。

望着毛泽东那双因焦虑而布满血丝的眼睛，望着毛泽东那张紧绷着焦虑和忧虑的消瘦而蜡黄的脸，彭德怀的眼眶也不觉湿润起来。

"这样吧，以你和李富春的名义再给林、聂发一封电文。"毛泽东一支接一支地使劲吸着烟，口授着电文：

林、聂：

一、明十一日三军及军委纵队进到俄界宿营。

二、第一军望于明日移进俄界以北。

三、你们在俄界警戒部队及各隘路桥梁守备部队须待我军逐次接替。

彭、李

十日二十二时

十一日傍晚五时半，甘肃迭部白龙江南岸的藏族山寨——高吉村（藏语音译俄界）最东头的一座二层小院前，毛泽东、周恩来等人的手与林彪、聂荣臻的手紧紧地握在了一起。

历经巴西之变的巨痛，劫后重逢，喜悦、激动、悲喜交集，说不出的感慨感叹。

"主席，这是给您安排的临时住地。"望着一张张疲惫而绷满忧郁的熟悉面孔，望着一个个浑身泥渍、汗渍而褴褛不堪的党政军首脑，林彪菜黄色的椭圆形脸上也绷满了忧虑，眼眶微微有些湿润，指着小院旁的一座土房说道。

"走，先进去坐下再说。"周恩来笑笑说。

张闻天、博古、彭德怀、林彪等簇拥着毛泽东向土房走去。

四十来平方米的房间中央摆放着一张四方饭桌，桌子的周围摆放着几张长板凳。警卫员陈昌奉早将地图铺在桌面上，并将点燃的马灯挂在旁边的木头柱子上。

众人纷纷在凳子上坐下，毛泽东坐在饭桌前，从衣兜里掏出烟点燃，深吸了几口，布满血丝的大眼露出镇定自若的神情，语气低沉："同志们，由于张国焘拒不执行中央北上创建川陕甘新苏区的决策，甚至发展到挟持中央南下的危险地步，情势紧迫之下，中央不得不做出壮士断腕之举，率一、三军单独北上。"

毛泽东喟叹一声，语气坚定："眼下随中央北进的只有一、三两个军，不到八千人马。人数虽然少了许多，但比起初上井冈山时的千把人强多了，而且都是久经考验、信仰坚定的老同志。我坚信，只要我们的决策正确，发展方向对头，我们的星星之火，就一定会形成燎原之势！"

毛泽东话锋一转："当务之急是如何稳定军心，避免事态的扩大化。我建议以中央的名义严令张国焘执行中央北上的决定，名正言顺地表明中央的严正立场和态度，同时召开政治局扩大会议，对这次大分裂做出一个决议，确定今后发展的战略方针，另外为便于指挥起见，对一、三军进行整编，以确保顺利北进。"

"我负责起草给张国焘的电令，请主席、洛甫、博古、德怀等同志负责筹备政治局扩大会议和部队的整编工作。"身体尚未痊愈的周恩来自告奋勇地承担起草拟电文之事。

尽管刚经裂变之劫，心情未免有些压抑，且情绪因波动而有些低落，但这群饱经忧患、信仰坚定、执着追求救国救民真理的热血志士，仍处变不惊，有条不紊地应对着困境。

当晚，一封由周恩来起草、经毛泽东、张闻天审定后的电文，以中央的名义发至张国焘手里。

国焘同志：

甲、中央为贯彻自己的战略方针，再一次指令张总政委立刻率左路军向班佑、巴西开进，不得违误。

乙、中央已决定右路军统归军委副主席周恩来同志指导，并已令一、三军团在罗达、俄界集中。

中央

九月十一日

灯光摇曳，光线中烟雾氤氲，四壁的土墙上人影幢幢。

张闻天、毛泽东、周恩来、博古、王稼祥等人仍围坐在四方饭桌前商讨着明天会议的议程。

"主席，一则鉴于本人的身体情况，二则鉴于遵义会议后军事指挥上的实际，我提议由主席担任政治委员一职！"周恩来蜡黄色的脸上泛着红润，态度诚恳地说道。

"该是老毛出山的时候了。众所周知，遵义会议后我虽然当了总书记，但军事上是个门外汉，大的行动决策和战略方针，都是老毛在拿主意，我同意恩来的提议，这也是众望所归！"张闻天直言不讳。

紧接着，博古、王稼祥相继发言表态。

望着一张张朴实而憨厚的面孔，听着一番番坦诚而真实的话语，毛泽东满眼噙泪地点点头。

是啊，这是风雨同舟的战友们的期望，这是生死相依的战友们的重托，必须撑起正在狂风暴雨中飘摇的中国革命的这艘帆船！

受命于危难之际！毛泽东感到两肩沉甸甸的，心里也沉甸甸的。

九月十二日八时许，尽管天空飘着霏霏细雨，山野一片朦胧，但土房内却热气洋溢，群情激昂。

张闻天、毛泽东、博古、王稼祥、凯丰、刘少奇、邓发、蔡树藩、叶剑英、林伯渠、李维汉、杨尚昆、李德、林彪、聂荣臻、朱瑞、罗瑞卿、彭德怀、李富春、袁国平、张纯清等中央党政军及一、三军主要负责人聚集在毛泽东的住地——土房里召开政治局扩大会议。周恩来因病情再度恶化没有出席。

站在会场中心的毛泽东就关于与张国焘南下北上的争论和今后的战略方针做报告。

紧接着，毛泽东简明扼要地讲起张国焘出尔反尔的经过，继而说道："政治

局说四方面军的领导一般是正确的，是说他在鄂豫皖、通南巴时期，从通南巴出来便不正确了，他退出通南巴，是在中央区红军退出中央区之后，那时他觉得通南巴孤立，决定到宁夏，又觉得宁夏有敌人骑兵，所以决定到西藏。四方面军退出通南巴是不正确的，打了胜仗为什么要退出？有什么理由？……我们现在背靠一个可靠的地区是对的，但不应靠前面无出路、背后无战略退路，没有粮食，没有群众的地方……所以我们应到甘肃才对，张国焘抵抗中央的决议是不对的。"

面对人少枪少的冷酷现实，究竟到哪里落脚，确定怎样的战略方针？

为寻找出路，毛泽东思来想去，几乎彻夜未眠。

此刻，毛泽东和盘托出心中的打算与设想："一、四方面军会合后，应该在陕甘川创造苏区，但现在不同了，现在只有一方面军主力一、三军，所以应该明确地指出这个问题，经过游击战争打通国际联系，得到国际的指示与帮助，整顿休养兵力，扩大队伍。"

毛泽东的心绪几乎跌落到最低点，心情异常悲怆，到苏联边界打游击，若部队被蒋介石打散了，就到白区搞地下工作！

毛泽东对未来的局面做了最坏的打算，但意志和信念仍如磐石般坚定："这个方针是否可能？可能的！在地形上、敌情上，加上正确领导，加上克服困难的精神，无疑是可能的……我们总是可以求人的，我们不是独立的党，我们是国际的一个支部，我们中国革命是世界革命的一部分，我们可以首先在苏联边境创造出一个根据地，来向东发展。不然，我们就永远打游击战争……中央不能打到箭庐去，中央要到能够指挥全国革命的地区去，即使不能到达目的地，我们也不致做瓮中之鳖，我们可以到各处去打游击，即使给敌人打散，我们也可以做白区工作，我们可以去领导义勇军，而且我们估计，经过游击战争，我们可以打通国际关系，可以得到帮助，而克服敌人的堡垒主义。"

也就是说，因张国焘的分裂，原定建立川陕甘根据地的决策已无法实现，审时度势的毛泽东不得不及时地调整了战略方针，将运动战改为游击战，准备经甘东北和陕北，用游击战打通国际联系，依靠苏联的帮助，在苏联边境创造出一个根据地，休整部队，壮大红军，然后再以更大规模、更大力量进取陕甘广大区域。

困境中的毛泽东，几乎被张国焘逼进了死胡同，不得不采取暂求有一块立足之地的下下之策。

毛泽东呷了一口茶，正要继续往下讲，忽然见机要员匆匆将一纸电文递上前，毛泽东低眉一看，不觉怒容满面。

毛泽东扬扬手中的电文，怒不可遏："看看，这是张国焘刚发来的电报，居然诬陷中央有人通敌，简直是无耻！"

与会者争相传阅电文，会场闹嚷嚷的，一片哗然。

"简直是无中生有，捏造是非！"

"哪像是一个党员领导干部讲的话！"

"建议中央立即开除张国焘的党籍！"

毛泽东见群情激愤，连忙站起来反对道："你开除他的党籍，他还是统率几万军队，而且还有朱老总、刘伯承和五军（原五军团）、三十二军（原九军团），以后就不好见面了。"

毛泽东示意大家安静下来后，继续说道："目前与四方面军的关系，是党内斗争，但这是两条路线的斗争。在今天说来，是两条路线斗争，将来或者是拥护中央，或者是反对中央，最后组织结论是必要的，但是否马上作组织结论……不应该的，我们现在还有两个军，还有很多干部在那里，我们还要尽可能工作，争取他们，将来是不可避免重作组织结论的。我们还要打电报，要他们来，用党中央名义打电报，要他们来，因为我估计，他还有来的可能，自然也有不来的可能。"

对于毛泽东坚持以争取为主的做法，彭德怀后来说：如果当时开除了张国焘的党籍，以后争取四方面军过草地，就会困难得多。就不会有以后二、四方面军在甘孜的会合，更不会有一、二、四方面军在陕北的大会合了。上述做法是在党内路线斗争中原则性和灵活性结合的典范。

继毛泽东报告后，彭德怀就部队整编问题做报告：团不设营，每个团四个步兵连，一个重机枪连。每个连三个步兵排，一个轻机枪排。精简上层机关，充实基层战斗连队。团以上不设师，直属军，军改为纵队，北上红军改编为中国工农红军陕甘支队。

经过讨论，做出三项决定：

一、成立中国工农红军陕甘支队：

司令员　　　彭德怀

副司令员　　林　彪

政治委员　　毛泽东

政治部主任　王稼祥

政治部副主任 杨尚昆

二、成立全军最高军事领导五人团

成员 毛泽东、周恩来、王稼祥、彭德怀、林彪

三、成立以李德为主任的编制委员会，整编部队。

成员 叶剑英、邓发、蔡树藩、李维汉

会议一致通过了《中央政治局关于张国焘同志的错误的决定》，并规定暂不对外公布，只传达到中央委员一级。

决定指出：一、四方面军的领导者张国焘同志与中央绝大多数同志的争论，其实质是由于对目前政治形势与敌我力量对比估计上有着原则的分歧……二、造成张国焘同志这种分裂红军的罪恶行为的，除了对目前形势的机会主义估计外，

就是他的军阀主义的倾向……三、由于张国焘同志的机会主义与军阀主义的倾向，所以他对于党的中央，采取了绝对不可容忍的态度。他对于中央的耐心的说服、解释、劝告和诱导，不但表示完全的拒绝，而且自己组织反党的小团体同中央进行公开的斗争；否认党的民主集中制和基本组织原则，漠视党的一切纪律，在群众面前任意破坏中央的威信……张国焘同志这种倾向的发展与坚持，会使张国焘同志离开党。

决定号召：红四方面军中全体忠实于共产党的同志团结在党中央的周围，同这种倾向做坚决的斗争，以巩固党与红军。

决定第一次把中央红军战略大转移"西征"，称为"二万余里的长征。"

就在这份决定中，毛泽东做出惊人的预言，一九三八年，张国焘果然离党而去。

晚饭后，张闻天做总结发言：对这一事件，应当广为解释，这是两条路线的斗争，一条是中央的路线，一条是右倾的军阀主义——张国焘主义。这个问题，应使干部了解，而且要了解其前途必然是组织第二党，但有没有其他可能呢？……只要还有一线可能，我们还要争取他！

张闻天确有先见之明，不到一个月，张国焘果然成立了第二个中央。

俄界会议正式确立了毛泽东的军事统帅地位，明确鉴定了张国焘分裂党和军队的性质，明确通过开展游击战争在苏联边界建立根据地的战略方针，更为关键的是通过整编，增强了部队的凝聚力和战斗力。

皓月升空，毛泽东伫立在土房前，抬头仰望着中秋圆月，喟然叹息道："月有阴晴圆缺，人有悲欢离合。可惜一、四方面军两支兄弟部队天各一方！"

就在俄界的毛泽东召开政治局扩大会议做出《中央政治局关于张国焘的错误的决定》的当天，远在阿坝的张国焘也召开了四川省委扩大会议，并针锋相对地做出了《阿坝会议决议》。

十二日上午，几乎俄界会议的同时，阿坝格尔登寺大殿的正上方挂着一幅写有"反对毛周张博北上逃跑"字样的横幅，一百多名四川省委、省苏维埃、法院、保卫局、妇女、儿童团及红四方面军的负责人聚集在殿堂上，张国焘正手舞足蹈地讲着话："什么北上抗日？完全是右倾逃跑主义，是错误的，是行不通的！"

张国焘肆意攻击一番，见坐在一旁的朱德不理不睬，无动于衷，便煞有介事地说："总司令，你可以讲讲嘛，你对这个问题的认识怎样，是南下，还是北上？"

早被张国焘煽动起来的与会者随即起哄："朱德同志，你必须当众表示态度，与毛泽东向北逃跑的错误路线划清界限！"

朱德见张国焘将矛头转向了自己，清楚地知道张国焘的用意是在逼迫自己跟他煽动起来的不明真相的与会者论短长，借以压服自己。

当下，朱德从容不迫地说道："党中央北上抗日的方针是正确的，北上决议，我在政治局会议上是举过手的。我不能出尔反尔，我是共产党员，我的义务是执行党的决定。至于要我和毛泽东划清界线，我和毛泽东从井冈山就在一起，国内外都知朱毛，朱毛是不可分的。你们可以把我朱德劈成两半，但是不能把朱毛分开，更不可能要朱来反毛。"

朱德掷地有声，会场一片哗然。

"既然你拥护北上，那你现在就走，快走！"

"我是中央派到这里工作的，你们一定要南下，我也没办法，但南下是没有出路的！"

朱德话未落音，立即遭到与会者蛮横的围攻，会场上乱哄哄的，宛如一锅粥。

坐在一旁的刘伯承实在看不下去了，挺身而出，大声说道："现在不是开党的会议吗？你们怎么能这样对待朱总司令！"

这一下，宛如引火烧身，围攻者的矛头又对准了刘伯承，逼着要他表态。

刘伯承大声申明说："我同意北上！"

会后，朱德对康克清说："会议开得一团糟，糟透了！"

在张国焘的操纵下，最终抛出了《阿坝会议决议》和《大举南进政治保障计划》。

《阿坝会议决议》：目前的国内形势是革命正处于两高潮之间的低潮时期，党的任务是组织好革命秩序的总退却。可是，现在还有人要同国民党搞什么统一战线，北上抗日，那纯粹是小资产阶级的幻想，实际上是逃跑主义。当前我们的任务，应该是利用川康边少数民族和有利地形条件，建立川康革命根据地，准备迎接新的革命高潮的到来……中央政治局一部分同志，洛（甫）、博（古）、周（恩来）等同志，继续他们的右倾机会主义的逃跑路线。

决议中更为嚣张的是决定：经过斗争和教育仍不转变的分子，要坚决给以纪律制裁！

《大举南进政治保障计划》声称：大举向南进攻，消灭川军残部，在广大地区内建立根据地，首先赤化四川。

党团大会、活动分子会议、干部会议，除了召开大会小会大造舆论外，张国焘还采取分化瓦解的手段，企图挖毛泽东的墙脚。于十二日二十二时以红军总政治委员的身份电令红一、三军南下：

林、聂、彭、李：

甲、一、三军团单独东出，将成无止境的逃跑，将来真后悔之无及。

乙、望速归来受徐、陈指挥，南下首先赤化四川，该省终是我们的根据地。

丙、诸兄不看战士无冬衣，不拖死也会冻死。不图以战胜敌人为先决条件，只想转移较好地区，自欺欺人，真会断送一、三军团。请诸兄其细思吾言。

这是一段错综复杂的历史，也是一段扑朔迷离的历史，即使是身在其中的人，一时也会身不由己地被环境和形势所左右。

当局者迷，旁观者清。是跟随毛泽东北上，还是追随张国焘南下？不仅红军下层的指战员们一时无所适从，既便是红军高级将领一时也犹豫难决。

时任红军前敌总指挥的徐向前就因之而终生抱愧：

我想，是跟着中央走还是跟着部队南下呢？走嘛，自己只能带上个警卫员，骑着马去追中央。那时，陈昌浩的威信不低于我，他能说会写，打仗勇敢，又是政治委员。他不点头，我一个人是带不动队伍的，最多只能悄悄带走几个人。想来想去，还是决定和部队在一起，走着看吧！这样，我就执行了张国焘的南下命令，犯了终生抱愧的错误。

抱着这种矛盾心理犹豫难决的徐向前，不得不跟陈昌浩执行张国焘的南下命令，带着四军、三十军及红军大学学员们，再次踏进浩瀚沉寂的大草地。

黄草漫漫，寒气凛冽，弥漫着深秋的萧煞气氛。

九月十四日，正在草地上艰难跋涉的徐向前、陈昌浩再次接到中央的电令：

国焘、向前、昌浩三同志：

（一）一、四方面军目前行动不一致，而发生分离行动的危险的原因，是由于总政委拒绝执行中央的战略方针，违抗中央的屡次调令与电令。总政委对自己行为所产生的一切恶果，应该负绝对的责任。只有总政委放弃自己的错误立场，坚决执行中央的路线时，才说得上内部团结与一致。一切外交的辞句，决不掩饰这一真理，更欺骗不了全党与共产国际。

（二）中央率一、三军北上，只是为了实现自己的战略方针，并企图以自己的艰苦斗争，为左路军及右路军五、四军、三十军开辟道路，以便利于他们的北上。一、三军的首长与全体指战员不顾一切困难，坚决负担起实现中央的战略方针的先锋队的严重任务，是中国工农红军的模范。

（三）张总政委不得中央的同意，私自把部队向对于红军极端危险的方向（阿坝及大小金川）调走，是逃跑主义最实际的表现，是使红军陷于日益削弱，而没有战略出路的罪恶行动。

（四）中央为了中国苏维埃革命的利益，再一次要求张总政委立即取消南下的决心及命令，具体部署左路军与四军、三十军之继续北进。

（五）此电必须转达朱（德）、刘（伯承）。立复。

中央

措辞之严厉，语气之坚硬，态度之鲜明，在中共党史、军史上绝无仅有！

开弓没有回头箭！

南下，南下，一直到十月五日，张国焘终于在卓木碉的白莎喇嘛庙里公开与北上的毛泽东分庭抗礼，演出一场黄袍加身的闹剧，正式宣布成立中国共产党临时中央委员会、中央政治局、中央书记处、中革军委等，并宣布毛泽东、周恩来、博古、洛甫撤销工作，开除中央委员会及党籍，并下令通缉杨尚昆、叶剑英免职查办。

张国焘已彻底走上了一条不归路！

## 二

蒋介石的眼睛紧盯着腊子口，鲁大昌奉令急调兵扼险而守；
毛泽东的眼睛也紧盯着腊子口，红四团昼夜兼程北进夺关。

一九三五年九月十四日上午，成都刘文辉私宅。

太阳透过镂花的玻璃窗射进行营的办公室里，给寒气袭人的深秋清晨平添了几分暖意。

一身戎装的蒋介石腰板笔挺地伫立在硕大的川陕甘地图前，鹰隼般的目光死死聚焦在甘南岷县的"腊子口"几个字眼上。

据飞机侦察报告：在腊子口以南的白龙江流域发现赤匪不足万人，没有后续部队。

而据地方呈送的情报证实：正向腊子口疾进的是林彪的红一军。

披阅毕情报的蒋介石大吃了一惊，不觉长叹一声："在草地消灭红军的计划又成了一纸空文了！"

一大早就被晏道刚呈送的情报催起床的蒋介石，将自己关在行营办公室里，冥思苦想起来。

几个月来，为对付老对手毛泽东，自己几乎未睡过囫囵觉，未吃过安心饭，日思夜想，苦心谋略。

会合后的红军蹀躞在川西北的穷乡僻野之地近三个月之久，给了蒋介石从容布局的时间。蒋介石喜出望外：是该收网的时候了！

蒋介石立即命令贺国光加紧收缩包围圈，以期一劳永逸。

八月三十一日，重庆行营参谋团正式下达了《关于在草地消灭红军的命令》：

一、李家钰部，接通松潘，严密封锁岷江，堵匪东窜。

二、甘、青边守备队，一律增强原来碉线工事，严密封锁，堵匪北窜。

三、刘文辉、李韫珩在金川部队，向绥靖、绰斯甲以北延伸，严密封锁，堵匪西窜。

四、邓锡侯部，抽集后方六团，第一部会同范绍增部，接通关口，连成懋、理封锁线；第二部会同杨森部，接通虹桥，连成两河口、理番封锁线；其追击队出两河口，向卓克基、壤口压迫。

五、范绍增部追击队，会同邓锡侯部，接通关口后，即向大秋地转进，而后向黑水河上游压迫。

六、杨森部，第一步会同邓锡侯部追击队进攻两河口后，即转向虹桥，沿抚边河筑碉封锁。上列四、五、六等三条，均系逐段推进，连成严密封锁，堵匪南窜。

东、南、西、北四面的网索渐渐收紧，将红军困饿在松潘以南荒无人烟的草地就地歼灭。

在蒋介石看来，这时的红军犹如网中之鱼，虽东窜西闯，但终难逃被歼的厄运。

胜算在握的蒋介石眼见大功即将告成，没料毛泽东竟然铤而走险，不顾一切地冒险穿越宛如地狱之路的沼泽草地，侥幸窜逃到巴西，得以绝处逢生。

但令蒋介石百思难解的是，为何已走出草地的毛泽东仍将大部队滞留在巴西地域，却派遣不足万人的小股部队向甘南挺进？

按常理而言，毛泽东一向跟随自己一手创建的林彪的红一军行动，也就是说，这时的毛泽东也必在向腊子口挺进中的林彪队伍中！

蒋介石清楚地知道：眼下甘南之西固、岷县、临潭一线，只有鲁大昌的新编第十四师及王均的第三军第十二师，兵力比较薄弱，西固到岷县的封锁线尚未构成。林彪部若欲北进，只有三条路可走，一是西进绕道出青海，一是东进川东北取道三国时孔明六出祁山的旧地汉中，三是腊子口。但前两条路都有重兵堵截，而腊子口山岭陡峭，易守难攻，有一夫当关，万夫莫开之险。

毛泽东到底会走哪条路北进？蒋介石倒背着两手在室内踱来踱去，蹙眉皱额地沉思着。

凭数载与老对手毛泽东对阵的经验，毛泽东用兵常出人不意，也常兵行险着，就像这次北出草地一样。

对，就是腊子口！

蒋介石灵光一闪，在地图前戛然止步，手拿指挥棒在腊子口的字眼上用力一点，对站在一旁的晏道刚吩咐说："立即给朱绍良发报，命令鲁大昌派一旅进驻腊子口布防！"

"是！"晏道刚随手将一纸电文呈递给蒋介石："这是朱绍良昨天转发的赏格令。"

蒋介石在宽大的楠木办公桌前坐下，细看起"赏格令"来。

看着看着，消瘦的脸上两撇小胡须往上微翘着，布满血丝的眼珠也盈满笑意。

岷县、临洮、陇西刘县长并转渭源赵县，天水、武都孔县长：

奉委员长蒋阳（七日）亥（九至十一时）蓉行参战电开：据报，北窜之匪毛、彭、林等均在内，饥疲不堪，不难消灭。兹再申擒斩匪首赏格如下：

一、毛匪泽东生擒者奖十万元，献首级者奖八万元。

二、林匪彪、彭匪德怀生擒者各奖六万元，献首级者各奖四万元。

三、博古、周恩来二匪生擒者各奖五万元，献首级者各奖三万元。

四、凡伪中央委员、伪军团政委、伪军团长及伪一、三军团之伪师长等各匪首生擒者各奖三万元，献首级者各奖二万元。

五、其他各著名匪首，凡能生擒或献首级者，仍照前颁赏格。

希通饬各县及地方军民人等，一体知照。等因。

特电遵照。

……

蒋介石随手将电文扔在桌上，站起身来，倒背着两手伫立在硕大的川陕甘地图前，凝神专注地审视一阵，脸上荡满了笑意。

良久，蒋介石悠然地踱到镂花窗前，顺手推开玻璃窗，心悦意愉地欣赏着暮秋姹紫嫣红的宜人景色。

醉红的枫叶，盛开的菊花，渐黄的野草，四季常青的松针，金黄色的稻田，赤橙黄绿青蓝紫，勾勒出一幅秋天丰收的美景。

是啊，是该到了收割的季节！心悦意愉的蒋介石心潮起伏，思绪万千……

躲得过初一，躲不过十五。毛泽东随林彪部北窜甘南，不过是漏网之鱼。因为自己早已调兵遣将在北面的陕、甘、宁数省构筑了数道封锁线，正张网以待。毛泽东孤军北进，简直是飞蛾扑火！

数载含辛茹苦的壮志将酬，蒋介石不觉喜形于色，满心愉悦。

一想到这些，蒋介石暗下里给自己一手谋划的围剿策略打了个满分。

更让蒋介石感到欣慰的是，经过数月处心积虑的谋划，终于将觊觎已久的四川军政大权纳入囊中，实现了川军国家化、川政中央化。

自从一九三四年底派遣贺国光的参谋团入川以来，就像孙悟空钻进铁扇公主的肚子里，三拳两腿就把四川王刘湘收拾得服服帖帖的。

参谋团的第一招就是帮刘湘把四川省政府组建起来后，拟出一道通电告示四川大小首脑交出防区。这一招看似是帮助刘湘统一全省政令，实则是釜底抽薪之计，乐得刘湘对参谋团感激得五体投地。

参谋团的第二招就是重新划定十八个行政专署，由省政府直接委派人任专员、县官，将原来的地方官员集中起来，办培训班，杨永泰趁机派遣大批亲蒋人士充塞到各级地方政府。

参谋团的第三招就是对川军既换汤又换药，借川北驻军田颂尧与红军作战失败，"杀鸡儆猴"，将川军将领田颂尧撤职查办，树立蒋介石的权威。到了一九三五年夏，驻川参谋团改为重庆行营，蒋介石亲自任行营主任，直接指挥驻川各军，刘湘被彻底架空，被晾在一边瞪眼干着急。

到了一九三五年七月，蒋介石干脆在峨眉山开办起军官训练团，并自任团长，刘湘任副团长，陈诚任教育长，分别训练川军营以上军官，并派军政部长何应钦到重庆召开川康整编会议，彻底将四川军政大权纳入囊中。

剃掉了难剃的癞子头，也就等于剜去了淤积在蒋介石心里多年的顽疾。

事在人为！蒋介石对自己的谋略与权威更加自信。

眼下，只要鲁大昌部如期赶到腊子口凭险而守，堵死毛泽东北进之路，那么毛泽东只有重新退回草地束手就擒一途可走！

不怕一万，就怕万一，可万一毛泽东突破腊子口天险呢？

一想到毛泽东神出鬼没的战略战术，蒋介石心头掠过一丝不安，忙驻足在地图前又紧张地思索起来。

据兰州绥靖公署主任朱绍良的防堵部署，负责自临潭旧城起，经新堡、西大寨、岷县城到中寨集，沿洮河两岸构筑碉堡、防御工事防堵红军北上主要防御线的是王钧的第三军第七、十二两个师，此外还有鲁大昌的新编十四师的三个步兵旅和洮岷路保安司令部的三个藏族骑兵团。都统归兰州绥靖公署指挥。

为防堵红军北出甘南，兰州绥靖公署在沿朱李沟口、腊子口、康多、道藏、黑扎一带分点布设了数道防线，并在战术上也做了周密的安排：

一旦红军经草地向岷县前进，第三军和新编十四师除以部分兵力固守岷县城外，主力全力堵击；

一旦红军越叠山向临潭前进，新编十四师第二旅固守新城、驻防旧城的骑兵团及保安司令部三个骑兵团分头堵击，驻岷县师主力及第十二师开往临潭策应；

一旦红军渡白龙江、越叠山进攻旧城，十四师骑兵团固守旧城，第二旅及保安司令部三个骑兵团赶赴旧城截击，十四师主力、第十二师由鲁大昌指挥，赶赴新城相机策应。

兵强马壮，严阵以待。毛泽东区区不足万人，人生地疏的，纵使突过腊子口，也犹若羔羊落入狼群，难逃群狼撕裂、宰割的下场！

一念及此，蒋介石的紧蹙的眉头舒展开来。

不过，最好的结果还是希望那位土匪出身的鲁大昌在腊子口堵住，以免夜长梦多，变生腋下！

想到这里，蒋介石不觉抬头将殷殷期盼的目光望向北方的岷县。

九月十四日上午，岷州县城新编第十四师师部。

长方形会议桌的两侧端坐着团以上的军官，正面墙上张挂着一张作战地图。正上方一位身着中将军服、长着满脸络腮胡须的彪形大汉随手将马刀"啪"的一声往桌上一放，边坐边吆喝："开会，开会！"

站在一旁的副官慌忙从公文包里取出一份电文一扬："这是兰州绥署刚发来的急电。"

副官撑撑眼镜架，随即大声念道："据空军侦察报告，敌约万余人纵队，由草地向甘肃方向前进，有经临潭、岷县北上的企图，除着夏河、洮岷地区部队严密警戒外，由新编第十四师派兵一个旅火速进驻腊子口附近，构筑工事，相机截击，并派侦探赴草地侦察。另派唐维源第十二师来岷县支援。"

这时的新编第十四师拥有三个步兵旅、一个骑团、一个特务团，共八个团，约一万余人，主要盘踞在岷县。

时任新编第十四师第二旅旅长的蒋汉城参加了这次紧急军事会议：鲁大昌接到命令后，对红军情况进行判断，预料有三种可能：

（一）经草地至夏河，入青海，转河西，联络新疆，打通国际路线；

（二）经草地入西固、武都，据守阶成山区休整后，向汉南或陇南发展，建立根据地；

（三）红军万余人经过草地，缺乏粮弹，可能被藏族人歼灭。

鲁大昌见军官们分析、推断了半天，达成了三点共识，忽地站起，"哗"的一声将马刀插入鞘内："我命令，第一旅旅长梁应奎！"

"到！"第一旅旅长梁应奎应声而起。

"除第一团留一营暂驻武都，速率两营驰赴腊子口附近，指挥第三旅朱显荣第六团共同固守腊子口要隘，并相机进击。"

鲁大昌虎眼一瞪，接着又命令特务团作为第二梯队，全师其他各部仍按原计划构筑工事，相机待命。

望着诸将奉令而去，鲁大昌发出开心的大笑。

时任新编第十四师第一旅参谋长的张觉僧后来谈到第一旅的行动说：即留孙铁峰第三营驻武都，其余一、二两营及旅直属部队经西固沿白龙江西上。当时秋雨连绵，江水暴涨，沿江小路被水淹没，机枪、迫击炮驮骡不能通过，但师部连电催促，不得迟延，遂决定将机炮由人扛抬，随步兵找坡路前进，并留一部俟水落后同驮骡随后赶来。

调兵遣将，鲁大昌部日夜兼程地扑向毛泽东北出甘南的咽喉要塞腊子口，企图将红军重新赶回草地。

蒋介石、鲁大昌的眼睛紧盯着腊子口，毛泽东、林彪的眼睛也紧盯着腊子口。

十四日十五时半，林彪、聂荣臻致电刘亚楼、黄甦、陈光、萧华：一军全部迅速以主力占领哈麻、黑朵寺地域，以一部占领腊子口、车眼，以做我军北上之据点。

林彪揭开了腊子口战役的序幕！

十四日傍晚，俄界北部的黑拉。

毛泽东、林彪、聂荣臻、红二师师长陈光、政治委员萧华正蹲在地上围着一张地图嘀咕着。

毛泽东神情凝重："据刘忠侦察的情报，守敌鲁大昌除了派出第一旅在腊子口以南层层设防外，还在岷县城外构筑碉堡工事，企图阻止我军进入陕甘地区。"

毛泽东手指在地图上标有"腊子口"的字眼上点了点："因此，必须打好天险腊子口进入甘南的关键性一仗！"

　　毛泽东抬起头将目光落在林彪身上："你们准备派哪个团打头阵?"

　　林彪稍沉思片刻："派黄开湘的第四团。"

　　"好!"毛泽东边说边站起身来,深邃的目光满盈着期待地望着陈、萧二人说:"告诉黄开湘和杨成武,要英雄的红四团再立新功!必须在三天之内拿下腊子口!"

　　毛泽东又环顾房间一眼,对林、聂吩咐说:"为了抢时间,我和你们一起连夜向腊子口出发,把房间让给后面的洛甫、恩来他们宿营。"

　　毛泽东是十三日上午离开俄界跟随林彪的红一军北进的。

　　高吉村(俄界)是一个仅有二十四户人家的藏族山寨。十三日清晨,当太阳照射在小河边的草坪上时,几百名红军指战员们密密麻麻地盘膝坐在地上。

　　稍带寒冷的晨风无情地把凉意吹打在衣着单薄且破烂的指战员身上、脸上,但仍一个个昂首挺身地、全神贯注地倾听着毛泽东讲话。

　　站在三棵树下的毛泽东穿着一套灰色的旧衣服,补丁摞补丁的,面容显得蜡黄消瘦,但精神抖擞,声音雄壮清晰而有力。

　　毛泽东简明扼要地介绍了俄界会议的情况和与张国焘的分裂斗争:"从表面上看,我们的人数是少了,但从质量上看,我们锻炼得更加坚强。今后我们一定能以一当十,而且一定能够起到以一当几十的作用。张国焘分裂党、分裂红军的罪恶目的,不仅不能得逞,而且是不会有好结果的。我们完全可以预料,他们将来一定会回来的。我们为他们的先遣队,为他们回来开路,为他们将来北上扫清道路。"

　　毛泽东双手握成拳头,厚唇一抿:"中国有句老话:兄弟齐心,其利断金。同志们,眼前我们最重要的是团结,只要我们团结一心,就没有克服不了的困难,胜利一定是属于我们党所领导的英勇红军的!"

　　什么是高瞻远瞩?什么是真知灼见?笔者在写作时,时常为毛泽东未卜先知的惊人预言所折服。一句"我们完全可以预料,他们将来一定会回来的",一年后果然就演变成现实。

　　从俄界沿白龙江右岸向莫牙寺前进,峰峦叠嶂,原始森林蓊郁,峡谷崖壁陡峭,道路崎岖,还有几处栈道。藏兵把栈道上的木板甚至钉进石孔的木桩拔掉。

　　时在军委直属队的成仿吾回忆:白龙河的上游水流湍急,涛声如雷,两岸多是悬崖峭壁,河宽一般虽仅数丈,栈道往往离开水面一二丈高,若俯视河面,不由得大吃一惊。栈道遭到破坏的地方,通过时摇动,更使人不能不加倍小心。

　　在前开道的红一军既要修复栈道,又要提防藏兵从河对面的山里打的冷枪,还要防备藏兵从栈道上的山头上滚下石块。

　　路难行,毛泽东随红一军跋山涉水,第一天仅前行了五十里,直到第二天傍晚才进抵黑拉。

　　暗淡的黄昏中,白龙江岸畔的莫牙寺,小花园的菊花盛开,红的、白的芳香

扑鼻。东厢的僧房内烛光熠熠，长途奔波了一天的前卫红四团正准备宿营，忽然一阵"得，得，得"的马蹄声直奔临时团部前停下。

"报告，师部命令！"正在整理行囊的黄开湘、杨成武扭头一看，原来是师部通讯员。

黄开湘、杨成武连忙打开三角信件：军团首长命令即速继续北进，着第二师第四团为先头团，向甘南之岷州前进，以三天行程，夺取腊子口，并扫除前进道路上拦阻的敌人。

黄开湘、杨成武摊开地图一看，到腊子口还有二百里路，也就是说必须在十七日赶到并拿下腊子口！

一九三六年，杨成武追忆：我们接受行动命令后，即进行一切准备工作——找好更熟悉的向导，弄清沿途的路线，造好出发前吃的饭。

深夜十一时许，在起床的号声中，红四团指战员集合在草坪上。

黄开湘站在土坡上扫视队伍一眼，随即大声宣布了行动任务："同志们，我们马上就出发了，我们是担任先头团，要以三天的行军，去夺取腊子口，扫除前进道路的障碍，以便迅速到达抗日的最前线，完成抗日救国的光荣任务！"

夜，黑暗无光。红四团的指战员举着火把沿着莫牙西北长三四十公里的深山峡谷迈台阶般前行着。

前卫团顶着雨雪不顾一切向腊子口疾进，林彪、聂荣臻陪着毛泽东率红一军主力随后跟进。

当晚八时，毛泽东致电后卫的彭德怀：

二纵队全部及军委纵队应于明拂晓前开始出发，全部到达黑拉附近宿营。

十六日凌晨两点，红四团个个披着雨衣，戴着斗篷，拿着拐杖，冒着毛毛雨，沿着又滑又陡的黄泥小路继续向腊子口进发。

没料天快拂晓时，在密密麻麻的原始森林中穿行的红四团迷路了。问向导，向导说十年前走过一次，也记不清楚了。黄开湘急中生智，掏出指北针，调整方位，命令部队向北面的大隘口走去。

其实，红四团走向大隘口后，即进入了西北—东南走向的另一条山谷——桑坝沟。

原属四方面军的二九四团编入红四团的张仁初任营长的二营走在最前面。

时隔多年后，张仁初回忆说：部队刚走出一个阴暗潮湿的老林，翻过一个山隘口，突然发现鲁大昌的一个营在我右侧构筑工事，企图阻拦我们的去路。我们当即向敌人发起了攻击。不到二十几分钟，敌人除一部分逃脱之外，全部被我打死、打伤和活捉了。

战斗一结束，张仁初和军部侦察科长刘忠立即找来两个俘虏，询问腊子口的守备情况。

一个俘虏讨好说："你们还是绕道走吧，腊子口是天险啊，上面有鲁司令两

腊子口

个团，还有层层碉堡，就是插翅也飞不过去啊！"

另一个俘虏补充说："鲁司令知道你们要从草地过来，才派我们到这里来警戒的，没想到你们来得这么快，我们连工事还没修好就被打散了！"

从俘虏的口中得知，有敌一营埋伏在黑多前面行进路的右侧，企图侧击红军。红二营即以一个连穿着刚缴获的国民党军装大摇大摆地直接前进，趁对方尚未反应过来，发起突然攻击，一顿手榴弹猛揍，打得守敌败如溃蚁，落荒而走。

红二营像猛虎驱赶着一群羔羊，猛追猛打。在追击中俘虏了鲁大昌的副官、医生等二十多人。

其实，被红二营先后击溃的是朱显荣第六团的两个营。

原来，为确保腊子口万无一失，朱显荣命令两名团副各自带第一营、第三营分别驻守康多西南的刀扎、黑多两地。第二营为预备队，随团部驻守康多，构成一道外围防线，形成前哨阵地。没料红军从小路突袭，一、三营一击即溃，驻守康多的团直属队及第二营闻风如鸟兽散，逃往洛大等地。

下午两点多钟，红二营进抵腊子口前沿。

位于迭部东北部的腊子口，是川北通往甘南的重要隘口。海拔近三千米，长约三百米，东西两侧都是高达五百余米的悬崖峭壁，一个比一个陡峭，宛如一座大山被利剑从中劈成两半，既高且陡，周围全是崇山峻岭。谷底宽约八米，从下往上仰望，山口只有三十来米宽，又像是一道用厚厚的石壁构成的长廊，右面绝壁下奔腾着一条山水汇聚的河流——腊子河。腊子河是白龙江的支流，自北向南从峡谷中奔腾而出，汹涌的激流冲击着礁石和绝壁，激起一团团高大的水柱，水深不能徒涉。

河面上架有一米多宽的小木桥，连接两边的绝壁，河左岸有一条路直通岷州城。要通过腊子口，除小桥别无他路。

左岸耸立的石壁约七十至八十米高，几乎成九十度直角，山顶端倒是圆的，而石壁既直又陡连猴子也难爬上去，石缝里零零星星地歪出几株弯弯扭扭的古松。

时任新编第四师第一旅参谋长张觉僧后来谈起当时的布防说：桥东山脚林缘有敌军预筑工事，口里当中突出一块石堡，高约三四米，上面筑有碉堡。口子后边有三角形的一片谷地，利用山坡亦筑有工事。我们察看形势后，配备兵力如次：第一团赵国华营进入桥东沿山脚工事，四架重机枪排列在桥头堡内，封锁向木桥进攻的道路；原驻在此的第五团王世惠营，进入三角形谷地的阵地，做好战斗准备……梁应奎率旅部人员当天到距腊子口后面约五里的竹立旗地方，扎好旅指挥部。

也就是说，梁应奎赶到腊子口后，将第一团主力第一营配备到腊子口桥头东侧阵地，以四挺重机枪排列在桥头堡内，构成交叉火力，严密封锁桥头地带；原驻守桥头的第五团第三营配置在腊子口内的三角形谷地，沿山脚固守工事，并随时准备增援桥头阵地，并在山坡上修筑了大量工事和军需仓库，旅部和预备队则驻扎在竹立旗。

"情况明摆着，要迂回过去很困难，必须攻打下这个隘口！"与张仁初一起观察地形的副营长魏大全话刚落音，"突突突"从桥头碉堡里射出来的子弹打在他们脚下的岩石上直冒火星。

"快回去吧，你们就是打到明年，也别想通过我们鲁司令防守的腊子口！"敌人边打枪边狂妄地叫嚷着。

下午四时许，团长黄开湘、政委杨成武策马赶到腊子口前沿，两人举着望远镜观察完地形，当即决定把军团的迫击炮连和一营的两挺重机枪拨给二营，以加强攻击火力，在黄昏前发起强攻。

说是迫击炮连，其实只有四门吉林造的迫击炮，连长就是神炮手赵章成。

一片战前紧张忙碌的景象：有的磨刀擦枪，有的往身上扎手榴弹，有的用十字镐在修机枪射击台，有的用棉花和破布包机枪腿，赵章成则忙着计算密度方位。

一场硬仗、恶仗一触即发！

黄昏，黄开湘下达了攻击的命令。

顷刻，"嘀嘀嗒嗒"的号声骤然响彻山谷，军号声中，出膛的炮弹拖着火焰尖叫着飞向隘口和山顶，十几挺轻重机枪像一阵急袭的台风刮向碉堡，枪声、炮声震得天摇地动，腊子口山谷在呛人的硝烟中抽搐着、抖动着，天旋地转。

担任主攻的是红二营第四连。

时任红二营营长的张仁初亲自指挥了第一次攻击：四连的战士们在轻重火力掩护下，一个跟着一个冒着迎面飞来的子弹，跳过在脚下爆炸的手榴弹，猛往隘口上冲。敌人依靠险要的地形和坚固的工事，拼命抵抗。手榴弹像下雹子般落下来。山谷间火光闪耀，硝烟弥漫，枪声、爆炸声回响成一串急雷。冲在前面的战士倒下了，后面的战士仍旧勇猛地往上冲，他们冒着敌人从上面射来的子弹，在立陡的山隘口上，一会儿奔跑，一会儿爬行，一会儿翻过岩石，一会儿又穿过

山弯。

眼看着第二批战士快攻到离守敌碉堡四十多米时，突然，碉堡里也吹响了冲锋号，手榴弹像蝗虫般地顺着悬崖滚下来，刹那间，山道上爆炸声连响成一片，腾起一簇簇火光，一排排战士在火光中倒下。

"机枪猛往上扫，压制住敌人的火力！"望着战士们几乎又倒下了一半，张仁初气得直发抖，恨不能冲上去一脚踩平桥头上的碉堡。

顿时，十几挺轻重机枪喷吐出愤怒的火舌，织成一帘弹网向桥上的守敌工事席卷而去。但因山上的石壁挡住了弹道，几乎有一半的子弹落在陡崖上了。

"啊呀，营长你看！"蹲伏在张仁初身边的通信员杨瑞金突然惊叫道。

正紧瞅着腊子口气得两眼直冒火的张仁初闻声顺着小杨的手指一望，只见在弥漫的硝烟中，有两个倒在山道上的战士慢慢地往碉堡爬行着，枪声、爆炸声猛烈地轰响着，两名战士爬了一段，突然又倒在地上，显然是负伤了。

张仁初心里像勒紧的一把弦：我正要命令部队冲上去抢救，他们却又在慢慢地往上移动着。敌人拼命地往下打枪、扔手榴弹，烟火在他们前后左右翻腾着。他俩的动作渐渐缓慢下来，看来他们已经不止一处负伤了，但他们并没停止，仍在蠕动着……两个战士在离敌人碉堡二十米的地方，爬起来猛往上跑。就在这时，从敌人后面两个碉堡里喷出几条火舌，两个战士踉跄一下倒在地上了。

第一次强攻失败，紧接着红四连又连续发起三次攻击，除增加伤亡外，仍未奏效！

漆黑的夜幕渐渐蒙上腊子口的山野时，黄开湘不得不下达了暂停攻击的命令。

此时，毛泽东的处境是，左侧有卓尼扬土司的上万骑兵，右侧有胡宗南的主力，如不能攻克腊子口，就会面临被敌人三面合围的危险，毛泽东率仓促北进的红一、三军只能掉头南下，重回草地。

世事就是如此，任何辉煌成就的背后都离不开曾经的艰辛历程。按毛泽东讲的辩证法：任何事物都是一分为二的！

此时此刻，被鲁大昌的碉堡工事阻挡在甘南天险腊子口的毛泽东，说大一点其实事实也是中国革命，再次面临血与火的洗礼，成与败的抉择！

历史，总会将机会或者说幸运，赐予那些早有准备且意志坚定的开拓者或者说强者！

## 三

林彪授计，黄开湘亲率奇兵迂回袭击，红六连鏖战腊子口；
红四团将士勇夺关，瓣开了红军北出甘南的生门。

一九三五年九月十六日黄昏，距腊子口前沿二百余米小路旁的松树林边。

脸色菜黄的林彪举着望远镜一动不动地观察着腊子口前沿阵地。聂荣臻、陈光、萧华、黄开湘、杨成武、刘忠、张仁初等围站在旁边，有的观察着腊子口，有的则看着林彪那张没有春夏秋冬的脸。

硝烟弥漫的腊子口枪声哒哒，爆炸声此落彼起，手榴弹、炮弹爆炸的火光忽闪忽灭，晚风飘来呛人的硝烟味和血腥味。

良久，林彪方放下望远镜，扭过头来毫无表情地望望诸将，剑眉微锁，薄唇一抿："从二营刚发起的几次正面攻击来看，隘口地形狭窄，部队无法展开，守敌凭借着东桥头崖壁上的炮楼封锁住木桥，我军根本无法接近，去摧毁守敌的火力。如强攻的话肯定会造成重大的人员伤亡。"

林彪蹙着眉头若有所思："但守敌的布防也并不是无懈可击，也存在两大弱点，一是口子上守敌的兵力主要集中在正面，凭借沟口天险进行防御，两侧陡峭的崖壁都没有设防，山顶上也没发现守军；二是守敌的炮楼都没有顶盖，也就是说只要我们能把手榴弹或炸弹扔进炮楼，就可以摧毁守军的炮楼。"

林彪两眼出神地望着腊子口，一脸的焦虑与困惑，嘴里似乎是喃喃自语："想什么办法才能把手榴弹或炸弹扔进炮楼，打掉敌人的火力？"

一旁的军侦察连连长梁兴初指着腊子口说道："军长你看，右岸崖壁上有几棵盘曲的松树！"

林彪浓眉一展，菜黄色的脸上露出一丝喜色："你怎么不早说哩！"

林彪拿起望远镜又观察一阵，计上心来。

"三个臭皮匠顶个诸葛亮。你们现在就召开指战员的动员会，发挥集体的智慧，想办法怎么从崖壁上绕到守敌的侧背后袭击敌人，打掉桥头的火力点。"

林彪又扭头望着张仁初："负责正面强攻的二营也要想办法尽量接敌，吸引守敌的注意力。一旦偷袭成功，上下夹击，一举拿下腊子口！"

林彪语气坚定："你们只要坚决这样做，天险腊子口就一定可以突破！"

"记住，毛主席就住在朵里寺等着你们胜利的消息，祝你们成功！"临行前，林彪又叮嘱几句，这才跨上马向黑多村驰去。

黄开湘、杨成武当即决定：一营负责迂回，二营负责正面强攻，晚上九点统一行动。

暮色中，一营以连为单位在密林中召开战前动员会，大家出点子、想办法，精神振奋：就是鹿走不过去猴子爬不上的地方，我们也要打过去！

张仁初带着几名营连指挥员再次去察看左边地形：我们悄悄地贴着石壁走一段爬一段，翻过长满鲜苔的岩石，穿过刺刺楞楞的荆棘，拼命往左侧陡峭的岩壁上攀登。

张仁初等费尽九牛二虎之力爬上去一看：这原来是一个山包，遍地荒草乱生，怪石嶙峋，离敌人的第二个碉堡约有两百米，借着星光能看到它黑森森的轮

廓……我们和去的几个连排干部研究一下，决定正面万一攻不下来时，就从这里攻。

张仁初决定由六连担任主攻，组织突击队：选拔了四十多人分成四个队，第一队由六连杨信义连长带领，第二队由六连指导员胡炳云带领，第三队由四连叶副连长和英雄排长陈国厚率领，第四队由我亲自带营直通讯班组成。所有突击队一律使用短枪，每人并携带十几个手榴弹和一把大刀。一切准备妥当之后，一部分突击队员便秘密爬上了左侧陡崖，一部分仍隐蔽在出发地的沟沿里，等待一营的信号。

时任红六连指导员的胡炳云在《腊子口上的红六连》一文中写道：战士们听说我们连担负了主攻任务，都像小孩遇上年节一样，高兴得蹦跳起来。他们把手榴弹三个一捆，两个一束，挂满了全身；有的把刺刀、大刀擦得闪闪发亮，战士们那股劲儿，别说一个腊子口，就是十个腊子口也能拿下来！

红二营摩拳擦掌，跃跃欲试；杨成武、黄开湘与一营营长季光顺则研究着迂回方案。

迂回部队由军部梁兴初任连长的侦察连和团通信主任潘锋带领的信号组以及一连、二连组成，团长黄开湘决定亲自带队出击，预计凌晨三时到达预定地点，以信号弹为约，发起总攻击。

深夜，天像一口大黑锅盖住了山谷和河流。

距腊子口十余里的黑多村小木屋的二楼，毛泽东的房间烛光摇曳，林彪、聂荣臻等人的目光聚集在一手夹烟一手叉腰正来回踱着步的毛泽东的身上。

腊子口天险易守难攻，若不能如期攻克，全军就只能掉头南下，重回草地，北出甘南计划也就成了泡影！

忧虑、焦虑，事情未成功前，谁都如此，这是人之常情，毛泽东也不例外。

但忧虑归忧虑，这时的毛泽东是自信的，特别是当听了林彪汇报红四团准备迂回奇袭的战斗计划后，毛泽东更加自信，欣然地与林彪、聂荣臻研究起明天的行动计划。

就在红四团行动的当晚九时，林彪、聂荣臻致电彭德怀报告说：击溃鲁师第六团，据所获俘虏及文件称：拉子口（及腊子口）有敌两连，拉子里、三义门有敌四营，大草滩有一营。明日一军推进大草滩。

夜，黑黝黝的。

沉寂的腊子口前沿，突然枪炮声大作，忽闪忽灭的炸弹爆炸的火光，划破了漆黑的夜幕。红六连发起佯攻，一时枪炮声响彻山谷。

距腊子口前沿二百余米的腊子河畔，十几匹骡马驮着侦察连、一、二连的战士们涉水过河。水流湍急，吼声如雷。

一九三六年，杨成武追忆说：在九点钟的时候，我模范的一、二连担任沿右边的石山上爬到敌人侧后去猛袭、配合正面突击的任务。一、二连的战士们，都一个一个地运动过右岸去了（水深不能徒涉），向那石壁爬上去。壁陡的石崖，怎么爬得上呢？英勇模范的二连连长，他不顾一切地攀上去了，但后面的都没法上去，二连长即把自己的绑带解下来，慢慢地把一个个吊上去。

也就是说，是二连长、也就是飞夺泸定桥的突击队长廖大珠，攀爬崖壁用绑带将迂回的战士们一个个吊了上去。

天黑，腊子口前沿枪炮声不断，但一无进展，又不知迂回的部队是否顺利。

其实，当年腊子口战役的紧张程度，从现存的迭电中也可以看出。

在黑多村一直关注着战事的林彪、聂荣臻于二十二时又致电陈光、萧华：

无论拉子口敌人消灭与否，二师除以一个营留拉子口向车眼任警戒外，余应于明十七日经曹子里、悬窝攻占大草滩、占扎路、高楼庄而固守之。

夜漫长，黑多村的烛光在微风中摇曳着，苦盼着前方消息的毛泽东、林彪、聂荣臻等人忽坐忽站，焦灼不安地等待着。

二十四时，毛泽东、林彪、聂荣臻又联名致电彭德怀：

1. 顷据二师报告，腊子口之敌约一营踞守未退。该处是隘路，非消灭该敌不能前进。似此，三军及军委纵队除派一个团至刀扎里接防并筑工事外，余在黑拉原地不动。我们在黑朵寺不动。各部待命出发。

2. 据夺获敌电称，杨土司有派骑兵千名来黑拉扰乱说，请注意。

3. 每人筹粮十一天。

4. 二局速侦王胡两部。

毛泽东为谨防敌军侧袭进攻腊子口的红四团，命令彭德怀指挥后卫部队坚决堵击在腊子口南面的鲁大昌两个营。

这时，腊子口方向的枪炮声突然停止了，毛泽东一惊，连忙命令林彪、聂荣臻赶往前线，了解战事。

聂荣臻后来回忆当晚的情形说：这一仗是我们报告毛泽东同志，他亲自决定打的。并以毛泽东、我和林彪联合署名，在九月十六日发了一个电报告诉彭德怀同志。电报开头就说："顷据二师报告，腊子口之敌约一营踞守未退。该处是隘路，非消灭该敌不能前进。"随后，我们一军团的几个领导干部，即根据毛泽东同志下达的决心冒雨赶到二师去。

林彪、聂荣臻冒着毛毛细雨火急火燎赶到陈光、萧华的指挥所里时，已向守敌发起了五次攻击的红六连正撤下来休整。

亲自指挥正面攻击的杨成武说：狡猾的敌人，凭着险要的地形和坚固的炮楼，有恃无恐地躲在工事里一枪不发，等到我们接近桥边时，就投下一大堆手榴弹，向我们反击，一团团的火光在隘口翻腾飞舞。

红六连接连攻了几次，还是接近不了桥头。守敌扔过来的手榴弹，一个个在地上乱滚，炸裂的弹片在桥头三十米内的崖路上铺了厚厚的一层，有的地方，没有爆炸的手榴弹已堆起一层了。

时任新编第十四师第一旅参谋长张觉僧后来谈起当晚的战斗情形说：当晚九时左右，红军即向腊子口鲁军阵地开始攻击，先用机枪不断轮番扫射，步兵在密集的火力掩护下猛攻。鲁军在掩蔽部内以机炮、手榴弹集中火力封锁住木桥的入口。红军数次冲锋，火力猛烈，鲁军阵地后面的石崖被子弹打得火星乱冒。

眼见得正面强攻毫无效果，杨成武只得命令六连只进行牵制性攻击，等迂回部队发出信号后，再发起总攻击。

红六连指导员胡炳云和连长杨信义决定组织敢死队：将十五名突击队员分成三个突击小组：每个敢死队员，都配有短枪一支，子弹百余发，身挂手榴弹，背插大刀。突击时分两路：一路顺河岸的崖壁前进，准备摸到桥肚皮底下，攀着桥柱运动到彼岸；另一路两个组，先运动到桥边，等第一组打响，两面夹击，消灭桥上的敌人，夺取木桥。

夜深沉，河水的吼叫声更加震耳。

敢死队员们攀着崖壁上横生的小树，小心翼翼地一步步往前挪动着。浪花溅湿了裤子，汗水浸透了上衣，荆棘扎破了手和脸，敢死队全然不顾一切地静悄悄地向桥下摸去。

离桥越近，心里越紧张。摸到桥边，第一组的五名敢死队员伸手抓住桥肚底下的横木，一手倒一手的往对岸运动着。

突然，"咔嚓"一声，一名敢死队员掉进了水里，响声惊动了守敌。

刹时，机枪、手榴弹朝桥底下乱射乱打，炸得河水"扑扑通通、哗哗啦啦"乱响。

四名敢死队员见目标已暴露，无法继进，只得摸到一块岩石下隐伏下来。

"同志们，跟我冲啊！"隐伏在桥西头岩石间的胡炳云瞅准敌人只顾朝桥下射击的机会，立即率一排的十个战士冲到桥边，先向敌人甩过去一排手榴弹，趁着爆炸的空隙，迅即冲进了敌人筑在桥头上的立射工事。

守敌猝不及防，顿时慌了手脚。

胡炳云后来回忆说：我们杀向桥头。桥下的同志也从岩石下钻了出来，他们不顾桥上敌人的射击，翻上桥面，拔出大刀，喊着冲杀声跟敌人肉搏起来。桥窄人多，我们的大刀在短兵相接中，大大发挥了作用。一排长抡起大刀，如同武术家练武一般在敌群中挥舞。突然，他被一颗流弹击中了。他跟跄了一下，又站定脚跟，大声呼叫："同志们冲呀！敌人已经支持不住了！"一排长的负伤，大大激怒了我们，十几把大刀，见着敌人就劈。

正当桥头上的肉搏战杀得难解难分，突然，从敌人后山上升起了一颗白色信号弹，敌人右侧后爆炸声响成一片，高山顶上也响起了慑人心魄的冲锋号声。

一、二连迂回成功！

"通、通、通！"腊子口前沿也迅即升起三颗红色的信号弹。

总攻开始！

　　四颗信号弹还未熄灭，霎时，冲锋号、轻重机枪、迫击炮和呐喊声，山上山下，四面八方一齐响了起来。

　　枪炮连天响，一枚枚手榴弹直往无盖的碉堡里砸，爆炸声中，坚守堡垒的守军四处逃窜。

　　正面攻击的红六连趁乱席卷而去。

　　一时，腊子口山谷笼罩在一片生死搏斗的战火中。

　　胡炳云说：被我们杀得晕头转向的敌人听到阵地后面也打起来，周围的枪炮又连天响，以为被红军四面包围，摔下枪支就仓皇逃命了。

　　杨成武后来谈到当时的战斗情形说：只见六连的同志，抢起大刀，端起步枪，在敌人中间飞舞、猛击。右面悬崖上的部队在黄团长指挥下，看准下面没有顶盖的炮楼和敌人的阵地，扔下一个接一个的手榴弹。所有的轻机枪和冲锋枪也一齐开火，直打得敌人喊爹叫娘，没死的抢着爬出炮楼，我们哪里肯让他们逃掉，回答他们的是更狠更准的射击。

　　这时，天已拂晓，雾色笼罩的晨曦中，红四团轻重机枪喷吐的弹网撒向隘口炮楼逃出来的守敌。正面总攻部队开始过河，迅速抢占了独木桥，控制了隘口上的两个炮楼，并沿着河岸纵深追击。

　　正面进攻的部队与崖顶的一、二连上下夹击，一阵猛冲猛打，迅速突破了敌人设在口子后面三角地的防御工事。

　　胡炳云亲自带队追击：我们的战士越追越有劲，有的追着追着，嫌自己身上背的手榴弹太重，就干脆搁在一边，手擎大刀往前追赶。我们一口气直追杀到敌人的营房、仓库，占领了腊子口纵深阵地。

　　守敌见红军攻势凶猛，慌忙退至峡谷后段约一公里处的第二道防线，集结兵力，企图反扑。

　　一九三六年杨成武追忆说：追不到二里路，敌人又依着第二个险要扼守着，企图掩护退却。此时右侧石山上敌人还有一个营，退却中被我截断。第五连的同志担任消灭该敌之任务，配合着第一连（头天晚上调上去的第一连）向敌猛攻，在连续的冲锋中，把那可恨的敌人压到悬崖绝壁上缴了枪。大部的敌军军官，跳到崖底下跌死了。

　　与此同时，红六连在炮火、机枪的掩护下，向第二道阵地连续发起两次冲击。

　　守敌抵抗一阵，慌不择路地向岷州方向溃退而去。

　　杨成武说：这时溃败的敌人在长长的峡谷里点起了火，由于沟的两侧荒草遍地，古木参天，火乘风势，烈焰腾空，致使噼噼啪啪之声遍山崩响。我们的勇士仍在追击，他们从忽闪忽闪的火舌之间跳过去，不给敌人一点喘息的机会。

　　十七日清晨七时许，毛泽东、林彪、聂荣臻致电彭德怀：

　　拉子口（即腊子口）已得手，你们本十七日立即照原计划前进，我们即向大

草滩前进。

而此时的红四团正全力以赴地追击着溃败之敌。

追出峡谷不远，一座大山横亘在前，这就是岷山山脉最北的一座雪山——大刺山。逃敌依托山势用密集的炮火猛轰追击的红军。追击的红军立即兵分两路，从大刺山的两侧迂回穿插。守军见状慌忙掉头就跑。

守军的后卫营一口气跑了九十里，天黑时逃到大草滩，满以为红军不再追了，没料刚要住下，蹑尾追击的红二营又猛扑而上，一顿猛揍，东逃西窜，惨败不堪。

红二营在大草滩缴获粮食数十万斤，食盐两千多斤。

梁兴初率侦察连又连夜插向岷州，占领了岷州城东关。

一时，岷州城内风声鹤唳，草木皆兵。

事隔多年后，时任新编第十四师第一旅参谋长张觉僧谈起腊子口之战时仍心有余悸：

至（十七日凌晨）五时许，红军果然又开始了攻击，一面仍用少数部队从正面猛攻，一面用较大兵力，从鲁部左翼的树林中攀登悬崖绝壁，以袭鲁部侧背。我们发现情况后，感到侧背已受到极大威胁，军心动摇。天刚亮时，战斗越来越激烈。有一次，英勇果敢的红军攻过桥来夺机枪，将一座机枪架都扯坏了。战斗至此，鲁部一个连长受伤，士兵受伤亦有十余名。守备营长亲来旅部报告，如不及早退却，天大亮就撤不下来了。这时还未见援兵到来，遂决心先撤到大刺山，再待援兵。当鲁部转移至大刺山时，师部派副官押送的迫击炮弹到来。当时以为特务团也快来到，但据该副官谈，师部在岷县方面现只有一个特务团，不能开动。鲁大昌曾要求十二师派兵来援，师长唐淮源不答应，并对鲁施加压力，大有要把鲁部从岷县赶走的样子。梁应奎了解到这种情况后，乃令将迫击炮排列在山顶上，向追击的红军猛轰，把几箱炮弹打完之后，留一班步兵做掩护，其余部队一直向岷县撤退。

几天后，时在红军大学的成仿吾经过腊子口时看到：一场激战的残迹，从距离腊子口五六里路的地方就可以明显地看出。这一带路边的树木，每株不是枪伤，就是被炸弹炸得断枝落叶，原来满地的绿草全被踩烂无余，在桥头五十米以内的崖路上，炸裂的弹片和未炸开的手榴弹铺了一层，有的地方竟积累成堆。

时在红一军的杨定华在《雪山栈道的行军》一文中写道：

腊子口的隘口，只有一丈多宽，进入隘口，就要越过两根木头做的约一丈长之木桥。隘口里有堡垒数座，机关枪以交叉火力对着隘口。敌之右翼山上，在半山腰布置了一连守兵，专以手榴弹抛掷于隘口……隘口周围五十米，仅是未爆炸的手榴弹就有一两百个，树木则被炸成了残灰。

一九三五年九月二十日印制的《战士》第三版刊载了《夺取拉子口的模范英雄》一文，着重报道了六连长杨信义、指导员胡炳云在战斗中的英勇事迹，文中还提到"六连二班长杨昌桂同志率领一班人，连攻峡口五次，自己负了伤还鼓励本班战士……"

至于攻克天险腊子口，对毛泽东率领北上的红一、三军来说，诚如聂荣臻所言：如果腊子口打不开，我军往南不好回，往北又出不去，无论军事上政治上，都会处于进退失据的境地。现在好了，腊子口一打开，全盘棋都走活了。

攻克腊子口，意味着毛泽东率领的红一、三军终于走出了缺衣少食、雪山草地的藏族聚居地区，进入了人烟稠密、且粮食充足的回汉族聚居地区。

童小鹏在战地日记中写道：回头看后面崇山峻岭，前面则是平地矮坡……即见麦田屋宇，并且有牛、羊、鸡、犬，尤其见到数月未见过的群众，在路旁微笑着欢迎我们。这一下就大不同了，真是高兴得要跳起来。

九月十八日，翻过大刺山的毛泽东到达鹿原里宿营，回头望望自六月中旬翻越夹金山以来的雪山草地的千里岷山，再望望北面的西北黄土高原，心潮起伏，欣喜异常。

当晚，毛泽东致电殿后的彭德怀等人：

彭及彭（雪枫）李（富春）：

一、岷敌守城，哈达铺无敌。第一纵队驻地回、汉族群众已大发动，我军纪律尚好，没收敌粮数十万斤，盐二千斤。过大拉山（即岷山）后已无高山隘路。现一纵队驻占扎路、麻子川，纵队部驻鹿原里。

二、中央一科、二科驻鹿原里，二纵队驻漩涡、大草滩，三纵队驻红土坡。

三、部队严整纪律，没收限于地主及反动派，违者严处。请在明日行军休息时宣布。

四、缴获手提迫击炮三门，炮弹百余发，尚在大拉。请动员战士带来，可抛弃粮食拿炮弹。

毛

十八日二十时

紧接着，毛泽东又授意彭德怀、李富春、林彪、聂荣臻联名致电朱德、张国焘、徐向前、陈昌浩及各首长：

一、我们执行中央正确路线，连日击溃鲁大昌师，缴获甚多，于昨日占领距岷州哈达铺各三十里之大草滩，占扎路、高楼庄一带，前锋迫击岷州城，敌人恐慌之甚。

二、此地物质丰富，民众回汉各半，十分热烈地拥护红军，三个半月来脱离群众的痛苦现在改变了。

三、请你们立即继续北进，大举消灭敌人，争取千百万群众，创造陕甘宁苏区，实现中央战略方针。

彭、李、林、聂

毛泽东清楚地知道，这封电报对一意孤行的张国焘来说起不了任何作用，但

他的目的就是要告诉张国焘：自己所率领的红一、三军并没有被拖死或冻死，相反还取得了腊子口战役的胜利，北上的方针是正确的，同时也让朱德、刘伯承知道红一、三军的处境。

腊子口一仗，打开了红军北出甘南的生门！

## 四

哈达铺，毛泽东从报纸上寻找到中国革命的北斗星；

顾大局，彭德怀高风亮节改编中取消红三军团番号。

一九三五年九月二十日夜晚，哈达铺义和昌药店后院的平房——毛泽东住处。

几盏马灯熠熠发光，烟草味弥漫着整个屋子。灯光下，毛泽东、张闻天、周恩来、博古、王稼祥等人一个个精神矍铄，洋溢着喜色。

毛泽东睿智的宽额舒展着，布满血丝的深邃目光缀满了笑意："为巩固部队，需要了解干部；为扩大部队，需要支配干部；为与反革命做斗争，需要了解干部的一些倾向问题。"

毛泽东深吸了口烟，继而言道："我们应该承认，过去对干部优待不够，现在的干部是精华，应该注意保护！"

兼管组织部工作的总书记张闻天深有同感："我们从江西八万多人走到今天，已不到八千人了，剩下来的都是党的财富和精华，在近一年的转战中，由于环境艰苦，我们的指挥员难免会存在这样或那样的问题，但坚持下来的都是革命的骨干。今后要爱护干部，对干部的处理要宽大一些，比如说现在有马的，不必取消。"

正在召开的是政治局常委会，主要议题是组织工作和整编问题。

根据俄界会议的决定，李德等编制委员会拟定了部队的整编方案。

此刻，与会诸人审阅并通过了整编方案。

军委纵队和红一方面军主力整编为中国工农红军陕甘支队：

政治委员　　　　毛泽东

司令员　　　　　彭德怀

副司令员　　　　林　彪

参谋长　　　　　叶剑英

政治部主任　　　王稼祥

政治部副主任　　杨尚昆

陕甘支队下辖三个纵队：

第一纵队以红一军为基础，把红三军第十三团编入第一纵队，共编为五个大

队，即一、二、四、五、十三五个大队。

| 司令员 | 林 彪 |
|---|---|
| 政治委员 | 聂荣臻 |
| 参谋长 | 左 权 |
| 政治部主任 | 朱 瑞 |
| 政治部副主任 | 罗荣桓 |

第二纵队以红三军为基础，共编为三个大队：

| 司令员 | 彭德怀（后为彭雪枫） |
|---|---|
| 政治委员 | 李富春 |
| 副司令员 | 刘亚楼 |
| 参谋长 | 萧劲光 |
| 政治部主任 | 罗瑞卿 |
| 政治部副主任 | 袁国平 |

第三纵队由军委纵队改编而成，红三军教导营编入第三纵队：

| 司令员 | 叶剑英 |
|---|---|
| 政治委员 | 邓 发 |
| 参谋长 | 张经武 |
| 政治部主任 | 蔡树藩 |

相应地，每个大队基本上是原来团的建制，如原红一军四团改编后称第一纵队四大队，原团长黄开湘为大队长，政治委员杨成武为大队政治委员。取消了营级建制，每个大队辖五个步兵连，一个机关枪连，团的侦察排、工兵队和卫生队全部集中到纵队，全支队共七千余人。

通过整编，缩减了机关人员，充实了基层连队，便于机动，增强了战斗力。

会议最后决定：派中华苏维埃共和国临时中央政府内务部部长谢觉哉、国家银行行长毛泽民去新疆建立工作站，设法打通国际关系。

更深人静，夜漆黑而寂静，裹着寒意的西北风毫无忌惮地肆虐着，发出尖啸凄厉的呼声，蒙在窗棂上的报纸亦"哗哗"作响。

毛泽东的房间内，仍亮着马灯，熠熠的光泽中，坐在木椅上的毛泽东正一手夹烟一手聚精会神地翻阅着堆放在桌面上的一大摞报纸，时而脸露微笑，时而吸烟沉思。

毛泽东是二十日傍晚抵达哈达铺的。

拿下天险腊子口，也就等于打开了北上陕甘的大门，毛泽东的心境豁然开朗，自从九月十日凌晨果断率红一、三军北进以来郁闷了多日的心情终于释放开来。但下一步究竟该怎么走，究竟到哪里落脚，仍像浮萍般心里没底。俄界会议虽然做出了到苏联边境建立根据地的打算，但毕竟是一个概念性的东西，具体如何走，心底仍无数。再说连续几个月滞留在偏僻的雪山草地，几乎与世隔绝，外

面的客观形势发展如何，几乎一无所知。

心底无数的毛泽东边走边想，焦灼万分。

因此，九月十八日中午，刚从岷山顶下来的毛泽东一抵鹿原里，顾不上疲劳，做的第一件事就是让林彪把红一军侦察连长梁兴初和指导员曹德连找来，亲自交代任务：立即到哈达铺寻找精神食粮！

主席亲自交代的特别任务，梁兴初、曹德连哪敢怠慢，连忙赶回侦察连召开紧急的诸葛亮会：梁兴初负责筹粮，曹德连负责搜集近期的报纸、杂志，副连长刘云彪负责侦察和警戒。

当天中午，侦察连匆匆吃罢午饭，梁兴初穿上国民党中校军服、曹德连穿上国民党少校军服，侦察连所有队员穿上国民党军装，便大摇大摆地向哈达铺疾奔而去。

哈达铺是岷县南部的一个繁华集镇。镇里虽然只有两三千的居民，但这里由于地势平坦，土地肥沃，物产丰富，而且以所产的中药材当归"岷当"出名。

因此，哈达铺有一条一里多长的街道，而且街道两旁大多是青瓦房，小店铺一家挨着一家。川、陕、豫客商云集，南北商品齐全，还特设了邮政代办。

当天下午四时许，大摇大摆走进哈达铺的侦察连立即受到镇里地方官员的热忱接待。国民党书记长、镇长、保安大队长等一个个点头哈腰，笑脸相迎。

梁、曹等人刚到镇政府落座，恰好鲁大昌部的一名少校副官带着家眷从兰州回来探亲，闻讯也赶到镇政府凑热闹。

梁兴初跷着二郎腿，慢条斯理地说道："我们是打前站的，军部明天开到这里，需筹集十万斤粮食，不知镇长有甚困难？"

镇长一听说有大人物军长光临，忙拍着胸脯连连打包票："卑职保证完成，绝不耽误军务！"

曹德连一副笑脸："我军自从松潘长途尾追赤匪北进，奔波野外，军部长官想找几份近期的报刊看看，借以了解一下外面的局势！"

书记长笑嘻嘻地答道："这有何难，街上就有家邮政代办，什么报纸都有。镇长，你派个人陪长官去拿就是了。"

坐在一旁的少校副官搭腔道："长官要找报纸，这好办，卑职从兰州回来，也带了不少近期的《大公报》在途中消遣。长官若要，卑职这就到旅馆拿给你！"

曹德连连声说着："谢谢！"在政府人员的陪同下，随副官直奔邮所、旅馆而去。

此时，刘云彪也从外面布置完警戒回来，跟保安大队长聊起镇上的保安情况。保安大队长像竹筒倒豆子一样，一五一十地全说了。

曹德连带着一个排赶到邮政代办所，一古脑地将所有的书信、报纸全翻了出来，拣了些近期的报纸让战士们卷好，又拐进隔壁的旅馆，找到副官，连同包扎物件的报纸全收起来，这才跟副官一同回到镇里。

梁兴初跟曹德连互使一下眼色，一声"我们是红军！"随即将哈达铺拿下。

九月十九日下午，林彪、聂荣臻率红一军主力进驻哈达铺。

进驻哈达铺的林彪、聂荣臻再次致电张国焘等：岷州西固之敌均各守城未动……已占领哈达铺并在这一带缴获大批军粮、食盐和物资。

看着一支支历尽艰难的队伍精神抖擞地向哈达铺开进，毛泽东欣慰之余，又紧张地考虑起全军的纪律问题：生存第一，在雪山草地由于缺衣少食，只好到处找吃的，纪律难免有所松弛。眼下已进入回族聚居区，稍有不慎，就会涉及民族政策问题。因此，必须要严肃纪律，要用行动来宣传和证明红军是一支为穷人打天下的队伍，才能赢得民心，红军才会如鱼得水，革命事业才会立于不败之地！

深思熟虑后的毛泽东亲手拟定了进入回族聚居地区的守则，以中革军委的名义下发全军遵照执行。

二十日傍晚，毛泽东、张闻天、周恩来等人进抵哈达铺。

毛泽东到达哈达铺做的第一件事，就是让政治部拟定了一个口号：大家吃好！

为落实"大家吃好"，无论是指战员还是民工，统一发给一元大洋。

时在军委直属队的戴镜元在《长征回忆》一书中，详细地记录了红军到达哈达铺的喜悦心情和丰富的物质生活：

整个部队在这里休息了两天，大家都洗了澡，理了发。这是过草地以来第一次洗热水澡和理发，全身顿觉减轻了重负，感到特别轻松愉快。为了迅速恢复体力，根据当地的物质条件，支部政治部特别提出了"要注意改善部队生活"的口号。这里的东西很便宜，五元大洋可以买到一百斤猪肉，二元大洋可以买到一只肥羊，一元大洋可以买到五只肥鸡，五毛钱可以买到一担青菜。这时候不论指挥员、战士或民工都领到了一元慰劳费，再加上反动军阀鲁大昌遗留下来的大米、白面千把担，食盐数千斤，除分给当地老乡外，还可以分一些给部队吃……每天三顿，顿顿有荤菜。我们又和老乡们联欢，请他们一起吃饭，大家谈笑风生亲如一家人。

时在红军大学的成仿吾后来谈起请老百姓吃饭之事说：

总政治部还通令各个伙食单位，请驻地周围的老百姓会餐，因此各伙食单位都有一两桌客饭，请来十到二十位客人，男女老少都有，你劝我让，热闹非常，老年人都说：活了几十岁，没见过这样好的军队，鲁大昌的军队在这里住了几年，总是向我们穷人要这要那。支不出粮来还要吊打哩！

红四团的黄开湘、杨成武在招待老百姓时，一位年迈的老者抱出一坛窖藏多年、准备做七十大寿喝的老酒说：跟红军提前做七十大寿了。

泥腿子出身的队伍，原本与泥腿子就是一家人！

成仿吾说过这样一件事：我们的女战士成了回汉族妇女追踪的目标。她们见了穿着军装、精神抖擞的女同志，十分惊奇，开始时带着怀疑的眼光，注视军帽

下边的头发……经过严格的"审查"，才放心地把我们的女同志请到家里去做客，一个个显出又惊异又羡慕的心情。

理发、洗澡、会餐，这对在雪山草地蹒跚了三个月之久的红军指战员们来说，确实犹如从地狱跨进了天堂，尽情地欢娱着、享受着。

然而，中央高层的党政军首脑们却并不轻松，虽然生活及生活环境都彻底改善了，且敌情暂时还没有什么威胁，但下一步该走向何方，像一块沉甸甸的巨石一直压在毛泽东等人的心头。

因此，毛泽东到达哈达铺做的第二件事，就是把红一军侦察连搜集来的报刊分送给军政首脑们，大家分头看报，找落脚之地。

此刻，静坐在木椅上的毛泽东怔怔地望着桌面上大家选送来的几张《大公报》，陷入了沉思。

七月二十三日，天津出版发行的《大公报》刊载了阎锡山七月二十二日晨在绥靖公署及省府纪念周上的讲话：

陕北匪共甚为猖獗，全陕北二十三县几无一县不赤化，完全赤化者有八县，半赤化者十余县，现在共党力量，已有不用武力即能扩大区域威势……全陕北赤化人民七十余万，编为赤卫队者二十余万，赤军者二万。

阎锡山的讲话，等于直接介绍了陕北苏区的范围、规模和武装力量的大小。

七月二十九日《大公报》刊载有《论陕乱》的社论：

徐向前朱毛之趋向，尚不尽明，今姑暂不论甘，而专就陕事一言。第一，国人应注意者，现在不独陕北有匪，陕南亦然。徐海东一股，猖獗已久，迄未扑灭，故论陕乱，不能专看北部。第二，过去所谓陕北，系旧榆林、绥德、延安属，近则韩城一带亦睹匪踪，是由陕北而关中矣。第三，就陕北言，兵队确不为多，就全陕论，则目下集中之军队，殆不下十师以上；而匪方总数，通南北计之，有械者当不过万余。由第一、二点，可知陕乱严重之轮廓，由第三点可知迄今为止，军事效率之不良，证明此后应努力之点，不仅军事上之问题而已也。

关于农村赤化问题，陕北确甚于陕南，陕南匪区小，为时亦暂，陕北则有广大之区域，与较久之根据地故也。

社论直白无误地告诉读者：在陕北有"较久之根据地"。

特别是八月一日的《大公报》报道中援引了敌八十四师师长高桂兹的讲话，引起了毛泽东的高度关注：

盘踞陕北者为红军二十六军，其确实人数究有若干，现无从统计，但知其枪支不过万余。匪军军长刘志丹辖三师，为匪主力部队，其下尚有十四个游击支队，此外各种小组如赤卫队等则甚多。匪军现完全占领者有五县城，为延川、延长、保安、安塞、安定等。靖边一度陷落，顷已收复。本人自去岁开到陕北接防担任剿匪后，与匪大小战不下百余次。其后因扰乱绥远之杨小猴匪部窜至陕境，本人抽兵前往堵剿，同时冯钦哉部又调至陕南震慑，以防范徐海东匪部，官兵之

力量薄弱，匪军之防地乃愈扩大。当时曾被占有十县之地，防线延长，交通不便，如是剿匪更为不易。现在陕北状况，正与民国二十年之江西情形相仿佛。

八月一日《大公报》还刊载了徐海东红二十五军的消息：

徐海东于七月中旬率悍匪三千余众，由商（县）、雒（南）、镇（安）、柞（水）等县突围而出，是役追击徐匪之警备第一旅唐嗣桐旅，有两团覆没，唐旅长被俘，终以身殉。其后匪部即过蓝田出终南山口窜长安县境之引驾回镇……

也就是说，这两则消息更加确切地告诉民众：陕西省境内不仅有刘志丹的红二十六军，还有徐海东的红二十五军，而且连陕北红军"现完全占领者有五县城，为延川、延长、保安、安塞、安定等"也准确无误地告诉了民众。

山重水复疑无路，柳暗花明又一村。

这几张刊载有关陕北红军的消息，无疑像一磅重型炸弹，在红军高层首脑中引起了地震式的惊动，令人兴奋不已！

总书记张闻天在九月二十二日抑制不住兴奋，写下题为《发展着的陕甘苏维埃革命运动》的读报笔记：

不论敌人怎样拼命，然而他们无法消灭，甚至防止苏维埃革命运动的发展。西北各省的苏维埃革命运动更是在大踏步的前进中……让那些没有节气的机会主义者去悲叹中国苏维埃革命运动的低落，去歌颂反动统治的日益巩固吧。能够解决产生中国革命基本矛盾的力量，只有中国共产党与他所领导的苏维埃政权。我们将踢掉这些障碍物，肃清自己前进的道路，为创造川陕甘新苏区而斗争！

自从一九三四年十月被迫撤离江西中央苏区，先是湘西、黔北，后是川西北，为了寻找安身立命之地，朱毛红军一次次苦苦追求，一次次饱尝挫折，又被迫放弃，特别是大伤元气的湘江之战，和草地上与张国焘的决裂，辗转流离，彷徨徘徊在十字路口的朱毛红军，就像在干涸的沙漠中跋涉的旅行者意外地发现了泉眼般，终于看到了生存的希望！

正如时任红军总部作战参谋孔石泉在《确定长征最后落脚点目击记》中所写的那样：这个消息给历经磨难，几近绝境的中央红军带来了历史性的契机，就像在茫茫的夜空中找到了指路的北斗。

此刻，正在深夜里沉思着的毛泽东亢奋地站起身来，一手推开窗户，眼眶微微湿润，深邃的目光望向黎明的东方：

黎明的东方，露出一片鱼肚白，曙光抚弄着彩霞涂抹在天隅。

毛泽东长长地吁了口气，嘴唇蠕动：终于找到家啦……

九月二十二日下午，哈达铺关帝庙前的院子里，坐满了红军团级以上指挥员们，三五成群地凑在一起，叽叽咕咕，笑声不断。

突然，三三两两的人群兴奋地站起身来，爆发出如潮般的掌声。

掌声中，毛泽东、张闻天、周恩来、博古、王稼拜、彭德怀、林彪等一个个笑容满面地健步走进会场。

毛泽东挥挥手示意大家坐下，笑笑说：

"同志们，自从去年我们离开瑞金，过了于都河，至今快一年了。一年来，我们走了两万多里路，打破了敌人无数次追、堵、围、剿。尽管天上还有飞机，蒋介石连做梦也想消灭我们，但是我们过来了，过了江西、湖南、广西、贵州、云南、四川，过了金沙江、大渡河、雪山、草地，过了腊子口，现在坐在哈达铺的关帝庙里，安安逸逸地开会了，这本身是个伟大的胜利！"

毛泽东左手叉腰，右手向前用力一挥，会场顿时响起雷鸣般的掌声。

紧接着，毛泽东简明扼要地分析了一下陕、甘、青等省的国民党军"围剿"的形势及四方面军和张国焘的情况：

"我们要北上，张国焘要南下，张国焘说我们是机会主义，究竟哪个是机会主义？目前日本帝国主义侵略中国，我们就是要北上抗日！"

毛泽东稍停顿片刻，然后诙谐地说："踏破铁鞋无觅处，得来全不费功夫！感谢国民党的报纸，告诉我们陕北不但有刘志丹的红军、徐海东的红军，还有根据地，我们要抗日，就要到陕北去！"

曾聆听了毛泽东讲话的杨成武回忆说：此时掌声雷动，大家的心里热乎乎的。毛主席又笑笑说：同志们，我代表中央宣布一个重要的决定。

顿时，躁动的会场鸦雀无声。

毛泽东宣布了部队改编的决定。

毛泽东接着又说道："现在我们北上先遣队只有七八千人，人数是少一点，但是目标也就小一点，不张扬，大家用不着悲观，我们现在比一九二九年初红四军下井冈山时的人数还多哩，胜利是一定属于我们的！"

毛泽东举起一个指头笑着说："现在要提醒大家一点，就是在松潘区找不到人，只好自己找粮食吃。在那种条件下，不这样做也不行哪！现在到白区行动，仍然应该坚持以打土豪、筹粮筹款为主，不能侵占工农的利益，这是人民军队的一条重要纪律！"

毛泽东最后用洪亮的声音号召："经过两万多里长征、久经战斗、不畏艰苦的红军指战员们，你们一定能以自己英勇、顽强、灵活的战略战术，和以往的战斗经验，来战胜一切困难！"

毛泽东语气提高了许多，充满了激情："同志们，胜利前进吧，到陕北只有七百里了，那里就是我们的目的地，就是我们抗日的前进阵地！"

毛泽东挥舞着拳头结束了鼓舞人心的讲话。

"到陕北根据地去！""拥护中央北上抗日的正确路线！"口号声阵阵，此起彼伏，群情激昂。

当晚，举行集体会餐，吃了一顿红烧肉。

新任命的陕甘支队司令员彭德怀端着酒碗，走到红三军的指挥员酒桌旁，眼里噙满了泪水，厚唇一抿："红三军团从第一次反'围剿'的几万人，到现在长途奔袭至甘南只剩下两千多人，被错误路线快折腾光了。今天剩下的这些人，都是精华，是中国革命的骨干和希望。大家要再接再厉，争取全国革命的胜利。我的脾气不好，骂过许多人，请同志们批评和谅解。我过去对你们这些干部要求很严格，有时甚至苛刻，这都是对你们的爱护，否则有的同志可能就活不到今天了。"

彭德怀声音有些哽咽："来，这一碗酒我敬大家！"举起酒碗一干而尽。

彭德怀后来回忆说：为了充实战斗单位，准备继续战斗，部队需要缩编；为了保存干部，发展新区，也必须缩编——取消三军团，编入一军团。我这提议得到军委毛主席同意。召集三军团团级以上干部会议，说明了缩编和取消三军团番号的理由。因时间仓促，没有很好讨论。

二〇〇九年，原在红十团的方国安老将军跟笔者谈起哈达铺改编之事说：

红三军团是一九二八年平江起义老部队发展起来的，取消番号，很多首长和战士一听说，怎么也想不通，就闹情绪嘛。结果，彭老总虎着脸一顿训斥，大家眼睛红红的，心里即便有一百个不情愿，也不得不服从。

大局为重。战争年代就是这样，彭德怀狠心地一咬牙，就把自己一手创建的红三军团的番号取消了。磊落的胸襟，由此可见！

艰难困苦，玉汝于成。

轻装上阵的毛泽东和他所率领的朱毛红军主力，迎着初升的红日，向着心中的方向与目标坚定不移地走去！

## 五

成立西北"剿总"，蒋介石始终把毛泽东当成自己的真正对手，又在西北黄土高原上磨刀霍霍；

欣吟《七律·长征》，毛泽东轻而易举突破渭河防线，居安思危，榜罗镇大整军。

一九三五年九月二十八日凌晨五时许，通渭县城西南百余里的榜罗小学门前的操场。

深秋的拂晓，灰蒙蒙的天空飘着丝丝细雨，从黄土高原刮过来的北风裹着寒气恣意嬉游着，将霏霏雨丝撺得东奔西跑的，飘忽不定。

寒风中、冷雨里，三三两两的红军指挥员们或摸着黑，或提着马灯，或打着电筒，匆匆赶来。

操场的四周围着低矮的土墙，两个角上堆着两大堆麦草，两堆麦草的中间放着一张长桌子，几个小凳子，桌子前面排着一排排长凳。周边一捆捆的麦草以桌子为中心成弧形排列，就像半个水浪，向外开拓出去，一直延伸到矮墙边。

尽管寒风挟着冷雨扑打在人们的脸上，钻到袖口或领口里去，但大家三五成群地簇拥在一起，说说笑笑，仍十分热闹。

毛泽东、张闻天、周恩来、博古、王稼祥、凯丰、彭德怀、林彪等朱毛红军的军政首脑们坐在桌子的上方，或有说有笑地侧头交谈着，或静坐着默然不语地望着坐在桌下方谈笑风生的红军指挥员们。

最辛苦的要算第二纵队的指挥员们，他们住在离会场三四十里外的村庄上，半夜两点半就起床赶路，冒着寒风冷雨紧赶，到达操场时已是清晨六时许。

看看大家都已坐好，张闻天站起来说道："同志们，今天召开陕甘支队全军连级以上干部会议，首先请支队政治委员毛泽东同志讲话。"

张闻天带头鼓掌，会场千余名红军指挥员们立即爆发出雷鸣般的掌声。

毛泽东微笑着站起身来，挥着手示意大家安静下来："同志们，昨晚政治局召开了一个会议，今天中央决定召开全支队连以上干部会议，目的是传达会议精神……"

紧接着，毛泽东讲了五个方面的问题：首先分析了日本帝国主义侵略中国的严重事态，陕北根据地和红军的状况，分析了在陕北可以成为抗日新阵地的经济、政治条件，提出了要避免同国民党军队作战，要迅速到达陕北集中的行动方针，要充分注意群众工作，做好群众工作，进一步整顿部队纪律，干部要起模范带头作用。

最后，毛泽东用那富有鼓动性的激情说道：我们要到陕甘革命地去。我们要会合二十五、二十六、二十七军的同志们去。陕甘革命根据地是抗日的前线，我们要到抗日前线上去，任何反革命不能阻止红军去抗日！

时任陕甘支队政治部宣传部长的陆定一后来谈到当天会场的气氛说：庄严的空气，团结一致的精神，笼罩着整个的会场。这个露天的、毫无装饰的、风和雨在飞舞着的会场，人人在谛听着领袖们的讲话，热血沸腾着，寒冷悄悄地逃走了。

当年目睹了会议的王克明老人说：民国二十四年的深秋，天已很冷了。红军过渭河来到这里，穿的破烂得很。老百姓都跑到堡子里去了。我当时给东家喂牲口，穷光蛋一个，没有跑。第二天，就在外面的晒场开会，有上千人，黑鸦鸦一大片，天下着雨，会场秩序很好，毛主席他们讲话，我们听不懂。

也许时在军委直属队的戴镜元的一番话，更能让我们了解到当年的朱毛红军究竟是怎么样的一支部队，更能明白理解"得民心者得天下"的古训：

会后各连队、各单位支部都遵照毛主席和党中央的指示，雷厉风行地进行整顿军风纪的工作，严格地检查"三大纪律、八项项注意"的执行情况，切实注意做好群众工作。我们分队队长曾希圣同志立即与协理员周碧泉同志和我一起研究怎样具体地贯彻执行……我们分队也成立了纪律检查组和地方工作组，由我担任组长（我当时是分队的支部书记）。我们分队的两个分支部也成立了纪律检查

组，由分支部书记任组长。支部还召开了党员大会和全体军人大会，发动全体党员和军人立即投入纪律检查和地方工作的热潮里去。

戴镜元谈起当时的执行力度时说：在行军途中和到了宿营地后，人人动手写标语，贴标语，向群众宣传党的政策和主张，不断扩大红军，调查土豪打土豪，把土豪的东西分给劳苦群众。队伍离开宿营地时，纪律检查组、地方工作组，就分头到住地进行互相检查。到群众家里检查部队住过的每一间房子，是否把地打扫干净了，水缸挑满了水没有，门板上好了没有，借用的东西还了没有，损坏了东西赔偿了没有，赔偿是否公道，是否少给了钱。有时候队伍半夜出发，我们就点起火把去检查，这样天天严格地检查，一直到了陕北。

戴镜元深有感触地说：我们就是这样雷厉风行地整顿纪律的，只有在党领导下的人民军队才能够有这么严格的纪律，真正做到不取群众一针一线，而且努力做好群众工作。这样，军民关系就像鱼和水一样更加亲密，群众更加热爱红军。从甘肃到陕北，每到一地，群众总是热烈地欢迎我们，像欢迎自己的亲人一样。

杨定华在《从甘肃到陕西》一文中写道：共产党红军里做事是雷厉风行的，军事政治干部会议之后，各部队立即召开共产党支部会、军人大会等。各部队当即决定由纵队与纵队、团与团、连与连互派代表，双方检查驻地卫生，与群众的关系和整顿军风纪等。

笔者小时候看电影《沂蒙颂》，常常为剧里挤奶救伤员的感人故事而热泪盈眶：为什么"军民心向共产党，红星迎朝阳？"写到这里时，我终于明白了，是因为"咱们的共产党领导得好，"所以才有"沂蒙山的人民喜洋洋。"

水能载舟。得到了人民爱戴与拥护的朱毛红军，在"水"的承载下，十四年后最终得到了天下。

毛泽东一行是九月二十三日离开哈达铺的。

在离开哈达铺前，侦知蒋介石在得知毛泽东占领哈达铺的消息后，生怕毛泽东东进天水，威胁西安，急调胡宗南的中央军、张学良的东北军和杨虎城的西北军主力，集结于天水一线，并调西北"剿匪"军第一纵队王均部进驻武山、漳县两城，封锁住渭河沿岸。

毛泽东决定将计就计，采取声东击西、佯攻天水、诱敌东下、北渡渭河的作战方针，二十三日强行军九十里进抵岷县闾井镇后，立即以一部东进，摆出继续向天水进发的势态，诱使蒋介石调动王均部主力从武山、漳县赶往天水集中。

二十四日，毛泽东率陕甘支队主力乘机突然折向西北向新寺疾进。由于要躲避国民党飞机的侦察、轰炸和扫射，红军只得夜行日宿，一百三十里路紧赶了两天才抵达新寺。

二十六日，陕甘支队强行军六十里，赶至渭河南岸二十里的鸳鸯嘴宿营。

当天，第一纵队第四大队在黄开湘的率领下，沿渭河进入陇西境内，击溃国民党第八师一部在四十里铺至乔家门一线设置的布防，夺取文峰镇，掩护主力顺

利通过通渭县蒲家山、史家庙梁。

二十七日拂晓，司令部命令全支队，限上午九时前从鸳鸯嘴和山丹镇之间全部渡过渭河，突破武山、漳县之间的封锁线。

发源于甘肃省渭源县鸟鼠山的渭河，是黄河最大的支流，流域范围主要在陕西省中部，东至陕西省渭南市，潼关县汇入黄河。南有东西走向的秦岭横亘，北有六盘山屏障。渭河流域可分为东西二部：为黄土丘陵沟壑区，东为关中平原区。

二十七日天刚泛亮，戴镜元所在的第三纵队急行军赶到了渭河边：一看渭河，却使人大失所望。原来渭水只不过是一条极平凡的河流，既没有什么名胜古迹，更不是什么军事险要之地……渭水河床虽然很宽，但秋天水浅，过渭水毫不费劲，徒步就可以涉过去了。水最深的只过膝盖，有的地方没有一点水，只是一片沙砾。

毛泽东率主力刚渡过渭河，爬到河北岸的半山腰，突然两翼的武山、漳县方向传来激烈的枪炮声。

毛泽东站在山坡上，遮眼观察了一阵，对彭德怀泰然自若地说道：随便派两个连出去放几声冷枪吓吓他们，他们不敢来的。

企图两翼夹击的是红军在江西的手下败军毛炳文的第三十七军。这时见红军一反击，果如毛泽东所料，便停留在河边，不敢再进了。

二十七日傍晚，毛泽东随林彪的第一纵队进驻榜罗镇。

当晚，在毛泽东的住处——榜罗小学一间办公室里，张闻天、毛泽东、周恩来、博古、王稼祥等召开了政治局常委会，正式决定改变半月前俄界会议关于到苏联边境地区建立根据地的计划，选择陕北作为长征的最后落脚点，决定率陕甘支队到陕北去，同当地红军一起巩固和扩大陕甘苏区。并决定立即召开全支队连以上干部会议，传达会议决定。

毛泽东后来谈到榜罗镇会议时说：俄界会议与张国焘决裂，那时的口号是打到北方去，以游击战争与苏联发生关系。榜罗镇会议改变了俄界会议的决定，因为那时候得到了新的材料，知道陕北有这样大的苏区和红军。所以改变决定，在陕北保卫和扩大苏区。

次日，即召开全支队连以上干部会议的当天，博古在出版的《前进报》第三期上发表了题为《陕西苏维埃运动的发展与我们支队的任务》一文：

苏维埃运动——基本上是游击运动的方式——在陕甘——特别是陕北有着惊人的蓬勃发展，无疑的，这个发展，其意义，其重要性，决不限于陕西，决不限于西北，而是全中国政治生活中的重大事件，是赤化整个西北之开端与先声。

陕西的革命斗争发展的范围是很广大的，将其团结、巩固、组织与发展，将它转变为巩固的苏区根据地，这个光荣的历史任务，我们的支队应该完全的负担起来……西北广大而巩固的苏区根据地，将从我们的汗血中怒放鲜花！

　　几经辗转的艰难选择，毛泽东以大智大慧的独特眼光终于选定了中国革命的大本营——陕北。

　　这一选择，不仅意味着历尽沧桑的毛泽东终于找到了中国革命的支撑点，更意味着饱经风霜的毛泽东也终于找到了打开天安门城楼的金钥匙！

　　就在毛泽东声东击西抢渡渭河的九月十六日上午，蒋介石也正在成都刘文辉私宅的行营作战室里召开紧急的"剿共"会议。

　　张学良、陈诚、顾祝同、薛岳、贺国光、杨永泰、晏道刚等高级将领和智囊团谋士聚集一堂，正各抒己见。

　　"根据委座的指示，我们已将流窜在川西地区徐向前部划分为五大区，分别进行清剿。"贺国光边说边拿着指挥棒在川西北作战图上指点着。

　　原来，为"围剿"川西北的红军，九月二十五日，蒋介石特授意重庆行营参谋团拟定了一个"清剿"计划提纲：

　　为清剿川西地区残匪起见，划分边区为阿坝、壤口、卓克基、包座、毛儿盖五个清剿区，分别由杨宗礼、李树华、余松琳、彭诚孚、范绍增为各区司令官，每区配置兵力六团，负责肃清区内残匪。

　　蒋介石边听边频频颔首，面露赞许的微笑。

　　蒋介石将期待的目光望向杨永泰："杨秘书长，有何高见？"

　　杨永泰见蒋介石亲自点将，不敢怠慢，连忙站起身走到地图前："依卑职一管之见，时下的红军一分为三，除贺龙、萧克所部仍盘踞在湘西外，徐向前部流窜在毛儿盖、阿坝等川西北地区，这两股共匪都不足为虑。卑职所担心的是北出甘南的毛泽东，一旦与徐海东、刘志丹部在陕北聚首，恐后患无穷！"

　　蒋介石的脸色由晴转阴，扭头望向一旁的晏道刚："道刚，徐海东、刘志丹部的实力如何？"

　　晏道刚连忙拿起摆放在桌上的材料，边翻边汇报说："徐海东的二十五军自七月初沿鄂陕边界西窜，于十一日北渡渭河，现已北窜陕北，与刘志丹部会合。至于陕北刘志丹部，自一九二七年九月清涧起事，后发展到二十六、二十七两个军，先后攻占安定、延长、延川、安塞、靖边、保安六座县城，于九月十五日与徐海东的二十五军在延川县永坪镇会合，并于十八日合编为红十五军团，共约七千余人。"

　　蒋介石的目光沿着哈达铺一直望向永坪镇："毛泽东部不足万人，若与徐海东、刘志丹会合，亦不到两万人……"

　　"委座，卑职以为下一步剿匪的重点应当由成都移到西安！"薛岳拘谨地插话说。

　　蒋介石乜斜薛岳一眼，赞许与告诫兼备，他当然知道薛岳的想法。从江西到四川，薛岳率着十余万中央军一直追剿朱毛红军，上万里追击，数度的较量，进一步认识到只有足智多谋的毛泽东才是真正的对手，也是国民政府最大的威胁。

只要剿灭了难缠难斗的老对手毛泽东，其他共匪就不足为患了。

可毛泽东如今已窜进了地方势力错综复杂的西北地区，盘踞青海、宁夏两省的主要是回族武装马家军，占据甘肃的是新任省主席于学忠的东北军，而陕西则是西北军杨虎城的势力范围。

对此感到头痛的蒋介石要想在西北剿灭毛泽东，不得不把闲居在武昌的张学良请出山来。

一九二八年六月四日，日本人在皇姑屯炸死了张学良之父张作霖，刚满二十八岁的张学良子承父业当上了奉军的最高统帅。

一九三一年九月十八日，日本人又在沈阳发动"九一八事变"，张学良背上了不抵抗将军的骂名，后又因长城抗战失败，张学良被迫辞职，漂洋过海远去欧洲。

张学良归国后被蒋介石委了个武昌行营主任，闲居武汉，有心想率旧部抗日，以洗耻辱，而蒋介石已将东北军调至陕甘，使张学良英雄无用武之地。

这次特地将张学良召到成都，就是要他坐镇西北，"剿灭"毛泽东。

此刻，蒋介石满脸含笑地将期待的目光望向张学良："汉卿，贤弟的意见呢？"

一直坐在一旁默然不语的张学良微微一笑："但凭委员长吩咐就是了！"

蒋介石见张学良心事重重的，精神气不高，一板正经地说道："我知道汉卿有个难解的心结，那就是抗日，收复东北三省。其实这跟我的想法完全一样，只要把毛泽东消灭，我一定调转枪口，举全国之力，抗击小日本！"

蒋介石环视诸将一眼，神情肃穆，薄唇一抿："总之，决不能让流窜陕甘的毛泽东死灰复燃！"

跟群僚们密谋了半天，最后蒋介石郑重宣布了新的任命："逐步撤销四川的行营参谋团，另在重庆设行营，由顾墨三（祝同）负责，主要是围剿徐向前部四方面军；陈辞修（诚）主持的宜昌行辕，要对盘踞在湘、鄂、川、黔的贺龙、萧克部进行围剿；为消灭流窜至陕甘一带的毛彭，特在西安设西北剿总，由我亲任司令，汉卿（张学良）任副司令，代行司令之责。"

在对付中国共产党领导的武装力量红军上，蒋介石自始至终把毛泽东当成自己的对手，这一点也可以看出蒋介石一生当中少有的精明。

事实上也的确如此，毛泽东就是蒋介石最大的克星，十四年后韶山冲里走出来的农家子弟毛泽东，真的葬送了蒋介石呕心沥血建立起来的蒋家王朝！

不料，就在蒋介石将全国重新划分为三个"围剿"区，宣布成立西北"剿总"的第二天，即九月二十七日，蒋介石获悉毛泽东所率的陕甘支队已突破武山、漳县的渭河封锁线，进抵榜罗镇。

与此同时，时任六十七军军长的王以哲因担心陕北红军采取各个击破的战术，攻击驻地分散的六十七军，急电张学良并转呈蒋介石：

东北军第六十七军一个师又两个团已进至延安，其另两个师又一个团仍驻于洛川、鹿县、甘泉地区，兵力比较分散。

看罢电文的蒋介石稍一思忖："汉卿，西北的局势看来越来越严重，贤弟你还是尽快走马上任吧！"

十月一日，张学良飞抵西安，筹建西北"剿总"以统一指挥对陕甘红军的"围剿"。

蒋介石磨刀霍霍，踌躇满志。

然而，老天爷却跟他开了个天大的玩笑，迎面泼了一盆冷水，恰似当头棒喝。

也就在这一天，陕北徐海东、刘志丹的红十五军团在劳山战役中歼灭国民党军第一一〇师大部，俘敌两千余人，击毙师长何立中，缴获战马三百余匹和大批武器装备。

也就在这一天，似乎是遥相呼应，给红十五军团劳山战役庆捷，通渭县城外的河滩上，工兵营搭起了一座临时戏台，陕甘支队召开军人大会。

事隔多年后，成仿吾回忆说：晚间组织会餐和文艺晚会，会场中央竖起了一根几丈高的旗杆，上面挂了一面大红旗，并由旗杆向四面八方拉出一些五颜六色的小旗子，飘扬在会场上空。各部队于傍晚前带着饭菜来到河滩，在戏台前集合。全体唱《国际歌》后，叶剑英、邓发同志等讲话，主要讲北上抗日的意义，西北的形势和对骑兵作战的战术等问题。讲话之后，就宣布会餐。

会餐后，开始文艺晚会，表演了各种歌舞与魔术，一直持续到晚上十点才结束。

二十九日拂晓，毛泽东、彭德怀随林彪的第一纵队作为第一梯队从榜罗镇出发，向一百里外的通渭城挺进，第二、三纵队作为第二梯队随后跟进。

通渭县城位于定西地区南部，四邻甘谷、武山、陇西、会宁和静宁等县。当时，城内只有国民党县长阎权领着六名警察和一百多名民团，守护在以黄土铸成的破旧的城垣上，得知红军逼近，闻风而逃。

当晚，打前锋的杨得志任大队长、耿飚任参谋长的第一大队一枪未发地占领了县城。

成仿吾谈起当时的通渭城说：通渭是一座古老的土城，城内外除了几十家小商店之外，其余都是农民，全城居民总共不到两千人。房屋都是黄土造的，城的西北是一座黄土山，山上挖了许多窑洞。

这是红军北上甘南占领的第一座县城，就像两支军队换防一样，一来一往。除少数土豪劣绅卷着家财逃命外，工农商学仍各做各的事。

没想到，杨得志、耿飚在城内刚安顿下来，便见林彪、聂荣臻陪着毛泽东、周恩来、张闻天、叶剑英、博古、王若飞等首长骑着马直奔大队部而来。

耿飚急忙跑到城内一家西北风味十足的饭馆，用十块光洋置办了两桌酒席：

由于人比较多，本来安排了两桌。到吃饭时，毛泽东同志连说："合兵！合兵！"当时把会师叫做合兵。于是我们将两桌合在一起，大家连连碰碗。

酒有两坛，碗又大，毛泽东同志兴致很高，和我们这些大难不死，走过万水千山的人都干了一次，微微有些醉了。于是撤去残席，搬上西瓜。

毛泽东同志一见有西瓜吃，便让把一盘辣子留下，把辣子、酱油、醋都抹一些在西瓜上，说这叫"五味俱全"，一再劝张闻天同志尝一口。

张闻天同志咬了一口，连叫"太辣！"

毛泽东同志哈哈大笑："吃辣子的人最革命嘛！"

大家都被这句话逗笑了。

在大队部吃罢晚饭，大队政治委员萧华告诉毛泽东：先锋连正在举办一个晚会。

毛泽东一听，跟张闻天、周恩来等兴致勃勃地赶到先锋连驻地——县城文庙，看望了红军指战员们。

篝火、马灯，将文庙照得一片通明。

在如潮的掌声中，毛泽东站起身来，一手叉腰地微笑着说道："同志们，你们辛苦了！我们跑了一年的路，也打了一年的仗，现在终于快要到陕北苏区了，快要到了家了！一年来我们的广大指战员们为了中国革命的胜利，走过千山万水，进行了亘古未有的万里长征。现在我就把近日来还在打腹稿的一首诗，是写这次长征，也是写给全体红军的，念给大家听听。"

话音刚落，响起了一片欢呼声和掌声，上百双眼睛齐聚在毛泽东那张微红的脸上。

毛泽东神情凝重，看着一张张熟悉而又亲切的脸，抬眼望向广袤的夜空，他仿佛看见了于都河那母送子、妻送夫生离死别的依依惜别的场景，看见了湘江河面血流成河的悲壮场面，看见了黔山黔水的飘摇风雨，看见了金沙江畔、大渡河上气吞山河的英雄气概，看见了雪山草地艰苦卓绝的大无畏精神，看见了……

毛泽东眼眶湿润，心潮起伏，一腔湘南口音回荡在黄土高原上：

红军不怕远征难，万水千山只等闲。

五岭逶迤腾细浪，乌蒙磅礴走泥丸。

金沙水拍云崖暖，大渡桥横铁索寒。

更喜岷山千里雪，三军过后尽开颜。

千山万水，千难万险，千辛万苦，一幕幕、一帧帧，像电影胶片似的，将指战员们带回到那万里征途的峥嵘岁月。

"长征万岁！""红军万岁！"

良久，沉浸在记忆中的指战员们猛然醒悟过来，旋即爆发出雷鸣般的掌声和欢呼声。

九月三十日，陕甘支队政治部发布了《会合红二十五、二十六军在陕北创立

根据地讨论大纲》：

已经顺利地突破敌人在岷州、西固间的封锁线，过了渭河，取得了第一个伟大胜利。根据现在敌我力量的对比，党改变了过去赤化甘南的决定，决定到陕北去会合红二十五、二十六军，在陕北及其附近创立根据地。

崭新的希望，在渭河之滨升起！

# 六

青石嘴，林彪牛刀小试；吴起镇，彭德怀横刀立马；
毛泽东挥师陕北，万里长征终到家。

一九三五年十月七日十时许，六盘山东麓的青石嘴村后丛林笼罩的山坡上。

林彪正举着望远镜全神贯注地观察着山下的山村，菜黄色的椭圆形脸庞上看不出一丝的表情。

太阳照射着青石嘴，家家屋顶升起了缕缕炊烟，很显然正在生火做饭。村外，马都卸下了鞍子，按马的颜色红的一排、白的一排，系在树桩上；村里，马车也都卸下牲口，仰起车辕，三三两两散乱的骑兵来回走动着，有的铡草，有的打水……

林彪脸上掠过一丝不易觉察的笑容。

林彪放下望远镜，转身望望刚奉命赶来领受战斗任务的一大队长杨得志、四大队长黄开湘、五大队长张振山等人，薄唇一抿：“这正是我们打骑兵的好时机，敌人很骄傲，面对我们这一面连警戒都没有放，我们要用突然的动作，消灭敌人这个骑兵团，通过平宁公路，向陕甘苏区前进。”

接着，林彪简单明了地下达了作战命令：“杨得志，你们一大队从左翼绕向敌人的侧后，迅速抢占对面的山头，堵住逃跑的敌人，一面防止海原方向的敌人增援；黄开湘，你们一大队从正面攻击，直扑青石嘴，一下子把敌人打乱；张振山，你们五大队从右翼插出去，断绝敌人的退路，同时向平凉方向警戒，防敌增援；陈赓，你们十三大队负责后卫。战斗发起信号，由杨得志那边发出，动作一定要快、要猛，争取在两小时之内解决战斗！”

落尾，林彪神情严肃地说：“告诉指战员们，以前我们一直只和两条腿的敌人作战，现在可要和六条腿的敌人作战了。其实这六条腿的敌人并不可怕，因为打起仗来，骑兵的目标大，容易瞄得准。骑兵只要下了马就少了几条腿，大大削弱了战斗力，比步兵还好打。骑兵宿营下了马鞍子，最怕受到袭击。我们要发挥红军勇猛机智、出奇制胜的特长，来消灭敌人的骑兵。”

原来，十月二日凌晨，经过休整的陕甘支队分左、中、右三路纵队从通渭县城出发，踏上了向陕甘苏区挺进之路。

十月三日，左路第二纵队进抵界石铺以西二十公里的公益铺，中路第三纵队进抵西兰公路的界石铺，右路第一纵队也进抵界石铺以东的西兰公路沿线，控制了西兰公路东西几十里的路段。

在西兰公路上，红军截获了十多辆从西安运送军服、鞋袜等军用物资给毛炳文部的辎重汽车，但一辆掉队的车却跑掉了。原来这辆车被新入伍战士缴获后，为防止汽车跑掉，把汽车的"眼睛"（灯）砸烂，就押着押运的军官走了。这时的"泥腿子"红军也算是土到家了。

为防止国民党军沿西兰公路围追堵截，十月五日，陕甘支队分左右两路进至回族聚居区的兴隆镇、单家集一带。

为迅速摆脱毛炳文部的尾追，毛泽东将支队分成数路纵队东向六盘山疾进。

峰高太华三千丈，雄踞秦关两百重。位于宁夏南部甘肃东的六盘山，海拔近三千米，主峰跨隆德与固原两县，南北走向，逶迤近五百里，是陕北和陇中的界山，也是渭河与泾河的分水岭。因山路崎岖、盘旋六重始达山顶而得名。

十月七日上午，打前卫的林彪率一纵队翻过六盘山。这时，毛炳文的第三十七军紧追不舍，东北军骑兵第七师门炳岳部据守在六盘山东麓，企图前后夹击。

刚走下山的一纵队侦察科长刘忠带着侦察队行至青石嘴以南约二里的一个山洼时，突然抓到敌人的两个便衣侦察，得知青石嘴有敌人第七师胡竞先的十九团，五百多人，五百多匹马，二十多辆马车，刚从平凉赶到，还不到两个钟头。

林彪闻讯赶上前来，一面命令各大队迅速赶到领受战斗任务，一面带着侦察队靠前侦察敌情。

此刻，看着各大队奉命而去，林彪平静地在一棵小树下坐下来闭目养起神来。

事隔多年后，当时站在林彪身旁的一纵队侦察科长刘忠，对临战前林彪的大

六盘山

将风度仍记忆犹新：

部队立即迅速地、隐蔽地开始行动了。林军团长刚才发出作战命令的地方，现在成了军团指挥所，人们都紧张地活动起来……我感到林军团长的命令，好像伸出一只巨大的手掌，一下子把面前的敌人攥在掌心里，马上就要发出雷霆万钧的力量，把敌人握得粉碎……而这一切，好像都来得那样自然，那样迅速，那样不可抗拒。而站在这个斗争最前线的指挥者——我们的林彪军团长，此刻就坐在一棵小树下，依然是那么平静沉着，依然是那么和蔼可亲。微风吹动着他身上灰色的旧单衣，树枝轻拂着他长久未剪过的头发。要是有个生人来此，能认得出他是指挥千军万马使顽敌闻风丧胆的决策人吗?!

泰山崩于前而色不变，麋鹿兴于左而目不瞬。这就是被黄埔军校校长蒋介石诅咒为"战争魔鬼"的黄埔生林彪!

一声枪响，三个大队分数路出击，压向村中。

刹那间，喊杀声、枪炮声骤然响起。

被打死的打死，缴枪的缴枪了。

曾参加这场突袭战的杨成武回忆说：战斗不到半个小时，我们三个大队胜利会合了，与缴获的花名册一对照，人员、马匹，一点不少。我们大队一清点，还发现多出了十多辆马车的子弹和军装，还有大批的布匹。原来，这是西北"剿总"送来的东西。

战斗一结束，林彪兴奋地命令刘忠：刘忠同志，这次搞到几百匹马，立即把你们的侦察队改成骑兵侦察连。另外，你还要准备接受新的任务。将来你们要以骑兵连为基础，建立我们红军自己的骑兵部队。现在你快到前面通知各个单位，把俘虏里面的钉掌工人、修理鞍具的工人，还有马术教官和马医官，一定要确实清查出来，对他们好好做做政治工作，让他们到红军里来为革命服务。

侦察连长梁兴初担任骑兵连长，副连长刘云彪担任副连长，就这样，一支红色铁骑诞生了!

这时，刚爬上六盘山之巅的毛泽东，欣闻红一纵队围歼敌骑兵团的捷报，眺望起伏的群峰，俯瞰姹紫嫣红的深秋美景，憧憬翻过长征路上最后一座高山即将进入的陕北苏区，心潮澎湃，抑制不住喜悦之情，不觉豪情满怀地吟诵起来：

天高云淡，望断南飞雁，不到长城非好汉，屈指行程二万。

六盘山上高峰，红旗漫卷西风，今日长缨在手，何时缚住苍龙。

十月八日，林彪指挥一纵第四大队（红四团）于固原白杨城遭遇并歼灭邓宝珊部一个团。

十月十日，毛泽东从环县出发，刚登上镇源三岔的一座光秃秃的小石头山，远远望见山下小路上有五匹马疾驰而来。

时在毛泽东身边担任警卫员的陈昌奉回忆：骑在马上的人，胸前都插着短枪，头上包着白毛巾，身上穿着便服，看模样都是二十几岁左右的小伙子，挺神

气的。他们到了山下，把马拴在那里，直向山顶跑来，并大声询问："毛主席在哪里？"

陈昌奉赶忙迎上去："你们是干什么的？"

五人跑得满头大汗、气喘吁吁的，其中一个年岁较大的热情地说："我们是老刘派来给毛主席送信的，毛主席在哪里？"

"老刘？"不就是刘志丹吗？陈昌奉没来得及思索，转身就报告毛泽东。

毛泽东看完了信，立刻笑着跟五人一一握手："同志们，你们辛苦了！"

这时，山上、山下集中了不少的部队正临时休息，毛泽东走了过去，扬扬手中的信件，大声说道："同志们，我们就要到达陕北苏区了！我们的二十五军和二十六军派人来接我们了！"

事隔多年后，陈昌奉谈起当时的激动场景历历在目：成千上万的同志们听到主席发布了这一个大喜讯，都像喝醉了酒似的，笑着，叫着，跳着，互相搂抱着。啊！我从来没有看见过那种激动的场面！有些同志甚至激动兴奋得哭出大鼻泡泡来了。

是啊，几乎历尽九死一生的艰难转折，今天终于得到了确切的音讯，喜从天降，那份惊喜，那份激动，是任何词语都无法形容得出的。

枯木逢春！绝境中的人看到了继续生存的希望！

在五人的带路下，当晚，陕甘支队驻进了三岔镇。

至此，陕甘支队突破了蒋介石在西兰公路的封锁线。

就在毛泽东吟诵《清平乐·六盘山》的当天，在成都再也坐不住的西北"剿总"总司令蒋介石飞抵西安。

当天早上，蒋介石在成都得到了于学忠的报告：朱毛与徐向前、张国焘意见不合，毛乘机率林彪、彭德怀北窜，朱德未能走脱，有被徐监视说，朱德之伪五、九两军团，已被张国焘改组。

天赐良机！欣喜之余的蒋介石不觉低头沉思起来：

一旦毛泽东与徐海东的红十五军团会合，毛泽东就会如虎添翼，那么西北黄土高原就势必变成第二个江西。

不行，绝对不能让毛泽东死灰复燃！

要使毛泽东像安泰一样，一旦离开了大地，就会失去所有的力量！

蒋介石决定亲赴西安，指挥对毛泽东的追剿。

蒋介石匆匆赶到西安，便与陕西省主席邵力子、十七路军总指挥杨虎城一头钻进张学良的西北"剿总"司令部里，又闭门造起车来，制定了分别围歼徐海东和毛泽东的作战计划。

十月九日，西北"剿总"以蒋介石、张学良的名义下达了《关于消灭红十五军团于鹿县、洛川地区的部署》：

一、六十七军在肤施（即延安）、甘泉、鄜县、羊泉一带地区筑碉，肃清附近股匪，置重点于鄜县，维持肤施、鄜县间交通。

二、杨（虎城）总司令所部，以一部在延长、甘谷驿警戒，以主力在宜川、洛川之间筑碉，置重点于洛川，防匪南窜；另以有力之部队在韩城、秦关镇、中部、正宁之线筑碉，肃清附近股匪，巩固后方安全。

三、孙（楚）司令所部及井（岳秀）、高（桂滋）各师，速肃清附近股匪，俟主力军向东迂回时，即协同各友军将刘（志丹）、徐（海东）各股匪聚而歼之。

四、各部队布防及清剿情形，随时具报为要。

下达毕"围剿"红十五军团的命令，蒋介石、张学良又于十月十日制定了《关于在洪德、悦乐以西地区消灭红军陕甘支队的部署》：

一、着骑兵军何（柱国）军长率骑兵第三师向毛、彭残匪寻踪，迎头痛击，务期在悦乐镇、洪德城以西全数歼灭，勿纵其通过此线，以期各追击部队会而歼灭该匪，而后骑兵即停止该线上待命。

二、第三十五师、第五十七军、第一〇九师，协力寻踪追剿毛、彭股匪，务歼灭于庆阳、环县以西之线（线上含），而后在该线上停止待命。

三、第三十七军仍竭力穷追夹攻，聚歼之后，而后停止庆阳、环县之线待命。

四、第一〇九师尔后归董（英斌）指挥。

五、各军不分畛域，不顾一切，速将毛、彭歼灭，勿使其与陕北匪合股为要。

也就是说，蒋介石把洪德地域作为"围剿"毛泽东的最后合击地。

几乎是针锋相对，十月十三日，到达环县小南沟的毛泽东起草了《通过洪德城环县须做战斗准备》的电文：明日我军到达及通过洪德城、环县之线，须准备与可能来之骑兵作战。敌人小则消灭之，敌大则钳制之，而从其间隙乘夜通过该线。

十四日，率第一纵队到达洪德城的毛泽东急电彭德怀：二、三纵队必须乘夜通过洪德城、环县之线，明日到达耿湾（不含）以南地区宿营，后日与一纵队取平行路东进。

十五日中午，陕甘支队全部通过洪德一线两个半小时后，国民党军六路纵队从不同方向合击而至，蒋介石在洪德合击毛泽东的企图再次落空！

对于洪德突围脱险，一周后毛泽东在政治局会议上说：洪德城是最危险的一关。我们过渭水后，敌人知道了底细，即急风暴雨般地追击。我们通过洪德城后，敌人二时半即到，如不早通过，要受阻碍。

然而，成功总是以付出为代价的。

十月十六日，在六盘山下耿湾镇宿营的三个营的指战员，一夜之间突然莫明其妙地死亡三百余人。调查分析，一致认为是敌特分子投毒。陕甘支队当即组织力量侦破，但调查了数月，仍未找到任何线索，成为一段未解的公案。解放后毛泽东曾指示周恩来查遍了全国重要的特务案和间谍案，但终未得其解。

时过五十四年后的一九八九年，解放军驻宁夏的给水团奉命到环县进行水质调查，该部水文地质工程师王学印、王森林经过较长时间的调查研究，才揭开了谜底：凶手竟然是山谷中含有氰化钾、氰化钠的泉水，人若摄入，会使中枢神经失去知觉而死亡。当年那些红军正是喝了这里的泉水，才发生了没有想到的惨痛事件。

十九日下午四时许，毛泽东随林彪的一纵队抵达了吴起镇。

毛泽东眼眶微微有些湿润，嘴唇蠕动："终于到家了！"

吴起镇，源于战国时魏国大将吴起在此屯过兵而得名。是陕北苏区的西北大门，两边是山，呈狭长条状，细流洛河从两山间穿越而过，只有几十户人家。

当一纵队进驻吴起镇时，彭德怀率二、三纵队也进抵吴起镇地域。这时，奉命"追剿"的马家军和东北军的何柱国部也跟踪追迹而来，企图趁红军立足未稳之际，一举聚歼长途奔波、且不到一万人枪的陕甘支队。

当晚七时，毛泽东电召彭德怀"来吴起镇商行动方针"。

二十日上午，毛泽东在窑洞里召开各纵队领导参加的军事会议。

毛泽东开门见山：中央红军北上抗日到陕北，就要和刘志丹领导的二十六军

吴起镇

和从鄂豫皖先期到达陕北的二十五军会合了。现在，甘肃的马鸿逵、马鸿宾和东北军的何柱国却对我们穷追不舍。我们的到来，把狼也引进边区来了。我们只能给边区人民带来胜利和幸福，一定要狠狠打击这些恶狼，决不能让他们进入边区。

"切尾巴"战斗由彭德怀负责指挥，当天下午，各纵队指挥员勘察了地形。

战场选择在吴起镇西北面约四里的头道川。它夹在吴起镇正对面的两座山之间，是一条由西向东流的季节河流冲刷而成的干涸河道，弯弯曲曲，时宽时窄。

一纵埋伏在东西走向、起伏连绵的平台山上，二纵的阵地在对面山上，黄开湘的四大队负责迂回敌人左侧。

二十一日拂晓，十三大队随一纵队通过二道川的刘家湾一带上了山顶，进入阵地，负责打敌前头。往西依次是五、二、一大队的阵地，负责拦腰突破和断敌后路，往东不远处的一棵杜梨树下，就是毛泽东和彭德怀的纵队指挥所。

旭日初升，金黄色的霞光，金黄色的沟壑，金黄色的原野，构成了一幅金黄色的画图。

八时许，十三大队特派员欧致富和陈赓举起望远镜一看：原来每一个方队的骑兵，都是清一色的战马，黄的一队，白的一队，红色的又是一方队。

走进头道川红军伏击圈的是东北军何柱国骑兵军白凤翔的第六师：十七团、十八团、十九团。白凤翔自恃装备精良，运动迅速，一个个跃马横刀，趾高气扬。

杜梨树下的指挥所里，彭德怀放下望远镜，回头望望正躺在行军床单上酣睡的毛泽东，朝一旁的作战参谋厚唇一抿："开始！"

"叭！"一发红色的信号弹腾空而起。

霎时，手榴弹、步枪、轻重机枪铺天盖地一齐打响。

原来，毛泽东到达指挥所后，跟林彪稍做指示后，便交代警卫员：我要在这里睡一会儿觉，枪声响得再激烈也不要叫我，等战斗结束的时候再告诉我战况。

欧致富所在的十三大队打前敌：打得敌人人仰马翻，人号马嘶，敌人阵脚大乱，前面的妄图往前冲，被五、二、一大队拦腰猛打，后面的紧急驰援，又被自己的败骑冲散。人踏人，马撞马，乱成一片。受惊的战马狂奔乱跳，敌兵纷纷被甩落。有的腿还套在马镫里，硬是给惊马拽着飞奔。川道上荡起了滚滚黄尘。拌着硝烟，弥漫了整个战场上空。

杨成武的四大队负责迂回敌人左侧：我们一个迅猛突击，把走在前面的那个团打了个七零八落。受惊的马狂奔乱跳，敌人无法控制坐骑，纷纷从马背上跌落下来。有的腿还挂在脚蹬里，硬给马拖着跑了。敌人后边的三个骑兵团，阵势还没有摆定，一家伙就给他们自己的败骑冲散了。真是人喊马嘶，不打自垮。我们就这样轻轻松松地消灭了敌人一个骑兵团，打垮了敌人三个骑兵团。

原国民党西北"剿总"第四纵队第三十五师骑兵团团长马培清负责侧翼夹击

红军，见状慌忙撤退：

第二天拂晓，我团即开始撤退……（有一支红军）向头道川和二道川的山梁猛冲，我团一个排被冲散，并截断了白凤翔部的后路，居高临下，向白部猛烈扫射。白凤翔当时正在山下集合军官讲话，这一来队伍即被打乱，纷纷向左侧的一座高山撤退。

马培清团当天撤退到将台堡：事后，据白凤翔谈：该部所有山炮、迫击炮、重机枪等重型武器都在这次战役中丢弃，另还损失驮马、战马八百余匹。最后还在那座高山上被围困了三天，直到红军自动撤离吴起镇后，才得收拾残部下山。

吴起镇大捷，兴奋之余的毛泽东信手铺开纸张，即兴写下《给彭德怀同志》六言诗一首：

山高路远坑深，大军纵横驰奔。

谁敢横刀立马，唯我彭大将军！

十月二十二日上午，毛泽东住的窑洞里。张闻天、毛泽东、周恩来、博古、邓发、凯丰、彭德怀、林彪、李富春、聂荣臻、刘少奇、叶剑英、贾拓夫等陕甘支队的党政军首脑们，一个笑逐颜开地欢聚一堂，召开政治局扩大会议。

毛泽东撩撩盖耳长发，精神矍铄：陕甘支队自俄界出发已走两千里，到达这一地区的任务已经完成。现在全国革命总指挥部到这里，成为反革命进攻的中心。敌人对于我们的追击堵击不得不告一段落，现在是敌人'围剿'，而我们是保卫与扩大陕北苏区，主要敌人是蒋介石、张学良、阎锡山。他们正准备对陕北苏区的'围剿'。所以，现陕甘支队，应提出保卫陕北苏区的口号。俄界会议与张国焘决裂，那时的口号是，打到陕北去，以游击战争与苏联发生联系，榜罗镇会议改变了俄界会议的决定，现我们应批准榜罗镇会议的改变，从陕北苏区来领导全国革命。

毛泽东深吸了一口烟，继而说道：当前的作战方针应是西和西北，大的方向是陕甘，陕甘晋三省是发展主要区域，现在先向西，以吴起镇为中心，整顿部队，扩大部队，群众工作。

在谈到红军当前的中心工作时，毛泽东指出：在部队方面应提高战斗力，扩大红军，解决物质问题，这三件是目前部队中心工作。

最后，毛泽东庄严宣告：中央红军现在已经胜利到达目的地。

吴起镇会议，批准了榜罗镇会议决议，宣告中央红军长征结束，进一步决定党和红军今后的战略任务是建立西北的苏区，领导全国大革命，确定陕西、甘肃、山西三省是发展的主要区域。

十月二十五日，天刚蒙蒙亮，吴起镇晒麦场子上挤满了陕甘支队团级以上指挥员们。

毛泽东站在主席台前，声音洪亮：同志们，辛苦了！从瑞金算起，我们走了十二个月零二天，也就是三百六十七天，战斗不超过三十五天，休息不超过六十五天，行军二百六十七天，如果夜行军也算上，那就更多了。

毛泽东扳着手指头：我们走过了赣、闽、粤、湘、桂、黔、滇、川、康、甘、陕十一个省，根据一军团的统计，最多走了二万五千里，这是一次前所未有的长征。

"长征万岁！"会场里刹时升起欢呼声。

"二万五千里长征万岁！"口号声此起彼伏。

毛泽东稍停顿片刻，语气更加激扬：长征是宣言书，它向全世界宣告，红军是英雄好汉，帝国主义者和他们的走狗蒋介石等辈则是完全无用的，长征宣告了帝国主义和蒋介石围追堵截的破产；长征又是宣传队，它向十一个省内大约两万万人民宣布，只有红军的道路，才是解放他们的道路，不因此一举，那么广大的民从怎会如此迅速地知道世界上还有红军这样一篇大道理呢？长征又是播种机，它散布了许多种子在十一省内，发芽、长叶、开花、结果，将来是会有收获的。总而言之，长征是以我们的胜利、敌人失败的结果而告结束。

毛泽东声音有些沉重：长征我们是胜利了，但损失也是巨大的。一年前出发时的许多同志，我们今天再也见不到了。中央红军从江西出发时是十万人，现在只剩下不到一万。无数同志永远地留在了这万里征途上，为革命事业牺牲了生命。

毛泽东声音哽咽，在江西牺牲了的小弟毛泽覃、下落不明的儿子毛毛、长征途中送给百姓的小女儿、遍体鳞伤的妻子贺子珍，一个个亲人的面孔，还有在硝烟炮火和雪山草地中倒下的成千上万的红军指战员们，一张张熟悉而又陌生的面容，像一帧帧电影画面般掠过眼帘。

毛泽东仰起头来，吮咂一下下唇，语气更加坚定：同志们，我们今天人虽然少了些，但都是革命的精华。我们要同陕北红军、陕北人民更坚强地团结，共同完成中国革命的伟大任务！

从一九三四年十月撤离江西瑞金，到一九三五年十月十九日到达陕北吴起镇，中央红军二万五千里的长征结束了！

毛泽东又开始了新的"长征"！

蒋介石得知毛泽东胜利到达吴起镇后，拿起重重的狼毫在宣纸上、也是在心灵的深处写下了十个字：

六载含辛茹苦，未竟全功！

一九三六年十月十日，红四方面军最终在会宁与中央红军会师。
一九三六年十月二十二日，红二方面军在隆德与中央红军会师。
红军三大主力会师于西北的黄土高原，为史无前例的长征画上了句号！

# 后 记

2006年，为纪念红军长征胜利七十周年，桂林电视台拍摄纪录片《红军长征过桂北》，我和同事们沿着中央红军当年在广西走过的路线走了一遍，并辗转到井冈山、遵义、长沙等外地进行采访。后来到北京，好友徐壮志（新华社解放军分社记者）对我说：老伍，您手头搜集了湘江战役的大量资料，何不写本《湘江战役始末》。我一听此话，觉得非常有道理。于是，从2007年开始创作《喋血湘江》，在新华出版社的支持下，《喋血湘江》于2009年出版，这一发便不可收。接下来几年，走长征路、搜集长征史料、购买有关书籍等，几乎将工作之余全浸泡在"长征"中。时至今年，长征三部曲的最后一部《龙啸绝地》终于面世。屈指一算，整整九个年头。九年能写成长达150万字的长征三部曲，除长征精神的感召这个原动力外，同事、朋友及相关领导的鼓励、支持，是我能够锲而不舍的重要驱动力。当然，能够写完长征三部曲的因素还有很多，有精神上的，也有物质上的，如桂林市袭汇实业集团董事长陈伟民先生和桂林市正中房地产公司董事长雷勇飞先生，爱好收藏、酷爱历史文化，得知第三部《龙啸绝地》即将出版，鼎力相助。

对诸位亲朋好友、领导的关爱与支持，在此一并致谢。